Karin Slaughter

HARTER SCHNITT

Thriller

Deutsch
von Klaus Berr

Eder & Bach

MIX
Papier aus verantwortungsvollen Quellen
FSC® C083411

Lizenzausgabe des Verlags Eder & Bach GmbH, Grünwald
1. Auflage, März 2021
Genehmigte Lizenzausgabe für Eder & Bach GmbH,
Nördliche Münchner Str. 20c, 82031 Grünwald

Umschlaggestaltung: Stefan Hilden, www.hildendesign.de
Umschlagabbildung: © HildenDesign unter Verwendung
mehrerer Motive von Shutterstock.com
Satz: Satzkasten, Stuttgart
Druck und Verarbeitung: CPI – Ebner & Spiegel, Ulm
ISBN: 978-3-945386-91-0

*Für alle Bibliothekare und Bibliothekarinnen dieser Welt
im Namen all der Kinder, denen sie geholfen haben,
Schriftsteller zu werden.*

SAMSTAG

1. Kapitel

Faith Mitchell kippte den Inhalt ihrer Handtasche auf den Beifahrersitz ihres Mini und suchte in dem Durcheinander nach etwas Essbarem. Bis auf einen pelzigen Streifen Kaugummi und eine Erdnuss zweifelhafter Herkunft gab es nichts auch nur entfernt Genießbares. Sie dachte an die Schachtel mit Energieriegeln in ihrem Küchenschrank, und ihr Magen machte ein Geräusch wie eine verrostete Türangel.

Das Computerseminar, das sie an diesem Vormittag besucht hatte, hätte eigentlich nur drei Stunden dauern sollen, aber daraus waren wegen des Idioten in der ersten Reihe, der andauernd sinnlose Fragen stellte, viereinhalb geworden. Das Georgia Bureau of Investigation, GBI, trainierte seine Agenten häufiger als jede andere Strafverfolgungsbehörde in der Region. In regelmäßigen Abständen wurden ihnen Statistiken und Daten über kriminelle Aktivitäten in die Köpfe gehämmert. Sie mussten sich auskennen mit neuester Technologie; zweimal im Jahr mussten sie eine Schießprüfung ablegen; sie führten gestellte Razzien und Schusswechsel-Simulationen durch, die so intensiv waren, dass Faith auch Wochen danach noch nicht mitten in der Nacht auf die Toilette gehen konnte, ohne in den Türöffnungen nach Schatten zu suchen. Normalerweise wusste sie die Gründlichkeit der Agency durchaus zu schätzen. Heute aber konnte sie an nichts anderes denken als an ihr vier Monate altes Baby und an das Versprechen, das sie ihrer Mutter gegeben hatte, spätestens mittags zurück zu sein.

Die Uhr am Armaturenbrett zeigte zehn nach eins, als sie den Motor anließ. Leise fluchend fuhr sie vom Parkplatz vor der Zentrale an der Panthersville Road. Sie benutzte Bluetooth, um die Nummer ihrer Mutter zu wählen. Aus den Autolautsprechern drang nur statisches Rauschen. Faith legte auf und wählte noch einmal. Diesmal bekam sie ein Besetztzeichen.

Faith trommelte mit den Fingern aufs Lenkrad und lauschte dem Blöken. Die Voicemail ihrer Mutter. Jeder hatte Voicemail. Faith konnte sich nicht erinnern, wann sie das letzte Mal ein Besetztzeichen gehört hatte. Sie hatte das Geräusch schon fast vergessen. Wahrscheinlich gab es bei der

Telefongesellschaft irgendeinen Kabelsalat. Sie legte auf und versuchte es noch ein drittes Mal.

Immer noch besetzt.

Faith lenkte einhändig und kontrollierte auf ihrem BlackBerry, ob ihre Mutter ihr eine E-Mail geschickt hatte. Bis zu ihrer Pensionierung war Evelyn Mitchell knapp vier Jahrzehnte lang Polizistin gewesen. Über die Polizeieinheiten Atlantas konnte man viel sagen, aber man konnte nicht behaupten, dass sie nicht auf der Höhe der Zeit wären. Evelyn hatte schon ein Handy gehabt, als sie noch eher aussahen wie Handtaschen, die man sich über die Schulter hängte. Sie konnte noch vor ihrer Tochter Mails schreiben. Und seit fast zwölf Jahren hatte sie ein BlackBerry.

Aber heute hatte sie ihr keine Nachricht geschickt.

Faith kontrollierte die Voicemail ihres normalen Handys. Sie hatte eine Nachricht ihres Zahnarztes abgespeichert, der sie daran erinnerte, einen Termin für eine Zahnreinigung zu vereinbaren, aber neue Mails gab es keine. Sie wählte die Nummer des Festnetzanschlusses bei sich zu Hause, weil sie dachte, dass ihre Mutter vielleicht zu ihr gegangen war, um etwas für das Baby zu holen. Faith wohnte nur ein paar Häuser von Evelyn entfernt. Vielleicht hatte sie keine Windeln für Emma mehr. Vielleicht hatte sie noch ein Fläschchen gebraucht. Faith hörte den Apparat bei sich zu Hause klingeln und dann ihre eigene Stimme, die den Anrufer bat, eine Nachricht zu hinterlassen.

Sie legte auf. Ohne nachzudenken, schaute sie auf den Rücksitz. Emmas leerer Kindersitz war da. Sie konnte das rosafarbene Futter sehen, das über die Plastikschale hinausragte.

»Idiotin«, fluchte Faith leise. Sie wählte die Handynummer ihrer Mutter. Mit angehaltenem Atem wartete sie drei Klingelzeichen ab. Evelyns Voicemail sprang an.

Faith musste sich räuspern, bevor sie etwas sagen konnte. Sie merkte, dass ihre Stimme zitterte. »Mom, ich bin auf dem Heimweg. Schätze, du bist mit Em spazieren …« Faith schaute zum Himmel, als sie auf die Interstate fuhr. Sie war etwa zwanzig Minuten vor Atlanta und sah flaumige, weiße Wolken, die sich wie Schals um die dünnen Hälse der Wolkenkratzer legten. »Ruf mich einfach an«, sagte Faith mit einem unguten Gefühl.

Lebensmittelladen. Tankstelle. Drogerie. Ihre Mutter hatte den gleichen Kindersitz wie der in Faith' Mini. Wahrscheinlich war sie unterwegs, um Besorgungen zu machen. Faith hatte sich über eine Stunde verspätet. Mit

Sicherheit hatte Evelyn das Baby genommen und … Faith eine Nachricht hinterlassen, dass sie unterwegs sei. Die Frau hatte den Großteil ihres Erwachsenenlebens Dienstbereitschaft gehabt. Sie ging nicht einmal auf die Toilette, ohne irgendjemandem Bescheid zu sagen. Faith und ihr älterer Bruder Zeke hatten sich als Kinder darüber lustig gemacht. Sie wussten immer, wo ihre Mutter war, auch wenn sie es gar nicht wissen wollten. Vor allem, wenn sie es nicht wollten.

Faith starrte das Telefon in ihrer Hand an, als könnte es ihr sagen, was los war. Sie war sich bewusst, dass sie sich wahrscheinlich wegen nichts und wieder nichts aufregte. Das Festnetz konnte ausgefallen sein. Ihre Mutter würde das nur merken, wenn sie zu telefonieren versuchte. Ihr Handy konnte ausgeschaltet oder im Ladegerät oder beides sein. Ihr BlackBerry konnte in ihrem Auto oder in ihrer Handtasche oder irgendwo sein, wo sie das charakteristische Vibrieren nicht hörte. Faith schaute zwischen Straße und ihrem BlackBerry hin und her, während sie eine E-Mail an ihre Mutter tippte. Beim Tippen sprach sie die Wörter laut mit:

»Unterwegs. Sorry-für-die-Verspätung. Ruf-mich-an.«

Sie schickte die Mail ab und warf dann das Telefon auf den Beifahrersitz zu den verstreuten Dingen aus ihrer Handtasche. Nach kurzem Zögern steckte sie sich den Kaugummi in den Mund. Sie kaute beim Fahren und ignorierte die Flusen aus der Handtasche, die an ihrer Zunge klebten. Sie schaltete das Radio ein und gleich wieder aus. Je näher sie der Stadt kam, umso dünner wurde der Verkehr. Die Wolken trieben auseinander und schickten helle Sonnenstrahlen auf die Erde. Der Innenraum des Autos wurde zu einem Backofen.

Zehn Minuten später waren ihre Nerven noch immer aufs Äußerste gespannt, und sie schwitzte von der Hitze im Auto. Sie öffnete das Sonnendach einen Spalt, um ein bisschen frische Luft hereinzulassen. Das Ganze war vermutlich ein simpler Fall von Trennungsangst. Seit gut zwei Monaten arbeitete sie wieder, doch noch jeden Morgen hatte sie, wenn sie Emma bei ihrer Mutter ablieferte, fast so etwas wie einen Anfall. Ihre Sicht verschwamm. Das Herz hämmerte in ihrer Brust. Ihr Kopf summte, als wären ihr eine Million Bienen in die Ohren geflogen. In der Arbeit war sie noch gereizter als sonst, vor allem bei ihrem Partner Will Trent, der entweder die erforderliche Geduld ihr gegenüber aufbrachte oder sich ein glaubhaftes Alibi zurechtbastelte für den Augenblick, da ihm endlich der Geduldsfaden riss und er sie erwürgte.

Faith konnte sich nicht erinnern, ob sie bei Jeremy, ihrem Sohn, der inzwischen bereits auf dem College war, dieselbe Angst gespürt hatte. Faith war achtzehn Jahre alt gewesen, als sie in die Polizeiakademie kam. Jeremy war damals drei Jahre alt. Sie klammerte sich an die Idee, zur Polizei zu gehen, als wäre sie der einzige Lebensretter auf der Titanic. Dank gedankenloser zwei Minuten in der hinteren Reihe eines Kinos und einer Fehlentscheidung, die ein Leben atemberaubend schlechten Geschmacks bei Männern vorausahnen ließ, war Faith ohne die ansonsten üblichen Zwischenstopps aus der Pubertät in die Mutterschaft gesprungen. Mit achtzehn Jahren hatte sie sich an den Gedanken geklammert, ab jetzt ein regelmäßiges Gehalt zu verdienen, damit sie aus dem Haus ihrer Eltern ausziehen und Jeremy so erziehen konnte, wie sie wollte. Jeden Tag zur Arbeit zu gehen war ein Schritt in die Unabhängigkeit gewesen. Ihn in Tagespflege geben zu müssen, war ihr damals als geringer Preis erschienen.

Jetzt, da Faith vierunddreißig Jahre alt war, eine Hypothek und einen Autokredit abbezahlen und noch mal ein Baby aufziehen musste, wünschte sie sich nichts mehr, als wieder in das Haus ihrer Mutter zu ziehen, damit Evelyn sich um alles kümmern konnte. Sie wollte den Kühlschrank öffnen und nach Essen sehen, das sie nicht kaufen musste. Sie wollte im Sommer die Klimaanlage aufdrehen, ohne sich über die Rechnung Sorgen machen zu müssen. Sie wollte bis Mittag schlafen und dann den ganzen Tag fernsehen. Und verdammt, wenn sie schon dabei war, könnte sie auch ihren Vater wiederauferstehen lassen, der vor elf Jahren gestorben war, damit er ihr zum Frühstück Pfannkuchen backen und ihr sagen konnte, wie hübsch sie war.

Alles Hirngespinste. Evelyn schien recht glücklich damit zu sein, das Kindermädchen zu spielen, aber Faith gab sich nicht der Illusion hin, dass ihr Leben einfacher werden würde. Ihre eigene Rente war noch fast zwanzig Jahre entfernt. Den Mini hatte sie noch drei Jahre lang abzubezahlen, und bis dahin wäre die Garantie längst abgelaufen. Emma würde für mindestens die nächsten sechzehn Jahre Essen und Kleidung erwarten, wenn nicht sogar länger. Und es war nicht mehr so wie damals, als Jeremy noch ein Baby war und Faith ihm nicht zusammenpassende Socken und Secondhand-Kleidung von Garagenverkäufen anziehen konnte. Bei den Babys heute musste alles perfekt passen. Sie brauchten BPA-freie Fläschchen und garantiert organische Apfelsauce von gütigen Amish-Farmern. Falls Jeremy es in das Architektur-Programm an der Georgia Tech schaffte, musste Faith sich auf sechs weitere Jahre Bücherkaufen und Wäschewaschen einstellen.

Und am beunruhigendsten war, dass ihr Sohn eine ernsthafte Freundin gefunden hatte. Eine ältere Freundin mit ausladenden Hüften und einer tickenden biologischen Uhr. Faith könnte Großmutter sein, bevor sie fünfunddreißig Jahre alt wurde.

Eine lästige Hitze breitete sich in ihrem Körper aus, als sie versuchte, diesen letzten Gedanken aus ihrem Kopf zu verdrängen. Beim Fahren kramte sie noch einmal im Inhalt ihrer Handtasche. Der Kaugummi hatte keine große Wirkung gezeigt. Ihr Magen knurrte noch immer. Sie beugte sich vor und tastete im Handschuhfach herum. Nichts. Sie könnte an einer der Imbissbuden anhalten und sich wenigstens eine Cola besorgen, aber sie trug noch ihre Dienstkleidung – eine hellblaue Khakihose und eine blaue Bluse mit der leuchtend gelben Beschriftung GBI auf dem Rücken. Und das war nicht unbedingt ein Viertel der Stadt, wo man sich als Angehöriger der Strafverfolgungsbehörden zu erkennen gab. Die Leute liefen gern vor einem davon, und dann musste man ihnen nachjagen, was nicht unbedingt dazu führte, dass man zu einer vernünftigen Zeit zu Hause war. Außerdem sagte ihr irgendetwas, sie solle zu ihrer Mutter fahren, ja, drängte sie förmlich dazu.

Faith griff noch einmal zum Handy und wählte Evelyns Nummern. Festnetz, Handy, sogar ihr BlackBerry, das sie eigentlich nur für E-Mails verwendete. Von allen dreien kam die gleiche negative Reaktion. Faith spürte, wie sich ihr Magen zusammenzog, während ihr die schlimmsten Szenarios durch den Kopf gingen. Als Polizistin auf Streife war sie oft zu Vorfällen gerufen worden, bei denen die Nachbarn durch ein weinendes Kind auf ein ernsthaftes Problem aufmerksam geworden waren. Mütter waren in der Badewanne ausgerutscht. Väter hatten sich durch Unachtsamkeit selbst verletzt oder einen Herzstillstand erlitten. Die Babys hatten einfach nur dagelegen und hilflos geweint, bis jemand auf den Gedanken kam, dass etwas nicht stimmen könnte. Es gab nichts Herzzerreißenderes als ein weinendes Baby, das sich nicht trösten ließ.

Faith ärgerte sich über sich selbst, weil sie diese schrecklichen Bilder überhaupt zuließ. Schon immer war sie eine Meisterin darin gewesen, dauernd das Schlimmste anzunehmen, auch bereits bevor sie Polizistin wurde. Evelyn ging es wahrscheinlich gut. Emmas Zeit für den Mittagsschlaf war etwa halb zwei Uhr. Wahrscheinlich hatte ihre Mutter das Telefon ausgesteckt, damit das Klingeln nicht das Baby weckte. Vielleicht hatte sie einen Nachbarn getroffen, als sie in den Briefkasten schaute, oder sie war nebenan, um der alten Mrs. Levy den Müll hinauszutragen.

Dennoch rutschten Faith' Hände auf dem Lenkrad ab, als sie auf den Boulevard fuhr. Sie schwitzte trotz des milden Märzwetters. Hier ging es nicht nur um das Baby oder ihre Mutter oder um Jeremys so skrupellos fruchtbare Freundin. Vor weniger als einem Jahr hatte man bei Faith Diabetes diagnostiziert. Sie war äußerst gewissenhaft, wenn es darum ging, den Blutzucker zu messen, das Richtige zu essen und immer einen Snack bei der Hand zu haben. Wahrscheinlich erklärte das, warum ihre Gedanken so aus dem Ruder gelaufen waren. Sie brauchte einfach etwas zu essen. Vorzugsweise gemeinsam mit ihrer Mutter und ihrem Kind.

Faith kramte noch einmal im Handschuhfach, um ganz sicherzugehen, dass es wirklich leer war. Dunkel erinnerte sie sich daran, dass sie Will gestern ihren letzten Energieriegel gegeben hatte, während sie vor dem Gerichtsgebäude warteten. Es hieß, entweder das oder mit ansehen zu müssen, wie er sich einen klebrigen Donut aus dem Verkaufsautomaten einverleibte. Er hatte sich über den Geschmack beschwert, aber trotzdem den ganzen Riegel gegessen. Und jetzt bezahlte sie dafür.

Sie übersah eine gelbe Ampel und fuhr, so schnell sie sich traute, eine nur mäßig belebte Wohnstraße hinunter. Die Straße verengte sich an der Ponce de Leon. Faith kam an einigen Fast-Food-Restaurants und einem Bioladen vorbei. Sie drückte noch ein wenig mehr aufs Gaspedal, schlitterte durch die Kurven und Abzweigungen am Rand des Piedmont Park. Der Blitz einer Überwachungskamera zuckte im Rückspiegel auf, als sie erneut bei einer gelben Ampel durchfuhr. Wegen eines unachtsamen Fußgängers musste sie scharf abbremsen. Noch zwei Lebensmittelläden huschten vorbei, dann kam die letzte Ampel, die zum Glück Grün zeigte.

Evelyn wohnte noch immer in dem Haus, in dem Faith und ihr älterer Bruder aufgewachsen waren. Das einstöckige Ranchhaus lag in einer Gegend Atlantas mit dem Namen Sherwood Forest, eingebettet zwischen Ansley Park, einem der reichsten Viertel der Stadt, und der Interstate 85, die, abhängig von der herrschenden Windrichtung, beständigen Verkehrslärm bot. Heute blies der Wind genau richtig, und als Faith das Fenster öffnete, um mehr frische Luft ins Auto zu lassen, hörten sie das vertraute Dröhnen, das fast jeden Tag ihrer Kindheit charakterisiert hatte.

Als lebenslange Einwohnerin von Sherwood Forest hatte Faith einen tiefsitzenden Hass gegen die Männer, die das Viertel geplant hatten. Die Wohnsiedlung war nach dem Zweiten Weltkrieg entwickelt worden, und die Backsteinhäuser wurden an zurückkehrende Soldaten verkauft, die die billigen Veteranenkredite nutzten. Die Straßenplaner hatten sich das Sherwood-Konzept unverfroren zu eigen gemacht. Nachdem Faith links in die Lionel eingebogen war, kreuzte sie die Friar Tuck, bog rechts in die Robin Hood Road ein, fuhr über die Gabelung an der Lady Marian Lane und kontrollierte die Einfahrt ihres eigenen Hauses an der Ecke Doncaster und Barnesdale, bevor sie schließlich das Haus ihrer Mutter am Little John Trail erreichte.

Evelyns beiger Chevy Malibu stand mit dem Heck nach hinten im Carport. Wenigstens das war normal. Faith hatte noch nie gesehen, dass ihre Mutter anders auf einen Parkplatz fuhr. Diese Angewohnheit stammte noch aus ihren Tagen in Uniform. Man sorgte immer dafür, dass man sofort abfahrbereit war, wenn ein Anruf kam.

Faith hatte nicht die Zeit, über die Gewohnheiten ihrer Mutter nachzudenken. Sie rollte in die Einfahrt und parkte ihren Mini Schnauze an Schnauze mit dem Malibu. Ihre Beine schmerzten, als sie ausstieg; in den letzten zwanzig Minuten war jeder Muskel ihres Körpers angespannt gewesen. Aus dem Haus hörte sie laute Musik. Heavy Metal, nicht die gewohnten Beatles ihrer Mutter. Auf dem Weg zur Küchentür legte Faith die Hand auf die Motorhaube des Malibu. Der Motor war kalt. Vielleicht war Evelyn unter der Dusche gewesen, als Faith anrief. Vielleicht hatte sie E-Mail und Handy nicht kontrolliert. Vielleicht hatte sie sich geschnitten. Auf der Tür war ein blutiger Handabdruck.

Faith stutzte und schaute noch einmal genauer hin.

Der blutige Abdruck stammte von einer linken Hand und befand sich einen knappen halben Meter über dem Türknauf. Die Tür war zugezogen worden, war jedoch nicht ins Schloss gefallen. Ein Streifen Sonnenlicht fiel auf den Türpfosten, wahrscheinlich vom Fenster über dem Spülbecken.

Faith konnte nicht begreifen, was sie da sah. Sie hielt ihre eigene Hand über den Abdruck wie ein Kind, das seine Finger auf die ihrer Mutter legt. Evelyns Hand war kleiner. Schlanke Finger. Die Spitze ihres Ringfingers hatte die Tür nicht berührt. Wo der Abdruck hätte sein müssen, klebte ein Blutklumpen.

Unvermittelt brach die Musik ab. Durch die Stille hörte Faith ein vertrautes gurgelndes Geräusch, das einen Schrei ankündigte. Das Geräusch hallte durch den Carport, sodass Faith im ersten Augenblick dachte, er käme aus ihrem eigenen Mund. Dann ertönte er noch einmal, und Faith drehte sich um, weil sie wusste, dass er von Emma kam.

Fast jedes andere Haus in Sherwood Forest war abgerissen oder umgebaut worden, nur das Haus der Mitchells sah noch so aus, wie man es damals gebaut hatte. Der Grundriss war einfach: drei Schlafzimmer, ein Wohnzimmer, ein Esszimmer und eine Küche mit einer Tür, die in den offenen Carport führte. An die andere Carport-Seite hatte Bill Mitchell, Faith' Vater, einen soliden Werkzeugschuppen angebaut – ihr Vater hatte nie etwas halbherzig gemacht –, mit einer Metalltür, die sich verriegeln ließ, und Sicherheitsglas in dem einzigen Fenster. Faith war zehn Jahre alt gewesen, als sie erkannte, dass der Anbau für etwas so Einfaches wie einen Werkzeugschuppen viel zu stabil war. Mit dem Zartgefühl, das nur ein älterer Bruder aufbringen kann, hatte Zeke ihr den wahren Zweck des Schuppens verraten: »Dort bewahrt Mom ihre Waffe auf, du blöde Kuh.«

Faith lief an dem Auto vorbei und wollte die Schuppentür öffnen – verschlossen. Sie schaute durchs Fenster. Die Metalldrähte in dem Sicherheitsglas bildeten vor ihren Augen ein Spinnennetz. Sie sah den Arbeitstisch und darunter die ordentlich aufgestapelten Säcke mit Erde. Werkzeuge hingen an ihren Haken. Die Geräte zur Rasenbearbeitung standen sauber aufgereiht nebeneinander. Ein schwarzer Metallsafe mit Zahlenschloss war unter dem Tisch mit Bolzen am Boden befestigt. Die Tür stand offen. Evelyns Revolver, ein Smith and Wesson mit dem Kirschholzgriff, fehlte, ebenso die Schachtel mit Munition, die normalerweise danebenstand.

Wieder war das gurgelnde Geräusch zu hören, diesmal lauter. Einige Decken auf dem Boden pulsierten wie ein Herzschlag. Evelyn benutzte sie, um bei unerwarteten Frostperioden die Pflanzen abzudecken. Normalerweise lagen sie zusammengefaltet auf dem obersten Regalbrett, jetzt aber waren sie in die Ecke hinter dem Safe gestopft. Faith sah ein Stückchen Pink aus den grauen Decken herausragen, dann die Rundung einer Plastikkopfstütze, die nur zu Emmas Autositz gehören konnte. Die Decken bewegten sich wieder. Ein winziger Fuß wurde herausgestreckt; eine weiche, gelbe Baumwollsocke mit weißem Spitzenbesatz am Knöchel. Dann stieß eine kleine Faust durch die Decken. Und plötzlich sah sie Emmas Gesicht.

Emma lächelte Faith an, ihre Oberlippe formte ein weiches Dreieck. Wieder gurgelte sie, doch diesmal vor Freude.

»O Gott.« Faith zog vergeblich an der verschlossenen Tür. Ihre Hand zitterte, als sie die Oberkante des Türstocks abtastete und nach dem Schlüssel suchte. Staub rieselte herunter. Die scharfe Spitze eines Splitters stach ihr in den Finger. Faith schaute wieder durchs Fenster. Emma klatschte in die Hände, der Anblick ihrer Mutter tröstete sie, obwohl Faith einer ausgewachsenen Panik so nahe war wie noch nie in ihrem Leben. In der Hütte war es heiß. Emma könnte sich überhitzen. Sie könnte dehydrieren. Sie könnte sterben.

Voller Angst kniete Faith sich hin, weil sie dachte, dass der Schlüssel vielleicht heruntergefallen, möglicherweise unter die Tür gerutscht war. Faith sah, dass der Boden von Emmas Sitz verbogen war, weil er so straff zwischen Wand und Safe klemmte. Versteckt unter Decken. Blockiert vom Safe.

Geschützt vom Safe.

Faith hielt inne. Ihre Lunge verkrampfte sich. Sie biss die Zähne zusammen. Langsam setzte sie sich auf. Auf dem Betonboden vor ihr entdeckte sie Blut. Ihr Blick folgte der Spur bis zur Küchentür. Dem blutigen Handabdruck.

Emma war im Schuppen eingeschlossen. Evelyns Waffe war verschwunden. Eine Blutspur führte zum Haus.

Faith stand auf und schaute zur unverschlossenen Küchentür. Außer ihrem schweren Atem war nichts zu hören.

Wer hatte die Musik ausgeschaltet?

Faith lief zu ihrem Auto zurück. Sie zog ihre Glock unter dem Fahrersitz hervor, kontrollierte das Magazin und klemmte sich das Halfter an den Gürtel. Ihr Handy lag noch auf dem Vordersitz. Faith schnappte es sich, bevor sie den Kofferraum öffnete. Sie war Detective des Morddezernats von Atlanta gewesen, bevor sie Special Agent beim Staat wurde. Sie wählte die geheime Notfallnummer aus dem Gedächtnis. Sie ließ der Telefonistin keine Zeit zum Sprechen und ratterte die Nummer ihrer alten Marke, ihre Einheit und die Adresse ihrer Mutter herunter.

Dann hielt sie kurz inne, bevor sie sagte: »Code dreißig.« Die Wörter blieben ihr beinahe im Hals stecken. Den Code hatte sie noch nie in ihrem Leben benutzt. Er bedeutete, dass ein Beamter Notfallhilfe brauchte. Er bedeutete, dass ein Kollege in Gefahr, möglicherweise schon tot war. »Mein Kind ist im Außenschuppen eingeschlossen. Auf dem Beton ist eine Blutspur und ein blutiger Handabdruck auf der Küchentür. Ich glaube, meine Mutter ist im Haus. Ich habe Musik gehört, aber sie wurde ausgeschaltet. Sie ist eine pensionierte Kollegin. Ich glaube, sie ist …« Ihr wurde die Kehle eng, als würde eine Faust sie abdrücken. »Hilfe. Bitte. Schicken Sie Hilfe.«

»Bestätige Code dreißig«, erwiderte die Telefonistin knapp und scharf. »Bleiben Sie draußen, und warten Sie auf Verstärkung. Gehen Sie nicht – ich wiederhole – gehen Sie nicht ins Haus.«

»Verstanden.« Faith schaltete ab und warf das Handy auf den Rücksitz. Sie drehte den Schlüssel in dem Schloss, das ihre Schrotflinte auf dem Boden des Kofferraums fixierte.

Das GBI gab an jeden seiner Agenten mindestens zwei Waffen aus. Die Glock, Modell 23, war eine Halbautomatik Kaliber 40 mit dreizehn Schuss im Magazin und einem in der Kammer. Die Remington 870 hatte vier Kartuschen mit Doppelnull-Postenschrot im Lauf. Faith' Flinte hatte sechs zusätzliche Patronen in einem seitlich vor dem Schaft befestigten Halter. Jede Kartusche enthielt acht Kugeln. Jede Kugel hatte in etwa die Größe einer 38er-Pistolenkugel.

Bei jeder Betätigung des Abzugs verschoss die Glock eine Kugel. Jedes Abfeuern der Remington verschoss acht Kugeln.

Die GBI-Vorschriften verlangten, dass jeder Agent seine Glock mit einer Patrone in der Kammer geladen hatte, sodass ihm insgesamt vierzehn Schuss zur Verfügung standen. An dieser Waffe gab es keinen konventionellen äußeren Sicherungshebel. Die Agenten waren nach dem Gesetz berechtigt, tödliche Gewalt anzuwenden, wenn sie ihr eigenes Leben oder das anderer Personen bedroht sahen. Man drückte nur einfach den Abzug ganz zurück, wenn man schießen wollte, und man schoss nur, wenn man töten wollte.

Die Schrotflinte war eine andere Geschichte mit demselben Resultat. Der Sicherungshebel befand sich am hinteren Teil des Abzugsbügels, ein Querschrauben-Schieberegler, für dessen Betätigung man geschmeidige Muskeln brauchte. Man trug sie nicht mit einer Patrone in der Kammer. Man wollte, dass jeder in der Umgebung das Ratschen hörte, mit der die Patrone schussbereit einrastete.

Während sie die Sicherung löste, schaute sie sich zum Haus um. Der Vorhang am vorderen Fenster bewegte sich. Ein Schatten lief den Korridor hinunter.

Faith lud die Flinte, während sie auf den Carport zuging. Die Bewegung erzeugte genau dieses befriedigende Geräusch. In einer einzigen, flüssigen Bewegung drückte sie sich den Schaft gegen die Schulter und richtete den Lauf aus. Sie trat die Tür ein und schrie, die Waffe schussbereit: »Polizei!«

Das Wort dröhnte durchs Haus wie ein Donner. Es kam aus einem dunklen Ort tief in Faith' Eingeweiden, den sie meistens ignorierte, aus Angst, etwas einzuschalten, was nicht wieder abgeschaltet werden konnte.

»Kommen Sie mit erhobenen Händen heraus!«

Niemand kam heraus. Irgendwo im hinteren Teil des Hauses hörte sie ein Geräusch. Sie betrat die Küche. Blut auf der Anrichte. Ein Brotmesser. Noch mehr Blut auf dem Boden. Schubladen und Schränke waren alle weit geöffnet. Der Festnetzapparat hing an der Wand wie eine verdrehte Henkerschlinge. Evelyns BlackBerry und ihr Handy lagen zertreten auf dem Boden. Faith hielt die Flinte gerade an der Schulter, den Zeigefinger dicht neben dem Abzug, damit sie keinen Fehler machte.

Sie hätte an ihre Mutter und an Emma denken sollen, aber ihr ging immer wieder nur ein einziger Satz durch den Kopf: *Personen und Türen.* Wenn man ein Haus durchsuchte, waren das die größten Bedrohungen der eigenen Sicherheit. Man musste wissen, wo die Personen waren – ob es die Guten oder die Bösen waren –, und man musste wissen, was einen an jeder Tür erwartete.

Faith drehte sich zur Seite und richtete die Flinte in die Wäschekammer. Sie sah einen Mann mit dem Gesicht nach unten auf dem Boden liegen. Schwarze Haare. Haut wie gelbes Wachs. Er hatte die Arme um den Körper geschlungen wie ein Kind bei einem Spiel. Keine Waffe an ihm oder in seiner Reichweite. Sein Hinterkopf war ein blutiger Brei. Gehirnmasse sprenkelte die Waschmaschine. Sie konnte das Loch in der Wand sehen, wo die Kugel eingedrungen war, nachdem sie aus dem Schädel ausgetreten war.

Faith drehte sich wieder zur Küche. Von dort gab es einen Durchgang zum Esszimmer. Sie kauerte sich hin und schwang die Waffe in diese Richtung.

Leer.

Sie machte sich den Grundriss des Hauses bewusst. Links das Wohnzimmer. Rechts eine große, offene Diele. Direkt vor ihr der Flur. Badezimmer am Ende. Rechts davon zwei Schlafzimmer. Ein Schlafzimmer links – das ihrer Mutter. In ihm gab es ein winziges Bad und eine Tür auf die Terrasse. Evelyns Schlafzimmertür war die einzige geschlossene im Gang.

Faith ging auf die geschlossene Tür zu, blieb dann aber stehen.

Personen und Türen.

Im Geist sah sie den Satz wie in Stein gemeißelt: *Bewege dich nicht auf eine vor dir liegende Bedrohung zu, bevor du sichergestellt hast, dass hinter dir alles sicher ist.*

Geduckt ging sie nach links und betrat das Wohnzimmer. Sie schaute an den Wänden entlang, kontrollierte die Glasschiebetür, die auf die Terrasse führte. Das Glas war zerbrochen. Die Vorhänge bewegten sich im Wind. Das Zimmer war verwüstet worden. Da hatte irgendjemand irgendetwas gesucht. Schubladen waren herausgerissen. Kissen aufgeschlitzt. Von ihrer Position aus konnte Faith hinter die Couch blicken und auch erkennen, dass im Ohrensessel niemand saß. Immer wieder schaute sie zwischen dem Zimmer und dem Gang hin und her, bis sie sicher war, dass sie weitergehen konnte.

Die erste Tür war die zu ihrem alten Zimmer. Auch hier hatte jemand gesucht. Die Schubladen in Faith' altem Schreibtisch standen heraus wie Zungen. Die Matratze war aufgeschlitzt. Emmas Kinderbettchen war zertrümmert, die Bettdecke zerrissen. Das Mobile, das jeden Tag ihres Lebens über ihr gehangen hatte, war in den Teppich getreten wie Dreck. Faith unterdrückte die brennende Wut, die in ihrer Brust aufstieg, und zwang sich zum Weitergehen.

Schnell schaute sie in den Schränken und unter dem Bett nach. Dasselbe machte sie in Zekes Zimmer, das ihre Mutter zum Büro umgebaut hatte. Auf dem Boden lagen Papiere verstreut. Die Schreibtischschubladen hatte man an die Wand geschmettert. Sie schaute ins Bad. Der Duschvorhang war zurückgezogen. Der Wäscheschrank stand offen. Handtücher und Laken hingen heraus.

Faith stand links neben dem Schlafzimmer ihrer Mutter, als sie die erste Sirene hörte. Zwar noch entfernt, aber deutlich. Sie sollte auf die Beamten, auf Verstärkung warten.

Faith trat die Tür ein und blickte, leicht geduckt, hinein. Am Fuß des Betts waren zwei Männer. Einer kniete. Er war Hispano und trug nur eine Jeans. Die Haut auf seiner Brust war aufgeplatzt, als hätte man ihn mit Stacheldraht gepeitscht. Schweiß glänzte auf seinem Oberkörper. Schwarze und rote Verfärbungen sprenkelten seine Rippen. Überall auf Armen und Torso hatte er Tätowierungen, die größte davon auf seiner Brust: ein grüner und roter Texasstern mit einer sich darum windenden Klapperschlange. Er war Mitglied der Los Texicanos, einer mexikanischen Gang, die seit zwanzig Jahren den Drogenhandel in Atlanta kontrollierte.

Der zweite Mann war Asiate. Keine Tattoos. Ein leuchtend rotes Hawaii-Hemd und beige Chinos. Er stand vor dem Texicano und hielt dem Mann eine Waffe an die Stirn. Ein fünfschüssiger Revolver Smith and Wesson mit Kirschholzgriff. Der Revolver ihrer Mutter.

Faith richtete die Flinte auf die Brust des Asiaten. Das kalte, harte Metall fühlte sich an wie eine Verlängerung ihres Körpers. Adrenalin ließ ihr Herz rasen. Jeder Muskel ihres Körpers wollte abdrücken.

Ihre Stimme klang scharf. »Wo ist meine Mutter?«

Er sprach mit näselndem Südstaatenakzent. »Wenn du auf mich schießt, triffst du ihn auch.«

Er hatte recht. Faith stand im Flur, deutlich weniger als zwei Meter entfernt. Die Männer waren zu dicht beieinander. Sogar ein Kopfschuss barg das Risiko, dass eine Kugel danebenging, die Geisel traf und wahrscheinlich tötete. Dennoch ließ sie die Waffe nicht sinken und behielt den Finger am Abzug. »Sag mir, wo sie ist.«

Er drückte die Mündung fester an die Stirn des Mannes. »Waffe weg.«

Die Sirenen wurden lauter. Sie kamen aus Zone fünf, der Peachtree-Seite des Viertels. Faith sagte: »Hörst du das?« Sie stellte sich den Weg die Nottingham herunter vor und rechnete sich aus, dass ihre Kollegen in weniger als einer Minute hier waren. »Sag mir, wo meine Mutter ist, oder ich schwöre, ich töte dich, bevor sie an der Tür sind.«

Er grinste und umfasste den Revolver fester. »Du weißt, weswegen wir hier sind. Gib es uns, und wir lassen sie gehen.«

Faith wusste nicht, was er meinte. Ihre Mutter war eine dreiundsechzig Jahre alte Witwe. Das Wertvollste im Haus war der Boden, auf dem sie standen.

Er verstand ihr Schweigen als Unschlüssigkeit. »Willst du wirklich deine Mutter wegen Chico hier verlieren?«

Faith tat so, als würde sie ihn verstehen. »Ist es wirklich so einfach? Eines gegen das andere?«

Er zuckte die Achseln. »Der einzige Weg, damit wir beide hier rauskommen.«

»Blödsinn.«

»Kein Blödsinn. Ein fairer Tausch.« Die Sirenen wurden lauter. Auf der Straße quietschten Reifen. »Na komm, du Schlampe. Was ist? Kommen wir ins Geschäft?«

Er log. Er hatte bereits einen Mann getötet und bedrohte einen anderen. Sobald er merkte, dass Faith bluffte, würde es für sie nur eines geben: eine Kugel in die Brust.

»Okay«, sagte sie, fasste die Flinte mit der linken Hand und warf sie vor sich auf den Boden.

Der Waffenausbilder am Schießstand hatte eine Stoppuhr, die Zehntelsekunden maß, und deshalb wusste Faith, dass ihre rechte Hand genau acht Zehntelsekunden brauchte, um die Glock aus ihrem Gürtelhalfter zu ziehen. Während der Asiate von der Flinte abgelenkt war, die ihm vor die Füße fiel, tat sie genau das, sie zog die Glock, legte den Finger um den Abzug und schoss dem Mann in den Kopf.

Seine Arme schnellten in die Höhe. Die Waffe fiel klappernd zu Boden. Er war tot, bevor er auf den Boden knallte.

Die Haustür splitterte. Faith drehte sich zur Diele um, als ein SWAT-Team in voller Kampfausrüstung ins Haus drängte. Und dann drehte sie sich wieder zum Schlafzimmer um und sah, dass der Mexikaner verschwunden war.

Die Terrassentür stand offen. Faith rannte nach draußen, als der Mexikaner eben über den Maschendrahtzaun sprang, die S&W in seiner Hand. Mrs. Johnsons Enkelinnen spielten im hinteren Garten. Sie schrien, als sie den bewaffneten Mann auf sich zurennen sahen. Er war sieben Meter entfernt. Fünf. Er richtete die Waffe auf die Kinder und feuerte einen Schuss über ihre Köpfe hinweg. Backsteinbrocken rieselten zu Boden. Sie waren zu verängstigt, um zu schreien, sich zu bewegen und in Sicherheit zu bringen. Faith blieb am Zaun stehen, hob ihre Glock und drückte ab.

Der Mann machte einen Satz, wie von einer Schnur in die Höhe gerissen. Mindestens eine Sekunde blieb er noch auf den Beinen, dann gaben seine Knie nach, und er fiel rücklings auf die Erde. Faith schwang sich über den Zaun und rannte auf ihn zu. Sie rammte ihm den Absatz ins Handgelenk, bis er die Waffe ihrer Mutter losließ. Die Mädchen fingen wieder an zu schreien. Mrs. Johnson kam aus dem Haus und nahm sie unter ihre Fittiche wie eine Entenmutter. Während sie die Tür zuzog, warf sie Faith noch einen Blick zu. Sie war schockiert, entsetzt. Als Zeke und Faith noch klein waren, hatte sie sie oft mit dem Gartenschlauch nass gespritzt. Damals fühlten sie sich hier sicher.

Faith steckte die Glock in das Halfter und Evelyns Revolver hinten in den Hosenbund. Sie packte den Mexikaner bei den Schultern. »Wo ist meine Mutter?«, blaffte sie. »Was habt ihr mit ihr gemacht?«

Er öffnete den Mund, unter den Silberkappen seiner Schneidezähne quoll Blut heraus. Das Arschloch grinste.

»Wo ist sie?« Faith drückte ihre Hand auf seine zerschossene Brust, spürte, wie sich die gebrochenen Rippen unter ihren Fingern bewegten.

Er schrie vor Schmerz auf, und sie drückte noch fester, sodass die Knochen aneinanderrieben. »Wo ist sie?«

»Agent!« Ein junger Beamter stützte sich mit einer Hand ab und schwang sich über den Zaun. Die Waffe zu Boden gerichtet, kam er auf sie zu. »Entfernen Sie sich von dem Gefangenen.«

Faith beugte sich noch näher zu dem Mexikaner vor. Sie spürte die Hitze, die seine Haut abstrahlte. »Sag mir, wo sie ist.«

Sein Kehlkopf bewegte sich. Er spürte den Schmerz nicht mehr. Seine Pupillen waren riesig. Die Lider flatterten. Seine Mundwinkel zuckten.

»Sag mir, wo sie ist.« Mit jedem Wort klang ihre Stimme verzweifelter. »O Gott, sag mir einfach – bitte – sag mir, wo sie ist.«

Sein Atem rasselte, als wären die Lungenflügel zusammengeklebt. Seine Lippen bewegten sich. Er flüsterte etwas, das sie nicht verstand.

»Was?« Faith brachte ihr Ohr so dicht an seine Lippen, dass sie seinen Speichel spürte. »Sag's mir«, flüsterte sie. »Bitte sag's mir.«

»Almeja.«

»Was?«, wiederholte Faith. »Was hast du gesagt?« Sein Mund klappte auf. Anstelle von Worten quoll Blut heraus. »Was hast du gesagt?«, schrie sie. »Sag mir, was du gesagt hast!«

»Agent!«, brüllte der Beamte noch einmal.

»Nein!« Sie presste ihre Handflächen auf die Brust des Mexikaners, um sein Herz wieder zum Schlagen zu bringen. Faith ballte die Faust, sie wollte ihn unbedingt ins Leben zurückholen. »Sag's mir!«, schrie sie. »Sag's mir einfach.«

»Agent!« Sie spürte Hände um ihre Taille. Der Beamte hob sie in die Höhe.

»Loslassen!« Faith stieß ihren Ellbogen so heftig nach hinten, dass er sie fallen ließ wie einen Stein. Sie krabbelte noch einmal auf den Zeugen zu. Die Geisel. Den Mörder. Die einzige Person, die ihr jetzt noch sagen konnte, was mit ihrer Mutter geschehen war.

Sie nahm den Kopf des Mexikaners zwischen beide Hände und starrte in sein lebloses Gesicht. »Bitte sag's mir«, flehte sie, obwohl sie wusste, dass es zu spät war. »Bitte.«

»Faith?« Detective Leo Donnelly, ihr alter Partner im Atlanta Police Department, stand auf der anderen Seite des Zauns. Er war außer Atem. Seine Hände umklammerten den Maschendrahtzaun. Der Wind riss das Sakko seines billigen, braunen Anzugs auseinander. »Emma geht es gut. Ein

Schlosser ist schon unterwegs.« Seine Stimme klang träge und langsam, wie Sirup, der durch ein Sieb tropft. »Jetzt komm, Mädchen. Emma braucht ihre Mutter.«

Faith schaute an ihm vorbei. Überall waren Polizisten. Das Dunkelblau ihrer Uniformen verschwamm, während sie das Haus, den Garten durchsuchten. Durch die Fenster verfolgte sie die Bewegungen des SWAT-Teams von Zimmer zu Zimmer, hörte ihre Rufe »sauber«, wenn sie nichts fanden. Das Geheul vieler Sirenen schwängerte die Luft. Streifenwägen. Krankenwägen. Ein Feuerwehr-Einsatzwagen.

Der Notruf war in der Welt. Code 30. Beamter braucht Notfallunterstützung.

Drei Männer erschossen. Ihr Baby in einem Schuppen eingesperrt. Ihre Mutter verschwunden.

Faith sank in die Hocke, stützte den Kopf in die zitternden Hände und zwang sich, nicht zu weinen.

2. Kapitel

»Also, er erzählt mir, er hätte bei seinem Auto einen Ölwechsel gemacht, und weil es heiß war in der Werkstatt, hat er seine Hose ausgezogen ...«

»Aha«, meinte Sara Linton und versuchte, Interesse zu heucheln, während sie in ihrem Salat stocherte.

»Und ich sagte: ›Hör mal, Kumpel, ich bin Arzt und nicht deshalb hier, um zu urteilen. Du kannst mir ruhig ehrlich sagen, was ...‹«

Sara sah die Bewegungen von Dale Dugans Lippen, doch zum Glück verschmolz seine Stimme mit dem mittäglichen Lärm der Pizzeria. Die leise Musik. Das Lachen der Menschen. Teller, die in der Küche herumgeschoben wurden. Seine Geschichte war nicht besonders fesselnd, nicht einmal neu. Sara war Kinderärztin in der Notaufnahme von Atlantas Grady Hospital. Davor hatte sie zwölf Jahre lang eine eigene Praxis gehabt und in der Zeit nebenbei auch als Coroner für eine kleine, aber aktive College-Stadt gearbeitet. Es gab so gut wie nichts, weder Geräte, Werkzeuge, Haushaltsprodukte oder Glasfiguren, die sie nicht irgendwann einmal in einer Öffnung eines menschlichen Körpers gefunden hatte.

Dennoch fuhr Dale fort: »Dann kommt die Schwester mit den Röntgenaufnahmen rein.«

»Aha«, sagte sie und gab sich Mühe, neugierig zu klingen.

Dale lächelte sie an. Zwischen seinen Schneidezähnen klemmte Käse. Sara maßte sich kein Urteil an. Dale Dugan war ein netter Mann. Er war nicht gerade der Attraktivste, aber er sah ganz okay aus, mit Gesichtszügen, die viele Frauen attraktiv fanden, nachdem sie erfahren hatten, dass er Medizin studiert hatte. Sara ließ sich nicht so leicht mitreißen. Außerdem war sie am Verhungern, da die Freundin, die ihr dieses lächerliche Blind Date verschafft hatte, meinte, sie solle eher Salat als Pizza bestellen, weil das besser aussehe.

»Also halte ich die Aufnahme in die Höhe, und was sehe ich ...?«

Steckschlüssel, dachte sie, bevor er endlich zur Pointe kam.

»Einen Steckschlüssel! Kannst du dir das vorstellen?«

»Nein!« Sie zwang sich zu einem Lachen, das klang wie die Töne aus einer Aufziehpuppe.

»Und er behauptete weiterhin, er sei ausgerutscht.«

Sie schnalzte mit der Zunge. »Ein ziemlicher Sturz.«

»Ja, nicht?« Er lächelte sie noch einmal an, bevor er herzhaft in seine Pizza biss.

Sara kaute Salat. Die Digitaluhr über Dales Kopf zeigte 2:12 und ein paar Sekunden. Die roten LED-Ziffern waren eine schmerzhafte Erinnerung daran, dass sie jetzt eigentlich zu Hause das Basketball-Spiel anschauen und den Berg Wäsche auf ihrem Sofa zusammenlegen könnte. Sara hatte mit sich selbst gewettet, nicht auf die Uhr zu schauen, um zu sehen, wie lange sie es aushielt, bevor ihre Selbstbeherrschung sich verflüchtigte und sie den tickenden Sekundenzeiger anstarrte. Drei Minuten und zweiundzwanzig Sekunden waren ihr Rekord. Sie nahm sich noch eine Gabel Salat und schwor sich, ihn einzustellen.

»Also«, sagte Dale, »du warst auf der Emory.«

Sie nickte. »Und du warst an der Duke?«

Wie vorauszusehen, setzte er nun zu einer langatmigen Beschreibung seiner akademischen Errungenschaften an, wozu auch Veröffentlichungen in Fachzeitschriften und programmatische Reden bei verschiedenen Konferenzen gehörten. Wieder heuchelte Sara Aufmerksamkeit, zwang sich, nicht auf die Uhr zu schauen, und kaute den Salat so langsam wie eine Kuh auf der Weide, sodass Dale sich nicht gezwungen fühlte, ihr eine Frage zu stellen.

Das war nicht Saras erstes Blind Date, und leider war es auch nicht ihr unterhaltsamstes. Das Problem hatte schon in den ersten sechs Minuten angefangen, wie Sara an der Uhr abgelesen hatte. Die Präliminarien waren bereits abgehandelt, bevor ihr Essen serviert wurde. Dale war geschieden, hatte keine Kinder, verstand sich noch gut mit seiner Exfrau und spielte in seiner Freizeit im Krankenhaus Spontan-Basketball. Sara stammte aus einer Kleinstadt in South Georgia. Sie hatte zwei Windhunde und eine Katze, die allerdings lieber bei ihren Eltern wohnte. Vor viereinhalb Jahren war ihr Ehemann getötet worden.

Normalerweise war diese letzte Information ein Gesprächskiller, aber Dale hatte es überspielt wie eine unbedeutende Nebensächlichkeit. Zuerst hatte Sara es ihm positiv angerechnet, dass er nicht nach Details fragte, dann hatte sie vermutet, dass er zu egozentrisch war, um Fragen zu stellen, und schließlich hatte sie sich vorgeworfen, dass sie zu hart über den Mann urteile.

»Was hat dein Mann gemacht?«

Die Frage überrumpelte sie. Sie hatte den Mund voller Salat, kaute, schluckte und antwortete ihm dann: »Er war Polizist. Der Polizeichef des Bezirks.«

»Das ist ungewöhnlich.« Anscheinend schaute sie verständnislos, denn er erklärte: »Ich meine, ungewöhnlich, weil er kein Arzt ist. Kein Arzt war. Also kein Akademiker.«

»Akademiker?« Sie hörte den Vorwurf in ihrer Stimme, konnte aber nichts dagegen tun. »Mein Vater ist Installateur. Meine Schwester und ich haben für ihn gearbeitet, einige Jahre …«

»Mann, Mann.« Er hob kapitulierend die Hände. »Das kam wohl falsch heraus. Ich meine, es hat schon etwas Edles, mit den eigenen Händen zu arbeiten, nicht?«

Sara wusste ja nicht, welche Art von Arzt Dr. Dale war, aber sie neigte dazu, ihre Hände bei ihrer Arbeit zu benutzen.

Er schien sich seines Fauxpas gar nicht bewusst zu sein, denn seine Stimme bekam nun etwas Feierliches: »Ich habe viel Respekt vor Polizisten. Und Leuten im aktiven Dienst. Soldaten, meine ich.« Er wischte sich mit seiner Serviette nervös den Mund ab. »Gefährliche Arbeit. Ist er im Dienst gestorben?«

Sie nickte und schaute schnell auf die Uhr. Drei Minuten und sechzehn Sekunden. Ihren Rekord hatte sie knapp verfehlt.

Er zog sein Handy aus der Tasche und sah aufs Display. »Entschuldigung, aber ich habe Bereitschaft. Ich wollte nur eben nachsehen, ob ich hier ein Signal habe.«

Wenigstens hatte er nicht so getan, als wäre sein Handy stumm geschaltet, allerdings war Sara ziemlich sicher, dass das noch kam. »Tut mir leid, dass ich so abweisend bin. Es ist ein schwieriges Thema.«

»Dein Verlust tut mir sehr leid.« Seine Stimme hatte die professionelle Färbung, die Sara aus der Notaufnahme kannte. »Das war sicher schwer für dich.«

Sara biss sich auf die Zungenspitze. Eine höfliche Reaktion fiel ihr einfach nicht ein, und als sie endlich daran dachte, das Thema zu wechseln und übers Wetter zu sprechen, war so viel Zeit vergangen, dass die Situation noch peinlicher würde. Schließlich sagte sie: »Na ja, wie auch immer. Warum reden wir nicht …«

»Entschuldigung«, unterbrach er sie, »muss mal kurz auf die Toilette.«

Er stand so schnell auf, dass sein Stuhl beinahe umgekippt wäre. Sara sah ihn nach hinten hasten. Vielleicht bildete sie sich das nur ein, aber sie dachte, vor dem Notausgang hätte er kurz gezögert.

»Idiot.« Sie warf ihre Gabel auf den Salatteller.

Wieder schaute sie auf die Uhr. Es war ein Viertel nach zwei. Falls Dale je wieder von der Toilette zurückkam, konnte sie diese Geschichte um halb drei hinter sich haben. Sara war zu Fuß von ihrer Wohnung hierhergekommen, es würde also nicht dieses ausgedehnte, furchtbare Schweigen geben, wenn Dale sie nach Hause fuhr. Die Rechnung hatten sie bereits bezahlt, als sie an der Kasse ihr Essen bestellten. Für den Rückweg brauchte sie fünfzehn Minuten, sodass sie noch Zeit hatte, ihr Kleid aus- und eine Jogginghose anzuziehen, bevor das Basketballspiel anfing. Sara merkte, dass ihr Magen knurrte. Vielleicht sollte sie nur so tun, als würde sie gehen, und dann zurückkommen und eine Pizza bestellen.

Auf der Uhr verging noch eine Minute. Sara schaute auf den Parkplatz hinaus. Dales Auto stand noch dort, da sie davon ausging, dass der grüne Lexus mit dem Nummernschild DRDALE ihm gehörte. Sie wusste nicht, ob sie enttäuscht oder erleichtert war.

Noch einmal dreißig Sekunden verstrichen auf der Uhr. Der Gang zu den Toiletten blieb noch einmal dreiundzwanzig Sekunden leer. Eine ältere Frau mit einer Gehhilfe ging mühsam entlang. Hinter ihr war niemand.

Sara stützte den Kopf auf die Hand. Dale war kein schlechter Mann. Er war solide, einigermaßen gesund, in fester, gut bezahlter Stellung, hatte noch fast alle Haare und wirkte, bis auf den Käse zwischen den Zähnen, gut gepflegt. Doch das alles war nicht genug. Allmählich dachte Sara, dass *sie* das Problem war, denn sobald sie ihre gute Meinung von jemandem verloren hatte, war sie für immer verschwunden. Die Richtung eines Dampfers zu ändern war einfacher, als Saras Denken zu ändern.

Sie sollte sich bei der Sache einfach mehr Mühe geben. Sie war keine fünfundzwanzig mehr, die Vierziger saßen ihr im Nacken. Bei einer Größe von über eins achtzig war ihre Auswahl von vornherein beschränkt. Ihre kastanienbraunen Haare und die helle Haut war nicht jedermanns Geschmack. Ihre Arbeitstage waren lang. Als Köchin war sie eine absolute Niete. Offensichtlich hatte sie ihre Fähigkeit zu jeglichem Small Talk verloren, und allein schon die Erwähnung ihres toten Mannes konnte sie zur Furie werden lassen.

Vielleicht waren ihre Ansprüche einfach zu hoch. Ihre Ehe war nicht perfekt gewesen, aber verdammt gut. Sie hatte ihren Mann mehr geliebt als das Leben selbst. Ihn zu verlieren, das hatte sie beinahe umgebracht. Aber Jeffrey war nun schon fast fünf Jahre nicht mehr da, und, um ehrlich zu sein, Sara fühlte sich einsam. Sie vermisste die Gesellschaft eines Mannes. Sie vermisste die Art, wie das männliche Gehirn funktionierte, und die erstaunlich lieben Dinge, die ein Mann sagen und tun konnte. Sie vermisste die raue Männerhaut. Sie vermisste auch die anderen Sachen. Leider hatte sie, als ein Mann sie das letzte Mal dazu gebracht hatte, die Augen zu verdrehen, gegen die Langweile angekämpft und sich nicht in Ekstase gewunden.

Sara musste sich eingestehen, dass sie beim Flirten extrem, schrecklich, grässlich schlecht war. Viel Zeit zum Üben hatte sie ja nicht gehabt. Von der Pubertät an war Sara seriell monogam gewesen. Ihr erster Freund war eine Highschool-Liebe gewesen, die bis zum College gehalten hatte, dann war sie während des Medizinstudiums die ganze Zeit mit einem Kommilitonen gegangen, und schließlich hatte sie Jeffrey kennengelernt und nie mehr einen Gedanken an einen anderen Mann verschwendet. Bis auf eine katastrophale Nacht vor drei Jahren hatte es seitdem keinen Mann mehr gegeben. Sie kannte nur einen Mann, der auch nur entfernt einen Funken in ihr entfachen konnte, aber der war verheiratet. Schlimmer noch, er war ein verheirateter Polizist.

Und am schlimmsten, er stand gerade mal drei Meter von ihr entfernt an der Kasse.

Will Trent trug schwarze Shorts und ein langärmeliges, schwarzes T-Shirt, das seine breiten Schultern sehr vorteilhaft zur Geltung brachte. Seine sandblonden Haare waren länger als noch vor ein paar Monaten, als Sara ihn das letzte Mal gesehen hatte. Er hatte einen Fall bearbeitet, der einen ihrer alten Patienten in der Kinderklinik zu Hause betraf. Sie hatte ihre Nase so tief in Wills Angelegenheiten gesteckt, dass er keine andere Chance gehabt hatte, als sich von ihr bei den Ermittlungen helfen zu lassen. Sie hatten, so fühlte es sich zumindest an, ein wenig miteinander geflirtet, doch nach Abschluss des Falls war er nach Hause zu seiner Frau zurückgekehrt.

Will war extrem aufmerksam. Sicher hatte er Sara beim Hereinkommen am Tisch sitzen sehen. Dennoch drehte er ihr den Rücken zu und starrte ein Flugblatt auf der Anschlagtafel an der Wand an. Sie brauchte die Uhr nicht, um die Sekunden zu zählen, während sie darauf wartete, dass er sie bemerkte.

Er wandte seine Aufmerksamkeit einem anderen Flugblatt zu.

Sara zog den Clip heraus, der ihre Haare zusammenhielt, und ließ ihre Locken über die Schultern fallen. Sie stand auf und ging zu ihm.

Es gab einige Dinge, die sie über Will Trent wusste. Er war groß, mindestens eins neunzig, hatte den schlanken Körper eines Läufers und die schönsten Beine, die sie bei einem Mann je gesehen hatte. Seine Mutter war ums Leben gekommen, als er weniger als ein Jahr alt gewesen war. Er war in einem Kinderheim aufgewachsen und nie adoptiert worden. Er war Special Agent beim GBI und einer der intelligentesten Männer, die sie kannte, und er war so legasthenisch, dass er, soweit sie das beurteilen konnte, nicht besser lesen konnte als ein Zweitklässler.

Sie stand Schulter an Schulter mit ihm und starrte das Flugblatt an, das seine Aufmerksamkeit fesselte. »Sieht interessant aus.«

Seine Überraschung, sie zu sehen, war sehr schlecht gespielt. »Dr. Linton. Ich wollte eben …« Er riss eine Telefonnummer von dem Flugblatt. »Ich überlege schon länger, mir ein Motorrad zuzulegen.«

Sie schaute sich das Flugblatt an, das unter einer Werbung für neue Mitglieder die detaillierte Zeichnung einer Harley Davidson zeigte. »Ich glaube nicht, dass Lesben auf schweren Maschinen das Richtige für Sie sind.«

Sein Lächeln war schief. Er hatte sein ganzes Leben damit zugebracht, seine Behinderung zu verbergen, und obwohl Sara es herausgefunden hatte, gab er noch immer nicht gern zu, dass er ein Problem hatte. »Ist doch eine tolle Möglichkeit, Frauen kennenzulernen.«

»Wollen Sie Frauen kennenlernen?«

Sara dachte an eine weitere von Wills Eigenheiten, nämlich sein unheimliches Talent dafür, den Mund zu halten, wenn er nicht wusste, was er sagen sollte. Daraus resultierten dann die verlegenen Augenblicke, die Saras Dates ausgesprochen unterhaltsam erscheinen ließen.

Zum Glück war Wills Pizza fertig. Sara trat einen Schritt zurück, während er die Schachtel von der tätowierten und vielfach gepiercten Kellnerin entgegennahm. Die junge Frau warf Will einen Blick zu, den man nur anerkennend nennen konnte. Er schien das überhaupt nicht zu bemerken, während er nachschaute, ob sie seine Bestellung auch korrekt ausgeführt hatten.

»Also.« Mit dem Daumen drehte er den Ehering an seinem Finger. »Schätze, ich sollte los.«

»Okay.«

Er rührte sich nicht. Sara ebenfalls nicht. Draußen fing ein Hund an zu bellen, das schrille Kläffen drang durch die offenen Fenster. Sara wusste, dass für die Kunden, die mit ihren Haustieren zum Restaurant kamen, neben der Vordertür ein Pfosten zum Anbinden und eine Schüssel mit Wasser standen. Sie wusste außerdem, dass Wills Frau einen kleinen Hund namens Betty hatte und dass dessen Pflege und Fütterung vorwiegend ihm überlassen war.

Das Kläffen wurde intensiver. Will machte noch immer keine Anstalten zu gehen.

Sie sagte: »Das klingt aber sehr nach Chihuahua.«

Er horchte konzentriert und nickte dann. »Ich glaube, Sie könnten recht haben.«

»Da bin ich wieder.« Dale war zurück von der Toilette. »Hör zu, ich habe einen Anruf aus dem Krankenhaus bekommen ...« Er schaute zu Will hoch. »Hi.«

Sara stellte die beiden einander vor. »Dale Dugan, das ist Will Trent.«

Will nickte knapp. Dale tat dasselbe.

Der Hund bellte weiter, ein durchdringendes, panisches Jaulen. An Wills Gesichtsausdruck sah Sara, dass er lieber sterben würde, als zuzugeben, dass der Hund zu ihm gehörte.

Sie zeigte ein wenig Mitleid mit ihrem Blind Date. »Dale, ich weiß, dass du ins Krankenhaus musst. Vielen Dank für das Mittagessen.«

»War mir ein Vergnügen.« Er beugte sich zu ihr und küsste sie direkt auf die Lippen. »Ich ruf dich an.«

»Toll«, murmelte sie und musste sich beherrschen, um sich nicht die Lippen abzuwischen. Sara sah die beiden Männer noch ein knappes Nicken austauschen, bei dem sie sich vorkam wie der einzige Hydrant im Hundepark.

Bettys Kläffen wurde noch lauter, als Dale über den Parkplatz ging. Will murmelte etwas in sich hinein, bevor er die Tür aufstieß. Mit einer Hand band er die Leine los und hob den Hund hoch, während er auf der anderen die Pizza balancierte. Das Kläffen hörte sofort auf. Betty drückte ihren Kopf am seine Brust. Ihre Zunge hing heraus.

Sara strich dem Hund über den Kopf. Auf ihrem schmalen Rücken hatte sie frische Wundnähte. »Was ist passiert?«

Wills Lippen waren noch immer zusammengepresst. »Sie hat sich mit einem Jack Russell angelegt.«

»Wirklich?« Diese Art von Verletzungen konnte unmöglich von einem anderen Hund stammen, außer der Jack Russell hatte Scheren anstelle von Pfoten.

Er deutete mit dem Kinn auf Betty. »Ich sollte sie nach Hause bringen.«

Sara war noch nie in Wills Haus gewesen, aber sie wusste, wo er wohnte. »Müssen Sie nicht nach rechts?« Sie differenzierte: »In diese Richtung.«

Will antwortete nicht. Er schien sich zu überlegen, ob er sie anlügen und damit durchkommen könnte.

Sie ließ nicht locker. »Wohnen Sie nicht an der Linwood?«

»Sie müssen in die andere Richtung.«

»Ich kann durch den Park abkürzen.« Sie setzte sich in Bewegung, sodass ihm keine andere Wahl mehr blieb. Schweigend gingen sie die Ponce de Leon hinunter. Der Verkehr war so laut, dass er ihre Sprachlosigkeit problemlos übertönte, aber nicht einmal die Auspuffgase der Autos konnten überdecken, wie strahlend schön dieser Frühlingstag war. Pärchen gingen Hand in Hand die Straße entlang. Mütter schoben Kinderwägen. Jogger sprinteten über die vierspurige Straße. Die Bewölkung des frühen Morgens war nach Osten abgezogen, jetzt zeigte sich ein jeansblauer Himmel. Eine leichte Brise wehte. Sara verschränkte die Hände hinter dem Rücken und schaute den aufgeplatzten Bürgersteig entlang. Baumwurzeln durchbrachen den Beton wie knotige, alte Zehen.

Sie sah Will an. Die Sonne ließ den Schweiß auf seiner Stirn funkeln. Auf seinem Gesicht waren zwei Narben, von denen Sara keine Ahnung hatte, woher sie stammten. Irgendwann war seine Oberlippe aufgerissen und schlecht zusammengenäht worden, sodass sein Mund jetzt etwas ordinär aussah. Die andere Narbe lief am linken Unterkiefer entlang und verschwand in seinem Kragen. Als sie ihn kennengelernt hatte, hatte sie die Narben seinem jugendlichen Ungestüm zugeschrieben, doch da sie nun seine Geschichte kannte und wusste, dass er in staatlicher Obhut aufgewachsen war, nahm sie an, dass hinter den Verletzungen eine dunklere Geschichte steckte.

Will drehte sich ihr zu, und sie wandte den Blick ab. Er sagte: »Dale scheint ja ein recht netter Kerl zu sein.«

»Ja, ist er.«

»Arzt, nehme ich an.«

»Genau.«

»Sah aus wie ein guter Küsser.«

Sie lächelte.

Will drückte Betty ein wenig fester an sich, um sie besser im Griff zu haben. »Schätze, Sie gehen mit ihm.«

»Das war heute unser erstes Date.«

»Sie wirkten aber vertrauter.«

Sara blieb stehen. »Wie geht's Ihrer Frau, Will?«

Er antwortete nicht sofort. Sein Blick war über ihre Schulter in die Ferne gerichtet. »Ich habe sie seit vier Monaten nicht gesehen.«

Irgendwie fühlte Sara sich im Stich gelassen. Seine Frau war verschwunden, und Will hatte sie nicht angerufen. »Sind Sie getrennt?«

Er trat einen Schritt beiseite, sodass ein Jogger vorbeilaufen konnte. »Nein.«

»Wird sie vermisst?«

»Nicht direkt.«

Ein MARTA-Bus hielt im Bordstein, sein Motor füllte die Luft mit einem anhaltenden Grummeln. Sara hatte Angie Trent vor knapp einem Jahr kennengelernt. Ihr mediterranes Aussehen und die kurvenreiche Figur waren genau das, woran Mütter dachten, wenn sie ihre Söhne vor Flittchen warnten.

Der Bus fuhr wieder an. Sara fragte: »Wo ist sie?«

Will atmete lang aus. »Sie verlässt mich sehr oft. Genau das tut sie. Sie geht einfach weg, und dann kommt sie zurück. Und dann bleibt sie eine Weile, und dann verschwindet sie wieder.«

»Wohin geht sie?«

»Ich habe keine Ahnung.«

»Sie haben sie nie gefragt?«

»Nein.«

Sara tat erst gar nicht so, als würde sie verstehen. »Warum nicht?«

Er schaute auf die Straße, den vorbeiziehenden Verkehr. »Das ist kompliziert.«

Sie legte ihm die Hand auf den Arm. »Erklären Sie es mir.«

Als er sie anschaute, sah er absolut lächerlich aus mit dem winzigen Hund in der einen Hand und der Pizzaschachtel in der anderen.

Sara trat näher an ihn heran und legte ihm die Hand auf den Arm. Sie spürte die harten Muskeln unter seinem T-Shirt, die Hitze seiner Haut. Im strahlenden Sonnenlicht wirkten seine Augen unwirklich blau. Er hatte zarte Wimpern, blond und weich. An seinem Unterkiefer war eine stoppelige Stelle, die er beim Rasieren übersehen hatte. Sara war ein paar Zentimeter kleiner als er. Sie stellte sich auf Zehenspitzen, um ihm direkt in die Augen sehen zu können.

Sie sagte: »Reden Sie mit mir.«

Er schwieg, und sein Blick wanderte über ihr Gesicht, blieb kurz an den Lippen hängen, bevor er ihr wieder in die Augen schaute.

Schließlich sagte er: »Es gefällt mir, wenn Sie Ihre Haare offen tragen.«

Ein schwarzer SUV, der mitten auf der Straße hart bremste, nahm Sara die Möglichkeit zu einer Reaktion. Knapp zwanzig Meter weiter vorn kam er zum Stehen und stieß dann wieder zurück. Die Reifen quietschten über den Asphalt. Gummigestank füllte die Luft. Das Fenster wurde heruntergelassen.

Wills Chefin Amanda Wagner schrie: »Einsteigen!«

Sie waren beide zu verblüfft, um sich zu rühren. Autos hupten. Fäuste wurden geschwenkt. Sara kam sich vor wie mitten in einem Actionfilm.

»Können Sie …«, setzte Will an, aber Sara nahm ihm Betty und die Pizzaschachtel bereits ab. Aus einer Socke zog er seinen Hausschlüssel. »Man muss sie im Gästezimmer einsperren, damit sie nicht …«

»Will!« Amandas Ton ließ keinen Zweifel offen.

Sara nahm den Schlüssel. Das Metall war noch warm von seinem Körper. »Gehen Sie.«

Das musste man Will nicht zweimal sagen. Er sprang ins Auto, und sein Fuß schleifte noch über den Asphalt, als Amanda schon wieder losfuhr. Wieder wurde gehupt. Eine viertürige Limousine brach bei der Vollbremsung mit dem Heck aus. Sara erkannte auf dem Rücksitz einen Teenager. Das Mädchen presste die Hände ans Fenster. Der Mund stand vor Schreck offen. Von hinten kam mit hohem Tempo ein weiteres Auto, konnte aber im letzten Augenblick noch ausweichen. Sara schaute dem jungen Mädchen direkt in die Augen, doch dann richtete die Limousine sich wieder aus und fuhr davon.

Betty zitterte, und Sara ging es nicht viel besser. Sie versuchte, den Hund zu beruhigen, während sie zu Wills Straße lief. Sie drückte ihn fest an sich und presste die Lippen auf seinen Kopf. Sara wusste nicht so recht, was es noch schlimmer machte – daran zu denken, was zwischen Will und ihr hätte passieren können, oder die Tatsache, dass Amanda Wagner beinahe einen schlimmen Unfall verursacht hatte.

Sie würde die Nachrichten einschalten müssen, um herauszufinden, was passiert war. Denn wohin Will auch fuhr, die Übertragungswägen würden ebenfalls dort sein. Amanda war Deputy Director des GBI. Sie fuhr nicht nur aus einer Laune heraus herum und suchte nach ihren Agenten. Sara stellte sich vor, dass Faith, Wills Partnerin, in diesem Augenblick ebenfalls wie eine Verrückte zu einem Tatort raste.

Sie hatte vergessen, Will nach seiner Hausnummer zu fragen, aber zum Glück standen alle Angaben auf Bettys Anhänger. Doch das wäre gar nicht nötig gewesen, denn Wills schwarzer Porsche, der in einer Einfahrt fast am Ende der Straße stand, war unübersehbar. Das Auto war ein älteres Modell, das komplett restauriert worden war. Anscheinend hatte Will es heute gewaschen. Die Reifen glänzten, und im Lack der langen Schnauze konnte sie ihr Spiegelbild sehen, als sie daran vorbeiging.

Will wohnte in einem Bungalow aus rotem Backstein. Die Haustür war schwarz lackiert. Die Holzverzierungen waren buttergelb. Der Rasen war gut gepflegt, die Kanten waren sauber abgestochen, Sträucher und Hecken penibel gestutzt. Ein farbenfrohes Blumenbeet fasste den Mimosenbaum im vorderen Garten ein. Sara fragte sich, ob Angie Trent einen grünen Daumen hatte. Stiefmütterchen waren widerstandsfähige Pflanzen, aber sie mussten regelmäßig gegossen werden. So, wie es klang, war Mrs. Trent nicht der Typ, sich mit so etwas lange aufzuhalten. Sara wusste nicht recht, was sie davon halten sollte oder ob sie es überhaupt verstand. Dennoch hörte sie die Stimme ihrer Mutter in ihrem Hinterkopf nörgeln: *Auch eine abwesende Ehefrau ist immer noch eine Ehefrau.*

Betty fing an, sich zu winden, als Sara den Gartenpfad hochging. Sie fasste das Hündchen fester. Genau das brauchte sie jetzt, um ihren Tag noch schlimmer zu machen – den Hund zu verlieren, der der Frau des Mannes gehörte, den sie eben noch auf der Straße hatte küssen wollen.

Mit einem Kopfschütteln stieg Sara die Stufen zur Veranda hinauf. Sie hatte kein Recht, so über Will zu denken. Sie sollte froh sein, dass Amanda Wagner sie unterbrochen hatte. Am Anfang ihrer Ehe hatte Jeffrey Sara betrogen. Es hätte sie beinahe auseinandergerissen, und sie hatten jahrelang hart arbeiten müssen, um ihre Beziehung wieder zu kitten. Will hatte seine Entscheidung getroffen, zum Guten oder zum Schlechten. Und es war auch nicht nur eine vorübergehende Romanze. Er war mit Angie aufgewachsen. Sie hatten sich im Kinderheim kennengelernt, als sie beide noch sehr jung waren, und hatten eine fast fünfundzwanzigjährige gemeinsame Geschichte. Sara gehörte nicht zwischen die beiden. Sie wollte nicht einer anderen Frau denselben Schmerz zufügen, den sie gespürt hatte, gleichgültig, wie trostlos ihre sonstigen Möglichkeiten waren.

Der Schlüssel glitt problemlos ins Schloss. Eine kühle Brise empfing sie, als sie durch die Tür trat. Sie setzte Betty auf den Boden und nahm ihr die Leine ab. Kaum war der Hund frei, lief er schnurstracks in den hinteren Teil des Hauses.

Sara konnte ihre Neugier nicht zügeln, als sie sich die vorderen Zimmer des Hauses anschaute. Wills Geschmack hatte eindeutig etwas Maskulines. Falls seine Frau zur Einrichtung beigetragen hatte, sah man das nicht. Ein Flipperautomat stand an beherrschender Stelle mitten im Esszimmer, direkt unter einem Kristalllüster. Offensichtlich arbeitete Will an dem Gerät – die elektronischen Eingeweide lagen ausgebreitet neben einem offenen Werkzeugkasten auf dem Boden. Der Geruch von Maschinenöl hing in der Luft.

Die Couch im Wohnzimmer hatte einen Bezug aus dunkelbraunem Velours, ein dazu passender Polsterhocker stand daneben. Die Wände waren von einem gedämpften Beige. Ein schicker, schwarzer Ruhesessel war auf einen Fünfzig-Zoll-Plasmafernseher ausgerichtet, unter dem sich diverse elektronische Geräte stapelten. Alles schien an seinem Platz zu sein. Es gab keinen Staub und kein Durcheinander, keine Wäsche, die sich auf der Couch zu einem Mount Everest türmte. Offensichtlich war Will ordnungsliebender als Sara. Aber das waren die meisten Menschen.

Sein Schreibtisch stand in einer Ecke des Wohnzimmers, an der Wand zum Gang. Chrom und Metall. Sie strich mit dem Finger am Bügel seiner Lesebrille entlang. Um einen Laptop mit Drucker lagen Papiere in ordentlichen Stapeln. Eine Packung Magic Markers krönte einen Stapel verschiedenfarbiger Ordner. In kleinen Metallkästchen lagen Gummibänder und Büroklammern nach Größe und Farbe sortiert.

Sara hatte diese Anordnung schon einmal gesehen. Will konnte lesen, aber nicht mühelos und mit Sicherheit nicht schnell. Er benutzte farbige Marker und Büroklammern als Eselsbrücken, um zu finden, wonach er suchte, ohne tatsächlich durchsehen zu müssen, was in einem Ordner war oder auf einer Seite stand. Das war ein schlauer Trick, den er sich wahrscheinlich schon sehr früh angeeignet hatte. Sara hatte keinen Zweifel, dass er einer dieser Jungs gewesen war, die im Klassenzimmer ganz hinten saßen und sich alles merkten, was der Lehrer sagte, dann aber bei einem Test nicht in der Lage – oder nicht willens – waren, irgendetwas davon niederzuschreiben.

Sie brachte die Pizzaschachtel in die Küche, die in denselben satten

Brauntönen wie das restliche Haus gehalten war. Im Gegensatz zu Saras Küche waren die Granit-Arbeitsflächen hier sauber und ordentlich, eine Kaffeemaschine und ein Fernseher waren die einzigen Gegenstände, die herumstanden. Entsprechend war auch der Kühlschrank leer bis auf einen Karton Milch und eine Packung Pudding. Sara schob die Pizza auf die oberste Ablage und ging in den hinteren Teil des Hauses, um nach Betty zu sehen. Als Erstes entdeckte sie das Gästezimmer. Die Deckenbeleuchtung war ausgeschaltet, aber Will hatte eine Stehlampe hinter einem weiteren Lehnsessel angelassen. Neben dem Sessel stand ein Hundekorb in der Form einer Chaiselongue. In der Ecke standen eine Schüssel mit Wasser und eine mit Trockenfutter. An der Wand hing ein zweiter Fernseher, ein zusammengeklapptes Laufband stand davor.

Das Zimmer war dunkel, die Wände in einem kräftigen Braun gehalten, das den Farbton der Wohnzimmereinrichtung weiterführte. Sie schaltete das Deckenlicht an. Es überraschte sie, an den Wänden Bücherregale zu sehen. Sara strich mit den Fingern über die Titel und erkannte Klassiker neben einer Handvoll feministischer Texte, wie sie ernsthafte junge Frauen in ihrem ersten Collegejahr lesen. Alle Buchrücken waren rissig, die Bücher machten einen häufig benutzten Eindruck. Sara wäre nie auf den Gedanken gekommen, dass Will in seinem Haus eine Bibliothek haben könnte. Bei seiner Legasthenie wäre die Lektüre eines dicken Romans eine Sisyphusarbeit. Die Audiobücher schienen da einleuchtender. Sara kniete sich hin und betrachtete die CD-Hüllen, die sich neben einem teuer aussehenden Bose-Player stapelten. Wills Geschmack war deutlich intellektueller als der ihre – viele Sachbücher und historische Arbeiten, die Sara normalerweise chronisch Schlaflosen vorschlagen würde. Sie drückte einen sich ablösenden Aufkleber fest und las »Eigentum der Bibliothek des Fulton County«.

Das Klicken von Krallen im Gang kündigte Betty an. Sara errötete, fühlte sich ertappt. Sie stand auf, um den Hund zu holen, doch Betty rannte erstaunlich schnell davon. Sara folgte ihr am Bad vorbei in das zweite Zimmer. Wills Schlafzimmer.

Das Bett war gemacht. Eine dunkelblaue Decke lag über dem dazu passenden Laken. Ein einzelnes Kissen lehnte an der Wand, wo normalerweise das Kopfbrett war. Ein Nachtkästchen. Eine Lampe.

Im Gegensatz zum Rest des Hauses hatte das Schlafzimmer etwas sachlich Zweckmäßiges. Sara wollte lieber nicht darüber nachdenken, warum dieser Mangel an Romantik sie erleichterte. Die Wände waren weiß. Keine

Bilder hingen daran. Auf der Kommode, neben einem weiteren Fernseher, lagen Wills Uhr und seine Brieftasche, auf einer Bank am Fuß des Betts eine Jeans und ein T-Shirt, daneben lag ein Paar zusammengefaltete schwarze Socken. Seine Stiefel standen unter der Bank. Sara nahm das Shirt in die Hand. Baumwolle. Langärmelig. Schwarz wie das, das Will zuvor getragen hatte.

Der Hund sprang aufs Bett und kuschelte sich in das Kissen.

Sara faltete das Shirt zusammen und legte es wieder neben die Jeans. Was sie hier tat, war schon fast Schnüffeln. Wenigstens hatte sie nicht an dem T-Shirt gerochen und in den Schubladen gestöbert. Sie hob Betty vom Bett und dachte, sie sollte den Hund jetzt im Gästezimmer einsperren und von hier verschwinden. Da klingelte das Telefon. Der Anrufbeantworter sprang an. Sie hörte Wills Stimme im Schlafzimmer.

»Sara? Wenn Sie da sind, bitte heben Sie ab.«

Sie ging zurück ins Schlafzimmer und griff zum Hörer. »Ich wollte eben wieder gehen.«

Seine Stimme klang angespannt. Im Hintergrund hörte sie ein Baby weinen, Leute schreien. »Sie müssen sofort hierherkommen. Zu Faith. Zum Haus ihrer Mutter. Es ist wichtig.«

Sara spürte, wie Adrenalin ihre Sinne schärfte. »Geht es ihr gut?«

»Nein«, antwortete er knapp. »Kann ich Ihnen die Adresse geben?«

Ohne nachzudenken, zog sie die Schublade des Nachtkästchens auf, weil sie vermutete, dass sie dort Stift und Papier finden würde. Stattdessen sah sie ein Magazin, wie es ihr Vater früher ganz unten in seiner Werkzeugkiste versteckt hatte.

»Sara?«

Die Schublade ging nicht mehr zu. »Ich muss mir nur schnell etwas zum Schreiben holen. Moment.«

Will schien der einzige Mensch in ganz Amerika zu sein, der kein schnurloses Telefon hatte. Sara legte den Hörer aufs Bett, holte Stift und Papier von seinem Schreibtisch und kam zurück. »Okay.«

Will wartete, bis irgendjemand zu schreien aufgehört hatte. Mit leiser Stimme nannte er Sara die Adresse. »Das ist in Sherwood Forest, auf der Rückseite des Ansley Park. Kennen Sie das Viertel?«

Ansley war nur fünf Minuten entfernt. »Das finde ich schon.«

»Nehmen Sie mein Auto. Die Schlüssel hängen an einem Haken neben der Hintertür in der Küche. Können Sie mit Schaltgetriebe fahren?«

»Ja.«

»Die Presse ist bereits da. Gehen Sie zum ersten Polizisten, den Sie sehen, sagen Sie ihm, dass Sie auf meine Bitte hin hier sind, und dann lässt man Sie durch. Reden Sie mit niemand anderem. Okay?«

»Okay.« Sie legte auf und schob die Schublade mit beiden Händen zu. Betty lag wieder auf dem Kissen. Sara hob sie noch einmal vom Bett. Sie wollte schon gehen, doch dann fiel ihr etwas ein. Will war in Shorts gewesen, als sie ihn das letzte Mal gesehen hatte. Wahrscheinlich wollte er seine Jeans. Sie steckte Uhr und Brieftasche in die Gesäßtasche. Sie hatte keine Ahnung, wo er seine Waffe aufbewahrte, hatte aber auch nicht vor, noch mehr in seinen Sachen zu wühlen.

»Kann ich Ihnen helfen?«

Sara spürte, wie ihr das Entsetzen durch den Körper schoss. Angie Trent lehnte an der Schlafzimmertür, die Hand lässig gegen den Türstock gestützt. Ihre dunklen, lockigen Haare fielen auf ihre Schultern. Ihr Make-up war perfekt. Ihre Nägel waren perfekt. Ihr enger Minirock und das mehr zeigende als verhüllende Top hätten es mühelos auf das Cover des Magazins in Wills Nachtkästchen geschafft.

»Ich – ich …« Sara hatte nicht mehr gestottert, seit sie zwölf Jahre alt war.

»Wir sind uns schon mal begegnet, nicht? Sie arbeiten im Krankenhaus.«

»Ja.« Sara trat einen Schritt vom Bett weg. »Will wurde zu einem Notfall gerufen. Er bat mich, Ihren Hund hierherzubringen …«

»Meinen Hund?«

Sara spürte die Vibrationen eines beginnenden Knurrens in Bettys Brust.

Angie verzog angewidert den Mund. »Was ist mit dem Köter passiert?«

»Sie war …« So wie sie dastand, kam Sara sich vor wie eine Idiotin. Sie klemmte sich Wills Jeans unter den Arm. »Ich bringe sie ins Gästezimmer und gehe.«

»Klar doch.« Angie blockierte die Tür. Betont langsam machte sie Sara Platz, folgte ihr dann ins Gästezimmer und sah zu, wie sie Betty ins Körbchen setzte und die Tür zuzog.

Sara wollte schon zur Vordertür hinausgehen, doch dann fiel ihr ein, dass sie Wills Autoschlüssel brauchte. Sie musste sich anstrengen, damit ihre Stimme nicht zitterte. »Er sagte mir, ich soll sein Auto mitbringen.«

Angie verschränkte die Arme. Ihr Ringfinger war nackt, doch um den Daumen trug sie ein silbernes Band. »Natürlich hat er das gesagt.«

Sara ging noch einmal in die Küche. Ihr Gesicht war gerötet, sie schwitzte.

Neben dem Tisch stand eine Reisetasche, die zuvor noch nicht dagewesen war. Wills Autoschlüssel hingen an einem Haken neben der Hintertür, wie er gesagt hatte. Sie nahm sie, und während sie zurück ins Arbeitszimmer ging, spürte sie, dass Angie im Gang stand und jede ihrer Bewegungen beobachtete. So schnell sie konnte, ging Sara zur Haustür, das Herz schlug ihr bis zum Hals – und Angie Trent hatte nicht vor, ihr die Sache einfach zu machen.

»Wie lange fickst du ihn schon?«

Sara schüttelte den Kopf. Das konnte doch alles gar nicht wahr sein.

»Ich habe gefragt, wie lange du meinen Mann schon fickst?«

Sara starrte die Tür an, sie schämte sich zu sehr, um Sara anzuschauen. »Das ist ein Missverständnis. Ich verspreche es Ihnen.«

»Ich habe dich in *meinem* Haus in *meinem* Schlafzimmer gefunden, das ich mit *meinem* Mann teile. Was für eine Erklärung hast du dafür? Ich brenne darauf, sie zu hören.«

»Ich habe Ihnen doch gesagt …«

»Stehst du auf Bullen? Ist es das?«

Sara spürte, wie ihr Herz einen Schlag aussetzte.

»Dein toter Mann war doch auch Bulle, oder? Gibt dir das einen Kick?« Angie lachte verächtlich auf. »Er wird mich nie verlassen, Süße. Such dir besser einen anderen Schwanz, mit dem du spielen kannst.«

Sara konnte nicht antworten. Die Situation war entsetzlich. Mit zitternder Hand griff sie nach dem Türknauf.

»Er hat sich für mich geschnitten. Hat er dir das gesagt?«

Sara musste sich zwingen, die Hand ruhig zu halten, damit sie die Tür öffnen konnte. »Ich muss jetzt los. Tut mir leid.«

»Ich habe zugesehen, wie er sich mit einer Rasierklinge den Arm aufschnitt.«

Saras Hand bewegte sich nicht. Ihr Gehirn versuchte vergeblich zu verarbeiten, was sie da hörte.

»In meinem ganzen Leben habe ich noch nicht so viel Blut gesehen.« Angie machte eine Pause. »Du könntest mich wenigstens anschauen, wenn ich mit dir rede.«

Sara wollte es zwar nicht, zwang sich aber dazu, sich umzudrehen.

Angies Ton war passiv, doch der Hass in ihren Augen machte es schwer, sie anzusehen. »Ich habe ihn die ganze Zeit gehalten. Hat er dir davon erzählt? Hat er dir erzählt, wie ich ihn gehalten habe?«

Noch immer fand Sara ihre Stimme nicht.

Angie hob den linken Arm und zeigte das nackte Fleisch. Mit quälender Langsamkeit zog sie den Nagel ihres rechten Zeigefingers vom Handgelenk bis zum Ellbogen. »Es hieß, die Rasierklinge sei so tief eingedrungen, dass sie über den Knochen schabte.« Sie lächelte, als wäre das eine glückliche Erinnerung. »Das hat er für *mich* getan, du Schlampe. Glaubst du, das würde er auch für dich tun?«

Jetzt, da Sara sie anschaute, konnte sie nicht mehr aufhören. Sekunden verstrichen. Sie dachte an die Uhr in dieser Pizzeria, wie sie die Sekunden vertickte. Schließlich räusperte sie sich, weil sie nicht sicher war, ob sie sprechen konnte. »Es ist der andere Arm.«

»Was?«

»Die Narbe«, erwiderte sie und genoss den überraschten Ausdruck in Angies Trents Gesicht. »Die Narbe ist auf dem anderen Arm.«

Saras Hände schwitzten so stark, dass sie den Türknauf kaum drehen konnte. Sie duckte sich, als sie nach draußen stürzte, weil sie Angst hatte, dass Angie ihr nachrennen oder, noch schlimmer, sie der Lüge bezichtigen würde.

In Wahrheit hatte Sara noch nie eine Narbe auf Wills Arm gesehen, weil sie seinen nackten Arm noch nie gesehen hatte. Er trug immer langärmelige Hemden und T-Shirts. Er hatte noch nie die Manschetten aufgeknöpft oder die Ärmel hochgekrempelt. Sie hatte nur eine wohl begründete Vermutung geäußert. Will war Linkshänder. Wenn er sich hätte umbringen wollen, weil seine abscheuliche Frau ihn betrog, hätte er sich den rechten Arm aufgeschlitzt, nicht den linken.

3. Kapitel

WILL ZUPFTE AM Halsausschnitt seines T-Shirts. Es war kochend heiß im Mobilen Kommandofahrzeug und voller Uniformierter und Zivilbeamter, sodass man kaum atmen konnte. Der Lärm war ähnlich unerträglich. Handys bimmelten. BlackBerrys trällerten. Auf Computermonitoren lief die Live-Berichterstattung der Lokalsender. Amanda Wagner krönte die Kakophonie, da sie seit fünfzehn Minuten alle drei anwesenden Bereichskommandanten anschrie. Der Polizeichef von Atlanta war unterwegs. Ebenso der Direktor des GBI. Der Streit um Zuständigkeiten würde nur noch heftiger werden.

Unterdessen arbeitete niemand wirklich an dem Fall.

Will schob die Tür auf. Sonnenlicht fiel in den dunklen Innenraum. Einige Sekunden hörte Amanda auf zu schreien, drehte aber wieder auf, als Will die Tür schloss. Er atmete tief die frische Luft ein und betrachtete vom Absatz der Metalltreppe aus die Szene. Im Gegensatz zur gewohnten hektischen Aktivität nach einem schockierenden Verbrechen warteten hier alle auf Befehle. Detectives saßen in ihren zivilen Fahrzeugen und kontrollierten ihre E-Mails. Sechs Streifenwagen blockierten jedes Ende der Straße. Nachbarn standen gaffend auf ihren Veranden. Der Spurensicherungstransporter des Atlanta PD war da. Der Spurensicherungstransporter des GBI war da. Der Löschzug stand noch immer schräg vor dem Mitchell-Haus. Die Sanitäter saßen rauchend auf der hinteren Stoßstange ihres Krankenwagens. Verschiedene uniformierte Beamte lehnten an Einsatzfahrzeugen, unterhielten sich und taten so, als sei ihnen das, was im Kommandozentrum ablief, völlig gleichgültig.

Trotzdem schafften es alle, Will böse anzustarren, als er auf die Straße trat. Mürrische Gesichter waren zu sehen. Arme wurden verschränkt. Einer fluchte. Ein anderer spuckte auf den Bürgersteig.

Im Atlanta Police Department hatte Will nicht viele Freunde.

Der Lärm von Rotorblättern erfüllte die Luft. Will schaute nach oben. Zwei Medien-Hubschrauber schwebten über dem Tatort. Sie würden nicht mehr lange allein sein. Alle zehn Minuten knatterte ein SWAT MD 500 vorbei. Unter der Nase des moskitogleichen Helikopters war eine Infrarotkamera montiert. Die Kamera konnte durch dichten Wald und Hausdächer sehen, spürte warmblütige Körper auf und führte so die Suchmannschaften zu den bösen Jungs. Es war ein erstaunliches Gerät, aber völlig nutzlos in einem Wohngebiet, wo sich in jeder Minute Tausende Menschen bewegten, ohne ein Verbrechen zu begehen. Im besten Fall zeichnete die Kamera wahrscheinlich die rot leuchtenden Umrisse von Menschen auf, die auf ihren Sofas saßen und in Fernseher starrten, die wiederum den SWAT-Hubschrauber zeigten, der über der Szene schwebte.

Will sucht die Menge nach Sara ab, er wünschte sich, sie würde bald kommen. Wenn er überhaupt gedacht hätte, als Amanda ihn mitten auf der Straße abpasste, hätte er Sara wahrscheinlich gleich gebeten mitzukommen. Er hätte voraussehen müssen, dass Faith Hilfe brauchte. Sie war seine Partnerin. Will war verpflichtet, sich um sie zu kümmern, ihr den Rücken zu decken. Jetzt könnte es schon zu spät sein.

Er wusste nicht genau, wie Amanda so schnell von der Schießerei erfahren hatte, aber fünfzehn Minuten, nachdem der letzte Schuss gefallen war, waren sie bereits vor Ort gewesen. Der Schlosser öffnete eben die Schuppentür, als sie vor dem Haus hielten. Faith war auf und ab gelaufen wie ein Tier im Käfig, während sie darauf wartete, dass ihr Kind befreit wurde, und sie ging auch weiter auf und ab, als Emma schon längst in ihren Armen lag. Kaum hatte sie Will gesehen, fing sie schon an zu plappern und redete über ihre Nachbarin Mrs. Johnson, ihren Bruder Zeke, den Schuppen, den ihr Vater gebaut hatte, als sie noch klein war, und eine Million anderer Dinge, die absolut keinen Sinn ergaben, so wie sie sie aneinanderfügte.

Anfangs hatte Will geglaubt, Faith hätte einen Schock, aber Menschen unter Schock rennen nicht herum und plappern wie Verrückte. Ihr Blutdruck sackt so rapide ab, dass sie meistens gar nicht stehen können. Sie keuchen wie Hunde. Sie starren ins Leere. Sie sprechen langsam, nicht so schnell, dass man sie kaum versteht. Bei Faith spielte sich etwas anderes ab, aber Will wusste nicht, ob es ein mentaler Zusammenbruch oder ihr Diabetes oder sonst etwas war.

Schlimmer war noch, dass zu diesem Zeitpunkt zwanzig Polizisten herumstanden, die alle ganz genau wussten, wie ein Mensch auszuschauen hatte, dem etwas Schlimmes passiert war. Faith passte nicht in dieses Profil. Sie weinte nicht. Sie zitterte nicht. Sie war nicht wütend. Sie war einfach nur verrückt, völlig von Sinnen. Nichts, was sie sagte, ergab irgendeinen Sinn. Sie konnte ihnen nicht sagen, was passiert war. Sie konnte ihnen nicht den

Tatort zeigen und das Blutbad erklären. Sie war noch schlimmer als nutzlos, denn alle Antworten auf die Fragen der Beamten waren in ihrem Kopf eingesperrt.

Irgendwann hatte dann einer der Polizisten gemurmelt, dass sie vielleicht unter Alkoholeinfluss stehe. Und ein anderer hatte angeboten, das Testgerät aus seinem Auto zu holen.

Amanda hatte dem sehr schnell Einhalt geboten. Sie zerrte Faith durch den Vorgarten, klopfte an die Tür der Nachbarin – nicht Mrs. Johnson, die einen Toten in ihrem Hinterhof hatte, sondern eine alte Dame mit dem Namen Mrs. Levy – und befahl ihr, Faith einen Platz zu geben, wo sie sich sammeln konnte.

Inzwischen war das Mobile Kommandozentrum vorgefahren. Amanda war sofort hinten hineingesprungen und hatte verlangt, dass dieser Fall unverzüglich dem GBI übergeben werde. Sie wusste, dass sie die Revierstreitigkeiten mit den Bereichskommandanten nicht gewinnen konnte, dass das GBI nicht einfach antanzen und den Fall übernehmen konnte. Der örtliche Leichenbeschauer, der Bezirksstaatsanwalt oder der Polizeichef baten im Allgemeinen den Staat um Hilfe, und das passierte für gewöhnlich nur, wenn sie den Fall selbst nicht lösen konnten oder weder Geld noch Arbeitskraft für die Ermittlungen ausgeben wollten. Der einzige Mensch, der Atlanta diesen Fall entreißen konnte, war der Gouverneur, und jeder Politiker im Staat konnte einem sagen, dass es eine sehr schlechte Idee war, sich mit der Hauptstadt anzulegen. Amandas Schreierei war reine Show. Sie wurde nicht laut, wenn sie wütend war. Ihre Stimme wurde leise, eher ein Grollen, und man musste die Ohren spitzen, um die Beleidigungen zu verstehen, die ihr aus dem Mund spritzten. Sie versuchte nur, für sie Zeit zu schinden. Für Faith Zeit zu schinden.

In den Augen der hohen Tiere bei der Polizei von Atlanta war Faith keine Polizistin mehr. Sie war eine Zeugin. Sie war eine Verdächtige. Sie war eine Person von Interesse, und sie wollten mit ihr über die Männer reden, die sie getötet hatte, und auch darüber, warum ihre Mutter entführt worden war. Die Polizei von Atlanta war kein Haufen Idioten. Sie gehörte zu den besten Dienststellen des Landes. Aber wenn Amanda sie nicht anschreien würde, würde Faith inzwischen schon auf dem Revier sitzen, und sie würden sie verhören wie einen Terroristen in Guantanamo.

Will konnte es ihnen nicht verdenken. Sherwood Forest war kein Viertel, in dem man mitten an einem sonnigen Sonntagnachmittag eine Schießerei erwarten würde. Ansley Park war nur einen Steinwurf entfernt. Wenn man das Netz ein bisschen weiter auswirft, umfasst man etwa achtzig Prozent des Grundsteueraufkommens der Stadt – viele Millionen Dollar teure Anwesen mit Tennisplätzen und Einliegerwohnungen für die Au-pair-Mädchen. Die Reichen gehören nicht zu der Gattung, die etwas Schlimmes passieren lässt, ohne jemanden dafür verantwortlich zu machen. Irgendjemand würde dafür bezahlen müssen. Und wenn Amanda es nicht verhindern konnte, würde diese Person letztendlich Faith sein. Und Will hatte keine Ahnung, was er tun sollte.

Detective Leo Donnelly kam mit schlurfenden Füßen auf Will zu. Aus dem Mund hing ihm eine Zigarette. Rauch stieg ihm ins Auge. Er blinzelte ihn weg. »Also im Bett möchte ich diese Schlampe nicht hören.«

Er meinte Amanda. Sie schrie immer noch, doch ihre Worte waren durch die geschlossene Tür kaum zu verstehen.

Leo fuhr fort: »Weiß auch nicht. Vielleicht würde sich's ja rentieren. In der Kiste entwickeln sich die Alten oft zu Tigern.«

Will unterdrückte ein Schaudern, nicht weil Amanda Mitte sechzig war, sondern weil Leo offensichtlich ernsthaft über diese Möglichkeit nachdachte.

»Sie weiß, dass sie diese Geschichte nicht gewinnen wird, oder?«

Will lehnte sich an einen der Streifenwagen. Leo war sechs Jahre lang Faith' Partner gewesen, aber die Schwerarbeit hatte er meist ihr überlassen. Mit achtundvierzig Jahren war Leo bei Weitem noch kein alter Mann, aber die Jahre im Dienst hatten ihn altern lassen. Seine Haut war gelblich von einer überbeanspruchten Leber. Er hatte einen Prostatakrebs überstanden, aber die Behandlung hatte ihren Tribut gefordert. Er war als Kerl ganz okay, aber er war faul, was völlig in Ordnung war, wenn man Gebrauchtwagenhändler war, aber unglaublich gefährlich, wenn man Polizist war.

Leo sagte: »Einen solchen Massenauflauf habe ich nicht mehr gesehen seit dem letzten Fall, den ich mit dir bearbeitet habe.«

Will ließ die Szene auf sich wirken. Das Summen des Generators des Kommandozentrums mischte sich mit dem metallischen Sirren aus den Übertragungswägen. Die Polizisten standen, die Hände an den Gürteln, herum. Die Feuerwehrmänner unterhielten sich. Ein völliger und totaler Mangel an Aktivität. Will entschied, dass er mit Leo sprechen sollte. »Tatsächlich?«

»Wie heißt euer Spusi-Typ gleich wieder – Charlie?« Leo nickte. »Er hat's geschafft, sich ins Haus zu quatschen.«

Special Agent Charlie Reed war Leiter der Spurensicherung beim GBI und würde alles tun, um zu einem Tatort zu kommen. »Er ist sehr gut in seinem Job.«

»Das sind viele von uns.« Leo lehnte sich an den Streifenwagen, der ein paar Schritte von Will entfernt stand. Er schnaubte. »Hab gar nicht gewusst, dass Faith säuft.«

»Tut sie auch nicht.«

»Tabletten?«

Will warf ihm den gemeinsten Blick zu, den er zustande brachte.

»Du weißt, dass ich mit ihr reden muss.«

In Wills Stimme schwang eine Spur Hohn mit. »Bist du verantwortlich für den Fall?«

»Nun sei mal nicht gleich so selbstsicher.«

Will ersparte sich jeden weiteren Kommentar. Leos Zeit im Sonnenschein würde nur von kurzer Dauer sein. Sobald der Polizeichef von Atlanta zum Tatort kam, würde er Leo in den Rinnstein treten und sein eigenes Team zusammenstellen. Leo konnte dann von Glück sagen, wenn er ihnen noch Kaffee holen durfte.

»Jetzt mal ernsthaft«, sagte Leo. »Ist Faith okay?«

»Es geht ihr gut.«

Er zog ein letztes Mal an seiner Zigarette und warf sie auf den Boden. »Die Nachbarin ist völlig durchgedreht. Hätte fast zusehen müssen, wie ihre Enkelinnen erschossen werden.«

Will bemühte sich um ein möglichst ausdrucksloses Gesicht. Er wusste in etwa, was hier passiert war, aber das war nicht sehr viel. Den SWAT-Jungs war es langweilig geworden, nachdem sie fünf Minuten herumgestanden hatten, ohne etwas aufbrechen zu dürfen. Details des Tatorts waren durchgesickert wie aus einem rostigen Rohr. Zwei Leichen im Haus. Eine im Hinterhof der Nachbarin. Zwei Waffen in Faith' Händen – ihre Glock und eine Smith and Wesson. Ihre Schrotflinte auf dem Boden im Schlafzimmer. Will hatte aufgehört zu lauschen, nachdem er einen eben eingetroffenen Polizisten sagen gehört hatte, er hätte Faith mit eigenen Augen gesehen und sie wäre völlig zugedröhnt gewesen.

Was Will persönlich anging, wusste er nur zwei Dinge ganz sicher: Dass er keine Ahnung hatte, was in dem Haus passiert war, und dass Faith genau das Richtige getan hatte.

Leo räusperte sich und spuckte einen Schleimklumpen auf den Asphalt. »Also, Granny Johnson sagte, sie hätte in ihrem Hinterhof Schreie gehört. Sie schaut zum Küchenfenster hinaus und sieht den Schützen – einen Mexikaner – auf ihre Enkelinnen zielen. Er drückt ein Mal ab, die Kugel geht in die Ziegelmauer des Hauses. Faith läuft zum Zaun und erschießt ihn. Rettet die kleinen Mädchen.«

Will spürte, wie das Gewicht auf seiner Brust ein wenig leichter wurde. »Sie hatten Glück, dass Faith da war.«

»Faith hatte Glück, dass die Nachbarin eine gute Zeugin ist.«

Will wollte die Hände in die Hosentaschen schieben, und dabei fiel ihm zu spät ein, dass er noch in seinen Laufshorts steckte. Leo kicherte. »Mir gefallen diese neuen Uniformen. Du sollst wohl der Cop von den *Village People* sein, was?«

Will verschränkte die Arme vor der Brust.

»Los Texicanos«, sagte Leo. »Der Kerl im Hinterhof. Er gehört dazu, hat Tattoos überall auf Brust und Armen.«

»Was ist mit den beiden anderen?«

»Asiaten. Beide. Keine Ahnung, ob sie zu einer Gang gehören. Sehen nicht so aus. Ziehen sich nicht so an. Leichen sind sauber – keine Tattoos.« In aller Seelenruhe steckte Leo sich eine neue Zigarette an. Er blies einen Rauchschwall aus, bevor er fortfuhr: »Dort drüben ist Scott Shepherd …« Er nickte zu einem muskulösen jungen Mann in Uniform und Ausrüstung der SWAT-Sondereinheit. »Er sagt, er habe sein Team vor dem Haus Aufstellung nehmen lassen, um auf Verstärkung zu warten. Sie hörten, dass eine Waffe abgefeuert wurde. Es ist eine potentielle Geisel-Lage, nicht? Eine Beamtin drinnen, zwei, wenn man Evelyn dazurechnet. Unmittelbar drohende Gefahr. Also brechen sie die Tür auf.« Leo zog noch einmal an seiner Zigarette. »Scott sieht Faith im Flur stehen, die Glock im Anschlag. Sie sieht Scott, sagt keinen Ton, rennt einfach ins Schlafzimmer. Sie gehen ihr nach und finden auf dem Teppich einen Toten.« Leo berührte mit dem Finger seine Stirn. »Sie hat ihm direkt zwischen die Augen geschossen.«

»Muss einen guten Grund dafür gehabt haben.«

»Wenn ich diesen Grund nur kennen würde. Er hatte keine Waffe in seiner Hand.«

»Der andere schon. Derjenige, der in den hinteren Garten rannte und auf die Mädchen schoss.«

»Richtig. Der hatte eine.«

»Fingerabdrücke?«

»Wir arbeiten daran.«

Will würde sein Haus verwetten, dass sie zwei Fingerabdrucksätze finden würden – einen von dem Asiaten und einen vom Mexikaner. »Wo haben Sie den dritten Mann gefunden?«

»Wäschekammer. Kugel im Kopf. Fieser Schuss, hat ihm den halben Schädel weggerissen. Wir haben eine Achtunddreißiger aus der Wand gepult.«

Faith' Glock war Kaliber 40. »Ist die S&W eine Achtunddreißiger?«

»Ja.« Leo stieß sich vom Auto ab. »Bis jetzt noch nichts von der Mutter. Wir haben Teams draußen, die nach ihr suchen. Sie war Leiterin des Drogendezernats, aber ich glaube, das weißt du bereits, Ratatouille.«

Will zwang sich zu einer entspannten Miene. So ziemlich das Einzige, was Leo gut konnte, war, die richtigen Knöpfe zu drücken. Das war der Grund für die bösen Blicke und die feindseligen Körperhaltungen von Wills Kollegen in Blau. Jeder hier anwesende Polizist wusste, dass Will Trent der Grund war, warum Evelyn Mitchell in den Vorruhestand gezwungen worden war. Gegen korrupte Polizeibeamte zu ermitteln war so ziemlich die abscheulichste Pflicht, die er beim GBI hatte. Vor vier Jahren hatte er überzeugende Beweise gegen Evelyns Drogentruppe zusammengestellt. Sechs Detectives wanderten ins Gefängnis, weil sie bei Verhaftungen bei Drogendelikten Geld abgezweigt hatten und sich auch hatten bestechen lassen, um wegzuschauen, doch Captain Mitchell war ungestraft davongekommen, ihre Pension und der Großteil ihres guten Rufs waren intakt geblieben.

Leo sagte: »Sag dem Mädchen, ich kann ihr maximal noch zehn Minuten geben, aber dann muss sie sich zusammenreißen und mit mir reden.« Er trat einen Schritt näher. »Ich habe den Notruf und die Reaktion der Telefonzentrale gehört. Sie hatte den Befehl, draußen vor dem Haus zu bleiben. Sie muss schon sehr gut erklären, warum sie trotzdem hineingegangen ist.«

Leo wandte sich zum Gehen, aber Will fragte ihn: »Wie klang sie?«

Er drehte sich um.

»Bei ihrem Notruf. Wie klang sie da?«

Es war keine Überraschung, dass Leo darüber noch gar nicht nachgedacht hatte. Jetzt tat er es, und dann fing er schnell an zu nicken. »Vielleicht ein bisschen ängstlich, aber klar im Kopf. Ruhig. Selbstbeherrscht.«

Will nickte ebenfalls. »Das klingt genau nach Faith.«

Leo grinste, aber Will konnte nicht sagen, ob er erleichtert war oder nur seine übliche Rolle als Klugscheißer spielte. »Das mit den Shorts habe ich ehrlich gemeint, Mann.« Leo gab ihm einen Klaps auf den Arm. »Du solltest versuchen, diese hübschen Beine ins Fernsehen zu bringen.«

Leo winkte den Reportern zu, die am gelben Absperrband standen. Sie schoben sich sofort nach vorn, weil sie glaubten, er würde eine Erklärung abgeben. Und sie stöhnten kollektiv auf, als er einfach davonging. Die Polizisten, die am Band standen, drängten sie zurück, einfach nur, weil sie es konnten. Will wusste, dass ihnen die Kontrolle der Leute ziemlich egal war. Immer wieder wanderten ihre Blicke zum Kommandozentrum, als würden sie jeden Augenblick eine Verlautbarung von ganz oben erwarten. Die Polizisten waren ebenso begierig darauf wie die Reporter, endlich herauszufinden, was passiert war. Vielleicht sogar noch mehr.

Captain Evelyn Mitchell hatte neununddreißig Jahre im Dienst des Atlanta Police Department gestanden. Sie hatte es auf dem steinigen Weg nach oben geschafft, sich aus dem Sekretariat zur Parkuhr-Ableserin und dann zur Verkehrspolizistin hochgearbeitet und schließlich mit zweiundzwanzig Jahren eine Marke erhalten, die nicht mehr aus Plastik war. Sie gehörte zu einer Gruppe Frauen, die sich dadurch einen Namen gemacht hatten, dass sie immer die Ersten waren: die erste Frau, die allein fuhr, der erste weibliche Detective. Evelyn war der erste weibliche Lieutenant in der Polizei von Atlanta, dann der erste weibliche Captain. Was auch die Gründe für ihre Frühpensionierung gewesen sein mochten, sie hatte mehr Orden und Anerkennungsschreiben erhalten als alle am Tatort versammelten Polizisten zusammen.

Will hatte schon vor langer Zeit gelernt, dass unter Polizisten generell blinde Loyalität herrschte. Er hatte aber auch gelernt, dass es bei dieser Loyalität auch eine deutliche Hackordnung gab. Es war wie eine Pyramide, mit jedem Polizisten auf der Welt unten am Sockel und dem eigenen Partner oben an der Spitze. Faith war beim Atlanta Police Department gewesen, seit sie in den Dienst eingetreten war, aber vor zwei Jahren war sie zum GBI gewechselt und Wills Partnerin geworden, der nicht unbedingt der Beliebteste in der Klasse war. Leo mochte noch immer halbwegs auf Faith' Seite stehen, was aber die meisten anderen Kollegen beim APD anging, hatte sie ihre Stellung in der Pyramide verloren. Vor allem, nachdem ein erster Beamter vor Ort, ein übereifriger, junger Grünschnabel, zu einer Notoperation ins Krankenhaus musste, da sie ihm mit dem Ellbogen die Eier ins Gehirn gerammt hatte.

Will sah ein gelbes Aufblitzen, als das Absperrband angehoben wurde. Sara hatte ihre Haare straff am Hinterkopf zusammengefasst. Das Leinenkleid, das sie trug, wirkte ziemlich mitgenommen. Unter dem Arm hatte sie eine zusammengelegte Jeans. Zuerst dachte Will, sie sehe verwirrt aus, aber je näher sie kam, umso mehr dachte er, sie sehe irritiert, vielleicht sogar verärgert aus. Ihre Augen und ihre Wangen waren gerötet.

Sie gab ihm die Jeans. »Warum brauchen Sie mich hier?«

Er fasste sie am Ellbogen und führte sie von den Reportern weg. »Es geht um Faith.«

Sie verschränkte die Arme, hielt einen gewissen Abstand zu ihm. »Falls sie medizinischen Beistand braucht, sollten Sie mit ihr ins Krankenhaus fahren.«

»Das können wir nicht tun.« Will versuchte, sich nicht auf die Kälte in ihrer Stimme zu konzentrieren. »Sie ist bei der Nachbarin. Wir haben nicht viel Zeit.«

»Ich habe über Funk gehört, was passiert ist.«

»Wir glauben, es gibt eine Drogenverbindung. Aber behalten Sie das für sich.« Will blieb stehen. Er wartete, dass sie ihn anschaute. »Faith verhält sich nicht richtig. Sie ist verwirrt, redet sinnloses Zeug. Die Polizei will mit ihr reden, aber ...« Er wusste nicht, was er sagen sollte. Amanda hatte Will aufgefordert, Sara anzurufen. Sie wusste, dass die Frau mit einem Polizisten verheiratet gewesen war, und nahm an, dass ihre Loyalität nicht mit dem Mann gestorben war. »Das könnte richtig schlimm für Faith werden. Sie hat zwei Männer erschossen. Ihre Mutter wurde entführt. Sie werden sie aus gutem Grund genau unter die Lupe nehmen.«

»Hat sie überreagiert?«

»Es war eine Geisel-Situation. Die Kinder von nebenan waren in der Schusslinie.« Will übersprang die fehlenden Details. »Sie schoss dem einen in den Kopf und dem anderen in den Rücken.«

»Sind die Kinder okay?«

»Ja, aber ...«

Die Hecktüren des Kommandozentrums sprangen krachend auf. Chief Mike Geary, der Bereichskommandant für Ansley und Sherwood Forest, kam die Stufen herunter. Er war in voller Uniform, ein raues, dunkelblaues Polyester, das sich über seinem Schmerbauch spannte. Er blinzelte in die Sonne, und eine tiefe Furche durchzog seine gebräunte Stirn. Wie die meisten Polizisten der alten Schule trug er seine Haare militärisch kurz geschnitten. Geary setzte seine Kappe auf und drehte sich um, damit er Amanda seine Hand entgegenstrecken konnte. Doch etwas hielt ihn zurück, kurz bevor er sie berührte, und er ließ seine Hand sinken, bevor sie sie fassen konnte.

»Trent«, bellte er, »ich will jetzt sofort mit Ihrer Partnerin sprechen. Holen Sie sie. Wir bringen sie aufs Revier.«

Will warf Amanda einen Blick zu, die sich in ihren High Heels die wackeligen Stahlstufen hinuntermühte. Sie schüttelte den Kopf. Sie konnte absolut nichts mehr tun.

Zu seiner Überraschung war es Sara, die sie rettete. »Ich muss sie zuerst untersuchen.«

Geary war nicht erfreut über diesen Widerstand. »Wer, zum Teufel, sind Sie?«

»Ich bin Unfallärztin in der Notaufnahme des Grady.« Sara war so schlau, ihren Namen nicht zu nennen. »Ich bin hier, um Agent Mitchell zu begutachten, damit jede Aussage, die sie macht, auch gerichtsverwertbar ist.« Sie legte den Kopf ein wenig schräg. »Ich bin mir sicher, es gehört nicht zu Ihrer Strategie, Aussagen unter Zwang aufzunehmen.«

Geary schnaubte. »Sie steht nicht unter Zwang.«

Sara hob eine Augenbraue. »Ist das Ihre offizielle Position? Denn ich würde nur sehr ungern vor Gericht aussagen müssen, dass Sie gegen ärztlichen Rat ein erzwungenes Verhör durchgeführt haben.«

Verwirrung verwässerte Gearys Wut. Ärzte waren normalerweise mehr als bereit, der Polizei zu helfen, hatten aber die Macht, jede Befragung zu beenden, falls sie der Meinung waren, sie könnte ihren Patienten gefährden. Geary versuchte es trotzdem. »Welche Art medizinischer Behandlung braucht sie?«

Sara gab nicht nach. »Das kann ich Ihnen erst sagen, wenn ich sie untersucht habe. Sie könnte unter Schock stehen. Sie könnte verletzt sein. Sie könnte eine Einlieferung ins Krankenhaus nötig haben. Vielleicht sollte ich sie jetzt sofort ins Krankenhaus überstellen und mit den Tests anfangen.« Sara drehte sich um und tat so, als wollte sie die Sanitäter rufen.

»Moment.« Geary fluchte leise und sagte zu Amanda: »Ihre beschissene Verzögerungstaktik werde ich mir merken, Deputy Director.«

Amandas Lächeln triefte vor falscher Freundlichkeit und Unbekümmertheit. »Es ist immer schön, in Erinnerung zu bleiben.«

Geary verkündete: »Ich will, dass man ihr Blut abnimmt und es für einen umfassenden toxikologischen Test in ein unabhängiges Labor gebracht wird. Meinen Sie, Sie schaffen das, Doctor?«

Sara nickte. »Natürlich.«

Will fasste Sara wieder am Arm und führte sie zum Haus der Nachbarin. Kaum waren sie außer Hörweite, sagte er: »Danke.«

Wieder löste sie sich von ihm, als sie die Einfahrt hochgingen. An der Haustür war sie mehrere Schritte vor ihm, doch es fühlte sich eher an wie ein Abgrund. Das war nicht die Sara von vor einer halben Stunde. Vielleicht war es der Tatort, allerdings hatte Will sie schon öfter an Tatorten erlebt. Sara war früher einmal Coroner gewesen. Im Grunde genommen war sie hier in ihrem Element. Will wusste nicht, wie er mit der Veränderung umgehen sollte. Er hatte sein Leben damit zugebracht, die Launen anderer Menschen auszuloten, aber diese Frau zu verstehen, das überstieg einfach seine Möglichkeiten.

Die Tür ging auf, und Mrs. Levy starrte sie durch ihre dicken Brillengläser an. Sie trug ein gelbes Hauskleid, das am Kragen ausgefranst war, und eine weiße Schürze mit watschelnden Gänseküken darauf. Ihre Fersen ragten aus den zum Kleid passenden gelben Pantoffeln. Sie war über achtzig Jahre alt, aber ihr Verstand war noch scharf, und Faith lag ihr offensichtlich am Herzen. »Ist das die Ärztin? Man hat mir gesagt, ich darf nur einen Arzt hereinlassen.«

Sara antwortete: »Ja, Ma'am. Ich bin die Ärztin.«

»Na, sind Sie nicht hübsch? Kommen Sie doch herein. Was ist das für ein verrückter Tag.« Mrs. Levy trat beiseite und öffnete die Tür weit, damit Sara in die Diele treten konnte. »Ich hatte heute Nachmittag schon mehr Besucher als sonst das ganze Jahr.«

Das Wohnzimmer war ein paar Stufen abgesenkt und vermutlich noch genauso eingerichtet wie damals, als Mrs. Levy das Haus gekauft hatte. Auf dem Boden war ein goldgelber Teppichbelag verlegt. Die Couch war eine straff gepolsterte, senffarbene Eckkombination. Das einzige moderne Stück war ein Lehnsessel, der aussah, als hätte er eine elektrische Hebevorrichtung, um das Hinsetzen und das Aufstehen zu erleichtern. Das einzige Licht im Zimmer kam vom flackernden Fernseher. Faith saß, Emma an der Schulter, zusammengesunken auf der Couch. Sie schwieg, als wäre ihr ganzes Geplapper aus ihr herausgeflossen. Und offensichtlich ihre Vitalität gleich mit dazu. Das war eher das, was Will erwartete hatte, als er gehört hatte, dass sie in eine Schießerei verwickelt war. Sie neigte dazu, eher still zu werden, wenn sie aufgeregt war. Aber das hier war auch nicht ganz richtig.

Sie war zu still.

»Faith«, sagte er, »Dr. Linton ist hier.«

Sie starrte den Fernseher an und erwiderte nichts. In gewisser Hinsicht sah Faith noch schlimmer aus als zuvor. Ihre Lippen waren so weiß wie ihre Haut. Schweiß gab ihrem Gesicht einen fast transparenten Schein. Sie atmete flach. Emma krähte, aber Faith schien es nicht zu bemerken.

Sara schaltete das Deckenlicht an, bevor sie sich vor sie kniete. »Faith? Können Sie mich anschauen?«

Faith' Blick war noch immer auf den Fernseher gerichtet. Will nutzte den Augenblick, um die Jeans über seine Shorts zu ziehen. In der Gesäßtasche spürte er einen Klumpen und zog Uhr und Brieftasche heraus.

»Faith?« Saras Stimme wurde lauter, fester. »Schauen Sie mich an.«

Langsam blickte Faith Sara an.

»Geben Sie mir Emma.«

Faith' Stimme klang verwaschen. »S'schläft.«

Sara umfasste Emmas Taille mit beiden Händen. Behutsam hob sie das Baby hoch. »Schauen Sie sie nur an. Wie groß sie geworden ist.« Sara untersuchte Emma flüchtig, sah ihr in die Augen, kontrollierte Finger, Zehen und Zahnfleisch. »Ich glaube, sie ist ein wenig dehydriert.«

Mrs. Levy meldete sich. »Ich habe ein Fläschchen fertig, aber sie lässt es mich ihr nicht geben.«

»Holen Sie es bitte.« Sara winkte Will zu sich. Er nahm Emma. Sie war überraschend schwer. Er legte sie sich an die Schulter. Ihr Kopf sank gegen seinen Hals wie ein nasser Mehlsack.

»Faith?« Sara sprach so deutlich, als wollte sie das Interesse eines alten Menschen wecken. »Wie geht es Ihnen?«

»Hab sie zum Arzt gebracht.«

»Sie haben Emma gebracht?« Sara nahm Faith' Gesicht zwischen beide Hände. »Was hat der Arzt gesagt?«

»Keine Ahnung.«

»Können Sie mich anschauen?«

Faith' Mund bewegte sich, als würde sie Kaugummi kauen.

»Was für ein Datum ist heute? Können Sie mir sagen, was für einen Wochentag wir haben?«

Sie drehte ihren Kopf weg. »Nein.«

»Ist schon gut.« Sara zog Faith' Augenlid hoch. »Wann haben Sie das letzte Mal was gegessen?«

Sie antwortete nicht. Mrs. Levy kam mit dem Fläschchen zurück. Sie gab es Will, und er legte sich Emma in den Arm, sodass sie trinken konnte.

»Faith? Wann haben Sie das letzte Mal was gegessen?«

Faith versuchte, Sara wegzuschieben. Als das nichts half, stieß sie fester zu.

Sara redete weiter und hielt dabei Faith' Hände fest. »War es heute Morgen? Haben Sie heute Morgen gefrühstückt?«

»Geh weg.«

Sara drehte sich zu Mrs. Levy um. »Sie sind keine Diabetikerin, oder?«

»Nein, meine Liebe, aber mein Mann war Diabetiker. Ist vor fast zwanzig Jahren von uns gegangen, Gott sei seiner Seele gnädig.«

Sara sagte zu Will: »Sie hat eine Insulinreaktion. Wo ist ihre Handtasche?«

Mrs. Levy antwortete an seiner Stelle: »Sie hatte keine dabei, als man sie zu mir brachte. Vielleicht hat sie sie im Auto liegen lassen?«

Wieder sprach Sara Will direkt an. »Sie sollte in ihrer Handtasche ein Notfall-Set haben. Es ist aus Plastik. Auf der Seite steht ›Glucagon‹.« Dann schien sie sich zu besinnen. »Es ist länglich, ungefähr so wie ein Fülleretui. Leuchtend rot oder orange. Bitte holen Sie es mir sofort.«

Will lief, das Baby im Arm, zur Haustür und in den Garten hinaus. Die Grundstücke in Sherwood Forest waren größer als der Durchschnitt, aber einige waren eher lang und schmal als breit. Von Mrs. Levys Carport aus konnte Will direkt in Evelyn Mitchells Badezimmer sehen. Er sah einen Mann, der in dem langen Flur stand. Will fragte sich, warum die alte Frau den Schusswechsel nebenan nicht hatte hören können. Sie wäre nicht die erste Zeugin, die sich nur ungern in etwas hineinziehen ließ, aber ihre Schweigsamkeit überraschte Will doch.

Erst als er nur noch wenige Schritte vom Mini entfernt war, wurde ihm bewusst, dass Faith' Auto Teil des Tatortes war. Auf der anderen Seite des Autos standen zwei Polizisten, vier weitere im Carport. Will schaute in den Innenraum des Mini. Das Plastiketui, das Sara ihm beschrieben hatte, sah er inmitten von verschiedenen anderen Dingen auf dem Beifahrersitz.

Zu den Polizisten sagte er: »Ich muss was aus dem Auto holen.«

»Pech gehabt«, blaffte einer von ihnen.

Will deutete auf Emma, die an ihrer Flasche nuckelte, als hätten sie einen Zehn-Meilen-Lauf hinter sich. »Sie braucht ihr Zahn-Ding. Sie kriegt ihre Zähne.«

Die Polizisten starrten ihn an. Will fragte sich, ob er Unsinn geredet hatte. Er hatte zwar im Kinderheim eine ganze Menge Windeln gewechselt, aber keine Ahnung, wann Babys ihre Zähne bekamen. Emma war vier Monate alt. Ihre gesamte Nahrung kam von Faith oder aus einer Flasche. So weit er das sah, musste sie noch nichts kauen.

»Na kommt.« Will hielt Emma in die Höhe, damit sie ihr kleines, rosa Gesicht sehen konnten. »Sie ist doch nur ein winziges Baby.«

»Na gut«, sagte einer von ihnen schließlich. Er ging ums Auto herum und öffnete die Tür. »Wo ist es?«

»Es ist das rote Plastikding. Sieht aus wie ein Fülleretui.«

Der Beamte schien das nicht merkwürdig zu finden. Er nahm das Set und hielt es Will hin. »Geht es ihr gut?«

»Sie hatte nur Durst.«

»Ich meinte Faith, Blödmann.«

Will versuchte, das Set zu nehmen, aber der Mann ließ nicht los.

Er wiederholte seine Frage: »Kommt Faith wieder in Ordnung?«

Will merkte, dass es hier um mehr ging. »Ja. Sie kommt wieder in Ordnung.«

»Sagen Sie ihr, Brad sagt, wir werden ihre Mom finden.« Er ließ das Set los und knallte die Tür zu.

Will gab dem Mann keine Zeit, seine Meinung zu ändern. Er lief zum Haus zurück und versuchte dabei, das Baby nicht allzu sehr durchzuschütteln. Mrs. Levy stand an der Tür Wache. Sie öffnete, bevor Will klopfen konnte.

Drinnen hatte sich etwas verändert. Faith lag auf der Couch. Sara stützte ihren Kopf und ließ sie aus einer Dose Coke trinken.

Sara fing sofort an, Will Vorhaltungen zu machen. »Sie hätten gleich als Erstes die Sanitäter rufen sollen«, sagte sie. »Ihr Blutzucker ist zu niedrig. Sie ist starr und schwitzt übermäßig. Ihr Herz rast. So etwas nimmt man nicht auf die leichte Schulter.« Sie nahm ihm das Etui ab und klappte es auf. Darin befanden sich eine Spritze mit einer klaren Flüssigkeit und ein Fläschchen mit einem weißen Pulver, das aussah wie Kokain. Sara reinigte die Nadel mit einem Wattebausch und etwas Wundalkohol, die sie offensichtlich von Mrs. Levy bekommen hatte. Sie redete, während sie die Spritze in das Fläschchen drückte und die Flüssigkeit hineinspritzte. »Ich nehme an, sie hat seit dem Frühstück nichts mehr gegessen. Das Adrenalin bei der Konfrontation im Haus hat ihr sicher einen enormen Zucker-Kick gegeben, hat aber auch den Zusammenbruch danach umso schlimmer gemacht. Wenn man sich überlegt, was passiert ist, ist es erstaunlich, dass sie nicht ins Koma gefallen ist.«

Will nahm ihre Worte so ernst, wie sie gemeint waren. Egal, was Amanda sagte, er hätte schon vor einer halben Stunde einen Sanitäter holen sollen. Er hatte sich Gedanken gemacht über Faith' Karriere, dabei hätte er sich Sorgen machen müssen um ihr Leben. »Kommt sie wieder in Ordnung?«

Sara schüttelte das Fläschchen, um den Inhalt zu mischen, bevor sie ihn in die Spritze zog. »Das werden wir bald wissen.« Sie schob Faith' Bluse ein wenig hoch und betupfte ein Stück Haut auf ihrem Bauch mit Alkohol. Will sah, wie die Nadel eindrang und der Spritzenkolben im Plastikzylinder nach unten wanderte.

Sara fragte: »Machen Sie sich Sorgen, dass die Beamten denken, sie wäre nicht Herr ihrer Sinne gewesen, als sie diese beiden Männer erschoss?«

Er antwortete nicht.

»Ihr Zusammenbruch war vermutlich hart und kam plötzlich. Wahrscheinlich hat sie verwaschen geredet. Sie dürfte berauscht gewirkt haben.« Sara reinigte die Utensilien und legte sie ins Etui zurück. »Sagen Sie ihnen, sie sollen die Fakten betrachten. Sie schoss einem Mann in den Kopf und einem anderen in den Rücken, wahrscheinlich aus einer gewissen Entfernung, mit zwei Unbeteiligten nur ein Stückchen entfernt. Wenn sie nicht Herr ihrer Sinne gewesen wäre, dann wäre sie zu diesen präzisen Schüssen unmöglich in der Lage gewesen.«

Will schaute Mrs. Levy an, die dieses Gespräch vermutlich gar nicht hören wollte. Sie tat seine Bedenken ab. »Ach, zerbrechen Sie sich wegen mir nicht den Kopf, mein Lieber. Heutzutage vergesse ich alles fast sofort wieder.« Sie streckte die Arme nach Emma aus. »Warum überlassen Sie mir nicht das kleine Lämmchen?« Behutsam übergab er das Baby an Mrs. Levy. Die alte Frau ging mit ihr in den hinteren Teil des Hauses. Ihre Pantoffeln klatschten gegen ihre trockenen Fersen.

Will fragte Sara: »Was ist mit dem Diabetes? Können Sie behaupten, dass es daran lag?«

Ihre Stimme klang sachlich. »Wie war sie, als Sie ankamen?«

»Sie sah aus …« Er schüttelte den Kopf, weil er dachte, dass er Faith nie wieder in so übler Verfassung sehen wollte. »Sie wirkte, als hätte sie den Verstand verloren.«

»Glauben Sie, eine mental oder chemisch veränderte Person hätte zwei

Männer mit jeweils nur einem einzigen Schuss töten können?« Sara legte Faith die Hand auf die Schulter, ihr Ton wurde sanfter. »Faith, können Sie sich aufsetzen, bitte?«

Langsam richtete Faith sich auf. Sie wirkte benommen, als wäre sie eben aus einem langen Schlaf erwacht, aber in ihr Gesicht kehrte die Farbe zurück. Sie hielt sich die Hand an den Kopf und verzog das Gesicht.

Sara sagte zu ihr: »Sie werden jetzt eine Weile Kopfweh haben. Trinken Sie so viel Wasser, wie Sie vertragen. Sie brauchen Ihr Messgerät, um die Werte zu überprüfen.«

»Das ist in meiner Handtasche.«

»Ich versuche, von den Sanitätern ein anderes zu bekommen.« Sie nahm eine Flasche Wasser vom Couchtisch und drehte den Verschluss ab. »Steigen Sie jetzt auf Wasser um. Kein Coke mehr.«

Sara ging, ohne Will eines Blicks zu würdigen. Ihr Rücken war für ihn wie eine Wand aus Eis. Er wusste nicht, wie er damit umgehen sollte, deshalb ignorierte er es und setzte sich vor Faith auf den Couchtisch.

Sie trank einen großen Schluck Wasser, bevor sie sagte: »Mein Kopf bringt mich um.« Der Schock des Geschehenen traf sie wie ein Blitzschlag. »Wo ist meine Mutter?« Sie versuchte aufzustehen, aber Will drückte sie auf die Couch zurück. »Wo ist sie?«

»Sie suchen nach ihr.«

»Die kleinen Mädchen …«

»Es geht ihnen gut. Bitte, nur noch einen Augenblick sitzen bleiben, okay?«

Sie sah sich um, und ein wenig ihrer Wildheit kehrte zurück. »Wo ist Emma?«

»Sie ist bei Mrs. Levy und schläft. Ich habe Jeremy im College angerufen …«

Faith' Mund klappte auf. Will sah, dass das Leben zu ihr zurückkehrte. »Was haben Sie ihm gesagt?«

»Ich habe mit Victor gesprochen. Er ist immer noch der Studentendekan. Ich wusste, Sie hätten nicht gewollt, dass ich einen Polizisten in Jeremys Klassenzimmer schicke.«

»Victor.« Faith presste die Lippen zusammen. Sie war mit Victor eine Weile zusammen gewesen, aber vor fast einem Jahr hatten sie sich getrennt. »Bitte sagen Sie mir, dass Sie Emma nicht erwähnt haben.«

Will wusste nicht mehr genau, was er Victor gesagt hatte, aber er vermutete, dass Faith es noch nicht geschafft hatte, dem Mann zu sagen, dass er eine Tochter hatte. »Tut mir leid.«

»Egal.« Sie stellte die Wasserflasche ab, doch ihre Hand zitterte, und so spritzten ein paar Tropfen auf den Teppich. »Was sonst noch?«

»Wir versuchen, Ihren Bruder zu finden.« Dr. Zeke Mitchell war Chirurg bei der Air Force und irgendwo in Deutschland stationiert. »Amanda setzt sich mit einem Freund bei der Dobbins Air Reserve in Kontakt. Das kürzt den Dienstweg ein wenig ab.«

»Mein Handy …« Sie schien sich zu erinnern, wo sie es gelassen hatte. »Mama hat seine Nummer neben dem Telefon in der Küche.«

»Ich hole sie, sobald wir fertig sind«, versprach Will. »Erzählen Sie mir, was passiert ist.«

Faith holte stockend Luft. Er merkte, dass sie zu kämpfen hatte mit dem Wissen darüber, was sie getan hatte. »Ich habe zwei Menschen getötet.«

Will nahm ihre beiden Hände. Ihre Haut war kalt und feucht. Sie zitterte leicht, aber er glaubte nicht, dass es vom Blutzucker kam. »Sie haben zwei kleine Mädchen gerettet, Faith.«

»Der Mann im Schlafzimmer …« Sie hielt inne. »Ich verstehe nicht, was passiert ist.«

»Sind Sie wieder verwirrt? Soll ich Dr. Linton holen?«

»Nein.« Sie schüttelte so heftig den Kopf, dass er schon dachte, er sollte Sara zurückholen. »Sie ist nicht schlecht, Will. Meine Mom hat keinen Dreck am Stecken.«

»Wir müssen nicht darüber …«

»Doch, wir müssen darüber reden«, beharrte Faith. »Auch falls sie früher mal was Illegales getan haben sollte, sie ist seit fünf Jahren nicht mehr im Dienst. Sie geht zu keinen Wohltätigkeitsveranstaltungen und sonstigen Ereignissen. Sie redet mit niemandem aus diesem alten Leben. Sie spielt freitags Karten mit ein paar älteren Damen aus dem Viertel und geht jeden Mittwoch und jeden Sonntag in die Kirche. Sie passt auf Emma auf, wenn ich bei der Arbeit bin. Ihr Auto ist fünf Jahre alt. Sie hat eben die letzte Rate der Haushypothek abbezahlt. Sie ist nicht in etwas verwickelt. Es gibt keinen Grund, warum irgendjemand denken sollte …« Ihre Lippen fingen an zu zittern. Die Augen wurden feucht.

Will berichtete ihr das wenige Konkrete, das er wusste. »Draußen steht ein Mobiles Kommandozentrum. Alle Highways werden überwacht. Evelyns Foto wird in allen Nachrichtensendungen gezeigt. Jeder Streifenwagen hat ihr Bild. Wir scheuchen alle Informanten auf, um herauszufinden, ob sie irgendwas gehört haben. Ihre sämtlichen Telefone werden überwacht, für den Fall, dass es eine Lösegeldforderung gibt. Amanda hat zwar einen Anfall bekommen, aber die Polizei hat einen ihrer Detectives in ihrem Haus, der E-Mail und Anrufe überwacht. Jeremy ist bei Ihnen zu Hause. Sie haben einen Zivilbeamten für ihn abgestellt. Bei Ihnen ist auch jemand.«

Faith hatte selbst schon Entführungsfälle bearbeitet. »Glauben Sie wirklich, dass es eine Lösegeldforderung geben wird?«

»Könnte passieren.«

»Das waren Texicanos. Die haben nach etwas gesucht. Deshalb haben sie meine Mutter mitgenommen.«

Will fragte: »Wonach haben sie gesucht?«

»Ich weiß es nicht. Das Haus war völlig auf den Kopf gestellt. Der Asiate meinte, sie würden meine Mutter gegen das eintauschen, wonach sie suchten.«

»Der Asiate sagte, er würde sich auf einen Handel einlassen?«

»Ja, er hatte eine Waffe auf den Texicano gerichtet – den im Hinterhof.«

»Moment mal.« Sie gingen die Sache falsch an. »Arbeiten Sie mit mir zusammen, Faith. Betrachten Sie Ihre Erinnerung wie einen Tatort. Fangen Sie ganz am Anfang an. Heute Vormittag hatten Sie Innendienst, nicht wahr? Computertraining?«

Sie nickte. »Ich kam fast zwei Stunden zu spät nach Hause.« Sie beschrieb ihm jedes Detail ab dem frühen Morgen: dass sie versucht hatte, ihre Mutter anzurufen, dass sie im Haus Musik gehört hatte, als sie aus dem Auto stieg. Faith hatte nicht erkannt, dass etwas nicht stimmte, bis die Musik abbrach. Will ließ sie die Geschichte in allen Details erzählen – das durchwühlte Haus, der tote Mann, den sie gefunden, und die beiden anderen, die sie getötet hatte.

Als sie damit fertig war, ging er im Kopf alles noch einmal durch, sah Faith neben dem Schuppen im Carport stehen, zu ihrem Auto zurückgehen. Trotz ihrer gesundheitlichen Probleme schien ihr Gedächtnis kristallklar zu sein. Sie hatte einen Notruf abgesetzt, und sie hatte ihre Waffe geholt. Dieses Detail ließ ihn irgendwie nicht los. Faith wusste, dass Will an diesem Tag zu Hause war. Sie hatten gestern Nachmittag darüber gesprochen. Sie beklagte sich, dass sie zu dieser Computerschulung gehen musste, und er erzählte ihr, dass er sein Auto waschen und sich um den Garten kümmern wollte. Will wohnte nur etwa zwei Meilen von hier entfernt. Er hätte in weniger als fünf Minuten hier sein können.

Aber Faith hatte ihn nicht angerufen.

»Was ist?«, fragte sie. »Habe ich was übersehen?«

Er räusperte sich. »Was für ein Song lief, als Sie ankamen?«

»AC/DC«, sagte sie. »›Black in Black‹.«

Das schien merkwürdig. »Ist das die Musik, die Ihre Mutter normalerweise hört?«

Sie schüttelte den Kopf. Offensichtlich stand sie noch immer unter Schock. Ihr Bewusstsein konnte das Geschehene noch nicht verarbeiten.

Er griff nach ihren Armen, um sie dazu zu bringen, sich wieder zu konzentrieren. »Denken Sie genau nach, okay?« Er wartete, bis sie ihn anschaute. »Es sind zwei tote Männer im Haus, okay. Beide sind Asiaten. Der Kerl im Hinterhof ist Mexikaner. Los Texicanos.«

Sie konzentrierte sich. »Der Asiate im Schlafzimmer – er trug dieses grelle hawaiianische Hemd und klang nach Southside Atlanta.« Sie meinte seinen Akzent. »Er hatte eine Waffe auf den Texicano gerichtet und drohte, ihn umzubringen.«

»Hat er sonst noch was gesagt?«

»Ich habe ihn erschossen.« Ihre Lippen fingen wieder an zu zittern.

Will hatte Faith noch nie weinen sehen, und er wollte es auch nicht. »Der Kerl im Hemd hatte eine Waffe auf den Kopf eines anderen gerichtet«, erinnerte er sie. »Der Texicano war bereits verprügelt, wahrscheinlich gefoltert worden. Sie fürchteten um sein Leben. Deshalb haben Sie abgedrückt.«

Sie nickte, doch in ihren Augen entdeckte er Selbstzweifel.

Er sagte: »Nachdem Hawaii-Hemd zu Boden ging, lief der Texicano hinaus in den Hinterhof, richtig?«

»Richtig.«

»Und Sie rannten hinter ihm her, und er richtete die Waffe auf diese kleinen Mädchen und schoss, und deshalb haben Sie ihn ebenfalls erschossen, richtig?«

»Ja.«

»Sie haben die Geisel im Schlafzimmer geschützt, und Sie haben die beiden Mädchen im Hinterhof Ihrer Nachbarin geschützt. Richtig?«

»Ja«, sagte sie, und ihre Stimme klang jetzt kräftiger, »das habe ich getan.«

Allmählich wurde sie wieder sie selbst. Will gestattete sich ein klein wenig Erleichterung. Er ließ die Hände sinken. »Sie kennen die Direktive, Faith.

Tödliche Gewalt ist erlaubt, wenn Ihr Leben oder das Leben anderer in Gefahr ist. Sie haben heute nur Ihre Pflicht getan. Aber Sie müssen jetzt auch artikulieren, was Sie gedacht haben. Menschen waren in Gefahr. Man schießt, um die Bedrohung sofort zu beenden. Man schießt nicht, um zu verletzen.«

»Ich weiß.«

»Warum haben Sie nicht auf Verstärkung gewartet?«

Sie antwortete nicht.

»Die Notrufzentrale sagte Ihnen, Sie sollen draußen warten. Sie haben nicht draußen gewartet.«

Faith antwortete noch immer nicht.

Will richtete sich aufrecht auf und schob die Hände zwischen die Knie. Vielleicht vertraute sie ihm nicht. Sie hatten nie offen über den Fall gesprochen, den er gegen ihre Mutter aufgebaut hatte, aber er wusste, Faith nahm an, dass es die Detectives der Einheit waren, die Mist gebaut hatten, nicht der verantwortliche Captain. So intelligent sie war, sie war immer noch ziemlich naiv, was die politische Dimension ihres Jobs betraf. In jedem Korruptionsfall, den Will bearbeitet hatte, war ihm aufgefallen, dass die Köpfe, die rollten, nicht denjenigen mit den goldenen Sternen an den Krägen gehörten. Faith stand zu weit unten in der Rangordnung, um diese Art von Schutz zu genießen.

Er sagte: »Sie müssen drinnen etwas gehört haben. Einen Schrei? Einen Schuss?«

»Nein.«

»Haben Sie etwas gesehen?«

»Ich sah den Vorhang sich bewegen, aber das war, nachdem …«

»Gut, das ist gut.« Er beugte sich wieder vor. »Sie haben drinnen etwas gesehen. Sie dachten, dass vielleicht Ihre Mutter da drin ist. Sie befürchteten eine unmittelbare Gefahr für ihr Leben und gingen hinein, um die Lage zu sichern.«

»Will …«

»Hören Sie mir zu, Faith. Ich habe vielen Polizisten dieselben Fragen gestellt, und ich weiß, wie die Antworten lauten sollen. Hören Sie mir zu?«

Sie nickte.

»Sie haben im Haus jemanden gesehen. Sie dachten, dass Ihre Mutter ernsthaft in Gefahr sein könnte …«

»Im Carport habe ich Blut gesehen. An der Tür. Einen blutigen Handabdruck an der Tür.«

»Genau. Das ist gut. Das gibt Ihnen einen Grund hineinzugehen. Jemand war schwer verletzt. Sein Leben war in Gefahr. Der Rest passierte, weil Sie in eine Situation hineingezogen wurden, in der tödliche Gewalt gerechtfertigt war.«

Sie schüttelte den Kopf. »Warum studieren Sie das alles mit mir ein? Sie hassen es doch, wenn Polizisten füreinander lügen.«

»Ich lüge nicht für Sie. Ich versuche nur, dafür zu sorgen, dass Sie Ihren Job behalten.«

»Mein Job ist mir scheißegal. Ich will nur meine Mutter zurückbekommen.«

»Dann bleiben Sie bei dem, was wir eben besprochen haben. Es bringt niemandem irgendetwas, wenn Sie im Gefängnis sitzen.«

Er sah den Schock in ihren Augen. So schlimm es im Augenblick auch war, ihr war der Gedanke noch nicht gekommen, dass es noch schlimmer werden könnte.

Es klopfte laut an der Haustür. Will stand auf, doch Mrs. Levy war schneller. Sie stolzierte mit schwingenden Armen den Gang hinunter. Er vermutete, dass sie Emma in eines der Betten gelegt hatte, und hoffte, dass sie genug Kissen um sie herumgestopft hatte.

Geary war der Erste, der hereinkam, dann Amanda, dann zwei ältere Männer, der eine schwarz, der andere weiß. Beide hatten buschige Augenbrauen, glatt rasierte Gesichter und die Art von Messing und Kordeln an der Uniform, die einem eine ruhmreiche Karriere als Schreibtischhocker einbrachte. Sie waren Staffage, sollten Geary nur wichtig aussehen lassen. Wenn er ein Rap-Star wäre, würde man sie seine »Entourage« nennen. Da er Bereichskommandant war, nannte man sie Unterstützungsteam.

»Ma'am«, murmelte Geary zu Mrs. Levy und nahm seine Kappe ab. Seine Jungs taten es ihm gleich und stecken die Kappen unter die Arme wie ihr Chef. Geary ging auf Faith zu, aber die alte Frau hielt ihn auf.

»Kann ich Ihnen allen vielleicht Tee oder ein paar Plätzchen anbieten?«

Geary blaffte: »Wir führen hier eine Ermittlung durch, keine Teegesellschaft.«

Mrs. Levy schien das nicht zu beeindrucken. »Na gut. Bitte, machen Sie es sich bequem.« Sie zwinkerte Will zu, drehte sich dann auf dem Absatz um und ging den Flur wieder hinunter.

Geary sagte: »Stehen Sie auf, Agent Mitchell.«

Will spürte ein Ziehen im Magen, als Faith aufstand. Ihr hing die Bluse heraus, und ihre Haare waren zerzaust. Sie sagte: »Ich bin bereit, eine Aussage zu machen, falls …«

Amanda unterbrach sie. »Ihr Anwalt und ein Vertreter der Gewerkschaft warten im Revier.«

Geary schaute finster drein. Faith' juristischer Beistand war ihm offensichtlich ziemlich gleichgültig. »Agent Mitchell, Sie hatten den Befehl, auf Verstärkung zu warten. Ich weiß nicht, wie das beim GBI läuft, aber die Männer in meiner Truppe befolgen Befehle.«

Faith schaute kurz Amanda an, sagte dann sachlich zu Geary: »An der Tür war Blut. Im Haus sah ich eine Person. Die S&W meiner Mutter war verschwunden. Ich befürchtete, dass eine unmittelbare Gefahr für ihr Leben bestand, also ging ich ins Haus, um für ihre Sicherheit zu sorgen.« Sie hätte es nicht besser sagen können, wenn Will es ihr aufgeschrieben hätte.

Geary fragte: »Der Mann in der Küche?«

»Er war tot, als ich das Haus betrat.«

»Der im Schlafzimmer?«

»Er richtete den Revolver meiner Mutter auf den Kopf eines anderen Mannes. Ich schützte das Leben der Geisel.«

»Und der Mann im Garten?«

»Die Geisel. Er nahm den Revolver, nachdem ich den ersten Mann erschossen hatte. Die Haustür war aufgebrochen worden, und ich war abgelenkt. Er lief mit der Waffe in den Hinterhof und zielte auf zwei Mädchen. Ich hatte freies Schussfeld und schoss, um ihr Leben zu retten.«

Geary warf einen Blick zu seiner messingbehängten Entourage, während er sich überlegte, wie er weitermachen sollte. Die beiden Männer wirkten unsicher, waren aber offensichtlich bereit, ihrem Chef den Rücken zu stärken. Auch Will war angespannt, denn dies war der Moment, ab dem es entweder schwierig oder einfach würde. Vielleicht war es die alles überragende Loyalität zu Evelyn Mitchell, die den Mann dazu brachte, es etwas sanfter angehen zu lassen. Er sagte zu Faith: »Einer meiner Beamten wird Sie zum Revier fahren. Wenn nötig, nehmen Sie sich die Zeit, sich zu sammeln.«

Er wollte seine Kappe wieder aufsetzen, doch Amanda stoppte ihn.

»Mike, ich denke, ich muss Sie an etwas erinnern.« Sie lächelte genauso freundlich wie zuvor. »Das GBI ist erstinstanzlich zuständig für alle Drogenfälle des Staates.«

»Wollen Sie mir damit sagen, Sie haben Indizien gefunden, dass Narkotika bei dieser Schießerei eine Rolle spielen?«

»Ich sage Ihnen damit nicht viel Neues, oder?«

Er starrte sie böse an, als er seine Kappe wieder aufsetzte. »Glauben Sie bloß nicht, ich würde nicht herausfinden, warum Sie meine Zeit vergeudet haben.«

»Das klingt, als würden Sie Ihre Quellen ganz ausgezeichnet nutzen.«

Geary stürmte auf die Tür zu, seine Entourage hinter ihm her. Draußen kam Sara die Stufen herauf. Schnell schob sie die Hände hinter den Rücken, um das Zuckermessgerät, das sie sich geliehen hatte, zu verbergen.

»Dr. Linton.« Geary nahm seine Kappe wieder ab. Seine Männer taten es ihm gleich. »Tut mir leid, dass ich Ihren Namen zuvor nicht erkannt habe.« Will vermutete, es lag daran, dass sie ihn nicht genannt hatte. Offensichtlich hatte irgendjemand ihn informiert. »Ich kannte Ihren Mann. Er war ein guter Polizist. Ein guter Mann.«

Sara behielt die Hände hinter dem Rücken und drehte das Messgerät. Will kannte den Blick, den sie den Männern zuwarf – sie wollte nicht reden. Für Geary schaffte sie immerhin ein trockenes: »Vielen Dank.«

»Bitte lassen Sie es mich wissen, wenn ich Ihnen je behilflich sein kann.«

Sie nickte. Geary setzte seine Kappe wieder auf, und die Bewegung setzte sich fort wie die La-Ola-Welle im Fußballstadion.

Faith fing an zu reden, kaum dass die Tür geschlossen war. »Der Texicano sagte im Garten etwas zu mir, bevor er starb.« Ihr Mund bewegte sich, während sie versuchte, sich zu erinnern, was sie gehört hatte. »›Alma‹ oder ›Almaya‹.«

»Almeja?«, fragte Amanda, und aus ihrem Mund klang es exotisch.

Faith nickte. »Genau. Wissen Sie, was es bedeutet?«

Sara öffnete den Mund, aber bevor sie einen Ton herausbrachte, sagte Amanda: »Das ist hispanischer Slang für ›Geld‹. Eigentlich heißt es ›Muscheln‹. Glauben Sie, die Männer haben nach Geld gesucht?«

Faith schüttelte den Kopf und zuckte gleichzeitig die Achseln. »Ich weiß es nicht. Konkret gesagt hat es keiner. Ich meine, naheliegend wäre es schon. Los Texicanos bedeuten Drogen. Drogen bedeuten Geld. Mom arbeitete im Drogendezernat. Vielleicht glauben sie …« Faith warf Will einen Blick zu. Er konnte praktisch ihre Gedanken lesen. Nach seinen Ermittlungen hatte viele Leute geglaubt, Evelyn Mitchell sei die Art Polizistin, die stapelweise Bargeld zu Hause herumliegen hatte.

Sara nutzte ihr Schweigen. »Ich muss weg.« Sie gab Faith das Messgerät. »Sie müssen sich strengstens an Ihren Tagesplan halten. Stress verschlimmert alles. Rufen Sie Ihre Ärztin an, und reden Sie über Ihre Dosierung, welche Änderungen Sie vornehmen und auf welche Symptome Sie achten müssen. Gehen Sie noch zu Dr. Wallace?« Faith nickte. »Ich rufe auf dem Heimweg in ihrer Praxis an und berichte, was passiert ist, aber Sie müssen sich so schnell wie möglich selbst bei ihr melden. Das ist jetzt eine sehr stressige Zeit, aber Sie müssen bei Ihrer Routine bleiben. Verstanden?«

»Vielen Dank.« Dankbarkeit war Faith noch nie leichtgefallen, aber diese zwei Wörter kamen mehr von Herzen als alles, was Will je aus ihrem Mund gehört hatte.

Will fragte Sara: »Werden Sie den Toxikologie-Test für Geary machen?«

Sie richtete ihre Antwort an Amanda: »Faith arbeitet für Sie, nicht fürs Atlanta Police Department. Die brauchen einen Gerichtsbeschluss, um ihr Blut abzunehmen, und ich schätze, die Mühe wollen *Sie* sich nicht machen.«

Amanda erwiderte: »Rein hypothetisch – was würde ein Tox-Test ergeben?«

»Dass sie nicht berauscht oder von irgendeiner der Substanzen, nach denen gesucht wird, beeinträchtigt war. Wollen Sie eine Blutabnahme?«

»Nein, Dr. Linton. Aber vielen Dank für Ihre Hilfe.«

Sara ging, ohne Will noch eines Wortes oder wenigstens eines Blickes zu würdigen.

Amanda schlug vor: »Warum schauen Sie nicht nach der lustigen Witwe?«

Will dachte, sie meinte Sara, doch dann meldete sich die Logik. Er ging in den hinteren Teil des Hauses, um Mrs. Levy zu suchen, aber zuvor sah er noch, dass Amanda Faith an sich zog und sie fest umarmte. Die Geste war fast schockierend, kam sie doch von einer Frau, die so viel Mutterinstinkt hatte wie ein Dingo.

Will wusste, dass Faith und Amanda eine gemeinsame Vergangenheit hatten, über die keine der Frauen je sprach oder sie auch nur eingestand. Während Evelyn Mitchell im Atlanta Police Department als Wegbereiterin für Frauen agiert hatte, tat Amanda Wagner dasselbe im GBI. Die beiden waren Zeitgenossinnen, ungefähr gleich alt, und sie hatten dieselbe männermordende Einstellung. Sie waren außerdem lebenslange Freundinnen – Amanda war sogar einmal mit Evelyns Schwager und Faith' Onkel gegangen, ein Detail, das Amanda vergessen hatte, Will zu sagen, als sie ihm den Auftrag gab, gegen das Drogendezernat zu ermitteln, das von ihrer alten Freundin geführt wurde.

Mrs. Levy fand er im hinteren Schlafzimmer, das offensichtlich in einen Allzweckraum für alles verwandelt worden war. Es gab einen Tisch, an dem sie anscheinend an Sammelalben arbeitete, was Will nur deshalb erkannte, weil er einmal eine Schießerei in der Vorstadt bearbeitet hatte, bei der eine junge Mutter ermordet worden war, während sie gerade Wellenrand-Fotos von einem Urlaub am Strand auf Buntpapier klebte. Ein Paar altmodische Rollschuhe mit jeweils vier Rädern lagen herum, in einer Ecke lehnte ein Tennisschläger, auf einer Bettcouch waren verschiedene Kameras verteilt, einige waren digital, aber die meisten waren altmodische Apparate, in die noch richtiger Film eingelegt werden musste. Über dem Wandschrank sah er eine rote Lampe und nahm an, dass sie ihre Fotos selbst entwickelte.

Mrs. Levy saß in einem hölzernen Schaukelstuhl am Fenster, Emma auf dem Schoß. Ihre Schürze war wie eine Decke um das Baby gewickelt. Am Saum standen die Gänseküken auf dem Kopf. Emma hatte die Augen geschlossen und saugte gierig an ihrem Fläschchen. Das Geräusch erinnerte Will an das Baby in der Fernsehserie *Die Simpsons.*

»Setzen Sie sich doch«, forderte die alte Frau ihn auf. »Emma ist schon wieder recht munter.«

Will setzte sich vorsichtig auf die Couch, um nicht an die Kameras zu stoßen. »Es war gut, dass Sie zufällig gerade ein Fläschchen für sie dahatten.«

»Ja, nicht?« Sie lächelte auf das Baby hinunter. »Das arme Lämmchen hat wegen der ganzen Aufregung sein Nickerchen verpasst.«

»Haben Sie auch ein Bettchen für sie?«

Sie kicherte heiser. »Ich nehme an, Sie haben bereits in mein Schlafzimmer geschaut.«

So dreist war Will nicht gewesen, aber jetzt fragte er: »Wie oft passen Sie auf Emma auf?«

»Normalerweise ein paar Mal die Woche.«

»Und in letzter Zeit?«

Sie zwinkerte ihm zu. »Sie sind ja ein ganz Schlauer.«

Eher ein Glückspilz, dachte er. Es war ihm nur merkwürdig vorgekommen, dass Mrs. Levy zufällig gerade ein Fläschchen herumliegen hatte, als Emma eines brauchte. Er fragte: »Was hat Evelyn in letzter Zeit denn so getrieben?«

»Wirke ich so unverschämt, dass ich mich in die Privatangelegenheiten anderer Leute einmischen würde?«

»Wie kann ich das beantworten, ohne Sie zu beleidigen?«

Sie lachte, gestand dann aber ziemlich bereitwillig: »Evelyn hat zwar nie was gesagt, aber ich vermute, dass sie einen Freund hat.«

»Wie lange schon?«

»Drei oder vier Monate?« Sie schien sich die Frage selbst zu stellen. Und nickte als Antwort. »Es war kurz nach Emmas Geburt. Zuerst gingen sie es langsam an, vielleicht ein Mal die Woche oder alle zwei Wochen, aber ich würde sagen, in den letzten Tagen trafen sie sich häufiger. Seit meiner Pensionierung schreibe ich mir nichts mehr in den Kalender, aber letzte Woche hat Ev mich dreimal gebeten, auf Emma aufzupassen.«

»Und es war immer am Vormittag?«

»Normalerweise von elf bis zwei Uhr am Nachmittag.«

Drei Stunden schienen für ein Stelldichein eine ziemlich lange Zeit zu sein. »Wusste Faith von ihm?«

Mrs. Levy schüttelte den Kopf. »Ich bin mir sicher, Ev wollte nicht, dass die Kinder es herausfinden. Sie haben ihren Vater ja so sehr geliebt. Und Evelyn auch, wissen Sie, aber das ist mindestens zehn Jahre her. Das ist eine sehr lange Zeit ohne Partner.«

Will nahm an, dass sie aus Erfahrung sprach. »Sie sagten, Ihr Mann ist seit zwanzig Jahren tot.«

»Ja, aber ich mochte Mr. Levy nicht besonders, und ich war ihm völlig egal.« Mit dem Daumen streichelte sie Emmas Wange. »Evelyn liebte Bill sehr. Sie hatten natürlich auch ihre Durststrecken, aber wenn man sich liebt, ist das anders. Wenn dann der eine stirbt, reißt es dem anderen das Leben entzwei. Und es dauert furchtbar lange, es wieder zusammenzusetzen.«

Will gestattete sich einen kurzen Gedanken an Sara. In Wahrheit hatte er nie aufgehört, an sie zu denken. Sie war wie das Nachrichten-Laufband am unteren Rand des Fernsehers, während sein Leben, die eigentliche Geschichte, sich auf dem ganzen Bildschirm abspielte. »Kennen Sie den Namen des Gentlemans?«

»Ach du meine Güte, nein. Ich habe nie gefragt. Aber er fuhr einen sehr schönen Cadillac CTS-V. Die Limousine, nicht das Coupé. Ganz in Schwarz mit Edelstahlkühlergrill. Ein sehr kehliger V-8. Man konnte ihn schon Blocks entfernt hören.«

Will war zu überrascht, um sofort zu reagieren. »Sie sind ein Autofan?«

»O nein, überhaupt nicht, aber ich habe im Internet nachgeschaut, weil ich wissen wollte, wie viel er dafür bezahlt hat.«

Will sagte nichts, ließ sie einfach weiterreden.

»Ich schätze, so um die siebenundfünfzigtausend Dollar«, vertraute ihm die alte Frau an. »Mr. Levy und ich haben dieses Haus für weniger als die Hälfte gekauft.«

»Hat Evelyn Ihnen je seinen Namen genannt.«

»Sie hat nie ein Sterbenswörtchen gesagt. Im Gegensatz zu dem, was ihr Männer gern denkt, sitzen wir nicht die ganze Zeit herum und quasseln.«

Will gestattete sich ein Lächeln. »Wie sah er aus?«

»Na, kahl«, sagte sie, als wäre das zu erwarten. »Ein bisschen rundlich um die Hüften. Er trug meistens Jeans. Seine Hemden waren oft zerknittert, und er hatte die Ärmel aufgekrempelt, was ich ein bisschen verwunderlich fand, weil Evelyn immer korrekt gekleidete Männer mochte.«

»Was glauben Sie, wie alt er ist?«

»Ohne Haare ist das schwer zu sagen. Ich würde schätzen, so ungefähr in Evelyns Alter.«

»Anfang sechzig.«

»Oh.« Sie wirkte überrascht. »Ich dachte, Evelyn ist in den Vierzigern, aber da Faith Mitte dreißig ist, ist das wohl Unsinn. Und ihr Kleiner ist auch kein Kleiner mehr, nicht?« Sie senkte die Stimme, als hätte sie Angst, dass jemand mithören könnte. »Schätze, das dürfte jetzt an die zwanzig Jahre her sein, aber das war keine Schwangerschaft, die man so leicht vergisst. Da war dieser Skandal, als man es allmählich sah. Eine Schande, wie die Leute sich verhielten. Wir hatten doch alle hin und wieder unseren Spaß, aber wie ich Evelyn zu der Zeit sagte, eine Frau mit dem Rock oben kann schneller laufen als ein Mann mit der Hose unten.«

Will hatte noch nicht über Faith' jugendliches Missgeschick nachgedacht und es nur ungewöhnlich gefunden, dass sie das Kind behalten hatte, aber die Nachbarn hatte es wahrscheinlich ziemlich durcheinandergebracht, eine schwangere Vierzehnjährige in ihrer vornehmen Mitte zu haben. Inzwischen war das beinahe alltäglich, aber damals wurde ein Mädchen in Faith' Notlage im Allgemeinen sehr plötzlich weggeschickt, um eine noch nie zuvor erwähnte, gebrechliche Tante zu pflegen, oder erhielt etwas, was man euphemistisch eine Blinddarmoperation nannte. Eine Handvoll der weniger Glücklichen landeten in Kinderheimen zusammen mit Kindern wie Will.

Er fragte: »Der Mann in dem teuren Auto ist also Anfang sechzig?« Sie nickte. »Haben Sie je gesehen, dass sie Zärtlichkeiten ausgetauscht haben?«

»Nein, aber Evelyn ist nicht der Typ, der so was vorführt. Sie stieg nur zu ihm ins Auto, und dann fuhren sie davon.«

»Kein Kuss auf die Wange?«

»Ich habe nie so etwas gesehen. Aber wissen Sie, ich habe ihn ja nicht mal persönlich kennengelernt. Evelyn gab Emma nur immer bei mir ab, ging dann zu ihrem Haus zurück und wartete.«

Will kommentierte das nicht. Dann fragte er: »Ist er je in ihr Haus gegangen?«

»Das kann ich nicht sagen. Ich schätze, inzwischen machen die Leute vieles anders. Zu meiner Zeit hätte ein Mann an die Tür geklopft und einen dann zum Auto begleitet. Vorzufahren und einfach nur zu hupen, gab es damals nicht.«

»Hat er das getan – gehupt?«

»Nein, mein Sohn, das war doch nur eine Redewendung. Ich vermute, Eve hat zum Fenster hinausgeschaut, weil sie immer gleich herauskam, sobald er eintraf.«

»Wissen Sie, wohin sie fuhren?«

»Nein, aber wie gesagt, sie waren meistens so zwei bis drei Stunden weg, deshalb nahm ich an, sie waren im Kino oder beim Essen.«

Das waren viele Filme. »Kam der Mann heute auch?«

»Nein, und ich habe sonst niemanden auf der Straße gesehen. Dass es Probleme gab, hörte ich an den Polizeisirenen. Dann hörte ich natürlich die Schüsse und ungefähr eine Minute später noch einen einzelnen Schuss. Ich weiß, wie Schüsse klingen. Mr. Levy war Jäger. Damals waren das alle Polizisten. Ich musste immer mitkommen, damit ich für sie kochen konnte.« Sie verdrehte die Augen. »Was für ein geschwätziger Langweiler er doch war. Gott sei seiner Seele gnädig.«

»Ein Glück für ihn, dass er Sie hatte.«

»Ein Glück für mich, dass er nicht mehr da ist.« Sie stand unter Schwierigkeiten vom Schaukelstuhl auf, doch das Baby lag ruhig in ihren Armen. Die Flasche war leer. Sie stellte sie auf den Tisch und reichte Will Emma. »Können Sie sie einen Augenblick halten?«

Er legte sich Emma an die Schulter und streichelte ihren Rücken. Sie ließ ein ungewöhnlich belohnendes Rülpsen hören.

Mrs. Levy kniff die Augen zusammen. »Sie hatten aber schon öfter mit Babys zu tun.«

Will hatte nicht vor, ihr seine Lebensgeschichte zu erzählen. »Die lassen gut mit sich reden.«

Sie legte ihm die Hand auf den Arm, bevor sie zum Wandschrank ging.

Will hatte recht gehabt. In dem kleinen Hohlraum befand sich eine Dunkelkammer. Er stellte sich an die Tür, achtete aber darauf, ihr nicht das Licht zu nehmen, während sie in einem Stapel Fotografien blätterte. Ihre Hände zitterten leicht, aber sie schien sicher auf ihren Füßen zu stehen.

Sie erklärte: »Mr. Levy hatte nie viel übrig für meine Hobbys, aber eines Tages wurde er zu einem Tatort gerufen, und sie fragten, ob irgendjemand einen Fotografen kenne. Fünfundzwanzig Dollar zahlten die – nur fürs Fotografieren. Und dazu sagte der alte Mistkerl natürlich nicht nein. Also rief er mich an und sagte, ich solle die Kamera mitbringen. Als ich wegen der Sauerei nicht ohnmächtig wurde – es war ein Vorfall mit einer Flinte –, hieß es, ich könnte das wieder machen.« Sie wies zum Bett. »Diese Brownie Six-16 hat uns geholfen, das Dach über dem Kopf zu behalten.«

Will wusste, dass sie die Kastenkamera meinte. Sie sah zwar abgenutzt, aber sehr gepflegt aus.

»Später ging ich dann ins Überwachungsgeschäft. Mr. Levy hatte sich zu der Zeit schon aus dem Job getrunken, und natürlich bin ich eine Frau, und die Männer brauchten deshalb ziemlich lange, bis sie begriffen, dass ich nicht fürs Flirten oder Vögeln da war.«

Will spürte, wie er errötete. »War das beim Atlanta Police Department?«

»Achtundfünfzig Jahre!« Sie wirkte ebenso überrascht wie Will, dass sie so lange ausgehalten hatte. »Inzwischen mag ich ja eine alte Schachtel sein, aber es gab eine Zeit, da hätten Geary und seine Arschkriecher vor mir Haltung angenommen, anstatt mich abzubürsten wie Staubflusen auf ihren glänzenden Hosen.« Sie nahm sich einen weiteren Fotostapel vor. Will sah Schwarz-Weiß-Aufnahmen von Vögeln und diversen Haustieren, alle aus einem Blickwinkel, dass man meinen konnte, sie würden eher ausspioniert als bewundert. »Dieses kleine Dingsda hat mir mein Blumenbeet zerwühlt.« Sie zeigte Will das Foto einer grau-weißen Katze mit Erde auf der Schnauze. Auf dem Schwarz-Weiß-Abzug wirkte das Licht sehr hart. Das Einzige, was fehlte, war eine Tafel vor der Brust mit dem Namen und der Gefangenennummer.

»Hier.« Endlich hatte sie gefunden, wonach sie gesucht hatte. »Das ist er. Evelyns Männerfreund.«

Will schaute ihr über die Schulter. Das Foto war grobkörnig, offensichtlich zwischen den Jalousienlamellen am Vorderfenster hindurch aufgenommen. Ein großer, älterer Mann lehnte an einem schwarzen Cadillac. Er hatte die Hände auf die Motorhaube gestützt, die Ellbogen nach außen gedreht. Das Auto stand auf der Straße, die Vorderreifen gegen den Bordstein eingeschlagen. Will parkte sein Auto genauso. Atlanta war eine Stadt mit vielen Hügeln, schließlich lag es auf dem Vorgebirge der Appalachian Mountains. Wenn man ein Auto mit Schaltgetriebe fuhr, schlug man die Vorderräder immer in Richtung Bordstein ein, damit das Auto nicht davonrollte.

»Was ist los?« Faith stand in der Tür. Will gab ihr das Baby, das Foto schien sie aber mehr zu interessieren. »Was entdeckt?«

»Ich zeige ihm eben Snippers.« Mit einem Taschenspielertrick hatte Mrs. Levy es geschafft, den Mann verschwinden und die Katze wieder auftauchen zu lassen.

Emma bewegte sich in Faith' Armen, offensichtlich spürte sie die Erregung ihrer Mutter. Faith küsste sie immer wieder auf die Wange und schnitt Grimassen, bis das Baby lächelte. Will wusste, dass Faith nur eine Schau abzog. Tränen standen ihr in den Augen. Sie drückte sich das Kind fest an die Brust.

Mrs. Levy sagte: »Evelyn ist eine zähe, alte Lady. Sie werden sie nicht brechen.«

Faith schaukelte das Baby, wie Mütter es automatisch tun. »Hast du irgendwas gehört?«

»Ach, Darling, wenn ich irgendwas gehört hätte, wäre ich mit meiner Bleispritze da drüben gewesen.« Das Wort war mindestens so alt wie Mrs. Levy. Will vermutete, sie meinte damit einen großkalibrigen Revolver, wie er im Wilden Westen benutzt wurde. »Ev wird die ganze Geschichte gut überstehen. Sie landet immer auf den Füßen. Darauf kannst du Gift nehmen.«

»Ich denke nur ...« Faith' Stimme stockte. »Wenn ich früher gekommen wäre, oder ...« Sie schüttelte den Kopf. »Warum ist das passiert? Du weißt, dass Mama in nichts Schlimmes verwickelt ist. Warum sollte irgendjemand sie entführen?«

»Manchmal gibt's einfach keine Erklärung für den Blödsinn, den Leute sich in den Kopf setzen.« Die alte Frau zuckte leicht die Achseln. »Ich weiß nur, dass es dich auffressen wird, wenn du nicht aufhörst, dich zu fragen, was gewesen wäre, wenn du dies oder jenes getan hättest.« Sie drückte Faith die Fingerrücken an die Wange. »Vertrau auf Gott, dass er sie beschützt. ›Auf deine Klugheit aber verlass dich nicht.‹«

Faith nickte feierlich, obwohl Will sie nicht für besonders religiös hielt.

Amandas Schritte waren dumpf auf dem Teppichboden des Flurs zu hören. »Ich kann sie nicht länger hinhalten«, sagte sie Faith. »Draußen wartet ein Streifenwagen, der dich ins Revier bringen soll. Versuche, den Mund zu halten und zu tun, was dein Anwalt dir rät.«

»Auf das Baby aufpassen ist das Mindeste, was ich tun kann«, warf Mrs. Levy dazwischen. »Du nimmst sie nicht mit in dieses dreckige Revier, und Jeremy hat keine Ahnung, was bei einer Windel oben und unten ist.«

Faith wollte das Angebot offensichtlich sehr gerne annehmen, sie zögerte aber trotzdem. »Ich weiß nicht, wie lange ich bleiben werde.«

»Du weißt, dass ich ein Nachtmensch bin. Das ist kein Problem.«

»Danke.« Faith übergab das Baby widerstrebend der alten Frau. Sie strich Emmas braune Haare glatt und küsste sie auf den Kopf, dann ging sie ohne ein weiteres Wort.

Kaum war die Haustür geschlossen, kam Amanda zur Sache. »Was ist?«

Mrs. Levy zog das Foto unter ihrer Schürze hervor.

»Evelyn hatte einen regelmäßigen Besucher«, erläuterte Will. Mrs. Levy hatte ein gutes Gedächtnis: Der Mann war kahl, die Jeans schlabberig, sein Hemd zerknittert, die Ärmel waren aufgekrempelt. Zu erwähnen vergessen hatte sie allerdings ein wichtiges Detail, nämlich dass er Hispano war. Das Tattoo auf seinem Arm war unscharf, aber Will erkannte sofort das Symbol auf seinem Unterarm, das ihn als einen der Los Texicanos auswies.

Amanda faltete das Foto, bevor sie es in die Tasche ihrer Kostümjacke steckte. Sie fragte Mrs. Levy: »Haben die Uniformierten schon mit dir gesprochen?«

»Ich bin mir sicher, dass sie irgendwann auch zu den kleinen, alten Damen kommen werden.«

»Ich nehme an, du bist dann so kooperativ wie immer.«

Sie lächelte. »Ich weiß nicht recht, was ich ihnen sagen kann, aber ich werde gleich frische Plätzchen herrichten für den Fall, dass sie mich besuchen.«

Amanda kicherte. »Vorsicht, Roz.« Sie verließ das Zimmer und winkte Will, ihr zu folgen.

Will griff in seine Brieftasche und zog eine Visitenkarte für Mrs. Levy heraus. »Da drauf stehen alle meine Nummern. Rufen Sie mich an, wenn Ihnen noch irgendetwas einfällt oder Sie Hilfe mit dem Baby brauchen.«

»Vielen Dank, Kleiner.« Sie klang nun nicht mehr nach freundlicher, alter Dame, dennoch steckte sie sich die Karte in die Schürze.

Amanda war schon halb den Gang hinunter, als Will sie einholte. Sie verlor kein Wort über das Foto oder Faith' Zustand oder den Zuständigkeitsstreit, den sie mit Geary gehabt hatte. Stattdessen fing sie an, ihm Befehle zu erteilen: »Sie müssen alle Fallakten von der Ermittlung noch einmal durchgehen.« Sie brauchte ihm nicht zu sagen, welche Ermittlung sie meinte. »Nehmen Sie sich jede Zeugenaussage vor, jeden Informantenbericht, jedes Knastspitzels letztes Hurra. Es ist mir egal, wie winzig es ist. Ich will es wissen.« Amanda hielt inne. Er wusste, dass sie an seine Leseprobleme dachte.

Will erwiderte mit neutraler Stimme: »Das ist kein Problem.«

So einfach ließ sie ihn nicht davonkommen. »Augen auf, Will. Wenn Sie Hilfe brauchen, sagen Sie es jetzt, damit ich mich darum kümmern kann.«

»Soll ich gleich damit anfangen? Ich habe die Kartons zu Hause.«

»Nein. Wir haben erst noch was zu erledigen.« Die Hände in die Hüften gestemmt, stand sie in der Diele. Sie war eine adrette Frau, und Will vergaß oft, wie klein sie war, bis er sah, dass sie den Kopf in den Nacken legen musste, um ihn anzuschauen. »Ich habe es geschafft, ein paar Informationen loszueisen, während Geary seinen Wutausbruch hatte. Der Texicano im Hinterhof hat sich dank des großen Tattoos auf seinem Rücken freundlicherweise selbst als Ricardo identifiziert. Eine volle Identifikation haben wir noch nicht. Er ist Mitte zwanzig, knapp eins achtzig groß und ungefähr siebenundsiebzig Kilo schwer. Der Asiate im Schlafzimmer ist ungefähr vierzig, etwas kürzer und dünner als sein hispanischer Freund. Ich nehme an, er kommt nicht aus diesem Teil der Stadt. Vielleicht wurde er nur für diese Sache hierhergeschickt.«

Will fiel etwas ein. »Faith meinte, er hätte einen Southside-Akzent gehabt.«

»Das sollte das Problem etwas eingrenzen.«

»Außerdem trug er ein grelles Hawaii-Hemd. Nicht sehr gangsterhaft.«

»Wir setzen das mit auf die Liste seiner Verbrechen.« Sie schaute in den Flur, dann wieder zu Will. »Aber der Asiate in der Wäschekammer ist auch eine komische Geschichte, was wir dank der Brieftasche wissen, die er in seiner Gesäßtasche hatte. Hironobu Kwon, neunzehn Jahre alt. Er ist ein Erstsemester an der Georgia State. Außerdem ist er der Sohn einer örtlichen Lehrerin, Miriam Kwon.«

»Keinen Bandenbezug?«

»Wir können keinen finden. Das APD hatte sich Mama Kwon geschnappt, bevor wir zu ihr konnten. Wir müssen sie morgen früh finden und hören, was sie weiß.« Sie deutete mit dem Finger auf Will. »Aber unauffällig. Offiziell sind wir an diesem Fall noch nicht beteiligt. Es sind nur Sie und ich, bis ich einen Einstieg gefunden habe.«

Er sagte: »Faith scheint zu denken, dass die Texicanos nach etwas gesucht haben.« Will versuchte, Amandas Ausdruck zu interpretieren. Normalerweise war es etwas zwischen Belustigung und Verärgerung, doch diesmal war ihre Miene völlig leer. »Ricardo wurde zu Brei geschlagen. Auf seinen Kopf wurde eine Waffe gerichtet. Der suchte gar nichts mehr, wollte nur noch sein Leben retten. Es sind die Asiaten, mit denen wir zuerst reden sollten.«

»Das klingt logisch.«

»Das deutet auf ein größeres Problem hin«, fuhr er fort. »Die Texicanos kann ich ja noch verstehen, aber was wollen die Asiaten mit Evelyn? Was treiben die für ein Spiel?«

»Das ist die Eine-Million-Dollar-Frage.«

Er brachte es noch mehr auf den Punkt. »Evelyn war Leiterin des Drogendezernats. Los Texicanos kontrollieren den Drogenhandel in Atlanta. Das tun sie seit zwanzig Jahren.«

»Mit Sicherheit.«

Will spürte den vertrauten Schmerz, als würde er mit dem Kopf gegen eine Mauer rennen. So wie jetzt führte sie ihn immer an der Nase herum, wenn sie Informationen hatte, die sie nicht preisgeben wollte. Irgendwie war es diesmal schlimmer, denn sie spielte nicht nur mit ihm herum, sondern deckte auch ihre alte Freundin.

Er versuchte es trotzdem. »Sie haben gesagt, der Kerl in dem Hawaii-Hemd wurde extra wegen ›dieser Sache‹ hierhergeschickt. Was ist ›diese Sache‹? Entführung? Der Versuch, das zu finden, was Evelyn in ihrem Haus versteckt hatte?«

»Ich glaube nicht, dass heute noch irgendjemand das findet, wonach er sucht.« Sie machte eine Pause, damit bei Will auch wirklich ankam, was sie damit meinte. »Charlie hilft den örtlichen Kollegen bei der Spurensuche, aber sie fallen nicht so auf seinen Charme herein, wie es mir lieb wäre. Sein Zugang ist beschränkt, und er wird überwacht. Sie sagen, sie teilen uns die Laborergebnisse mit. Ihr Leichenbeschauer gefällt mir nicht.«

Der Medical Examiner des Fulton County. »Ist der schon da?«

»Er wühlt sich immer noch durch diesen Wohnungsbrand in Peoplestown.« Budgetkürzungen hatten das Büro des Medical Examiner so gut wie entvölkert. Wenn innerhalb der Stadtgrenzen mehr als ein schweres Verbrechen passierte, bedeutete das für die Detectives normalerweise eine lange Wartezeit. »Ich würde gern Pete dransetzen.«

Sie meinte den Medical Examiner des GBI. Will fragte: »Er könnte doch ein bisschen herumtelefonieren.«

»Unwahrscheinlich«, erwiderte sie. »Pete hat nicht gerade an jedem Finger zehn Freunde. Sie wissen doch, wie komisch er ist. Gegen ihn wirken Sie richtig normal. Was ist mit Sara?«

»Sie wird den Mund halten.«

»Das ist mir bewusst, Will. Ich habe euer Herumgeeiere auf der Straße gesehen. Ich meinte, ob Sie glauben, dass sie im Büro des Gerichtsmediziners irgendjemanden kennt?«

Will zuckte die Achseln.

»Fragen Sie sie«, befahl Amanda.

Will bezweifelte, dass Sara dieser Anruf willkommen sein würde, dennoch nickte er zustimmend. »Was ist mit Evelyns Kreditkarten- und Telefondaten?«

»Ich lasse sie mir beschaffen.«

»Hat sie im Auto GPS? Auf ihren Handys?«

Darauf antwortete Amanda nicht direkt. »Wir benutzen einige Hintertürchen. Wie gesagt, wir sind nicht gerade mit an Bord.«

»Aber was Sie Geary gesagt haben, stimmt. Bei Drogenfällen sind wir erstinstanzlich zuständig.«

»Nur weil Evelyn verantwortlich war für das Drogendezernat, heißt das noch nicht, dass der Fall einen Bezug zu Drogen hat. Soweit ich weiß, haben sie keinen Hinweis auf Drogen im Haus oder bei den Toten gefunden.«

»Und Ricardo, der tote Texicano von den drogendealenden Texicanos?«

»Merkwürdiger Zufall.«

»Was ist mit dem lebenden, atmenden, drogenaffinen Texicano, der einen schwarzen Cadillac fährt, in den Evelyn Mitchell ohne jede Skrupel einsteigt, um mit dem Mann davonzufahren?«

Sie tat überrascht. »Glauben Sie, er hat damit zu tun?«

»Ich habe auf dem Foto das Tattoo gesehen. Evelyn trifft sich seit mindestens vier Monaten mit einem Texicano.« Will bemühte sich, seinen Ton zu mäßigen. »Er ist älter. Er muss in der Organisation ziemlich weit oben stehen. Mrs. Levy sagte, in den letzten zehn Tagen sind die Besuche häufiger geworden. Sie sind in seinem Auto irgendwohin gefahren, normalerweise gegen elf Uhr, und um zwei Uhr zurückgekommen.«

Wieder ignorierte Amanda sein Argument und erwiderte: »Sie haben sechs Detectives aus Evelyns Truppe verhaftet. Zwei davon wurden letztes Jahr wegen guter Führung auf Bewährung entlassen. Beide haben den Staat verlassen – der eine nach Kalifornien, der andere nach Tennessee, wo sie sich beide auch befanden, als Evelyn heute Nachmittag entführt wurde. Zwei sitzen in mittlerer Sicherheitsverwahrung im Valdosa State, noch vier Jahre von ihrer Entlassung entfernt und ohne jeden Anschein von guter Führung. Einer ist tot – Drogenüberdosis, was ich das Karma des denkenden Mannes nennen würde. Der sechste wartet im D&C auf seinen letzten Tanz.«

Das Georgia Diagnostic and Classification Prison. Der Todestrakt. Zögernd fragte Will: »Wen hat er umgebracht?«

»Einen Wachmann und einen Insassen. Erwürgte einen verurteilten Vergewaltiger mit einem Handtuch – das war kein großer Verlust –, aber dann prügelte er mit bloßen Händen einen Wachmann zu Tode. Behauptete, es wäre Notwehr gewesen.«

»Gegen den Wachmann?«

»Sie klingen wie der Staatsanwalt in seinem Fall.«

Will versuchte es noch einmal. »Und Evelyn?«

»Was ist mit ihr?«

»Ich habe auch gegen sie ermittelt.«

»Das haben Sie.«

»Wir lassen also die Finger von der heißen Kartoffel?«

»Eine heiße Kartoffel? Mann, Will, wir haben hier einen Riesentopf voll mit den Dingern.« Sie öffnete die Haustür. Die Sonne stach wie ein Messer in das dunkle Haus.

Amanda setzte ihre Sonnenbrille auf, während sie über den Rasen zum Tatort gingen. Zwei Uniformierte waren unterwegs zu Mrs. Levys Haus. Sie schauten beide Will böse an und nickten Amanda knapp zu.

Zu Will gewandt, murmelte sie: »Wird langsam Zeit, dass Sie in die Gänge kommen«, als wäre sie nicht der Grund für die Verzögerung gewesen.

Er wartete, bis die Männer an die Haustür klopften. »Ich schätze, Sie kennen Mrs. Levy aus Ihrer Zeit beim APD?«

»GBI. Ich habe wegen des Verdachts des Mordes an ihrem Mann ermittelt.« Amanda schien Wills entsetzten Ausdruck zu genießen. »Konnte es zwar nie beweisen, ich bin mir aber sicher, dass sie ihn vergiftet hat.«

»Plätzchen?«, riet er.

»Das war meine Arbeitshypothese.« Ein anerkennendes Lächeln kräuselte ihre Lippen, als sie über den Rasen gingen. »Roz ist ein gerissenes altes Mädchen. Hat mehr Tatorte gesehen als wir alle zusammen, und ich bin mir sicher, sie hat sich jedes Mal Notizen gemacht. Ich würde nicht die Hälfte von dem glauben, was sie Ihnen erzählt hat. Denken Sie daran – der Teufel kann sich auf die Schrift berufen.«

Damit hatte Amanda nicht ganz unrecht oder, genauer, Shakespeare. Dennoch gab Will zu bedenken: »Mrs. Levy ist diejenige, die mir von den Besuchen des Texicanos bei Evelyn erzählt hat. Sie hat ihn fotografiert.«

»Sieht so aus.«

Will spürte diese Bemerkung wie einen Schlag auf den Hinterkopf. Wenn man davon ausging, dass Mrs. Levys künstlerisches Talent sich eher zum unvorteilhaften Porträtieren von Haustieren eignete, schien es merkwürdig, dass sie zufällig ein Foto des Texicanos neben seinem schwarzen Cadillac bei der Hand hatte. Sie war eine raffinierte alte Dame und musste aus einem bestimmten Grund spioniert haben. »Wir sollten zurückgehen und mit ihr reden.«

»Glauben Sie wirklich, dass sie uns irgendwas Nützliches sagen wird?«

Will musste Amanda insgeheim zustimmen. Mrs. Levy schien ihre Spielchen zu genießen, und nach Evelyns Verschwinden hatten sie nicht wirklich Zeit, sich auf sie einzulassen. »Weiß Evelyn, dass sie ihren Mann umgebracht hat?«

»Natürlich weiß sie es.«

»Und trotzdem überlässt sie ihr Emma?«

Sie hatten Faith' Mini erreicht. Amanda drückte die Hände an die Scheibe und spähte hinein. »Sie hat einen vierundsechzigjährigen, zu Misshandlungen neigenden Alkoholiker umgebracht, kein vier Monate altes Baby.«

Will nahm an, dass irgendwo auf dieser Welt diese Logik ihre Richtigkeit hatte.

Amanda ging auf das Haus zu. Charlie Reed redete im Carport mit einigen anderen Spurensicherungstechnikern. Einige rauchten, andere lehnten an einem beigefarbenen Malibu, der Schnauze an Schnauze hinter Faith' Mini stand. Sie alle trugen weiße Tyvek-Schutzanzüge, die sie aussehen ließen wie schmutzige Marshmallows unterschiedlicher Größe. Charlies mächtiger Schnurrbart war das Einzige, was ihn von den glatt rasierten Männern unterschied. Er entdeckte Amanda und löste sich aus der Gruppe.

Sie sagte: »Was gibt's zu berichten, Charlie?«

Charlie schaute kurz zurück zu einem stämmigen, dunklen Mann, dessen Tyvek-Anzug an all den kritischen Stellen seines Körpers unvorteilhaft eng saß. Der Mann zog ein letztes Mal an seiner Zigarette und gab sie dann einem Kollegen. Dann stellte er sich Amanda mit abgehacktem, britisch klingendem Akzent vor: »Dr. Wagner, ich bin Dr. Ahbidi Mittal.«

Sie deutete auf Will. »Das ist Dr. Trent, mein Mitarbeiter.«

Will gab dem Mann die Hand und versuchte, nicht zusammenzuzucken angesichts der mühelosen Art, wie Amanda mit einem Titel prahlte, von dem sie beide wussten, dass er ihn an einem zwielichtigen Online-College erworben hatte.

Mittal erklärte: »Aus reiner Höflichkeit bin ich bereit, Ihnen den Tatort zu zeigen.«

Amanda warf Charlie einen schneidenden Blick zu, als hätte er in der Sache irgendetwas zu sagen.

»Vielen Dank«, sagte Will, weil er wusste, dass sonst niemand reagieren würde.

Mittal gab ihnen beiden Plastiküberzieher für die Schuhe. Amanda stützte sich an Wills Arm ab, während sie ihre High Heels abstreifte und in Strümpfen in die Überzieher stieg. Will dagegen musste ohne Hilfe herumhopsen. Auch ohne Schuhe waren seine Füße zu groß, und so sah er schließlich aus wie Mrs. Levy, deren Fersen hinten aus den Pantoffeln herausragten.

»Sollen wir drinnen anfangen?« Er wartete ihre Antwort nicht ab, sondern führte sie hinten um den Malibu herum und durch die Küchentür ins Haus. Will duckte sich instinktiv, als er die niedere Decke sah. Charlie stieß gegen ihn und murmelte eine Entschuldigung. Für vier Personen war die Küche klein; sie hatte die Form eines Hufeisens, von dessen offenem Ende man in die Wäschekammer gelangte. Will stieg der typische Geruch nach rostigem Eisen in die Nase – geronnenes Blut.

Faith hatte recht – die Eindringlinge hatten nach etwas gesucht. Das Haus war das reinste Chaos. Besteck lag auf dem Boden verstreut; Schubladen waren herausgerissen worden; in die Wände hatte man sogar Löcher geschlagen; ein Handy und ein schon älter aussehendes BlackBerry lagen zertreten auf dem Boden; das Wandtelefon war aus der Befestigung gerissen. Bis auf das schwarze Fingerabdruck-Pulver und die gelben Plastikmarker, die die Spurensicherung verwendet hatte, war alles genauso gelassen worden, wie Faith es nach ihrer Aussage beim Betreten des Hauses vorgefunden hatte. In der Wäschekammer lag sogar noch die Leiche. Faith musste eine Heidenangst gehabt haben, weil sie nicht wusste, was sie erwartete, ob ihre Mutter verletzt war – oder noch Schlimmeres.

Will hätte hier sein sollen. Er hätte der Partner sein sollen, von dem Faith wusste, dass sie ihn zu Hilfe rufen konnte, ganz gleich, was passierte.

Mittal sagte: »Meinen Bericht muss ich erst noch schreiben, aber ich bin bereit, ihnen meine Arbeitshypothesen mitzuteilen.«

Amanda drehte die Hand im Kreis, um die Sache zu beschleunigen. »Sagen Sie mir, was Sie haben.«

Mittal verzog das Gesicht wegen dieses Befehlstons. »Ich nehme an, Captain Mitchell wollte eben das Mittagessen vorbereiten, als das Verbrechen anfing.« Auf der Arbeitsfläche lagen Tüten mit kaltem Aufschnitt neben einem Messer und einem Schneidbrett. Offensichtlich hatte Evelyn hier Tomaten geschnitten. Im Spülbecken lag zusammengeknüllt eine leere Wonder-Bread-Tüte. Der Toaster hatte seinen Inhalt schon vor Langem ausgeworfen. Vier Scheiben. Evelyn hatte wahrscheinlich gewusst, dass Faith etwas zu essen brauchen würde, wenn sie nach Hause kam.

Es war eine ganz normale, sogar freundliche Szene bis auf die Tatsache, dass jeder Gegenstand auf der Arbeitsfläche blutverschmiert war. Der Toaster, das Brot, das Schneidbrett. Blut war auf den Boden getropft und hatte auf den Fliesen eine Pfütze gebildet. Zwei Paare blutiger Fußabdrücke liefen kreuz und quer über das weiße Porzellan, ein kleines, ein großes Paar. Offensichtlich hatte es hier einen Kampf gegeben.

Mittal fuhr fort: »Captain Mitchell wurde von einem Geräusch aufgeschreckt, wahrscheinlich vom Zersplittern der Glasschiebetür, und das dürfte der Grund gewesen sein, warum sie sich mit diesem Tomatenmesser in den Finger schnitt.«

Amanda bemerkte: »Für einen Küchenunfall ist das aber eine Menge Blut.«

Mittal hatte für korrigierende Kommentare offensichtlich nicht viel übrig. Er hielt kurz inne, bevor er fortfuhr: »Das Kleinkind, Emma, dürfte hier gewesen sein.« Er deutete auf eine freie Stelle auf der Arbeitsfläche neben dem Kühlschrank, gegenüber dem Bereich, wo Evelyn das Essen hergerichtet hatte. »Hier fanden wir einen kleinen Blutstropfen auf der Arbeitsfläche.« Er deutete auf einen Punkt neben einem altmodischen CD-Player. »Von hier zum Schuppen gibt es eine Blutspur, wahrscheinlich blutete Captain Mitchell, als sie die Küche verließ. Ihr Handabdruck an der Tür stützt diese Annahme.«

Amanda nickte. »Sie hört ein Geräusch, bringt die Kleine in Sicherheit und kommt mit ihrem S&W zurück.«

Charlies Worte platzten heraus, als könnte er sich nicht länger zurückhalten: »Anscheinend hat sie ein Küchentuch um den Schnitt gewickelt, aber das blutete sehr schnell durch. Auf der Küchentür und auf dem Holzgriff des S&W ist Blut.«

Will fragte: »Was ist mit dem Kindersitz?«

»Der ist sauber. Anscheinend hat sie ihn mit der unverletzten Hand getragen. Wir haben eine Blutspur durch den Carport, auf diesem Weg hat sie Emma zum Schuppen getragen. Es ist Evelyns Blut, Ahbidis Leute haben es bereits typisiert, deshalb können wir das sagen.« Er schaute Mittal an. »Sorry, Ahbi. Ich hoffe, ich trete dir nicht auf die Zehen.«

Mittal machte eine Geste mit seinen Händen, um Charlie zu bedeuten, dass er fortfahren könne.

Will wusste, dass Charlie diesen Teil seiner Arbeit liebte. Stolz ging er zur offenen Tür und hob die Hände so vor das Gesicht, als würde er eine Waffe halten. »Evelyn kommt ins Haus zurück. Dreht sich, sieht Bösewicht Nummer eins in der Wäschekammer und schießt ihm in den Kopf. Die Wucht wirbelte ihn herum wie einen Kreisel. Was man da auf seinem Hinterkopf sieht, ist die Austrittswunde.« Charlie drehte sich wieder um, die Hände zu einer klassischen Charlies-Engel-Pose erhoben, was eine Garantie dafür war, dass einem in die Brust geschossen wurde. »Dann kommt Bösewicht Nummer zwei, wahrscheinlich von dort.« Er deutete zum Durchgang zwischen Küche und Esszimmer. »Es kommt zum Kampf. Evelyn verliert ihre Waffe. Sehen Sie dort?«

Will blickte zu dem Plastikmarker auf dem Boden. Dank Charlies Hinweis erkannte er dort den schwachen, blutigen Umriss eines Revolvers.

»Evelyn schnappt sich das Messer von der Arbeitsfläche. Ihr Blut ist auf dem Griff, nicht auf der Klinge.«

Amanda unterbrach ihn. »Auf dem Messer ist nicht nur ihr Blut?«

»Nein. Nach ihrer Personalakte ist Evelyn 0-positiv. Wir haben B-negativ auf der Klinge und hier vor dem Kühlschrank gefunden.«

Sie schauten alle auf ein Dutzend große, runde Blutstropfen auf dem Boden hinunter.

Mittal erläuterte: »Es ist eine passive Tropfenverteilung. Arterien wurden nicht verletzt, sonst gäbe es ein Spritzmuster. Alle Proben wurden für eine DNA-Analyse ins Labor geschickt. Ich schätze, die Ergebnisse haben wir in einer Woche.«

Ein Lächeln huschte über Amandas Lippen, während sie das Blut anstarrte. Sie klang ein wenig triumphierend. »Hat irgendeiner der Toten B-negativ?«

Charlie schaute noch einmal Mittal an. Der Mann nickte zustimmend. »Der Asiate in dem hässlichen Hemd war 0-positiv, was rassenübergreifend eine ziemlich häufige Blutgruppe ist. Es ist Evelyns Gruppe. Es ist meine Gruppe. Der andere, den wir wegen seines Tattoos Ricardo nennen, war B-negativ, aber jetzt kommt der Knaller: Er hat keine Stichverletzungen. Ich meine, irgendwann blutete er. Er wurde offensichtlich gefoltert. Aber das Blut, von dem wir hier sprechen, findet sich in einer größeren Menge, als jede …«

Amanda unterbrach ihn. »Wir haben da draußen jemanden mit einer Stichwunde, der die Blutgruppe B-negativ hat. Ist das selten?«

»Weniger als zwei Prozent der amerikanischen Bevölkerung kaukasischer Herkunft sind B-negativ«, erwiderte Charlie. »Bei den Asiaten sind es ein Viertelprozent, bei den Hispanos etwa ein Prozent. Das heißt also, es ist eine sehr seltene Blutgruppe, was es möglich macht, dass unser toter B-negativer Ricardo genetisch verwandt ist mit unserem flüchtigen und verletzten B-negativ.«

»Wir haben da draußen also einen Verletzten mit Blutgruppe B-negativ.«

Dieses eine Mal war Charlie schneller als sie. »Ich habe bereits an alle Krankenhäuser im Umkreis von hundert Meilen eine Suchanfrage nach Stichwunden jeder Art herausgegeben – männlich, weiblich, weiß, schwarz, orange. Nur in der letzten halben Stunde hatten wir drei Fälle, die wir bereits ausschließen konnten, weil sie im häuslichen Umfeld passierten. Es werden mehr Leute gestochen, als ich gedacht hätte.«

Mittal versicherte sich, dass Charlie fertig war, und wies dann auf das auf dem Boden verschmierte Blut. »Diese Schuhabdrücke deuten auf einen Kampf zwischen einer kleinen Frau und einem Mann mittlerer Größe und einem Gewicht von ungefähr siebzig Kilo hin. An der Verteilung von Hell und Dunkel in den Abdrücken können wir erkennen, dass eine Hebung des inneren Fußrands, also eine Supination, vorliegt.«

Amanda unterbrach die Vorlesung. »Kommen wir zurück zur Stichwunde. Könnte sie tödlich sein?«

Mittal zuckte die Achseln. »Das müssen Sie den Medical Examiner fragen. Wie bereits zuvor gesagt, gibt es kein Spritzmuster auf den Wänden oder der Decke, woraus wir schließen können, dass keine Arterie verletzt wurde. Diese Tropfenverteilung hier könnte vielleicht Folge einer Kopfwunde sein, bei der es bei minimaler Schädigung eine relativ hohe Blutmenge gibt.« Er schaute Charlie an. »Pflichten Sie mir bei?«

Charlie nickte, fügte aber hinzu: »Auch eine Bauchwunde könnte so bluten. Ich bin mir nicht sicher, wie lange man mit so etwas durchhält. Falls man den Filmen glaubt, nicht lange. Falls ein Lungenflügel getroffen wurde, hätte er vielleicht eine Stunde, bis er erstickt. Es kommt zu keinem arteriellen Spritzen, es ist also eine sickernde Wunde. Was die Möglichkeit einer Kopfwunde angeht, bin ich mit Dr. Mittal einer Meinung ...« Er zuckte die Achseln, hatte dann aber doch einen Einwand. »Die Klinge war von der Spitze bis zum Heft mit Blut bedeckt, was darauf hindeuten könnte, dass das Messer tief in den Körper eindrang.« Er sah Mittals Stirnrunzeln und ruderte zurück. »Allerdings könnte es auch sein, dass das Opfer das Messer packte, wodurch seine Hand verletzt und die Klinge mit Blut bedeckt wurde.« Er zeigte ihnen seine geöffnete Hand. »In diesem Fall hätten wir da draußen einen B-negativen, der zusätzlich noch eine Handverletzung hat.«

Amanda war kein großer Freund der Zweideutigkeiten der forensischen Wissenschaft. Sie versuchte, es in einer endgültigen Aussage zusammenzufassen. »Also, der B-negative Bösewicht kämpft mit Evelyn. Dann, schätze ich, sollten wir den zweiten Mann mit ins Spiel bringen, den Asiaten im Hawaii-Hemd, der später tot im Schlafzimmer landet. Sie schafften es, Evelyn zu überwältigen und ihr die Waffe abzunehmen. Und dann ist da ein dritter Mann, Ricardo, der zu einem Zeitpunkt Geisel war, dann zum Schützen wurde und schließlich, dank Agent Mitchells schnellem Handeln, tot im Garten lag, bevor er noch irgendjemanden verletzen konnte.« Sie wandte sich Will zu. »Ich möchte wetten, dass Ricardo in diese Sache verwickelt ist, ob Folter oder nicht. Er spielte nur die Geisel, um Faith in die Irre zu führen.«

Die Endgültigkeit ihres Tonfalls schien Mittal nicht sehr zu behagen. »Das ist nur eine Interpretation.«

Charlie versuchte, die Wogen zu glätten. »Es besteht immer die Möglichkeit, dass ...«

Plötzlich ertönte ein Geräusch wie das Rauschen eines tropischen Wasserfalls. Mittal zog den Reißverschluss seines Schutzanzugs auf und tastete seine Hosentaschen ab. Er zog sein Handy heraus und sagte: »Entschuldigen Sie mich«, bevor er hinaus in den Carport ging.

Amanda wandte sich nun Charlie zu. »Unterm Strich?«

»Ich kriege zwar keinen vollen Zugang, aber ich habe keinen Grund, dem zu widersprechen, was Ahbi bis jetzt gesagt hat.«

»Und?«

»Ich will nicht rassistisch klingen«, fuhr Charlie fort, »aber man sieht es nicht oft, dass Mexikaner und Asiaten zusammenarbeiten. Vor allem Los Texicanos nicht.«

»Die Jüngeren sehen das nicht mehr so eng«, bemerkte Will und fragte sich, ob man das Fortschritt nennen konnte.

Amanda ging auf beides nicht ein. »Was sonst noch?«

»Die Liste neben dem Telefon.« Charlie deutete auf ein Blatt gelbes Papier mit einer Reihe von Zahlen und Namen. »Ich war so frei, Zekes Nummer anzurufen. Ich habe ihm die Nachricht hinterlassen, dass er sich bei Ihnen melden soll.«

Amanda schaute auf ihre Uhr. »Was ist mit dem Rest des Hauses? Hat die Forensik da irgendwas gefunden?«

»Das haben sie mir nicht gesagt. Ahbi ist zwar nicht gerade unfreundlich, er bricht sich aber auch keinen ab, um freiwillig etwas herauszurücken.« Charlie machte eine kurze Pause, bevor er ergänzte: »Es scheint mir offensichtlich, dass die bösen Jungs nicht gefunden haben, wonach sie suchten, ansonsten wären sie in dem Augenblick verschwunden, als Faith auftauchte.«

»Und wir würden jetzt Evelyns Beerdigung planen.« Amanda ließ sich nicht weiter darüber aus. »Was immer sie gesucht haben – was würden Sie vermuten, wie groß dieses mysteriöse Ding sein könnte?«

»Kann ich nicht sagen«, gab Charlie zu. »Offensichtlich suchten sie überall – in Schubladen, Wandschränken, Kissen. Ich glaube, sie wurden immer wütender, je länger sie durchs Haus gingen, und fingen an, auch zu zerstören. Sie schlitzten die Betten auf, zerbrachen die Spielsachen. Hier spürt man eine Menge Wut.«

»Wie viele Sucher?«

»Tut mir leid, Dr. Wagner.« Mittal war zurückgekommen. Er steckte das Handy in die Tasche, ließ den Tyvek-Anzug aber offen. »Das war der ME. Er wurde aufgehalten wegen der Entdeckung einer weiteren Leiche bei diesem Wohnungsbrand. Wie war Ihre Frage?«

Charlie antwortete für sie, vielleicht weil er spürte, dass Amandas Ton der Grund sein könnte, warum man sie aus dem Haus warf. »Sie fragte, wie viele Männer es Ihrer Meinung nach waren.«

Mittal nickte. »Eine wohlüberlegte Schätzung würde bei drei bis vier Männern liegen.«

Will sah Amandas entrüsteten Blick. Es mussten mehr als drei gewesen sein, denn sonst wären alle Verdächtigen tot, und Evelyn hätte sich selbst entführt.

Mittal fuhr fort: »Sie trugen keine Handschuhe. Vielleicht dachten sie, Captain Mitchell würde ohne Kampf nachgeben.« Amanda lachte schnaubend, und Mittal machte wieder eine seiner berühmten Pausen. »Auf den meisten Oberflächen finden sich Fingerabdrücke, die wir natürlich dem GBI zukommen lassen werden.«

Charlie sagte: »Ich habe bereits im Labor angerufen. Wir bekommen zwei Techniker, die sie digitalisieren und in die Datenbank eingeben. Und dann ist es nur noch eine Frage der Zeit, bis wir wissen, ob sie bei uns gespeichert sind.«

Amanda deutete in die Küche. »Sobald Evelyn neutralisiert war, dürften sie hier drinnen mit der Suche angefangen haben. Sie schauten in alle Schubladen, also muss es etwas sein, das in eine Schublade passt.« Sie sah zu Charlie, dann zu Mittal. »Irgendwelche Reifenspuren? Fußabdrücke?«

»Nichts von Bedeutung.« Mittal führte sie zum Küchenfenster und zeigte auf Gegenstände im Hinterhof, die untersucht worden waren. Will betrachtete die kaputten CDs auf dem Boden. Beatles. Sinatra. Keine Spur von AC / DC. Der CD-Spieler war aus weißem Plastik, jetzt schwarzfleckig vom Fingerabdruckpulver. Mit dem Daumennagel drückte Will die Öffnungstaste. Das Fach war leer.

Hinter sich hörte er nun wieder Amandas Stimme. »Wo hielten sie Evelyn fest, während sie das Haus verwüsteten?«

Mittal ging aufs Wohnzimmer zu. Will bildete die Nachhut, während Charlie und Amanda dem Doktor durch das Chaos folgten. Der Grundriss des Hauses war ähnlich wie bei Mrs. Levy, es fehlte nur das abgesenkte Wohnzimmer. Gegenüber der Couch und einem Ohrensessel befanden sich eine Regalwand und ein kleiner Plasmafernseher, der einen großen Riss quer durch die Mitte aufwies. Die meisten Bücher lagen auf dem Boden. Neben dem Fernseher stand auf dem Regalbrett eine Stereoanlage, eine altmodische Version mit einem Plattenspieler, aber die Lautsprecher waren zerfetzt, und der Tonarm war vom Plattenspieler abgerissen. Ein kleiner Stapel Vinyl-Platten hatte offensichtlich Bekanntschaft mit einem Schuhabsatz gemacht.

An der Wand stand ein Bugholz-Stuhl nach Thonet, der einzige Gegenstand im Zimmer, der noch intakt zu sein schien. Die Sitzfläche war aus Bastgeflecht, die Beine waren abgeschabt. Mittal deutete auf Stellen, wo der Lack abgegangen war. »Wie es aussieht, wurde Isolierband benutzt. Ich fand Klebereste, wo Captain Mitchells Füße gewesen sein müssen.« Er hob den Stuhl an und stellte ihn ein Stück von der Wand entfernt wieder ab. Neben einem dunklen Fleck stand ein gelber Plastikmarker mit Nummer. »Aus den Blutstropfen auf dem Teppich kann man schließen, dass Captain Mitchells Hände nach unten hingen. Der Schnitt am Finger blutete noch immer, aber nicht bedeutsam. Vielleicht stimmt die Vermutung meines Kollegen, dass sie die Wunde mit einem Küchentuch umwickelt hatte.«

Amanda bückte sich, um den Blutflecken genauer zu betrachten, aber Will interessierte sich mehr für den Stuhl. Evelyns Hände waren hinter ihrem Rücken gefesselt gewesen. Mit dem Fuß kippte er den Stuhl nach vorn, damit er die Unterseite des Bastgeflechts sehen konnte. Dort entdeckte er eine Markierung, eine Pfeilspitze, mit Blut gemalt.

Will schaute ins Zimmer und versuchte herauszufinden, worauf der Pfeil zeigte. Die Couch dem Stuhl direkt gegenüber war ausgeweidet, der Ohrensessel daneben ebenso. Die Hartholzdielen auf dem Boden bedeuteten, dass nichts unter einem Teppich versteckt sein konnte. Wollte Evelyn auf etwas im Hinterhof zeigen?

Er hörte Luft durch Zähne zischen. Als Will den Kopf hob, sah er, dass Amanda ihn mit einem so vernichtenden Blick anschaute, dass er den Stuhl wieder hinstellte. Sie schüttelte leicht den Kopf, um anzudeuten, dass er seinen Fund geheim halten sollte. Will schaute zu Charlie hinüber. Sie drei hatten den Pfeil gesehen, Mittal dagegen nicht, weil er sich eben in einer Suada über die Effizienz der Fingerabdruckanalyse auf porösen versus nicht porösen Oberflächen erging.

Charlie öffnete den Mund, um etwas zu sagen, doch Amanda schnitt ihm das Wort ab. »Dr. Mittal, wurde die Glastür Ihrer Meinung nach mit einem Gegenstand zerbrochen, einem Stein oder einem Gartenutensil?« Sie schaute Charlie finster an, und Will dachte sich, wenn sie Laserstrahlen aus ihren Augen schießen könnte, wäre Charlies Mund jetzt verschweißt. »Ich frage mich nur, wie gut der Überfall geplant war. Wurde etwas mitgebracht, um das Glas einzuschlagen? Wurde das Haus umstellt? Falls ja, kannten sie den Grundriss im Voraus?«

Mittal runzelte die Stirn, denn das waren Fragen, die er alle nicht beantworten konnte. »Dr. Wagner, das sind keine Szenarios, die forensisch begutachtet werden können.«

»Na, dann spielen wir einfach damit und schauen, was dabei herauskommt. Wurde die Scheibe mit einem Ziegelstein eingeschlagen?«

Charlie schüttelte leicht den Kopf. Will erkannte seinen Konflikt. Ob es ihnen gefiel oder nicht, dies hier war Dr. Mittals Tatort, und auf der Stuhlunterseite gab es ein Indiz – möglicherweise ein wichtiges –, das der Mann übersehen hatte. Wie bei den meisten Dingen, die mit Amanda zu tun hatten, gab es einerseits die richtige Vorgehensweise und andererseits das, was sie ihm zu tun befahl. Jede Entscheidung zog Konsequenzen nach sich.

Auch Mittal schüttelte den Kopf, aber nur, weil Amanda Unsinn redete. »Dr. Wagner, wir haben jeden Zentimeter dieses Tatorts untersucht, und ich kann Ihnen sagen, wir haben keine anderen Gegenstände von Relevanz gefunden als die, die ich Ihnen bereits genannt habe.«

Will wusste sehr genau, dass sie nicht jeden Zentimeter untersucht hatten. Er fragte: »Hat irgendjemand den Malibu untersucht?«

Das lenkte Charlie von seinem ethischen Problem ab. Er runzelte die Stirn. Will hatte bei Faith' Mini denselben Fehler gemacht. Sämtliche Gewalt hatte zwar im Haus stattgefunden, die Autos waren trotzdem Teil des Tatorts.

Amanda bewegte sich als Erste. Sie war bereits draußen im Carport und hatte die Fahrertür des Malibu geöffnet, bevor irgendjemand daran dachte, sie zu fragen, was sie sich dabei denke.

Mittal sagt: »Bitte, wir haben noch nicht ...«

Sie warf ihm einen vernichtenden Blick zu. »Haben Sie daran gedacht, in den Kofferraum zu schauen?«

Sein verblüfftes Schweigen reichte als Antwort. Amanda öffnete den Kofferraum. Will stand unter der Küchentür, sodass er einen etwas erhöhten Blickwinkel hatte. Im Kofferraum waren mehrere Einkaufstüten aus Plastik, der Inhalt plattgedrückt von der Leiche, die auf ihnen lag. Wie auch in der Küche war alles mit Blut bedeckt – es durchtränkte die Müslischachtel, tropfte von der Plastikumhüllung der Hamburgerbrötchen. Der Tote war ein großer, kräftiger Kerl. Sein Körper war in der Mitte fast zusammengeklappt, damit er in den Hohlraum passte. Ein klaffender Riss in seinem kahlen Schädel zeigte gesplitterte Knochen und Gehirnmasse. Seine Jeans waren zerknittert. Seine Hemdärmel waren aufgekrempelt. Auf dem Unterarm hatte er das Tattoo der Los Texicanos.

Evelyns Freund.

4. Kapitel

Das Georgia Diagnostic and Classification Prison lag in Jackson, etwa eine Fahrstunde südlich von Atlanta. Normalerweise war das nur ein schneller Abstecher auf der I-75, aber der Atlanta Motor Speedway veranstaltete irgendein Show-Event, das den normalen Verkehr fast zum Erliegen brachte. Amanda ließ das ziemlich kalt, mit ruckartigen Lenkbewegungen fuhr sie immer wieder aufs Bankett, um langsame Wagenkolonnen zu überholen. Die Reifen des SUV rauschten über den Kies, der Autofahrer eigentlich davon abhalten sollte, die Fahrbahn zu verlassen. Wegen des Lärms und der Vibrationen musste Will gegen eine aufsteigende Bewegungsübelkeit ankämpfen.

Schließlich hatten sie den schlimmsten Verkehr hinter sich. In der Ausfahrt machte Amanda noch einen letzten, kurzen Abstecher aufs Bankett und riss den SUV dann wieder auf die Fahrbahn zurück. Die Reifen quietschten, die Karosserie schwankte. Will ließ das Fenster herunter, um mit ein wenig frischer Luft seinen Magen zu beruhigen. Der Wind riss so heftig an seinem Gesicht, dass seine Haut sich in Falten legte.

Amanda drückte auf den Knopf, um das Fenster wieder zu schließen, und warf ihm dabei einen Blick zu, mit dem sie sonst nur Dumme und Kinder bedachte. Sie fuhr weit über einhundertsechzig Stundenkilometer. Will hatte Glück gehabt, dass er nicht zum Fenster hinausgesaugt worden war.

Mit einem langen Seufzer schaute sie geradeaus auf die Straße. Eine Hand lag im Schoß, die andere hielt das Lenkrad fest umklammert. Sie trug ihr gewohntes Power-Kostüm: einen dunkelblauen Rock mit passendem Jackett und eine helle Bluse darunter. Ihre High Heels hatten exakt die Farbe ihres Kostüms. Die Haare waren ihr üblicher Helm aus Salz-und-Pfeffer-Grau. An den meisten Tagen schien Amanda mehr Energie zu haben als alle Männer in ihrem Team. Jetzt sah sie müde aus, und Will bemerkte, dass die Sorgenfalten um ihre Augen sich deutlicher abzeichneten.

Sie sagte: »Erzählen Sie mir von Spivey.«

Will versuchte, in seinem Kopf zurückzuschalten zu einem alten Fall gegen Captain Evelyn Mitchells Team. Boyd Spivey war der frühere Ermittlungsleiter des Drogendezernats gewesen, der jetzt seine Tage in der Todeszelle verbrachte. Will hatte nur ein Mal mit dem Mann sprechen können, danach hatten seine Anwälte ihm geraten, den Mund zu halten. »Ich kann mir gut vorstellen, dass er einen anderen mit bloßen Fäusten zu Tode geprügelt hat. Er war ein kräftiger Kerl, größer als ich, und hatte ungefähr zwanzig Kilo mehr, alles Muskeln.«

»Bodybuilder?«

»Ich schätze, Steroide haben ihm auf die Sprünge geholfen.«

»Wie wirkte sich das bei ihm aus?«

»Sie machten ihn unkontrolliert wütend«, erinnerte sich Will. »Er ist nicht so schlau, wie er denkt, aber ich habe es nicht geschafft, ihn zu einem Geständnis zu bringen, also bin ich es vielleicht auch nicht.«

»Trotzdem haben Sie ihn ins Gefängnis geschickt.«

»Er brachte sich selbst hinein. Sein Haus in der Stadt war abbezahlt. Sein Haus am See war abbezahlt. Alle seine drei Kinder gingen auf Privatschulen. Seine Frau arbeitete zehn Stunden pro Woche und fuhr einen Oberklasse-Mercedes. Seine Geliebte fuhr einen BMW. Und er hatte einen brandneuen Porsche 911 in der Einfahrt stehen.«

»Männer und ihre Autos«, murmelte sie. »Das klingt für mich nicht sehr schlau.«

»Er dachte einfach nicht daran, dass irgendjemand Fragen stellen würde.«

»Im Allgemeinen passiert das auch nicht.«

»Spivey konnte sehr gut den Mund halten.«

»Soweit ich mich erinnere, konnten das alle.«

Sie hatte recht. Bei einem Korruptionsfall war es die übliche Strategie, das schwächste Glied in der Kette zu finden und denjenigen dazu zu bringen, seine Komplizen zu verraten, um selbst mit einer leichteren Strafe davonzukommen. Die sechs Detectives in Evelyn Mitchells Drogendezernat hatten sich gegen diese Strategie als immun erwiesen. Keiner sagte etwas gegen den anderen, und alle behaupteten routinemäßig, dass Captain Mitchell mit den ihnen zur Last gelegten Verbrechen nichts zu tun habe. Sie taten alles, um ihre Chefin zu schützen. Es war zugleich bewundernswert und unglaublich frustrierend.

Will sagte: »Spivey arbeitete zwölf Jahre in Evelyns Abteilung – länger als jeder andere.«

»Sie traute ihm.«

»Ja«, pflichtete Will ihr bei, »zwei verwandte Seelen.«

Amanda schaute ihn scharf an. »Vorsicht.«

Wills Kiefermuskulatur verkrampfte sich so, dass der Knochen schmerzte. Er verstand nicht, wie sie irgendetwas erreichen wollte, wenn sie den wichtigsten Aspekt dieses Falles ignorierte. Amanda wusste so gut wie Will, dass ihre Freundin schuldig war wie die Seuche. Evelyn hatte zwar nicht auf großem Fuß gelebt, aber auf ihre Art war sie so dumm wie Spivey gewesen.

Faith' Vater war Versicherungsmakler, solide Mittelklasse mit den normalen Schulden, die diese Leute hatten: Autokredit, Hypothek, Kreditkarten. Und doch hatte Will bei seinen Ermittlungen ein Bankkonto auf Bill Mitchells Namen in einem anderen Staat entdeckt. Zu der Zeit war der Mann bereits sechs Jahre tot gewesen. Obwohl das Kontoguthaben immer um die zehntausend Dollar betrug, zeigten die Kontobewegungen, dass seit seinem Tod beinahe sechzigtausend Dollar eingezahlt worden waren. Es war offensichtlich ein Mantelkonto, was Staatsanwälte auch als *rauchenden Colt* bezeichneten. Da Bill tot war, war Evelyn die einzige Zeichnungsberechtigte. Geld wurde abgezogen und ihrer ATM-Karte einer Filiale der Bank in Atlanta gutgeschrieben. Ihr toter Ehemann war nicht derjenige, der die Aktivitäten breit fächerte und das Guthaben immer knapp unter der Grenze hielt, bei der beim Heimatschutz die Alarmglocken schrillten.

Soweit Will wusste, war Evelyn Mitchell nie nach diesem Konto gefragt worden. Er hatte geglaubt, es würde während ihres Prozesses zur Sprache kommen, ein Prozess hatte aber nie stattgefunden. Auf einer Pressekonferenz war lediglich ihr freiwilliges Ausscheiden aus dem Polizeidienst bekannt gegeben worden, und das war das Ende der Geschichte.

Bist jetzt.

Amanda klappte die Sonnenblende herunter, um nicht geblendet zu werden. An der Unterseite klemmten einige gelbe Abholscheine, die aussahen wie von einer Reinigung. Die Sonne meinte es nicht gut mit ihr. Sie sah nicht mehr müde aus, sie sah abgezehrt aus.

Sie sagte: »Irgendetwas liegt Ihnen auf dem Herzen.«

Ein sarkastisches »Was Sie nicht sagen« konnte er sich gerade noch verkneifen.

»Nicht das«, sagte sie, als könnte sie seine Gedanken lesen. »Faith hat Sie deshalb nicht zu Hilfe gerufen, weil sie wusste, dass Sie das Falsche tun würden.«

Will schaute zum Fenster hinaus.

»Sie hätten sie gezwungen, auf Hilfe zu warten.«

Er hasste es, dass ihre Worte eine große Erleichterung für ihn bedeuteten.

»Sie war schon immer sehr stur.«

Er fühlte sich verpflichtet zu sagen: »Sie hat nicht das Falsche getan.«

»Das ist mein Junge.«

Will sah die Bäume am Rand des Highways zu einer grünen Mauer verschmelzen. »Glauben Sie, es wird eine Lösegeldforderung geben?«

»Ich hoffe es.« Sie wussten beide, dass eine Forderung auf eine lebende Geisel hindeutete oder zumindest eine Möglichkeit war, einen Lebensbeweis zu fordern.

Er sagte: »Es fühlt sich nach etwas Persönlichem an.«

»Inwiefern?«

Er schüttelte den Kopf. »Das Haus war völlig verwüstet. Es gibt Zorn, und es gibt Raserei.«

»Ich kann mir nicht vorstellen, dass das alte Mädchen still dabeisaß, während sie ihr Haus auf den Kopf stellten.«

»Wahrscheinlich nicht.« Evelyn Mitchell war keine Amanda Wagner, aber Will konnte sich gut vorstellen, wie sie die Männer verspottete, die ihr Haus verwüsteten. Man wurde nicht einer der ersten weiblichen Captains der Polizei von Atlanta, indem man nett und freundlich war. »Sie suchten offensichtlich nach Geld.«

»Warum sagen Sie das?«

»Muscheln – das letzte Wort, das Ricardo zu Faith sagte, bevor er starb. Sie sagten, das ist der Slang-Ausdruck für Geld. Das heißt, sie suchten nach Geld.«

»In der Besteckschublade?«

Ein gutes Argument. Bargeld war nett, aber es war auch lästig. Eine Menge, die es wert war, eine ehemalige Führungskraft der Polizei von Atlanta zu entführen, würde mehrere Besteckschubladen füllen.

Er sagte: »Der Pfeil zeigte in den Hinterhof.«

»Was für ein Pfeil?«

Will unterdrückte ein Stöhnen. So offensichtlich machte sie es normalerweise nicht. »Der Pfeil aus Evelyns Blut auf der Unterseite des Stuhls, an den sie mit Klebeband gefesselt war. Ich weiß, dass Sie ihn gesehen haben. Sie haben gezischt wie ein Kompressor.«

»Sie sollten wirklich an Ihren Metaphern arbeiten.« Sie schwieg einen Augenblick, überlegte sich wahrscheinlich die umständlichste Route, um ihn nirgendwohin zu führen. »Glauben Sie, Evelyn hat in ihrem Garten einen Schatz vergraben?«

Er musste zugeben, dass das unwahrscheinlich schien, vor allem, da ihr Hinterhof für alle Nachbarn gut einsehbar war, von denen die meisten Rentner waren und viel Zeit zum Spionieren hatten. Außerdem konnte Will sich Faith' Mutter nicht mitten in der Nacht mit Schaufel und Taschenlampe vorstellen. Allerdings war es auch nicht so, dass sie es auf die Bank hätte bringen können.

»Bankschließfach«, gab Will zu bedenken. »Vielleicht suchten sie nach dem Schlüssel.«

»Evelyn würde zur Bank gehen und unterschreiben müssen, um Zugriff zu bekommen. Sie würden die Unterschriften vergleichen, sie nach ihrem Ausweis fragen. Unser Kidnapper müsste wissen, dass von dem Augenblick ihrer Entführung an jeder Fernsehsender ihr Foto bringen würde.«

Will dachte schweigend darüber nach. Außerdem traf hier dasselbe zu wie zuvor. Ein große Menge Bargeld nahm viel Platz ein. Diamanten und Gold waren eher etwas für Hollywood-Filme. Im realen Leben brachten gestohlene Juwelen nur einen Bruchteil ihres wahren Werts ein.

Sie fragte: »Was ist mit dem Tatort? Glauben Sie, Charlie hat alles richtig interpretiert?«

Will schaltete auf Abwehr. »Geredet hat ja vorwiegend Mittal.«

»Okay, Sie haben sich vor Charlie gestellt. Jetzt beantworten Sie meine Frage.«

»Der Texicano im Kofferraum des Malibu, Evelyns Freund. Das wirft alles über den Haufen.«

Sie nickte. »Er wurde nicht erstochen. Er starb an einem Kopfschuss, und außerdem ist er B-positiv. Das heißt, wir haben da draußen immer noch einen B-negativen mit einer hässlichen Wunde.«

»Davon rede ich nicht.« Will verkniff sich den Zusatz: »Und das wissen Sie.« Amanda fesselte ihm nicht nur die Hände hinter dem Rücken, sie verband ihm auch die Augen und führte ihn an den Rand eines Abgrunds. Ihre Weigerung, über Evelyn Mitchells schmutzige Vergangenheit zu reden oder sie auch nur anzuerkennen, würde Faith nicht helfen, und mit absoluter Sicherheit würde sie ihre Mutter nicht heil zurückbringen. Evelyn hatte in der Drogenszene gearbeitet. Sie war fast täglich in Kontakt mit einem ranghohen Mitglied der Los Texicanos gewesen, der Gang, die den Drogenhandel in und um Atlanta kontrollierte. Eigentlich müssten sie jetzt in der Stadt sein, mit Gangmitgliedern reden und die letzten Wochen in Evelyns Leben rekonstruieren, und nicht unterwegs zu einem Kerl, der nichts mehr zu verlieren hatte und für sein stures Schweigen berüchtigt war.

»Also kommen Sie, Dr. Trent, muss ich Ihnen denn alles aus der Nase ziehen?«

Will musste erst sein Ego besiegen, bevor er sagen konnte: »Evelyns Freund. Seine Brieftasche fehlt. Er hatte weder Ausweis noch Geld bei sich. Das Einzige in seinen Taschen war der Schlüssel zu Evelyns Malibu. Sie muss ihn ihm gegeben haben.«

»Reden Sie weiter.«

»Sie bereitete ein Mittagessen für zwei vor. Im Toaster waren vier Scheiben Brot. Faith verspätete sich. Evelyn wusste nicht, wann sie nach Hause kommen würde, aber sie nahm sicher an, dass Faith von unterwegs anrufen würde. Im Kofferraum des Malibu waren Lebensmittel. Laut Quittung hatte Evelyn ihre Kreditkarte im Kroger-Supermarkt um zwölf Uhr zwölf benutzt. Der Gentleman brachte ihr die Sachen ins Haus, während sie das Essen vorbereitete.«

Amanda lächelte. »Ich vergesse oft, wie schlau Sie sind, aber dann passiert so etwas wie heute, und ich weiß wieder, warum ich Sie eingestellt habe.«

Will ignorierte das zweischneidige Kompliment. »Evelyn richtet also das Essen her. Irgendwann wundert sie sich, wo ihr Freund bleibt. Sie geht hinaus und findet ihn im Kofferraum. Sie nimmt Emma und versteckt sie im Schuppen. Wenn sie Emma genommen hätte, nachdem sie sich in den Finger geschnitten hatte, wie Dr. Mittal meinte, dann hätte irgendwo auf dem Kindersitz Blut sein müssen. Evelyn ist stark, aber sie ist nicht Herkules. Der Autositz ist, auch ohne Baby darin, ziemlich schwer. Sie hätte ihn nie und nimmer mit einer Hand von der Arbeitsfläche herabheben können, sie hätte ihn von unten her mit der freien Hand stützen müssen. Emma ist noch klein, aber sie hat schon ein erstaunliches Gewicht.«

Amanda ergänzte: »Evelyn hat eine gewisse Zeit in dem Schuppen verbracht. Sie hat die Decken in die Hand genommen. An ihnen ist kein Blut. Sie wählte die Ziffernkombination des Safes. Auf dem Zahlenschloss ist kein Blut. Der Boden ist sauber. Sie blutete erst, nachdem sie die Tür verschlossen hatte.«

»Ich bin kein Experte für Küchenverletzungen, aber normalerweise schneidet man sich nicht in den Ringfinger, wenn man Tomaten zerteilt. Es trifft normalerweise den Daumen oder den Zeigefinger.«

»Noch ein guter Punkt.« Amanda schaute kurz in den Rückspiegel und wechselte die Spur. »Okay, was hat sie als Nächstes getan?«

»Wie Sie gesagt haben. Evelyn versteckt das Baby, holt die Waffe aus dem Safe, geht ins Haus zurück und erschießt Kwon, der ihr in der Wäschekammer auflauert. Dann wird sie von einem zweiten Mann überwältigt, wahrscheinlich von unserem mysteriösen B-negativen. Bei dem Kampf wird Evelyn ihre Waffe aus der Hand geschlagen. Sie sticht auf B-negativ ein, aber da ist noch ein Dritter, Mr. Hawaii-Hemd. Er hebt Evelyns Waffe vom Boden auf und beendet das Handgemenge. Er fragt sie, wo die Sache ist, nach der sie suchen. Sie sagt ihnen, sie sollen sich zum Teufel scheren. Sie wird mit Isolierband auf den Stuhl gefesselt, während sie das Haus durchsuchen.«

»Das klingt plausibel.«

Es klang verwirrend. Da waren so viele Bösewichte, dass Will Schwierigkeiten hatte, sie alle im Auge zu behalten. Zwei Asiaten, ein Hispano, vielleicht auch zwei – vielleicht auch noch ein dritter Mann von unbekannter Abstammung; ein Haus wurde nach weiß Gott was durchsucht, und eine dreiundsechzigjährige Expolizistin mit einer Menge Geheimnisse war plötzlich verschwunden.

Es gab noch eine viel größere Frage, die Will jedoch lieber nicht stellte: Warum hatte Evelyn keine Hilfe gerufen? Nach Wills Einschätzung hatte sie mindestens zwei Gelegenheiten gehabt, zum Hörer zu greifen oder davonzulaufen und Hilfe zu suchen: Als sie das Geräusch zum ersten Mal hörte und später, nachdem sie Hironobu Kwon in der Wäschekammer erschossen hatte. Und doch war sie geblieben.

»Woran denken Sie gerade?«

Will antwortete lieber nicht. »Ich frage mich, wie sie Evelyn aus dem Haus schaffen konnten, ohne von irgendjemandem gesehen zu werden.«

Sie erinnerte ihn: »Sie gehen davon aus, dass Roz Levy aufrichtig und kooperativ ist.«

»Denken Sie, sie hat damit zu tun?«

»Ich denke, sie ist eine gerissene alte Schlampe, die Sie nicht mal anpissen würde, wenn Ihre Haare brennen.«

Will nahm an, dass das Gift in ihrer Stimme von schlechten Erfahrungen herrührte.

Amanda fuhr fort: »Das war keine spontane Tat. Sie war geplant. Die Täter kamen nicht zu Fuß. Irgendwo war ein Auto, vielleicht ein Van. Es gibt da eine krumme, kleine Straße, die in den Little John Trail mündet. Wahrscheinlich sind sie hinten raus und durch Evelyns Hinterhof. Man geht am Zaun zwischen den Nachbarn entlang und ist in zwei Minuten dort.«

»Was glauben Sie, wie viele Männer es waren?«

»Vor Ort haben wir drei Tote. Dann sind da noch der verletzte B-negative und mindestens ein Unverletzter. Evelyn hätte sich nie ohne Gegenwehr an einen anderen Ort bringen lassen. Lieber hätte sie es riskiert, erschossen zu werden. Es muss jemand dabei gewesen sein, der stark genug war, sie zu fesseln oder zu überwältigen.«

Will fügte nicht hinzu, dass die Männer sie genauso gut umgebracht und die Leiche entsorgt haben könnten. »Sicher wissen wir das erst, wenn wir die Fingerabdrücke haben. Sie müssen alle irgendetwas berührt haben.«

Abrupt wechselte Amanda das Thema. »Haben Sie und Faith je über die Ermittlungen gegen ihre Mutter gesprochen?«

»Nicht wirklich. Ich habe ihr nie von dem Bankkonto erzählt, weil es keinen Grund dafür gibt. Sie nimmt an, dass ich mich geirrt habe. Viele Leute tun das. Meine Ermittlungen gegen sie schafften es nie vor ein Gericht. Evelyn ging mit vollen Bezügen und allen Vergünstigungen in Pension. So kann man leicht zu dem Schluss kommen.«

Sie nickte, als stimmte sie dem zu. »Der Mann im Kofferraum, den Sie Evelyns Freund nennen. Reden wir über ihn.«

»Falls er ihr die Einkäufe ins Haus trug, legt das nahe, dass sie eine persönliche Beziehung hatten.«

»Das ist sicherlich möglich.«

Will dachte über den Kerl nach. Man hatte ihm in den Hinterkopf geschossen. Seine Brieftasche und der Ausweis waren nicht das Einzige, was bei seiner Leiche fehlte. Er hatte auch kein Handy. Er trug die dicke, goldene Uhr nicht, die er auf Mrs. Levys Foto am Handgelenk gehabt hatte. Seine Kleidung war unauffällig – Nikes mit orthopädischen Einlagen von Dr. Scholl, Jeans von J. Crew und ein Hemd von Banana Republic, das viel Geld gekostet hatte, auch wenn er sich nie die Mühe gemacht hatte, es zu bügeln. Der Ziegenbart am Kinn war grau meliert. Die Stoppeln auf seinem glänzenden Schädel deuteten darauf hin, dass er eher den männlichen Haarausfall kaschierte, als eine selbstbewusste modische Aussage zu treffen. Abgesehen vom Los-Texicanos-Stern auf seinem Unterarm, hätte er auch ein Börsenmakler in einer Midlife-Crisis sein können.

Amanda sagte: »Ich habe im Drogendezernat nachgefragt. Es gab da einiges Murren, weil die Asiaten den Kokainhandel an sich reißen wollten. Seit dem Niedergang der BMF war der ja zu haben.«

Die Black Mafia Family. Sie hatte den Koksverkauf von Atlanta über Detroit bis L. A. kontrolliert. »Das ist viel Geld. Die Family machte Hunderte Millionen pro Jahr.«

»Los Texicanos hatten das Sagen. Sie waren immer Lieferanten, keine Verteiler. Eine ziemlich schlaue Art, die Sache anzugehen. Trotz dem, was Charlie über Rassen denkt, ist es ihnen egal, ob der Dealer schwarz oder braun oder lila ist, solange nur das Geld grün ist.«

Einen großen Drogenfall hatte Will noch nie bearbeitet. »Ich weiß nicht viel über die Organisation.«

»Los Texicanos wurde Mitte der Sechziger im Atlanta Penitentiary gegründet. Die demographische Verteilung war damals das genaue Gegenteil von heute – siebzig Prozent Weiße, dreißig Prozent Schwarze. Crack veränderte das über Nacht. Das funktionierte schneller als die Rassenmischung in Schulen. Damals waren in dem Knast nur eine Handvoll Mexikaner, und sie schlossen sich zusammen, damit man ihnen nicht die Kehlen aufschlitzte. Sie wissen, wie das läuft.«

Will nickte. So ziemlich jede Gang in Amerika hatte als Minderheitengruppe angefangen, ob es nun Iren, Juden, Italiener oder andere waren, die sich zusammenrotteten, um zu überleben. Im Allgemeinen dauerte es ein paar Jahre, bis sie anfingen, Schlimmeres zu tun, als man ihnen angetan hatte.

»Wie sieht die Struktur aus?«

»Ziemlich locker. Was Organisation angeht, kommt an die MS-13 keine hin.« Sie meinte eine Band, die oft als die gefährlichste Gang der Welt bezeichnet wurde. Deren Organisationsstruktur machte dem Militär Konkurrenz, und ihr Zusammenhalt war so eng, dass man sie bisher nicht erfolgreich hatte infiltrieren können.

Amanda erklärte: »In den Anfangszeiten waren Los Texicanos jeden Tag auf dem Titelblatt der Zeitung, manchmal in beiden Ausgaben. Schießereien auf den Straßen, Heroin, Hasch, Zahlenlotto, Prostitution, Raub. Ihr Markenzeichen war das Verstümmeln von Kindern. Sie nahmen sich nicht einfach die Person vor, die sich mit ihnen angelegt hatte. Sie schnappten sich eine Tochter, einen Sohn, eine Nichte oder einen Neffen und zerschnitten ihnen das Gesicht, einmal mit dem Messer quer über die Stirn und dann vertikal über die Nase bis zum Kinn.«

Ohne sich dessen bewusst zu sein, legte Will die Hand auf die Narbe an seinem Unterkiefer.

»In einem gewissen Stadium der Ermittlungen wegen der Kindsmorde in Atlanta standen Los Texicanos ganz oben auf unserer Liste. Das war ziemlich am Anfang, im Herbst 1979. Ich war damals eine bessere Assistentin des obersten Verbindungsoffiziers für Fulton, Cobb und Clayton. Evelyn gehörte zur Sondereinheit des APD und holte meistens Kaffee, bis es an der Zeit war, mit den Eltern zu reden, dann musste sie ran. Man war übereinstimmend der Meinung, dass die Texicanos ihrer Kundschaft eine deutliche Warnung übermitteln wollten. Heute wirkt das lächerlich, aber zu der Zeit hofften wir, sie wären es.« Sie wechselte die Spur. »Sie waren damals um die vier Jahre alt, Sie werden sich also nicht erinnern, aber es war eine sehr angespannte Zeit. In der ganzen Stadt herrschte Angst und Schrecken.«

»Klingt so«, sagte er, überrascht, dass sie sein Alter kannte.

»Kurz nach den Kindsmorden kam einer der obersten Texicanos bei einem internen Machtkampf ums Leben. Sie halten ziemlich eng zusammen. Wir haben nie herausgefunden, was passierte oder wer die Macht übernahm, aber wir wissen, dass der Neue viel mehr geschäftsorientiert war. Keine Gewalt mehr nur um der Gewalt willen. Er setzte das Geschäft an die erste Stelle, trennte sich von den riskanteren Komponenten. Sein Motto war, das Koks soll fließen, nicht das Blut auf den Straßen. Als sie dann in den Untergrund gingen, waren wir froh, sie ignorieren zu können.«

»Wer hat jetzt das Sagen?«

»Ignatio Ortiz ist der einzige Name, den wir kennen. Er ist das Gesicht der Gang. Es gibt noch zwei andere, aber die halten sich unglaublich bedeckt, und alle drei findet man nie an einem Ort zusammen. Bevor Sie fragen, Ortiz sitzt im Phillips State Prison das dritte Jahr einer siebenjährigen Strafe wegen versuchten Totschlags ohne Bewährungsmöglichkeit ab.«

»Versuchter?«

»Kam nach Hause und überraschte seine Frau mit seinem Bruder im Bett. Es geht das Gerücht, er hätte mit Absicht danebengeschossen.«

Will nahm an, dass Ortiz das Geschäft problemlos auch vom Gefängnis aus führen konnte. »Würde es sich lohnen, mit ihm zu reden?«

»Auch wenn wir einen triftigen Grund hätten, würde er sich nie mit uns in einen Raum setzen ohne seinen Anwalt, der dann stur behauptet, sein Mandant sei nur ein gewöhnlicher Geschäftsmann, der sich von seiner Leidenschaft hat hinreißen lassen.«

»Wurde er davor schon einmal verhaftet?«

»Ein paar Mal in seiner Jugend, aber nichts Großes.«

»Die Gang agiert also noch immer im Untergrund?«

»Hin und wieder erscheinen sie auf der Bildfläche, um den Jüngeren was beizubringen. Erinnern Sie sich noch an den Vatertagsmord letztes Jahr in Buckhead?«

»Der Kerl, dem man vor den Augen seiner Kinder die Kehle aufschlitzte?«

Sie nickte. »Vor dreißig Jahren hätten sie auch seine Kinder getötet. Man könnte sagen, sie sind mit dem Alter weich geworden.«

»Ich würde das kaum weich nennen.«

»Im Knast sind die Texicanos als Kehlenschlitzer bekannt.«

»Der Gentleman im Kofferraum war weit oben in der Nahrungskette.«

»Warum glauben Sie das?«

»Er hat nur ein Tattoo.« Junge Gang-Mitglieder benutzten im Allgemeinen ihren Körper als Leinwand, um ihr Leben zu illustrieren, ließen sich für jeden Mord eine Träne unter das Auge tätowieren oder überzogen Ellbogen und Schultern mit Spinnennetzen als Zeichen, dass sie bereits gesessen hatten. Die Tattoos wurden immer mit Tinte aus Kugelschreiberminen, der sogenannten »Knasttinte«, gestochen, und sie erzählten immer eine Geschichte. Außer ihre Geschichte war so schlimm, dass sie nicht erzählt werden musste.

Will sagte: »Ein sauberer Körper bedeutet Geld, Macht, Kontrolle. Der Gentleman ist schon älter, wahrscheinlich Anfang sechzig. Das heißt, er war so ziemlich von Anfang an mit dabei. Sein Alter ist sein Ehrenzeichen. Ein solcher Lebensstil ist nicht gerade ein Garant für Langlebigkeit.«

»Man wird nicht alt, indem man dumm ist.«

»Man wird nicht alt, indem man in einer Gang ist.«

»Wir können nur hoffen, die APD teilt uns die Identität dieses Gentlemans mit, wenn sie sie herausgefunden haben.«

Will schaute sie an. Sie sah geradeaus auf die Straße. Er hatte den Verdacht, dass Amanda bereits wusste, wer dieser Mann war und was genau er für eine Rolle bei den Texicanos spielte. Da war etwas an der Art, wie sie Mrs. Levys Foto zusammengefaltet und in ihre Tasche gesteckt hatte, und er war sich ziemlich sicher, dass sie der alten Frau verschlüsselt zu verstehen gegeben hatte, dass sie diese Geschichte für sich behalten sollte.

Er fragte: »Hören Sie ab und zu mal AC/DC?«

»Sehe ich aus, als würde ich AC/DC hören?«

»Es ist eine Heavy-Metal-Band.« Er sagte ihr nicht, dass sie eines der meistverkauften Alben der Musikgeschichte produziert hatten. »Die haben einen Song mit dem Titel ›Back in Black‹. Er lief, als Faith ankam. Ich habe mir die CDs im Haus angeschaut. Evelyn hatte sie nicht in ihrer Sammlung, und der CD-Spieler war leer, als ich das Fach öffnete.«

»Worum geht's?«

»Na ja, um das Offensichtliche. Schwarz sein. Schwarz tragen. Der Song wurde aufgenommen, als der ursprüngliche Leadsänger nach einem Drogen- und Alkoholexzess starb.«

»Es ist immer traurig, wenn jemand an einem Klischee stirbt.«

Will dachte über den Songtext nach, den er zufällig auswendig kannte. »Es geht um Wiederauferstehung. Verwandlung. Zurückzukommen von einem schlimmen Ort und den Leuten, die einen vielleicht unterschätzt und sich über einen lustig gemacht haben. Es geht darum zu sagen, dass man es sich nicht mehr gefallen lässt. Also, jetzt ist man cool. Jetzt trägt man Schwarz. Jetzt ist man böse. Man wehrt sich.« Plötzlich erkannte er, warum er die Platte als Teenager gehört hatte, bis die Rillen abgewetzt waren. »Oder so was in der Richtung.« Er schluckte. »Es könnte auch was anderes bedeuten.«

»Hm«, machte sie nur.

Er trommelte mit den Fingern auf die Armlehne. »Wie haben Sie Evelyn kennengelernt?«

»Wir sind zusammen auf die Negerschule gegangen.«

Will hätte beinahe seine Zunge verschluckt.

Sie kicherte über seine Reaktion auf diesen eigentlich altbekannten Spruch. »So nannte man das damals in der Steinzeit – die Negro Women's Traffic School. Frauen wurden getrennt von Männern unterrichtet. Unsere Aufgabe war es, Parkuhren abzulesen und Strafzettel fürs Falschparken auszustellen. Manchmal durften wir mit Prostituierten reden, aber nur, wenn die Jungs es uns erlaubten, und normalerweise wurde dann immer ein derber Witz daraus. Evelyn und ich waren die einzigen Weißen von dreißig Absolventen dieses Jahrgangs.« Sie hatte ein zärtliches Lächeln auf den Lippen. »Wir wollten die Welt verändern.«

Will sagte lieber nicht, was er dachte, dass Amanda nämlich sehr viel älter war, als sie aussah.

Offensichtlich erriet sie seine Gedanken. »Jetzt mal langsam, Will. Ich kam 1973 dazu. Das Atlanta, das Sie heute kennen, wurde von den Frauen in diesen Klassen erkämpft. Bis 1962 durften schwarze Polizisten keine Weißen verhaften. Sie hatten nicht einmal ein eigenes Revier. Sie mussten im YMCA an der Butler Street herumhängen, bis jemand sich dazu herabließ, sie zu rufen. Und es war noch schlimmer, wenn man eine Frau war – zwei Fehler, und der dritte konnte einem jederzeit passieren.« Ihre Stimme bekam etwas Feierliches. »Jeder einzelne Tag war ein Kampf, das Richtige zu tun, wenn alles um einen herum falsch war.«

»Klingt, als wären Sie und Evelyn durchs Feuer gegangen.«

»Sie haben ja keine Ahnung.«

»Dann erzählen Sie mir davon.«

Sie lachte noch einmal, doch diesmal über seine Wortwahl. »Wollen Sie mich verhören, Dr. Trent?«

»Ich frage mich nur, warum Sie nicht über die Tatsache reden, dass Evelyn offensichtlich eine enge Beziehung zu einem Texicano alter Schule hatte, der schließlich tot im Kofferraum ihres Autos lag.«

Sie schaute geradeaus auf die Straße. »Schon merkwürdig, nicht?«

»Wie können wir diesen Fall bearbeiten, wenn wir nicht zugeben, was wirklich passiert ist?« Sie antwortete nicht. »Es muss sonst niemand erfahren. Sie ist Ihre Freundin. Ich habe selbst viel Zeit mit ihr verbracht. Sie scheint ein angenehmer Mensch zu sein, und offensichtlich liebt sie Faith sehr.«

»Doch irgendwo steckt da ein ›aber‹.«

»Sie nahm Geld wie alle anderen auch. Anscheinend kannte sie den Texicano noch aus ihrer Zeit als …«

Amanda schnitt ihm das Wort ab. »Wenn wir von den Texicanos reden, kehren wir zurück zu Ricardo.«

Will ballte die Faust, wollte irgendetwas schlagen.

Amanda ließ ihn eine Weile schmoren. »Ich kenne Sie nun schon sehr lange, Will. Bei einigen Dingen müssen Sie mir einfach vertrauen.«

»Habe ich eine andere Wahl?«

»Nicht wirklich, aber ich gebe Ihnen die Gelegenheit, mir alle Wohltaten zu vergelten, die ich Ihnen im Lauf der Jahre gewährt habe.«

Am liebsten hätte er ihr gesagt, wohin sie sich all ihre Wohltaten stecken könne, aber Will war noch nie der Mann gewesen, der alles sagte, was ihm in den Sinn kam. »Sie behandeln mich wie einen Hund an der Leine.«

»Das ist eine Interpretation.« Sie hielt kurz inne. »Ist Ihnen noch nie in den Sinn gekommen, dass ich Sie schütze?«

Er kratzte sich wieder am Kiefer und spürte die vernarbte Verletzung, die ihm vor vielen Jahren zugefügt worden war. Normalerweise scheute er jede Selbstbeobachtung, aber sogar ein Blinder sah, dass er merkwürdig dysfunktionale Beziehungen zu allen Frauen in seinem Leben hatte. Faith war wie eine herrische ältere Schwester. Amanda war die schlimmste Mutter, die er je gehabt hatte. Angie war eine Mischung aus beiden, was aus offensichtlichen Gründen beängstigend war. Sie konnten gemein und kontrollierend sein, und vor allem Angie konnte grausam sein, aber Will hatte nie geglaubt, dass eine von ihnen ihm je wirklich etwas Böses wollte. Und zumindest in einem hatte Amanda recht: Sie hatte Will immer geschützt, sogar, was allerdings selten vorkam, wenn sie dadurch ihren Job riskierte.

Er sagte: »Wir müssen die Cadillac-Händler im Stadtgebiet anrufen. Der Gentleman fuhr keinen Honda. Wahrscheinlich gibt es nur eine Handvoll dieser Cadillacs auf der Straße. Ich glaube, er hat ein Schaltgetriebe. Das ist bei einem Viertürer ziemlich selten.«

Zu seiner Überraschung sagte sie: »Das ist eine gute Idee. Kümmern Sie sich darum.«

Will griff in seine Tasche und dachte zu spät daran, dass er sein Handy nicht dabeihatte. Und auch die Waffe und die Marke nicht.

Amanda warf ihm ihr Handy zu, während sie in die Ausfahrt einscherte, ohne auch nur die Bremse zu berühren. »Was läuft eigentlich zwischen Ihnen und Sara Linton?«

Er klappte ihr Handy auf. »Wir sind Freunde.«

»Vor ein paar Jahren habe ich mit ihrem Mann einen Fall bearbeitet.«

»Schön.«

»Das sind verdammt große Fußstapfen, in die Sie da treten, mein Freund.«

Will wählte die Auskunft und fragte nach der Nummer des nächsten Cadillac-Händlers.

Während Will hinter Amanda her an dem Korridor vorbeiging, der zum Hinrichtungsraum führte, musste er sich eingestehen, dass er Besuche im Gefängnis hasste – nicht nur im D&C, sondern in jedem Gefängnis. Die beständige Gewaltandrohung, bei der sich jeder Insasse fühlte wie ein simmernder Topf, den man zu lange auf dem Herd gelassen hatte, konnte er ertragen. Ertragen konnte er auch den Lärm und den Dreck und die bösen Blicke aus toten Augen. Was er nicht ertragen konnte, war das Gefühl der Hilflosigkeit, das das Eingesperrtsein hervorrief.

Sie konnten Drogen verkaufen und andere krumme Geschäfte machen, letztendlich aber hatten sie keine Kontrolle über die grundlegenden Dinge, die sie zu Menschen machten. Sie konnten nicht duschen, wann sie wollten. Sie konnten nicht unbeobachtet auf die Toilette gehen. Sie mussten jederzeit damit rechnen, dass sie sich für eine Leibesvisitation splitternackt ausziehen und sogar ihre Körperöffnungen inspizieren lassen mussten. Ohne Erlaubnis konnten sie nicht spazieren gehen oder ein Buch aus der Bücherei holen. Ihre Zellen wurden regelmäßig nach Schmuggelware durchsucht, die von einer Autozeitschrift bis zu Zahnseide alles sein konnte. Sie aßen nach einem Zeitplan, den andere aufgestellt hatten. Das Licht wurde nach der Uhr anderer aus- und eingeschaltet. Bei Weitem das Schlimmste aber waren die beständigen Berührungen. Die Wachleute fassten sie dauern an – sie bogen ihnen die Arme nach hinten, klopften ihnen beim Zählappell auf den Kopf, stießen sie vor oder rissen sie zurück. Nichts gehörte ihnen, nicht einmal der eigene Körper.

Es war wie das schlimmste Kinderheim auf Erden, nur mit mehr Gitterstangen.

Das D&C war das größte Gefängnis in Georgia und diente, unter anderem, auch als eines der wichtigsten Aufnahme- und Verteilungszentren für alle Verurteilten, die in das staatliche Strafsystem kamen. Es gab acht Zellenblocks mit Einzel- und Doppelstockbetten zusätzlich zu acht Schlafsälen. Im Verlauf des Aufnahmeverfahrens wurden alle staatlichen Gefangenen einer allgemeinen medizinischen Untersuchung unterzogen, einer psychologischen Beurteilung, einem Verhaltenstest sowie einer Bedrohungseinschätzung zur Zuweisung einer Sicherheitsstufe, die dann bestimmte, ob sie in eine Einrichtung mit minimaler, mittlerer oder maximaler Sicherheit gehörten.

Wenn sie Glück hatten, dauerte der Diagnose- und Klassifizierungsprozess etwa sechs Wochen, erst danach wurden sie in ein anderes Gefängnis überwiesen oder in die Abteilungen des D&C verlegt. Bis dahin blieben die Insassen dreiundzwanzig Stunden pro Tag weggeschlossen, das hieß, dass sie bis auf eine Stunde pro Tag in ihren Zellen bleiben mussten. Zigaretten, Kaffee oder Limonade waren nicht erlaubt. Sie konnten pro Woche nur eine Zeitung kaufen. Bücher waren nicht gestattet, nicht einmal die Bibel. Es gab keine Fernseher. Keine Radios. Keine Telefone. Es gab einen Gefängnishof, aber die Gefangenen durften nur an drei Tagen pro Woche hinaus, und das auch nur, wenn das Wetter es erlaubte und lediglich für die

Zeit, die ihnen von ihrer Stunde pro Tag blieb. Nur Dauerinsassen durften Besuch erhalten, und nur in einem Raum, der in zwei Hälften geteilt war durch einen Maschendraht, und man musste schreien, um sich durch die Stimmen der anderen Besucher verständlich zu machen. Keine Berührungen. Kein Umarmen. Kein wie auch immer gearteter Körperkontakt.

Maximale Sicherheit.

Es gab einen Grund, warum die Selbstmordraten in Gefängnissen dreimal höher waren als draußen. Es brach einem schier das Herz, wenn man über ihre Lebensbedingungen nachdachte, bis man dann in ihrer Akte las. Vergewaltigung von Minderjährigen. Schwerster analer Missbrauch mit einem Baseballschläger. Häusliche Gewalt. Entführung. Totschlag. Erschießen. Verprügeln. Verstümmeln. Erstechen. Aufschlitzen. Verbrühen.

Aber die wirklich bösen Jungs saßen im Todestrakt. Sie waren wegen so abscheulicher Morde verurteilt worden, dass der Staat nicht anders mit ihnen umzugehen wusste, als sie zu töten. Sie waren vom Rest der Insassen getrennt. Ihr Leben war noch eingeschränkter als das der Begutachtungsgefangenen. Totales Wegschließen. Absolute Isolation. Nicht eine Stunde pro Tag in der Sonne. Keine gemeinsamen Mahlzeiten. Kein Heraustreten aus den Eisenstangen, die sie in ihren Zellen hielten, bis auf ein Mal pro Woche für eine Dusche. Tage konnten vergehen, ohne dass man die Stimme eines anderen Mannes hörte. Jahre konnten vergehen, ohne dass man eine menschliche Berührung spürte.

Hier war Boyd Spivey untergebracht. Hier lebte der ehemals hoch dekorierte Polizist und wartete auf seinen Tod.

Will zog die Schultern hoch, als die Tür zum Todestrakt sich hinter ihnen schloss. In Gefängnissen wurden Gänge und Korridore weit und offen geplant, damit man einen Laufenden auch aus hundert Meter Entfernung mit einem Gewehr niederstrecken konnte. Ecken und Einmündungen hatten scharfe Winkel von präzise neunzig Grad, um ein Herumlungern zu verhindern. Die Decken waren hoch, damit die Hitze so vieler schwitzender Körper aufsteigen konnte. Alles war mit Maschendraht oder Gitterstangen versehen – Fenster, Türen, Deckenlampen, Schalter.

Trotz des Frühlingswetters lag die Innentemperatur bei über fünfundzwanzig Grad. Will bedauerte sofort, dass er unter seiner schweren Jeans noch immer die Laufshorts trug, die scheuerten und zwickten und offensichtlich nicht dafür gedacht waren, unter einem anderen Kleidungsstück getragen zu werden. Amanda schien sich, wie immer, trotz der schmierig aussehenden Eisenstangen und der Alarmknöpfe im Drei-Meter-Abstand an den Wänden, hier sehr unbefangen zu bewegen. Die Dauerinsassen des D&C waren als Gewaltverbrecher eingestuft. Viele von ihnen hatten nichts zu verlieren, aber durch vorsätzliche Gewalttaten sehr viel zu gewinnen. Einem Deputy Director des GBI das Leben zu nehmen wäre für jeden Mann hier eine Großtat. Will wusste nicht, was sie über Polizisten dachten, die Kollegen töteten, aber er konnte sich nicht vorstellen, dass das eine große Auszeichnung für Insassen war, die ihren Status erhöhen wollten.

Aus diesem Grund wurden sie von zwei Wachmännern begleitet, die ungefähr so groß wie Gastronomie-Kühlschränke waren. Einer ging vor Amanda und der andere hinter Will, sodass er sich sehr zierlich vorkam. Im Gefängnis durfte niemand Schusswaffen tragen, aber diese beiden hatten ein ganzes Arsenal von Waffen an ihren Gürteln: Pfefferspray, Stahlknüppel und, das Schlimmste von allem, einen Ring mit klirrenden Schlüsseln, der bei jedem ihrer Schritte zu verkünden schien, dass man hier nur herauskam, wenn man dreißig verschlossene Türen überwand.

Sie bogen um eine Ecke und sahen einen Mann im grauen Anzug vor einer weiteren verschlossenen Tür stehen. Wie bei jeder anderen Tür in dieser Einrichtung war direkt neben dem Türstock ein großer, roter Alarmknopf.

Amanda streckte die Hand aus. »Warden Peck, vielen Dank, dass Sie so kurzfristig diesen Besuch für uns ermöglichen konnten.«

»Bin immer froh, Ihnen helfen zu können, Deputy Director.« Er hatte eine heisere Altmännerstimme, die perfekt zu seinem verwitterten Mahagoni-Gesicht und seiner nach hinten gegelten grauen Mähne passte. »Sie wissen, dass Sie nur zum Hörer greifen müssen.«

»Würde es Ihnen große Mühe machen, für mich eine Liste mit allen Besuchern auszudrucken, die Spivey hatte, seit er ins System kam?«

Peck betrachtete es offensichtlich als große Mühe, aber er versteckte es gut. »Spivey war in vier verschiedenen Einrichtungen. Da muss ich ein paar Kollegen anrufen.«

»Vielen Dank für Ihre Bemühungen.« Sie deutete auf Will. »Das ist Agent Trent. Er wird im Beobachtungszimmer sein müssen. Er hat eine etwas durchwachsene Vergangenheit mit dem Gefangenen.«

»Das geht in Ordnung. Ich sollte Sie vorwarnen, dass wir letzte Woche Mr. Spiveys Hinrichtungsanordnung bekommen haben. Er wird am ersten September exekutiert werden.«

»Weiß er es?«

Peck nickte ernst, und Will sah deutlich, dass er diesen Teil seines Jobs nicht mochte. »Es ist meine Politik, den Insassen so viele Informationen wie möglich und so früh wir möglich zu geben. Die Nachricht hat Mr. Spivey beträchtlich ernüchtert. Die Männer werden im Allgemeinen in dieser Zeit sehr fügsam, aber bleiben Sie dennoch auf der Hut. Falls Sie an irgendeinem Punkt eine Gefahr spüren, stehen Sie sofort auf, und verlassen Sie das Zimmer. Berühren Sie ihn nicht. Vermeiden Sie es, in seine Reichweite zu kommen. Zu Ihrer Sicherheit werden Sie von Kameras überwacht, und einer meiner Männer wird die ganze Zeit vor der Tür stehen. Denken Sie nur daran, dass diese Männer schnell sind und absolut nichts zu verlieren haben.«

»Dann muss ich einfach schneller sein.« Sie zwinkerte ihm zu, als wäre das irgendeine Studentenparty, bei der die Jungs zu Rowdys werden könnten. »Ich bin bereit, wenn Sie es sind.«

Will wurde durch eine Tür ins Beobachtungszimmer geführt. Es war eine kleine, fensterlose Kammer, die Art von Gefängnisbüro, die leicht auch als Besenkammer durchgehen konnte. Auf einem Metallschreibtisch standen drei Monitore, die alle einen unterschiedlichen Blickwinkel auf Boyd Spivey im Nebenzimmer zeigten. Er war mit Fußschellen an einen Stuhl gefesselt, der im Boden verschraubt war.

Vier Jahre zuvor war Spivey nicht gerade gut aussehend gewesen, doch sein selbstbewusstes Polizistenauftreten hatte seine Defizite wettgemacht. Sein Ruf war der eines Witzbolds, aber eines guten Polizisten gewesen – ein Kerl, den man gern als Rückendeckung hatte, wenn eine Situation wirklich aus dem Ruder lief. Seine Akte war voller Auszeichnungen. Auch nachdem er sich auf ein Schuldeingeständnis im Gegenzug zu einer geringeren Strafe eingelassen hatte, gab es immer noch Männer in seinem Revier, die nicht glauben wollten, dass Spivey Dreck am Stecken hatte.

Jetzt schrie alles an dem Mann Verbrecher. Er wirkte so hart wie gemeißelter Granit. Seine Haut war großporig und aufgedunsen. Ein langer, dünner Pferdeschwanz hing ihm über den Rücken. Gefängnistattoos zierten seine Unterarme und wanden sich um seinen Hals. Seine dicken Handgelenke waren mit Stahlschellen an eine an die Tischmitte geschweißte Chromstange gefesselt. Die Ketten an seinen Fußeisen waren straff gespannt. Will nahm an, dass Boyd die Tage in seiner Zelle mit Bodybuilding zubrachte. Seine leuchtend orangefarbene Uniform platzte an den übermäßig muskulösen Oberarmen und seiner breiten Brust beinahe aus den Nähten.

Will fragte sich, ob das zusätzliche Gewicht für die bevorstehende Hinrichtung von Vor- oder von Nachteil war. Nach einigen grässlichen Missgeschicken mit dem elektrischen Stuhl, darunter ein Mann, dessen Brust in Flammen ausgebrochen war, hatte der Oberste Gerichtshof den Staat Georgia dazu verdonnert, Old Sparky auszumustern. Jetzt wurde der Verurteilte nicht mehr rasiert und sein Rektum mit Watte verstopft, um anschließend geröstet zu werden, sondern er wurde auf einen Tisch geschnallt, wo er eine Reihe von Medikamenten injiziert bekam, die seine Atmung, seinen Herzschlag und schließlich sein Leben beendeten. Boyd Spivey würde wahrscheinlich eine größere Dosis bekommen als die meisten. Es war schon eine machtvolle Kombination von Medikamenten nötig, um einen so großen Mann hinzurichten.

Ein krächzendes Husten kam aus den winzigen Lautsprechern auf dem Schreibtisch. Will sah, dass Boyd im Nebenzimmer Amanda direkt anschaute, die an der Wand lehnte, obwohl ihm gegenüber am Tisch ein Stuhl stand.

Boyds Stimme war überraschend hoch für einen Mann seiner Größe. »Hast du Angst, mir gegenüberzusitzen?«

Will hatte Amanda noch nie Angst zeigen sehen, und jetzt machte sie auch keine Ausnahme. »Ich will ja nicht unhöflich sein, Boyd, aber du riechst entsetzlich.«

Er schaute auf den Tisch hinunter. »Sie lassen mich nur ein Mal pro Woche duschen.«

Ihre Stimme klang leicht spöttisch. »Das ist aber grausam und ungewöhnlich.«

Will schaute auf den Monitor, der Boyds Gesicht in Großaufnahme zeigte. Er hatte ein Lächeln auf den Lippen.

Das Klappern von Amandas hohen Absätzen hallte durch den betonierten Raum, als sie zum Stuhl ging. Die Metallbeine kratzten über den Boden. Sie setzte sich, schlug elegant die Beine übereinander und legte die Hände in den Schoß.

Boyd ließ den Blick wandern. »Siehst gut aus, Mandy.«

»Ich habe immer sehr viel zu tun.«

»Was denn?«

»Du hast von Evelyn gehört?«

»Wir haben hier drinnen kein Fernsehen.«

Sie lachte. »Du wusstest wahrscheinlich schon, dass ich komme, bevor ich es wusste. Der Laden hier könnte CNN aus dem Geschäft drängen.«

Er zuckte die Achseln, als hätte er damit nichts zu tun. »Ist Faith okay?«

»Bestens.«

»Ich habe gehört, sie hat bei beiden Kerlen mitten ins Schwarze getroffen.« Er meinte das schwarze Zentrum einer Zielscheibe, also den gezielten Tötungsschuss. Amanda entgegnete: »Einer ging in den Kopf.«

»Autsch.« Er tat so, als würde er zusammenzucken. »Wie geht's Emma?«

»Entwickelt sich prächtig. Tut mir leid, dass ich kein Foto für dich habe. Habe meine Handtasche im Auto gelassen.«

»Die Pädophilen hätten es mir sowieso gestohlen.«

»Was für ein entsetzlicher Mangel an Anstand.«

Er zeigte grinsend seine Zähne. Sie waren angeschlagen und gesplittert, Souvenirs, die man bekam, wenn man schmutzig kämpfte. »Ich kann mich noch gut an den Tag erinnern, als Faith ihre Marke bekam.« Er lehnte sich auf seinem Stuhl zurück, und die Ketten schabten über die Tischplatte. »Ev strahlte wie eine Maglite.«

»Ich glaube, das haben wir alle getan«, gab Amanda zu, und Will wurde klar, dass seine Chefin Boyd Spivey sehr viel besser kannte, als sie im Auto verraten hatte. »Wie läuft's, Boyd? Behandeln Sie dich okay?«

»Ganz okay.« Er lächelte wieder, schloss aber dann den Mund. »Entschuldigung wegen meiner Zähne. Hab keinen Sinn mehr darin gesehen, sie richten zu lassen.«

»Die sind nicht schlimmer als der Geruch.«

Er schaute sie verlegen an. »Ist schon lange her, dass ich eine Frauenstimme gehört habe.«

»Ich sag's zwar nicht gern, aber das ist das Netteste, was ein Mann im ganzen letzten Jahr zu mir gesagt hat.«

Er lachte. »Schwere Zeiten für uns beide, wie's aussieht.«

Amanda dehnte den Augenblick ein wenig.

Er sagte: »Schätze, wir sollten zu dem kommen, warum du hier bist.«

»Wir können tun, was wir wollen.« Ihr Ton deutete an, dass sie den ganzen Tag mit ihm reden könnte, aber Boyd verstand die Botschaft.

Er fragte: »Wer hat sie entführt?«

»Wir denken, eine Gruppe Asiaten.«

Er runzelte die Stirn. Trotz des Overalls und dem Höllenloch, das er sein Zuhause nannte, war Boyd noch immer Polizist. »Gelb hat in der Stadt nichts zu sagen. Braun hat Schwarz auf seine wahre Größe zurechtgestutzt.«

»Braun hat damit zu tun, aber ich bin mir nicht sicher, wie.«

Er nickte, um anzudeuten, dass er das alles zwar glaube, aber nicht wisse, was er davon halten solle. »Braun macht sich nicht gern die Hände schmutzig.«

»Der Papst ist katholisch.«

»Haben sie ein Zeichen geschickt?« Er meinte einen Lebensbeweis. Amanda schüttelte den Kopf. »Was wollen sie für sie haben?«

»Sag du es mir.«

Er schwieg.

Sie sagte: »Wir wissen beide, dass Evelyn sauber war, aber könnte das eine Art Bumerang sein?«

Er schaute in die Kamera, dann auf seine Hände. »Ich kann es mir nicht vorstellen. Sie war unter dem Schirm. Egal, was passierte, es gab im ganzen Team keinen Mann, der für sie nicht sein Leben riskiert hätte. Der Familie kehrt man nicht den Rücken zu.«

Will hatte immer geglaubt, dass Evelyn auf beiden Seiten des Gesetzes geschützt worden war. Es jetzt bestätigt zu hören, das war kein Trost.

Amanda sagte zu dem Mann: »Du weißt, dass Chuck Finn und Demarcus Alexander bereits draußen sind?«

Er nickte. »Chuck blieb hier im Süden. Demarcus ging nach L. A., wo die Familie seiner Mama wohnt.«

Amanda wusste die Antwort sicher bereits, aber sie fragte trotzdem: »Bleiben die beiden sauber?«

»Chuck kommt ohne Herrengedeck nicht aus.« Damit meinte er, dass er sich zuerst Heroin spritzte und dann Crack rauchte. »Der Bruder landet wieder im Knast, wenn er nicht vorher auf der Straße stirbt.«

»Hat er irgendjemanden verärgert?«

»Davon hab ich nichts gehört. Chuck ist ein Junkie durch und durch. Der würde für ein bisschen Stoff seine Mutter verkaufen.«

»Und Demarcus?«

»Schätze, der ist so sauber, wie man nur sein kann mit einer Gefängnisstrafe auf dem Buckel.«

»Ich habe gehört, er arbeitet daran, eine Elektrikerlizenz zu bekommen.«

»Schön für ihn.« Boyd schien es wirklich zu freuen. »Hast du schon mit Hump und Hop gesprochen?« Er meinte Ben Humphrey und Adam Hopkins, ehemalige Kollegen, die im Augenblick im Valdosta State Prison einsaßen.

Amanda wählte ihre Worte mit Bedacht. »Sollte ich mit ihnen reden?«

»Einen Versuch wäre es wert, aber ich bezweifle, dass sie noch auf dem Laufenden sind. Sie haben noch vier Jahre vor sich. Sie bleiben sauber, und ich kann mir nicht vorstellen, dass sie dir gegenüber sehr mitteilsam sind, schließlich warst du ja an ihrem gegenwärtigen Knastaufenthalt alles andere als unschuldig.« Er zuckte die Achseln. »Ich habe nichts zu verlieren.«

»Ich habe gehört, du hast deinen Termin bekommen.«

»Erster September.« Es wurde still im Raum, als wäre alle Luft aus ihm herausgesaugt worden. Boyd räusperte sich. Sein Adamsapfel hüpfte. »Gibt einem einen neuen Blickwinkel auf alles.«

Amanda beugte sich vor. »Auf was, zum Beispiel?«

»Zum Beispiel, dass man die Kinder nicht aufwachsen sieht. Nie eine Chance hat, Enkel im Arm zu halten.« Er schluckte wieder. »Ich war sehr gerne auf der Straße, um die bösen Jungs zu jagen. Unlängst hatte ich einen Traum. Wir saßen im Razzia-Van. Evelyn ließ diesen blöden Song laufen – kannst du dich noch erinnern?«

»›*Would I lie to you*‹?«

»Annie Lennox. Eiskalt. Beim Aufwachen hatte ich den Song noch immer im Ohr. Hämmerte in meinem Kopf, obwohl ich keine Musik mehr gehört habe seit – wann? – vier Jahren?« Er schüttelte traurig den Kopf. »Es ist wie eine Droge. Man tritt diese Tür ein, holt diesen ganzen Abschaum heraus, und am nächsten Morgen wacht man auf und macht es wieder.« Er breitete die Hände so weit aus, wie es die Fesseln erlaubten. »Sie haben uns für diese Scheiße bezahlt? Also komm. Eigentlich hätten wir ihnen was zahlen müssen.«

Sie nickte, aber Will dachte daran, dass sie unzählige andere Wege gefunden hatten, sich selbst zu bezahlen.

Boyd sagte: »Eigentlich war ich ja mal ein guter Mann. Aber dieser Laden hier?« Er schaute sich um. »Der macht einem die Seele schwarz.«

»Wenn du sauber geblieben wärst, wärst du jetzt schon draußen.«

Er starrte mit leerem Blick die Wand hinter ihr an. »Sie haben es auf Band – wie ich mir diese Kerle vorgeknöpft habe.« In dem Lächeln, das jetzt auf seinen Lippen lag, war kein Humor, nur Dunkelheit und Verlust. »In meinem Kopf hatte sich das ganz anders abgespielt, aber sie haben die Bänder bei meinem Prozess gezeigt. Bänder lügen nicht, oder?«

»Richtig.«

Er musste sich zweimal räuspern, bevor er weiterreden konnte. »Da war dieser Kerl, der hat mit den Fäusten auf den Wachmann eingeprügelt, ihm ein Handtuch um den Hals gewickelt. Die Augen glühen wie bei etwas aus einer Freak-Show. Er schreit wie ein gottverdammtes Tier. Hat mich über meine Zeit auf der Straße nachdenken lassen. All die bösen Jungs, die ich fertiggemacht habe, die Männer, die ich für Monster hielt, und dann schaue ich mir diesen Kerl auf dem Band an, dieses Monster, das den Wachmann fertigmacht, und merke, das bin ja ich.« Seine Stimme war fast nur noch ein Flüstern. »Das war ich, wie ich einen Mann verprügle. Das bin ich, wie ich zwei Männer umbringe – wegen was? Und dann hatte es mich getroffen wie ein Blitz: Ich bin in jeder Hinsicht zu dem geworden, was ich die ganzen Jahre bekämpft habe.« Er schniefte, hatte Tränen in den Augen. »Man wird zu dem, was man hasst.«

»Manchmal.«

Will konnte nicht sagen, ob Boyd Mitleid hatte mit den beiden Männern, die er getötet hatte, oder nur mit sich selbst. Wahrscheinlich war es eine Mischung aus beidem. Jeder wusste, dass er irgendwann sterben würde, aber Boyd Spivey hatte ein Datum und eine Uhrzeit. Er kannte den Ablauf. Er wusste, wann er seine letzte Mahlzeit essen, das letzte Mal scheißen, sein letztes Gebet sprechen würde. Und dann würden sie ihn holen, und dann würde er aufstehen und auf seinen eigenen Füßen zu der letzten Pritsche gehen müssen, auf die er je seinen Kopf legen würde.

Boyd musste sich noch einmal räuspern, bevor er fortfahren konnte. »Ich habe gehört, Gelb macht sich in den Außenbezirken breit. Du solltest mit Ling-Ling draußen in Chambodia reden.« Will kannte den Namen nicht, wusste aber, dass mit Chambodia der Teil des Buford Highway innerhalb der Stadtgrenzen von Chamblee gemeint war. Es war ein Mekka für asiatische und lateinamerikanische Immigranten. »Du kannst nicht direkt zu Gelb gehen. Nicht ohne Einladung. Sag Ling-Ling, Spivey hat gesagt, sie soll es unter der Decke halten.« Mit keinem Menschen darüber sprechen. »Aber pass auf dich auf. Für mich klingt das, als würde die Sache aus dem Ruder laufen.«

»Sonst noch was?«

Will sah Boyds Mund sich bewegen, aber er verstand nicht, was er sagte. Er fragte den Wachmann: »Haben Sie verstanden, was er gesagt hat?«

Der Wachmann schüttelte den Kopf. »Keine Ahnung. Sah aus wie ›Amen‹ oder so was.«

Will beobachtete Amandas Reaktion. Sie nickte.

»Okay.« Boyds Ton deutete an, dass sie fertig waren. Sein Blick folgte Amanda, als sie aufstand. Er fragte: »Weißt du, was ich am meisten vermisse?«

»Was?«

»Aufzustehen, wenn eine Dame den Raum betritt.«

»Du hattest schon immer gute Manieren.«

Er lächelte und zeigte dabei seine kaputten Zähne. »Pass auf dich auf, Mandy. Sorge dafür, dass Evelyn wieder zu ihren Babys nach Hause kommt.«

Sie ging um den Tisch herum und stellte sich nur wenige Schritte vor den Gefangenen. Will spürte, wie sich sein Magen zusammenzog. Der Wachmann neben ihm erstarrte. Doch es gab nichts zu befürchten. Amanda legte Boyd die Hand an die Wange und verließ dann das Zimmer.

»O Mann«, stöhnte der Wachmann, »verrückte Kuh.«

»Vorsicht«, warnte Will den Mann. Amanda mochte ja eine verrückte Kuh sein, aber sie war *seine* verrückte Kuh. Er öffnete die Tür und traf im Gang auf sie. Die Kameras hatten ihr Gesicht nicht gezeigt, aber jetzt sah Will, dass sie in diesem winzigen, luftlosen Raum geschwitzt hatte. Vielleicht war es aber auch Boyd gewesen, der sie ins Schwitzen gebracht hatte.

Die beiden Wachmänner waren sofort wieder zur Stelle und postierten sich links und rechts von Amanda und Will. Über die Schulter sah Will, wie der an Händen und Füßen gefesselte Boyd gebückt und im Watschelgang zurück in seine Zelle geführt wurde. Bei ihm war nur eine Wache, ein kleiner Mann, dessen Hand den Arm des Gefangenen kaum umfassen konnte.

Amanda drehte sich um. Sie sah Boyd nach, bis er um eine Ecke verschwand, und sagte: »Bei Kerlen wie ihm wünsche ich mir fast Old Sparky zurück.«

Die Wachen ließen ein dröhnendes Lachen hören, das durch den Gang hallte. Amanda war ziemlich sanft mit Spivey umgegangen und musste sie jetzt wissen lassen, dass das alles nur Show war. Ihre Darstellung in dem winzigen Raum war ziemlich überzeugend gewesen. Will hatte sich eine Zeit lang täuschen lassen, obwohl Amanda, als sie einmal nach der Todesstrafe gefragt wurde, geantwortet hatte, ihr einziges Problem sei, dass man die Verbrecher nicht schnell genug töte.

»Ma'am?«, fragte einer der Wachmänner. Er deutete auf die Tür am Ende des Gangs.

»Danke.« Amanda folgte ihm zum Ausgang. Sie schaute auf die Uhr und sagte zu Will: »Es ist jetzt gleich vier. Wir brauchen mindestens eineinhalb Stunden zurück nach Atlanta, und das auch nur, wenn wir Glück haben.

Valdosta ist zweieinhalb Stunden südlich von hier, bei dem Verkehr dürften es aber eher vier werden. Das schaffen wir nie rechtzeitig für einen Besuch. Ich kann ein paar Fäden ziehen, aber ich kenne den Gefängnisdirektor nicht, und auch wenn ich es täte, glaube ich nicht, dass er dumm genug wäre, mitten in der Nacht zwei Männer aus dem Hochsicherheitstrakt zu holen.« Gefängnisse funktionierten nur mit strikter Routine, und alles, was diese Routine durchbrach, barg das Risiko eines Gewaltausbruchs in sich.

Will fragte: »Wollen Sie immer noch, dass ich meine Fallakten zu der Ermittlung durchsehe?«

»Natürlich.« Sie sagte es so, als hätte es nie Zweifel daran gegeben, dass sie über die Ermittlungen reden würden, die zu Evelyns erzwungenem Ausscheiden aus dem Dienst geführt hatten. »Kommen Sie morgen früh um fünf in mein Büro. Wir reden dann auf der Fahrt nach Valdosta über den Fall. Das sind hin und zurück jeweils drei Stunden. Mit Ben und Adam zu reden sollte nicht länger als eine halbe Stunden dauern – falls sie überhaupt etwas sagen. Das heißt, wir sind spätestens am Mittag wieder in der Stadt, um mit Miriam Kwon zu sprechen.«

Den toten Jungen in der Wäschekammer hatte Will fast schon vergessen. Nicht vergessen hatte er allerdings, wie Amanda darüber hinweggegangen war, dass sie Boyd Spivey gut genug kannte, um sich von ihm Mandy nennen zu lassen. Will musste annehmen, dass Ben Humphrey und Adam Hopkins ähnlich vertraut mit ihr waren, was wieder einmal bedeutete, dass Amanda innerhalb dieses Falls ihren eigenen Fall bearbeitete.

Sie sagte zu ihm: »Ich rufe bei den Bewährungsstellen in Memphis und Los Angeles an, um mit Chuck Finn und Demarcus Alexander in Kontakt zu kommen. Wir können nicht mehr tun, als ihnen die Nachricht zukommen zu lassen, dass Evelyn in Schwierigkeiten ist und wir bereit sind, ihnen zuzuhören, wenn sie bereit sind zu reden.«

»Sie waren Evelyn gegenüber alle sehr loyal.«

Sie blieb am Tor stehen und wartete, bis der Wachmann den Schlüssel gefunden hatte. »Ja, das waren sie.«

»Wer ist Ling-Ling?«

»Dazu kommen wir noch.«

Will öffnete den Mund, um etwas zu sagen, doch plötzlich gellte ein schriller Alarm durch die Luft. Die Warnlampen blinkten. Einer der Wachmänner packte Will am Arm. Der Instinkt übernahm, und Will riss sich los. Amanda reagierte offensichtlich ähnlich, aber sie beließ es nicht dabei.

Sie rannte den Gang hinunter, ihre Absätze klapperten über den Fliesenboden. Will lief ihr nach. Er bog um die Ecke und wäre fast mit ihr zusammengestoßen, als sie unvermittelt stehen blieb.

Amanda sagte nichts. Sie stöhnte nicht auf und schrie nicht. Sie packte ihn einfach am Arm, und ihre Nägel drangen durch die dünne Baumwolle seines T-Shirts.

Boyd Spivey lag tot am Ende des Gangs. Sein Kopf war in einem unnatürlichen Winkel gegen den Körper verdreht. Der Wachmann neben ihm blutete aus einem klaffenden Schlitz in der Kehle. Will ging zu dem Mann. Er kniete sich hin und presste die Hände auf die Wunde, um die Blutung zu stoppen. Es war zu spät. Blut breitete sich auf dem Boden aus wie ein schiefer Heiligenschein. Die Augen des Mannes fixierten Will, anfangs voller Panik – dann Leere.

5. Kapitel

FAITH BREMSTE, als sie sich ihrem Haus näherte. Es war nach acht Uhr. Die letzten Stunden hatte sie damit zugebracht, immer und immer wieder durchzugehen, was im Haus ihrer Mutter passiert war, und dieselben Dinge wieder und wieder zu sagen, während ihr Anwalt, ihr Gewerkschaftsvertreter, drei Beamte des APD und ein Special Agent des GBI Fragen stellten, sich Notizen machten und sie ganz allgemein so behandelten, dass sie sich vorkam wie eine Kriminelle. In gewisser Hinsicht war deren Vermutung, Faith sei in das verwickelt, was zur Entführung ihrer Mutter geführt hatte, durchaus einleuchtend. Evelyn war Polizistin gewesen. Faith war Polizistin. Evelyn hatte einen Mann erschossen. Faith hatte zwei Männer erschossen – zwei potentielle Zeugen –, und das anscheinend völlig kaltblütig. Evelyn war verschwunden. Wenn Faith auf der anderen Seite des Tisches gesessen hätte, hätte sie dieselben Fragen gestellt.

Ob sie Feinde habe? Ob sie je Bestechungsgelder angenommen habe? Ob ihr je etwas Illegales vorgeschlagen worden sei? Ob sie Geld oder Geschenke angenommen habe, um ein Auge zuzudrücken?

Aber Faith saß nicht auf der anderen Seite des Tisches und, wie sehr sie ihr Gehirn auch zermarterte, es fiel ihr einfach kein Grund ein, warum irgendjemand ihre Mutter entführen sollte. Das Schlimmste an diesem Verhörzimmer war, dass fünf sehr fähige Beamte Zeit in einem luftlosen Raum vergeudeten, die sie besser auf die Suche nach ihrer Mutter verwendet hätten.

Wer würde so etwas tun? Hatte Evelyn Feinde? Wonach hatten die Männer gesucht?

Faith war immer noch genauso ahnungslos wie zu Beginn des Verhörs.

Sie stellte den Mini am Bordstein vor ihrem Haus ab. Drinnen brannten alle Lichter, was sie noch nie in ihrem ganzen Leben zugelassen hatte. Das Haus sah aus wie eine Weihnachtsdekoration. Eine sehr teure Weihnachtsdekoration. In der Auffahrt standen vier Autos. Sie erkannte Jeremys alten Impala, den er Evelyn abgekauft hatte, als sie sich den Malibu besorgt hatte, aber die beiden Transporter und die Corvette waren ihr unbekannt.

»Sch …«, beruhigte sie Emma, die jetzt, da das Auto stand, unruhig wurde.

Gegen den gesunden Menschenverstand und jedes Gesetz hatte Faith Emma neben sich auf den Vordersitz gelegt. Die Fahrt von Mrs. Levy hierher dauerte nur ein paar Minuten, aber es war weniger Faulheit, sondern ihr Wunsch, ihr Kind dicht bei sich zu haben. Sie nahm Emma hoch und drückte sie an sich. Das Herz des Babys pochte tröstend an ihrer Brust. Ihre Atmung war sanft und vertraut.

Faith wollte ihre Mutter. Sie wollte den Kopf an Evelyns Schulter lehnen und ihre starken Hände ihren Rücken streicheln spüren, während sie ihr zuflüsterte, dass alles wieder gut würde. Sie wollte zusehen, wie ihre Mutter Jeremy wegen seiner langen Haare neckte und Emma auf ihrem Knie reiten ließ. Vor allem aber wollte sie mit ihrer Mutter darüber reden, wie furchtbar ihr Tag gewesen war, sie um Rat fragen, ob sie dem Gewerkschaftsvertreter, der ihr sagte, sie brauche keinen Anwalt, trauen konnte oder nicht, oder ob sie besser auf den Anwalt hören sollte, der ihr sagte, der Gewerkschaftsvertreter habe zu enge Bande mit der Polizei von Atlanta.

»O Gott«, hauchte sie Emma in den Nacken. Faith brauchte ihre Mutter.

Tränen traten ihr in die Augen, und diesmal versuchte sie nicht, sie zurückzuhalten. Zum ersten Mal, seit sie vor Stunden das Haus ihrer Mutter betreten hatte, war sie nun allein. Sie wollte einfach zusammenbrechen. Sie hatte es dringend nötig zusammenzubrechen. Aber auch Jeremy brauchte seine Mutter. Er brauchte eine starke Faith. Ihr Sohn musste ihr glauben können, wenn sie sagte, sie würde alles tun, was nötig sei, um seine Großmutter wieder heil zurückzuholen.

Nach den Autos zu urteilen, waren mindestens drei Polizisten drinnen bei ihrem Sohn. Jeremy hatte geweint, als sie ihn vom Revier aus anrief – verwirrt, besorgt, voller Angst um seine Großmutter und auch seine Mutter. Amandas Warnung fiel Faith wieder ein. In Mrs. Levys Wohnzimmer war Faith von Amandas Umarmung überrascht gewesen, aber nicht von ihren Worten, die sie als Warnung geflüstert hatte: »Du hast zwei Minuten, um dich zusammenzureißen. Wenn diese Männer dich weinen sehen, bist du für den Rest deiner Karriere für sie nichts anderes als eine nutzlose Frau.«

Manchmal dachte Faith, Amanda schlüge eine Schlacht, die schon längst entschieden war, aber manchmal erkannte sie auch, dass ihre Chefin recht hatte. Faith wischte sich mit dem Handrücken über die Augen. Sie stieß die Autotür auf und hängte sich die Handtasche über die freie Schulter. Erschreckt von der kalten Luft, bewegte sich Emma. Faith zog die Decke hoch und drückte ihre Lippen auf den Kopf des Babys. Die Haut der Kleinen war warm. Die feinen Haare kitzelten Faith an den Lippen, als sie die Einfahrt hochging.

Sie dachte an die vielen Dinge, die sie noch tun musste, bevor sie ins Bett gehen konnte. Wie die Umstände auch sein mochten, das Haus musste aufgeräumt und Emma musste ins Bett gebracht werden. Jeremy brauchte Zuspruch und wahrscheinlich auch ein Abendessen. Irgendwann würde sie auch mit ihrem Bruder Zeke reden müssen. Falls es auf der Welt irgendeine Gnade gab, war er im Augenblick noch über dem Atlantik, auf dem Heimflug aus Deutschland, sodass sie heute Abend nicht mehr mit ihm sprechen musste. Ihre Beziehung war nie die beste gewesen. Zum Glück hatte Amanda die Anrufe übernommen, denn sonst hätte Faith den größten Teil des Nachmittags damit vergeudet, Zeke anzuschreien, anstatt mit der Polizei zu reden. Faith spürte eine gewisse Erleichterung, als sie die Vordertreppe hinaufging. Nur die Drohung, mit ihrem Bruder reden zu müssen, ließen die hinter ihr liegenden sechs Stunden angenehm erscheinen. Sie griff eben nach dem Knauf, als die Tür aufging.

»Wo, zum Teufel, bist du gewesen?«

Mit weit offenem Mund starrte Faith ihren Bruder an. »Wie hast du …«

»Was ist passiert, Faith? Was hast du getan?«

»Wie …« Faith war unfähig, einen vollständigen Satz zu bilden.

»Mann, reg dich ab.« Jeremy schob sich an seinem Onkel vorbei und nahm Emma aus Faith' Armen. »Alles okay, Mom?«

»Mir geht's gut«, erwiderte sie, doch ihre Aufmerksamkeit war auf Zeke gerichtet. »Bist du aus Deutschland gekommen?«

Jeremy antwortete an seiner Stelle: »Er wohnt jetzt in Florida.« Er zog Faith ins Haus. »Hast du was gegessen? Ich kann dir was machen.«

»Ja – ich meine, nein. Mir geht's gut.« Kurz hörte sie auf, sich Gedanken über Zeke zu machen, und konzentrierte sich auf ihren Sohn. »Bist du okay?«

Er nickte, aber sie merkte, dass er den Tapferen nur spielte.

Faith versuchte, ihn an sich zu ziehen, aber er rührte sich nicht, wahrscheinlich weil Zeke sie genau beobachtete. Sie sagte zu Jeremy: »Ich will, dass du heute Nacht hierbleibst.«

Er zuckte die Achseln. *Keine große Sache.* »Klar.«

»Wir holen sie zurück, Jaybird. Das verspreche ich dir.«

Jeremy wiegte Emma in seinen Armen und schaute auf sie hinunter. »Jaybird« war Evelyns Spitzname für ihn gewesen, bis eines Tages alle seine Mitschüler diesen Namen gehört und Jeremy verspottet hatten, bis ihm die Tränen kamen. Er sagte: »Tante Mandy hat mir dasselbe gesagt, als sie anrief. Dass sie Grammy zurückbringen wird.«

»Na, du weißt doch, dass Tante Mandy nicht lügt.«

Er versuchte, einen Witz daraus zu machen. »Diese Kerle möchte ich nicht sein, wenn sie sie schnappt.«

Faith legte Jeremy die Hand an die Wange. Seine Haut war stoppelig, und daran würde sie sich nie gewöhnen. Ihr kleiner Junge war größer als sie, aber sie wusste, dass er nicht so stark war. »Grandma ist zäh. Du weißt, dass sie eine Kämpferin ist. Und du weißt, dass sie alles tun würde, was nötig ist, um zu dir zurückzukommen. Zu uns.«

Zeke machte ein Geräusch des Abscheus, und Faith warf ihm über Jeremys Schulter hinweg einen bösen Blick zu. Er sagte: »Victor will, dass du ihn anrufst. Du erinnerst dich doch noch an Victor, oder?«

Victor Martinez war der letzte Mensch auf Erden, mit dem sie jetzt reden wollte. Zu Jeremy sagte sie: »Leg Emma für mich hin, okay? Und mach ein paar von diesen Lichtern aus. Georgia Power muss nicht unbedingt mein ganzes Gehalt bekommen.«

»Du klingst wie Grandpa.«

»Geh.«

Jeremy schaute sich nach Zeke um, er wollte nicht gehen. Er hatte schon immer den Instinkt gehabt, Faith zu beschützen.

»Jetzt gleich«, sagte sie und schob ihn sanft zur Treppe.

Zeke hatte wenigstens den Anstand zu warten, bis Jeremy außer Hörweite war. Er verschränkte die Arme vor der Brust und richtete sich noch mehr auf. »In was für ein verdammtes Schlamassel hast du Mom denn gebracht?«

»Ich freue mich auch, dich zu sehen.« Sie schob sich an ihm vorbei und ging den Gang entlang zur Küche. Sie hatte seit zwei Uhr so gut wie nichts mehr gegessen, und sie spürte diese vertrauten pochenden Kopfschmerzen und die leichte Übelkeit, die ankündigten, dass etwas nicht stimmte.

»Wenn Mom irgendwas passiert …«

»Was dann, Zeke?« Faith wirbelte zu ihm herum. Er hatte andere schon immer gern eingeschüchtert, und wie bei allen Männern seiner Art konnte man ihn nur stoppen, wenn man sich ihm entgegenstellte. »Was wirst du dann mit mir tun? Meine Puppen wegwerfen? Mir eine Brennnessel verpassen?«

»Ich habe nicht …«

»Ich musste mich die letzten sechs Stunden von Arschlöchern grillen lassen, die glauben, ich hätte meine Mutter entführen lassen und wäre dann in einen Blutrausch geraten. Von meinem Bruder brauche ich diese Scheiße nicht.«

Sie machte kehrt und ging auf die Küche zu. An ihrem Tisch saß ein junger Mann mit rötlich blonden Haaren. Er hatte das Sakko ausgezogen. Eine Smith and Wesson M&P ragte aus seinem Schulterhalfter wie eine schwarze Zunge. Die Gurte spannten sich straff um seine Brust, sodass sein Hemd sich aufbauschte. Er blätterte in dem Lands'-End-Katalog, der gestern mit der Post gekommen war, und tat so, als hätte er Faith nicht aus Leibeskräften schreien hören. Als sie hereinkam, stand er auf. »Agent Mitchell, ich bin Derrick Connor von der APD-Verhandlungseinheit bei Geiselnahmen.«

»Vielen Dank, dass Sie hier sind.« Sie hoffte, dass sie aufrichtig klang. »Ich nehme an, es hat noch keine Anrufe gegeben?«

»Nein, Ma'am.«

»Irgendwelche neuen Entwicklungen?«

»Nein, Ma'am, aber Sie werden die Erste sein, die davon erfährt.«

Faith bezweifelte das stark. Solange die hohen Tiere nichts anderes sagten, hing über Faith' Kopf eine dunkle Wolke. »Es ist noch ein anderer Beamter hier?«

»Detective Taylor. Er kontrolliert die Umgebung. Ich kann ihn holen, wenn Sie …«

»Ich wäre jetzt nur gern ein wenig ungestört, bitte.«

»Ja, Ma'am. Ich bin draußen, falls Sie mich brauchen.« Connor nickte Zeke zu, bevor er durch die Glasschiebetür hinausging.

Mit einem Ächzen setzte Faith sich an den Tisch. Sie kam sich vor, als wäre sie seit Stunden auf den Beinen, obwohl sie fast den ganzen Tag gesessen hatte. Zeke hatte die Arme noch immer verschränkt. Er blockierte die Tür, als könnte sie zu fliehen versuchen.

Sie fragte: »Bist du noch in der Air Force?«

»Ich wurde vor vier Monaten nach Eglin verlegt.«

Ungefähr zu der Zeit, als Emma geboren wurde. »In Florida?«

»Als ich das letzte Mal nachgesehen habe.« Ihre Fragen machten seine Verärgerung offensichtlich nur noch stärker. »Ich bin mitten in einem zweiwöchigen Dienst im Veteranenkrankenhaus an der Clairmont. Es war gut, dass ich zufällig in der Stadt war, denn sonst wäre Jeremy den ganzen Tag allein gewesen.«

Faith starrte ihren Bruder an. Zeke Mitchell hatte schon immer so ausgesehen, als würde er permanent strammstehen. Schon als Zehnjähriger hatte er sich verhalten wie ein Air Force Major, was heißen sollte, dass er mit einem stählernen Besenstil im Rücken auf die Welt gekommen war.

Sie fragte: »Weiß Mom, dass du in den Staaten bist?«

»Natürlich weiß sie es. Eigentlich wollten wir morgen Abend miteinander essen.«

»Du hast nicht daran gedacht, es auch mir zu sagen?«

»Ich wollte das Drama vermeiden.«

Faith seufzte lang und lehnte sich zurück. Da war es – das Wort, das ihre Beziehung definierte. Faith hatte *Drama* in Zekes Abschlussjahr gebracht, indem sie schwanger wurde. Ihr *Drama* hatte ihn gezwungen, die Highschool zu verlassen und sich für zehn Jahre seines Lebens beim Militär zu verdingen. Dann gab es noch mehr *Drama,* als sie beschloss, Jeremy zu behalten, und einen Riesenhaufen *Drama,* als sie bei der Beerdigung ihres Vaters unkontrolliert weinte.

»Ich habe die Nachrichten gesehen.« Er sagte es wie einen Vorwurf.

Faith stemmte sich vom Tisch hoch. »Dann weißt du ja, dass ich heute zwei Männer getötet habe.«

»Wo warst du?«

Ihre Hand zitterte, als sie den Küchenschrank öffnete und einen Energieriegel herausholte. Sie hatte es gesagt, als wäre das gar nichts – sie hatte heute zwei Männer getötet. Bei dem Verhör hatte Faith gemerkt, dass sie, je mehr sie darüber sprach, desto unempfänglicher wurde für die Wirklichkeit dieser Taten, sodass sie sich, als sie es jetzt sagte, nur völlig taub fühlte.

Zeke wiederholte: »Ich habe dir eine Frage gestellt, Faith. Wo warst du, als Mom dich brauchte?«

»Wo warst *du*?« Sie warf den Riegel auf den Tisch. In ihrem Kopf drehte sich schon wieder alles. Vielleicht sollte sie ihren Blutzucker messen, bevor sie etwas aß. »Ich war bei einem Fortbildungsseminar.«

»Du bist zu spät gekommen.«

Sie nahm an, dass er das einfach nur vermutete. »Ich bin nicht zu spät gekommen.«

»Ich habe heute mit Mom gesprochen.«

Faith spürte, wie ihre Sinne sich schärften. »Welche Zeit? Hast du das der Polizei gesagt?«

»Natürlich habe ich es der Polizei gesagt. Ich habe so gegen Mittag mit ihr gesprochen.«

Weniger als zwei Stunden später war Faith am Haus ihrer Mutter gewesen. »Wirkte sie okay? Was hat sie gesagt?«

»Sie hat gesagt, dass du mal wieder zu spät kommst, wie immer. So ist es doch. Die Welt unterwirft sich deinem Zeitplan.«

»O Gott«, flüsterte sie. Im Augenblick ertrug sie das einfach nicht. Sie war für wer weiß wie lange vom Dienst suspendiert. Ihre Mutter konnte schon tot sein. Ihr Sohn war am Boden zerstört, und ihr Bruder ging ihr nicht einmal für so lange aus den Augen, dass sie durchatmen konnte. Zusätzlich zu dem ganzen Stress fühlte ihr Kopf sich an wie in einer Schraubzwinge. Sie suchte in ihrer Handtasche nach dem Zuckermessgerät. Jetzt ins Koma zu fallen war im Augenblick zwar durchaus eine attraktive Vorstellung, aber alles andere als hilfreich.

Faith legte sich die Messutensilien auf dem Tisch zurecht. Sie ließ sich beim Zuckermessen nur sehr ungern beobachten, aber Zeke war offensichtlich nicht geneigt, ihr auch nur ein Quäntchen Privatsphäre zu lassen. Faith steckte eine neue Nadel in den Stift, zog einen sterilen Tupfer aus seiner Verpackung. Zeke beobachtete sie wie ein Falke. Er war Arzt. Sie konnte ihn fast aufzählen hören, was sie alles falsch machte.

Faith drückte einen Blutstropfen auf den Teststreifen. Im Display zeigte sich das Ergebnis. Sie hielt Zeke die LED hin, weil sie wusste, dass er fragen würde.

Er sagte: »Wann hast du das letzte Mal was gegessen?«

»Ich aß auf dem Revier ein paar Cracker.«

»Das ist nicht genug.«

Sie stand auf und öffnete den Kühlschrank. »Ich weiß.«

»Dein Blutzucker ist hoch. Wahrscheinlich vom Stress.«

»Auch das weiß ich.«

»Was war dein letzter Langzeitwert?«

»Sechs Komma eins.«

Er setzte sich an den Tisch. »Das ist nicht so schlecht.«

»Nein«, pflichtete sie ihm bei und holte ihr Insulin aus der Kühlschranktür. Der Wert lag nur um Haaresbreite über der Norm, was so kurz nach einer Schwangerschaft verdammt gut war.

»Glaubst du das wirklich, was du zuvor gesagt hast?« Er hielt inne, und sie merkte, dass es ihn viel kostete, die konkrete Frage zu stellen. »Glaubst du, wir bekommen sie zurück?«

Sie setzte sich wieder. »Ich weiß es nicht.«

»Wurde sie verletzt?«

Faith schüttelte den Kopf und zuckte zugleich die Achseln. Die Polizei sagte ihr rein gar nichts.

Seine Brust hob und senkte sich. »Warum sollte irgendjemand sie entführen? Bist du …« Zur Abwechslung versuchte er einmal, sensibel zu sein. »Bist du in irgendwas verwickelt?«

»Warum bist du nur die ganze Zeit so ein Arschloch?« Sie erwartete keine Antwort. »Mom hat fünfzehn Jahre lang ein Drogendezernat geleitet, Zeke. Sie hat sich Feinde gemacht. Das gehörte zu ihrer Arbeit. Und du weißt doch über diese Ermittlung Bescheid. Du weißt, warum sie sich zur Ruhe gesetzt hat.«

»Das war vor vier Jahren.«

»Solche Sachen haben kein Zeitlimit. Vielleicht beschloss einfach jemand, dass er was von ihr will.«

»Zum Beispiel? Geld? Sie hat keines. Ich kenne alle ihre Konten. Sie hat ihre Pension von der Stadt, einen Teil von Dads Rente, und das war's. Bis jetzt bekommt sie noch nicht mal die staatliche Rente.«

»Es muss mit einem Fall zu tun haben.« Faith zog das Insulin auf die Spritze. »Ihre ganze Truppe kam ins Gefängnis. Eine Menge sehr schlechter Menschen war ziemlich sauer, als sie merkten, dass ihre gekauften und bezahlten Bullen aus dem Verkehr gezogen wurden.«

»Glaubst du, Moms Jungs haben damit zu tun?«

Sie schüttelte den Kopf. Sie hatten Evelyns Team schon immer »Moms Jungs« genannt, weil es so einfacher war, den Überblick nicht zu verlieren. »Ich habe keine Ahnung, wer damit zu tun hat und warum.«

»Schaut ihr euch all ihre alten Fälle an, und verhört ihr Tatverdächtige?«

»Tatverdächtige? Wo hast du denn dieses Bürokratenwort her?« Faith hob ihr T-Shirt ein kleines Stück, um sich die Nadel in den Bauch zu stechen. Es gab keine augenblickliche Reaktion, so funktionierte das Medikament nicht. Dennoch schloss Faith die Augen und wünschte sich, die Übelkeit würde schnell vergehen. »Ich bin suspendiert, Zeke. Sie haben mir Marke und Waffe abgenommen und mir gesagt, ich soll nach Hause gehen. Sag mir, was du von mir willst.«

Er faltete die Hände auf dem Tisch und starrte auf sie hinunter. »Kannst du ein bisschen herumtelefonieren? Ein paar Quellen anzapfen? Ich weiß auch nicht, Faith. Du bist seit zwanzig Jahren Polizistin. Fordere ein paar Gefallen ein.«

»Fünfzehn Jahre, und da ist niemand, den ich anrufen könnte. Ich habe heute zwei Männer getötet. Hast du gesehen, wie mich dieser Polizist angeschaut hat? Sie glauben alle, ich habe mit der Sache zu tun. Mir wird kein Mensch einen Gefallen tun.«

Sein Unterkiefer bewegte sich. Er war es gewohnt, Befehle zu befolgen. »Mom hat noch immer Freunde.«

»Und die machen sich im Augenblick wahrscheinlich in die Hose vor Angst, dass das, worin sie verwickelt ist und weswegen sie entführt wurde, auch auf sie zurückfallen könnte.«

Das gefiel ihm nicht. Er drückte das Kinn auf die Brust. »Okay. Schätze, da kannst du wirklich nichts tun. Wir sind hilflos. Und Mom ebenfalls.«

»Amanda wird das nicht kampflos hinnehmen.«

Zeke schnaubte ungläubig. Er hatte Amanda noch nie gemocht. Dass seine kleine Schwester versuchte, ihn herumzukommandieren, war eine Sache; von jemandem, der nicht zur engsten Familie gehörte, würde er sich das nie gefallen lassen. Es war eine merkwürdige Reaktion, hatten doch Zeke, Faith und auch Jeremy in ihrer Kindheit sie alle nur Tante Mandy genannt, ein Kosename, von dem Faith ziemlich sicher war, dass es ihr die Kündigung einbringen würde, wenn sie ihn heute benutzte. Dennoch hatte sie Amanda immer als Teil der Familie betrachtet. Und Evelyn stand sie so nahe, dass sie ab und zu als Ersatzmutter durchgegangen war.

Aber sie war auch Faith' Chefin, und sie stellte ihren Fuß fest auf Faith' Nacken, so wie sie es bei jedem tat, der für sie arbeitete. Oder in Kontakt mit ihr kam. Oder sie auf der Straße anlächelte.

Faith riss den Energieriegel auf und biss ein großes Stück ab. Das Kauen war das einzige Geräusch in der Küche. Am liebsten hätte sie die Augen geschlossen, aber sie hatte Angst vor den Bildern, die sie sehen würde. Ihre Mutter gefesselt und mit einem Knebel im Mund. Jeremys gerötete Augen. Die Art, wie diese Polizisten sie heute angeschaut hatten, als würde ihnen der Gestank ihrer Verwicklung auf den Magen schlagen.

Zeke räusperte sich. Sie dachte, die Feindseligkeit wäre jetzt überstanden, aber seine Haltung deutete auf das Gegenteil hin. Falls es in ihrem Leben eine Konstante gab, dann Zekes permanentes Gefühl der eigenen moralischen Überlegenheit.

Sie versuchte, es abzuschütteln.

»Dieser Victor schien ziemlich überrascht zu sein, als er von Emma hörte. Wollte wissen, wie alt sie ist, wann sie geboren wurde.«

Ihr wurde die Kehle eng, und sie versuchte zu schlucken. »Victor war hier? Im Haus?«

»Du warst ja nicht da, Faith. Jemand musste bei deinem Sohn bleiben, bis ich kam.«

Die Kette von Flüchen, die Faith in den Sinn kam, war vermutlich schlimmer als alles, was Zeke beim Zusammenflicken von Soldaten in Ramstein gehört hatte.

Er sagte: »Jeremy hat ihm ihr Foto gezeigt.«

Faith versuchte, noch einmal zu schlucken. Sie fühlte sich, als würden sich rostige Nägel in ihrer Kehle verfangen.

»Emma hat seine Hautfarbe.«

»Jeremys?«

»Ist das ein Verhaltensmuster von dir? Bist du gern eine unverheiratete Mutter?«

»Hey, hat man dir noch nicht gesagt, dass Ronald Reagan nicht mehr Präsident ist?«

»Mein Gott, Faith. Sei wenigstens ein Mal ernst. Der Kerl hat das Recht zu wissen, dass er der Vater ist.«

»Glaub mir, Victor hat kein Interesse am Vatersein.« Der Mann konnte nicht einmal seine schmutzigen Socken vom Boden aufheben oder daran denken, den Toilettensitz wieder herunterzuklappen. Nur Gott wusste, was er bei einem Baby alles vergessen würde.

Zeke wiederholte: »Er hat das Recht, es zu wissen.«

»Jetzt weiß er es.«

»Was auch immer, Faith. Solange nur *du* glücklich bist.«

Jeder normale Mensch wäre gegangen, nachdem er diesen Spruch abgelassen hatte, aber Zeke Mitchell war keiner, der einem Streit aus dem Weg ging. Er saß einfach nur da, starrte sie an und wollte ihn wieder ankurbeln. Faith verlegte sich auf traditionelle Verhaltensmuster. Wenn er sich aufführen wollte wie ein Zehnjähriger, würde sie es auch tun. Sie ignorierte ihn, blätterte im Lands'-End-Katalog und riss die Seite mit der Unterwäsche heraus, die Jeremy bevorzugte, damit sie sie später für ihn bestellen konnte.

Sie blätterte zu den Thermo-Shirts, und Zeke kippte den Stuhl nach hinten und schaute zum Fenster hinaus.

Diese Spannung war zwischen ihnen nichts Neues. Faith' Egoismus war Zekes Lieblingsmelodie. Wie gewöhnlich akzeptierte sie seine Missbilligung als eine Art Strafe. Er hatte guten Grund, sie zu hassen. Es war nicht einfach für einen Achtzehnjährigen herauszufinden, dass seine vierzehnjährige Schwester schwanger war. Vor allem, als Jeremy älter wurde und Faith sah, wie das Leben für einen Teenager war – nicht das Zuckerschlecken, wie es ihr in diesem Alter vorgekommen war –, hatte sie ein schlechtes Gewissen bekommen wegen dem, was sie ihrem Bruder angetan hatte.

So schwer es für ihren Vater war, dem nahegelegt wurde, nicht mehr zu seinen Bibelstudien zu gehen, und für ihre Mutter, die von so ziemlich jeder Frau in der Nachbarschaft schief angesehen wurde, hatte doch Zeke wegen Faith' unerwarteter Schwangerschaft eine ganz spezielle Hölle durchlitten. Mindestens ein Mal pro Woche war er mit einer blutenden Nase oder einem blauen Auge von der Schule nach Hause gekommen. Wenn sie ihn danach fragten, weigerte er sich, darüber zu reden. Beim Abendessen warf er Faith höhnische Blicke zu. Der Abscheu stand ihm in den Augen, wenn sie an seinem Zimmer vorbeiging. Er hasste sie für das, was sie ihrer Familie angetan hatte, aber er würde jedem die Hölle heißmachen, der etwas gegen sie sagte.

Wobei sie sich an diese Zeit kaum mehr erinnern konnte. Auch jetzt noch war es nichts als ein langer, elender Nebel des Selbstmitleids. Es war schwer zu glauben, dass sich in zwanzig Jahren so viel verändert hatte, aber Atlanta war damals eher wie eine Kleinstadt gewesen. Die Leute ritten damals noch immer auf der Reagan-Bush-Welle der konservativen Werte. Faith war ein verzogener, selbstsüchtiger Teenager, als es passierte. Ihre Gedanken kreisten immer nur darum, wie elend ihr eigenes Leben war. Ihre Schwangerschaft war das Ergebnis ihres ersten und – wie sie sich zu der Zeit schwor – auch ihres letzten Sexualkontakts. Die Eltern des Kindsvaters hatten den Jungen sofort in einen anderen Staat geschafft. Als sie fünfzehn Jahre alt wurde, gab es keine Geburtstagsparty. Ihre Freunde wandten sich von ihr ab. Jeremys Vater rief nie an und schrieb auch nie. Sie musste zu Ärzten gehen, die in ihr und an ihr herumstocherten. Sie war die ganze Zeit müde und gereizt, und sie hatte Hämorrhoiden und Rückenschmerzen, und bei jeder Bewegung tat ihr alles weh.

Faith' Vater war viel unterwegs, er musste plötzlich Geschäftsreisen unternehmen, die früher gar nicht zu seinem Job gehört hatten. Die Kirche war der Mittelpunkt seines Lebens gewesen, aber dieser Mittelpunkt wurde ihm abrupt entrissen, als er vom Pastor zu hören bekam, dass er nicht mehr die moralische Autorität hatte, ein Diakon zu sein. Ihre Mutter hatte Urlaub genommen, um bei ihr zu sein – ob gezwungenermaßen oder freiwillig, sagte Evelyn auch heute noch nicht.

Faith erinnerte sich nur noch daran, dass sie und ihre Mutter jeden Tag zu Hause gefangen waren, Junk Food aßen und Seifenopern anschauten, die sie zum Weinen brachten. Evelyn trug Faith' Schande wie eine Eremitin. Das Haus verließ sie nur, wenn sie unbedingt musste. Jeden Montag stand sie im Morgengrauen auf, um zu einem Supermarkt am anderen Ende der Stadt zu fahren, damit sie nicht jemandem begegnete, den sie kannte. Sie weigerte sich, sich mit Faith in den Garten zu setzen, auch wenn die Klimaanlage ausfiel und das Wohnzimmer zu einem Backofen wurde. Das einzige Training, das sie sich erlaubte, waren Spaziergänge durch die Nachbarschaft, aber nur sehr spät abends oder frühmorgens, wenn die Sonne aufging.

Mrs. Levy von nebenan stellte ihnen Plätzchen auf die Türschwelle, aber sie kam nie ins Haus. Schließlich steckte jemand religiöse Traktate in den Briefkasten, die Evelyn im offenen Kamin verbrannte. Die einzige Besucherin in dieser ganzen Zeit war Amanda, die nicht die Wahl hatte, sich aus dem sozialen Umfeld ihrer De-facto-Schwägerin zu verabschieden. Sie saß dann immer mit Evelyn in der Küche und redete mit leiser Stimme, damit Faith sie nicht verstand. Wenn Amanda wieder gegangen war, setzte Evelyn sich ins Bad und weinte.

Es war deshalb kein Wunder, dass Zeke eines Tages nicht mit einer aufgeplatzten Lippe von der Schule nach Hause kam, sondern mit einer Kopie seiner Dienstverpflichtung. Er hatte noch fünf Monate bis zu seinem Schulabschluss. Sein Reserveoffizierstraining und seine Noten beim College-Eignungstest eröffneten ihm den vollen Zugang zur Rutgers University. Er machte seinen Test zur Allgemeinen Hochschulreife und begann das medizinische Vorstudium ein ganzes Jahr vor der Zeit.

Jeremy war acht Jahre alt, als er seinen Onkel zum ersten Mal sah. Sie hatten einander umkreist wie Katzen, bis ein Basketballspiel die beiden schließlich einander näherbrachte. Doch Faith kannte ihren Sohn und bemerkte seine Zurückhaltung einem Mann gegenüber, von dem er den Eindruck hatte, er würde seine Mutter nicht gut behandeln. Leider hatte er im Lauf der Jahre viele Gelegenheiten gehabt, diesen Eindruck zu untermauern.

Zeke stellte seinen Stuhl wieder gerade hin, schaute sie aber noch immer nicht an.

Faith kaute langsam ihren Energieriegel, sie zwang sich zum Essen, obwohl sich die Übelkeit in ihrem Bauch festgesetzt hatte. Sie schaute zur Glastür hinaus und sah den Küchentisch und Zekes stocksteife Haltung als Spiegelbilder. Hinter der Scheibe war ein rotes Glimmen zu erkennen. Einer der Detectives rauchte.

Das Telefon klingelte, und beide schreckten hoch. Faith sprang auf und griff sich das schnurlose Gerät, als die Detectives aus dem Hinterhof hereinliefen.

»Nichts Neues«, sagte Will. »Wollte mich nur zurückmelden.«

Faith winkte die Beamten weg. Sie ging mit dem Telefon ins Wohnzimmer und fragte Will: »Wo sind Sie?«

»Bin eben nach Hause gekommen. Auf der 675 hatte sich ein Wohnwagen quergestellt. Es dauerte drei Stunden, bis die Straße wieder frei war.«

»Warum waren Sie dort unten?«

»Wir waren im D&C.«

Faith' Magen zog sich zusammen.

Will redete nicht lange herum. Er erzählte ihr von seinem Gefängnisbesuch und dem Mord an Boyd Spivey. Faith legte sich die Hand auf die Brust. Als sie noch jünger war, war Boyd ein häufiger Gast bei Familienessen und Grillpartys gewesen. Er hatte Jeremy das Radfahren beigebracht. Und dann hatte er so offen mit Faith geflirtet, dass Bill Mitchell vorgeschlagen hatte, er solle sich eine andere Wochenendbeschäftigung suchen. »Weiß man, wer es war?«

»In diesem Teilbereich war zufällig die Überwachungskamera ausgefallen. Der ganze Laden ist abgeriegelt. Alle Zellen werden durchsucht. Der Direktor ist nicht sehr zuversichtlich, dass sie irgendetwas finden werden.«

»Da muss es Hilfe von außen gegeben haben.« Vermutlich war ein Wachmann bestochen worden. Kein Insasse hätte die Zeit, eine in einem Gefängniskorridor montierte Kamera außer Betrieb zu setzen.

»Das Personal wird befragt, aber die Anwälte sind schon vor Ort. Diese Jungs sind nicht gerade alltägliche Verdächtige.«

»Geht es Amanda gut?« Faith schüttelte über ihre eigene Dummheit den Kopf. »Natürlich geht es ihr gut.«

»Sie hat bekommen, was sie wollte. Dadurch haben wir jetzt eine Hintertür zu dem Fall Ihrer Mom entdeckt.«

Das GBI war zuständig für alle Todesermittlungen innerhalb staatlicher Gefängnisse. »Schätze, das ist so was wie eine gute Nachricht.«

Will schwieg. Er fragte nicht, ob es ihr gut gehe, weil er die Antwort bereits kannte. Faith dachte daran, wie er ihr heute Nachmittag die Hand gehalten und sie so dazu gebracht hatte, ihm genau zuzuhören, während er ihr einschärfte, was sie zu sagen hatte. Seine Zärtlichkeit war unerwartet gewesen, und sie musste sich so heftig aufs Wangenfleisch beißen, dass sie blutete, um nicht zusammenzubrechen und zu weinen.

Will sagte: »Wissen Sie, dass ich Amanda noch nie auf die Toilette gehen sehen habe?« Er unterbrach sich. »Ich meine, nicht direkt beim Pinkeln, aber als wir das Gefängnis verlassen hatten, fuhr sie zur nächsten Tankstelle und ging hinein. Ich habe noch nie erlebt, dass sie eine solche Pause brauchte. Sie?«

Faith war an Wills merkwürdige Abschweifungen gewöhnt. »Nein, ich auch nicht.« Amanda war bei diesen Familienessen und Grillpartys mit Boyd ebenfalls dabei gewesen. Sie hatte mit ihm gescherzt, wie Polizisten es eben tun – hatte seine Männlichkeit infrage gestellt, seine Karriere bei der Truppe trotz seiner mangelnden intellektuellen Fähigkeiten gelobt. Sie war nicht völlig aus Stein. Boyd sterben zu sehen, das hatte sie sicher mitgenommen.

Will sagte: »Es war sehr verwirrend.«

»Kann ich mir vorstellen.« Faith stellte sich Amanda an der Tankstelle vor, wie sie in die Kabine ging, die Tür schloss und sich zwei Minuten der Trauer um einen Mann gestattete, der ihr früher etwas bedeutet hatte. Danach hatte sie wahrscheinlich ihr Make-up und ihre Frisur kontrolliert, dem Tankwart den Schlüssel zurückgegeben und ihn dabei gefragt, ob sie die Toilette abschlossen, damit sie auch wirklich niemand putzen könne.

Will sagte: »Wahrscheinlich betrachtet sie Urinieren als Schwäche.«

»Das tun die meisten.« Faith setzte sich auf die Couch. Er hatte ihr das beste Geschenk gemacht, das sie im Augenblick erhalten konnte: einen Moment der Ablenkung. »Danke.«

»Wofür?«

»Dass Sie heute hier waren. Dass Sie Sara dazugeholt haben. Dass Sie mir gesagt haben, was ich …« Ihr fiel ein, dass das Telefon abgehört wurde. »Dass Sie mir gesagt haben, dass alles wieder gut wird.«

Er räusperte sich. Ein kurzes Schweigen entstand. Er war schrecklich in solchen Situationen, fast so schlimm wie sie. »Haben Sie darüber nachgedacht, wonach die Männer gesucht haben könnten?«

»Ich kann über nichts anderes nachdenken.« Sie hörte, wie die Kühlschranktür geöffnet und geschlossen wurde. Zeke schrieb wahrscheinlich eine Liste von Lebensmitteln, die sie nicht im Haus haben sollte. »Was kommt als Nächstes?«

Er zögerte.

»Sagen Sie's mir.«

»Gleich morgen früh fahren Amanda und ich nach Valdosta.«

Das Valdosta State Prison. Ben Humphrey und Adam Hopkins. Sie redeten mit jedem aus dem alten Team ihrer Mutter. Faith hätte das erwarten müssen, aber die Nachricht von Boyds Tod hatte sie aus der Fassung gebracht. Sie hätte wissen müssen, dass Will die Ermittlungen in dem Fall wiederaufnehmen würde.

Faith sagte: »Ich sollte diese Leitung offen halten, falls jemand anruft.«

»Okay.«

Sie legte auf, weil sie nichts mehr zu sagen hatte. Er glaubte noch immer, dass ihre Mutter schuldig war. Obwohl er nun schon fast zwei Jahre mit Faith arbeitete und sah, dass sie alles richtig machte, weil sie die Art Polizistin war, zu der ihre Mutter sie erzogen hatte, dachte Will noch immer, dass Evelyn Mitchell Dreck am Stecken hatte.

Zeke fragte von der Tür aus: »Wer war das?«

»Arbeit.« Sie stand von der Couch auf. »Mein Partner.«

»Das Arschloch, das versucht hatte, Mom ins Gefängnis zu stecken?«

»Genau der.«

»Ich verstehe noch immer nicht, wie du mit diesem Wichser arbeiten kannst.«

»Ich habe es mit Mom geklärt.«

»Du hast es nicht mit mir geklärt.«

»Hätte ich die Anfrage nach Deutschland oder nach Florida schicken sollen?«

Er starrte sie nur an.

Faith hatte nicht vor, sich vor ihrem Bruder zu rechtfertigen. Amanda war es gewesen, die sie gebeten hatte, Wills Partnerin zu werden, und Evelyn hatte Faith gesagt, sie müsse tun, was das Beste für ihre Karriere sei. Sie musste nicht extra darauf hinweisen, dass es keine schlechte Idee sei, wegzukommen vom Atlanta Police Department, wo Evelyns erzwungenes Ausscheiden entweder als elegante Lösung oder als Verbrechen betrachtet wurde, je nachdem, wen man fragte. »Hat Mom je mit dir über die Ermittlung gesprochen?«

»Solltest du das nicht deinen Partner fragen?«

»Ich frage dich«, blaffte Faith. Evelyn hatte sich geweigert, den Fall mit ihr zu diskutieren, und nicht nur, weil Faith als potentielle Zeugin infrage hätte kommen können. »Falls sie was gesagt hat, vielleicht sogar etwas, das nicht ganz koscher war, du dir aber damals nichts dabei gedacht hast …«

»Mom redet mit mir nicht über ihre Arbeit. Das ist deine Aufgabe.«

In seiner Stimme schwang wieder dieser Vorwurf mit, als hätte Faith die Macht, ihre Mutter zu finden, und weigerte sich einfach, sie auszuüben. Faith schaute auf die Uhr an der Wand. Es war fast neun, zu spät, um dieses Gespräch weiterzuführen. »Ich gehe ins Bett. Ich schicke Jeremy mit ein paar Decken herunter. Die Couch ist ziemlich bequem.«

Er nickte, und Faith salutierte ironisch. Sie war schon halb die Treppe oben, als er noch sagte: »Er ist ein guter Junge.« Faith drehte sich um. »Jeremy. Er ist ein guter Junge.«

Sie lächelte. »Ja, das ist er.« Sie stand schon fast auf dem Absatz, als er noch eine Provokation vom Stapel ließ.

»Mom hat gute Arbeit geleistet.«

Sie schluckte den Köder nicht, sondern ging einfach weiter. Sie schaute nach dem Baby. Emma schmatzte, als Faith sich über sie beugte, um sie auf die Stirn zu küssen. Sie befand sich in diesem tiefen, seligen Schlaf, den nur Babys kennen. Faith kontrollierte das Babyfon, um sicherzugehen, dass es auch eingeschaltet war. Sie strich mit der Hand über Emmas Arm und ließ ihre winzigen Finger einen der ihren umklammern, bevor sie das Zimmer verließ.

Jeremys Bett im Zimmer daneben war leer. Faith blieb kurz an der Tür stehen. Sie hatte sein Zimmer nicht verändert, obwohl es schön wäre, wenn sie ein Büro hätte. Seine Poster hingen noch an der Wand – ein Mustang GT mit einer Blondine im Bikini auf der Motorhaube, ein Camaro mit einer halb nackten Brünetten sowie zwei Konzeptstudien von Autos, jeweils mit dem unvermeidlichen großbusigen Model. Faith konnte sich noch gut an den Tag erinnern, als sie von der Arbeit nach Hause kam und seine Poster von »Brücken der südöstlichen Vereinigten Staaten« ersetzt fand durch diese Schmuckstücke. Jeremy glaubte noch immer, er habe ihr mit diesem cleveren Trick weismachen können, die Pubertät habe bei ihm ein plötzliches Interesse an Automobilen geweckt.

»Ich bin hier.«

Sie fand ihn in ihrem Zimmer. Jeremy lag auf dem Bauch, den Kopf am Fußende des Betts, die Füße in der Luft, sein iPhone in den Händen. Der Fernseher war leise gedreht, doch die Videotext-Untertitel liefen.

Sie fragte: »Alles okay?«

Er kippte das iPhone in seinen Händen, spielte offensichtlich ein Videospiel. »Ja.«

Faith dachte an seine fruchtbare Freundin. Es war merkwürdig, dass sie nicht hier war. Normalerweise waren die beiden wie an der Hüfte zusammengewachsen. »Wo ist Kimberley?«

»Wir machen gerade eine Pause«, sagte er, und sie schluchzte beinahe vor Erleichterung. »Ich habe dich und Zeke schreien hören.«

»Es gibt für alles ein erstes Mal.«

Er kippte das Handy in die andere Richtung.

Sie sagte: »Ich wollte schon immer eines von denen.« Er verstand den Hinweis und steckte das Ding in die Tasche. »Ich weiß, dass du das Telefon läuten hören hast. Es war Will. Er arbeitet zusammen mit Tante Amanda.«

Er starrte in den Fernseher. »Das ist gut.«

Faith fing an, ihm die Turnschuhe aufzuknoten. In seiner typischen Teenagerjungenlogik hatte er gedacht, wenn er die Füße in die Luft streckte, würde kein Schmutz aufs Bett fallen. »Sag mir, was passiert ist, als Zeke ankam.«

»Der Kerl führte sich auf wie ein Arschloch.«

»Sag's mir so, als wäre ich deine Mutter.«

Im Schein des Fernsehers sah sie ihn erröten. »Victor war bei mir. Ich sagte ihm, er muss nicht bleiben, aber er meinte, er wolle es, und deshalb …«

Faith knotete ihm den anderen Schuh auf. »Du hast ihm ein Foto von Emma gezeigt?«

Er starrte weiter den Fernseher an. Jeremy hatte Victor wirklich gemocht – wahrscheinlich sogar mehr, als Faith es getan hatte, doch das war nur ein Teil des Problems.

Sie sagte: »Das ist schon okay.«

»Zeke war ziemlich beschissen – ich meine unhöflich – zu ihm.«

»Inwiefern?«

»Hat irgendwie die Brust rausgestreckt und ihn herumgeschubst.«

Typisch Zeke. »Aber es ist nichts passiert, oder?«

»Nein, Victor ist nicht der Typ dazu.«

Davon ging Faith ebenfalls aus. Victor Martinez arbeitete in einem Büro, las *The Wall Street Journal,* trug Maßanzüge und wusch sich sechzehn Mal pro Tag die Hände. Er war ungefähr so leidenschaftlich wie ein Glas lauwarmes Wasser. Es war Faith' Schicksal, dass sie sich nur in Männer verlieben konnte, die ärmellose T-Shirts trugen und ihrem Bruder ins Gesicht schlugen.

Sie zog Jeremy den Schuh aus und runzelte die Stirn, als sie den Zustand seiner Socke sah. »Die Zehen gehören in die Socke, College-Junge.« Sie nahm sich vor, ihm auch Socken zu besorgen, wenn sie Unterwäsche für ihn bestellte. Auch seine Jeans sahen ziemlich abgerissen aus. So viel zu den dreihundert Dollar, die sie noch auf dem Girokonto hatte. Zum Glück hatte man sie bei voller Bezahlung suspendiert. Faith würde ihre Ersparnisse anknabbern müssen, wollte sie ihren Sohn nicht herumlaufen lassen wie einen Penner.

Jeremy drehte sich auf den Rücken und schaute sie an. »Ich habe Victor das Foto von Ostern gezeigt.«

Sie schluckte. Victor war sehr intelligent, aber man musste kein Genie sein, um nachzurechnen. Und abgesehen davon war Faith blond und hellhäutig. Emma hatte die dunkle Hautfarbe und die dunkelbraunen Augen ihres Vaters. »Das, auf dem sie die Häschenohren trägt?«

Er nickte.

»Das ist ein gutes Bild.« Faith merkte ihm deutlich an, dass er ein schlechtes Gewissen bekam. »Das ist schon okay, Jay. Er hätte es sowieso irgendwann herausgefunden.«

»Warum hast du es ihm dann nicht gesagt?«

Weil Faith genau die richtige Mischung aus emotional angeschlagen und kontrollbesessen war, was Jeremy allerdings erst herausfinden würde, wenn seine zukünftige Frau es ihm ins Gesicht schrie. Im Augenblick sagte Faith nur: »Darüber werde ich mit dir nicht reden.«

Er setzte sich auf. »Grandma mag Will.«

Faith vermutete, dass er ihren Wortwechsel mit Zeke mitgehört hatte. »Das hat sie dir gesagt?«

Er nickte. »Sie meinte, er ist okay. Dass er sie fair behandelt hat und dass er eine schwere Aufgabe hatte, aber trotzdem nicht gemein geworden ist.«

Faith wusste nicht, ob ihre Mutter Jeremy nur hatte beruhigen wollen oder ob sie ihm ihre ehrliche Meinung gesagt hatte. Wie sie ihre Mutter kannte, war es wahrscheinlich eine Mischung aus beidem. »Hat sie je mit dir darüber geredet, warum sie in Pension gegangen ist?«

Er zupfte an einem losen Faden in der Tagesdecke. »Sie meinte, sie ist die Chefin gewesen, und deshalb war es ihr Fehler, dass sie nicht merkte, was ablief.«

Das war mehr, als sie zu Faith je gesagt hatte. »Sonst noch was?«

Er schüttelte den Kopf. »Ich bin froh, dass Tante Amanda Will hat, der ihr hilft. Sie kann nicht alles selbst machen. Und er ist wirklich schlau.«

Faith fasste seine Hand und hielt sie fest, bis er sie anschaute. Das einzige Licht im Zimmer stammte vom Fernseher und ließ sein Gesicht grünlich wirken. »Ich weiß, dass du dir Sorgen machst um Grandma, und ich weiß nicht, was ich dir sagen könnte, um es für dich einfacher zu machen.«

»Danke.« Er meinte es aufrichtig. Ehrlichkeit hatte Jeremy schon immer geschätzt.

Sie zog ihn vom Bett hoch und nahm ihn in die Arme. Seine Schultern waren knochig. Er war schlaksig, noch nicht der Mann, der er einmal sein würde, auch wenn er jeden Tag sein Körpergewicht an Makkaroni und Käse verdrückte.

Er ließ sie ihn länger als gewöhnlich umarmen. Sie küsste ihn auf den Kopf. »Es wird alles wieder gut.«

»Das sagt Grandma auch immer.«

»Und sie hat immer recht.« Faith drückte ihn noch fester.

»Mom, du erwürgst mich.«

Widerwillig ließ sie ihn wieder los. »Hol ein paar Decken für Onkel Zeke. Er schläft auf der Couch.«

Jeremy schlüpfte wieder in seine Schuhe. »War er schon immer so?«

Faith gab nicht vor, als würde sie ihn nicht verstehen. »Als wir noch klein waren, kam er jedes Mal, wenn er furzen musste, in mein Zimmer gerannt und ließ ihn dort raus.«

Jeremy fing an zu lachen.

»Und dann sagte er, wenn ich ihn verrate, stopft er sich mit Bohnen voll und drückt mich aufs Bett und furzt mir ins Gesicht.«

Jetzt konnte er sich nicht mehr halten. Er krümmte sich, hielt sich den Bauch und wieherte wie ein Pferd. »Hat er das wirklich mal getan?«

Faith nickte, und daraufhin lachte Jeremy noch heftiger. Sie ließ ihn ihre Erniedrigung eine Weile genießen, dann gab sie ihm einen Klaps auf die Schulter. »Zeit fürs Bett.«

Er wischte sich die Tränen aus den Augen. »Mann, das muss ich mal mit Horner machen.«

Horner war sein Zimmergenosse im Studentenheim. Faith bezweifelte, ob irgendjemand diesen zusätzlichen Gestank in ihrer Bude bemerken würde.

»Hol Zeke auch ein Kissen aus dem Wandschrank.« Sie schob ihn aus dem Zimmer. Noch immer lachend, ging er den Gang entlang. Es war nur ein geringer Preis dafür, dass für einige Augenblicke der Kummer aus dem Gesicht ihres Sohnes verschwunden war.

Faith zog die Steppdecke vom Bett. Schmutz von Jeremys Schuhen war auf der Bettwäsche verschmiert. Sie war zu müde, um sie zu wechseln. Sie war zu müde, um ihr Nachthemd anzuziehen oder sich auch nur die Zähne zu putzen. Sie streifte die Schuhe ab und legte sich in der GBI-Kluft, die sie am Morgen dieses Tages um fünf Uhr angezogen hatte, ins Bett.

Das Haus war still. Ihr Körper war so angespannt, dass sie sich vorkam, als würde sie auf einem Brett liegen. Emmas leises Schnarchen drang aus dem Babyfon. Faith starrte zur Decke. Sie hatte vergessen, den Fernseher auszuschalten. Der Actionfilm, den Jeremy angeschaut hatte, schickte Lichtblitze wie ein Stroboskop durchs Zimmer.

Boyd Spivey war tot. Es war unbegreiflich. Er war ein großer, kräftiger Kerl, fast überlebensgroß, ein Polizist, bei dem man sich einen ruhmreichen Tod vorstellte. Und er war das genaue Gegenteil seines Partners. Chuck Finn war mürrisch, voller düsterer Vorahnungen und mit einer Heidenangst davor, im Dienst erschossen zu werden. Seine Verteidigung beim Prozess war die einzige, die Faith in diesem ganzen Schlamassel als glaubhaft empfunden hatte. Chuck hatte behauptet, er habe nur Befehle befolgt. Für jene, die ihn kannten, klang das durchaus plausibel. Detective Finn war das Paradebeispiel eines Gefolgsmanns, und das war genau der Persönlichkeitstyp, den Männer wie Boyd auszunutzen verstanden.

Aber Faith wollte im Augenblick nicht über Boyd und Chuck oder sonst einen aus dem Team ihrer Mutter nachdenken. Die Ermittlungen hatten sie sechs Monate ihres Lebens gekostet. Sechs Monate schlafloser Nächte. Sechs Monate des Kopfzerbrechens, ob ihre Mutter einen Herzinfarkt bekommen oder im Gefängnis landen würde – oder beides.

Faith zwang sich, die Augen zu schließen. Sie wollte an gute Zeiten mit ihrer Mutter denken, sich an Augenblicke der Herzlichkeit erinnern oder die Freude ihrer Gesellschaft heraufbeschwören. Doch stattdessen sah sie den Mann im Schlafzimmer ihrer Mutter, das schwarze Loch mitten in seiner Stirn nach ihrem Schuss auf ihn. Seine Hände schnellten hoch. Er starrte Faith ungläubig an. Sein Mund klappte auf. Sie sah seinen silbernen Zahnschmuck, die kleine Silberkugel, die in seiner Zunge steckte.

Almeja, hatte er gesagt.

Geld.

Faith hörte die Dielen im Gang knarzen. »Jeremy?« Sie stützte sich auf den Ellbogen und schaltete die Nachttischlampe ein.

Er schaute sie verlegen an. »Tut mir leid, ich weiß, dass du müde bist.«

»Soll ich Zeke die Decken bringen?«

»Nein, darum geht's nicht.« Er zog sein iPhone aus der Tasche. »Auf meiner Facebook-Seite ist was aufgetaucht.«

»Ich dachte, du hättest damit aufgehört, als ich dich zwang, mich als Freundin zu listen.« Faith war noch nie die Mutter gewesen, die ihrem Jungen völlig vertraute. Ihre eigenen Eltern hatten ihr vertraut, und man sah ja, wohin das führte.

»Was ist es?«

Sein Daumen bewegte sich beim Reden über das Display. »Mir war langweilig. Ich meine, nicht langweilig, aber ich hatte nichts zu tun, und deshalb ...«

»Okay, Baby.« Sie setzte sich ganz auf. »Was ist es?«

»Viele Leute haben Zeug gepostet. Schätze, die haben in den Nachrichten von Grandma gehört.«

»Das ist nett«, sagte Faith, obwohl sie es ein bisschen makaber oder, mit dem Wort ihres Bruders, *dramatisch* fand. »Was schreiben sie?«

»Meistens, dass sie an mich denken und solche Sachen. Aber dann das.« Er drehte das Handy herum und gab es ihr.

Faith las die Nachricht laut. »›Hey, Jaybird, ich hoffe, du bist okay. Ich bin sicher, ihr kriegt die bösen Jungs in die Finger. Denk einfach dran, was deine Grandma immer sagte: ›Mund zu und Augen auf.‹‹« Faith schaute auf den Sendernamen. »GoodKnight92. Ist das jemand, mit dem du auf der Grady warst?« Das Maskottchen von Jeremys Highschool war *Knight,* der Ritter, und Jeremy war 1992 geboren worden.

Er zuckte die Achseln. »Nie von ihm gehört.«

Faith sah, dass der Eintrag um 14:32 Uhr an diesem Nachmittag gepostet worden war, weniger als eine Stunde nach Evelyns Entführung. Sie gab sich Mühe, nicht besorgt zu klingen, als sie fragte: »Wann hat er sich bei dir als Freund gemeldet?«

»Heute, aber das haben viele Leute. Die sind alle irgendwie aus der Versenkung gekrochen.«

Sie gab ihm das Handy zurück. »Was steht in seinem Profil?«

»Dass er in Atlanta lebt und im Vertrieb arbeitet.« Er zog den Abschnitt auf das Display und zeigte ihn Faith.

Sie war so müde, dass sie kaum mehr scharf sehen konnte. Sie hielt sich das Gerät dicht vor die Augen, damit sie den Eintrag lesen konnte. Es gab sonst nichts mehr, nicht einmal ein Foto. Jeremy war GoodKnights einziger Freund. Ihre Polizistenintuition sagte ihr, dass hier etwas nicht stimmte, aber sie gab ihm das Handy zurück. »Ich bin mir sicher, das ist jemand, mit dem du auf der Morningside warst. Du wurdest doch so übel verspottet, weil Grandma dich Jaybird nannte, dass du mich angefleht hast, dich auf eine andere Schule zu schicken.«

»Aber komisch ist es schon, oder?«

Sie wollte nicht, dass er sich Sorgen machte. »Die meisten deiner Freunde sind komisch.«

Er ließ sich nicht besänftigen. »Woher weiß er, dass Grandma das immer gesagt hat?«

»Das ist eine ziemlich gebräuchliche Redewendung«, erwiderte Faith. »Mund zu, Augen auf. Ich hatte in der Akademie einen Ausbilder, der es sich praktisch auf die Stirn tätowiert hatte.« Sie bemühte sich, unbeschwert zu klingen. »Na komm, das ist nichts. Ist wahrscheinlich der Sohn eines Polizisten. Du weißt doch, wie das läuft. Irgendwas Schlimmes passiert, und wir sind alle eine Familie.«

Das schien ihn endlich etwas zu beruhigen. Jeremy war in einige Krankenhäuser und fremde Häuser mitgenommen worden, wenn ein Polizist verwundet oder getötet worden war. Er steckte sich das Handy wieder in die Tasche.

Sie fragte: »Ist wirklich alles okay?«

Er nickte.

»Wenn du willst, kannst du hier schlafen.«

»Das wäre pervers, Mom.«

»Weck mich, wenn du mich brauchst.« Faith legte sich wieder hin und schob die Hand unters Kissen. Ihre Finger berührten etwas Feuchtes. Vertrautes.

Jeremy merkte die Veränderung sofort. »Was ist los?«

Faith stockte der Atem. Sie brachte kein Wort heraus.

»Mom?«

»Müde«, sagte sie heiser. »Bin einfach nur müde.« Ihre Lunge schrie nach Sauerstoff. Sie spürte, dass ihr am ganzen Körper der Schweiß ausbrach. »Hol die Decken, bevor Zeke hier heraufkommt.«

»Bist du …«

»Es war ein langer Tag, Jeremy. Ich muss jetzt schlafen.«

Er zögerte noch immer. »Okay.«

»Kannst du meine Tür zumachen?« Sie wusste nicht, ob sie sich bewegen konnte, auch wenn sie es wollte.

Jeremy schaute sie noch ein letztes Mal besorgt an und zog dann die Tür hinter sich zu. Faith hörte das Klicken des Schlosses, dann das leise Stapfen seiner Füße, als er über den Flur zur Wäschekammer ging. Erst als sie die dritte Stufe von unten knarren hörte, gestattete sich Faith, die Hand unter dem Kissen hervorzuziehen.

Sie öffnete die Faust. Der scharfe Schmerz der Angst verging, und Faith empfand nun nichts anderes mehr als blinde Wut.

Die Nachricht auf Jeremys iPhone. Seine Highschool. Sein Geburtsjahr.

Mund zu und Augen auf.

Ihr Sohn hatte auf diesem Bett gelegen, nur Zentimeter von ihrem Fund entfernt.

Ich bin mir sicher, ihr kriegt die bösen Jungs in die Finger.

Der Satz ergab erst einen Sinn, als Faith den abgetrennten Finger ihrer Mutter in ihrer Hand sah.

6. Kapitel

FÜR SARA LINTON WAR Selbsthass nichts Fremdes. Sie hatte sich geschämt, als ihr Vater sie einen Schokoriegel aus der Snackbox in der Kirche stehlen sah. Sie hatte sich gedemütigt gefühlt, als sie ihren Ehemann beim Seitensprung ertappte. Sie hatte sich schuldig gefühlt, als sie ihrer Schwester vorlog, sie fände ihren Schwager nett. Sie war verlegen geworden, als ihre Mutter sie darauf hinwies, dass sie zu groß sei, um Capri-Hosen zu tragen. Noch nie hatte sie sich allerdings so billig gefühlt, und das Wissen, dass sie nicht besser war als ein Sternchen im Reality-TV, traf sie ins Mark.

Auch jetzt noch, Stunden später, brannte ihr Gesicht, wenn sie an ihre Konfrontation mit Angie Trent dachte. Sie konnte sich an ein einziges, anderes Mal in ihrem Leben erinnern, dass eine Frau so mit ihr gesprochen hatte wie Angie heute. Jeffreys Mutter war eine üble Säuferin, und Sara hatte sie an einem besonders schlimmen Abend erwischt. Der einzige Unterschied zwischen den beiden Situationen war, dass Angie absolut jedes Recht hatte, sie eine Hure zu nennen.

Isebel, hätte Saras Mutter gesagt.

Wobei Sara ihrer Mutter natürlich nichts von alledem erzählen würde.

Sie stellte den Fernseher leise, das Geräusch ging ihr auf die Nerven. Sie hatte versucht zu lesen. Sie hatte versucht, ihre Wohnung zu putzen. Sie hatte den Hunden die Krallen geschnitten. Sie hatte Geschirr gewaschen und Kleidung zusammengelegt, die so zerknittert war vom tagelangen Herumliegen auf der Couch, dass sie sie bügeln musste, bevor sie in den Schrank passte.

Zweimal war sie zum Aufzug gegangen, um Wills Auto zu seinem Haus zurückzubringen. Zweimal hatte sie wieder kehrtgemacht. Das Problem waren seine Schlüssel. Sie konnte sie nicht im Auto lassen, und auf keinen Fall hatte sie vor, an die Tür zu klopfen und sie Angie zu geben. Sie in den Briefkasten zu werfen, das kam ebenfalls nicht infrage. Wills Viertel war nicht schlecht, aber er lebte in einer riesigen Metropole. Das Auto wäre schon weg, bevor sie zu Hause angekommen wäre.

Also suchte sie sich weitere häusliche Beschäftigungen, und dabei graute es ihr vor Wills Eintreffen wie vor einer Wurzelbehandlung. Was würde sie zu ihm sagen, wenn er irgendwann kam, um sein Auto abzuholen? Worte versagten, obwohl Sara diverse Ansprachen über Ehre und Moral einstudiert hatte. Die Stimme in ihrem Kopf hatte irgendwann den Tonfall eines Baptisten-Predigers angenommen. Das war alles so schäbig. Es war nicht richtig. Sara hatte nicht vor, irgendeine Zweitfrau zu werden. Und sie würde sich auch nicht auf einen Zickenkrieg mit Angie Trent einlassen. Vor allem wollte sie sich nicht in diese unglaublich dysfunktionale Beziehung einmischen.

Was für ein Monster brüstete sich mit der Behauptung, ihr Mann hätte versucht, sich umzubringen? Bei dem Gedanken drehte sich Sara der Magen um. Und was noch viel wichtiger war: Wie tief hatte Will sinken müssen, dass ihm die Rasierklinge als einzige Lösung vorgekommen war? Wie besessen war er von Angie, dass er etwas so Schreckliches tun würde? Und wie krank war Angie, dass sie ihn im Arm hielt, während er es tat?

Die Fragen wurden am besten von einem Psychiater beantwortet. Wills Kindheit war offensichtlich kein Zuckerschlecken gewesen. Allein schon diese Tatsache konnte viel Schaden anrichten. Seine Legasthenie war ein Problem, aber er hatte seine Launen, aber die waren eher liebenswert als unsympathisch. Hatte er seine Selbstmordneigungen überwunden, oder konnte er sie nur gut verstecken? Wenn er über diesen Punkt in seinem Leben hinausgekommen war, warum war er dann noch mit dieser grässlichen Frau zusammen?

Und da Sara beschlossen hatte, dass zwischen ihnen beiden nichts passieren würde, warum vergeudete sie dann weiterhin ihre Zeit damit, über diese Dinge nachzudenken?

Er war nicht einmal ihr Typ. Will war nichts im Vergleich zu Jeffrey. Von der überbordenden Selbstsicherheit ihres Mannes war bei ihm nichts zu erkennen. Trotz seiner Größe war Will kein körperlich einschüchternder Mann. Jeffrey war Football-Spieler gewesen. Er hatte gewusst, wie man ein Team führt. Will war ein Einzelgänger und zog es vor, in den Hintergrund zu treten und seine Arbeit unter Amandas Kontrolle zu tun. Er suchte weder Ruhm noch Anerkennung. Zwar hatte auch Jeffrey nicht nach Aufmerksamkeit geheischt, aber er wusste unglaublich genau, wer er war und was er wollte. Frauen waren in seiner Nähe schwach geworden. Er wusste, wie man so ziemlich alles auf die perfekte Art machte, und das war der Grund, warum Sara die Logik in den Wind geschlagen und ihn geheiratet hatte. Zweimal.

Vielleicht war Sara überhaupt nicht an Will Trent interessiert. Vielleicht hatte Angie zum Teil sogar recht. Sara hatte es gefallen, mit einem Polizisten verheiratet zu sein, aber nicht aus den perversen Gründen, die Angie angedeutet hatte. Das Schwarz-Weiß-Denken der Verbrechensbekämpfung hatte Sara sehr fasziniert. Ihre Eltern hatten sie dazu erzogen, anderen Menschen zu helfen, und viel hilfsbereiter als ein Polizist konnte man nicht sein. Es gab auch eine Region in ihrem Gehirn, die vom Aspekt der Rätsellösung bei polizeilichen Ermittlungen angesprochen wurde. Es hatte ihr immer sehr gefallen, mit Jeffrey über seine Fälle zu sprechen. Wenn sie in der Leichenhalle als Coroner des Bezirks arbeitete, Hinweise fand und ihm Informationen gab, von denen sie wusste, dass sie ihm weiterhelfen würden, dann kam sie sich nützlich vor.

Sara stöhnte. Als wäre man als Ärztin nicht auch sehr hilfsbereit. Vielleicht hatte Angie Trent recht mit der Perversion. Als Nächstes würde Sara wahrscheinlich versuchen, sich Will Trent in Uniform vorzustellen.

Sie schob die beiden Windhunde von ihrem Schoß, damit sie aufstehen konnte. Billy gähnte. Bob drehte sich auf den Rücken, um es sich bequemer zu machen. Sie schaute sich in der Wohnung um. Unruhe überfiel sie. Sie hatte den überwältigenden Drang, etwas zu ändern – irgendetwas –, damit sie mehr Kontrolle über ihr Leben bekam.

Sie fing mit den Sofas an, schob sie schräg zum Fernseher, während die Hunde auf den Boden schauten, der sich unter ihnen bewegte. Der Couchtisch war zu groß für diese Anordnung, also verschob sie alles noch einmal, nur um dann festzustellen, dass auch das nicht funktionierte. Als sie schließlich den Teppich zusammengerollt und alles wieder an seinen ursprünglichen Platz geschoben hatte, war sie schweißnass.

Auf dem oberen Rand des Bilderrahmens über dem Konsoltischchen lag Staub. Sara holte die Möbelpolitur heraus und fing noch einmal an abzustauben. Es gab eine Menge Flächen zu bearbeiten. Das Gebäude, in dem sie wohnte, war eine umgebaute Milchverarbeitungsfirma. Rote Ziegelwände stützten sieben Meter hohe Decken. Alle mechanischen Funktionsteile waren sichtbar. Die inneren Türen waren aus Altholz mit rustikalen Scheunenbeschlägen. Es war ein industrielles Loft, wie man es eher in New York erwarten würde, aber Sara hatte deutlich weniger bezahlt als die zehn Millionen Dollar, die ein solches Objekt in Manhattan kosten würde.

Niemand dachte, dass dieses Loft zu ihr passte, und das war der Grund, warum es für Sara so anziehend gewesen war. Als sie nach Atlanta zog, wollte sie etwas völlig anderes als den gemütlichen Bungalow zu Hause. In letzter Zeit dachte sie allerdings, dass sie es übertrieben hatte. Der Raum fühlte sich beinahe wie eine riesige Höhle an. Die Küche aus Edelstahl und schwarzen Granitarbeitsflächen war sehr teuer gewesen, aber völlig nutzlos für jemanden wie Sara, die sogar Suppe anbrennen ließ. Die gesamte Einrichtung war zu modern. Der Esstisch, aus einem einzigen Holzbrett geschnitten und mit Platz für zwölf Leute, war ein lächerlicher Luxus, da sie ihn nur benutzte, um die Post darauf zu sortieren oder die Pizzaschachtel abzustellen, während sie den Lieferjungen bezahlte.

Sara stellte die Möbelpolitur weg. Staub war nicht das Problem. Sie sollte sich ein hübsches Haus in einem bürgerlichen Viertel Atlantas suchen und die niederen Ledercouchen und gläsernen Couchtische loswerden. Sie sollte sich flauschige Sofas und breite Sessel kaufen, in die sie sich zum Lesen kuscheln konnte. Sie sollte eine Küche mit einer Farmhaus-Spüle und durch die weit offenen Fenster einen fröhlichen Blick auf den hinteren Garten haben.

Sie sollte in etwas wohnen, das eher wie Wills Haus aussah.

Ihr Blick fiel auf den Fernseher. Das Logo der Abendnachrichten erschien auf dem Bildschirm. Ein ernsthaft aussehender Reporter stand vor dem Georgia Diagnostic and Classification Prison. Die meisten Eingeweihten nannten es nur das D&C, und so wurde dieses Kürzel auch zum Synonym für den Todestrakt Georgias. Sara hatte den Bericht über die beiden Ermordeten schon vorher gesehen und zu der Zeit gedacht, was sie auch jetzt dachte: Das war noch ein Grund, warum man sich nicht mit Will Trent einlassen sollte.

Er arbeitete an Evelyn Mitchells Fall. Er war heute wahrscheinlich nicht einmal in der Nähe dieses Gefängnisses gewesen, aber in dem Augenblick, als Sara die Geschichte mit dem ermordeten Beamten sah, hatte ihr das Herz bis zum Hals geschlagen. Auch nachdem der Name des Mannes und auch der des toten Insassen genannt worden waren, wollte sich ihr Herz nicht beruhigen. Dank Jeffrey wusste Sara, wie es sich anfühlte, wenn mitten in der Nacht unerwartet das Telefon klingelte. Sie erinnerte sich gut, wie sich bei jeder Nachrichtenmeldung, jedem Fitzelchen eines Gerüchts ihre Eingeweide verkrampften vor Angst, dass er einen neuen Fall in Angriff nehmen und dabei sein Leben aufs Spiel setzen würde. Es war eine Form des Posttraumatischen Stresssyndroms. Erst als ihr Mann nicht mehr da war, hatte sie erkannt, dass sie all diese Jahre in Furcht gelebt hatte.

Es klingelte. Billy knurrte halbherzig, aber keiner der Hunde sprang von der Couch. Sara drückte auf die Gegensprechanlage. »Ja.«

Will sagte: »Hi, tut mir leid, ich …«

Sara ließ ihn herein. Sie holte die Autoschlüssel von der Arbeitsfläche und öffnete die Wohnungstür einen Spalt. Sie würde ihn nicht hereinbitten. Sie würde nicht zulassen, dass er sich für Angies Worte entschuldigte, weil Angie Trent jedes Recht hatte zu sagen, was sie dachte, und, wichtiger noch, weil sie einige richtige Dinge gesagt hatte. Sara würde Will einfach sagen, es sei nett, ihn zu kennen, und ihm viel Glück wünschen bei der Krisenbewältigung mit seiner Frau.

Der Aufzug brauchte ewig. Auf der Digitalanzeige sah sie, dass er aus der vierten Etage ins Erdgeschoss hinabfuhr. Es dauerte eine weitere Ewigkeit, bis der Aufzug wieder anfing hinaufzuklettern. Sie flüsterte laut: »Drei, vier, fünf«, und schließlich verkündete die Klingel den sechsten Stock.

Die Tür glitt auf. Will spähte hinter einer Pyramide aus zwei Aktenkartons, einem weißen Styroporbehälter und einer Tüte mit Donuts von Krispy Kreme hervor. Die Windhunde, die Sara immer erst zum Abendessen zu bemerken schienen, liefen hinaus, um ihn zu begrüßen.

Sara fluchte leise.

»Tut mir leid, dass ich so spät komme.« Er drehte sich, damit Bob ihn nicht umstieß.

Sara packte beide Hunde bei den Halsbändern und hielt die Tür mit dem Fuß auf, damit Will hereinkommen konnte. Er schob die Kartons auf ihren Esszimmertisch und fing sofort an, die Hunde zu streicheln. Sie leckten ihn wie einen lange vermissten Freund, die Schwänze wedelten, und die Krallen klackerten über den Holzboden. Saras Entschlossenheit, die vor Sekunden noch so stark gewesen war, bekam bereits Risse.

Will schaute hoch. »Waren Sie schon im Bett?«

Ihrer Stimmung angemessen, hatte sie eine alte Jogginghose und ein Football-Trikot der Grant County Rebels angezogen. Ihre Haare waren so straff am Hinterkopf zusammengefasst, dass die Haut im Nacken spannte. »Hier sind Ihre Schlüssel.«

»Danke.« Will wischte sich Hundehaare von der Brust. Er trug noch dasselbe schwarze T-Shirt wie am Nachmittag. »Hey.« Er zerrte Bob zurück, der es auf die Krispy Kremes abgesehen hatte.

»Ist das Blut?« Auf dem rechten Ärmel seines Shirts war ein dunkler, getrockneter Fleck. Instinktiv fasste Sara nach seinem Arm.

Will trat einen Schritt zurück. »Das ist nichts.« Er zog den Ärmel nach unten. »Es gab heute im Gefängnis einen Vorfall.«

Sara spürte das vertraute, enge Gefühl in der Brust. »Sie waren dort.«

»Ich konnte nichts tun, um ihm zu helfen. Sie vielleicht …« Er beendete den Satz nicht. »Der Gefängnisarzt meinte, es sei eine tödliche Wunde. Da war viel Blut.« Er umklammerte das Handgelenk mit der anderen Hand. »Ich hätte das Hemd wechseln sollen, als ich nach Hause kam, aber ich habe viel zu tun, und mein Haus sieht im Augenblick ziemlich chaotisch aus.«

Er war also zu Hause gewesen. Ohne Grund gestattete Sara sich einen Augenblick lang den Gedanken, dass er seine Frau gar nicht gesehen hatte. »Wir sollten über das reden, was passiert ist.«

»Na ja …« Er schien sie absichtlich missverstehen zu wollen. »Da gibt's nicht viel zu sagen. Er ist tot. Er war kein besonders guter Kerl, aber ich bin sicher, dass es für seine Familie schwer sein dürfte.«

Sara starrte ihn an. In seinem Gesicht sah sie keine Arglist. Vielleicht hatte Angie ihm von der Konfrontation nichts erzählt. Oder vielleicht hatte sie es, und Will gab sich die größte Mühe, es zu ignorieren. So oder so – er verbarg etwas. Doch plötzlich, nachdem sie die letzten Stunden damit verbracht hatte, sich wahnsinnig zu machen, war es Sara völlig egal. Sie wollte nicht darüber reden. Sie wollte es nicht analysieren. Sie wusste nur ganz sicher, sie wollte nicht, dass er wieder ging.

Sie fragte: »Was ist in den Schachteln?«

Er schien die Veränderung bei ihr zu bemerken, wollte aber offensichtlich nicht darauf eingehen. »Fallakten einer alten Ermittlung. Es könnte etwas mit Evelyns Verschwinden zu tun haben.«

»Also keine Entführung?«

Sein Grinsen hieß, dass sie ihn ertappt hatte. »Ich muss einfach bis morgen früh um fünf Uhr alles wissen, was in diesen Akten steht.«

»Brauchen Sie Hilfe?«

»Nein.« Er drehte sich zum Tisch, um die Schachteln wieder hochzuheben. »Danke, dass Sie Betty für mich nach Hause gebracht haben.«

»Legastheniker zu sein ist kein Charakterfehler.«

Will ließ die Schachteln auf dem Tisch stehen und drehte sich wieder um. Er antwortete nicht sofort. Er schaute Sara einfach auf eine Art an, dass sie sich wünschte, sie hätte sich die Zeit genommen zu baden. Schließlich sagte er: »Ich glaube, es war mir lieber, als Sie wütend auf mich waren.«

Sara sagte nichts.

»Es geht um Angie, nicht? Sind Sie deshalb so aus dem Häuschen?«

Diese ständig wechselnden Ebenen des Ausweichens waren Neuland für sie. »Es scheint, als wollten wir das ignorieren.«

»Wollen Sie in diese Richtung weitermachen?«

Sara zuckte die Achseln. Sie wusste nicht, was sie wollte. Richtig wäre es gewesen, ihm zu sagen, dass ihr unschuldiges Flirten nun ein Ende hatte. Sie sollte die Tür öffnen und ihn bitten zu gehen. Sie sollte morgen Vormittag Dr. Dale anrufen und ihn um ein zweites Rendezvous bitten. Sie sollte Will vergessen.

Aber ihre Gedanken an Will waren nicht das Problem. Es war die Enge in ihrer Brust, wenn sie dachte, er sei in Gefahr. Es war das Gefühl der Erleichterung, wenn er durch die Tür kam. Es war das Glück, das sie empfand, wenn sie einfach nur in seiner Nähe war.

Er sagte: »Angie und ich waren mehr als ein Jahr lang nicht mehr zusammen – *zusammen*.« Will hielt kurz inne, um das wirken zu lassen. »Nicht mehr, seit ich Sie kenne.«

»Oh«, war alles, was Sara sagen konnte.

»Und als dann Angies Mutter vor ein paar Jahren starb, sah ich sie vielleicht für zwei Stunden, dann war sie wieder verschwunden. Sie ging nicht mal zur Beerdigung.« Er hielt erneut inne, das Thema fiel ihm offensichtlich schwer. »Unsere Beziehung zu erklären ist schwierig, ohne nicht erbärmlich und dumm auszusehen.«

»Sie sind mir keine Erklärung schuldig.«

Er steckte die Hände in die Tasche und lehnte sich an den Tisch. Das Deckenlicht betonte die schartige Narbe über seinem Mund. Die Haut war rosa, eine feine Linie entlang der Oberlippenfurche zur Nase. Sara wollte gar nicht darüber nachdenken, wie oft sie sich schon überlegte hatte, wie sich die Narbe an ihrem Mund anfühlen würde.

Viel zu oft.

Will räusperte sich. Er schaute zu Boden, dann wieder sie an. »Sie wissen, wo ich aufwuchs. Wie ich aufwuchs.«

Sie nickte. Das Atlanta Children's Home war schon vor vielen Jahren geschlossen worden, aber das verlassene Gebäude war weniger als fünf Meilen von ihrer Wohnung entfernt.

»Oft gingen Kinder weg. Es wurde versucht, mehr von uns bei Pflegeeltern unterzubringen. Schätze, das ist billiger.« Er zuckte die Achseln, als wäre das zu erwarten. »Bei den Älteren funktionierte es normalerweise nicht. Einige hielten es ein paar Wochen aus, andere nur ein paar Tage. Die kamen dann verändert zurück. Ich schätze, Sie können sich vorstellen, wieso.«

Sie schüttelte den Kopf. Sie wollte es sich nicht vorstellen.

»Es gab nicht gerade eine Reihe von Familien, die einen Achtjährigen aufnehmen wollten, der nicht einmal die dritte Klasse schaffte. Aber Angie ist ein Mädchen, hübsch und schlau, und so wurde sie oft abgeholt.« Wieder zuckte er die Achseln. »Schätze, ich gewöhnte mich einfach daran, auf ihre Rückkehr zu warten, und wahrscheinlich gewöhnte ich mich auch daran, nicht zu fragen, was ihr passiert war.« Er stieß sich vom Tisch ab und hob die Kartons hoch. »Das ist alles. Erbärmlich und dumm.«

»Nein. Will …«

An der Tür blieb er stehen, die Schachteln vor der Brust wie ein Panzer. »Amanda wollte, dass ich Sie frage, ob Sie jemanden aus dem Büro des Medical Examiners von Fulton kennen.«

Saras Gehirn brauchte ein bisschen, um diesen plötzlichen Richtungswechsel zu verarbeiten. »Wahrscheinlich. Als ich anfing, habe ich dort einen Teil meiner Ausbildung gemacht.«

Er hob die Kartons leicht an. »Das kommt von Amanda, nicht von mir. Sie will, dass Sie ein bisschen herumtelefonieren. Sie müssen es nicht tun, aber …«

»Was will sie wissen?«

»Alles, was bei den Autopsien herauskommt. Das APD wird es uns nicht verraten. Sie wollen den Fall behalten.«

Er drehte sich zur Tür um und wartete. Sie schaute seinen Nacken an, die feinen Haare entlang seiner Wirbelsäule. »Okay.«

»Sie haben Amandas Nummer. Rufen Sie sie einfach an, wenn Sie irgendwas herausgefunden haben. Oder rufen Sie sie auch an, wenn nicht. Sie ist ungeduldig.« Er stand da und wartete darauf, dass sie ihm die Tür öffnete.

Fast den ganzen Tag lang hatte Sara sich gewünscht, dass er aus ihrem Leben verschwand, aber jetzt, da er gehen wollte, konnte sie es nicht ertragen. »Amanda hat sich geirrt.«

Er drehte sich wieder zu ihr um.

»Was sie heute gesagt hat. Sie hat sich geirrt.«

Er spielte den Schockierten. »Ich glaube, ich habe noch nie irgendjemand das laut sagen hören.«

»*Almeja*. Das letzte Wort des Sterbenden.« Sie erklärte: »Die wörtliche Übersetzung ist ›Muschel‹ – aber das ist kein Slang für ›Geld‹. Zumindest nicht, soweit ich es weiß.«

»Wofür steht es dann im Slang?«

Sie hasste das Wort, aber sie sagte es trotzdem: »Fotze.«

Er runzelte die Stirn. »Woher wissen Sie das?«

»Ich arbeite in einem großen, öffentlichen Krankenhaus. Ich glaube, seit ich angefangen habe, ist keine Woche vergangen, in der mich nicht irgendjemand mit einer Variation dieses Wortes beschimpft hat.«

Will stellte die Schachteln wieder auf den Tisch. »Wer hat Sie so genannt?«

Sie schüttelte den Kopf. Er sah aus, als wollte er sich ihren gesamten Patientenstamm vorknöpfen. »Die Sache ist die: Der Kerl nannte Faith so, er sprach nicht über Geld.«

Will verschränkte die Arme. Er war offensichtlich verärgert. »Ricardo«, ergänzte er. »Der Kerl im Hinterhof, der auf diese kleinen Mädchen schoss – sein Name war Ricardo.« Sara schaute ihm unverwandt in die Augen. Will redete weiter: »Hironobu Kwon war der Tote in der Wäschekammer. Über den älteren Asiaten wissen wir rein gar nichts, außer dass er eine Vorliebe für Hawaii-Hemden hatte und mit dem Akzent der Southside sprach. Und dann ist da noch jemand, der verletzt wurde, wahrscheinlich bei einem Messerkampf mit Evelyn. Sie werden den Aufruf im Krankenhaus sehen, wenn Sie wieder zur Arbeit gehen. Blutgruppe B-negativ, wahrscheinlich Hispano, Stichwunde im Bauch, möglicherweise eine Verletzung an der Hand.«

»Beeindruckendes Ensemble.«

»Glauben Sie mir, da kann man leicht den Überblick verlieren, und ich bin mir nicht mal sicher, ob diese Kerle der eigentliche Grund sind, warum das alles passierte.«

»Was meinen Sie damit?«

»Es fühlt sich irgendwie persönlich an, als wäre was ganz anderes im Spiel. Man wartet nicht vier Jahre, um jemanden auszurauben. Es muss um mehr gehen als nur um Geld.«

»Man sagt aus einem bestimmten Grund, dass es die Wurzel allen Übels ist.« Saras Mann hatte Geld als Motiv immer geliebt. Ihrer Erfahrung nach hatte er meistens recht damit gehabt. »Dieser Verletzte – der Kerl mit der Bauchwunde –, ist er in einer Gang?«

Will nickte.

»Die haben im Allgemeinen ihre eigenen Ärzte, die gar nicht schlecht sind – ich habe einige Beispiele ihrer Arbeit in der Notaufnahme gesehen. Aber eine Bauchwunde ist ziemlich schwierig zu behandeln. Vielleicht brauchen sie Blut, und an B-negativ kommt man nur schwer heran. Außerdem brauchen sie eine sterile Operationsumgebung und Medikamente, die man nicht einfach so über den Ladentisch bekommt. Die gibt es nur in einer Krankenhausapotheke.«

»Können Sie mir eine Liste geben? Ich kann die zu dem Aufruf hinzusetzen lassen.«

»Natürlich.« Sie ging in die Küche, um Stift und Papier zu holen.

Er blieb am Esstisch stehen. »Wie lange kann man mit einer Stichwunde im Bauch überleben? Sie hat bereits vor Ort stark geblutet.«

»Kommt darauf an. Stunden, vielleicht Tage. Triage kann einem etwas Zeit erkaufen, aber schon eine knappe Woche wäre ein Wunder.«

»Was dagegen, wenn ich esse, während Sie schreiben?« Er öffnete den Styroporbehälter. Sie sah zwei durchweichte Hotdogs in Chili-Sauce. Er schnupperte und runzelte dann die Stirn. »Schätze, der Kerl an der Tankstelle wollte sie aus einem bestimmten Grund wegwerfen.« Dennoch nahm er einen der Hotdogs.

»Wagen Sie es ja nicht.«

»Ist wahrscheinlich noch gut.«

»Setzen Sie sich.« Sie holte eine Bratpfanne aus dem Schrank und eine Packung Eier aus dem Kühlschrank. Will setzte sich an die Theke gegenüber des Edelstahlherds. Der Styroporbehälter stand neben ihm. Bob schnupperte daran, wich dann aber zurück.

Sie fragte: »Sollte das wirklich Ihr Abendessen werden – zwei Hotdogs und ein Krispy Kreme Donut?«

»Vier Donuts.«

»Wie sieht Ihr Cholesterin aus?«

»Ich nehme an, es ist weiß, wie man es in der Werbung sieht.«

»Sehr witzig.« Sie wickelte den Styroporbehälter in Alufolie und warf ihn in den Mülleimer. »Warum glauben Sie, dass Faith' Mutter nicht entführt wurde?«

»Das habe ich so nicht gesagt. Ich denke nur, dass eine ganze Menge Fakten einfach nicht zusammenpassen.« Er sah zu, wie Sara Eier in eine Schüssel schlug. »Ich glaube nicht, dass sie freiwillig weggegangen ist. Das würde sie ihrer Familie nicht antun. Aber ich kann mir vorstellen, dass sie ihre Entführer kennt. So als hätten sie früher mal eine Arbeitsbeziehung gehabt.«

»Inwiefern?«

Er stand auf und ging zum Esstisch, wo er aus einer der Schachteln eine Handvoll gelber Ordner holte. Er schnappte sich die Tüte Donuts, bevor er sich wieder an die Küchentheke setzte. »Boyd Spivey«, sagte er, schlug den obersten Ordner auf und zeigte ihr ein Verbrecherfoto.

Sara kannte den Namen und das Gesicht aus den Nachrichten. »Das ist der Mann, der heute im Gefängnis umgebracht wurde.«

Will nickte und öffnete den nächsten Ordner. »Ben Humphrey.«

»Noch ein Polizist?«

»Ja.« Er öffnete eine dritte Akte. Auf der Innenseite des Deckels klebte ein gelber Stern. »Das ist Adam Hopkins. Er war Humphreys Partner.« Eine weitere Akte, diesmal mit einem purpurroten Stern. »Das ist Chuck Finn, Spiveys Partner, und dieser Kerl …« Er öffnete die letzte Akte. Grüner Stern. »… ist Demarcus Alexander.« Er hatte noch einen vergessen. Er ging zum Tisch zurück und holte einen gelben Ordner. Auf dem klebte ein schwarzer Stern, was prophetisch wirkte, als er hinzufügte: »Lloyd Crittenden. Starb vor drei Jahren an einer Überdosis.«

»Alles Polizisten?«

Will nickte, während er sich einen halben Donut in den Mund schob.

Sara goss die Eier in die Pfanne. »Was entgeht mir?«

»Evelyn Mitchell war ihre Chefin.«

Sara hätte die Eier beinahe danebengeschüttet. »Faith' Mutter?« Sie trat näher und betrachtete die Gesichter der Männer. Sie zeigten alle dieselbe arrogante Kopfhaltung, als wären ihre augenblicklichen Probleme nur eine Banalität. Sie überflog Spiveys Verhaftungsbericht, versuchte, ihn trotz der Tippfehler zu entziffern. »Diebstahl im Verlauf der Verübung einer Straftat.« Sie blätterte um und las die Details. »Spivey gab den Befehl an sein Team aus, von jedem bei einer Drogenrazzia beschlagnahmten Geldbetrag von mehr als zweitausend Dollar zehn Prozent einzubehalten.«

»Da kam einiges zusammen.«

»Wie viel?«

»Soweit die Buchhaltung das einschätzen konnte, stahlen sie im Verlauf von zwölf Jahren ungefähr sechs Millionen Dollar.«

Sie pfiff leise.

»Das ist knapp eine Million pro Mann, steuerfrei. War es zumindest eine Zeit lang. Ich bin mir sicher, das Finanzamt hatte sie sich an ihrem ersten Tag im Gefängnis vorgeknöpft.«

Auch gestohlenes Geld war zu versteuerndes Einkommen. Die meisten Insassen bekamen ihren Bescheid vom Finanzamt in ihrer ersten Woche im Gefängnis.

Sara schaute sich die erste Seite des Verhaftungsberichts an und stutzte bei einem vertrauten Namen. »Sie waren der ermittelnde Beamte.

»Das ist in meinem Job nicht gerade meine Lieblingsbeschäftigung.« Er schob sich den Rest des Donuts in den Mund.

Sara schaute in die Akte und tat so, als würde sie weiterlesen. Jeder Polizeibericht, den sie je gelesen hatte, war gespickt mit Grammatik- und Rechtschreibfehlern. Wie die meisten Legastheniker betrachtete Will die Rechtschreibprüfung des Textprogramms als sakrosankt. Er hatte Wörter ersetzt, die im Zusammenhang keinen Sinn ergaben, und dann unten mit seinem Namen unterschrieben. Sara betrachtete seine Unterschrift. Es war kaum mehr als ein Gekritzel, das von der schwarzen Linie schräg nach oben ragte.

Will beobachtete sie sehr genau. Sie merkte, dass sie eine Frage stellen musste. »Wer brachte die Ermittlung in Gang?«

»Das GBI bekam einen anonymen Tipp.«

»Warum wurde Evelyn nicht angeklagt?«

»Der Staatsanwalt weigerte sich, Anklage zu erheben. Man gestattete ihr, den Dienst bei vollen Altersbezügen zu quittieren. Sie nannten es Frühpensionierung, aber sie hatte schon deutlich mehr als ihre dreißig Jahre. Sie arbeitete nicht für das Geld. Zumindest nicht für das Geld, das sie von der Stadt bekam.«

Sara rührte mit einem Kochlöffel in den Eiern. Will aß mit zwei Bissen noch einen Donut. Puderzucker sprenkelte den schwarzen Granit der Theke.

Sie sagte: »Darf ich Sie was fragen?«

»Klar.«

»Wie kann Faith mit Ihnen arbeiten, nachdem Sie gegen ihre Mutter ermittelt haben?«

»Sie glaubt, dass ich unrecht habe.« Bob war wieder da. Er legte die Schnauze auf die Theke, und Will kraulte seinen Kopf. »Ich weiß, dass sie es mit ihrer Mutter abgeklärt hat, aber abgesehen davon, haben wir nie wirklich darüber gesprochen.«

Sara hätte es nicht geglaubt, wenn irgendein anderer ihr diese Geschichte erzählt hatte, aber sie konnte sich gut vorstellen, wie es funktionierte. Faith war keine Frau, die herumsaß und über ihre Gefühle redete, und Will war so verdammt anständig, dass es schwer war, ihm Rachegelüste zu unterstellen. »Wie ist Evelyn so?«

»Sie ist alte Schule.«

»Wie Amanda?«

»Ähnlich.« Er nahm noch einen Donut aus der Tüte. »Ich meine, sie ist taff, aber sie ist nicht so intensiv.«

Sara verstand, was er meinte. Diese Generation hatte nicht viele Möglichkeiten gehabt, sich gegenüber ihren männlichen Kollegen zu beweisen. Amanda hatte die hodenquetschende Variante offensichtlich sehr genossen.

»Sie machten miteinander Karriere«, erzählte Will. »Sie waren gemeinsam in der Akademie und arbeiteten dann in gemeinsamen Sondereinheiten von APD und GBI. Sie sind noch immer gute Freundinnen. Ich glaube, Amanda ging mal mit Evelyns Bruder oder ihrem Schwager.«

Einen offensichtlicheren Interessenkonflikt konnte Sara sich nicht vorstellen. »Und Amanda war Ihre Vorgesetzte, als Sie gegen Evelyn ermittelten?«

»Ja.« Er verdrückte noch einen Donut.

»Wussten Sie das alles zu der Zeit?«

Er schüttelte den Kopf und drückte sich den Donut in die Wangentasche wie ein Eichhörnchen eine Nuss, damit er fragen konnte: »Sie wissen schon, dass der Herd nicht eingeschaltet ist, oder?«

»Scheiße.« Das erklärte, warum die Eier noch immer flüssig waren. Sie drehte am Regler, bis sich die Gasflamme entzündete.

Er wischte sich mit dem Handrücken über den Mund. »Ich lasse sie auch gerne eine Weile herumstehen. Dann schmecken sie ein bisschen nach Wald.«

»Das sind Escherichia coli.« Sie kontrollierte den Toaster, weil sie sich wunderte, warum noch nichts herausgesprungen war. Wahrscheinlich, weil sie nichts hineingesteckt hatte. Will lächelte, als sie einen Brotlaib aus dem Küchenschrank holte. Sie sagte: »Ich bin keine große Köchin.«

»Soll ich übernehmen?«

»Erzählen Sie mir lieber alles über Evelyn.«

Er lehnte sich auf dem Hocker zurück. »Ich mochte sie gleich, als ich sie kennenlernte. Ich weiß, unter diesen Umständen klingt das komisch. Schätze, eigentlich hätte ich sie hassen müssen, aber so darf man das nicht sehen.

Was ich tue, ist Regierungsarbeit. Manchmal werden Ermittlungen aus den falschen Gründen eingeleitet, und plötzlich sitzt man dann jemandem gegenüber, der jetzt in der Klemme steckt, weil er das Falsche gesagt oder sich mit dem falschen Politiker angelegt hat.« Er schob den Puderzucker zu einem Häufchen zusammen, während er weiterredete. »Evelyn war sehr höflich. Respektvoll. Ihre Personalakte war bis dahin makellos. Sie behandelte mich, als würde ich nur meine Arbeit machen, und nicht, als wäre ich ein Pädophiler, wie man normalerweise behandelt wird.«

»Vielleicht wusste sie, dass man nie Anklage gegen sie erheben würde.«

»Ich glaube, sie machte sich Sorgen deswegen, aber ihre Hauptsorge galt ihrer Tochter. Sie tat wirklich alles, um Faith aus der Sache herauszuhalten. Ich kannte sie überhaupt nicht, bis Amanda uns zusammenspannte.«

»Wenigstens ist sie eine gute Mutter.«

»Sie ist eine klasse Lady. Und sie ist klug, stark, zäh. Ich würde bei dieser Sache nicht gegen sie wetten.«

Sara hatte die Eier vergessen. Sie kratzte sie mit dem Kochlöffel vom Pfannenboden.

Will erzählte weiter: »Evelyn war mit Isolierband an einen Stuhl gefesselt, während sie das Haus durchsuchten. Unter der Sitzfläche fand ich eine gezeichnete Pfeilspitze. Sie hat es mit ihrem eigenen Blut gemacht.«

»Wohin deutete der Pfeil?«

»Ins Zimmer. Zur Couch. Hinaus in den Hinterhof.« Er zuckte die Achseln. »Wer weiß? Wir haben nichts gefunden.«

Sara dachte darüber nach. »Nur eine Pfeilspitze? Das war alles?«

Er breitete den Puderzucker wieder aus und malte den Umriss hinein.

Sara betrachtete das Symbol und überlegte sich, wie sie weitermachen sollte. Schließlich kam sie darauf, dass die Wahrheit ihre einzige Möglichkeit war. »Das sieht für mich aus wie ein *V.* Der Buchstabe *V.*«

Er schwieg auf eine Art, die die Luft im Raum veränderte. Sie glaubte, dass er gleich das Thema wechseln oder einen Witz reißen würde, aber er sagte: »Das Zeichen war nicht perfekt. An der Spitze war es verwischt.«

»So etwa?« Sie zog einen Querstrich. »Wie der Buchstabe *A* ?«

Er starrte das Zeichen an. »Kann sein, dass Amanda nicht nur so tat, als sie sagte, sie habe keine Ahnung, wovon ich rede.«

»Sie hat es auch gesehen?«

Er wischte sich den Puderzucker auf die Hand und schüttete ihn zu dem letzten Donut in die Tüte. »Ja.«

Sie stellte ihm den Teller mit den Eiern hin. Aus dem Toaster sprangen die Brotscheiben. Sie waren fast schwarz. »O nein«, murmelte sie. »Tut mir leid. Sie müssen das nicht essen. Soll ich die Hotdogs wieder aus dem Müll holen?«

Er nahm ihr den verbrannten Toast ab und warf ihn auf den Teller. Es klang, als würde ein Ziegel über Beton kratzen. »Ein bisschen Butter wäre nett.«

Sie hatte Margarine. Will drückte etwas davon aus der Tube und bestrich das Brot, bis es so durchweicht war, dass er es zusammenklappen konnte. Die Eier waren eher braungrau als gelb, aber er stürzte sich trotzdem auf sie.

Sara sagte: »Der Name ›Amanda‹ fängt mit einem *A* an. *Almeja* fängt mit einem *A* an. Und jetzt hat Evelyn vielleicht ein *A* auf die Unterseite ihres Stuhls gemalt.«

Er legte die Gabel weg. Sein Teller war sauber.

Sie fuhr fort: »*Almeja* klingt irgendwie ähnlich wie ›Amanda‹. Derselbe Anfangs- und Endbuchstabe.« Die Alliteration wäre ihm sicher nicht aufgefallen. Die meisten Legastheniker erkannten Reime auch dann nicht, wenn man ihnen eine Waffe an den Kopf hielt.

Er schob den Teller von sich weg. »Amanda sagt mir rein gar nichts. Sie gibt nicht einmal zu, dass der Korruptionsfall irgendwas mit Evelyns Situation zu tun haben könnte.«

»Aber sie hat Ihnen gesagt, Sie sollen alle Ihre Fallakten noch einmal durchgehen.«

»Entweder braucht sie die Information, oder sie will mich einfach beschäftigen. Sie weiß, dass ich die ganze Nacht dazu brauchen werde.«

»Nicht, wenn ich Ihnen helfe.«

Er nahm seinen Teller und ging zum Spülbecken. »Soll ich abspülen, bevor ich gehe?«

»Erzählen Sie mir lieber mehr vom Tatort.«

Er spülte den Teller und wollte sich dann die Hände waschen.

»Das ist der kalte«, sagte Sara, und als ihr dann klar wurde, dass es sinnlos war, ihm zu sagen, dass sie als Linkshänderin den Warmwasserhahn auf der rechten Seite montiert hatte, beugte sie sich über die Spüle und drehte ihn für ihn auf.

Will streckte ihr die Hand hin, damit sie ihm etwas Seife darauf spritzen konnte. »Warum riechen Sie wie Zitronen-Möbelpolitur?«

»Warum haben Sie mich glauben lassen, Betty sei der Hund Ihrer Frau?«

Er schäumte die Seife in den Händen auf. »Gewisse Rätsel wird man nie lösen können.«

Sie lächelte. »Erzählen Sie mir vom Tatort.«

Will berichtete ihr, was sie gefunden hatten: die umgekippten Stühle und das kaputte Babyspielzeug. Dann wechselte er zu Mrs. Levy und Evelyns Männerfreund, Mittals Theorie über die Blutspur und seine eigene, abweichende Theorie darüber. Als er dazu kam, wie sie den Männerfreund im Kofferraum gefunden hatten, hatte Sara es geschafft, ihn an den Esstisch zu lotsen.

Sie fragte: »Glauben Sie, dass Boyd Spivey ermordet wurde, weil er mit Amanda geredet hatte?«

»Es ist möglich, aber nicht sehr wahrscheinlich.« Er erklärte seine Vermutung: »Denken Sie an das Timing. Amanda rief den Direktor erst zwei Stunden, bevor wir ins Gefängnis kamen, an. Der Gefängnisarzt sagte, es wurde ein gezacktes Messer verwendet. So etwas kann man nicht aus einer Zahnbürste machen. Die Kamera war schon am Tag zuvor außer Funktion gesetzt worden, was darauf hindeutet, dass der Mord mindestens vierundzwanzig Stunden im Voraus geplant worden war.«

»Es war also koordiniert. Evelyn wird verschleppt. Wenige Stunden später wird Boyd ermordet. Sind die anderen Männer aus Ihrem ehemaligen Team sicher?«

»Das ist eine sehr gute Frage.« Er zog sein Handy aus der Tasche. »Was dagegen, wenn ich ein paar Leute anrufe?«

»Natürlich nicht.« Sie ging vom Tisch weg, damit er ungestört telefonieren konnte. Die Bratpfanne war noch heiß, deshalb ließ sie kaltes Wasser darüberlaufen. Der Eierrest war eingebrannt. Sie kratzte mit dem Daumennagel an der Kruste, bevor sie es aufgab und die Pfanne in das oberste Fach des Geschirrspülers legte.

Sara schlug noch einmal Boyd Spiveys Akte auf. Will hatte einen rosa Stern zur Markierung benutzt, vielleicht als Witz. Der Mann sah so aus, wie man sich einen korrupten Bullen vorstellte. Sein Mondgesicht deutete auf Steroidnutzung hin. Die Pupillen waren in seinen Knopfaugen kaum zu erkennen. Von Größe und Statur her wirkte er eher wie ein Football-Verteidiger.

Sie überflog die Details von Spiveys Verhaftung, während sie mit halbem Ohr hörte, dass Will mit jemandem im Valdosta State Prison sprach. Sie diskutierten darüber, ob man Ben Humphrey und Adam Hopkins in

Einzelhaft verlegen sollte, und einigten sich schließlich darauf, dass verstärkte Bewachung die beste Lösung wäre.

Wills nächster Anruf war komplizierter. Sara nahm an, dass er mit jemandem in der GBI-Zentrale darüber sprach, wie man die beiden anderen Männer durch ihre Bewährungshelfer aufspüren konnte.

Sara blätterte in Spiveys Akte und fand hinter dem Verhaftungsbericht seine Personalakte. Sie überflog die Details seines Berufslebens. Spivey war direkt nach der Highschool in die Akademie gegangen. An der Georgia State hatte er Abendkurse belegt, um seinen Bachelor in Kriminalistik zu machen. Er hatte drei Kinder und eine Frau, die als Sekretärin im Niederländischen Konsulat in einem Randbezirk der Stadt arbeitete.

Spiveys Beförderung in Evelyns Team war ein Coup gewesen. Das Drogendezernat gehörte zu den Eliteeinheiten des ganzen Landes. Sie hatten die besten Waffen und die beste Ausstattung und genug prominente Bösewichter im Großraum Atlanta, die ihnen viele Auszeichnungen und großes Medieninteresse einbringen konnten, was Spivey ganz besonders zu genießen schien. Will hatte Zeitungsausschnitte über die bemerkenswertesten Verhaftungen des Teams gesammelt. Spivey stand im Mittelpunkt jedes Artikels, obwohl Evelyn die Leiterin des Teams war. Ein Foto zeigte einen glatt rasierten Spivey mit genug Lametta auf seiner Brust, um einen ganzen Christbaum zu schmücken.

Und das war immer noch nicht genug gewesen.

»Hey.«

Sara schaute von ihrer Lektüre hoch. Will hatte seine Telefonate beendet.

»Entschuldigung. Wollte nur dafür sorgen, dass sie sicher sind.«

»Ist okay.« Sara tat erst gar nicht so, als hätte sie nicht zugehört. »Amanda haben Sie nicht angerufen.«

»Nein, habe ich nicht.«

»Geben Sie mir noch ein paar Akten zum Lesen.«

»Sie müssen das wirklich nicht tun.«

»Ich will aber.« Sara wollte nun nicht mehr nur freundlich sein oder versuchen, einfach Zeit mit ihm zu verbringen. Sie wollte wissen, was einen Mann wie Boyd Spivey zu einem Verbrecher gemacht hatte.

Will starrte sie so lange an, dass sie schon dachte, er werde nein sagen. Dann öffnete er eine der Schachteln. Auf einem Haufen von Audio-Kassetten lag ein uralter Walkman. Keine der Kassetten war beschriftet, sondern es klebten die farbigen Sterne darauf. Will erklärte: »Das sind Aufnahmen sämtlicher Verhöre, die ich mit den Verdächtigen führte. Am Anfang sagte keiner viel, letztendlich ließen sich aber alle auf Deals ein, um ihre Strafe zu verkürzen.«

»Sie haben sich gegenseitig verpfiffen.«

»Keine Chance. Sie hatten Informationen über einige Stadträte anzubieten. Das war ihr Kapital gegenüber der Staatsanwaltschaft.«

Sara konnte nicht so tun, als wäre sie schockiert über Politiker mit Drogenproblemen. »Was war das Kapital wert?«

»Genug, um sie zum Reden zu bringen, nicht genug, als dass sie deswegen den großen Fisch verraten hätten.« Er öffnete die nächste Schachtel und zog Ordner heraus. Auch sie waren farbcodiert. Er gab ihr zunächst die grünen. »Zeugenaussagen für die Staatsanwaltschaft.« Er stapelte die roten aufeinander. »Zeugenaussagen für die Verteidigung.« Er holte die blauen heraus. »Fette Razzien – alles, bei dem mehr als zweitausend Dollar beschlagnahmt wurden.«

Sara machte sich sofort an die Arbeit und las sorgfältig die nächste Personalakte. Ben Humphrey war dieselbe Art Polizist gewesen wie Boyd Spivey: von solider Statur, gut in seiner Arbeit, mediengeil und am Ende absolut korrupt. Dasselbe traf auf Adam Hopkins und Demarcus Alexander zu, die beide belobigt worden waren wegen Tapferkeit unter Beschuss bei einem Bankraub und die beide ihre Ferienhäuser in Florida bar bezahlt hatten. Lloyd Crittenden hatte seine Marke verdient, weil er sich bei der Verfolgung eines Mannes, der mit einer abgesägten Schrotflinte in einer schäbigen Bar herumgeschossen hatte, mit seinem Streifenwagen sechsmal überschlagen hatte. Außerdem konnte er seinen Mund nicht halten. Es gab zwei Verwarnungen wegen Insubordination, doch in Evelyns Jahresberichten wurde er immer nur in den höchsten Tönen gelobt.

Der Einzige, der ein wenig herausstach, war Chuck Finn, der ein bisschen intellektueller als seine Kollegen zu sein schien. Finn promovierte in der Zeit über die italienische Renaissance, als er verhaftet wurde. Sein Lebensstil war nicht so ausschweifend wie der der anderen. Er hatte seine unredlich erworbenen Einkünfte dazu verwendet, sich weiterzubilden und die Welt zu bereisen. Offensichtlich hatte er das Team auf sehr subtile Art komplettiert. Evelyn Mitchell hatte sich jeden Einzelnen aus einem ganz bestimmten Grund ausgesucht. Einige waren Anführer, andere – wie Chuck Finn – waren offensichtlich Gefolgsleute. Doch alle entsprachen einem allgemeinen Profil: Sie leisteten mehr, als von ihnen erwartet wurde, und standen im Dezernat in dem Ruf, alles zu tun, was getan werden musste. Drei waren weiß. Zwei waren schwarz. Einer war ein halber Cherokee. Und alle hatten für kalte, harte Währung alles aufgegeben.

Will drehte die Kassette im Walkman um. Die Hörstöpsel in den Ohren, saß er mit geschlossenen Augen da. Sara konnte das Surren des Rekorders hören.

Der nächste Ordnerstapel enthielt Details über jede dollarschwere Razzia oder Verhaftung, die sie im Verlauf der Jahre durchgeführt und dabei vermutlich auch abgesahnt hatten. Sara hatte befürchtet, diese Akten würden am schwierigsten durchzuarbeiten sein, aber sie erwiesen sich alle als ziemlich normal. Der illegale Drogenhandel war so beschaffen, dass die meisten Männer, die das Team verhaftet hatte, entweder tot oder im Gefängnis waren, als Evelyns Truppe aufflog. Nur einige wenige waren noch auf freiem Fuß und offensichtlich aktiv. Sara kannte die meisten der Namen aus den Abendnachrichten. Sie legte zwei der Akten für Will auf die Seite.

Sara schaute auf die Uhr. Es war deutlich nach Mitternacht, und sie hatte am nächsten Tag Frühschicht. Wie aufs Stichwort klappte ihr Mund zu einem Gähnen auf, dass die Kiefer knackten. Sie warf einen kurzen Blick zu Will hinüber, um zu sehen, ob er es bemerkt hatte. Sie hatten noch immer einen großen Stapel Ordner vor sich. Sie hatte zwar erst die Hälfte durchgearbeitet, konnte aber einfach nicht aufhören, auch wenn sie es gewollt hätte. Es war, als würde sie Spuren und Hinweise in einem Krimi zu einem Gesamtbild zusammenfügen. Die Guten waren genauso korrupt wie die Bösen. Die Bösen schienen Schmiergelder als Teil der Unkosten ihres Gewerbes zu betrachten. Beide Parteien hatten wahrscheinlich eine lange Liste von Rechtfertigungen für ihr illegales Treiben.

Sie nahm den nächsten Stapel in Angriff. Die sechs Männer aus Evelyns Team hatten nie vor Gericht gestanden, offensichtlich wurden die Deals kurz vor Prozessbeginn unter Dach und Fach gebracht. Die potenziellen Zeugen der Anklage waren sehr genau überprüft worden, aber nicht mehr als die der Verteidigung. Die Namen waren Will sicher bekannt, Sara las trotzdem jede Akte sorgfältig durch. Nach einer guten Stunde des Vergleichs der Aussagen freute sie sich schließlich auf die letzte Akte, die sie sich aufgehoben hatte als Belohnung dafür, dass sie nicht aufgegeben hatte.

Das Foto von Evelyn Mitchell zeigte eine adrette Frau mit einem unergründlichen Gesichtsausdruck. Die Verhaftung musste für sie eine Demütigung gewesen sein, nachdem sie so viel Zeit auf der anderen Seite des Tisches verbracht hatte. Doch ihre Miene verriet nichts davon. Ihre Lippen waren fest geschlossen. Die Augen schauten ausdruckslos geradeaus. Sie hatte blonde Haare wie Faith, aber mit grauen Strähnen an den Schläfen, blaue Augen, dreiundsechzig Kilo, eins neunundsiebzig – ein bisschen größer als ihre Tochter.

Ihre Karriere war zweimal vom örtlichen Women's Club mit Auszeichnungen für Pionierleistungen belohnt worden. Ihre Beförderung zum Detective erfolgte aufgrund von Geiselverhandlungen, die zur Befreiung von zwei Kindern und dem Tod eines Serien-Kinderschänders geführt hatten. Den Rang eines Lieutenants erhielt sie zehn Jahre, nachdem sie die Prüfung mit der höchsten je erzielten Punktzahl bestanden hatte. Ihre Ernennung zum Captain war die Folge eines vor der Gleichstellungskommission angestrengten Frauendiskriminierungsprozesses.

Evelyn hatte den harten Weg an die Spitze eingeschlagen, sich ihre Karriere auf der Straße erarbeitet. Sie hatte zwei Abschlüsse, beide von der Georgia Tech, beide mit Auszeichnung. Sie war Mutter, Großmutter und Witwe. Ihre Kinder standen beide im Dienst der Öffentlichkeit, wie Sara das nannte – die eine für ihre Stadt, der andere für sein Land. Ihr Mann hatte den soliden, ehrbaren Beruf des Versicherungsvertreters gehabt. In vielerlei Hinsicht erinnerte sie Sara an ihre eigene Mutter. Cathy Linton war zwar keine Frau, die eine Waffe trug, aber es war ihr ein Anliegen, alles zu tun, was sie für sich selbst und ihre Familie für richtig hielt.

Aber sie hätte sich nie bestechen lassen. Cathy war schmerzhaft ehrlich, jemand, der umkehren und fünfzig Meilen zurück in eine Touristenfalle in Florida fahren würde, weil man ihr zu viel Wechselgeld herausgegeben hatte. Vielleicht erklärte das, warum Faith mit Will arbeiten konnte. Wenn jemand Sara gesagt hätte, dass ihre Mutter fast eine Million Dollar gestohlen hatte, hätte sie demjenigen ins Gesicht gelacht. Sie hätte es für ein Märchen gehalten. Faith glaubte nicht einfach, er hätte sich in ihrer Mutter geirrt, sie glaubte, er sei getäuscht worden.

Will legte eine neue Kassette ein.

Sara bedeutete ihm, die Kopfhörer abzunehmen. »Es passt nicht zusam men.«

»Was passt nicht zusammen?«

»Sie haben gesagt, jedes Teammitglied hätte eine knappe Million abgesahnt. Sie konnten auf dem Konto, das in Bill Mitchells Namen in einem anderen Staat eröffnet wurde, nur ungefähr sechzigtausend Dollar nachweisen. Evelyn fährt keinen Porsche. Sie hat keine Geliebte. Faith und ihr Bruder waren nicht auf Privatschulen, und ihren einzigen Urlaub verbrachte sie zusammen mit ihrem Enkel auf Jekyll Island.«

»Nach den heutigen Ereignissen passt das schon zusammen«, erinnerte er sie. »Wer Evelyn verschleppt hat, wollte dieses Geld.«

»Das glaube ich nicht.«

Die meisten Polizisten verteidigten ihre Fälle so, wie sie ihre Kinder verteidigen würden. Will fragte einfach: »Warum nicht?«

»Bauchgefühl. Instinkt. Ich glaub's einfach nicht.«

»Faith weiß nichts von dem Bankkonto.«

»Ich werde es ihr nicht sagen.«

Er setzte sich auf und faltete die Hände. »Ich habe mir eben meine ersten Gespräche mit Evelyn angehört. Sie spricht vorwiegend über ihren Ehemann.«

»Bill, richtig? Er war Versicherungsvertreter.«

»Er starb ein paar Jahre, bevor die Ermittlungen gegen Evelyn eingeleitet wurden.«

Sara machte sich auf eine Witwenfrage gefasst, aber Will zielte in eine andere Richtung.

»Im Jahr vor seinem Tod wurde Bill von der Familie eines Versicherungsnehmers wegen Anspruchsverweigerung verklagt. Sie behaupteten, Bill hätte einige Formulare nicht korrekt ausgefüllt. Ein Vater von drei Kindern hatte einen seltenen Herzfehler. Die Versicherung verweigerte ihm die Übernahme der Behandlungskosten.«

Das war für Sara nichts Neues. »Sie behaupteten, es handle sich um einen Zustand, der bereits vor dem Versicherungsabschluss existierte.«

»Nur war das nicht so – zumindest war er nicht diagnostiziert. Die Familie nahm sich einen Anwalt, aber es war zu spät. Letztendlich starb der Mann, weil in einem Formular das falsche Kästchen angekreuzt worden war. Drei Tage später hatte die Witwe einen Brief von der Versicherung in der Post, in dem es hieß, Bill Mitchell, der Versicherungsvermittler, hätte in den Formularen einen Fehler gemacht und die Behandlung ihres Gatten würde übernommen.«

»Das ist ja schrecklich.«

»Bill machte das schwer zu schaffen. Er war ein sehr sorgfältiger Mann.

Sein Ruf war ihm wichtig, und er war auch wichtig für seine Arbeit. Er bekam von der Sache ein Geschwür.«

Medizinisch gesehen entstanden Geschwüre nicht auf diese Art, aber sie sagte: »Erzählen Sie weiter.«

»Letztendlich wurde er entlastet. Man fand die Originalformulare. Die Versicherungsgesellschaft hatte Mist gebaut, nicht Bill. Irgendeine Datentypistin hatte das falsche Kästchen angeklickt. Kein Fehlverhalten, nur Inkompetenz.« Will tat es mit einer Handbewegung ab. »Wie auch immer, Evelyn sagte, Bill sei nie darüber hinweggekommen. Es machte sie verrückt, dass er nicht loslassen konnte. Sie stritten sich deswegen. Sie glaubte, er bade einfach nur im Selbstmitleid. Sie warf ihm Paranoia vor. Er sagte, die Kollegen würden ihn anders behandeln. Viele von ihnen glaubten, die Gesellschaft hätte die Schuld zwar auf sich genommen, aber eigentlich sei es Bills Fehler gewesen.«

Sara war skeptisch. »Eine Versicherungsgesellschaft nahm die Schuld auf sich?«

»Die Leute kommen auf die verrücktesten Gedanken«, sagte Will. »Wie auch immer, Bill hatte das Gefühl, diese Geschichte hätte all das Gute, das er im Lauf der Jahre getan hatte, einfach ausgelöscht. Evelyn sagte, als dann der Krebs kam – Bill starb drei Monate nach der Diagnose an Bauchspeicheldrüsenkrebs –, glaubte sie, er könne nicht dagegen ankämpfen, weil dieser Vorwurf noch immer auf ihm lastete. Und dass sie ihm nie vergeben habe, dass er nicht gegen den Krebs angekämpft hatte. Er nahm die Krankheit einfach hin und wartete auf den Tod.«

Bauchspeicheldrüsenkrebs war nicht leicht zu besiegen. Die Chancen für ein längerfristiges Überleben lagen bei weniger als fünf Prozent. »Ein solcher Stress kann das Immunsystem auf jeden Fall belasten.«

»Evelyn machte sich Sorgen, dass ihr dasselbe passieren könnte.«

»Dass sie Krebs bekommt?«

»Nein. Dass die Ermittlungen ihr Leben ruinieren würden, auch wenn sie letztendlich entlastet würde. Dass es ewig an ihr kleben würde. Sie sagte, in den Jahren nach dem Tod ihres Mannes hätte sie ihn sich nie so sehr zurückgewünscht wie an diesem Tag, damit sie ihm sagen könnte, dass sie ihn jetzt endlich verstehe.«

Sara dachte über das Gewicht dieser Aussage nach. »Das klingt wie etwas, das ein Unschuldiger sagen würde.«

»Genau.«

»Heißt das, dass Sie jetzt eher gegen Ihre ursprüngliche Schlussfolgerung tendieren?«

»Es ist sehr nett von Ihnen, Ihre Frage so diplomatisch zu formulieren.« Er grinste. »Ich weiß es nicht. Der Fall wurde abgeschlossen, bevor ich ihn zu meiner Zufriedenheit zu Ende bringen konnte. Evelyn unterschrieb ihre Papiere und ging in Rente. Amanda hat mir nicht einmal gesagt, dass es vorbei ist. Eines Morgens hörte ich es in den Nachrichten – hochdekorierte Beamtin scheidet aus dem Dienst aus, um mehr Zeit mit ihrer Familie verbringen zu können.«

»Sie denken, sie kam davon.«

»Ich komme immer wieder auf eine Sache zurück: Sie war verantwortlich für ein Team, das viel Geld gestohlen hat. Entweder hat sie ein Auge zugedrückt, oder sie war nicht so gut wie ihr Ruf.« Will zupfte an der Plastikkante einer Kassette. »Und da ist dann noch das Bankkonto. Im Vergleich zu Millionen ist es nicht viel, aber sechzigtausend Dollar sind eine Stange Geld. Und unter dem Namen ihres Mannes, nicht ihrem eigenen. Warum das Konto nach seinem Tod nicht umschreiben lassen? Warum es weiterhin geheim halten?«

»Alles gute Argumente.«

Er schwieg einen Augenblick, das Kratzen seines Daumennagels auf dem Plastik war das einzige Geräusch im Zimmer. »Faith rief mich nicht an, als es passierte. Ich hatte mein Handy nicht bei mir, es wäre also sinnlos gewesen, aber sie rief mich nicht an.« Er hielt inne. »Ich dachte, vielleicht traut sie mir nicht, weil ihre Mutter betroffen war.«

»Ich glaube nicht, dass sie daran überhaupt dachte. Sie wissen doch, wie das Gehirn plötzlich leer wird, wenn so etwas passiert. Haben Sie sie danach gefragt?«

»Sie hat im Augenblick ganz andere Probleme, als mir das Händchen zu halten.« Er kicherte selbstironisch. »Vielleicht sollte ich in meinem Tagebuch darüber schreiben.« Er fing an, die Akten wieder zusammenzupacken. »Wie auch immer, ich lasse Sie jetzt ins Bett gehen. Haben Sie irgendetwas gefunden, was ich wissen sollte?«

Sara griff nach den beiden Ordnern, die sie beiseitegelegt hatte. »Bei diesen Jungs könnte sich ein genaueres Hinsehen lohnen. Beide waren in dollarschwere Razzien verwickelt. Einer stand auf Spiveys Liste der Verteidigungszeugen. Ich habe ihn herausgelegt, weil er bereits in der Vergangenheit Entführungen als Druckmittel in Bandenkriegen benutzt hatte.«

Will schlug den obersten Ordner auf.

Sara nannte ihm den Namen. »Ignatio Ortiz.«

Will stöhnte. »Er sitzt wegen versuchten Totschlags im Phillips State Prison.«

»Dann dürfte es nicht schwer sein, ihn zu finden.«

»Er ist der Anführer von Los Texicanos.«

Sara kannte die Gang. Sie hatte einige Jungs behandelt, die mit der Organisation zu tun hatten.

Will sagte: »Wenn Ortiz mit der Sache zu tun hat, wird er nie und nimmer mit uns reden. Wenn nicht, wird er nie und nimmer mit uns reden. So oder so, zu dem Gefängnis zu fahren, das würde drei bis vier Stunden für nichts bedeuten.«

»Er sollte als Zeuge für Spiveys Verteidigung auftreten.«

»Boyd hatte eine überraschende Anzahl von Gaunern, die bereit waren zu bezeugen, dass er ihr Geld nicht angerührt hatte. Eine ganze Horde von Kriminellen war bereit, für Evelyns Team einzutreten.«

»Haben Sie im Gefängnis von Boyd irgendwas erfahren?«

Will runzelte die Stirn. »Amanda hat ihn befragt. Sie redeten in einer Art Code. Ich habe allerdings mitgekriegt, dass Boyd sagte, die Asiaten würden versuchen, den Mexikanern den Nachschub abzuschneiden.«

»Los Texicanos«, sagte Sara.

»Amanda sagte mir, deren bevorzugte Methode ist es, Kehlen aufzuschlitzen.«

Sara legte die Hand in den Nacken und unterdrückte ein Schaudern. »Glauben Sie, dass Evelyn noch immer Geschäfte mit diesen Dealern machte?«

Er schloss Ortiz' Akte. »Ich kann mir nicht vorstellen, wie. Ohne ihre Marke hat sie keinen Einfluss. Und ich sehe sie nicht als Schlüsselfigur, außer sie ist so was wie 'ne Soziopathin. Tagsüber die fürsorgliche Großmutter, nachts die Drogenkönigin.«

»Sie sagten, Ortiz sitzt wegen versuchten Totschlags im Gefängnis. Wen wollte er umbringen?«

»Seinen Bruder. Er ertappte ihn mit seiner Frau im Bett.«

»Vielleicht ist das der Bruder.« Sara schlug die nächste Akte auf. »Hector Ortiz«, sagte sie. »Dem Anschein nach kein schlechter Kerl. Ich habe ihn herausgelegt, weil er denselben Familiennamen wie Ignatio hat.«

Will zog das Verbrecherfoto aus der Akte, um es sich genauer anzusehen. »Sagt Ihnen Ihr Bauch noch immer, dass Evelyn unschuldig ist?«

Sara schaute auf die Uhr. In fünf Stunden musste sie in der Klinik sein. »Mein Bauch hat sich schon schlafen gelegt. Wieso?«

Er hielt ihr Hector Ortiz' Foto hin. Der Mann war kahlköpfig und hatte einen grauen Ziegenbart. Sein Hemd war zerknittert. Er hatte den Arm erhoben und zeigte der Kamera ein Tattoo: einen grünen und roten Texas-Stern mit einer sich darum windenden Klapperschlange.

Will sagte: »Darf ich Ihnen Evelyns Freund vorstellen?«

SONNTAG

7. Kapitel

Schon vor Stunden waren aus den Schlägen mit der flachen Hand Faustschläge geworden. Vor Tagen? Evelyn wusste es nicht so recht. Man hatte ihr die Augen verbunden, sie saß in völliger Dunkelheit da. Irgendetwas tropfte – ein Wasserhahn, ein Abfluss, Blut –, sie wusste es nicht. Ihr Körper war so schmerzzerfressen, dass nichts, auch wenn sie die Augen zukniff und jeden kreischenden Muskel, jeden gebrochenen Knochen zu ignorieren versuchte, sich unbeschädigt anfühlte.

Sie stieß keuchend ein Lachen hervor. Blut spritzte ihr aus dem Mund. Ihr fehlender Finger. Das war der einzige Knochen, der nicht gebrochen, das einzige Stück Fleisch, das nicht gequetscht war.

Sie hatten mit den Füßen angefangen, mit einem verzinkten Metallrohr auf ihre Sohlen geschlagen. Es war eine Form der Folter, die sie offensichtlich in einem Film gesehen hatten, was Evelyn wusste, weil einer von ihnen hilfsbereit angemerkt hatte: »Der Kerl hat weiter ausgeholt, so ungefähr.« Was Evelyn gespürt hatte, konnte man nicht Schmerz nennen. Es war das Brennen der Haut, das ihr Blut wie Feuer durch den ganzen Körper jagte.

Wie die meisten Frauen hatte sie sich bis dahin vor allem vor einer Vergewaltigung gefürchtet, aber jetzt wusste sie, dass es viel Schlimmeres gab. Eine Vergewaltigung hatte wenigstens eine animalistische Logik. Diesen Männern machte es kein Vergnügen, sie zu quälen. Ihre Belohnung waren die Anfeuerungsrufe ihrer Freunde. Sie wollten einander beeindrucken, wetteiferten darum, wer ihr die lautesten Schreie entlocken konnte. Und Evelyn *schrie.* Sie schrie so laut, dass sie Angst hatte, ihre Stimmbänder würden reißen. Sie schrie vor Schmerz. Sie schrie vor Entsetzen. Sie schrie vor Ärger, Wut, Verlust. Sie schrie vor allem, weil diese miteinander wettstreitenden Empfindungen sich anfühlten, als würde ihr brennend heiße Lava die Kehle hochsteigen.

Irgendwann einmal hatten sie ausführlich darüber diskutiert, wo der Vagusnerv im Bauchraum verlaufe. Die drei wechselten sich ab, boxten sie in die ungefähre Region ihrer Nieren wie Kinder, die auf eine Pappmachépuppe einschlagen, bis einer von ihnen ins Schwarze trifft. Als Evelyn dann verkrampfte wie von einem Stromschlag getroffen, hatte sie unkontrolliert gelacht. Das Gefühl war abgrundtiefes Entsetzen. Noch nie in ihrem Leben hatte Evelyn sich dem Tod so nahe gefühlt. Sie hatte sich in die Hose gemacht. Sie hatte in die Dunkelheit geschrien, bis kein Laut mehr aus ihrem Mund drang.

Und dann hatten sie ihr das Bein gebrochen. Es war kein sauberer Bruch, sondern die Folge unzähliger Schläge mit einem schweren Metallrohr gegen das Schienbein, bis schließlich das hallende Knirschen eines splitternden Knochens zu hören war.

Einer von ihnen quetschte die Bruchstelle mit der Hand und hauchte ihr seinen stinkenden Atem ins Ohr. »Genau das hat diese blöde Schlampe mit Ricardo gemacht.«

Die blöde Schlampe war ihre Tochter. Sie konnten nicht wissen, wie sehr diese Worte ihr Hoffnung gegeben hatten. Sie war bewusstlos geschlagen und aus dem Haus geschleppt worden, kurz nachdem Faith' Auto in der Einfahrt gehalten hatte. Auf der Ladefläche eines Transporters war Evelyn wieder zu sich gekommen. Das Motorgeräusch hatte ihr in den Ohren gedröhnt, aber sie hatte deutlich zwei Schüsse gehört, den zweiten Schuss gute vierzig Sekunden nach dem ersten.

Jetzt kannte Evelyn die Antwort auf die einzige Frage, die sie davon abhielt, einfach aufzugeben. Faith war am Leben. Sie war davongekommen. Danach war jeder Gräuel, mit dem sie Evelyn heimsuchten, ohne jede Bedeutung. Sie dachte an Emma in den Armen ihrer Tochter, an Jeremy bei seiner Mutter. Zeke würde auch da sein. Er war so voller Zorn, aber er hatte sich immer um seine Schwester gekümmert. Das APD würde sie umgeben wie ein Schutzwall. Will Trent würde sein Leben aufs Spiel setzen, um Faith zu beschützen. Amanda würde Himmel und Erde in Bewegung setzen, um Gerechtigkeit zu erreichen.

»Almeja ...« Evelyns Stimme klang heiser in dem engen Raum.

Sie konnte nur noch hoffen, dass ihre Kinder verschont blieben. Hier konnte sie niemand herausholen. Es gab keine Hoffnung auf Rettung. Amanda konnte ihr in diesem Schmerz nicht beistehen. Bill Mitchell würde nicht auf seinem Schimmel geritten kommen, um sie zu retten.

Sie war so dumm gewesen. Ein Fehler vor so vielen Jahren. Ein furchtbarer, dummer Fehler.

Evelyn spuckte einen ausgeschlagenen Zahn aus. Ihr letzter rechter Backenzahn. Sie spürte, wie der nackte Nerv auf die Kälte in der Luft reagierte. Sie versuchte, die Stelle mit der Zunge zu bedecken, wenn sie durch den

Mund atmete. Sie musste die Luftwege offen halten. Ihre Nase war gebrochen. Wenn sie aufhörte zu atmen oder mit Blut in der Kehle ohnmächtig wurde, konnte sie ersticken. Eigentlich sollte sie diese Erlösung begrüßen, aber der Gedanke an den Tod jagte ihr Angst ein. Evelyn war schon immer eine Kämpferin gewesen. Es lag in ihrer Natur, die Zähne zu zeigen, wenn man ihr zusetzte. Und doch spürte sie, dass sie allmählich zusammenbrach – nicht vor Schmerz, sondern vor Erschöpfung. Sie spürte, dass ihre Entschlossenheit aus ihr herausfloss wie Wasser durch ein Sieb. Wenn sie jetzt schwach wurde, dann konnte es sein, dass sie bekamen, was sie wollten. Es konnte sein, dass ihr Mund sich bewegte und ihre Stimme funktionierte, obwohl ihr Kopf ihr befahl zu schweigen.

Und was dann?

Sie würden sie töten müssen. Sie wusste, wer sie waren, obwohl sie Masken getragen und ihr die Augen verbunden hatten. Sie kannte ihre Stimmen. Ihre Namen. Ihren Geruch. Sie wusste, was sie vorhatten, was sie bereits getan hatten.

Hector.

Sie hatte ihn im Kofferraum ihres Autos gefunden. Trotz Schalldämpfer gab es so etwas wie einen stillen Schuss nicht. Zweimal in ihrem Leben hatte Evelyn dieses Geräusch gehört, und das Zischen von Gas in einem Metallzylinder hatte sie sofort erkannt.

Wenigstens hatte sie Emma beschützt. Wenigstens hatte sie das Kind ihrer Tochter in Sicherheit gebracht.

Faith.

Mütter sollten eigentlich keine Lieblingskinder haben, aber Zeke war ihre offensichtliche Wahl. Ehrgeizig. Intelligent. Tüchtig. Loyal. Er war der Erstgeborene, ein schüchterner, kleiner Junge, der an Evelyns Rockzipfel gehangen hatte, wenn Fremde zu Besuch kamen. Ein Dreikäsehoch, der bei ihr gesessen hatte, während sie das Abendessen kochte, und es geliebt hatte, mit ihr zum Einkaufen zu gehen, damit er ihr beim Tragen der Tüten helfen konnte. Die kleine Brust herausgestreckt. Die Zähne in einem stolzen, glücklichen Grinsen gebleckt.

Aber es war Faith, der Evelyn sich am nächsten fühlte. Faith, die so viele Fehler gemacht hatte. Faith, der Evelyn immer vergeben konnte, weil sie, sooft sie ihre Tochter anschaute, immer auch ein wenig sich selbst sah.

Ihre gemeinsame Zeit. Ans Haus gefesselt. Diese Monate des erzwungenen Rückzugs. Des erzwungenen Exils. Des erzwungenen Elends.

Bill hatte es nie verstanden, aber es lag auch nicht in seinem Wesen, Fehler zu verstehen. Er war der Erste gewesen, der ihren dicker werdenden Bauch bemerkte. Er war der Erste gewesen, der sie deswegen zur Rede stellte. Neun Monate blieb er stoisch und selbstgerecht, und da hatte Evelyn plötzlich verstanden, woher Zeke diese Tendenzen hatte. In der schwersten Zeit war er aus ihrer aller Leben so gut wie verschwunden. Und auch als es vorbei war und Jeremy ihr Leben erhellt hatte wie die Sonne, die nach einem Sommergewitter wieder schien, war Bill nicht mehr der Alte.

Aber auch Evelyn war danach nicht mehr die Alte. Auch sonst niemand. Faith war damit beschäftigt herauszufinden, wie man ein Kind aufzog. Zeke, der schon seit seiner Zeit als Baby nichts anderes wollte als Evelyns Aufmerksamkeit, war so weit weggegangen wie möglich, ohne den Planeten zu verlassen. Ihr kleiner Junge war verloren. Es zerriss ihr schier das Herz.

Sie konnte es nicht mehr ertragen, darüber nachzudenken.

Evelyn drückte den Rücken durch, um den Druck von ihrem Zwerchfell zu nehmen. Sie konnte nicht länger durchhalten. Sie brach zusammen. Diese jungen Männer mit ihren Videospielen und Filmfantasien hatten ein unbeschränktes Reservoir an Ideen zur Verfügung. Sie hatten kein Problem, an Drogen heranzukommen. Barbiturate. Äthanol. Scopolamin. Natrium Pentothal. Und jeder dieser Stoffe konnte als Wahrheitsserum verwendet werden. Jeder konnte die Information aus ihr herauslocken.

Allein schon die quälend langsam vergehende Zeit konnte sie zum Reden bringen. Die unaufhörliche Agonie. Das erbarmungslose Sperrfeuer der Anschuldigungen. Sie waren so zornig, so feindselig.

So barbarisch.

Sie würde sterben. Evelyn hatte in dem Augenblick, als sie im Transporter aufwachte, gewusst, dass nur der Tod dies beenden konnte. Anfangs dachte sie, sie würde den Zeitpunkt ihres Todes selbst bestimmen können. Doch sie erkannte sehr schnell, dass es genau andersherum sein würde. Kontrolle hatte sie nur noch über ihren Mund. Während dieses ganzen Martyriums hatte sie die Männer kein einziges Mal angefleht aufzuhören. Sie hatte nicht um Gnade gebettelt. Sie hatte ihnen nicht das Gefühl gegeben, sie wären so tief in ihren Kopf eingedrungen, dass hinter jedem Gedanken ein Schatten lauerte.

Was aber, wenn sie ihnen die Wahrheit sagte?

Evelyn hatte das Geheimnis über so viele Jahre verborgen, dass allein der Gedanke daran, es sich von der Seele zu reden, ihr einen gewissen Frieden brachte. Diese Männer waren ihre Peiniger, nicht ihre Beichtväter, aber in ihrer Situation brachte ihr Haarspalterei nichts. Vielleicht würde ihr Tod sie von ihren Sünden erlösen. Vielleicht würde es zum ersten Mal seit langer Zeit ein Augenblick der Erleichterung sein, wenn Evelyn spürte, dass die Last des Betrugs sich endlich von ihren Schultern löste.

Nein. Sie würden ihr nicht glauben. Sie würde ihnen eine Lüge erzählen müssen. Die Wahrheit war zu enttäuschend. Zu gewöhnlich.

Es würde eine glaubhafte Lüge sein müssen, eine so überzeugende, dass sie sie töten würden, ohne das Gesagte vorher zu überprüfen. Diese Männer waren brutale Kriminelle, aber keine Profis. Sie hatten nicht die Geduld, eine alte Frau, die ihnen so lange die Stirn geboten hatte, bei sich zu behalten. Sie würde ihre Tötung als den ultimativen Beweis ihrer Männlichkeit betrachten.

Sie bedauerte nur, dass sie nicht mehr da sein würde, wenn sie erkannten, dass sie ausgetrickst worden waren. Sie hoffte, sie würden für den Rest ihres elenden, erbärmlichen Lebens ihr Lachen aus der Hölle hören.

Sie lachte, nur um den Klang, die Verzweiflung zu hören.

Die Tür ging auf. Ein wenig Licht drang unter ihre Augenbinde. Sie hörte Männer murmeln. Sie redeten über irgendeine Fernsehserie, irgendeinen Film, etwas, das eine neue Technik zeigte, die sie ausprobieren wollten.

Evelyn atmete tief ein, obwohl ihr bei jedem Atemzug die gebrochenen Rippen in die Lunge stachen. Am liebsten wäre ihr, ihr Herz würde aufhören zu schlagen. Sie betete um Kraft zu einem Gott, zu dem sie nicht mehr gesprochen hatte seit dem Tag, als ihr Mann gestorben war.

Der mit dem stinkenden Atem sagte: »Bist du jetzt bereit zu reden, du Schlampe?«

Evelyn nahm all ihre Kraft zusammen. Sie durfte nicht den Eindruck erwecken, sie würde so leicht nachgeben. Sie würde sich wieder schlagen lassen müssen, ihnen das Gefühl geben, sie hätten nun endlich gewonnen. Es war nicht das erste Mal, dass sie einem Mann das Gefühl gab, er hätte sie völlig unter Kontrolle, aber es würde mit Sicherheit das letzte Mal sein.

Er drückte die Hand auf ihr gebrochenes Bein. »Bereit für den Schmerz?«

Es würde funktionieren. Es musste funktionieren. Evelyn würde ihren Teil dazutun, und ihr Tod würde es beenden, sie von ihren Sünden reinwaschen. Faith würde es nie herausfinden. Zeke würde es nie wissen. Ihre Kinder und Enkel wären in Sicherheit.

In Sicherheit – bis auf eine Sache.

Evelyn schloss die Augen und sandte Roz Levy eine stumme Botschaft, in der Hoffnung, dass die alte Frau den Mund halten würde.

8. Kapitel

FAITH HATTE die Augen geschlossen, aber sie konnte nicht schlafen. Wollte nicht schlafen. Die Nacht war quälend langsam vergangen, hatte sich dahingezogen wie die Sichel des Todes, die über den Boden schabt. Seit Stunden lauschte sie schon jedem Knarzen und Ächzen des Hauses, wartete auf Bewegungen unten, die andeuteten, dass Zeke endlich aufgewacht war.

Der Finger ihrer Mutter lag versteckt in einer halb leeren Pflasterschachtel in Faith' Medizinschränkchen. Er steckte in einer Ziploc-Tüte, die sie in einem alten Koffer gefunden hatte. Faith hatte sich überlegt, ob sie ihn auf Eis legen sollte oder nicht, aber bei dem Gedanken, den Finger ihrer Mutter zu konservieren, war ihr die Galle in die Kehle gestiegen. Außerdem hatte sie gestern Abend nicht noch einmal nach unten gehen und Zeke gegenübertreten wollen oder den Detectives, die an ihrem Küchentisch saßen, oder ihrem Sohn, der sicher zu ihnen gekommen wäre, wenn er gehört hätte, dass seine Mutter aufgestanden war. Faith wusste, wenn sie sie alle sah, würde sie anfangen zu weinen, und wenn sie anfing zu weinen, würden sie schnell herausfinden, warum.

Mund zu und Augen auf.

Genau das würde sie tun, auch wenn die Polizistin in ihr kreischte, dass es ein unglaublich großer Fehler wäre, den Anordnungen der Entführer zu folgen. Man überließ ihnen nie die Oberhand. Man ging nie auf eine Forderung ein, ohne im Gegenzug auch etwas zu verlangen. Dutzende Male hatte Faith anderen Familien diese grundlegenden Strategien beigebracht. Jetzt merkte sie, dass es etwas völlig anderes war, wenn die geliebte Person, die in Gefahr war, das eigene Fleisch und Blut war. Wenn Evelyns Entführer Faith befohlen hätten, sich mit Benzin zu übergießen und ein Streichholz anzuzünden, hätte sie es getan. Die Logik verabschiedete sich, wenn die reale Gefahr bestand, dass sie ihre Mutter vielleicht nie mehr wiedersehen würde.

Trotzdem forderte die Polizistin in ihr Details. Man konnte Tests durchführen, um herauszufinden, ob Evelyn noch am Leben gewesen war, als der Finger entfernt wurde. Mit anderen Tests konnte man eindeutig bestimmen, ob der Finger überhaupt Evelyn gehört hatte. Er sah aus wie ein Frauenfinger, aber Faith hatte sich nie lange damit aufgehalten, die Hände ihrer Mutter zu betrachten. Ein Ehering war nicht vorhanden. Evelyn hatte ihn schon vor einigen Jahren abgenommen. Das war eines dieser Dinge, die Faith anfangs gar nicht bemerkt hatte. Vielleicht war ihre Mutter aber auch einfach nur eine gute Lügnerin. Sie hatte gelacht, als Faith sie nach ihrer ringlosen Hand fragte, und gesagt: »Ach, den habe ich schon vor Ewigkeiten abgenommen.«

War ihre Mutter eine Lügnerin? Das war die zentrale Frage. Faith log Jeremy die ganze Zeit an, aber bei Dingen, bei denen alle Mütter gegenüber ihren Kindern lügen sollten: bei ihrem Liebesleben, bei dem, was in der Arbeit passierte, wie es mit ihrer Gesundheit stand. Evelyn hatte gelogen, als Zeke in die USA zurückversetzt wurde, aber nur, um den Frieden zu bewahren, und wahrscheinlich, um zu verhindern, dass Zekes Missbilligung das glückliche Ereignis von Emmas Geburt überschattete.

Diese Lügen zählten nicht. Das waren schützende Lügen, keine böswilligen Lügen, die sich entzündeten wie ein Splitter unter der Haut. Hatte Evelyn Faith auf eine Art belogen, die wichtig war? Gab es etwas Größeres, das Evelyn versteckte, etwas, das mehr war als das Offensichtliche? Evelyns Haus erzählte diese Geschichte. Die Umstände ihrer Entführung waren der Beweis. Sie besaß etwas, das sehr böse Männer wollten. Ihre Mutter hatte das Drogendezernat geleitet. Hatte sie die ganze Zeit auf einem Haufen Bargeld gesessen? Gab es irgendwo versteckt eine geheime Kammer? Würden Faith und Zeke bei Evelyns Testamentseröffnung erfahren, dass ihre Mutter in Wahrheit wohlhabend war?

Nein, das war nicht möglich. Evelyn würde wissen, dass ihre Kinder jedes unrechtmäßig erworbene Geld der Polizei aushändigen würden, wie sehr es ihr Leben auch vereinfachen würde. Hypotheken, die Raten fürs Auto, Studiendarlehen – weder Zeke noch Faith würden schmutziges Geld nehmen. Evelyn hatte sie anders erzogen.

Und sie hatte Faith zu einer besseren Polizistin erzogen, als dass sie jetzt nur herumsitzen und auf den Sonnenaufgang warten würde.

Wenn Evelyn jetzt hier wäre, was würde sie von Faith wollen? Amanda anrufen war die offensichtliche Antwort. Die beiden Frauen hatten sich immer sehr nahegestanden. »Wie Pech und Schwefel« hatte Bill Mitchell oft gesagt, und er hatte das nicht schmeichelhaft gemeint. Auch nachdem Faith' Onkel Kenny beschlossen hatte, einen Narren aus sich zu machen, indem er an den Stränden Südfloridas jüngeren Frauen nachstellte, hatte Evelyn deutlich gemacht, dass sie am Weihnachtstisch der Familie lieber Amanda sitzen hatte als Kenny Mitchell. Die beiden Frauen hatten einen Code, wie Soldaten ihn benutzten, die aus einem Krieg zurückkamen.

Aber jetzt Amanda anzurufen stand außer Frage. Sie würde herbeigestürmt kommen wie ein Elefant im Porzellanladen. Faith' Haus würde auf den Kopf gestellt werden. Ein SWAT-Sondereinsatzkommando wäre vor Ort. Die Entführer würden nur einen flüchtigen Blick auf diese Machtdemonstration werfen und erkennen, dass es einfacher war, ihrem Opfer eine Kugel in den Kopf zu jagen, als mit einer Frau zu verhandeln, die ganz versessen auf Rache war. Denn genau so würde Amanda vorgehen. Sie machte nie irgendetwas leise. Es hieß immer hundert Prozent oder gar nichts.

Will konnte sehr gut leise vorgehen. Er hatte diese Technik perfektioniert. Und er war ihr Partner. Ihn sollte sie anrufen oder ihm zumindest eine Nachricht zukommen lassen. Aber was würde sie sagen? »Ich brauche Ihre Hilfe, aber Sie dürfen Amanda nichts sagen, und vielleicht müssen wir das Gesetz brechen, aber bitte stellen Sie mir keine Fragen.« Das war ein unhaltbarer Zustand. Er hatte bereits gestern für sie die Regeln gebeugt, aber sie konnte nicht von ihm verlangen, sie zu brechen. Es gab keinen Menschen, dem sie mehr vertraute als Will, aber er hatte manchmal einen sehr irritierenden Begriff von richtig und falsch. Ein Teil von ihr hatte Angst, dass er ablehnen würde. Ein größerer Teil von ihr hatte Angst, dass sie ihn in Schwierigkeiten bringen würde, aus denen er nie wieder herauskäme. Wenn Faith ihre Karriere aufs Spiel setzte, war das ihre Sache. Aber sie konnte von Will nicht verlangen, dasselbe zu tun.

Sie stützte den Kopf in die Hände. Auch wenn sie sich an jemanden wenden wollte, die Telefone wurden überwacht, für den Fall einer Lösegeldforderung. Ihre E-Mail lief über ihr GBI-Konto, das höchstwahrscheinlich ebenfalls überwacht wurde. Wahrscheinlich hörten sie auch bei all ihren Handy-Gesprächen mit.

Und das waren nur die Guten. Wer konnte wissen, was Evelyns Entführer alles geschafft hatten? Sie kannten Jeremys Spitznamen, sein Geburtsjahr, seine Schule. Sie hatten ihm eine Warnung auf sein Facebook-Konto geschickt. Vielleicht hatten sie auch das Haus verwanzt. Im Internet konnte man sich Geräte in Spionagequalität besorgen. Wenn Faith nicht durchs ganze Haus lief und alle Lichtschalter und alle Telefonapparate zerlegte, konnte kein Mensch sagen, ob da nicht jemand zuhörte. Doch sobald sie anfing, sich vor ihrer Familie wie eine Verrückte aufzuführen, würden sie merken, dass etwas nicht stimmte. Ganz zu schweigen von den Detectives des APD, die jede ihrer Bewegungen überwachten.

Schließlich hörte sie unten die Toilettenspülung. Ein paar Sekunden später ging die Tür auf und wieder zu. Zeke ging wahrscheinlich zum Joggen, oder die Detectives hatten beschlossen, für ein bisschen frische Luft vorn vor die Tür zu gehen und nicht hinten.

Faith' Achillessehnen zitterten vor Schmerz, als sie die Füße auf den Boden stellte. Sie hatte so lange zusammengerollt dagelegen, dass ihr ganzer Körper steif war. Von einigen Kontrollgängen zu Emma abgesehen, hatte sie sich gestern Nacht nicht herumzugehen getraut, weil sie befürchtete, Zeke würde hochkommen und sie fragen, was, zum Teufel, sie tue. Das Haus war alt, die Dielen knarzten, und ihr Bruder hatte einen sehr leichten Schlaf.

Sie fing mit ihrer Kommode an, zog vorsichtig jede Schublade auf und schaute Unterwäsche und T-Shirts durch, um nachzuprüfen, ob etwas durchwühlt worden war. Alles schien an Ort und Stelle zu sein. Als Nächstes ging sie zum Wandschrank. Ihre Arbeitsgarderobe bestand vorwiegend aus schwarzen Hosenanzügen mit einem Gummizug im Hosenbund, damit sie sich nicht den Kopf zerbrechen musste, ob sie sich am Morgen noch schließen ließen. Ihre Umstandskleidung lag in einer Schachtel im untersten Fach. Faith zog sich einen Stuhl heran und kontrollierte, ob das Klebeband noch unbeschädigt war. Auch der Stapel Bluejeans daneben sah unangetastet aus. Dennoch schaute sie in alle Taschen und machte dann dasselbe bei den Hosenanzügen.

Nichts.

Faith stieg auf den Stuhl und stellte sich auf die Zehenspitzen, um ins oberste Fach zu kommen, wo sie die Schachtel mit Jeremys Kindheitserinnerungen verstaut hatte. Sie wäre ihr beinahe auf den Kopf gefallen. Die Schachtel war nicht mehr zugeklebt. Das Klebeband hatte sich schon vor Monaten abgelöst. Während ihrer Schwangerschaft mit Emma war Faith ganz versessen darauf gewesen, in Jeremys Kindheitsandenken zu wühlen. Nur gut, dass sie allein lebte, denn sonst hätte jemand ernsthaft an ihrer emotionalen Stabilität gezweifelt. Allein schon der Anblick seiner bronzierten Schuhe und der kleinen Strickstiefelchen hatte ihr die Tränen in die Augen getrieben. Seine Zeugnisse. Seine Schulhefte. Muttertagskarten, die er mit Kreide gezeichnet hatte. Valentinskarten, die er mit seiner winzigen, stumpfen Schere ausgeschnitten hatte.

Ihre Augen brannten, als sie die Schachtel öffnete. Eine Locke von Jeremys Haaren lag oben auf seinem Zeugnis aus der zwölften Klasse. Das blaue Band sah irgendwie anders aus. Sie hielt die Locke gegen das Licht. Die Zeit hatte die pastellfarbene Seide ausgebleicht, den Falten ein schmuddeliges Aussehen verliehen. Die Haare waren zu einem goldenen Braun nachgedunkelt. Irgendetwas wirkte anders. Sie konnte nicht sagen, ob die Schleife neu gebunden worden war oder ob sie sich in der Schachtel gelockert hatte. Sie konnte sich auch nicht erinnern, ob sie die Zeugnisse von der ersten bis zur zwölften Klasse gestapelt hatte oder andersherum. Es sprach gegen die Intuition, dass das letzte Zeugnis ganz oben lag, vor allem, dass die Locke obendrauf lag. Vielleicht trieb sie sich aber nur selbst in den Wahnsinn, obwohl doch alles in Ordnung war.

Faith hob den Stapel Zeugnisse hoch und schaute darunter. Seine Hefte waren noch da. Sie sah die Bronzeschuhe, die Strickstiefelchen, die Grußkarten aus Buntpapier, die er in der Schule gebastelt hatte.

Alles schien noch an Ort und Stelle zu sein, und doch konnte sie das Gefühl nicht abschütteln, dass irgendjemand etwas mit der Schachtel angestellt hatte. Hatten Fremde in Jeremys Sachen gewühlt? Hatten sie die Herzen gesehen, die Jeremy auf das Foto von Mr. Billingham, seinem ersten Hund, gemalt hatte? Hatten sie in seinen Zeugnissen geblättert und gelacht, weil Mrs. Thompson, seine Lehrerin in der vierten Klasse, ihn einen kleinen Engel genannt hatte?

Faith klappte die Schachtel wieder zu, hob sie hoch und schob sie ins Fach zurück. Als sie den Stuhl dann wieder an seinen Platz zurückstellte, zitterte sie vor Wut bei dem Gedanken, dass ein Fremder Jeremys Kindersachen in seinen schmutzigen Fingern gehabt hatte.

Als Nächstes ging sie in Emmas Zimmer. Normalerweise schlief die Kleine nicht die ganze Nacht durch, aber der gestrige Tag war ungewöhnlich lang und turbulent gewesen. Sie schlief noch, als Faith ins Bettchen schaute. Ihre Kehle gab beim Schlafen ein leises Klicken von sich. Faith legte ihr die Hand auf die Brust. Emmas Herz fühlte sich unter ihrer Hand an wie ein Vogel. Leise durchsuchte sie den Wandschrank, die kleine Kiste mit Spielsachen, die Windeln und sonstigen Utensilien.

Nichts.

Jeremy schlief noch, doch Faith betrat sein Zimmer trotzdem. Sie hob seine Klamotten vom Boden auf, um wenigstens so zu tun, als hätte sie hier etwas zu suchen. Aber sie wollte einfach nur dastehen und ihn anschauen.

Er lag in einer Haltung da, die sie für sich die John-Travolta-Pose nannte, ausgestreckt auf dem Bauch, der rechte Fuß aus dem Bett hängend, der linke Arm über den Kopf gestreckt. Seine Haare bedeckten fast sein ganzes Gesicht. Auf seinem Kissen war ein kleiner Speichelfleck. Er schlief noch immer mit offenem Mund.

Gestern war sein Zimmer noch makellos gewesen, doch seine Anwesenheit hatte alles geändert. Papiere bedeckten seinen Schreibtisch. Der Inhalt seines Rucksacks quoll auf den Boden. Kabel von diversem Computerzubehör schlängelten sich über den Teppich. Sein Laptop, auf den er sechs Monate gespart hatte, lag aufgeklappt auf der Seite wie ein weggelegtes Buch. Mit dem Fuß kippte Faith ihn wieder in die Waagrechte, bevor sie das Zimmer verließ. Dann kam sie noch einmal zurück, aber nur, um ihm die Decke über die Schultern zu ziehen, damit er nicht auskühlte.

Faith warf Jeremys Sachen oben auf die Waschmaschine und ging dann nach unten. Detective Connor saß auf einem Stuhl am Küchentisch. Er trug ein anderes Hemd als gestern, und das Schulterhalfter saß nicht mehr so straff. Seine Haare waren zerzaust, wahrscheinlich weil er, den Kopf auf dem Tisch, geschlafen hatte. Sie hatte sich angewöhnt, ihn für sich »Ginger« zu nennen, und hatte Angst, den Mund aufzumachen, damit ihr dieser Spitzname nicht entschlüpfte.

Er sagte: »Guten Morgen, Agent Mitchell.«

»Ist mein Bruder beim Joggen?«

Er nickte. »Detective Taylor holt Frühstück. Ich hoffe, Sie mögen McDonald's.«

Bei dem Gedanken an Essen wurde es Faith fast schlecht, aber sie sagte: »Vielen Dank.«

Die Hälfte des Kühlschrankinhalts war verschwunden, aber das lag wahrscheinlich an Jeremy und Zeke, die beiden futterten wie Achtzehnjährige. Sie holte den Orangensaft heraus. Der Karton war leer. Weder ihr Sohn noch ihr Bruder mochten Orangensaft.

Sie fragte Ginger: »Habt ihr Jungs Saft getrunken?«

»Nein, Ma'am.«

Faith schüttelte den Karton. Er war noch immer leer. Sie glaubte nicht, dass Ginger sie wegen so etwas anlügen würde. Sie hatte beiden Detectives alles Ess- und Trinkbare in der Küche angeboten. Nach ihrem geplünderten Vorrat an Diät-Limonade zu urteilen, hatten sie ihr Angebot angenommen.

Das Telefon klingelte. Faith schaute auf die Uhr am Herd. Es war genau sieben Uhr morgens. »Das ist wahrscheinlich meine Chefin«, sagte sie zu Ginger. Dennoch wartete er, bis sie den Hörer abgenommen hatte.

Amanda sagte: »Nichts Neues.«

Faith winkte den Detective weg. »Wo sind Sie?«

Sie antwortete nicht. »Wie hält sich Jeremy?«

»So gut, wie man es erwarten konnte.« Faith ging nicht ausführlicher darauf ein. Sie schaute nach, ob Ginger auch wirklich im Wohnzimmer war, und öffnete dann die Besteckschublade. Die Löffel zeigten in die falsche Richtung, die flachen Griffe lagen rechts, nicht links. Bei den Gabeln zeigten die Spitzen zur Vorderseite, nicht zur Rückseite der Schublade. Faith blinzelte, wusste nicht so recht, was sie da sah.

Amanda sagte: »Sie haben von Boyd gehört?«

»Will hat es mir gestern Abend gesagt. Das tut mir leid. Ich weiß, er hat ein paar schlimme Dinge getan, aber er war ...«

Amanda zwang sie nicht, den Satz zu beenden. »Ja, das war er.«

Faith öffnete die Utensilienschublade. Alle Stifte waren verschwunden. Sie bewahrte sie mit einem Gummiband umwickelt in der hinteren rechten Ecke auf. Sie waren immer in dieser Schublade. Sie stöberte in den Gutscheinen, Scheren und nicht identifizierten Ersatzschlüsseln. Keine Stifte. »Haben Sie gewusst, dass Zeke in die Staaten zurückgekehrt ist?«

»Ihre Mutter wollte Sie nur schützen.«

Faith öffnete die andere Utensilienschublade. »Anscheinend wollte sie mich vor vielen Dingen schützen.« Sie griff nach hinten und fand die Stifte. Das Gummiband war gelb. Hatte sie es ausgetauscht? Faith konnte sich dunkel erinnern, dass vor einiger Zeit ein Gummi gerissen war, aber sie hätte auf einen Stapel Bibeln schwören können, dass sie das rote Band von dem Brokkoli verwendete, den sie an diesem Tag gekauft hatte.

»Faith?« Amandas Stimme klang angespannt. »Was ist los mit dir? Ist was passiert?«

»Mir geht's gut. Es ist nur ...« Sie musste sich eine Ausrede überlegen. Sie tat das wirklich – sie war praktisch gezwungen, Amanda nicht zu sagen, dass die Entführer Kontakt aufgenommen hatten. Dass sie etwas von Evelyn unter Faith' Kissen gelegt hatten. Dass sie viel zu viel über Jeremy wussten. Dass sie in ihrem Besteck gewühlt hatten. »Es ist noch sehr früh. Ich habe heute Nacht nicht gut geschlafen.«

»Du musst auf dich aufpassen. Die richtigen Sachen essen. So viel schlafen, wie du kannst. Viel Wasser trinken. Ich weiß, es ist schwer, aber du musst im Augenblick deine Kraft behalten.«

Faith spürte, wie ihr Temperament sich regte. Sie wusste nicht, ob sie im Augenblick mit ihrer Chefin oder mit Tante Mandy redete, aber beide konnten ihr den Buckel herunterrutschen. »Ich kann ganz gut auf mich selbst aufpassen.«

»Das höre ich sehr gerne, aber von meinem Standpunkt aus sieht das nicht so aus.«

»Hat sie was getan, Mandy? Ist Mom in Schwierigkeiten, weil sie …«

»Soll ich zu dir kommen?«

»Bist du denn nicht in Valdosta?«

Amanda verstummte. Faith hatte offensichtlich eine Grenze überschritten. Vielleicht war es aber einfach so, dass ihre Chefin so schlau war, daran zu denken, dass ihr Telefonat mitgeschnitten wurde. Faith war es im Augenblick egal. Sie starrte das gelbe Gummiband an und überlegte sich, ob sie den Verstand verlor. Wahrscheinlich war ihr Blutzucker zu niedrig. Sie sah verschwommen. Ihr Mund war trocken. Sie öffnete wieder den Kühlschrank und griff noch einmal nach dem Orangensaft. Der Karton war noch immer leer.

Amanda sagte: »Denk an deine Mutter. Sie würde wollen, dass du stark bist.«

Wenn sie wüsste, dass Faith wegen eines gelben Gummibands schier durchdrehte. Sie murmelte: »Mir geht's gut.«

»Wir holen sie zurück und sorgen dafür, dass derjenige, der uns das alles angetan hat, dafür bezahlen muss. Das ist ein Versprechen.«

Faith öffnete den Mund, um zu sagen, dass ihr Vergeltung verdammt egal sei, aber Amanda hatte bereits aufgelegt.

Sie warf den Saftkarton in den Müll. Im Schrank lag eine Tüte mit Bonbons für den Notfall. Faith zog sie heraus, und Jolly Ranchers prasselten zu Boden. Sie schaute die Tüte an. Die Unterseite war aufgerissen worden.

Ginger war wieder da. Er bückte sich, um ihr beim Aufheben zu helfen. »Alles in Ordnung?«

»Ja.« Faith warf eine Handvoll Bonbons auf die Arbeitsfläche und verließ die Küche. Im Wohnzimmer legte sie den Lichtschalter um, aber nichts passierte. Faith probierte es ein paar Mal, immer mit demselben Resultat. Sie schaute sich die Birne in der Lampe an. Eine Umdrehung, und das Licht sprang an. Sie machte dasselbe mit der zweiten Lampe. Sie spürte die Hitze ihre Finger versengen, als der Strom floss.

Faith ließ sich schwer in den Sessel fallen. Sie wusste, dass sie etwas essen, den Zuckerspiegel messen und entsprechende Maßnahmen treffen musste. Ihr Gehirn funktionierte nicht richtig, bis sie alles korrekt eingestellt hatte. Aber jetzt, da sie saß, hatte sie nicht mehr die Kraft aufzustehen.

Die Couch stand ihr direkt gegenüber. Auf dem beigen Polster sah sie den roten Fleck, wo Jeremy vor fünfzehn Jahren Kool-Aid verschüttet hatte. Sie wusste, wenn sie das Polster umdrehte, würde sie einen blauen Fleck von einem Maui-Punch-Eis sehen, das er zwei Jahre später fallen lassen hatte. Wenn sie das Kissen umdrehte, auf dem sie saß, würde sie einen Riss sehen, den ein Stollen seiner Fußballschuhe verursacht hatte. Der Läufer auf dem Boden war durchgewetzt von ihren Wanderungen zwischen Wohnzimmer und Küche. Die Wände waren eierschalenfarben, seit Jeremy und sie in seinen Frühlingsferien im letzten Jahr sie so gestrichen hatten.

Faith dachte nun ernsthaft darüber nach, ob sie den Verstand verlor. Jeremy war zu alt für diese Spielchen, und Zeke hatte noch nie viel für psychologische Kriegsführung übriggehabt. Er würde sie eher zu Tode prügeln, als ihr ein paar Glühbirnen herausdrehen. Und abgesehen davon, war keiner von beiden in der Stimmung für derbe Scherze. Das konnte nicht nur Faith' Blutzucker sein. Die Stifte, das Besteck, die Lampen – das waren kleine Dinge, die nur Faith auffallen würden. Dinge, bei denen jeder andere glauben würde, man sei verrückt, wenn man sie erzählte.

Sie schaute zur Decke hoch und ließ den Blick über die Wandregale hinter der Couch wandern. Bill Mitchell war ein Kitschsammler gewesen. Zwei Hula-Mädchen als Salz- und Pfefferstreuer aus Hawaii. Er hatte eine Sonnenbrille vom Mount Rushmore, die Krone der Freiheitsstatue aus Schaumstoff und einen emaillierten Silberlöffel mit Darstellungen der spektakuläreren Ausblicke in den Grand Canyon. Doch die Sammlung, die er am meisten geschätzt hatte, waren seine Schneekugeln. Bei jeder Autofahrt, jedem Flug, sooft er auch nur das Haus verließ, kaufte Bill Mitchell sich eine Schneekugel als Erinnerung an dieses Ereignis.

Nach dem Tod ihres Vaters zog niemand in der Familie in Zweifel, dass diese Dinge an Faith gingen. Als Kind hatte sie es geliebt, die Kugeln zu schütteln und den Schnee herumwirbeln zu sehen. Ordnung ins Chaos bringen. Das war etwas, das Faith mit ihrem Vater gemeinsam hatte. In einem seltenen Anfall von Kaufrausch hatte sie sich nach Maß Regale für diese Kugeln schreinern lassen und Jeremy eine solche Angst davor eingejagt, eines dieser Dinger zu zerbrechen, dass er einen ganzen Monat lang den langen Weg zur Küche nahm, damit er nur ja nicht zufällig gegen die Regale stieß.

Und als sie sich jetzt vom Sessel aus diese Regale anschaute, sah sie, dass alle sechsunddreißig Kugeln zur Wand gedreht worden waren.

9. Kapitel

SARA FRAGTE SICH, ob es eine Eigentümlichkeit der Kinder des Südens war, am Sonntag in der halben Stunde zwischen der Sonntagsschule und der Messe krank zu werden. Die meisten ihrer frühen Patienten an diesem Morgen waren in diese goldene Zeitspanne gefallen. Bauchschmerzen, Ohrenweh, allgemeines Unwohlsein – nichts, was man mit einem Bluttest oder einer Röntgenaufnahme verifizieren konnte, was aber mit ein paar Malbüchern oder einem Comic im Fernsehen sehr leicht kuriert werden konnte.

Gegen zehn Uhr waren die Probleme dann ernster geworden. Die Patienten kamen in schneller Folge, und es waren die, die Sara hasste, weil sie eigentlich vermeidbar gewesen wären. Ein Kind hatte Rattengift geschluckt, das es unter dem Küchenschrank gefunden hatte. Ein anderes hatte sich Verbrennungen dritten Grades zugezogen, weil es eine Pfanne auf dem Herd berührt hatte. Dann war da ein Teenager, den sie zwangsweise auf die Isolierstation hatte einweisen müssen, weil sein erster Versuch mit Marihuana bei ihm einen psychotischen Schub ausgelöst hatte. Dann war ein siebzehnjähriges Mädchen mit einem Riss im Schädel eingeliefert worden. Offensichtlich war sie noch immer betrunken, als sie an diesem Morgen nach Hause fuhr. Sie war mit ihrem Auto gegen einen abgestellten Greyhound-Bus gefahren. Sie befand sich im OP, aber Sara nahm an, dass sie, auch wenn es gelang, die Gehirnschwellung unter Kontrolle zu bringen, nie wieder dieselbe sein würde.

Um elf Uhr wollte Sara zurück ins Bett und den Tag neu anfangen.

In einem Krankenhaus zu arbeiten war eine beständige Gratwanderung. Der Job konnte einem so viel vom eigenen Leben aussaugen, wie man zuließ. Obwohl sie das wusste, hatte Sara sich vom Grady einstellen lassen und sich sogar darauf gefreut, weil sie nach dem Tod ihres Mannes kein Leben mehr wollte. Im Verlauf des letzten Jahres hatte sie ihre Stunden in der Notaufnahme reduziert. Ein normales Arbeitspensum zu bewahren, das war ein Kampf, den Sara jeden Tag kämpfte.

Im Grunde genommen war es eine Form der Selbsterhaltung. Jeder Arzt schleppte innerlich einen Friedhof mit sich herum. Die Patienten, denen sie helfen konnte – dem kleinen Mädchen, dem sie den Magen ausgepumpt hatte, dem verbrannten Baby, dessen Finger sie gerettet hatte –, bedeuteten kurzfristige Glücksmomente. Es waren die Verlorenen, an die Sara sich erinnerte. Der Junge, der langsam und qualvoll der Leukämie erlegen war. Die Neunjährige, die nach einer Vergiftung mit Frostschutzmittel einen sechzehnstündigen Todeskampf hatte durchmachen müssen. Der Elfjährige, der sich das Genick gebrochen hatte, weil er mit dem Kopf voran in einen zu flachen Pool gesprungen war. Sie alle trug sie in ihrem Inneren als beständige Mahnung daran, dass es, wie sehr sie sich auch bemühte, manchmal – oft – einfach nicht reichte.

Sara setzte sich im Ärztezimmer auf die Couch. Sie musste Krankenblätter aktualisieren, aber sie brauchte einfach eine Minute für sich selbst. Letzte Nacht hatte sie weniger als vier Stunden geschlafen. Will war nicht der direkte Grund, warum ihr Gehirn nicht hatte abschalten wollen. Sie dachte immer wieder an Evelyn Mitchell und ihre korrupte Bande von Brüdern. Die Frage nach der Schuld der Frau lastete schwer auf ihr. Immer wieder musste sie daran denken, was Will gesagt hatte: Entweder war Evelyn Mitchell eine schlechte Chefin gewesen oder eine Polizistin mit Dreck am Stecken. Ein Dazwischen gab es nicht.

Das war vermutlich der Grund, warum Sara heute Morgen nicht die Zeit gefunden hatte, Faith Mitchell anzurufen und sie zu fragen, wie es ihr gehe. Rein faktisch war Faith Delia Wallace' Patientin, aber Sara empfand eine merkwürdige Verantwortlichkeit für Wills Partnerin. Es nagte an ihr, so wie Will bei jedem wachen Gedanken dieser beiden Tage an ihr zu nagen schien.

Die ganze Mühe. Und keine Freude.

Nan, eine der Lernschwestern, ließ sich neben Sara auf die Couch fallen. Sie spielte beim Reden mit ihrem BlackBerry herum. »Ich will alles über Ihr Date hören.«

Sara zwang sich zu einem Lächeln. Als sie an diesem Morgen ins Krankenhaus gekommen war, wartete im Ärztezimmer ein großer Blumenstrauß auf sie. Er sah aus, als hätte Dale Dugan den gesamten Vorrat der Stadt an Schleierkraut und rosa Nelken aufgekauft. Jeder in der Notaufnahme hatte seinen Kommentar abgegeben, noch bevor Sara überhaupt in ihren Arztmantel geschlüpft war. Sie alle schienen fasziniert von der Romanze einer Witwe, die im Sturm genommen wurde.

Sara sagte zu dem Mädchen: »Er ist sehr nett.«

»Er findet Sie auch nett.« Nan grinste verschmitzt, während sie eine E-Mail tippte. »Bin ihm im Labor begegnet. Er ist supercool.«

Sara sah den Daumen des Mädchens über den Bildschirm rasen und fühlte sich dreihundert Jahre alt. Sie konnte sich nicht erinnern, ob sie je so jung gewesen war. Und sie konnte sich auch nicht vorstellen, dass Dale Dugan sich hinsetzte und mit dieser unbesonnenen jungen Schwester plauderte.

Schließlich schaute Nan von dem Gerät hoch. »Er meinte, Sie sind faszinierend, und dass er eine tolle Zeit mit Ihnen hatte und Sie sich sehr nett geküsst haben.«

»Sie mailen ihm?«

»Nein.« Sie verdrehte die Augen. »Das hat er im Labor gesagt.«

»Toll«, murmelte Sara. Sie wusste nicht, was sie von Dale halten sollte, der sich entweder falsche Hoffnungen machte oder ein pathologischer Lügner war. Irgendwann würde sie mit ihm reden müssen. Allein schon die Blumen waren ein schlechtes Zeichen. Sie würde ihm das Pflaster schnell abreißen müssen. Trotzdem konnte sie sich der Frage nicht entziehen, warum der Mann, den sie wollte, nicht zur Verfügung stand und sie den Mann, der verfügbar war, nicht wollte. So entwickelten sich also ihre Bemühungen, aus ihrem Leben eine Seifenoper zu machen.

Nan fing wieder an zu tippen. »Was soll ich ihm schreiben, das Sie gesagt haben?«

»Ich habe nichts gesagt.«

»Aber Sie könnten.«

»Äh …« Sara stand auf. Es war viel einfacher, dem Betreffenden einen Zettel in den Spind zu schieben. »Ich sollte mir was zum Mittagessen besorgen, solange es noch ruhig ist.«

Anstatt in die Cafeteria zu gehen, bog Sara nach links zu den Aufzügen ab. Eine Rollbahre, die hastig den Korridor entlanggeschoben wurde, hätte sie beinahe umgerissen. Stichwunde. Das Messer steckte noch in der Brust des Patienten. Rettungssanitäter riefen die Daten der Vitalfunktionen. Ärzte bellten Befehle. Sara drückte auf den Abwärts-Knopf des Aufzugs und wartete, bis die Türen sich öffneten.

Das Krankenhaus war in den 1890ern gegründet worden und insgesamt viermal umgezogen, bevor es schließlich am Jesse Hill Jr. Drive seinen endgültigen Stammplatz fand. Beständiges Missmanagement, Korruption und schlichte Inkompetenz bedeuteten, dass das Krankenhaus zu jedem beliebigen Zeitpunkt in seiner Geschichte vom Untergang bedroht war. Das u-förmige Gebäude war so oft erweitert, umgebaut, abgerissen und renoviert worden, dass, so dachte zumindest Sara, niemand mehr den Überblick behalten konnte. Das Gelände um den Gebäudekomplex fiel sanft zur Georgia State University hin ab, die sich die Parkhäuser mit dem Krankenhaus teilte. Die Krankenwagenzufahrten der Notaufnahme gingen nach hinten auf die Interstate hinaus, auf die Grady Curve, wie sie genannt wurde, und sie lagen ein Stockwerk über dem Haupteingang auf der Straßenseite. Zu Zeiten der Rassentrennung befanden sich die Flügel der Weißen auf der einen Seite, mit Blick zur Stadt, die Flügel für die Afro-Amerikaner lagen auf der anderen Seite, mit Blick ins Leere.

Margaret Mitchell war hierhergebracht worden und fünf Tage später gestorben, nachdem sie von einem betrunkenen Fahrer auf der Peachtree Street angefahren worden war. Opfer des Bombenanschlags im Centennial Olympic Park waren hier behandelt worden. Grady war noch immer das beste Unfallkrankenhaus in der ganzen Gegend. Opfer mit ernsten, lebensbedrohlichen Verletzungen wurden alle zur Behandlung hierhergeflogen, was bedeutete, dass der Medical Examiner des Fulton County hier eine Filiale hatte, um die Toten in der Leichenhalle unten im Keller obduzieren zu können. Zu jedem Zeitpunkt warteten zwei oder drei Leichen auf den Transport. Bevor Sara damals den Job des Coroners im Grant County übernommen hatte, hatte sie im Institut des Medical Examiner an der Pryor Street in der Innenstadt eine Ausbildung gemacht. Sie waren permanent unterbesetzt gewesen und hatten viele Mittagspausen mit Leichenfahrten zum Grady zugebracht.

Die Aufzugstür ging auf. George, einer der Wachmänner, kam heraus. Sein Körper füllte den Korridor fast aus. Er war Football-Spieler gewesen, bis ein ausgerenkter Knöchel ihn davon überzeugt hatte, einen anderen Karriereweg einzuschlagen.

»Dr. Linton.« Er hielt ihr die Tür auf.

»George.«

Er zwinkerte ihr zu, und sie lächelte.

In der Kabine wartete bereits ein junges Paar. Sie hielten sich fest in den Armen, während der Aufzug einen Stock nach unten fuhr. Das war eines der Probleme, wenn man in einem Krankenhaus arbeitete. Wohin man sich auch wandte, überall stieß man auf Menschen, die einen der schlimmsten Tage ihres Lebens durchmachten. Vielleicht war das die Veränderung, die Sara in ihrem Leben brauchte – nicht ihre Wohnung zu verkaufen und sich einen gemütlichen Bungalow zu kaufen, sondern wieder eine private Praxis zu eröffnen, in der die einzige Notfallsituation des Arbeitstages die Entscheidung war, welcher Pharmavertreter einen zum Mittagessen einladen durfte.

Zwei Etagen tiefer im Kellergeschoss war es deutlich kühler. Sara knöpfte ihren Arztmantel zu, als sie am Archiv vorbeiging. Im Gegensatz zu früher, als sie am Grady ihre Assistenzzeit absolviert hatte, musste man jetzt nicht mehr für Krankenakten Schlange stehen. Alles war automatisiert, Patienteninformationen nur so weit weg wie der nächste Tablet-Computer mit Zugriff auf das Intranet des Krankenhauses. Röntgenaufnahmen konnte man auf Monitoren in den Krankenzimmern betrachten, und die Medikationen waren auf den Armbändern der Patienten codiert. Als das einzige verbliebene öffentlich finanzierte Krankenhaus in Atlanta stand das Grady beständig am Rande des Bankrotts, aber wenigstens versuchte es, mit Stil unterzugehen.

Vor der dicken Doppeltür, die die Leichenhalle vom Rest des Krankenhauses trennte, blieb Sara stehen. Das Rauschen des Luftdruckwechsels war zu hören, als die isolierten Stahltüren sich öffneten.

Der Aufseher schien überrascht zu sein, Sara hier zu sehen. Er war so sehr Grufti, wie man es in blauer Krankenhauskluft sein konnte. Alles an ihm verkündete, dass er zu cool war für diesen Job. Seine gefärbten schwarzen Haare waren zu einem Pferdeschwanz zusammengefasst; seine Brille sah aus, als hätte sie John Lennon gehört; sein Lidstrich wirkte wie aus einem Kleopatra-Film. Für Sara ließen ihn der Schmerbauch und der Fu-Manchu-Bart aussehen wie Spike, Snoopys Bruder. »Haben Sie sich verlaufen?«

»Junior«, las sie von seinem Namensschild ab. Er war jung, wahrscheinlich in Nans Alter. »Ich habe mich gefragt, ob jemand vom Fulton Medical Examiner hier war.«

»Larry. Er lädt gerade hinten auf. Gibt es ein Problem?«

»Nein, ich wollte nur ein bisschen an seinem Wissen teilhaben.«

»Wusste gar nicht, dass er Wissen hat.«

Ein dünner Hispano kam aus dem hinteren Raum. Die Krankenhauskluft hing an ihm wie ein Bademantel. Er war etwa so alt wie Junior, was hieß, dass er vor ein paar Wochen wahrscheinlich noch in Windeln herumgelaufen war. »Sehr lustig, *jefe*.« Er boxte Junior in den Arm. »Was brauchen Sie, Doc?«

Das lief nicht so wie geplant. »Nichts. Tut mir leid wegen der Störung, Jungs.« Sie wandte sich zum Gehen, doch Junior hielt sie zurück.

»Sie sind Dales neue Lady, nicht? Er meinte, Sie sind eine große Rothaarige.«

Sara biss sich auf die Lippe. Was hatte Dale mit diesen Zehnjährigen zu schaffen?

Juniors Gesicht verzog sich zu einem Grinsen. »Dr. Linton, nehme ich an.«

Sie hätte gelogen, wenn nicht ihr Ausweis an der Brusttasche gebaumelt hätte. Und die Tatsache, dass sie die einzige rothaarige Ärztin im Krankenhaus war.

Larry zeigte sich hilfsbereit: »Würde mich sehr freuen, Dales Neuer helfen zu können.«

»Mann, ja«, pflichtete Junior ihm bei.

Sara zwang sich zu einem Lächeln. »Woher kennt ihr Dale?«

»Basketball, Baby.« Larry imitierte einen Wurf. »Welcher Art ist Ihr Notfall?«

»Kein Notfall …«, setzte sie an, merkte aber dann, dass er einen Witz hatte machen wollen. »Ich habe eine Frage zu der Schießerei gestern.«

»Zu welcher?«

Diesmal sollte es kein Witz sein. Nach einer Schießerei in Atlanta zu fragen war so, als würde man nach *dem* Betrunkenen bei einem Football-Spiel fragen. »Sherwood Forest. Die Schießerei mit Beamtenbeteiligung.«

Larry nickte. »Verdammt, das war vielleicht verrückt. Der Kerl hatte den Bauch voller H.«

»Heroin?«, fragte Sara.

»In kleinen Ballons verpackt. Die Kugel hat sie aufgerissen wie …« Er fragte Junior: »Wie heißen die Dinger mit Zucker drin?«

»Dip Stick.«

»Nein.«

»Ist es Schokolade?«

»Nein, Ma'am, die so aussehen wie Strohhalme.«

Sara sagte: »Pixy Stix?«

»Ja, genau. Der Kerl segelte auf einem Megatrip in die Ewigkeit.«

Sara wartete, bis die beiden einige Faustkontakte ausgetauscht hatten. »War das der Asiate?«

»Nein, der Puerto Ricaner.« Er rollte die *Rs* ziemlich exotisch.

»Ich dachte, er war Mexikaner?«

»Aha, weil wir alle gleich aussehen?«

Sara wusste nicht, was sie darauf sagen sollte.

Larry lachte. »Alles cool. Sollte nur ein Witz sein. Also, er ist Puerto Ricaner wie meine Mom.«

»Hat man seinen Familiennamen herausgefunden?«

»Nein. Aber er hat das Neta auf die Hand tätowiert.« Er deutete auf die Haut zwischen Daumen und Zeigefinger. »Das ist ein Herz mit einem N in der Mitte.«

»Neta?« Sara hatte den Namen noch nie gehört.

»Puerto-ricanische Gang. Diese Verrückten wollen mit den Vereinigten Staaten nichts mehr zu tun haben. Meine Mom war völlig begeistert von dieser Scheiße, als wir weggingen. Es hieß immer nur: ›Wir müssen uns aus der Knechtschaft der kolonialen Unterdrücker befreien.‹ Dann ist sie hier, und es heißt nur noch: ›Ich muss mir einen dieser großen Plasmafernseher besorgen, wie deine Tante Frieda einen hat.‹ Im Ernst.« Noch ein Faustkontakt mit Junior.

»Bist du sicher, dass das ein Gang-Symbol ist – das *N* in einem Herz?«

»Eines von vielen. Jeder, der dazugehören will, muss neue Leute mitbringen.«

»Wie bei den Wiccanern«, bemerkte Junior.

»Genau. Viele von denen verlassen die Gang wieder oder orientieren sich um. Dieser Ricardo kann kein großes Licht gewesen sein. Er hat die Finger nicht.« Larry hob wieder die Hand und legte den Mittelfinger über den Zeigefinger. »Sieht normalerweise so aus, mit der puerto-ricanischen Flagge ums Handgelenk. Es geht ihnen nur um Unabhängigkeit. Wenigstens behaupten sie das.«

Sara dachte daran, was Will ihr erzählt hatte. »Ich dachte, Ricardo hätte das Tattoo der Los Texicanos auf der Brust?«

»Ja, wie gesagt, viele verlassen die Gang wieder oder orientieren sich um. Bei dem Bruder war's anscheinend Umorientierung zum Aufstieg. Neta hat hier nicht so viel zu sagen wie die Texicanos.« Er pfiff durch die Zähne. »Ziemlich beängstigend, Mann. Die Texicanos fackeln nicht lange.«

»Weiß der ME über das alles Bescheid?«

»Sie haben die Fotos an die Abteilung für Bandenkriminalität geschickt. In Puerto Rico rangiert Neta absolut an der Spitze. Die stehen sicher in der Bibel.«

Die Gang-Bibel war das Buch, mit dem sich Polizeibeamte über Gang-Symbole und -Entwicklungen informierten. »Gibt's zu den Asiaten irgendwas? Über die anderen Opfer?«

»Einer war Student. Irgend so ein Mathe-Genie. Hat alle möglichen Preise und so gewonnen.«

Sara kannte Hironobu Kwons Fotos aus den Nachrichten. »Ich dachte, er war auf der Georgia State.« Die State war keine schlechte Uni, aber ein Mathe-Genie würde auf die Georgia Tech gehen.

»Mehr weiß ich nicht. Der andere ist im Augenblick noch in Arbeit. Das Feuer in dem Wohnblock hat uns ziemlich aufgehalten. Sechs Leichen.« Er schüttelte den Kopf. »Zwei Hunde. Mann, ich hasse es, wenn es Hunde sind.«

Junior sagte: »Fühle mit dir, Bruder.«

»Vielen Dank«, sagte Sara. »Vielen Dank euch beiden.«

Junior klopfte sich mit seiner Faust auf die Brust. »Seien Sie gut zu meinem Mann.«

Sara ging, bevor wieder Fäuste gegeneinanderstießen. Sie steckte die Hand in die Manteltasche und tastete nach ihrem Handy, während sie den Korridor entlangging. Fast das gesamte Personal hatte so viele elektronische Geräte bei sich, dass sie wahrscheinlich alle an Strahlenvergiftung sterben würden. Sie hatte ein BlackBerry, auf dem sie Laborberichte und Krankenhaus-Verlautbarungen empfing, und ein iPhone für den persönlichen Gebrauch. Ihr Krankenhaus-Handy war ein Klappgerät, das vorher offensichtlich jemandem mit sehr klebrigen Händen gehört hatte. An ihrer Manteltasche klemmten zwei Piepser, einer für die Notaufnahme, der andere für die Kinderstation. Ihr persönliches Handy war schmal und normalerweise das letzte, das sie fand, und das war auch diesmal der Fall.

Sie blätterte durch die Nummern, zögerte kurz bei Amanda Wagner und blätterte dann zurück zu Will Trent. Es klingelte zweimal, bevor er sich meldete.

»Trent.«

Beim Klang seiner Stimme brachte Sara zuerst keinen Ton heraus. In der Stille hörte sie Windgeräusche, den Lärm spielender Kinder.

Er sagte: »Hallo?«

»Hi, Will – 'tschuldigung.« Sie räusperte sich. »Ich rufe an, weil ich eben mit jemandem vom Büro des ME gesprochen habe. Wie Sie mich gebeten haben.« Sie spürte, dass sie errötete. »Wie Amanda mich gebeten hat.«

Er murmelte irgendetwas, wahrscheinlich irgendetwas zu Amanda. »Was haben Sie herausgefunden?«

»Das Texicanos-Opfer, Ricardo. Noch kein Familienname, aber er war wahrscheinlich Puerto Ricaner.« Sie wartete, während er die Information an Amanda weitergab. Sie stellte dieselbe Frage wie Sara zuvor selbst. Sara antwortete: »Auf der Hand hatte er das Tattoo einer Gang, die Neta, die aus Puerto Rico stammt. Der Mann, mit dem ich redete, meinte, Ricardo habe wahrscheinlich die Gangs gewechselt, als er nach Atlanta kam.« Wieder wartete sie, bis Will es Amanda gesagt hatte. »Außerdem hatte er den Bauch voller Heroin.«

»Heroin?« Er hob überrascht die Stimme. »Wie viel?«

»Weiß ich nicht genau. Der Mann, mit dem ich sprach, sagte, das Pulver sei in kleinen Ballons abgefüllt gewesen. Als Faith auf ihn schoss, wurde das Heroin freigesetzt. Das allein hätte ihn schon getötet.«

Will gab es an Amanda weiter und meldete sich dann wieder: »Amanda dankt Ihnen für Ihre Mühe.«

»Tut mir leid, dass ich nicht mehr habe.«

»Das ist doch klasse, was Sie uns geliefert haben.« Dann verbesserte er sich: »Ich meine, vielen Dank, Doctor Linton. Das sind für uns sehr wertvolle Informationen.«

Sie wusste, dass er vor Amanda nicht reden konnte, aber so schnell wollte sie ihn nicht davonkommen lassen. »Wie läuft's bei Ihnen?«

»Das Gefängnis war ein Reinfall. Jetzt im Augenblick stehen wir vor Hironobu Kwons Haus. Er wohnte bei seiner Mutter im Grant Park.« Er war weniger als fünfzehn Minuten vom Grady entfernt. »Die Nachbarin sagt, seine Mutter sollte bald nach Hause kommen. Schätze, sie kümmert sich um die Beerdigung. Sie wohnt direkt gegenüber vom Zoo. Wir mussten ungefähr eine Meile entfernt parken. Das heißt, ich musste parken. Amanda ließ sich absetzen.« Jetzt erst hielt er inne, um Atem zu schöpfen. »Wie geht's Ihnen?«

Sara lächelte. Er schien ebenso gern am Telefon bleiben zu wollen wie sie. »Haben Sie letzte Nacht viel geschlafen?«

»Nicht viel. Und Sie?«

Sie wollte etwas Kokettes sagen, begnügte sich dann aber mit: »Nicht viel.«

Amandas Stimme klang zu gedämpft, um sie verstehen zu können, den Tonfall bekam Sara allerdings schon mit. Will sagte: »Wir reden dann später. Noch einmal vielen Dank, Dr. Linton.«

Sara kam sich blöd vor, als sie abschaltete. Vielleicht sollte sie wieder ins Ärztezimmer gehen und mit Nan quatschen.

Oder vielleicht sollte sie mit Dale Dugan reden und diese Romanze gleich im Keim ersticken, bevor es für sie beide noch peinlicher wurde. Sara zog ihr Krankenhaus-BlackBerry heraus, suchte nach Dales E-Mail-Adresse und gab sie in ihr iPhone ein. Sie würde ihn bitten, sich mit ihr in der Cafeteria zu treffen, damit sie alles durchsprechen konnten. Vielleicht sollte sie aber auch den Parkplatz vorschlagen. Sie wollte nicht noch mehr Gerüchte, als sowieso schon zirkulierten.

Ein Stückchen weiter vorn hörte Sara die Signalglocke des Aufzugs und sah Dale, der mit einigen Schwestern lachte. Anscheinend hatte Junior ihm erzählt, dass sie hier unten war. Plötzlich verließ Sara der Mut. Sie öffnete die erste Tür, zu der sie kam, was zufällig die zum Archiv war. Zwei ältere Damen mit fast identischen, sehr akkurat frisierten Dauerwellen saßen hinter Schreibtischen, auf denen sich Patientenakten türmten. Sie hackten hektisch auf ihre Tastaturen ein und schauten kaum zu Sara hoch.

Eine von ihnen fragte: »Kann ich Ihnen helfen?« Dabei blätterte sie eine Seite in der Akte um, die geöffnet vor ihr lag.

Sara stand da und wusste eigentlich gar nicht so recht, was sie wollte. Sie erkannte, dass sie, seit sie in den Aufzug gestiegen war, irgendwie den Gedanken an das Archiv im Hinterkopf gehabt hatte. Sie steckte ihr iPhone wieder in die Manteltasche.

»Worum geht's denn, Darlin'?«, fragte die Frau. Jetzt starrten die beiden sie an.

Sara zeigte ihren Krankenhausausweis. »Ich brauche eine Akte von neunzehn…« Sie rechnete schnell im Kopf nach. »Sechsundsiebzig, vielleicht?«

Die Frau gab ihr Stift und Papier. »Schreiben Sie mir den Namen auf. Das macht es einfacher.«

Noch während Sara Wills Namen schrieb, wusste sie, dass es falsch war, was sie hier tat, und nicht nur, weil sie nationale Datenschutzgesetze brach und eine sofortige Kündigung riskierte. Will war seit frühester Kindheit im Atlanta Children's Home gewesen. Es hatte also keinen Familienarzt gegeben, der sich um seine Gesundheit kümmerte, sondern das Grady hatte sich um seine medizinischen Bedürfnisse gekümmert. Seine gesamte Kindheit war hier archiviert, und Sara nutzte ihren Krankenhausausweis, um Zugriff darauf zu nehmen.

»Keinen zweiten Vornamen?«, fragte die Frau.

Sara schüttelte den Kopf. Sie traute ihrer Stimme nicht.

»Das dauert ein bisschen. Die Akte ist noch nicht im Computer, sonst hätten Sie sie auf Ihren Tablet ziehen können. Wir haben mit den Siebzigern noch kaum angefangen.« Sie war aufgestanden und durch die Tür mit der Aufschrift »AKTENSAAL« verschwunden, bevor Sara sie davon abhalten konnte.

Die andere Frau konzentrierte sich wieder auf ihre Arbeit, und ihre langen, roten Fingernägel machten ein klackendes Geräusch wie ein Hund, der über einen Fliesenboden läuft. Sara schaute auf ihre Schuhe hinunter, die fleckig waren von allen möglichen Überresten der Fälle dieses Vormittags. In Gedanken ging sie die möglichen Schuldigen durch, aber sosehr sie sich auch bemühte, sie konnte das Gefühl nicht abschütteln, dass das, was sie jetzt tat, das absolut und ohne jeden Zweifel Unethischste war, was sie je in ihrem Leben getan hatte. Und mehr noch, es war ein völliger Verrat von Wills Vertrauen.

Und sie konnte es nicht tun. Sie würde es nicht tun.

So ging Sara nicht vor. Normalerweise war sie ein direkter Mensch. Wenn sie etwas über Wills Selbstmordversuch oder irgendwelche Details aus seiner Kindheit wissen wollte, dann sollte sie ihn fragen und ihm nicht in den Rücken fallen und in seiner Patientenakte schnüffeln.

Die Frau war wieder da. »Kein William, aber einen Wilbur habe ich gefunden.« Sie hatte eine Akte unterm Arm. »Neunzehnfünfundsiebzig.«

Während des Großteils ihrer Karriere hatte Sara mit Krankenakten aus Papier gearbeitet. Die meisten gesunden Kinder hatten bis zu ihrem achtzehnten Lebensjahr Akten mit etwa zwanzig Blättern. Die Akte eines nicht gesunden Kindes konnte um die fünfzig Seiten umfassen. Wills Akte war fast drei Zentimeter dick. Ein bröseliges Gummiband hielt verblasste Blätter gelben und weißen Papiers zusammen.

»Kein zweiter Vorname«, sagte die Frau. »Ich bin mir sicher, irgendwann hatte er einen, aber viele von diesen Kindern fielen in dieser Zeit durch die Ritzen.«

Ihre Kollegin erklärte: »Als hätte man die Tuskegee-Studie auf Ellis Island durchgeführt.«

Sara griff nach der Akte, zögerte aber dann. Ihre Hand erstarrte in der Luft.

»Alles okay, Darlin'?« Die Frau schaute ihre Kollegin an, dann wieder Sara. »Wollen Sie sich setzen?«

Sara ließ die Hand sinken. »Ich glaube, ich brauche sie doch nicht. Tut mir leid, Ihre Zeit vergeudet zu haben.«

»Sind Sie sicher?«

Sara nickte. Sie konnte sich nicht erinnern, wann sie sich das letzte Mal so schrecklich gefühlt hatte. Nicht einmal ihr Zusammenstoß mit Angie Trent hatte bei ihr ein so schlechtes Gewissen hinterlassen. »Tut mir wirklich leid.«

»Sie brauchen sich nicht zu entschuldigen. War froh, endlich mal aufstehen zu können.« Sie wollte sich die Akte wieder unter den Arm klemmen, doch in diesem Augenblick riss das Gummiband, und die Papiere segelten zu Boden.

Automatisch bückte sich Sara, um beim Aufheben zu helfen. Sie schob die Seiten zusammen und zwang sich, dabei nichts zu lesen. Es waren Laborberichte, die noch von Matrixdruckern stammten, Stapel von Krankenblättern und etwas, das aussah wie ein uralter Bericht der Polizei von Atlanta. Sie wollte gar nicht genauer hinsehen, hoffte, dass ihr kein Wort und kein Satz ins Auge stachen.

»Schauen Sie sich das an.«

Sara schaute hoch. Eine völlig normale Reaktion. Die Frau hielt ein verblasstes Polaroid in der Hand. Es war die Großaufnahme eines Kindermunds. Ein kleines, silberfarbenes Lineal lag neben einem Riss über die gesamte Länge des Philtrums, der Kerbe, die von der Mitte der Oberlippe zur Nasenwurzel verläuft. Die Verletzung stammte nicht von einem Sturz oder Zusammenprall. Die Krafteinwirkung war so heftig gewesen, dass das Fleisch aufriss und die Zähne darunter sichtbar wurden. Dicke, schwarze Nähte hielten die Wunde zusammen. Die Haut war geschwollen und gerötet. Sara war eher daran gewöhnt, diese Art von Lederballnaht in einer Leichenhalle zu sehen, nicht im Gesicht eines Kindes.

»Ich wette, der war in der Poly-Dingsda-Studie«, sagte die Frau. Sie zeigte ihrer Kollegin das Foto.

»Polyglykolsäure.« Sie erklärte Sara: »Grady führte eine Pilotstudie mit verschiedenen Arten absorbierbarer Wundfäden durch, die an der Tech entwickelt wurden. Sieht aus, als wäre er einer der Kinder gewesen, die allergisch darauf reagierten. Armer kleiner Kerl.« Sie wandte sich wieder ihrer Tastatur zu. »Ich schätze, das war besser, als ihm Blutegel aufzusetzen.«

Die andere Frau fragte Sara: »Alles okay, meine Liebe?«

Sara fühlte sich, als müsste sie sich gleich übergeben. Sie richtete sich auf und verließ den Raum. Sie hörte nicht auf zu rennen, bis sie zwei Treppen hochgestürmt war und draußen stand, um tief die frische Luft einzuatmen.

Sie ging vor der geschlossenen Tür auf und ab. Ihre Gefühle schnellten zwischen Wut und Scham hin und her. Er war doch nur ein Junge gewesen. Er war zur Behandlung eingeliefert worden, und sie hatten mit ihm experimentiert wie mit einem Tier. Bis heute hatte er wahrscheinlich keine Ahnung, was sie ihm angetan hatten. Sara wünschte sich inständig, sie wüsste es selbst nicht, doch es war nur die gerechte Strafe für ihr Schnüffeln. Sie hätte nie seine Akte verlangen dürfen. Aber sie hatte es getan, und jetzt bekam Sara dieses Bild nicht mehr aus dem Kopf – sein schöner Mund zusammengezogen von einer Naht, die nicht einmal den medizinischen Mindestanforderungen entsprach.

Das verblasste Polaroid würde bis zu ihrem Tod in ihrer Erinnerung eingebrannt bleiben. Sie hatte genau das bekommen, was sie verdiente.

»Hey, du da.«

Sara wirbelte herum. Eine junge Frau stand vor ihr. Sie war schmerzhaft dünn. Fettige blonde Haare hingen ihr bis zur Taille. Sie kratzte sich an frischen Einstichen in ihren Armen. »Bist du 'ne Ärztin?«

Sara wurde wachsam. Im Umkreis des Krankenhauses lungerten viele Junkies herum. Einige von ihnen konnten gewalttätig werden. »Du solltest hineingehen, wenn du eine Behandlung brauchst.«

»Es geht nicht um mich. Da drüben ist ein Kerl.« Sie deutete zu dem Müllcontainer in einer Ecke hinter dem Krankenhaus. Auch im hellen Tageslicht lag der Bereich im Schatten der hoch aufragenden Fassade. »Der liegt schon die ganze Nacht da. Ich glaube, er ist tot.«

Sara bemühte sich um eine sachliche, ruhige Stimme. »Wir sollten hineingehen und darüber reden.«

Wut blitzte in den Augen des Mädchens auf. »Hör mal, ich versuche nur, das Richtige zu tun. Komm mir bloß nicht so hochnäsig.«

»Ich bin nicht …«

»Ich hoffe, er steckt dich mit Aids an, du blöde Kuh.«

»O Gott«, keuchte Sara und fragte sich, ob ihr Tag noch schlimmer werden konnte. Wie sie die Manieren der Leute vom Land vermisste, wo sogar Junkies sie »Ma'am« genannt hatten. Sie wollte wieder hineingehen, blieb dann aber stehen. Vielleicht hatte das Mädchen ja die Wahrheit gesagt.

Sara ging zu dem Müllcontainer, aber nicht zu nahe heran, für den Fall, dass der Komplize des Mädchens sich dort versteckte. Der Müll war übers

Wochenende nicht abgeholt worden. Schachteln und Plastiktüten quollen aus dem Container und lagen auf dem Boden verstreut. Sara machte noch einen Schritt darauf zu. Unter einem blauen Plastiksack lag jemand. Sie sah eine Hand. Ein tiefer Schnitt teilte die Handfläche. Sara ging noch einen Schritt und blieb dann stehen. Die Arbeit im Grady hatte sie übervorsichtig gemacht. Das konnte noch immer eine Falle sein. Anstatt zu der Person zu gehen, drehte sie sich um und lief zur Krankenwageneinfahrt, um Hilfe zu holen.

Drei Sanitäter standen herum und unterhielten sich. Sie sagte ihnen, was sie gesehen hatte, und sie folgten ihr mit einer Rollbahre. Sara zog den Müllsack weg. Der Mann atmete, war aber bewusstlos. Seine braune Haut wirkte gelblich und wächsern. Sein T-Shirt war blutgetränkt, wahrscheinlich von einer tiefen Wunde in seinem Unterbauch. Sara drückte die Finger auf seine Halsschlagader und sah auf seinem Hals ein vertrautes Tattoo: ein Texas-Stern umringt von einer Klapperschlange.

Wills vermisster B-negativer.

»Gehen wir«, sagte einer der Sanitäter.

Sara lief neben der Bahre her, während sie den Mann ins Krankenhaus rollten. Sie hörte, wie die Sanitäter die Vitalfunktionen durchgingen, während sie die Gaze von seinem Bauch hob. Die Wundöffnung war schmal, wahrscheinlich von einem Küchenmesser. Ein Ende war ausgefranst von der Klingenzahnung. Es war nur sehr wenig frisches Blut zu sehen, was auf eine gestoppte Blutung hindeutete. Der Bauch war aufgebläht, und der verräterische Geruch faulenden Fleisches sagte ihr, dass sie in der Notaufnahme für ihn nicht mehr viel würde tun können.

Ein großer Mann in einem dunklen Anzug kam zu ihr gelaufen. Er fragte: »Wird er es schaffen?«

Sara suchte nach George. Der Wachmann war nirgendwo zu sehen. »Sie müssen aus dem Weg gehen.«

»Doctor …« Er hielt ein Ledermäppchen in die Höhe. Sie sah ein goldenes Schild. »Ich bin Polizist. Wird er es schaffen?«

»Ich weiß es nicht.« Sie drückte die Gaze wieder auf den Bauch. Und dann, weil es der Patient vielleicht noch hören konnte: »Vielleicht.«

Der Polizist blieb zurück. Sie schaute den Gang entlang, aber er war verschwunden.

Das Notfall-Team machte sich sofort an die Arbeit, schnitt dem Mann die Kleider vom Leib, nahm Blut ab, schloss ihn an diverse Maschinen an.

Operationsbesteck wurde bereitgelegt. Packungen mit Verbandsmaterial wurden geöffnet. Der Notfallwagen wurde herangeschoben.

Sara ordnete zwei großvolumige Infusionskatheter an, um Flüssigkeiten in den Körper zu pumpen. Sie kontrollierte die Grundfunktionen: Atemwege frei, Atmung okay, Kreislauf so gut, wie man erwarten konnte. Sie bemerkte, wie das Arbeitstempo beträchtlich langsamer wurde, als die Leute merkten, womit sie es zu tun hatten. Das Team wurde kleiner. Schließlich hatte sie nur noch eine Schwester an ihrer Seite.

»Keine Brieftasche«, sagte die Schwester. »Außer Flusen nichts in den Taschen.«

»Sir?«, rief Sara den Mann an und zog ihm die Lider hoch. Die Pupillen waren starr und geweitet. Sie suchte nach einer Kopfwunde, tastete seinen Schädel mit sanftem Druck ab und spürte am Hinterkopf eine Fraktur, die splitternd die Gehirnschale durchdrang. An dieser Wunde gab es kein frisches Blut.

Die Schwester zog den Vorhang zu, um dem Mann ein wenig Privatsphäre zu geben. »Röntgen? CT des Bauchs?«

Im Grunde genommen machte Sara hier den Job des diensthabenden Arztes. Sie fragte: »Können Sie Krakauer holen?«

Die Schwester ging, und Sara führte eine eingehendere Untersuchung durch, obwohl sie sicher war, dass Krakauer nur einen kurzen Blick auf die Vitalfunktionen werfen und ihrer Einschätzung beipflichten würde. Das hier war kein Notfall mehr. Der Patient würde eine Vollnarkose nicht überleben, und er würde auch seine Verletzungen wahrscheinlich nicht überleben. Sie konnte ihn nur mit Antibiotika vollpumpen und dann warten, bis die Zeit das Schicksal des Patienten entschied.

Der Vorhang wurde aufgezogen. Ein junger Mann schaute herein. Er war glatt rasiert, trug eine schwarze Trainingsjacke und eine tief ins Gesicht gezogene schwarze Baseball-Kappe.

»Sie dürfen nicht hier sein«, sagte Sara. »Wenn Sie jemanden suchen …«

Er boxte Sara so fest gegen die Brust, dass sie rückwärts zu Boden stürzte. Mit der Schulter knallte sie gegen einen Besteckwagen. Metallinstrumente prasselten um sie herum zu Boden – Skalpelle, Arterienklemmen, Scheren. Der junge Mann zielte mit einer Waffe auf den Kopf des Patienten und schoss zweimal aus kurzer Distanz auf ihn.

Sara hörte Schreie. Es war sie selbst. Das Geräusch kam aus ihrem Mund. Der Mann richtete seine Waffe auf ihren Kopf, und sie verstummte. Er kam auf sie zu. Sie tastete blindlings nach etwas, womit sie sich wehren konnte. Ihre Hände schlossen sich um ein Skalpell.

Er kam immer näher, war schon fast über ihr. Würde er sie erschießen, oder würde er einfach nur verschwinden? Sara ließ ihm nicht die Zeit für die Entscheidung. Sie holte mit dem Skalpell aus und schlitzte ihm die Innenseite seines Oberschenkels auf. Der Mann schrie auf und ließ die Waffe fallen. Die Wunde war tief. Blut spritzte aus der Femoralarterie. Er fiel auf ein Knie. Sie beide sahen die Waffe gleichzeitig. Sie trat sie weg. Er griff stattdessen nach Sara, umklammerte die Hand mit dem Skalpell. Sie versuchte, die Hand loszureißen, aber er verstärkte den Griff um ihr Gelenk. Panik erfasste sie, als sie erkannte, was er vorhatte. Die Klinge bewegte sich zu ihrem Hals. Mit beiden Händen versuchte sie, ihn wegzuschieben, doch die Klinge kam immer näher.

»Bitte … nicht …«

Er saß auf ihr und drückte sie mit dem Gewicht seines Körpers auf den Boden. Sie starrte in seine grünen Augen. Das Weiße war mit einem Netz roter Linien durchzogen. Seine Lippen waren ein gerader Strich. Sein Körper zitterte so sehr, dass sie es in ihrem Rückgrat spürte.

»Fallen lassen!« George, der Wachmann, stand mit gezogener Waffe da. »Sofort, du Arschloch!«

Sara spürte den Griff des Mannes noch fester werden. Ihre beiden Hände zitterten, so heftig drückte sie gegen ihn.

»Sofort fallen lassen!«

»Bitte«, flehte Sara. Ihre Muskeln konnten nicht mehr. Ihre Hände wurden schwächer.

Ohne Vorwarnung hörte der Druck plötzlich auf. Sara sah das Skalpell in die Höhe schwingen und in das Fleisch des Mannes eindringen. Er hielt ihre beiden Hände fest umklammert, während er sich das Skalpell immer und immer wieder in den Hals stieß.

10. Kapitel

WILL WAR NUN SCHON SO LANGE mit Amanda in dem Auto gefangen, dass er Angst hatte, er würde das Stockholm-Syndrom entwickeln. Er spürte bereits, dass er schwach wurde, vor allem, nachdem Miriam Kwon, die Mutter von Hironobu Kwon, Amanda ins Gesicht gespuckt hatte.

Zu Mrs. Kwons Verteidigung musste man allerdings hinzufügen, dass Amanda nicht gerade sanft mit der Frau umgesprungen war. Sie hatten sie in ihrem Vorgarten praktisch überfallen. Sie kam offensichtlich von der Vorbereitung der Beerdigung ihres Sohnes nach Hause und hatte Broschüren mit Kreuzen darauf in der Hand, als sie auf das Haus zukam. Ihre Straße war zugeparkt. Sie hatte ihr Auto in einiger Entfernung abstellen müssen und wirkte erschöpft und schwach, wie jede Mutter aussehen würde, nachdem sie den Sarg ausgesucht hatte, in dem ihr einziger Sohn beerdigt werden sollte.

Nach einer flüchtig hingeworfenen Beileidsbezeugung im Namen des GBI ging Amanda ihr quasi direkt an die Kehle. Aus Mrs. Kwons Reaktion schloss Will, dass die Frau nicht erwartet hatte, den Namen ihres toten Sohnes auf diese Art besudelt zu sehen, trotz der schändlichen Umstände seines Todes. Es gehörte zu den Grundsätzen der Nachrichtenstationen Atlantas, jeden toten jungen Mann unter fünfundzwanzig Jahren als ausgezeichneten Studenten zu feiern, bis das Gegenteil bewiesen war. Nach seinem Vorstrafenregister war dieser spezielle ausgezeichnete Student ein Fan von Oxycodon gewesen. Hironobu Kwon war zweimal wegen des Verkaufs der Droge verhaftet worden. Nur seine akademischen Leistungen hatten ihn vor einer ernsthaften Gefängnisstrafe bewahrt. Vor drei Monaten hatte der Richter eine Entziehungskur angeordnet. Offensichtlich hatte das nicht sonderlich funktioniert.

Will schaute auf die Zeitanzeige seines Handys. Seit der Umstellung auf die Sommerzeit arbeitete das Gerät nach dem militärischen Zeitmodus. Er konnte im Leben nicht herausfinden, wie man das änderte. Zum Glück war es eine halbe Stunde nach Mittag, was hieß, dass er die Umrechnung nicht wie ein Affe an den Fingern abzählen musste.

Auch hatte er nicht die Zeit für langwieriges Rechnen. Obwohl sie an diesem Vormittag fast fünfhundert Meilen gefahren waren, hatten sie nichts vorzuweisen. Evelyn Mitchell war noch immer verschwunden. Seit ihrer Entführung waren knapp vierundzwanzig Stunden vergangen. Die Leichen häuften sich, und der einzige Hinweis, den Will und Amanda bislang erhalten hatten, war aus dem Munde eines Insassen des Todestrakts gekommen, der danach ermordet worden war, bevor der Staat ihn töten konnte.

Ihr Ausflug ins Valdosta State Prison hätte ebenso gut auch nie stattgefunden haben können. Die früheren Detectives des Drogendezernats Adam Hopkins und Ben Humphrey hatten Amanda angestarrt, als würden sie durch eine Glasscheibe schauen. Will hatte das erwartet. Vor Jahren hatten sich beide geweigert, mit ihm zu sprechen, als er bei ihnen vor der Tür stand. Lloyd Crittenden war tot. Demarcus Alexander und Chuck Finn waren vermutlich ebenso unerreichbar. Beide ehemaligen Detectives waren nach ihrer Entlassung aus dem Gefängnis aus Atlanta weggezogen. Will hatte gestern Abend mit ihren Bewährungshelfern gesprochen. Alexander war an der Westküste, wo er versuchte, sein Leben neu aufzubauen. Finn lebte in Tennessee und wälzte sich im Elend der Drogensucht.

»Heroin«, sagte Will.

Amanda wandte sich ihm zu und schaute, als hätte sie vergessen, dass er auch im Auto saß. Sie fuhren auf der Interstate 85 nach Norden, zu einem weiteren Bösewicht, der sich höchstwahrscheinlich weigern würde, mit ihnen zu sprechen.

Will berichtete ihr: »Boyd Spivey sagte, dass Chuck Finn schwerst heroinabhängig sei, und Ricardo war vollgepackt mit Heroin.«

»Das ist eine sehr schwache Verbindung.«

»Hier ist noch eine: Oxy führt normalerweise zu Heroinabhängigkeit.«

»Das sind ziemlich dünne Strohhalme. Man kann heutzutage keinen Stein schmeißen, ohne einen Heroinsüchtigen zu treffen.« Sie seufzte. »Wenn wir nur mehr Steine hätten.«

Will trommelte mit den Fingern auf dem Oberschenkel. Den ganzen Vormittag schon hielt er etwas zurück, weil er hoffte, Amanda in einem unaufmerksamen Moment zu erwischen und so die Wahrheit zu erfahren. Jetzt schien ein guter Zeitpunkt zu sein. »Hector Ortiz war Evelyns Freund.«

Ihre Mundwinkel hoben sich. »Tatsächlich?«

»Er ist Ignatio Ortiz' Bruder, allerdings sagt mir Ihr Gesichtsausdruck, dass das für Sie nichts Neues ist.«

»Ortiz' Cousin«, korrigierte sie ihn. »Haben Sie diese Beobachtungen Dr. Linton zu verdanken?«

Will merkte, dass er anfing, mit den Zähnen zu knirschen. »Sie wussten bereits, wer er war.«

»Wollen Sie die nächsten zehn Minuten damit vergeuden, über Ihre Gefühle zu reden, oder wollen Sie Ihre Arbeit machen?«

Er wollte die nächsten zehn Minuten dazu verwenden, sie zu erdrosseln, aber das behielt er lieber für sich. »Warum ließ sich Evelyn Mitchell mit dem Cousin eines Kerls ein, der den Drogenhandel im gesamten Südosten der Vereinigten Staaten kontrolliert?«

»Eigentlich war Hector Ortiz nur Autohändler.« Sie schaute ihn an. In ihren Augen meinte man fast Humor zu erkennen. »Er verkaufte Cadillacs.«

Das erklärte, warum der Name des Mannes bei Wills Fahrzeugrecherche nicht aufgetaucht war. Er fuhr ein Händlerauto. »Hector hatte ein Texicanos-Tattoo auf dem Arm.«

»Wenn wir jung sind, machen wir alle Fehler.«

Will versuchte eine andere Richtung. »Was ist mit dem Buchstaben *A*, den Evelyn auf die Stuhlunterseite malte?«

»Ich dachte, wie nannten das eine Pfeilspitze?«

»*Almeja* reimt sich auf Amanda.«

»Irgendwie schon, nicht?«

»Es ist Slang für ›Fotze‹.«

Sie lachte. »Warum, Will, nennen Sie mich eine Fotze?«

Wenn sie nur wüsste, wie oft er schon in Versuchung gewesen war.

»Ich schätze, ich sollte Ihre gute Polizeiarbeit belohnen.« Amanda zog ein zusammengefaltetes Blatt Papier hinter der Sonnenblende hervor und gab es Will. »Evelyns Telefonate der letzten vier Wochen.«

Er überflog die zwei Seiten. »Sie hat oft in Chattanooga angerufen.«

Amanda schaute ihn erstaunt an. Will schaute zurück. Er konnte lesen, nur nicht schnell und auf jeden Fall nicht unter Beobachtung. Das östliche Filialbüro des Tennessee Bureau of Investigation befand sich in Chattanooga. Als er noch in North Georgia arbeitete, hatte er ständig dort angerufen, um Meth-Fälle zu koordinieren. Die Vorwahl 423 tauchte in Evelyns Verbindungsliste mindestens ein Dutzend Mal auf.

Er fragte: »Gibt es vielleicht etwas, das Sie mir sagen wollen?«

Dieses eine Mal schwieg sie.

Will zog sein Handy heraus, um die Nummer anzurufen.

»Seien Sie nicht blöd. Das ist Healing Winds, eine Entzugsklinik.«

»Warum hat sie dort angerufen?«

»Das habe ich mich auch gefragt.« Sie blinkte und wechselte die Spur. »Es ist ihnen nicht gestattet, Patienteninformationen herauszugeben.«

Will schaute sich die Datumsangaben der gewählten Nummer an. Evelyn hatte erst vor zehn Tagen angefangen, die Klinik anzurufen, und das war genau der Zeitraum, in dem, nach Mrs. Levys Angaben, sich Hector Ortiz' Besuche bei Evelyn gehäuft hatten.

Will sagte: »Chuck Finn lebt in Tennessee.«

»Er lebt in Memphis. Von Healing Winds in Chattanooga ist das eine fünfstündige Fahrt.«

»Er hat ein ernstes Drogenproblem.« Will wartete, dass sie darauf reagierte. Als sie es nicht tat, sagte er: »Wenn Jungs clean werden, wollen sie sich manchmal etwas von der Seele reden. Vielleicht hatte Evelyn Angst, dass er anfangen würde zu plappern.«

»Was für eine interessante Theorie.«

»Vielleicht musste Chuck aber auch erst einen klaren Kopf bekommen, bis er erkannte, dass Evelyn noch immer auf einem Haufen Geld saß.« Er spann den Gedanken weiter. »Mit einem Vorstrafenregister wie Chucks ist es schwer, Arbeit zu finden. Er wurde aus der Truppe entlassen. Er saß lange im Gefängnis. Er muss gegen seine Sucht ankämpfen. Auch wenn er sauber wäre, würde niemand sich darum reißen, ihn einzustellen. Nicht in dieser Wirtschaftslage.«

Amanda warf ihm noch einen Informationsbrocken hin. »In Evelyns Haus waren insgesamt acht verschiedene Fingerabdrücke, ihre und Hectors ausgenommen. Man hat drei identifiziert. Einer gehörte Hironobu Kwon, ein anderer Ricardo, dem Heroin-Esel, und ein dritter unserem Hawaii-Hemden-Fan. Sein Name ist Benny Choo. Er ist ein zweiundvierzigjähriger Schläger der Yellow Rebels.«

»Yellow Rebels?«

»Das ist eine asiatische Gang. Fragen Sie nicht, woher sie den Namen haben. Ich nehme an, sie sind sehr stolz darauf, Hinterwäldler zu sein. Die meisten von ihnen sind es.«

»Ling-Ling«, vermutete Will. Zu ihr fuhren sie gerade. »Spivey sagte, Sie sollten mit Ling-Ling reden.«

»Julia Ling.«

Will war überrascht. »Eine Frau?«

»Ja, eine Frau. Mein Gott, wie die Welt sich verändert hat.«

Amanda schaute kurz in den Rückspiegel und huschte auf die nächste Spur. »Der Spitzname kommt von der inzwischen widerlegten Annahme, dass sie nicht sehr schlau ist. Ihr Bruder reimt gerne. Aus ›Klingeling‹ wurde ›Ling-a-Ling‹, abgekürzt ›Ling-Ling‹.«

Will hatte keine Ahnung, wovon sie sprach. »Klingt einleuchtend.«

»Madam Ling ist die Chefin der Yellow Rebels in freier Wildbahn. Ihr Bruder Roger zieht die Fäden vom Knast aus, aber sie ist fürs Tagesgeschäft zuständig. Falls Gelb sich mit Braun anlegt, dann macht das Roger über Ling-Ling.«

»Wofür sitzt er?«

»Er hat lebenslang wegen Vergewaltigung und Mord an zwei Teenager-Mädchen. Sie gingen für ihn auf den Strich. Seiner Meinung nach brachten sie nicht genug ein, deshalb erdrosselte er sie mit einer Hundeleine. Aber erst nachdem er sie vergewaltigt und ihnen die Brüste abgebissen hatte.«

Will lief ein Schauder über den Rücken. »Warum sitzt er nicht im Todestrakt?«

»Er hat einen Deal abgeschlossen. Der Staatsanwalt befürchtete, dass er auf Geistesgestörtheit plädieren könnte – was, unter uns gesagt, gar nicht so abwegig wäre, weil der Mann absolut verrückt ist. Es war nicht das erste Mal, dass Roger mit Menschenfleisch zwischen den Zähnen erwischt wurde.«

Will zog die Schultern hoch. »Was war mit den Opfern?«

»Sie waren beide Ausreißerinnen, die sich auf Drogen und Prostitution eingelassen hatten. Ihren Eltern ging es eher um göttliche Vergeltung als um ›Auge um Auge‹.«

Will kannte dieses Konzept. »Sie waren wahrscheinlich aus einem bestimmten Grund ausgerissen.«

»Junge Mädchen tun das normalerweise.«

»Rogers Schwester unterstützt ihn noch immer?«

Sie warf ihm einen bedeutungsschweren Blick zu. »Lassen Sie sich nicht täuschen, Will. Julia wirkt sehr zivilisiert, aber Sie könnte Ihnen die Kehle aufschlitzen, ohne deswegen eine Sekunde Schlaf zu verlieren. Mit solchen Leuten ist nicht zu spaßen. Es gibt Prozeduren, die befolgt werden müssen. Man muss ihnen äußersten Respekt erweisen.«

Will wiederholte, was Boyd gesagt hatte. »Ohne Einladung kann man zu Gelb nicht gehen.«

»Sie haben ja so ein bemerkenswertes Gedächtnis.«

Will suchte nach der Nummer der nächsten Ausfahrt. Sie wollten zum Buford Highway. Chambodia. »Vielleicht hatte Boyd ja nur halb recht. Heroin ist wesentlich suchterzeugender als Kokain. Falls die Yellow Rebels den Markt mit billigem Heroin überschwemmen, verlieren Los Texicanos ihre Kokain-Stammkundschaft. Das deutet auf einen Machtkampf hin, aber das erklärt nicht, warum zwei Asiaten und ein Texicano in Evelyns Mitchells Haus eindrangen, um dort etwas zu suchen.« Will hielt inne. Sie hatte ihn schon wieder aus dem Konzept gebracht. »Hironobu Kwon und Benny Choo. Wie ist Ricardos Familienname?«

Sie lächelte. »Sehr gut.« Dann gewährte sie ihm die Information wie eine weitere Belohnung. »Ricardo Ortiz. Er ist Ignatio Ortiz' jüngster Sohn.«

Will hatte schon Axtmörder verhört, die kooperativer waren. »Und er transportierte Heroin.«

»Ja, das tat er.«

»Werden Sie mir jetzt sagen, ob diese Kerle miteinander zu tun hatten, oder muss ich das selbst herausfinden?«

»Ricardo Ortiz saß zweimal im Jugendknast, aber Hironobu Kwon lernte er dort nicht kennen. Beide haben keine erkennbare Verbindung zu Benny Choo, und, wie gesagt, Hector Ortiz war ein einfacher Autohändler.« Sie überholte einen Lastwagen und schnitt dabei einen Hyundai. »Glauben Sie mir, wenn ich zwischen diesen Männern eine Verbindung sehen würde, würden wir in diese Richtung arbeiten.«

»Bis auf Choo waren sie alle jung, Anfang zwanzig.« Will überlegte, wo sie sich getroffen haben könnten. AA-Treffen. Nachtclubs. Basketball-Hallen. Vielleicht in einer Kirche. Miriam Kwon trug ein Goldkreuz um den Hals. Ricardo Ortiz hatte ein Kreuz auf den Arm tätowiert. Es waren schon merkwürdigere Dinge passiert.

Amanda sagte: »Schauen Sie sich die Nummer an, die Evelyn am Tag vor ihrer Entführung anrief. Am Nachmittag um zwei Minuten nach drei Uhr.«

Will fuhr mit dem Finger die erste Spalte entlang, bis er die Zeitangabe gefunden hatte. Die Nummer hatte die Vorwahl von Atlanta. »Muss ich die kennen?«

»Es würde mich überraschen, wenn Sie sie kennen würden. Es ist die Revierdurchwahl für Hartsfield.« Hartsfield-Jackson, der Flughafen von Atlanta. »Vanessa Livingston ist die Kommandantin. Ich kenne das alte

Mädchen schon sehr lange. Als ich das APD verließ, wurde sie Evelyns Partnerin.«

Will wartete und fragte dann: »Und?«

»Evelyn bat sie, in den Passagierlisten nach einem Namen zu suchen.«

»Ricardo Ortiz«, vermutete Will.

»Sie müssen gestern Nacht wirklich sehr gut geschlafen haben.«

Er war bis drei Uhr aufgeblieben und hatte sich die restlichen Aufnahmen der Verhöre angehört, offensichtlich aus keinem anderen Grund, als herauszufinden, was Amanda bereits wusste. »Woher kam Ricardo?«

»Aus Schweden.«

Will runzelte die Stirn. Das hatte er nicht erwartet.

Amanda bog in die Ausfahrt zur I-285 ein. »Neunzig Prozent des Heroins kommt aus Afghanistan. Ihre Steuern bei der Arbeit.« Sie bremste vor der Kurve, als sie die Spaghetti Junction durchfuhren. »Der Großteil des Nachschubs für Europa läuft durch den Iran, dann in die Türkei und weiter in nördlichere Länder.«

»Wie Schweden.«

»Wie Schweden.«

Nachdem sie sich wieder in den schnell fließenden Verkehr eingefädelt hatte, beschleunigte sie. »Ricardo war drei Tage dort. Dann nahm er eine Maschine von Göteborg nach Amsterdam und von dort direkt nach Atlanta.«

»Voller Heroin.«

»Voller Heroin.«

Will rieb sich das Kinn und dachte daran, was mit dem jungen Mann passiert war.

»Jemand hat ihn heftig verprügelt. Er war voller Ballons. Vielleicht konnte er sie nicht ausscheiden.«

»Das sind Fragen für den Medical Examiner.«

Will hatte angenommen, dass Amanda sämtliche Informationen aus dem Büro des ME bereits erhalten hatte. »Sie haben ihn nicht gefragt?«

»Sie haben mir freundlicherweise versprochen, mir heute Abend nach Dienstschluss einen vollständigen Bericht zu schicken. Was glauben Sie, warum ich gesagt habe, Sara soll ihre Kontakte spielen lassen?« Dann fügte sie hinzu: »Wie läuft das übrigens? Da Sie ja heute Nacht so gut geschlafen haben, nehme ich an, nicht sehr gut.«

Sie erreichten die Ausfahrt zum Buford Highway. Die US-Route 23 führte von Jacksonville, Florida, nach Mackinaw City, Michigan. Das Teilstück in Georgia war etwa vierhundert Meilen lang, und der Teil, der durch Chamblee, Norcross und Doraville lief, beherbergte so ziemlich das bunteste Völkergemisch der ganzen Gegend, wenn nicht des Landes. Man konnte es nicht unbedingt ein Viertel oder eine Gemeinde nennen – eher eine Aneinanderreihung trostloser Einkaufsstraßen, schäbiger Wohnblocks und Tankstellen, die teure Zierfelgen und schnelle Autokredite anboten.

Will war sich ziemlich sicher, dass Chambodia ein abwertender Begriff war, aber der Name hatte sich für die Gegend gehalten, trotz des Drängens des DeKalb County, sie den Internationalen Korridor zu nennen. Es gab alle möglichen ethnischen Untergruppierungen, von den Portugiesen bis zu den Hmong. Im Gegensatz zu den meisten großstädtischen Gebieten gab es offensichtlich keine klare Trennung zwischen den Ethnien. Deshalb fand man ein mexikanisches Restaurant neben einem Sushi-Laden, und der Bauernmarkt war die Art Schmelztiegel, den sich die meisten Menschen vorstellten, wenn sie an die Vereinigten Staaten dachten.

Dieser Streifen kam den Land der unbegrenzten Möglichkeiten viel näher als die goldbraunen, wogenden Getreidefelder des Herzlands. Die Menschen konnten hierherkommen mit kaum mehr als Arbeitsmoral und sich ein solides Mittelklasseleben aufbauen. Soweit Will sich erinnerte, war die Demographie hier einem ständigen Wandel unterworfen. Die Weißen beschwerten sich, als die Schwarzen einzogen. Die Schwarzen beschwerten sich, als die Hispanos einzogen. Die Hispanos beschwerten sich, als die Asiaten einzogen. Eines Tages würden sie alle über den Zuzug von Weißen murren. Das Hamsterrad des amerikanischen Traums.

Amanda fuhr auf den Mittelstreifen, der als Abbiegespur für beide Fahrtrichtungen des Highways diente. Will sah ein Gerüst mit einer ganzen Reihe von übereinander aufgehängten Schildern. Einige Schriftzeichen waren unlesbar, eher Kunstwerke als Buchstaben.

»Ich hatte den ganzen Vormittag ein Auto vor Ling-Lings Laden stehen. Keine Besucher.« Amanda drückte das Gaspedal durch und hätte beinahe einen Minivan gerammt, als sie die Kurve nahm. Hupen plärrten, aber sie fuhr ungerührt fort: »Ich habe gestern Abend ein paar Leute angerufen. Roger wurde letzten Monat ins Coastal überstellt. Davor hatte man ihn sechs Monate lang in Augusta, aber jetzt ist er mit seinen Medikamenten gut eingestellt, deshalb hat man ihn wieder in das Höllenloch zurückgeschickt.« Das Augusta Medical Hospital bot psychiatrisch-medizinische Grundversorgung für Gefängnisinsassen an. »Rogers erster Tag im Coastal endete mit einem unschönen Vorfall unter Beteiligung einer Seife in einer Socke. Offensichtlich ist er nicht sehr glücklich mit seiner neuen Unterkunft.«

»Wollen Sie anbieten, ihn verlegen zu lassen?«

»Falls es nötig ist.«

»Werden Sie Boyds Namen nennen?«

»Das dürfte keine gute Idee sein.«

»Was glauben Sie, was Roger uns geben wird?« Will schlug sich im Geiste auf die Stirn. »Sie glauben, er steckt hinter Evelyns Entführung.«

»Auch wenn er klinisch geisteskrank ist, ist er doch nicht so blöd, so etwas zu tun.« Sie warf Will einen bedeutungsvollen Blick zu. »Roger ist extrem intelligent. Schach, nicht Dame. Er hat nichts davon, wenn er Evelyn entführt. Das würde seine ganze Organisation spalten.«

»Okay, dann glauben Sie also, Roger weiß, wer dahintersteckt?«

»Wenn Sie was über ein Verbrechen erfahren wollen, fragen Sie einen Verbrecher.« Ihr Handy klingelte. Sie schaute auf die Nummernkennung. Will spürte, wie das Auto langsamer wurde. Amanda fuhr an den Straßenrand. Sie meldete sich, hörte zu und drückte dann auf den Knopf der Zentralverriegelung. »Kann ich mal einen Augenblick ungestört sein?«

Will stieg aus dem SUV. Tags zuvor war das Wetter spektakulär gewesen, jetzt war es bewölkt und schwül. Er ging zum Ende der Einkaufsstraße. Kurz vor der Einfahrt gab es ein Restaurant. Aus dem Schaukelstuhl, der auf das Schild gemalt war, schloss er, dass es sich um einen Laden mit ländlicher Küche handelte. Komischerweise knurrte bei dem Gedanken an Essen sein Magen nicht. Das Letzte, was er zu sich genommen hatte, war eine Schüssel mit Instant-Maisgrütze gewesen, die er heute Morgen hinuntergewürgt hatte. Sein Appetit war verschwunden, und das hatte er bis jetzt erst ein Mal in seinem Leben erlebt – als er das letzte Mal mit Sara Linton zusammen gewesen war.

Will setzte sich auf den Bordstein. Autos rauschten an ihm vorbei. Musik dröhnte. Ein Blick zu Amanda sagte ihm, dass sie eine Weile brauchen würde. Sie gestikulierte mit den Händen, und das war noch nie ein gutes Zeichen.

Er holte sein Handy heraus und blätterte durch die Nummern. Er sollte Faith anrufen, aber er hatte nichts Neues zu berichten, und ihr Gespräch gestern Abend hatte kein gutes Ende gefunden. Was mit Evelyn passiert war, machte die Sache nicht gerade besser. Was für trickreiche verbale Manöver Amanda auch anstellte, es gab doch einige harte Fakten, um die sie nicht herumreden konnte. Falls die Asiaten es wirklich auf den Drogenmarkt der Texicanos abgesehen hatten, dann musste Evelyn Mitchell im Zentrum des Ganzen stehen. Hector mochte ein Autohändler gewesen sein, aber er trug dennoch das Tattoo, das ihn mit der Gang verband. Er hatte dennoch einen Cousin im Gefängnis, der diese Gang anführte. Sein Neffe war in Evelyns Haus erschossen worden, und Hector selbst hatte tot in Evelyns Kofferraum gelegen. Es gab keinen Grund für eine Polizistin, vor allem für eine pensionierte, mit dieser Art von bösen Jungs etwas zu tun zu haben, außer man war selbst in etwas Schmutziges verwickelt.

Will schaute auf sein Handy hinunter. Dreizehn Uhr. Er sollte ins Einstellungs-Menü gehen und herausfinden, wie man das Display auf die normale Zeitanzeige umschaltete, aber im Augenblick hatte Will nicht die Geduld dafür. Stattdessen blätterte er zu Saras Telefonnummer, die drei Achten in der Ziffernfolge hatte. Er hatte sie in den letzten Monaten viel zu oft angestarrt, und es wunderte ihn beinahe, dass sie sich nicht in seine Netzhaut eingebrannt hatte.

Wenn man das unglückliche Missverständnis mit der Lesbe, die auf der anderen Straßenseite wohnte, nicht mitzählte, hatte Will noch nie ein richtiges Rendezvous gehabt. Mit Angie war er seit seinem achten Lebensjahr zusammen. Irgendwann einmal hatte es Leidenschaft gegeben und für eine kurze Zeit etwas, das sich fast wie Liebe anfühlte, aber er konnte sich an keinen Zeitpunkt in seinem Leben erinnern, zu dem er glücklich mit ihr gewesen war. Inzwischen graute ihm davor, wenn sie vor seiner Tür auftauchte. Er empfand eine enorme Erleichterung, wenn sie verschwand. Schwach wurde er allerdings immer noch in diesem Dazwischen, diesen seltenen Augenblicken des Friedens, wenn sie ihm einen kurzen Blick darauf gewährte, wie ein normales Leben aussehen könnte. Dann aßen sie zusammen und gingen einkaufen und arbeiteten im Garten – oder Will arbeitete, und Angie schaute zu –, und abends gingen sie dann ins Bett, und er lag mit einem Lächeln auf dem Gesicht da, weil das ein Leben war, wie der Rest der Welt es führte.

Und am nächsten Morgen wachte er auf, und sie war verschwunden.

Sie waren einander zu nahe. Das war das Problem. Sie hatten zu viel gemeinsam durchgestanden, zu viele Entsetzlichkeiten gesehen, zu viel Angst und Abscheu und Mitleid miteinander geteilt, um sich gegenseitig als etwas anderes zu betrachten denn als Opfer. Wills Körper war wie ein Denkmal dieses Elends: die Brandnarben, die vernähten Risse, die Grausamkeiten, die er hatte ertragen müssen. Jahrelang hatte er mehr von Angie gewollt, aber in letzter Zeit hatte Will schweren Herzens erkennen müssen, dass sie nicht mehr geben konnte.

Sie würde sich nicht ändern. Er wusste das schon, als sie schließlich geheiratet hatten, was nicht durch sorgfältige Planung zustande gekommen war, sondern weil Will mit Angie gewettet hatte, dass sie es nie machen würde. Von dieser Wette abgesehen, würde Angie das Zusammensein mit Will nie als etwas anderes betrachten als einen sicheren Hafen, im besten Fall, und als ein Opfer, im schlimmsten Fall. Es gab einen Grund, warum sie ihn nie berührte, außer sie wollte etwas. Und das war der Grund, warum er nicht versuchte, sie anzurufen, wenn sie verschwand.

Er steckte den Daumen in seinen Ärmel und ertastete den Anfang der langen Narbe, die sich seinen Arm hochzog. Sie war dicker als in seiner Erinnerung. Die Haut war immer noch berührungsempfindlich.

Will zog die Hand zurück. Angie war zusammengezuckt, als sie das letzte Mal unabsichtlich seinen nackten Arm gestreift hatte. Ihre Reaktionen auf ihn waren immer intensiv, nie halbe Sachen. Sie probierte gern aus, wie weit sie ihn treiben konnte. Das war ihr Lieblingssport: Wie schlimm musste sie sich verhalten, bis Will sie schließlich verließ, wie es jeder andere in ihrem Leben getan hatte.

Sehr oft hatten sie knapp vor diesem Abgrund gestanden, aber irgendwie schaffte sie es immer, ihn in der letzten Sekunde zurückzureißen. Auch jetzt spürte Will diese Zugkraft. Er hatte Angie seit dem Tod ihrer Mutter nicht mehr gesehen. Deirdre Polaski war Junkie und Prostituierte gewesen, die sich selbst mit einer Überdosis ins vegetative Koma geschickt hatte, als Angie elf Jahre alt war. Siebenundzwanzig Jahre hatte ihr Körper durchgehalten, bevor er schließlich aufgab. Seit dem Begräbnis waren vier Monate vergangen. Nicht viel nach ihrer Zeitrechnung – Angie war schon einmal für ein ganzes Jahr verschwunden –, aber Will spürte etwas in seinem Rückgrat, das ihm sagte, dass diesmal etwas nicht stimmte. Sie war in Schwierigkeiten, oder sie war verletzt, oder sie war verärgert. Sein Körper wusste das, so wie er wusste, dass er atmen musste.

Sie waren schon immer verbunden gewesen, auch damals als Kinder bereits. Vor allem als Kinder. Und wenn Will eines über seine Frau wusste, dann, dass sie immer zu ihm zurückkam, wenn es ihr schlechtging. Er wusste nicht, wann sie auftauchen würde, ob morgen oder nächste Woche, aber er wusste, dass er irgendwann in nächster Zeit von der Arbeit nach Hause kommen und Angie auf seiner Couch finden würde, wo sie seinen Pudding aß und abfällige Bemerkungen über seinen Hund machte.

Das war der Grund, warum Will am Abend zuvor zu Sara gegangen war. Er versteckte sich vor Angie. Er kämpfte gegen das Unvermeidliche an. Und wenn er ehrlich war, hatte er sich auch danach gesehnt, Sara wiederzusehen. Dass sie ihm seine Ausrede, sein Haus sei ein Chaos, abgekauft hatte, brachte ihn auf den Gedanken, dass vielleicht auch sie ihn bei sich haben wollte. Als Kind hatte Will sich beigebracht, nichts zu wollen, was er nicht haben konnte – die neuesten Spielsachen, Schuhe, die tatsächlich passten, selbst gekochte Mahlzeiten, die nicht aus einer Dose kamen. Seine Fähigkeit zur Selbstverleugnung verschwand, sobald es um Sara Linton ging. Er konnte nicht aufhören, daran zu denken, wie ihre Hand auf seiner Schulter sich angefühlt hatte, als sie gestern auf der Straße gestanden hatten. Ihr Daumen hatte seinen Hals gestreichelt. Sie hatte sich auf Zehenspitzen gestellt, damit sie auf gleicher Höhe waren, und einen Augenblick lang hatte er gedacht, sie würde ihn küssen.

»O Gott«, stöhnte Will. Er erinnerte sich an das Gemetzel in Evelyn Mitchells Haus, an das Blut und die Gehirnmasse, die überall in der Küche und Wäschekammer verspritzt waren. Und dann versuchte er, seinen Kopf völlig leer zu machen, weil er ziemlich sicher war, dass an Sex denken und sich dann Gewaltszenen vorstellen die Mischung war, die Serientäter hervorbrachte.

Er hörte, wie im SUV der Rückwärtsgang eingelegt wurde. Amanda ließ das Fenster herunter. Will stand auf.

Sie sagte: »Das war eine Quelle im APD. Wie's aussieht, ist ihr B-negativer vor dem Müllcontainer am Grady aufgetaucht. Bewusstlos, kaum atmend. In einer der Mülltüten fand man seine Brieftasche. Marcellus Benedict Estevez. Arbeitslos. Wohnt bei seiner Großmutter.«

Will fragte sich, warum Sara ihn nicht deswegen angerufen hatte. Vielleicht hatte sie die Klinik bereits verlassen. Vielleicht war es aber auch nicht ihre Aufgabe, ihn auf dem Laufenden zu halten. »Hat Estevez irgendwas gesagt?«

»Er starb vor einer halben Stunde. Nach dem hier fahren wir im Krankenhaus vorbei.«

Da der Kerl bereits tot war, hielt Will das für eine sinnlose Fahrt. »Hatte er irgendwas bei sich?«

»Nein. Steigen Sie ein.«

»Warum sind wir ...«

»Ich habe nicht den ganzen Tag Zeit. Gehen wir's an.«

Will stieg in den SUV. »Wurde bestätigt, dass Estevez' Blutgruppe B-negativ ist?«

Sie stieg aufs Gaspedal. »Ja. Und seine Fingerabdrücke sind eindeutig als eine der acht in Evelyns Haus identifiziert.«

Schon wieder bekam er irgendetwas nicht mit. »Das war aber eine lange Unterhaltung für so wenige Informationen.«

Dieses eine Mal zeigte sie sich kooperativ. »Wir haben einen Rückruf in Bezug auf Chuck Finn. Warum haben Sie mir nicht gesagt, dass Sie gestern Abend mit seinem Bewährungshelfer telefoniert haben?«

»Schätze, ich war kleinkariert.«

»Mir gegenüber auf jeden Fall. Der Bewährungshelfer hat Chuck heute Morgen kurzfristig kontrolliert. Er ist seit zwei Tagen verschwunden.«

»Moment mal.« Will drehte sich ihr zu. »Gestern Abend hat Chucks Bewährungshelfer mir noch gesagt, dass er ihn ständig im Blick hat. Er meinte, Chuck hätte noch nie einen Meldetermin verpasst.«

»Ich bin mir sicher, das Bewährungsbüro in Tennessee ist ebenso überlastet und unterbesetzt wie das unsere. Wenigstens hatten die den Mumm, heute Vormittag mit der Wahrheit herauszurücken.« Sie warf ihm einen bedeutungsvollen Blick zu. »Chuck Finn hat sich vor zwei Tagen selbst aus der Therapie entlassen.«

»Therapie?«

»Er war in Healing Winds. Er ist seit drei Monaten clean.«

Will fühlte sich ein wenig entlastet.

»In Healing Winds war auch Hironobu Kwon in Therapie. Sie waren zur selben Zeit dort.«

Will schwieg einen Augenblick. »Wann haben Sie das alles herausgefunden?«

»Jetzt gerade, Will. Nicht schmollen. Ich kenne ein altes Mädchen, das im Archiv im Drogengericht arbeitet.« Offensichtlich kannte Amanda so ziemlich überall ein altes Mädchen. »Kwon wurde für seine erste Straftat nach Hope Hall geschickt.« Die stationäre Therapieeinrichtung des Drogengerichts. »Der Richter hatte keine Lust, ihm auf Staatskosten eine zweite Chance zu geben, deshalb sprang die Mutter ein und besorgte ihm ein Bett in Healing Winds.«

»Wo er Chuck Finn traf?«

»Das ist eine große Einrichtung, aber Sie haben recht. Es wäre wohl ziemlich weit hergeholt zu sagen, dass diese Männer rein zufällig zur selben Zeit dort waren.«

Will war schockiert, sie dies zugeben zu hören, aber er redete einfach weiter: »Falls Chuck Hironobu Kwon gesagt hatte, Evelyn hätte noch irgendwo Geld herumliegen …« Er lächelte. Endlich ergab etwas einen Sinn. »Was ist mit dem anderen Kerl? Der B-negative, der vor dem Grady lag? Hatte er irgendeine Verbindung mit Chuck oder Hironobu?«

»Marcellus Estevez wurde noch nie verhaftet. Er ist geboren und aufgewachsen in Miami, Florida. Vor zwei Jahren zog er nach Carrollton, um auf das West Georgia College zu gehen. Vor einem Vierteljahr warf er hin. Seitdem hatte er keinen Kontakt mehr mit seiner Familie.«

Noch ein Junge Mitte zwanzig, der sich mit sehr schlechten Leuten eingelassen hatte. »Sie scheinen ja eine ganze Menge über Estevez zu wissen.«

»Das APD hatte bereits mit den Eltern gesprochen. Sie meldeten ihn als vermisst, sobald sie vom College erfuhren, dass er nicht mehr am Unterricht teilnahm.«

»Seit wann gibt Atlanta denn Informationen an uns weiter?«

»Sagen wir einfach, ich habe mit ein paar alten Freunden Kontakt aufgenommen.«

Allmählich schälte sich für Will das Bild eines Netzwerks aus stahlharten, alten Karrierefrauen heraus, die entweder Amanda etwas schuldig waren oder irgendwann in ihren langen Berufsjahren mit Evelyn zusammengearbeitet hatten.

Sie fuhr fort: »Wichtig ist, dass wir nicht wissen, wie der B-negative Estevez hier ins Bild passt. Bis auf Hironobu Kwon und Chuck Finn gibt es keinen Hinweis auf Verbindungen zwischen irgendjemandem im Haus. Sie gingen alle auf verschiedene Highschools. Nicht alle von ihnen waren im College, aber diejenigen, die es waren, nicht zur selben Zeit in demselben College. Sie haben keine gemeinsamen Gang-Verbindungen oder Club-Mitgliedschaften. Sie alle haben verschiedene Hintergründe, verschiedene Abstammungen.«

Will hatte den Eindruck, dass sie zumindest in dieser Hinsicht ehrlich war. Bei jeder Ermittlung, die mehrere Täter betraf, war der Schlüssel immer herauszufinden, woher sie einander kannten. Menschliche Wesen wurden meistens durch ihre Gewohnheiten durchschaubar. Wenn man herausfand, wo sie sich trafen, woher sie sich kannten oder was sie zueinandergeführt hatte, dann fand man im Allgemeinen jemanden außerhalb der Gruppe, der an ihrem Rand herumhing und bereit war zu reden.

Er sagte ihr, was er dachte, seit er Evelyns verwüstetes Haus gesehen hatte: »Die ganze Sache kommt mir vor wie ein persönlicher Rachefeldzug.«

»Das sind die meisten Rachefeldzüge.«

»Nein, ich meine, es kommt mir vor, als ginge es um mehr als Geld.«

»Das wird eine der vielen Fragen sein, die wir diesen Idioten stellen, wenn wir sie erst in Handschellen haben.« Amanda riss am Steuerrad und fuhr so heftig in eine Kurve, dass Will ans Fenster geschleudert wurde. »Tut mir leid.«

Er konnte sich nicht erinnern, dass Amanda sich je entschuldigt hätte. Er starrte ihr Profil an. Ihr Kinn war noch mehr vorgeschoben als gewöhnlich. Ihre Haut war fahl. Sie sah richtig fertig aus. Und sie hatte ihm in den letzten zehn Minuten mehr Informationen gegeben als in den letzten vierundzwanzig Stunden. »Ist sonst noch was los?«

»Nein.« Sie hielt vor einem großen Lagerhaus mit sechs Ladebuchten. LKWs waren nirgends zu sehen, aber vor den großen Toren parkten diverse Fahrzeuge. Jedes der Fahrzeuge kostete mehr als Wills Pension – BMWs, Mercedes' – sogar ein Bentley.

Amanda fuhr ein Mal um den Vorplatz herum, um sicherzustellen, dass es keine bösen Überraschungen gab. Die Fläche war so groß, dass ein Neunachser hätte wenden können, und fiel zu den Ladebuchten leicht ab, um Be- und Entladen zu erleichtern. Sie machte eine Kehre und fuhr auf demselben Weg zurück. Die Reifen quietschen, als sie heftig am Steuer riss und so weit weg vom Gebäude parkte, wie es ging, ohne auf dem Gras zu stehen. Amanda stellte den Motor ab. Der SUV stand jetzt direkt gegenüber dem Gebäudeabschnitt, der den Empfang zu beherbergen schien. Sie waren etwa fünfzig Meter von der Fassade entfernt. Bröckelnde Betonstufen führten zu einer Glastür. Das Geländer war so verrostet, dass es zur Seite geknickt war. An das Schild über dem Eingang waren einige Küchenschränke geschraubt. Eine Konföderiertenfahne wehte in der Brise. Will las das erste Wort auf dem Schild und riet den Rest: »Südstaaten-Möbel? Ungewöhnlich als Tarnung für Drogengeschäfte.«

Sie schaute ihn aus halb zusammengekniffenen Augen an. »Als würde man einen Hund auf den Hinterbeinen laufen sehen.«

Will stieg aus. Sie trafen sich hinter dem Auto. Mit der Fernbedienung öffnete sie den Kofferraum. Heute Morgen in Valdosta hatten sie ihre Waffen weggeschlossen, bevor sie das Gefängnis betraten. Der schwarze SUV gehörte zur GBI-Standardausrüstung, was bedeutete, dass ein großer Stahlschrank mit sechs Schubladen den gesamten Rückraum einnahm. Amanda tippte die Kombination in das Zahlenschloss und zog die mittlere Schublade auf. Ihre Glock steckte in einem violetten Samtbeutel mit eingesticktem Crown-Royal-Logo am Saum. Sie schob ihn in ihre Handtasche, während Will sich sein Halfter an den Gürtel klemmte.

»Moment noch.« Sie griff in der Schublade ganz nach hinten und zog einen fünfschüssigen Revolver heraus. Dieser spezielle Typ von Smith and Wesson wurde »Old-Timer« genannt, weil vor allem Old-Timer, alte Hasen also, ihn benutzten. Die Waffe war relativ leicht und hatte einen verdeckten Hahn, sodass sie problemlos zu verstecken war. Trotz des »Lady Smith«-Logos über dem Abzug konnte der Rückschlag eine hässliche Quetschung auf der gesamten Handfläche hinterlassen. Evelyns S&W war ein ähnliches Modell, mit einem Kirschholzgriff anstelle von Amandas handgefertigten Walnussschalen. Will fragte sich, ob die beiden Frauen die Waffen bei einem gemeinsamen Einkaufsbummel gekauft hatten.

Amanda sagte: »Stehen Sie gerade. Versuchen Sie, nicht zu reagieren. Wir sind im Bereich der Kamera.«

Will musste sich zusammennehmen, um ihren Befehl auszuführen, als sie unter seine Jacke griff und ihm den Revolver hinten in den Hosenbund steckte. Er starrte einfach das Lagerhaus an. Es war aus Metall, breiter als tief, etwa halb so lang wie ein Football-Feld. Das gesamte Gebäude stand auf einem Betonfundament, das das Erdgeschoss um mindestens einen Meter dreißig erhöhte, die Standardhöhe einer Ladebucht. Bis auf die steile Betontreppe, die zur Vordertür führte, gab es keinen anderen Ein- oder Ausgang. Außer man war bereit, sich auf eine der Ladebuchten hochzustemmen und das große Metalltor mit Gewalt aufzudrücken.

Er fragte: »Wo sind die Jungs, die Sie hier zur Beobachtung hatten?«

»Doraville brauchte Unterstützung. Wir sind auf uns selbst gestellt.«

Er sah die Kamera über dem Haupteingang hin und her schwenken. »Na, wenn das mal keine schlechte Idee ist.«

»Stellen Sie sich gerade hin.« Sie gab ihm einen Klaps auf den Rücken, um zu kontrollieren, ob die Waffe auch fest saß. »Und ziehen Sie, um Himmels willen, nicht den Bauch ein, sonst fällt sie Ihnen direkt auf den Boden.«

Sie musste sich auf Zehenspitzen stellen, um die Heckklappe zu schließen. »Ich weiß nicht, warum Sie Ihren Gürtel so locker tragen. Ist doch sinnlos, überhaupt einen zu haben, wenn Sie ihn nicht richtig verwenden.«

Will ging hinter ihr auf den Eingang zu. Sie brachten die fünfzig Meter offene Fläche schnell hinter sich. Die Kamera schwenkte nicht mehr hin und her, sondern verfolgte sie. Es war fast so, als hätten sie Zielscheiben auf der Brust. Er konzentrierte sich auf den Haarwirbel auf Amandas Hinterkopf.

Die Glastür ging auf, als sie die Betonstufen erreichten. Amanda beschirmte die Augen und blickte zu einem verärgert blickenden Asiaten hoch. Er war riesig, und sein Körper bestand offensichtlich zu gleichen Teilen aus Fett und Muskeln. Der Kerl stand wortlos da, hielt die Tür auf und schaute zu, wie sie die Treppe hochkamen. Will folgte Amanda nach drinnen. Seine Augen brauchten eine Weile, bis sie sich an das Licht in dem winzigen, luftlosen Empfangsbereich gewöhnt hatten. Die Plastiktäfelung an den Wänden hatte sich vor Feuchtigkeit verzogen. Der Teppichboden war braun auf eine Art, die einen pingeligeren Mann abgestoßen hätte. Es roch nach Sägemehl und Öl. Im Inneren des Lagerhauses hörte Will Maschinen laufen: Nagelpistolen, Kompressoren, Drechselbänke. Aus dem Radio plärrten Guns N' Roses.

Amanda sagte zu dem Mann: »Mrs. Ling dürfte mich erwarten.« Sie lächelte in die Kamera über der Tür.

Der Mann rührte sich nicht. Amanda griff in ihre Handtasche, als suchte sie einen Lippenstift. Will wusste nicht, ob sie nach ihrer Waffe griff oder tatsächlich ihren Lippenstift brauchte. Die Antwort bekam er, als die Tür von einer großen, geschmeidigen Frau, ein Grinsen auf dem Gesicht, geöffnet wurde.

»Mandy Wagner, das ist ja eine Ewigkeit her.« Die Frau schien sich fast zu freuen. Sie war Asiatin, ungefähr in Amandas Alter, mit kurzen grauen Haaren. Sie war dünn wie ein Teenager, doch ihre ärmellose Bluse zeigte Arme mit prägnantem Muskeltonus. Sie sprach mit deutlichem Südstaaten-Akzent. Die träge Art ihrer Bewegungen hatte etwas Katzenhaftes, vielleicht hatte aber auch der Haschischgeruch, den sie verströmte, etwas damit zu tun. Sie trug perlenverzierte Mokassins, wie man sie als Souvenir in Touristenläden in Indianerreservaten fand.

»Julia.« Amanda lächelte verbindlich. »Freut mich sehr, dich zu sehen.« Sie umarmten sich, und Will sah, dass die Hand der Frau an Amandas Taille kurz verweilte.

»Das ist Will Trent, mein Kollege.« Sie legte ihre Hand über Julias, als sie sich Will zuwandte. »Ich hoffe, du hast nichts dagegen, dass er dabei ist. Er ist noch in der Ausbildung.«

»Was für ein Glück er hat, von der Besten zu lernen«, säuselte Julia. »Sag ihm, er soll seine Waffe auf die Theke legen. Du auch, Mandy. Benutzt du noch immer diesen alten Crown-Royal-Beutel?«

»Schützt den Schlagbolzen vor Staubflusen.« Die Waffe gab ein dumpfes Geräusch von sich, als sie den Beutel auf die Theke legte. Der mürrische Mann schaute hinein und nickte seiner Chefin dann zu. Will folgte der Bitte nicht so schnell. Seine Waffe gab er nur sehr ungern ab.

»Will«, sagte Amanda, »bringen Sie mich nicht vor meinen Freunden in Verlegenheit.«

Er zog den Halfter vom Gürtel und legte seine Glock auf die Theke.

Julia lachte, als sie sie durch die Tür winkte. Das Lagerhaus war noch größer, als es von außen aussah, aber die eigentliche Werkstatt war so klein, dass sie in eine Doppelgarage passen würde. Gut ein Dutzend Männer bauten Schränke zusammen. Will konnte nicht sagen, ob sie Asiaten, Hispanos oder sonst etwas waren, weil sie alle ihre Kappen tief in die Stirn gezogen und die Gesichter abgewandt hatten. Wer sie auch waren, es war offensichtlich, dass sie arbeiteten. Stechender Leimgeruch hing in der Luft. Auf dem Boden lag Sägemehl. Eine riesige Konföderiertenfahne diente als Abtrennung zwischen dem Arbeitsbereich und dem offensichtlich leeren hinteren Teil des Gebäudes. Die Sterne waren gelb anstatt weiß.

Julia führte sie durch eine weitere Tür, und sie standen in einem kleinen, aber gut ausgestatteten Büro. Der Teppich war weich. Es gab zwei sehr üppig gepolsterte Sofas. Ein fetter Chihuahua hockte auf einem Lehnsessel am Fenster, die Augen geschlossen gegen die wenige Sonne, die durch die Scheiben fiel. Schwere Metallstangen unterteilten den Blick in die Liefergasse hinter dem Gebäude.

»Will hat einen Chihuahua«, sagte Amanda, weil sie ihn heute noch nicht genug gedemütigt hatte. »Wie heißt er gleich wieder?«

Will kam sich vor, als hätte er Stacheldraht in der Kehle. »Betty.«

»Wirklich?« Julia nahm den Hund in den Arm und setzte sich mit ihm auf die Couch. Sie klopfte auf das Polster neben sich, und Amanda setzte sich. »Das ist Arnoldo. Er ist ein dralles kleines Ding. Ist der Ihre lang- oder kurzhaarig?«

Will wusste nicht, was er tun sollte. Er griff nach hinten, um seine Brieftasche herauszuziehen, und dachte zu spät an Amandas Revolver. Die Waffe bewegte sich gefährlich, und er setzte sich den Frauen gegenüber auf die andere Couch, öffnete seine Brieftasche und zog Bettys Foto heraus.

Julia schnalzte mit der Zunge. »Ist sie nicht ganz reizend?«

»Vielen Dank.« Will schob das Foto wieder in die Brieftasche und steckte sie in seine Jackentasche. »Der Ihre ist auch sehr nett.«

Julia hatte Will bereits ausgeblendet. Sie strich mit der Hand über Amandas Bein. »Was führt dich zu mir, meine Liebe?«

Auch Amanda schaffte es sehr gut, Will zu ignorieren. »Ich gehe davon aus, du hast von Evelyn gehört?«

»Ja«, sagte Julia und zog das Wort in die Länge, »arme Almeja. Ich hoffe, sie behandeln sie gut.«

Will musste sich zusammennehmen, damit ihm der Mund nicht aufklappte. Evelyn Mitchell war Almeja.

Amanda legte ihre Hand auf Julias. »Ich nehme nicht an, dass du irgendwas gehört hast, wo sie sein könnte?«

»Keinen Ton, aber du weißt, ich würde direkt zu dir kommen, wenn ich etwas wüsste.«

»Wie du dir vielleicht vorstellen kannst, tun wir alles, was in unserer Macht steht, damit sie wieder gesund und wohlbehalten nach Hause kommt. Ich würde einiges in die Wege leiten, damit diese Sache gut ausgeht.«

»Ja«, wiederholte Julia, »sie ist jetzt Oma, nicht? Wieder, meine ich. So eine fruchtbare Familie.« Sie lachte, als wäre das ein Witz zwischen ihnen. »Wie geht es diesem lieben, süßen Kind?«

»Für jeden in der Familie ist es eine schwierige Zeit.«

»Ja.« Das schien ihr Lieblingswort zu sein.

»Ich bin mir sicher, du hast von Hector gehört.«

»Gott segne ihn. Ich habe mir schon überlegt, mir was Kleineres zu kaufen, und dachte dabei an einen Cadillac.«

»Ich dachte, das Geschäft läuft gut?«

»Es ist eigentlich nicht die Zeit, etwas so Auffälliges zu fahren.« Sie senkte die Stimme. »Carjacking.«

»Furchtbar.« Amanda schüttelte den Kopf.

»Diese Jungs sind wirklich ein Problem.« Wieder schnalzte Julia mit der Zunge. Will glaubte, wenigstens diesen Teil der Unterhaltung verstanden zu haben. Julia Ling redete von den jungen Männern, die in Evelyns Haus eingebrochen waren. »Sie sehen die Gangster im Fernsehen und denken, es ist so einfach. Scarface. Der Pate. Tony Soprano. Man sieht wirklich, wie es in ihren kleinen Gehirnen abgeht. Es dauert nicht lang, dann drehen sie durch, ohne an die Konsequenzen zu denken.« Wieder das Schnalzen. »Habe eben einen meiner Arbeiter wegen so einer unbedachten Aktion verloren.«

Sie meinte Benny Choo, den Mann in dem Hawaii-Hemd. Will hatte recht gehabt. Julia hatte einen ihrer Vollstrecker geschickt, um das Chaos zu bereinigen, das Ricardo und seine Freunde angezettelt hatten. Und dann hatte Faith ihn getötet.

Offensichtlich wusste Amanda das ebenfalls, aber sie ging behutsam vor. »Dein Geschäftszweig ist nicht ohne Risiken. Mr. Choo wusste das sehr gut.«

Julia zögerte so lange, dass Will sich Sorgen um Faith machte, doch schließlich sagte sie leise: »Ja. Geschäftskosten. Ich glaube, wir lassen Benny in Frieden ruhen.«

Amanda wirkte so erleichtert, wie Will sich fühlte. »Ich habe gehört, dein Bruder kommt in seiner neuen Umgebung zurecht.«

»Ja«, sagte sie, »zurechtkommen ist das richtige Wort. Roger mag die Hitze nicht. Und Savannah ist praktisch *tropisch*.«

»Weißt du, im D&C gibt's einen freien Platz. Ich könnte ja mal sehen, ob sie ihn nehmen. Ein Szenenwechsel wäre doch nicht schlecht, oder?«

Julia tat so, als würde sie darüber nachdenken. »Immer noch ein bisschen zu warm.« Sie lächelte. »Wie wär's mit Phillips?«

»Na ja, eine schöne Einrichtung.« Und nebenbei das Gefängnis, in dem Ignatio Ortiz wegen seines Totschlags einsaß. Amanda schüttelte den Kopf, als müsste sie bedauerlicherweise erklären, dass dieser spezielle Urlaub bereits von einer anderen Familie gebucht worden sei. »Scheint mir nicht so recht zu passen.«

»Baldwin wäre für mich eine kürzere Fahrt.«

»Baldwin ist für Rogers Temperament nicht wirklich geeignet.« Höchstwahrscheinlich, weil das Gefängnis nur die geringste Sicherheitsstufe hatte. »Augusta? Das ist in der Nähe, aber auch nicht zu sehr.«

Julia rümpfte die Nase. »Mit den ganzen Sexualverbrechern kurz vor ihrer Entlassung auf Bewährung?«

»Stimmt natürlich.« Amanda schien darüber nachzudenken, aber offensichtlich hatte sie mit dem Staatsanwalt bereits eine Abmachung getroffen. »Weiß du, Arrendale nimmt inzwischen auch Gefangene mit höchster Sicherheitsstufe. Natürlich nur bei guter Führung, aber ich bin mir sicher, Roger schafft das.«

Julia kicherte. »Ach, Mandy, du kennst doch Roger. Der bringt sich immer in Schwierigkeiten.«

Amanda blieb bei ihrem Angebot. »Trotzdem, überleg dir das mit Arrendale. Wir können natürlich dafür sorgen, dass seine Verlegung angenehm wird. Evelyn hat viele Freunde, die nichts mehr wollen, als dass sie gesund und wohlbehalten wieder nach Hause kommt. Roger könnte davon durchaus profitieren.«

Julia streichelte den Hund. »Mal sehen, was er sagt, wenn ich ihn das nächste Mal besuche.«

»Ein Anruf wäre vielleicht besser.« Dann fügte Amanda hinzu: »Ich bin mir sicher, die Sache mit Benny erfährt er lieber von dir als von einem Fremden.«

»Möge er in Frieden ruhen.« Sie drückte Amandas Bein. »Es ist schrecklich, diejenigen zu verlieren, die man mag.«

»Ich weiß.«

»Ich weiß, dass du Evelyn sehr nahestandest.«

»Das tue ich immer noch.«

»Warum wirst du Tonto hier nicht los, und dann können wir einander trösten.«

Amandas Lachen klang irgendwie aufrichtig erfreut. Sie klopfte Julia aufs Knie und stand dann auf. »Ach, Jules, war sehr schön, dich mal wieder zu sehen. Würde mich freuen, wenn wir das öfter machen könnten.«

Will wollte aufstehen, dachte dann aber an den Revolver. Er steckte die Hände in die Taschen, um die Hose so straff zu ziehen, dass er wirklich im Bund stecken blieb. Er wollte auf keinen Fall das Spiel ruinieren, das Amanda gerade spielte, indem der Revolver durchs Hosenbein rutschte.

Amanda sagte: »Sag mir wegen Arrendale Bescheid. Es ist wirklich sehr schön dort. Im Hochsicherheitstrakt sind die Fenster zehn Zentimeter breiter. Viel Sonne und frische Luft. Ich denke, Roger wird es gefallen.«

»Ich sage dir Bescheid. Ich glaube, wir alle wissen, dass Unsicherheit schlecht fürs Geschäft ist.«

»Sag Roger, ich lese ihm jeden Wunsch von den Augen ab.«

Will öffnete Amanda die Tür. Gemeinsam gingen sie durch die Werkstatt. Die Belegschaft hatte offensichtlich gerade Pause. Die Maschinen standen still, die Arbeitsplätze waren nicht besetzt. Aus dem Radio ertönte nur noch ein leises Summen. Will flüsterte Amanda zu: »Das war interessant.«

»Mal sehen, ob sie ihren Teil beiträgt.« Er spürte deutlich, dass sie sich Hoffnungen machte. Ihre Schritte federten wieder. »Wetten, dass Roger genau weiß, was gestern in Evs Haus ablief? Julia hat es ihm wahrscheinlich selbst gesagt. Sie würde uns nie einen Fuß hier reinsetzen lassen, wenn sie nicht bereit wäre zu verhandeln. In einer Stunde wissen wir mehr. Das können Sie mir glauben.«

»Mrs. Ling scheint Ihnen ja mit Freuden zu Diensten zu sein.«

Amanda blieb stehen und schaute ihn an. »Glauben Sie das wirklich? Ich weiß nie, ob sie einfach nur charmant ist oder …« Sie zuckte die Achseln, anstatt den Satz zu beenden.

Er dachte, das wäre ein Witz, merkte aber schnell, dass es keiner war. »Wahrscheinlich. Ich meine …« Er fing an zu schwitzen. »Man weiß ja nie …«

»Werden Sie erwachsen, Will. Ich war tatsächlich auf dem College.«

Er konnte sie noch immer kichern hören, als sie das Foyer betraten. Will dachte, er war dazu verurteilt, dass die Frauen für den Rest seines Lebens mit ihm spielten wie mit einer Marionette. Sie war fast so schlimm wie Angie.

Er griff nach dem Türknauf, als er den ersten Knall hörte, fast so, als würde der Korken aus einer Champagnerflasche springen. Dann spürte er ein Brennen am Ohr, sah die Tür vor sich splittern und wusste, dass es eine Kugel war. Und noch eine. Und noch eine.

Amanda war schneller als er. Sie hatte ihm den Revolver aus der Hose gezogen, sich umgedreht und zwei Schüsse abgegeben, bevor er auf dem Boden lag.

Der Lärm einer Maschinenpistole zerriss die Luft. Es war nicht zu erkennen, woher die Bedrohung kam. Der hintere Teil des Lagerhauses war dunkel. Es konnte Ling-Ling sein, die Männer, die an den Schränken gearbeitet hatten, oder alle zusammen.

»Los«, schrie Amanda. Will stemmte die Tür zum Foyer mit der Schulter auf. Natürlich befanden sich ihre Waffen nicht mehr auf der Theke. Der mürrische Asiate, der sie eingelassen hatte, lag tot auf dem Boden. Will spürte am Hinterkopf einen heftigen Schlag. Nach kurzer Benommenheit merkte er, dass Amanda ihre Handtasche nach ihm geworfen hatte.

Will klemmte sich die Tasche unter den Arm und riss die Vordertür auf.

Das plötzliche scharfe Sonnenlicht blendete ihn so sehr, dass er auf den Betontreppen stolperte. Das alte Geländer knickte unter seinem Gewicht ab, bremste seinen Sturz aber ab, der sonst schlimme Folgen hätte haben können. Schnell richtete er sich wieder auf und rannte quer über den Vorplatz auf den SUV zu. Der Inhalt von Amandas Handtasche fiel hinter ihm zu Boden, während er nach dem Schlüssel suchte. Er drückte auf den Knopf, und die Heckklappe war offen, als er das Fahrzeug erreichte. Will tippte den Code ein, und der Stahlschrank öffnete sich.

Wills Erfahrung nach war man entweder ein Schrotflinten-Typ oder ein Gewehr-Typ. Faith zog die Flinte vor, was bei ihrer zierlichen Gestalt und der Tatsache, dass der Rückstoß einem die Rotatorenmanschette abreißen konnte, eigentlich unlogisch war. Will bevorzugte das Gewehr. Es war präzise und sehr treffgenau, sogar auf fünfzig Meter – was in diesem Fall gut war, da dies ungefähr der Abstand zwischen dem SUV und dem Gebäudeeingang war. Das GBI stattete seine Agenten mit dem Colt AR-15A2 aus, den Will sich in dem Moment an die Schulter drückte, als die Tür aufgerissen wurde.

Will zielte. Amanda kam mit dem Sonnenlicht besser zurecht als er. Ohne die geringste Unsicherheit rannte sie die Betonstufen hinunter und schoss nach hinten, jedoch ohne den kräftigen Mann zu treffen, der sie verfolgte. Er trug eine dunkle Sonnenbrille. In den Händen hatte er eine Maschinenpistole. Anstatt Amanda in den Rücken zu schießen, was das Einfachste gewesen wäre, richtete er die Waffe nach oben, während er die Treppe hinuntersprang. Es war eine Aktion wie aus einem Western, die Will die Gelegenheit zu einem gezielten Schuss gab. Er drückte den Abzug durch. Der Mann zuckte in der Luft und sackte zu Boden.

Will senkte das Gewehr. Er schaute zu Amanda. Sie drehte sich um und ging auf den Mann am Boden zu. Sie hielt die Waffe gesenkt. Anscheinend hatte sie keine Munition mehr. Wieder zielte Will, um Amanda Deckung zu geben, falls noch jemand aus dem Gebäude kam. Sie trat die Maschinenpistole weg. Er sah, dass ihr Mund sich bewegte.

Ohne Vorwarnung hechtete Amanda hinter die Betontreppe. Will schaute hoch, um die neue Bedrohung zu lokalisieren. Es war der Mann auf dem Boden. Gegen jede Wahrscheinlichkeit lebte er noch, Er hatte Wills Glock in der Hand und zielte auf den SUV. Er schoss drei Mal in schneller Folge. Will wusste, dass der dicke Stahl des Schranks ihn schützen würde, duckte sich aber trotzdem, als Metall auf Metall prallte.

Das Schießen hörte auf. Wills Herz klopfte so heftig, dass er den Puls im Bauch spürte. Er riskierte einen Blick zurück zum Gebäude. Anscheinend hatte sich der Schütze hinter dem Mercedes versteckt, wahrscheinlich auf der anderen Seite des Gastanks. Will hob wieder das Gewehr und hoffte, der Kerl würde etwas Blödes tun, wie etwa den Kopf heben. Stattdessen kam die Glock hoch. Will schoss, und die Waffe verschwand schnell wieder.

»Polizei!«, schrie Will, weil es getan werden musste. »Zeigen Sie mir Ihre Hände.«

Der Kerl schoss blindlings in die Richtung des SUV, verfehlte ihn aber um mehrere Meter.

Will murmelte einige ausgesuchte Flüche. Er schaute zu Amanda hinüber, wie um sie zu fragen, was der Plan sei. Sie schüttelte den Kopf vor Entrüstung. Wenn Will den ersten Schuss abgegeben hätte, müssten sie diese Kommunikation gar nicht führen.

Er wusste nicht, wie er ihr zu verstehen geben sollte, dass er genau das getan hatte – nicht ohne selbst beschossen zu werden –, deshalb deutete er auf das Magazin, das unten aus seiner Waffe herausragte, um die Frage zu stellen. Hatte sie keine Munition mehr? Der Revolver fasste fünf Patronen. Falls sie sich nicht irgendwie den Schnelllader aus ihrer Handtasche geschnappt hatte, konnte sie nicht mehr viel tun.

Trotz der Entfernung erkannte er ihren verärgerten Ausdruck. Natürlich hatte sie sich den Schnelllader geschnappt. Wahrscheinlich war sie sogar kurz stehen geblieben, um die Lippen nachzufahren und einige Leute anzurufen. Er schaute noch einmal zu dem Mercedes, suchte den Umriss der großen Limousine mit dem Visier ab. Als er wieder zu Amanda blickte, hatte sie die Trommel des S&W bereits herausgeklappt, die leeren Hülsen ausgeworfen und die Waffe neu geladen. Sie winkte ihm, er solle weitermachen.

»Sir!«, schrie Will. »Ich fordere Sie noch einmal auf, sich zu ergeben.«

»Leck mich!« Der Mann schoss noch einmal auf Will und traf die Tür des SUV.

Amanda schlich geduckt zum Rand der Betontreppe und beugte sich dann bis fast auf den Boden vor, um zu sehen, wo der Mann sich versteckte. Dann richtete sie sich wieder auf. Sie schaute Will nicht an. Sie zielte nicht. Sie stützte einfach die Hand auf die dritte Stufe von unten und feuerte.

Das Fernsehen erwies den bösen Jungs keinen guten Dienst. Es zeigte nicht, dass Kugeln Rigips-Wände und metallene Autotüren durchschlagen können. Es erklärte auch nicht, dass ein Querschläger alles andere war als ein Gummiball. Kugeln kamen mit hoher Geschwindigkeit aus dem Lauf, und sie hatten einen Vorwärtsdrang. Eine Kugel auf den Boden zu schießen, das heißt nicht, dass sie einfach wieder abprallt. Wenn man unter einem Auto in den Boden schießt, heißt das, dass die Kugel über den Asphalt springt, den Reifen durchlöchert und dem Gegner, wenn er richtig sitzt, in die Leiste dringt.

Und genau das passierte.

»O Gott!«, kreischte der Mann.

»Hände hoch!«, befahl Will.

Zwei Hände schossen in die Höhe. »Ergebe mich! Ergebe mich!«

Diesmal hielt Amanda die Waffe auf den Mann gerichtet, während sie zum Auto ging. Sie trat die Glock zur Seite und rammte dem Mann das Knie in den Rücken, ohne den Blick von der Eingangstür zu nehmen.

Sie hatte die falsche Tür im Blick. In einer Ladebucht sprang das Tor auf. Ein schwarzer Van fuhr heraus und machte einen Satz durch die Luft. Funken flogen, als er auf den Asphalt prallte. Gummi brannte. Die Räder drehten durch, bevor sie Halt fanden. Will sah drei junge Männer in der Kabine. Sie trugen schwarze Trainingsjacken und dazu passende schwarze Baseballkappen. Der Van versperrte ihm kurz den Blick auf Amanda. Will hob das Gewehr, aber er konnte nicht schießen – ohne zu riskieren, dass die Kugel den Van durchschlug und Amanda traf. Wieder knallte es zweimal schnell hintereinander. Schüsse. Der Van raste quietschend davon.

Will lief auf den Parkplatz, um anzulegen. Dann hielt er inne. Amanda lag auf dem Boden.

»Amanda?« Die Brust wurde ihm eng. Er konnte nicht schlucken. »Amanda? Sind Sie …«

»Verdammt!«, kreischte sie und drehte sich, um sich aufzusetzen. Ihr Gesicht und ihr Oberkörper waren blutverschmiert. »Verdammte Scheiße.«

Will kauerte sich auf ein Knie. Er legte ihr die Hand auf die Schulter. »Sind Sie getroffen?«

»Mir geht's gut, du Idiot.« Sie schlug seine Hand weg. »Der da ist tot. Sie haben ihm zweimal in den Kopf geschossen.«

Will sah es deutlich. Das Gesicht des Mannes war nicht mehr da.

»Ein verdammt guter Schuss aus einem fahrenden Auto.« Sie starrte ihn böse an, als er ihr aufhalf. »Viel besser als Ihrer. Wann waren Sie das letzte Mal auf dem Schießstand? Das ist inakzeptabel. Absolut inakzeptabel.«

Will war so schlau, nicht mit ihr zu streiten, doch wenn er streitlustig gewesen wäre, hätte er erwähnen können, dass es keine gute Idee gewesen war, ihre Waffen auf den Tresen zu legen, oder wie dumm es gewesen war, ohne Verstärkung überhaupt hierherzukommen.

»Ich schwöre Ihnen, Will, wenn das vorbei ist …« Sie beendete den Satz nicht, machte ein paar Schritte und trat dabei auf die Plastikpuderdose aus ihrer Handtasche. »Verdammt!«

Will kniete sich vor den toten Mann. Aus Gewohnheit tastete er nach dem Puls. In der schwarzen Trainingsjacke war ein Loch, knapp fünf Zentimeter vom Herzen entfernt. Es war so groß, dass Will den Finger hindurchstecken konnte. Er zog den Reißverschluss ein Stück auf und sah den oberen Rand einer militärischen Schutzweste.

Amanda war wieder da. Wortlos starrte sie auf den Toten hinunter. Als die Schüsse fielen, musste Amanda dicht bei ihm gewesen sein. Sie hatte graue Substanz auf dem Gesicht. Im Kragen ihrer Bluse steckte ein Knochensplitter.

Will stand auf. Ihm fiel nichts anderes ein, als ihr sein Taschentuch anzubieten.

»Danke.« Mit ruhiger Hand wischte sie sich das Gesicht ab. Das Blut verschmierte wie Theaterschminke. »Gott sei Dank habe ich was zum Wechseln im Auto.« Sie schaute ihn an. »Ihr Jackett ist zerrissen.«

Er blickte auf seinen Ärmel. Dort, wo seine Schulter auf dem Asphalt aufgetroffen war, klaffte ein kleiner Riss.

»Sie sollten auch immer was zum Wechseln im Auto haben. Man weiß ja nie, was passiert.«

»Jawohl, Ma'am.« Will stützte die Hand auf den Kolben seines Gewehrs.

»Ling-Ling ist weg.« Amanda wischte sich über die Stirn. »Sie kam mit diesem blöden Hund im Arm aus ihrem Büro. Und sofort knallte es. Ich hatte nicht den Eindruck, dass sie mich retten wollte, aber für mich war es ziemlich offensichtlich, dass die Männer auch sie töten wollten.«

Will versuchte, diese neue Information zu verarbeiten. »Ich bin davon ausgegangen, dass die Schützen für Ling-Ling arbeiteten.«

»Wenn Julia uns tot sehen wollte, hätte sie uns beide in ihrem Büro abgeknallt. Haben Sie die abgesägte Schrotflinte unter dem Sofakissen nicht gesehen?«

Will nickte, obwohl er die Waffe nicht gesehen hatte. Jetzt trat ihm allein schon bei dem Gedanken der kalte Schweiß auf die Stirn. »Die Schützen arbeiteten in ihrer Werkstatt. Ich erkannte sie gleich, als wir reinkamen. Sie bauten Schränke zusammen. Warum sollten sie Julia umbringen wollen? Oder uns, was das angeht?«

»Ist das nicht offensichtlich?« Endlich begriff Amanda, dass es das nicht war. »Sie wollten nicht, dass sie mit mir redet. Und auf keinen Fall wollten sie, dass sie mit Roger redet. Offensichtlich weiß sie etwas.«

Will versuchte, die Einzelteile zu einem Bild zusammenzufügen. »Julia sagte, dass diese Jungs durchdrehen. Gangster sein wollen. Ich kann mir nicht vorstellen, dass ein Haufen testosterongeschwängerter Mitzwanziger sich von einer Frau mittleren Alters herumkommandieren lassen will.«

»Und ich dachte die ganze Zeit, Männer mögen das.« Amanda schaute auf den Toten hinunter. »Er schwitzt wie ein Schwein. Der hatte mit Sicherheit irgendwas eingeworfen.«

Irgendetwas, das ihn in die Lage versetzte, den Aufprall eines Vollmantelgeschosses Kaliber 223, 55 Grain mitten auf die Brust auszuhalten und Sekunden später hochzuschnellen wie Weißbrot aus dem Toaster.

Amanda stieß den Toten mit der Schuhspitze an und drehte ihn um, damit sie seine Brieftasche suchen konnte. »Auf jeden Fall hinterlassen diese Youngsters nicht gern Zeugen.« Sie zog den Führerschein heraus. »Juan Armand Castillo. Vierundzwanzig. Wohnt in der Leather Stocking Lane in Stone Mountain.« Sie zeigte Will den Führerschein. Castillo sah aus wie ein Lehrer, nicht wie ein Kerl, der einen GBI-Agenten mit einer Maschinenpistole über einen Parkplatz jagt.

Sie zog den Reißverschluss von Castillos Jacke ganz auf. Ihre Glock steckte in seiner Hose. Sie zog sie heraus und sagte: »Na, wenigstens hat er nicht mit meiner eigenen Waffe auf mich geschossen.«

Will half ihr, die Seitenschnallen der Kevlar-Weste zu öffnen.

»Riechen tut er auch noch.« Amanda schob sein T-Shirt hoch und schaute auf seine Brust. »Keine Tattoos.« Sie suchte die Arme ab. »Nichts.«

»Schauen Sie auch die Hände an.«

Castillo hatte die Hände zu Fäusten geballt. Mit bloßen Händen bog sie die Finger zurück, was so gut wie jeder polizeilichen Vorgehensweise widersprach, aber Will hatte sich bereits zum Komplizen gemacht, und deshalb war es nicht wirklich wichtig.

Sie sagte: »Nichts.«

Will ließ den Blick über den Parkplatz schweifen. Jetzt waren nur noch zwei Autos da, der Bentley und der Mercedes. »Glauben Sie, da ist noch jemand drin?«

»Der Bentley gehört Ling-Ling. Ich kann mir vorstellen, dass sie immer ein zweites Auto irgendwo in der Nähe stehen hat, und das benutzt sie jetzt, um so gründlich wie irgend möglich unterzutauchen. Der Mercedes gehört Perry.« Sie erläuterte: »Der Tote im Foyer.«

»Sie scheinen sehr viel über diese Leute zu wissen. Mandy.«

»Dafür bin ich jetzt wirklich nicht in Stimmung, Will.«

»Julia Ling steht in der Hackordnung sehr weit oben. Sie ist praktisch der kräftigste Schnabel.«

»Gibt es einen Grund, warum Sie reden wie der Hühnerhabicht aus den Looney Tunes?«

»Ich will damit nur sagen, dass man entweder sehr wagemutig oder ausgesprochen dumm sein muss, um jemanden mit Julia Lings Einfluss abknallen zu wollen. Ihr Bruder wird das nicht einfach so hinnehmen. Sie haben mir selbst gesagt, dass er so gut wie wahnsinnig ist. Auf seine Schwester zu schießen, das ist eine offene Kriegserklärung.«

»Endlich mal ein springender Punkt.« Sie gab ihm sein Taschentuch zurück. »Konnten Sie die Männer in dem Van erkennen?«

Er schüttelte den Kopf. »Jung, schätze ich. Sonnenbrillen. Kappen. Jacken. Ansonsten nichts, was ich beschwören könnte.«

»Ich verlange ja nicht, dass Sie schwören. Ich will nur …« Plötzlich zerriss Sirenengeheul die Luft. »Lange genug haben sie gebraucht.«

Will schätzte, dass der erste Schuss vor weniger als fünf Minuten abgegeben worden war. Nach seiner Rechnung war das eine ziemlich gute Reaktionszeit.

Er fragte: »Konnten *Sie* sie erkennen?«

Sie schüttelte den Kopf. »Ich denke, wir sollten nach jemandem suchen, der Erfahrung mit Schießen aus einem fahrenden Auto hat.«

Was die Schüsse anging, hatte sie recht. Jemandem aus einem fahrenden Auto zweimal in den Kopf zu schießen, das war, auch wenn es aus kurzer Distanz geschah, beileibe kein Glückstreffer. Dazu brauchte man Übung, und offensichtlich hatte Castillos Mörder einen Fehlschuss gar nicht in Betracht gezogen.

Will fragte: »Warum haben die nicht Sie erschossen?«

»Beklagen Sie sich, oder fragen Sie das wirklich?« Amanda wischte sich etwas vom Arm. Sie schaute auf Castillo hinunter. »Schätze, jetzt sind es nur noch zwei. So werden wenigstens unsere Chancen besser.«

Sie redete über die Fingerabdrücke, die man in Evelyns Haus gefunden hatte. »Es sind drei.«

Sie schüttelte den Kopf, ohne den Blick von der Leiche abzuwenden.

Er zählte es für sie an den Fingern ab. Evelyn tötete Hironobu Kwon. Faith kümmerte sich um Ricardo Ortiz und Benny Choo. Marcellus Estevez starb im Grady, und Juan Castillo hier ist der Fünfte.« Sie sagte nichts. Er überlegte, ob er sich verrechnet hatte. »Acht verschiedene Fingerabdruckspuren in Evelyns Haus minus fünf Tote ergibt drei.«

Sie schaute den Streifenwagen entgegen, die die Straße entlanggerast kamen. »Zwei«, sagte sie, »einer versuchte vor einer Stunde, Sara Linton zu töten.«

11. Kapitel

Dale Dugan kam ins Ärztezimmer gestürzt. »Ich bin so schnell gekommen, wie man mich ließ.«

Sara schloss die Augen, während sie die Spindtür zudrückte. Zwei Stunden lang war sie mit der Polizei von Atlanta ihre Aussage durchgegangen. Dann hatten eine weitere Stunde lang die Leute der Krankenhausverwaltung sie umringt, angeblich um zu helfen, doch Sara merkte sehr schnell, dass sie sich viel mehr darum sorgten, ob man sie verklagen könnte. Nachdem sie ein Papier unterschrieben hatte, mit dem sie sie von aller Verantwortung freisprach, verschwanden sie so schnell wieder, wie sie aufgetaucht waren.

Dale fragte: »Kann ich dir irgendwas bringen?«

»Vielen Dank, aber mir geht's gut.«

»Soll ich dich nach Hause fahren?«

»Dale, ich …«

Die Tür sprang auf. Will stand, Panik im Gesicht, im Rahmen.

Einige Sekunden lang war nichts mehr wichtig. Sara war blind für alles andere im Zimmer. Ihr Gesichtsfeld verengte sich. Alles konzentrierte sich auf Will. Sie sah Dale nicht weggehen. Sie hörte nicht den Lärm der heulenden Sirenen, der klingelnden Telefone und der schreienden Patienten.

Sie sah nur Will.

Er ließ die Tür zufallen, kam aber nicht auf sie zu. Schweiß stand ihm auf der Stirn. Er atmete schwer. Sie wusste nicht, was sie zu ihm sagen, was sie tun sollte. Sie stand einfach da und starrte ihn an, als wäre es ein ganz normaler Tag.

»Ist das Ihr neuer Stil?«

Sie lachte. Sie hatte Krankenhauskleidung angezogen. Ihre Sachen waren polizeiliches Beweismittel.

Seine Mundwinkel hoben sich zu einem gequälten Lächeln. »Es betont das Grün Ihrer Augen.«

Sara biss sich auf die Lippe, damit ihr nicht die Tränen kamen. Sie hatte ihn anrufen wollen, gleich nachdem es passiert war. Sie hatte ihr Handy schon in der Hand und seine Nummer auf dem Display gehabt, doch dann hatte sie es wieder in die Handtasche gesteckt, weil sie wusste, wenn sie ihn sah, bevor sie dazu bereit war, würde sie zerbrechen wie feines Porzellan.

Amanda klopfte, bevor sie eintrat. »Ich unterbreche Sie sehr ungern, Dr. Linton, aber können wir uns kurz mit Ihnen unterhalten?«

Zorn huschte über Wills Gesicht. »Sie kann jetzt nicht …«

»Ist schon gut«, unterbrach Sara ihn. »Viel kann ich Ihnen allerdings nicht sagen.«

Amanda lächelte, als wäre das ein gesellschaftlicher Anlass. »Alles würde uns weiterhelfen.«

Sara hatte in den letzten Stunden so viel darüber gesprochen, dass sie die Ereignisse jetzt herunterrasselte, als hätte sie sie auswendig gelernt. Sie gab ihnen eine verkürzte Version ihrer Aussage, wobei sie sich die detaillierte Beschreibung des weiblichen Junkies verkniff, die, auf dem Papier, geklungen hatte wie jeder Junkie, den sie je gesehen hatte. Auch beschrieb sie den Müll um den Container und die Sanitäter nicht und ging auch nicht die Prozeduren durch, denen sie gefolgt war. Sie beschränkte sich auf das, was wichtig war: der junge Mann, der sie hinter dem Vorhang hervor angestarrt hatte. Er habe sie gegen die Brust geboxt. Er habe dem Patienten zweimal in den Kopf geschossen. Er sei dünn, Kaukasier, Mitte bis Ende zwanzig und habe eine schwarze Trainingsjacke und eine Baseballkappe getragen. In der kurzen Zeit zwischen seinem Auftauchen und seinem Tod habe er kein einziges Wort gesagt. Das einzige Geräusch, das sie gehört habe, sei ein Ächzen gewesen und dann ein Zischen, als die Luft aus seinem Hals strömte.

Als Letztes sagte sie noch: »Seine Hand hielt meine Hand umklammert. Ich konnte es nicht verhindern. Er ist tot. Sie sind beide tot.«

Will schien Schwierigkeiten beim Sprechen zu haben. »Er hat Ihnen wehgetan.«

Sara konnte nur nicken, aber im Kopf hatte sie das Bild, das sie im Toilettenspiegel gesehen hatte: eine längliche, hässliche Verfärbung über der rechten Brust, wo der Mann sie getroffen hatte.

Will räusperte sich. »Vielen Dank. Vielen Dank für Ihre Kooperation, Dr. Linton. Ich weiß, dass Sie jetzt wahrscheinlich nach Hause wollen.« Er wandte sich zum Gehen, aber Amanda machte keine Anstalten, ihm zu folgen.

»Dr. Linton, im Wartezimmer habe ich einen Getränkeautomaten gesehen. Wollen Sie vielleicht etwas zu trinken?«

Sara war völlig überrascht. »Ich …«

»Will, könnten Sie für mich ein Diet Sprite holen und – entschuldigen Sie, Dr. Linton. Was wollten Sie?«

Will presste die Lippen zusammen. Er war nicht blöd. Er wusste, dass Amanda mit Sara allein sein wollte, so wie Sara wusste, dass Amanda nicht aufgeben würde, bis sie bekam, was sie wollte. Sie versuchte, es für Will einfacher zu machen, und sagte: »Ein Coke wäre schön.«

So leicht gab er nicht nach. »Sind Sie sicher?«

»Ja. Ich bin sicher.«

Er war nicht gerade glücklich darüber, doch er verließ das Zimmer.

Amanda schaute in den Gang, um zu kontrollieren, ob Will wirklich gegangen war. Dann wandte sie sich wieder Sara zu. »Ich bin ganz auf Ihrer Seite, wissen Sie.«

Sara hatte keine Ahnung, was sie meinte.

»Will«, erklärte sie. »Er hat eine Schlampe zu viel in seinem Leben, und ich komme keinen Schritt weiter.«

Sara war nicht zu Späßen aufgelegt. »Was wollen Sie, Amanda?«

Amanda kam zur Sache. »Die Leichen sind noch immer unten in der Leichenhalle. Könnten Sie sie für mich untersuchen und mir Ihre professionelle Meinung sagen?« Dann fügte sie hinzu: »Die Meinung eines *Leichenbeschauers*.«

Sara lief es kalt über den Rücken bei dem Gedanken, den Mann wiederzusehen. Sooft sie blinzelte, sah sie sein ausdrucksloses Gesicht über dem ihren. »Ich kann sie nicht aufschneiden.«

»Nein, aber Sie könnten für mich einige Fragen beantworten.«

»Welche?«

»Drogengebrauch, Bandenzugehörigkeit und ob einer von ihnen den Bauch voller Heroin hat oder nicht.«

»Wie Ricardo.«

»Ja, wie Ricardo.«

Sara ließ sich nicht die Zeit, über die Bitte nachzudenken. »Okay. Ich mache es.«

»Was machen?« Will war wieder da. Er musste den ganzen Weg gerannt sein, denn er war außer Atem und hielt zwei Limo-Dosen in einer Hand.

»Da sind Sie ja«, sagte Amanda, als wäre sie überrascht, ihn zu sehen. »Wir wollten eben hinunter in die Leichenhalle.«

Will schaute Sara an. »Nein.«

»Ich will das tun«, bekräftigte Sara, obwohl sie nicht so recht wusste, warum. In den letzten drei Stunden hatte sie an nichts anderes denken können als daran, nach Hause zu gehen. Jetzt, da Will da war, war der Gedanke, in ihre leere Wohnung zurückzukehren, unvorstellbar.

»Die brauchen wir nicht.« Amanda nahm ihm die Dosen ab und warf sie in den Mülleimer. »Dr. Linton?«

Sara führte sie den Korridor entlang zu den Aufzügen und kam sich vor, als wäre ein ganzes Leben vergangen, seit sie an diesem Morgen denselben Weg genommen hatte. Eine Rollbahre mit einem Patienten ratterte vorbei, Sanitäter riefen Vitaldaten, Ärzte gaben Anordnungen. Sara streckte den Arm aus und drückte Will sanft an die Wand, damit die Gruppe an ihnen vorbeikam. Ihre Hand berührte ganz leicht seine Krawatte. Sie spürte die Seide an ihren Fingerspitzen. Er trug einen Anzug, seine normale Arbeitskleidung, doch ohne seine gewohnte Weste. Das Sakko war dunkelblau, das Hemd in einem helleren Ton derselben Farbe.

Der Polizist. Sara hatte den Polizisten ganz vergessen. »Ich habe nicht …«

»Heben Sie sich den Gedanken auf«, sagte Amanda, als hätte sie Angst, dass die Wände Ohren hatten.

Sara war stinksauer auf sich selbst, während sie auf den Aufzug warteten. Wie hatte sie den Polizisten vergessen können? Was war los mit ihr?

Die Tür ging auf. Der Aufzug war voll, und es dauerte unendlich lange, bis die alten Stahlseile sich ächzend in Bewegung setzten. Sie fuhren eine Etage nach unten, und die meisten stiegen aus. Zwei junge Sanitäter fuhren mit ihnen in den Keller. Sie stiegen aus und gingen aufs Treppenhaus zu, wahrscheinlich für ein nicht ganz sauberes Stelldichein.

Amanda wartete, bis sie außer Hörweite waren. »Worum geht's?«

»Auf dem Weg vom Container zur Notaufnahme war da plötzlich ein Mann. Ich hätte ihn beinahe umgerannt. Ich sagte ihm, er soll aus dem Weg gehen, und er zeigte mir eine Marke. Sie sah zumindest aus wie eine Polizeimarke. Jetzt bin ich mir nicht mehr sicher. Er verhielt sich wie ein Polizist.«

»Inwiefern?«

»Er tat so, als hätte er jedes Recht, mich zu befragen, und er war verärgert, als ich nicht sofort antwortete.« Sara schaute sie bedeutungsvoll an.

»Klingt für mich nach einem Polizisten«, gab Amanda gequält zu. »Was wollte er?«

»Er wollte wissen, ob der Patient durchkommen werde oder nicht. Ich sagte ihm, vielleicht, obwohl es offensichtlich war, dass …« Sara beendete den Satz nicht, zwang sich stattdessen, sich präzise zu erinnern. »Er trug einen dunklen Anzug, anthrazitfarben. Weißes Hemd. Er war dünn, fast hager, und stank nach Zigarettenrauch. Ich konnte ihn noch riechen, als er wieder weg war.«

»Haben Sie gesehen, wohin er gegangen ist?«

Sie schüttelte den Kopf.

»Weiß? Schwarz?«

»Weiß. Graue Haare, er war schon älter. Sah älter aus.« Sie fuhr sich mit der Hand über den Mund. »Seine Wangen waren hohl. Er hatte schwere Lider.« Dann fiel ihr noch etwas ein. »Er trug eine Kappe. Eine Baseballkappe.«

»Schwarz?«, fragte Will.

»Blau«, sagte sie. »Von den Atlanta Braves.«

»Wahrscheinlich bekommen wir aus den Überwachungskameras ein paar hübsche Fotos von der Oberseite der Kappe«, bemerkte Amanda. »Wir müssen diese Information an das APD weitergeben. Sie werden vielleicht wollen, dass Sie sich mit einem Phantomzeichner zusammensetzen.«

Sara würde tun, was nötig war. »Tut mir leid, dass ich nicht schon früher daran gedacht habe. Ich weiß auch nicht, was …«

»Sie standen unter Schock.« Will schien noch mehr sagen zu wollen. Er schaute Amanda kurz an und deutete dann zu der Doppeltür am anderen Ende des Korridors. Er sagte: »Ich glaube, es geht da entlang.«

In der Leichenhalle waren Junior und Larry nirgends zu sehen. Stattdessen standen zwei Rollbahren da, jede mit einer Leiche, jede mit einem weißen Tuch abgedeckt. Sara nahm an, dass es der Mann war, den sie beim Container gefunden hatte, und der Mann, der diesen erschossen und dann versucht hatte, sie zu töten.

An der Tür zum begehbaren Kühlraum lehnte eine ältere Frau. Als sie den Raum betraten, schaute sie von ihrem BlackBerry hoch. Ihr Krankenhausausweis steckte in ihrer Hosentasche. Kein weißer Labormantel, nur ein gut geschnittener Hosenanzug. Sie kam offensichtlich von der Krankenhausverwaltung und war schon etwas älter, mit einigem Grau in den schwarzen Haaren. Sie stieß sich von der Tür ab und ging auf sie zu. Sie hielt sich kerzengerade, und ihr beträchtlicher Busen ragte vor wie der Bug eines Schiffes.

Sie hielt sich nicht lange mit einer Vorstellung auf, zog ein Spiralnotizbuch aus ihrer Jackentasche und las: »Der Name des Schützen ist Franklin Warren Heeney. APD hat bei ihm eine Brieftasche gefunden. Ein Junge von hier aus der Gegend, lebt bei seinen Eltern in Tucker. Ging nach dem zweiten Jahr vom Perimeter College ab. Keine Daten über ein Arbeitsverhältnis. Keine Verhaftung als Erwachsener, saß aber sechs Monate Jugendarrest ab, weil er Fenster eingeworfen hatte. Er hat ein Kind, eine Tochter, sechs Jahre alt, die bei einer Tante in Snellville wohnt. Die junge Mama sitzt wegen Ladendiebstahls und einem Tütchen Meth, das in ihrer Handtasche gefunden wurde, im Bezirksgefängnis. Das ist alles, was ich über ihn in Erfahrung bringen konnte.« Sie deutete auf die andere Leiche. »Marcellus Benedict Estevez. Wie ich schon am Telefon sagte, wurde seine Brieftasche im Müll vor dem Container gefunden. Ich nehme an, Sie haben sich bereits mit ihm beschäftigt.« Amanda nickte, und die Frau klappte ihr Notizbuch zu. »Das ist für den Augenblick alles. Mehr konnte ich so schnell nicht herausfinden.«

Amanda nickte noch einmal. »Vielen Dank.«

»Ihr habt eine Stunde, bis die Leichenjungs kommen. Dr. Linton, die Filme, die Sie für Estevez bestellt haben, sind im Transportpaket. Ich habe einige Instrumente bereitgelegt, die Sie vielleicht brauchen. Tut mir leid, dass ich nicht mehr tun kann.«

Sie hatte eine ganze Menge getan. Sara schaute sich die Instrumentenschalen an, die neben den Leichen standen. Wer diese Frau auch war, sie hatte einige medizinische Kenntnisse und stand in der Hierarchie offensichtlich so weit oben, dass sie den Instrumentenschrank plündern konnte, ohne Alarm auszulösen. »Vielen Dank.«

Die Frau nickte ihnen zum Abschied zu und verließ den Raum.

Mit ziemlich scharfer Stimme fragte Will Amanda: »Lassen Sie mich raten, eines Ihrer alten Mädchen?«

Amanda ignorierte ihn. »Dr. Linton, könnten wir vielleicht anfangen?«

Sara musste sich zu einer Bewegung zwingen, denn sonst wäre sie wie am Boden festgewachsen stehen geblieben, bis das Haus um sie herum einstürzte. An einem Haken an der Wand hing eine Packung mit sterilen Handschuhen. Sie zog ein Paar heraus und streifte sie sich über die Hände. Der Puder wurde zu winzigen Kugeln zusammengeschoben, die an ihrer Handfläche klebten wie Teig.

Ohne weitere Umschweife zog sie das Tuch von der ersten Leiche, und nun hatten sie Marcellus Estevez vor sich, den Mann, den sie beim Müllcontainer gefunden hatte. Er hatte dicht nebeneinander zwei Einschusslöcher in der Stirn. Schmauchspuren sprenkelten die Haut. Sie roch Kordit, was eigentlich unmöglich war, da der Mann schon vor Stunden erschossen worden war.

Amanda sagte: »Zwei Kugeln mitten in die Stirn, wie bei unserem Anschlag aus dem fahrenden Auto beim Lagerhaus.«

Will sagte leise: »Sie müssen das nicht tun.«

»Ich bin okay.« Sara zwang sich zum Arbeiten und fing mit den einfachen Sachen an. »Er ist ungefähr fünfundzwanzig Jahre alt«, murmelte sie. »Eins achtundsiebzig bis eins achtzig, ungefähr zweiundachtzig Kilo.« Als sie die Lider nach oben zog, merkte sie, dass sie in die Routine der Untersuchung fiel. »Braun. Das Weiße gelblich verfärbt. Seine Wunde war septisch. Die Autopsie wird wahrscheinlich eine Infiltration der größeren Organe ergeben. Als wir ihn fanden, schalteten seine Systeme sich bereits ab.« Sie rollte das Laken nach unten, damit sie sich noch einmal seinen Bauch anschauen konnte, diesmal mit dem Schwerpunkt forensische Untersuchung, nicht mögliche Behandlung.

Der Mann war nackt; die Kleider hatte man ihm abgeschnitten, als man ihn in die Notaufnahme brachte. Deutlich konnte Sara die Wunde im unteren linken Quadranten seines Bauchs erkennen. Sie presste die Wundränder zusammen, um zu sehen, ob sie den Weg der Klinge nachvollziehen konnte. »Der Dünndarm wurde durchstochen. Es sieht aus, als wäre die Klinge nach oben eingedrungen. Ein Stoß mit der rechten Hand aus liegender Position.«

Amanda fragte: »Er war über ihr?«

»Würde ich annehmen. Wir reden hier von Evelyn, nicht?« Will spielte noch immer den Stoiker, aber Amanda nickte. »Die Klinge drang in schrägem Winkel zu den Langer-Linien des Bauchs ein. Wenn man die Schnittkanten so verschiebt« – sie zog die Haut in die ursprüngliche Position, bevor auf den Mann eingestochen worden war – »sieht man, dass Evelyn auf dem Rücken lag, höchstwahrscheinlich auf dem Boden, und der Angreifer über ihr war. Er war an der Taille leicht gekrümmt. Das Messer drang so ein.« Sara griff nach dem Skalpell in der Schale, überlegte es sich dann jedoch anders und nahm stattdessen eine Schere. Sie demonstrierte den Ablauf, hielt die Hand auf Hüfthöhe mit nach oben weisender Schere. »Es war eher verteidigend als vorsätzlich. Vielleicht kämpften und stürzten sie gleichzeitig. Das Messer drang ein. Der Mann rollte ab, während das Messer noch in seinem Bauch steckte – man sieht, dass die Wunde an der Außenkante deutlich stärker eingeschnitten ist, was auf Bewegung hindeutet.«

»Küchenmesser?«, fragte Amanda.

»Statistisch ist es die häufigste Waffe, und der Kampf fand in einer Küche statt, deshalb liegt das nahe. Um sicherzugehen, muss der ME einen Vergleich anstellen. Wurde die Waffe am Tatort gefunden?«

»Ja«, antwortete Amanda. »Sind Sie sich ganz sicher? Sie lag auf dem Rücken?«

Sara sah, dass Amanda über diese Einschätzung nicht gerade erfreut war. Sie wollte ihre Freundin als Kämpferin sehen, nicht als jemanden, der einfach nur Glück gehabt hatte. »Der Großteil tödlicher Stichwunden findet sich in der linken Brustregion. Wenn man jemanden töten will, zielt man aufs Herz, von oben nach unten, direkt in die Brust. Das hier war verteidigend.« Sie deutete auf die aufgeschlitzte Handfläche des Manns. »Aber Evelyn hatte sich nicht so leicht geschlagen gegeben. Irgendwann zuvor musste sie ihn direkt angegriffen haben, weil er die Klinge des Messers packte.«

Amanda schien von dieser Information nur mäßig besänftigt. »Ist irgendwas in seinem Magen?«

Sara griff unter die Rollbahre und zog das für den ME des Fulton County bestimmte Transportpaket heraus. Krakauer hatte den Großteil der Informationen eingetragen, während Sara von der Polizei befragt wurde. Es war ein Standardformular. Der Pathologe, der die Autopsie durchführte, musste wissen, ob Drogen an Bord waren, welche Prozeduren durchgeführt worden waren, welche Spuren aus dem Krankenhaus stammten. Auf der letzten Seite fand Sara eine thermale Reproduktion der Röntgenaufnahmen.

Sie sagte: »Es sieht aus, als wären im Bauch keine fremden Objekte vorhanden. Erst beim Aufschneiden wird man das sicher wissen, aber ich gehe davon aus, dass die Menge Heroin, von der wir sprechen, eine, für die es sich zu sterben lohnt, leicht zu entdecken wäre.«

Will räusperte sich. Er wirkte zögernd, als er fragte: »Hätte Evelyn nach ihrem Angriff auf den Kerl viel Blut an sich gehabt?«

»Unwahrscheinlich. Die Blutung fand größtenteils in der Bauchhöhle statt, auch nachdem das Messer wieder herausgezogen wurde. Da ist die Abwehrwunde an seiner Hand, aber die Ellen- und Speichen-Arterien sind intakt, und keine der Fingerarterien wurde in Mitleidenschaft gezogen. Wenn der Schnitt auf der Hand tiefer oder ein Finger abgeschnitten worden wäre, dann würde man einen deutlichen Blutverlust erwarten. Aber das ist bei Estevez nicht der Fall, deshalb nehme ich an, dass Evelyn nur eine minimale Menge Blut auf ihrer Kleidung hatte.«

Will sagte: »Auf dem Boden war viel Blut. Man konnte darin Fußspuren auf den Fliesen sehen.«

»Wie groß war die Fläche?«

»Küchengröße«, sagte er. »Ein wenig größer als die Ihre und ein abgeschlossener Raum. Das Haus ist älter, im Ranch-Stil.«

Sara überlegte. »Ich müsste die Tatortfotos sehen, aber ich bin mir ziemlich sicher, wenn genug Blut vorhanden war, um auf einen Kampf hinzudeuten, dann stammte es nicht von Estevez' Hand oder Bauch. Zumindest nicht alles.«

»Konnte Estevez nach diesen Verletzungen selbstständig aufstehen und davongehen?«

»Nicht ohne Hilfe. Jede Verletzung der Bauchdecke macht das Atmen schwierig, ganz zu schweigen von Bewegung.« Sara drückte sich die Hand auf den Bauch. »Denken Sie daran, wie viele Muskeln arbeiten müssen, nur um sich aufzusetzen.«

Amanda fragte Will: »Worauf wollen Sie hinaus?«

»Ich frage mich nur, wer mit Evelyn kämpfte, wenn dieser Kerl nach seiner Verletzung nicht aufstehen konnte und es aus seiner Wunde nicht viel Blut gab.«

Sara folgte seiner Logik. »Sie glauben, dass Evelyn verletzt wurde?«

»Vielleicht. Man hat vor Ort Blutgruppenbestimmungen gemacht, aber man hat sich nicht alles angesehen, und die DNA-Ergebnisse kommen erst in ein paar Tagen.« Er zuckte die Achseln. »Falls Evelyn verletzt wurde und Estevez nicht viel blutete, könnte dies das zusätzliche Blut erklären.«

»Ich bin mir sicher, wenn sie verletzt ist, ist es nichts Ernstes.« Amanda wischte Wills Theorie beiseite, als würde sie nach einer Fliege schlagen. Jeder logisch denkende Mensch hätte bereits die durchaus reale Möglichkeit akzeptiert, dass Evelyn Mitchells Überlebenschancen in Anbetracht der bereits vergangenen Zeit ziemlich gering waren. Amanda schien sich an die gegensätzliche Theorie zu klammern.

Sara wollte nicht diejenige sein, die ihr etwas anderes sagte.

Auf einer der Instrumentenschalen lag ein großes Vergrößerungsglas. Sara zog das Deckenlicht herunter und fuhr mit der Untersuchung fort, suchte den Toten vom Kopf bis zu den Zehen nach Spuren, Einstichpunkten, nach irgendetwas Ungewöhnlichem ab, das sie zu einem Hinweis führen könnte. Als es Zeit war, ihn umzudrehen, zog Will sich Gummihandschuhe über, um ihr zu helfen.

»Na, das ist interessant«, sagte Amanda mit ihrem gewohnten Understatement.

Estevez hatte auf dem Rücken das große Tattoo eines Engels. Das Motiv bedeckte seine Schultern, reichte bis zum Ende seines Kreuzbeins und war so fein gearbeitet, dass es eher an eine Schnitzerei erinnerte. »Gabriel«, sagte Sara, »der Erzengel.«

Will fragte: »Woher wissen Sie das?«

Sie deutete auf das Horn im Mund des Engels. »Es gibt keine biblische Begründung dafür, aber einige Konfessionen glauben, dass der Tag des Jüngsten Gerichts kommt, wenn Gabriel in sein Horn bläst.« Sara wusste, dass Will nie in der Kirche gewesen war. »Das sind die Dinge, die Kinder in der Sonntagsschule lernen. Und es passt zu seinem Namen – Marcellus Benedict. Ich glaube, das sind die Namen von zwei Päpsten.«

Amanda fragte: »Was würden Sie sagen, wie neu dieses Tattoo ist?«

Die Haut seines Rückens war noch immer gereizt von den Stichen. »Eine Woche, fünf Tage vielleicht?« Sie beugte sich vor, um die Details genauer betrachten zu können. »Das wurde in verschiedenen Abschnitten gemacht. Wer das angefertigt hat, hat sich viel Zeit damit gelassen. Wahrscheinlich Monate. So etwas vergisst man nicht so leicht, und ich kann mir vorstellen, dass es sehr teuer ist.«

Will hob die Hand des Toten mit der seinen an. »Haben Sie das unter seinen Fingernägeln gesehen?«

»Ich habe gesehen, dass sie schmutzig sind«, gab Sara zu. »Das ist ziemlich typisch für einen Mann seines Alters. Herauskratzen kann ich es nicht. Der ME würde einen Anfall bekommen, und alles, was ich herausfinden würde, wäre vor Gericht nicht zugelassen, weil wir die Beweismittelkette nicht dokumentiert haben.«

Will hielt sich die Finger des Toten an die Nase. »Riecht für mich nach Öl.«

Sara roch ebenfalls daran. »Kann ich nicht sagen. Die Polizei hat mir erklärt, dass sie die äußeren Überwachungskameras überprüft haben. Sie sind nicht statisch. Sie schwenken viel hin und her, was die bösen Jungs offensichtlich wussten, weil sie es schafften, beim Abladen des Mannes nicht aufgenommen zu werden. Die Zeitangaben deuten darauf hin, dass Estevez mindestens zwölf Stunden beim Container gelegen hatte. Der Geruch könnte alles Mögliche sein.« Sie drehte die Hand, um Will etwas zu zeigen. »Das ist viel interessanter. Estevez arbeitete offensichtlich mit seinen Händen. Da sind Verhärtungen an der Haut des Daumenballens und hier auf der Seite des Zeigefingers. Er hatte ein Werkzeug in der Hand, das relativ schwer gewesen sein muss und ziemlich heftig bewegt wurde.«

Er fragte Amanda: »Haben Sie nicht gesagt, dass er arbeitslos war?«

»Der Staat weiß, dass er seit fast einem Jahr Arbeitslosengeld kassiert.«

Sara dachte an etwas anderes. »Können Sie mir das geben?« Sie zeigte auf das Vergrößerungsglas. Will nahm es zur Hand und wartete, bis Sara Estevez' Mund aufgedrückt hatte. Der Unterkiefer war steif. »Halten Sie es hierher«, sagte sie zu Will und meinte damit, er sollte es auf die oberen Zähne richten. »Sehen Sie diese winzigen Einkerbungen in den Kanten seiner oberen Schneidezähne?« Will beugte sich vor und ließ dann auch Amanda schauen. »Das sind Wiederholungsspuren. So etwas bekommt man, wenn man sich dauernd etwas zwischen die Zähne klemmt. So etwas sieht man bei Näherinnen, die den Faden abbeißen, oder bei Schreinern, die Nägel in den Mund stecken.«

»Oder Schrankbauern?«

»Das ist möglich.« Sara schaute sich noch einmal Estevez' Hand an. »Diese Schwielen kommen von der Arbeit mit einer Nagelpistole. Für einen Vergleich müsste ich das Werkzeug sehen, aber wenn Sie mir sagen würden, er arbeitete als Schreiner, würde ich bestätigen, dass seine Hände Spuren der Arbeit in diesem Gewerbe aufweisen.« Sie hob die linke Hand des Toten an. »Sehen Sie diese Narben auf dem Zeigefinger? Sie entsprechen den bei Schreinern häufigen Verletzungen. Hämmer rutschen ab. Ein Nagel ritzt die Haut. Schraubengewinde schleifen die oberste Hautschicht ab. Sehen Sie diese Narbe da entlang der Mittellinie seines Nagels?« Will nickte. »Sie schneidet auch durchs Nagelbett. Schreiner verwenden Teppichmesser, um Kanten zu scheiden oder Holz zu kerben. Manchmal rutscht die Klinge über den Fingernagel oder rasiert die Haut seitlich am Finger ab. Meistens benutzen sie ihre nichtdominante Hand, um Kitt oder Dichtmaterial glatt zu streichen, was zu einer Abnutzung der Fingerkuppen führt. Seine Fingerabdrücke könnten von Woche zu Woche, manchmal von Tag zu Tag anders sein.«

Amanda sagte: »Dann macht er diesen Job also schon eine ganze Weile?«

»Ich würde sagen, die Arbeit, die diese Spuren verursachte, hat er seit zwei bis drei Jahren durchgeführt.«

»Was ist mit Heeney, dem Schützen?«

Sara griff unter das Laken, um die Hand des anderen Mannes zu untersuchen. Sein Gesicht wollte sie nicht noch einmal sehen. »Er war Linkshänder, aber ich würde die Vermutung riskieren, dass er im selben Gewerbe wie Estevez arbeitete.«

Will sagte: »Das ist wenigstens *eine* Verbindung. Sie arbeiteten beide für Ling-Ling.«

Sara fragte: »Wer ist Ling-Ling?«

»Eine verschwundene Person von Interesse.« Amanda schaute auf ihre Uhr. »Wir sollten uns etwas beeilen. Dr. Linton, könnten Sie unseren anderen Freund hier untersuchen?«

Sara ließ sich keine Zeit zum Nachdenken. Mit einer schnellen Bewegung zog sie das Tuch weg. Es war das erste Mal, seit er versucht hatte, sie zu töten, dass sie Franklin Warren Heeney ins Gesicht schaute. Seine Augen waren offen. Seine Lippen umschlossen noch den Schlauch, den man ihm in die Kehle geschoben hatte, um ihm das Atmen zu erleichtern. Eine Blutkruste rahmte den Schnitt an seinem Hals ein. Von der Taille nach unten war er noch bekleidet, aber Jacke und T-Shirt waren aufgeschnitten worden, um wenigstens zu versuchen, ihm das Leben zu retten. Es war nur ein oberflächliches Bemühen gewesen, der Mann hatte sich selbst die Drosselvene durchtrennt. Er hatte schon beinahe die Hälfte seines Bluts verloren, als sie es schafften, ihn vom Boden hochzuheben und auf den Tisch zu legen. Sara wusste das, weil sie die Ärztin gewesen war, die ihn behandelte.

Sie hob den Kopf. Amanda und Will starrten sie an.

»Entschuldigung«, sagte sie. Sie musste sich räuspern, bevor sie weitersprechen konnte. »Er ist ungefähr im gleichen Alter wie Estevez. Mitte bis Ende zwanzig. Für seine Größe untergewichtig.« Sie deutete auf die Einstichspuren auf seinem Arm. Der intravenöse Katheter, den sie ihm gesetzt hatte, war noch mit Klebeband an seinem Arm befestigt. »Konsumierte erst kürzlich intravenös Drogen.« Sie fand ein Otoskop und untersuchte die Nase des Mannes. »In den Nasengängen sind deutliche Vernarbungen zu erkennen.« Sie schob das Gerät tiefer hinein. »Er ließ sich die Scheidewand chirurgisch reparieren, also haben wir es mit Koks oder Meth, vielleicht auch Oxy zu tun. Alle drei Substanzen wirken sehr knorpelschädigend.«

Will fragte: »Was ist mit Heroin?«

»Natürlich Heroin.« Wieder entschuldigte sich Sara. »Tut mir leid, die meisten Heroinkonsumenten, die ich sehe, rauchen oder spritzen es sich. Die Schnupfer landen meistens direkt in der Leichenhalle.«

Amanda verschränkte die Arme. »Was ist mit seinem Bauch?«

Sara musste nicht in die Akte schauen. Röntgenaufnahmen waren keine gemacht worden. Der Mann war verstorben, bevor irgendwelche Tests angeordnet werden konnten. Anstatt die Untersuchung fortzuführen, schaute Sara ihm noch einmal ins Gesicht. Franklin Heeney erinnerte kaum an einen Chorknaben, aber die von Akne vernarbte Haut und die eingefallenen Wangen sprachen eine deutliche Sprache für jemanden, der sich auf der Straße auskannte. Er hatte eine Mutter. Er hatte einen Vater, ein Kind, vielleicht eine Schwester oder einen Bruder, die vermutlich genau in diesem Augenblick erfuhren, dass ihr geliebter Sohn, Vater, Bruder tot war und dass er einen Mann kaltblütig getötet und Sara so heftig in die Brust geboxt hatte, dass ihr die Luft weggeblieben war. Bei dem Gedanken spürte sie die Prellung an ihrer Brust pochen. Auch sie hatte eine Mutter – eine Schwester, einen Vater –, die alle entsetzt wären, wenn sie hörten, was Sara heute passiert war.

Amanda fragte: »Dr. Linton?«

»Entschuldigung.« In der Zeit, die es dauerte, zu dem Beutel mit den Gummihandschuhen zu gehen und frische anzuziehen, schaffte sie es, sich wieder unter Kontrolle zu bekommen. Sie ignorierte Wills besorgten Blick und drückte ihre Finger auf den Bauch des Toten. »Ich spüre nichts Ungewöhnliches. Die Organe liegen korrekt und sind normal groß. Keine Schwellung oder Verdichtung in Darm oder Magen.« Sie riss die Handschuhe herunter und warf sie in den Abfall. Das Wasser im Spülbecken war kalt, aber Sara wusch sich trotzdem die Hände. »Zum Röntgen kann ich ihn nicht schicken, weil sie dort eine Patienten-Identifikation brauchen, und ehrlich gesagt, ich will keinen Lebenden warten lassen, nur um Neugier zu befriedigen. Das Büro des ME wird Ihnen eine eindeutige Antwort geben.« Sie drückte sich antibakterielles Gel auf die Handfläche und bemühte sich um eine sachliche Stimme. »Ist das alles?«

»Ja«, sagte Amanda. »Vielen Dank, Dr. Linton.«

Sara reagierte nicht auf die Antwort. Sie ignorierte Will. Sie ignorierte die beiden Leichen. Sie hielt den Blick stur auf die Tür gerichtet, bis sie hindurchgegangen war. Im Korridor konzentrierte sie sich auf den Aufzug, den Knopf, den sie drücken musste, die Zahlen, die über der Tür aufleuchten würden. Sie musste hier raus und nach Hause fahren, sich auf der Couch in eine Decke wickeln und die Hunde an sich drücken, um diesen elenden Tag zu vergessen.

Hinter sich hörte sie Schritte. Will rannte schon wieder. Er holte sie schnell ein. Sie drehte sich um. Ein paar Meter von ihr entfernt blieb er stehen.

Er sagte: »Amanda gibt eine Anfrage an alle Dienststellen wegen des Tattoos aus.«

Warum stand er einfach nur da? Warum kam er immer zu ihr gerannt und tat dann absolut gar nichts?

Er sagte: »Vielleicht finden wir …«

»Das ist mir völlig egal.«

Er starrte sie an. Seine Hände steckten in den Taschen. Der Ärmel seines Jacketts spannte sich straff um seinen Oberarm. Im Stoff war ein kleiner Riss.

Sara lehnte sich gegen die Wand. Sie hatte es zuvor nicht bemerkt, aber an seinem Ohrläppchen hatte er einen frischen Schnitt. Sie wollte ihn danach fragen, aber wahrscheinlich würde er ihr sagen, dass er sich beim Rasieren geschnitten hatte. Vielleicht wollte sie gar nicht wissen, was passiert war. Das Polaroid seiner verwüsteten Lippe brannte noch immer in ihrer Erinnerung. Was hatte man ihm sonst noch angetan? Was hatte er sich sonst noch angetan?

Will sagte: »Warum ruft mich eigentlich keine der Frauen in meinem Leben, wenn sie Hilfe braucht?«

»Hat Angie Sie nicht gerufen?«

Er schaute zu Boden, auf den leeren Raum zwischen ihnen.

Sie sagte: »Tut mir leid. Das war nicht fair. Es war ein langer Tag.«

Will schaute nicht hoch. Stattdessen nahm er ihre Hand und verschränkte seine Finger mit den ihren. Seine Haut war warm, beinahe heiß. Er fuhr mit dem Daumen über ihre Handfläche. Sara schloss die Augen, während er langsam jeden Zentimeter ihrer Hand, die Falten und Vertiefungen erkundete und den Daumen sanft auf den Puls an ihrem Handgelenk drückte. Seine Berührung war tröstend. Sie spürte, wie ihr Körper sich langsam entspannte. Ihr Atem passte sich der ruhigen Frequenz seines Atems an.

Die Türen zur Leichenhalle gingen zischend auf. Sara und Will lösten gleichzeitig ihre Hände voneinander. Sie schauten einander nicht an. Sie waren wie zwei Jugendliche, die man auf der Rückbank eines abgestellten Autos ertappt hatte.

Amanda reckte triumphierend ihr Handy in die Luft. »Roger Ling will reden.«

12. Kapitel

Faith fühlte sich einem Nervenzusammenbruch so nahe wie noch nie in ihrem Leben. Ihre Zähne klapperten, obwohl ihr der Schweiß über den Körper rann. Sie hatte ihr Frühstück erbrochen und musste das Mittagessen hinunterwürgen. Sie hatte solche Kopfschmerzen, dass es sogar wehtat, die Augen zu schließen. Ihre Blutzuckerwerte waren äußerst fragil. Sie hatte in der Praxis ihrer Ärztin anrufen müssen, um zu fragen, was sie tun sollte. Man hatte ihr gedroht, sie ins Krankenhaus zu bringen, wenn sie ihre Werte nicht unter Kontrolle bekam. Faith hatte versprochen, sich wieder zu melden, war dann ins Bad gegangen, hatte die Dusche so heiß gestellt, wie sie es aushielt, und eine halbe Stunde lang geweint.

Immer wieder ging ihr eine einzige Gedankenkette durch den Kopf, wie Reifen, die eine Furche in einen Kiesweg graben. Sie waren in ihrem Haus gewesen. Sie hatten ihre Sachen berührt. Jeremys Sachen berührt. Sie kannten sein Geburtsdatum, seine Schulen. Sie wussten, was er mochte und nicht mochte. Sie hatten das alles geplant – bis ins letzte Detail.

Die Drohung war wie ein Todesurteil. Mund zu. Augen auf. Faith glaubte nicht, dass ihre Augen sich weiter öffnen oder ihr Mund sich fester verschließen ließe. Zweimal hatte sie das Haus durchsucht. Beständig kontrollierte sie ihr Telefon, ihre E-Mails, Jeremys Facebook-Seite. Es war drei Uhr nachmittags. Seit fast zehn Stunden war sie in ihrem Haus gefangen wie ein Tier im Käfig.

Und noch immer nichts.

»Hey, Mom?« Jeremy kam in die Küche. Faith saß am Tisch und starrte in den Hinterhof hinaus, wo Detective Taylor und Ginger sich ernsthaft unterhielten. An ihrem gelangweilten Verhalten merkte sie, dass sie nur auf eine Nachricht von ihrem Chef warteten, damit sie zu ihrer normalen Arbeit zurückkehren konnten. Was sie anging, war dieser Fall kreischend zum Stehen gekommen. Es waren schon zu viele Stunden vergangen. Niemand hatte Kontakt aufgenommen. Sie konnte die Wahrheit in ihren Augen lesen. Sie glaubten wirklich, dass Evelyn Mitchell tot war.

»Mom?«

Faith rieb Jeremys Arm. »Was ist denn? Ist Emma wach?« Die Kleine hatte letzte Nacht zu lange geschlafen. Sie war benommen und gereizt und hatte fast eine Stunde lang geschrien, bevor sie für ihr Nachmittagsschläfchen einnickte.

»Es geht ihr gut«, antwortete Jeremy. »Ich wollte ein bisschen spazieren gehen. Für ein paar Minuten aus dem Haus raus und ein wenig frische Luft schnappen.«

»Nein«, sagte sie. »Ich will nicht, dass du das Haus verlässt.«

Seine Miene sagte ihr, wie barsch ihre Stimme geklungen hatte.

Sie drückte ihm den Arm. »Ich will einfach, dass du hierbleibst, okay?«

»Ich habe keine Lust mehr, hier drinnen eingesperrt zu sein.«

»Die habe ich auch nicht, aber du musst mir versprechen, dass du das Haus nicht verlässt.« Sie spielte mit seinen Gefühlen. »Es reicht schon, dass ich mir um Grandma Sorgen machen muss. Ich will dich nicht auch noch auf die Liste setzen müssen.«

Sein Widerwille war offensichtlich, doch er sagte: »Okay.«

»Mach einfach was mit deinem Onkel Zeke. Spielt Karten oder sonst was.«

»Er schmollt, wenn er verliert.«

»Du auch.« Faith scheuchte ihn aus der Küche. Sie verfolgte seinen Weg durchs Haus und die Treppe hoch zu seinem Zimmer anhand des vertrauten Knarzens der Bodendielen und der Stufen. Sie würde Zeke dazu bringen, dass er ihre Liste mit häuslichen Reparaturen abarbeitete. Natürlich würde das bedeuten, dass sie tatsächlich mit ihm reden musste, und Faith gab sich größte Mühe, ihrem Bruder aus dem Weg zu gehen. Merkwürdigerweise schien er dasselbe zu tun. Seit drei Stunden saß er in der Garage und arbeitete an seinem Laptop.

Faith stemmte sich vom Tisch hoch und ging auf und ab, weil sie hoffte, dadurch etwas von ihrer nervösen Energie loszuwerden. Sie hielt nicht lange durch, beugte sich über den Tisch und tippte auf die Tastatur ihres Laptops, um den Rechner aufzuwecken. Sie lud Jeremys Facebook-Seite hoch. Das Regenbogenrad drehte sich ewig. Wahrscheinlich spielte Jeremy oben irgendein Spiel, das das drahtlose Netzwerk verlangsamte.

Das Telefon klingelte. Faith erschrak. Bei jedem unerwarteten Geräusch zuckte sie zusammen. Sie war nervös wie eine Katze. Die Hintertür ging auf. Ginger wartete, bis sie den Hörer abgenommen hatte. An seiner erschöpften Miene sah sie, dass diese ganze Überwachung für ihn nicht nur völlig unbefriedigend, sondern auch weit unter seinen Fähigkeiten war.

Sie hielt sich den Hörer ans Ohr. »Hallo?«

»Faith.«

Es war Victor Martinez, der Vater von Emma. Sie winkte Ginger weg. »Hey.«

»Hi.«

Da der einfache Teil nun vorüber war, schienen sie beide nicht mehr fähig zu sein zu reden. Seit dreizehn Monaten hatte sie nicht mehr mit Victor gesprochen, seit sie ihm die SMS geschickt hatte, er müsse seine Sachen aus ihrem Haus holen oder sie würde sie auf die Straße werfen.

Victor beendete das Schweigen. »Gibt's was Neues von deiner Mutter?«

»Nein. Nichts.«

»Es sind jetzt über vierundzwanzig Stunden, nicht?«

Sie traute ihrer Stimme nicht. Victor hatte die Angewohnheit, immer das Offensichtliche festzustellen, und da er ein großer Fan von Krimiserien war, wusste er so gut wie Faith, dass die Zeit gegen sie arbeitete.

»Geht es Jeremy gut?«

»Ja. Danke, dass du ihn gestern nach Hause gebracht hast. Und bei ihm geblieben bist.« Dann fiel ihr noch ein zu fragen: »Du hast nichts Ungewöhnliches gesehen, als du hier warst, oder? Niemand, der in der Nähe des Hauses herumhing?«

»Natürlich nicht. Das hätte ich der Polizei gesagt.«

»Wie lang warst du schon da, als sie kamen?«

»Nicht lange. Dein Bruder kam ungefähr eine halbe Stunde später, und dann bin ich gegangen.«

Faith' ausgelaugtes Gehirn mühte sich mit der Berechnung ab. Evelyns Entführer hatten nicht getrödelt. Von ihrem Haus aus waren sie direkt hierhergefahren. Sie waren mit der Örtlichkeit so vertraut, dass sie direkt nach oben in ihr Zimmer gegangen waren und ihr den Finger unters Kopfkissen gelegt hatten. Vielleicht hatten sie das Haus auch zuvor schon beobachtet. Vielleicht hatten sie Faith' Anrufe abgehört oder auf den Kalender in ihrem Laptop geschaut und wussten deshalb, dass sie nicht da sein würde. Nichts im Haus war passwortgeschützt, weil sie immer angenommen hatte, dass sie hier sicher war.

Faith hatte etwas, das Victor gesagt hatte, nicht mitbekommen. »Was?«

»Ich sagte, dein Bruder ist ein ziemliches Arschloch.«

Faith blaffte: »Es ist auch für ihn keine einfache Zeit, Victor. Unsere Mutter ist verschwunden. Wer weiß, ob sie tot oder noch am Leben ist. Zeke hat alles stehen und liegen lassen, um bei Jeremy sein zu können. Es tut mir leid, wenn er dir unhöflich vorgekommen ist. Im Augenblick ist es schwierig, freundlich zu sein.«

»Stopp, okay? Es tut mir leid. Ich hätte das nicht sagen sollen.«

Faith atmete wieder heftiger und versuchte, sich zu beherrschen. Sie wollte jemanden anschreien. Doch derjenige musste nicht unbedingt Victor sein.

»Bist du noch dran?«, fragte er.

Faith konnte es nicht länger hinauszögern. »Ich weiß, dass Jeremy dir Emmas Foto gezeigt hat.«

Er räusperte sich.

»Wie findest du sie …?« Faith drückte sich die Finger auf die geschlossenen Lider. »Du hast recht.«

Er schwieg eine schiere Ewigkeit. Schließlich sagte er: »Sie ist wunderschön.«

Faith ließ die Hand sinken. Sie schaute zur Decke hoch. Ihre Hormone waren so aus dem Gleichgewicht, dass alles sie aus der Fassung bringen konnte. Sie klemmte sich das Telefon zwischen Kopf und Schulter und versuchte noch einmal, Jeremys Facebook-Seite zu laden.

»Ich würde dich gern sehen, wenn das alles vorbei ist.«

Faith sah das Rad sich auf dem Monitor drehen, während der Prozessor arbeitete. Sie konnte nicht daran denken, wie es wäre, Victor mit Emma zu sehen. Wie er sie in seinen Armen hielt. Ihr über die Haare strich. Sagte, dass es, wenn er ihr in die Augen schaute, war, als würde er in einen Spiegel schauen. Faith konnte nur an das Jetzt denken, daran, dass jede verstreichende Sekunde es unwahrscheinlicher machte, dass Evelyn Mitchell den ersten Geburtstag ihrer Enkelin erleben würde.

»Deine Mom ist eine Kämpferin«, sagte Victor. Dann, beinahe wehmütig: »Genauso wie du.«

Endlich war die Seite geladen. GoodKnight92 hatte vor acht Minuten eine Nachricht gepostet.

»Ich muss jetzt auflegen.« Und das tat sie auch. Sie starrte die Worte auf dem Monitor an. Sie klangen irgendwie vertraut.

Du musst dich eingesperrt fühlen. Warum gehst du nicht ein paar Minuten aus dem Haus und schnappst ein bisschen frische Luft?

Sie hatten Jeremy wieder kontaktiert, und ihr Sohn, ihr kleiner Junge, war sofort bereit gewesen, durch die Haustür zu treten und sein Leben aufs Spiel zu setzen, nur um seine Großmutter zurückzubekommen.

Mit lauter Stimme rief sie: »Jeremy?«

Faith wartete. Über ihr keine Schritte, keine knarzenden Dielen.

»Jeremy?«, rief sie noch einmal und ging ins Wohnzimmer. Eine Ewigkeit verging. Faith hielt sich an der Couchlehne fest, damit sie nicht umkippte. Ihre Stimme kreischte vor Panik. »Jeremy!«

Ihr Herz setzte aus, als sie oben Poltern hörte, schwere Schritte auf dem Boden. Aber es war Zeke, der vom Treppenabsatz rief: »Mein Gott, Faith, was ist denn los?«

Faith konnte kaum noch atmen. »Wo ist Jeremy?«

»Ich habe ihm gesagt, er kann spazieren gehen.«

Ginger kam mit verwirrter Miene aus der Küche. Bevor er etwas sagen konnte, zog Faith ihm die Waffe aus dem Halfter und stürzte aus dem Zimmer. Sie konnte sich nicht erinnern, die Haustür aufgemacht und die Einfahrt hinuntergerannt zu sein. Erst mitten auf der Straße blieb Faith stehen. Vor sich sah sie eine Gestalt. Er wollte eben in die nächste Straße abbiegen. Groß, schlaksig, schlabbrige Jeans und ein gelbes Sweatshirt der Georgia Tech.

»Jeremy!«, schrie sie. Ein Auto fuhr in die Kreuzung und blieb wenige Schritte vor ihrem Sohn stehen. »Jeremy!« Er hörte sie nicht. Er ging auf das Auto zu.

Faith rannte, so schnell sie konnte, die Arme pumpten, die nackten Füße prügelten den Asphalt. Sie umklammerte die Waffe so fest, dass sie sich anfühlte wie ein Teil ihrer Haut.

»Jeremy!«, kreischte sie. Er drehte sich um. Das Auto war direkt vor ihm. Dunkelgrau. Vier Türen. Ein neuer Ford Focus mit Chrom-Verzierungen. Das Fenster wurde heruntergelassen. Jeremy drehte sich wieder dem Auto zu, bückte sich, um hineinzuschauen. »Stopp!«, schrie Faith mit enger Kehle. »Geh weg von dem Auto! Weg von dem Auto!«

Der Fahrer drehte den Kopf zu Jeremy. Faith sah ein Teenager-Mädchen, mit offenem Mund, offensichtlich entsetzt über die bewaffnete Verrückte, die da die Straße heruntergerannt kam. Das Auto raste quietschend davon, als Faith ihren Sohn erreichte. Sie stieß gegen ihn, hätte ihn beinahe zu Boden geworfen.

»Warum?«, fragte sie und packte ihn so fest am Arm, dass ihr die Finger schmerzten.

Er riss sich los und rieb sich den Arm. »Mein Gott, Mom, was ist denn los mit dir? Sie hatte sich verfahren und wollte nach dem Weg fragen.«

Faith war benommen vor Angst und Adrenalin. Die Waffe war an ihrer Seite. Ginger ebenfalls.

Er riss ihr die Waffe aus der Hand. »Agent Mitchell, das war nicht cool.«

Dieser Satz machte sie wütend. »Nicht cool?« Sie schlug ihm mit der flachen Hand gegen die Brust. »Nicht cool?«

»Agent.« Sein Tonfall sollte ihr zu verstehen geben, dass sie sich hysterisch aufführte, was ihre Wut nur noch vergrößerte.

»Was ist das, wenn Sie meinen Sohn zur Tür hinausspazieren lassen, obwohl Sie auf ihn aufpassen sollten? War das auch nicht cool?« Sie stieß ihn noch einmal. »Was ist das, wenn Sie und Ihr Partner mit dem Finger im Arsch dastehen, während mein Sohn das Haus verlässt?« Noch ein Stoß. »Ist das cool?«

Ginger hob kapitulierend die Hände.

»Faith«, sagte Zeke. Sie hatte gar nicht bemerkt, dass ihr Bruder ebenfalls dabeistand, vielleicht, weil er dieses Mal nicht alles schlimmer machte. »Gehen wir jetzt einfach wieder ins Haus zurück.«

Sie streckte Jeremy die offene Hand entgegen. »iPhone.«

Er machte ein entsetztes Gesicht. »Was?«

»Sofort«, befahl sie.

»Da sind alle meine Spiele drauf.«

»Ist mir egal.«

»Was soll ich dann tun?«

»Lies ein Buch!«, kreischte sie. »Bleibe einfach offline. Hast du mich verstanden? Kein Internet!«

»O Mann.« Er schaute sich Unterstützung suchend um, aber Faith war es egal, wenn jetzt Gott selbst herabgestiegen wäre und ihr gesagt hätte, sie solle mit ihrem Sohn nicht so streng sein.

Sie sagte: »Ich fessle dich mit einem Seil an mich, wenn's sein muss.«

Er wusste, dass sie nicht bluffte, sie hatte es schon einmal getan. »Das ist nicht fair.« Er knallte ihr das Handy in die Hand. Sie hätte es auf den Boden geworfen und wäre darauf herumgetrampelt, wenn das verdammte Ding nicht so teuer gewesen wäre.

»Kein Internet«, wiederholte Faith. »Keine Anrufe. Keine Kommunikation irgendeiner Art, und du bleibst, verdammt noch mal, im Haus. Hast du mich verstanden?« Er wandte ihr wortlos den Rücken zu und ging zum

Haus. Doch so leicht ließ Faith ihn nicht davonkommen. »Hast du mich verstanden?«

»Ja, ich habe dich verstanden«, schrie er. »O Gott!«

Ginger steckte sich die Waffe wieder ins Halfter und rückte es sich entrüstet zurecht. Er folgte Jeremy die Straße entlang. Faith humpelte hinter ihnen her. Ihre Füße waren wund von dem groben Asphalt. Zeke ging neben ihr. Seine Schulter berührte die ihre. Faith machte sich auf eine Tirade gefasst, aber er war so gnädig zu schweigen, während sie die Einfahrt hochgingen und das Haus betraten.

Faith warf Jeremys Handy auf den Küchentisch. Kein Wunder, dass er gehen wollte. Das Haus fühlte sich wirklich an wie ein Gefängnis. Sie stützte sich schwer auf den Stuhl. Was hatte sie sich nur gedacht? Wie konnte irgendeiner von ihnen hier sicher sein? Offensichtlich hatten sie Jeremy ins Visier genommen. In dem Auto hätte wer weiß wer sitzen können. Sie hätten das Fenster herunterlassen, eine Waffe auf Jeremy richten und abdrücken können. Er hätte mitten auf der Straße verbluten können, und erst nachdem diese blöde Facebook-Seite geladen war, hätte Faith gewusst, dass etwas nicht stimmte.

»Faith?« Zeke stand mitten in der Küche. Seine Stimme deutete darauf hin, dass er ihren Namen nicht zum ersten Mal sagte. »Was ist denn los mit dir?«

Faith legte die Hände vor dem Bauch übereinander. »Wo warst du heute Nacht? Du hast nicht im Bett von Mom geschlafen. Ich hätte sonst deine Sachen gesehen.«

»Dobbins.« Sie hätte es wissen müssen. Zeke hatte die seelenlose Anonymität der Kaserne schon immer gemocht, auch wenn die Dobbins Air Base Reserve eine Stunde Fahrt entfernt war vom VA Hospital, in dem er arbeitete.

»Du musst mir einen Gefallen tun.«

Er war sofort skeptisch. »Was?«

»Ich will, dass du Jeremy und Emma mit in die Kaserne nimmst. Heute noch. Jetzt gleich.« Die Polizei von Atlanta konnte ihre Familie nicht beschützen, aber die United States Air Force konnte es. »Ich weiß nicht, für wie lange es sein wird. Ich will einfach, dass du sie in der Kaserne behältst. Lass sie erst wieder weg, wenn ich es dir sage.«

»Warum?«

»Weil ich wissen muss, dass sie in Sicherheit sind.«

»In Sicherheit vor wem? Was hast du vor?«

Faith schaute in den Hinterhof, um zu kontrollieren, ob die Detectives außer Hörweite waren. Ginger starrte sie an. Sie drehte ihm den Rücken zu. »Du musst mir einfach vertrauen.«

Zeke lachte schnaubend auf. »Warum sollte ich jetzt damit anfangen?«

»Weil ich weiß, was ich tue, Zeke. Ich bin Polizeibeamtin und habe gelernt, so etwas zu tun.«

»Was hast du gelernt? Barfuß auf die Straße zu rennen, als wärst du aus dem Irrenhaus ausgebrochen?«

»Ich werde Mom zurückholen, Zeke. Es ist mir egal, ob ich dabei umkomme. Ich werde sie zurückholen.«

»Du und welche Armee?«, erwiderte er höhnisch. »Wirst du Tante Mandy rufen und die Bösen mit Lippenstift beschmieren?«

Sie boxte ihm ins Gesicht. Er sah eher schockiert als verletzt aus. Ihr Fingerknöchel fühlte sich an, als wäre er gebrochen. Trotzdem war es ihr eine gewisse Befriedigung, als sie den dünnen Blutfaden auf seiner Oberlippe sah.

»O Gott«, murmelte er. »Wofür, zum Teufel, war denn das?«

»Du musst mein Auto nehmen. In die Corvette kannst du keinen Kindersitz einbauen. Ich kann dir Geld für Benzin und Lebensmittel geben und ich …«

»Moment mal.« Seine Stimme klang gedämpft hinter seiner Hand, denn er tastete sich den Nasenrücken nach einem Bruch ab. Zum ersten Mal, seit er durch ihre Vordertür gekommen war, schaute er sie an, schaute sie wirklich an. Faith hatte ihren Bruder schon früher geschlagen. Sie hatte ihn mit einem Streichholz gebrannt. Sie hatte ihn mit einem Kleiderbügel verprügelt. Ihrer Erinnerung nach war es das erste Mal, dass Gewalt zwischen ihnen eine Wirkung zeigte.

»Okay.« Er betrachtete sein Spiegelbild im Toaster. Seine Nase war nicht gebrochen, aber unter dem Auge entstand ein satt violetter Fleck. »Aber deinen Mini nehme ich nicht. Ich sehe auch ohne ihn schon dämlich genug aus.«

13. Kapitel

WILL WAR NICHT LEICHT in Rage zu bringen, aber wenn ihn die Wut erst einmal gepackt hatte, klammerte er sich daran wie der Geizhals an den Goldtopf. Er warf nicht mit Gegenständen um sich oder benutzte seine Fäuste. Er wütete nicht, hob nicht einmal die Stimme. Das genaue Gegenteil passierte. Er wurde still – völlig still. Es war, als wäre seine Stimme gelähmt. Er behielt alles für sich, weil er aufgrund seiner Erfahrung mit wütenden Menschen wusste, ungezügeltes Ausagieren konnte bedeuten, dass irgendjemand schwer verletzt wurde.

Diese spezielle Art, mit dem eigenen Zorn umzugehen, hatte allerdings auch seine Schattenseiten. Sein stures Schweigen hatte ihm schon in der Schule einige Suspendierungen eingebracht. Vor Jahren hatte ihn Amanda ins Hinterland der Berge North Georgias versetzt, weil er sich geweigert hatte, ihre Fragen zu beantworten. Einmal hatte er mit Angie drei Tage lang nicht gesprochen, weil er Angst hatte, Dinge zu sagen, die er nie mehr zurücknehmen konnte. Sie hatten miteinander gelebt, miteinander geschlafen, miteinander gegessen, sie hatten alles miteinander getan, doch er hatte volle zweiundsiebzig Stunden lang kein einziges Wort gesagt. Falls es in den Paralympics eine Kategorie für funktional analphabetische Stumme gäbe, dann hätte er kein Problem, die Goldmedaille zu gewinnen.

Das sollte allerdings nur heißen, dass sein fünfstündiges Schweigen während der Fahrt mit Amanda zum Coastal State Prison im Verhältnis dazu nichts Besonderes war. Beunruhigend war nur, dass Wills Zorn einfach nicht verrauchte. Er hatte noch nie einen Menschen so gehasst wie in dem Augenblick, als Amanda ihm ganz nebenbei mitteilte, dass Sara beinahe ermordet worden wäre. Und dieser Hass verging einfach nicht. Er wartete darauf, dass er nachließ, dass aus dem Sprudeln im Wassertopf ein Simmern wurde, aber es passierte einfach nicht. Auch jetzt, da Amanda vor ihm auf und ab lief, von einem Ende des leeren Besucherwartezimmers zum anderen marschierte wie eine Blechente in einem Schießstand, spürte er die Wut in sich lodern.

Das Schlimmste war, dass er reden wollte. Er sehnte sich danach. Er wollte es ihr vor den Latz knallen und dann zusehen, wie ihr Gesicht zerbröselte, wenn sie erkannte, dass Will sie ernsthaft und unwiderruflich verachtete für das, was sie ihm angetan hatte. Er war noch nie kleinlich gewesen, aber jetzt wollte er ihr wirklich, wirklich wehtun.

Amanda blieb stehen und stemmte die Hände in die Hüften. »Ich weiß ja nicht, was man Ihnen gesagt hat, aber Schmollen ist bei einem Mann nicht gerade attraktiv.«

Will starrte zu Boden. Ins Linoleum waren Rinnen eingegraben von den Schuhen der Frauen und Kinder, die an den Wochenenden darauf warteten, ihre Männer und Väter in den Zellen besuchen zu dürfen.

Sie sagte: »Grundsätzlich lasse ich mich von jemandem nur ein Mal so nennen. Ich glaube, Sie haben sich die richtige Zeit dafür ausgesucht.«

Er war also nicht völlig stumm gewesen. Er hatte Amanda mit einem Schimpfwort bedacht, dass er sonst aus Überzeugung nie in den Mund nahm.

»Was wollen Sie, Will? Eine Entschuldigung?« Sie lachte heiser. »Na gut, es tut mir leid. Ich entschuldige mich dafür, Sie nicht so abgelenkt zu haben, dass Sie Ihre Arbeit nicht mehr machen können. Ich entschuldige mich, weil ich dafür gesorgt habe, dass Sie nicht völlig durchdrehen. Ich entschuldige mich …«

Seine Lippen bewegten sich aus eigenem Antrieb. »Können Sie einfach den Mund halten?«

»Wie war das?«

Er wiederholte sich nicht. Es war ihm egal, ob sie ihn verstanden hatte oder nicht, ob sein Job in Gefahr war oder sie ihm einen neuen Kreis der Hölle eröffnen würde, weil er es gewagt hatte, ihr die Stirn zu bieten. Will konnte sich nicht erinnern, wann er das letzte Mal die Qualen erlebt hatte, die er an diesem Nachmittag hatte durchleiden müssen. Eine ganze Stunde hatten sie vor diesem verdammten Lagerhaus gesessen, bevor die Polizei von Doraville sie ziehen ließ. Will verstand, warum die Detectives mit ihnen reden wollten. Sie hatten zwei Leichen und überall Einschusslöcher. Auf einem Regal im hinteren Teil des Gebäudes lagen Unmengen von illegalen Maschinenpistolen. In Julia Lings Büro befand sich ein großer Safe, dessen Tür offen stand und vor dem Hundertdollarscheine verstreut lagen. Man kam nicht zu einem solchen Tatort und ließ die beiden einzigen Zeugen einfach gehen. Formulare mussten ausgefüllt, Fragen beantwortet werden. Will musste eine Aussage machen und dann warten, während Amanda die ihre machte. Seinem Gefühl nach hatte sie sich Zeit damit gelassen. Er hatte im Auto gesessen, und während er zusah, wie sie mit den Detectives sprach, hatte er sich gefühlt, als würde in seiner Brust jeden Augenblick ein Vulkan ausbrechen.

Ein Dutzend Mal hatte er sein Handy zur Hand genommen und wieder weggelegt. Sollte er Sara anrufen? Sollte er sie in Ruhe lassen? Brauchte sie ihn? Würde sie anrufen, wenn es so wäre? Er musste sie sehen. Wenn er sie sah, würde er wissen, wie er reagieren müsste, um ihr zu geben, was sie brauchte. Er würde sie an sich drücken. Er würde ihre Wange, ihren Hals, ihren Mund küssen. Er würde alles tun, damit es ihr besser ging.

Oder er würde einfach im Flur stehen wie ein Volltrottel und nach ihrer Hand greifen.

Amanda schnippte mit den Fingern, damit er sich wieder auf sie konzentrierte. Will hob nicht einmal den Kopf, doch sie redete trotzdem. »Ihr Notfallkontakt ist Angela Polaski. Ich schätze, ich sollte Angie Trent sagen, da sie Ihre Frau ist.« Sie hielt kurz inne, um die Wirkung zu verstärken. »Ist sie noch Ihre Frau?«

Er schüttelte den Kopf. Noch nie in seinem Leben hatte er eine Frau so unbedingt schlagen wollen.

»Was haben Sie von mir erwartet, Will?«

Er schüttelte nur weiter den Kopf.

»Also, ich sage Ihnen, dass Ihre – ich weiß auch nicht, was ist denn Dr. Linton inzwischen für Sie? – Geliebte? Freundin? Kumpel? in Schwierigkeiten ist, und dann? Wir lassen alles stehen und liegen, damit Sie sie anglotzen können?«

Will stand auf. Das machte er nicht mehr mit. Er würde nach Atlanta trampen, wenn er musste.

Sie seufzte, als hätte sie die ganze Welt gegen sich. »Der Direktor wird jeden Augenblick hier sein. Sie müssen sich jetzt zusammennehmen, damit ich Sie auf unser Gespräch mit Roger Ling vorbereiten kann.«

Will schaute sie zum ersten Mal, seit sie das Krankenhaus verlassen hatten, an. »Mich?«

»Er hat speziell Sie verlangt.«

Das war sicher eine Art Trick, aber er hatte keine Ahnung, wohin er führen sollte. »Woher kennt er überhaupt meinen Namen?«

»Von seiner Schwester, denke ich.«

Soweit Will wusste, war Julia Ling noch immer auf der Flucht. »Sie hat ihn im Gefängnis angerufen?«

Amanda verschränkte die Arme vor der Brust. »Roger Ling sitzt in Einzelhaft, weil er eine Rasierklinge in seinem Rektum versteckte. Er bekommt keine Anrufe. Er bekommt keinen Besuch.«

Isolation hatte das Nachrichtensystem im Gefängnis noch nie sonderlich eingeschränkt. Es gab innerhalb dieser Wände so viele illegale Handys, dass während des landesweiten Gefangenenstreiks im letzten Jahr die *New York Times* überschwemmt worden war mit Anrufen von Insassen, die ihre Forderungen stellten.

Trotzdem sagte Will: »Roger Ling hat speziell mich verlangt?«

»Ja, Will. Die Anfrage kam über seinen Anwalt. Er hat speziell Sie verlangt.« Dann schränkte sie ein: »Natürlich wurde zuerst ich angerufen. Kein Mensch weiß, wer, zum Teufel, Sie sind. Bis auf Roger anscheinend.«

Will lehnte sich auf seinem Stuhl zurück. Er spürte, wie seine Kiefermuskeln sich verspannten. Das Schweigen wollte zurückkehren. Er spürte es wie einen Schatten, der drohend hinter ihm aufragte.

Sie fragte: »Was glauben Sie, wer ist der Beamte, der sich Dr. Linton im Krankenhaus in den Weg stellte?«

Er schüttelte den Kopf. Er wollte nicht mehr an Sara denken. Ihm wurde schlecht, sooft er daran dachte, was sie heute hatte durchmachen müssen.

Allein.

Amanda wiederholte: »Was glauben Sie, wer der Polizist ist?« Wieder schnippte sie mit den Fingern, um seine Aufmerksamkeit auf sich zu lenken.

Er hob den Kopf. Am liebsten hätte er ihr die Hand gebrochen.

»Hier geht's nicht um mich. Hier geht's um Faith und darum, ihre Mutter zurückzuholen. Also, was glauben Sie, wer ist dieser Polizist?«

Er räusperte sich die Glasscherben aus der Kehle. »Woher kennen Sie all diese Leute?«

»Welche Leute?«

»Hector Ortiz. Roger Ling. Julia Ling. Den Leibwächter Perry, der einen Mercedes fährt. Warum reden Sie die alle mit Vornamen an?«

Sie schwieg, offensichtlich überlegte sie, ob sie antworten sollte oder nicht. Schließlich erwiderte sie: »Sie wissen doch, dass ich zusammen mit Evelyn Karriere gemacht habe. Wir waren zusammen Kadetten. Wir waren Partner, bis die Männer keine Lust mehr hatten, sich alle Fälle von uns wegschnappen zu lassen.« Sie schüttelte den Kopf über die Erinnerung. »Das sind die bösen Jungs, die auf der anderen Seite standen. Drogen. Vergewaltigung. Mord. Körperverletzung. Geiselverhandlungen. Organisiertes Verbrechen. Geldwäsche. Die sind schon so lange dabei wie wir.« Dann fügte sie wehmütig hinzu: »Und das ist schon sehr, sehr lange.«

»Sie haben Fälle gegen sie bearbeitet?«

Fünfzig Stühle standen in dem Raum, aber sie setzte sich direkt neben ihn. »Ignatio Ortiz und Roger Ling haben es nicht mit einem einzigen Sprung an die Spitze geschafft. Sie mussten über Leichen gehen. Viele, viele Tote. Und das Traurige daran ist, dass sie früher mal menschliche Wesen waren. Sie waren nette, normale Männer, die jeden Sonntag zur Kirche und unter der Woche jeden Tag brav zur Arbeit gingen.« Amanda schüttelte wieder den Kopf, und Will merkte, dass ihre Worte Erinnerungen zutage förderten, die sie lieber vergessen würde.

Dennoch sagte sie: »Sie wissen, dass das Wort *Unterbauch* den Teil der Gesellschaft bezeichnet, den man nicht sieht, aber es bezeichnet auch den verletzlichsten Teil. Den schwachen Teil. Genau darauf haben es Monster wie Roger Ling und Ignatio Ortiz abgesehen. Sucht. Gier. Armut. Verzweiflung. Sobald diese Typen herausgefunden hatten, wie sie die Leute ausbeuten können, haben sie nur noch an ihre Karriere gedacht. Bevor sie zwölf Jahre alt waren, brachten sie Drogendealern ihre Burger ans Auto. Sie mordeten, bevor sie alt genug waren, um in einer Bar legal einen Drink zu bekommen. Sie schlitzten Kehlen auf und prügelten alte Frauen zu Tode und taten alles, was nötig war, um an die Spitze zu kommen und die Macht zu behalten. Also, wenn Sie mich fragen, warum ich diese Leute mit dem Vornamen anspreche, dann deshalb, weil ich sie *kenne.* Ich weiß, wer sie sind. Ich habe in die Schwärze ihrer Seelen geschaut. Aber ich kann Ihnen garantieren, andersherum ist das nicht so. Diese Leute haben nicht den blassesten Schimmer, wer ich bin, und ich habe meine ganze Karriere lang dafür gesorgt, dass es auch so bleibt.«

Will hatte keine Lust mehr, wie auf rohen Eiern zu gehen. »Die kennen auch Evelyn.«

»Ja«, räumte Amanda ein, »ich glaube, das tun sie.«

Er lehnte sich zurück. Es war ein verblüffendes Eingeständnis. Er wusste nicht, wie er reagieren sollte. Leider – oder vielleicht zum Glück – gab sie ihm keine Gelegenheit dazu.

Sie klatschte in die Hände. Die Zeit der Geständnisse war vorüber. »Reden wir jetzt über diesen Polizisten, der sich Sara im Krankenhaus in den Weg stellte.«

Will versuchte noch immer zu begreifen, was eben passiert war. Einen Augenblick lang hatte er Sara völlig vergessen.

»Chuck Finn«, schlug sie vor.

Will lehnte den Kopf an die Wand. Der Beton fühlte sich an der Kopfhaut kalt an. »Er war Polizist. Das verliert man nicht, egal, wie viel Heroin man sich in die Adern jagt. Er ist groß. Wahrscheinlich hat er durch seine Sucht viel Gewicht verloren. Sara hätte ihn nicht erkannt, weil sie nur sein Verbrecherfoto gesehen hat. Ich nehme an, dass er raucht. Das tun die meisten Junkies.«

»Also, im Krankenhaus: Sie glauben, Chuck Finn hört von Sara, dass Marcellus Estevez vielleicht durchkommen könnte, deshalb schickt er Franklin Heeney, um ihn zu töten.«

»Sie nicht?«

Amanda ließ sich Zeit mit der Antwort. Er merkte, dass das, was sie über Evelyn Mitchell gesagt hatte, sie noch immer stark beschäftigte. »Ich weiß nicht mehr, was ich glauben soll, Will. Und das ist bei Gott die Wahrheit.«

Sie klang müde, ließ die Schultern hängen. Irgendwie wirkte sie distanziert. Er ging ihr Gespräch noch einmal durch, überlegte sich, was sie schließlich zu dem Eingeständnis gebracht hatte, dass Evelyn Mitchell nicht makellos sauber war. Er hatte noch nie erlebt, dass Amanda bei irgendetwas aufgab. Ein Teil von ihm hatte Mitleid mit ihr, ein anderer erkannte, dass er so eine Chance vielleicht nie wieder bekam.

Er griff sie an, solange sie noch geschwächt war. »Warum haben die Kerle Sie vor dem Lagerhaus nicht erschossen?«

»Ich bin ein Deputy Director des GBI. Das bedeutet jede Menge Stress.«

»Sie haben bereits eine vielfach ausgezeichnete Polizeibeamtin entführt und haben im Lagerhaus auf Sie geschossen. Sie brachten Castillo um. Warum nicht Sie?«

»Ich weiß es nicht, Will.« Sie rieb sich mit den Fingern die Augen. »Ich glaube, wir sind da mitten in irgendeinen Krieg hineingeraten.«

Will starrte das Meth-Poster an der Wand an. Eine zahnlose Frau mit verschorfter Haut starrte zurück. Er fragte sich, ob so der Junkie ausgesehen hatte, die Frau, die Sara gesagt hatte, dass vor dem Müllcontainer ein Mann liege. Wie lange hatte es gedauert, bis Marcellus Estevez tot war und Frank Heeney mit Sara auf dem Boden kämpfte und ihr mit einem Skalpell das Gesicht zerschneiden wollte?

Wahrscheinlich höchstens zehn Minuten.

Will konnte nicht anders. Er stützte die Ellbogen auf die Knie und legte den Kopf in die Hände. »Sie hätten es mir sagen sollen.« Deutlich hörte er in seinem Kopf eine Stimme kreischen, er solle aufhören. Aber er konnte es nicht. »Sie hatten kein Recht, es vor mir geheim zu halten.«

Amanda seufzte schwer. »Vielleicht hätte ich es tun sollen. Oder vielleicht war es richtig, es Ihnen nicht zu sagen. Wenn Ersteres zutrifft, tut es mir leid. Wenn Letzteres zutrifft, dann können Sie später wütend auf mich sein. Wir müssen diese Sache jetzt durchsprechen. Ich muss herausfinden, was los ist. Wenn nicht um meinetwillen, dann um Faith' willen.«

Ihre Stimme klang so verzweifelt, wie er sich fühlte. Der Tag hatte sie völlig fertiggemacht. Auch jetzt konnte Will nicht anders. Sosehr er sie im Augenblick hasste, grausam konnte er nicht sein.

Und irgendwann im Verlauf dieser Unterhaltung hatte sich wirklich ein Schalter umgelegt. Er hatte es gar nicht bemerkt, aber in diesen letzten zehn Minuten war seine Wut langsam aus ihm herausgesickert, sodass Will, wenn er jetzt darüber nachdachte, wie Amanda sich in Bezug auf Sara verhalten hatte, eher schwärenden Ärger spürte statt brennendem Hass.

Er atmete tief ein und stieß die Luft langsam wieder aus, während er sich aufrichtete. »Okay. Wir müssen annehmen, dass alle toten Jungs in Julia Lings Laden arbeiteten – einige offiziell, andere schwarz, aber alle in beiden Bereichen ihres Geschäfts.«

»Sie glauben, dass Ling-Ling Ricardo Ortiz nach Schweden schickte, um Heroin zu holen?«

»Nein, ich glaube, Ricardo hat sich selbst zu viel vorgenommen. Ich glaube, er hat die Jungs aufgestachelt, bis sie dachten, sie könnten Ling-Lings Geschäft übernehmen. Er flog von sich aus nach Schweden.« Will schaute auf die Uhr. Es war schon fast sieben. »Er wurde gefoltert, wahrscheinlich von Benny Choo.«

»Warum haben sie dann nicht einfach die Drogen aus ihm herausgeschnitten und Schluss?«

»Weil er ihnen sagte, dass er wisse, wo noch mehr Geld zu holen sei.«

»Evelyn.«

»Genau das habe ich schon gesagt.« Will drehte sich Amanda zu. »Chuck Finn erwähnte in Healing Winds in einer seiner Gruppensitzungen mit Hironobu Kwon, dass seine alte Chefin auf einem Haufen Geld sitze. Springen wir zu gestern Vormittag. Ricardo hat den Bauch voller Heroin, und Benny Choo prügelt die Scheiße aus ihm heraus. Sein Freund Hironobu Kwon sagt, er weiß, wo sie Geld herbekommen können, um sich aus dem Schlamassel herauszukaufen.« Will zuckte die Achseln. »Sie fahren zu Evelyn. Benny Choo geht mit, damit sie sich nicht verdrücken. Nur, sie finden das Geld nicht, und Evelyn will es nicht herausrücken.«

»Vielleicht hatten sie nicht erwartet, Hector Ortiz bei ihr anzutreffen. Ricardo kannte den Cousin seines Vaters doch sicher.«

Will hätte gern gefragt, was Hector Ortiz überhaupt bei Evelyn zu suchen hatte, aber im Augenblick wollte er nicht, dass Evelyn ihn anlog. »Ricardo Ortiz musste doch wissen, dass der Mord an Hector ihm ganz schön Stress bringen würde. Er war ja bereits seinem Vater in den Rücken gefallen, indem er Heroin schmuggelte. Ling-Ling will seinen Kopf, weil sie herausgefunden hat, dass Ricardo auch ihr in den Rücken gefallen ist. Ricardos Gang kann das Geld in Evelyns Haus nicht finden. Sie redet nicht. In diesem Augenblick muss Ricardo sich eingestehen, dass sein Leben nicht mehr viel wert ist. Er ist vollgestopft mit Ballons, die er nicht ausscheiden kann. Er wurde schon fast zu Tode geprügelt. Benny Choo hält ihm eine Waffe an den Kopf.« Will rekapitulierte Faith' Aussage über ihre Konfrontation mit Choo und Ortiz. »Ricardos letztes Wort war ›Almeja‹. So nannte Julia Ling doch Evelyn, nicht? Woher könnte Ricardo das wissen?«

»Ich schätze, wenn Ihre Theorie zutrifft, dass das alles von Chuck Finn kam, dann weiß er es daher.«

»Warum sollte Evelyns Spitzname das letzte Wort sein, das Ricardo, kurz bevor er stirbt, sagt?«

»Das ist ihr Straßenname. Ich wäre überrascht, wenn Ricardo ihren richtigen Namen kannte.« Sie erläuterte: »Die Gangster geben nicht nur sich selbst Spitznamen. Wenn man lange genug bei der Drogenfahndung arbeitet, fällt denen auch was ein, wonach sie dich benennen können. ›Hip‹ und ›Hop‹ waren offensichtlich Abkürzungen ihrer Familiennamen. Boyd Spivey war ›Sledge‹, der Vorschlaghammer. Chuck Finn wurde ›Fish‹ genannt, ich schätze, weil ›Lemming‹ einfach nicht zu ihrem Wortschatz gehörte.« Sie grinste, noch ein privater Witz. »Roger Ling nahm für sich in Anspruch, ›Almeja‹ für Evelyn erfunden zu haben, was wir zu der Zeit ein bisschen merkwürdig fanden, bis wir erfuhren, dass er nicht ein Wort seiner Muttersprache spricht. Mandarin, falls es Sie interessiert.«

»Was ist mit Ihnen?«

»Ich arbeite nicht bei der Drogenfahndung.«

»Aber die kennen Sie.«

»Wag«, sagte sie. »Kurz für Wagner.«

Will glaubte ihr nicht. »Warum will Roger Ling unbedingt mit mir sprechen?«

Sie lachte überrascht auf. »Sie glauben doch nicht wirklich, dass Sie der einzige Mann in diesem Gefängnis sind, der einen Hass auf mich hat?«

Ein lautes Summen und das Scheppern von Stahltüren waren zu hören. Zwei Wachmänner kamen in den Warteraum, gefolgt von einem jüngeren Mann mit Harry-Potter-Brille und passender Wuschelfrisur. Er war eindeutig keines von Amandas alten Mädchen. Auf den Ellbogen seines Cord-Sakkos prankten lila Lederflicken. Seine Krawatte bestand aus gestrickter Baumwolle. Auf dem Hemd hatte er über der Brusttasche einen Fleck. Er roch nach Pfannkuchen.

»Jimmy Kagan«, sagte er und gab ihnen die Hand. »Ich weiß ja nicht, welche Fäden Sie gezogen haben, Deputy Director, aber das ist das erste Mal in meinen sechs Jahren als Direktor hier, dass ich so spätabends noch einmal in die Arbeit gerufen wurde.«

Amanda war übergangslos wieder die Alte, so, als würde ein Schauspieler in seine Rolle schlüpfen. »Ich weiß Ihre Kooperation wirklich sehr zu schätzen, Direktor Kagan. Wir müssen alle unseren Teil beitragen.«

»Ich habe ja kaum eine andere Wahl«, erwiderte Kagan und bedeutete den Wachleuten, die Tür zum eigentlichen Gefängnis zu öffnen. Mit schnellen Schritten führte er sie einen langen Gang entlang. »Ich werde nicht mein ganzes System auf den Kopf stellen, nur weil Sie ein paar Mal den Hörer in der Hand hatten. Agent Trent, Sie müssen in den Zellentrakt. Roger Ling ist seit einer Woche in Einzelhaft. Sie können mit ihm durch den Schlitz in der Tür reden. Ich bin mir sicher, Sie wissen, mit was für einem Menschen Sie es zu tun haben, aber ich sage Ihnen geradeheraus, ich würde nicht in einem Zimmer mit Roger Ling sein wollen, auch wenn Sie mir eine Waffe an den Kopf halten. Wenn Sie's genau wissen wollen: Ich habe eine Heidenangst davor, dass mir das eines Tages passiert.«

Mit hochgezogener Augenbraue schaute Amanda Will kurz an. »Bei Ihnen klingt das, als würden Primaten den Zoo leiten.«

Kagans Blick besagte, dass sie sich entweder etwas vormache oder einfach wahnsinnig sei. Zu Will sagte er: »Zu jeder Zeit im amerikanischen Strafsystem wurde bei mindestens der Hälfte aller Insassen die eine oder andere geistige Störung diagnostiziert.«

Will nickte. Er kannte die Statistik. Alle Gefängnisse zusammengenommen kauften mehr Prozac als irgendeine andere staatliche Einrichtung.

Kagan sagte: »Einige sind schlimmer als andere. Ling ist schlimmer als die Schlimmsten. Er sollte im Irrenhaus sein. Wegschließen und den Schlüssel wegwerfen.«

Ein weiteres Tor öffnete und schloss sich.

Kagan zählte die Vorschriften auf. »Nähern Sie sich nicht der Tür. Glauben Sie nicht, dass Sie sicher sind, nur weil Sie eine Armeslänge entfernt sind. Die Rasierklinge, die wir in seinem Arsch gefunden haben, steckte in einem selbst gestrickten Futteral aus Fäden, die er aus seinem Laken gezogen hatte. Er brauchte zwei Monate dafür. Zum Spaß flocht er einen Yellow-Rebel-Stern hinein. Anscheinend hat er die Fäden mit Urin gefärbt.«

Kagan blieb vor einer weiteren Tür stehen und wartete, bis sie geöffnet wurde. »Ich habe keine Ahnung, wie er zu der Rasierklinge kam. Er ist dreiundzwanzig Stunden in seiner Zelle. Auf dem Hof ist er allein – er ist der Einzige im Käfig. Er hat keine Besuchskontakte, und alle Wachen haben eine Todesangst vor ihm.« Die Tür schwang auf, und er lief weiter. »Wenn es nach mir ginge, würde ich ihn in seinem Loch verrecken lassen. Aber es geht nicht nach mir. Wenn er nichts Grässliches verbricht, wird er noch eine Woche in Isolation sitzen. Und glauben Sie mir, er ist zu Grässlichem fähig.«

Der Direktor blieb vor einer Stahltür stehen, hinter der eine zweite Tür zu erkennen war. Die erste öffnete sich, und sie gingen hindurch. »Als wir ihn das letzte Mal ins Loch steckten, wurde der Wachmann, der ihn hineinschickte, am nächsten Tag angegriffen. Den Täter haben wir nie gefunden, aber der Mann verlor ein Auge. Es wurde mit der Hand herausgerissen.«

Die Tür hinter ihnen schloss sich, und die andere ging krachend auf.

Kagan sagte: »Die Kameras haben Sie im Blick, Mr. Trent, aber ich muss Sie warnen, unsere Reaktionszeit liegt bei einundsechzig Sekunden, knapp über einer Minute. Schneller schaffen wir es einfach nicht. Falls irgendetwas passiert, habe ich ein komplettes Einsatzteam bereit.« Er klopfte Will auf den Rücken. »Viel Glück.«

Auf der anderen Seite wartete ein Wachmann auf Will. Dem Mann stand die Angst im Gesicht, die man bei einem Todeskandidaten erwarten würde. Es war, als würde man in den Spiegel schauen.

Will drehte sich zu Amanda um. Im Wartezimmer hatte er sein Schweigen gebrochen, damit sie ihm sagen konnte, wie er mit Roger Ling reden sollte, aber jetzt erkannte er, dass sie ihm keinen Rat gegeben hatte. »Wollen Sie mir da drin helfen?«

Sie sagte: »Eins fürs andere, Detective. Und kommen Sie nicht ohne nützliche Information zurück.«

Will fiel wieder ein, dass er sie hasste.

Der Wachmann winkte ihn durch. Die Tür schloss sich hinter ihm. Der Mann sagte: »Halten Sie sich dicht an der Wand. Wenn Sie was auf sich zukommen sehen, bedecken Sie die Augen, und machen Sie den Mund zu. Es ist wahrscheinlich Scheiße.«

Will versuchte zu gehen, als hätten seine Hoden sich nicht in den Körper zurückgezogen. Das Licht in den Zellen war ausgeschaltet, aber der Gang war hell erleuchtet. Der Wachmann ging dicht an der Wand, so weit wie möglich von den Gefangenen auf der anderen Seite entfernt. Will machte es ihm nach. Er spürte immer neue Augen auf sich gerichtet, während er an den Zellen vorbeiging. Hinter sich hörte er schlitternde Geräusche, »Drachen«, winzige Papierfetzen an Fäden, die hinter ihm von Zelle zu Zelle über den Betonboden wanderten. Will überlegte sich, was für verbotene Gegenstände die Insassen horten könnten. *Shivs,* messerähnliche Gegenstände aus Zahnbürsten oder Kämmen. Klingen aus Metallteilen, die man aus der Küche mitgehen ließ. Fäkalien und Urin, die in Bechern zu Gasbomben gemischt wurden. Zu einer Peitsche geflochtene Fäden aus Laken mit Rasierklingen an der Spitze.

Noch eine Doppeltür. Die erste Tür schwang auf. Sie gingen hindurch, sie schloss sich. Sekunden vergingen. Die zweite Tür öffnete sich quietschend.

Sie kamen zu einer massiven Tür mit einer kleinen Glasscheibe auf Augenhöhe. Der Wachmann zog einen Schlüsselring aus der Tasche, suchte den passenden Schlüssel und steckte ihn in ein Schloss an der Wand. Mit einem Klacken glitt der Riegel zurück. Er drehte sich um und schaute in die Kamera an der Decke. Sie warteten beide, bis der Wachhabende in einem entfernten Beobachtungsraum die zweite Verriegelung öffnete. Die Tür ging auf.

Einzelhaft. Das Loch.

Der Gang war ungefähr zehn Meter lang und gut drei Meter breit. Auf der einen Seite befanden sich acht Metalltüren, die andere war eine Betonwand. Die Zellen lagen im Gefängnisinneren, das hieß, keine Fenster, keine frische Luft, keine Hoffnung.

Wie Kagan bereits gesagt hatte, diese Männer hatten nichts mehr außer Zeit.

Im Gegensatz zum Rest des Gefängnisses brannte im Isoliertrakt die

Deckenbeleuchtung. Das Gleißen der Neonröhren verursachte bei Will Kopfschmerzen. Die Luft schien Überdruck zu haben, etwas Schweres, Lastendes. Will fühlte sich wie auf offenem Feld kurz vor einem Tornado.

»Er ist in der letzten«, sagte der Wachmann. Wieder drückte er sich an die Wand, rieb die Schulter am Beton. Will sah die Schleifspuren an der Wand, wo Generationen von Kollegen dasselbe getan hatten. Die Türen gegenüber waren fest verriegelt. Jede hatte oben ein Sichtfenster, schmal, auf Augenhöhe, ein Guckloch. Unten war ein Schlitz, um Essen hindurchzuschieben und Handschellen anzulegen. Massive Riegelstangen sicherten die Türen zusätzlich.

Der Wachmann blieb vor der letzten Tür stehen. Er legte Will die Hand auf die Brust und drückte ihn flach an die Wand. »Ich muss Ihnen nicht sagen, dass Sie genau so stehen bleiben sollen, oder, Mr. Macho?«

Will schüttelte den Kopf.

Der Mann schien all seinen Mut zusammennehmen zu müssen, bevor er zur Zellentür ging. Er legte die Hand auf den Schieber, der das Sichtfenster abdeckte. »Mr. Ling, machen Sie mir Schwierigkeiten, wenn ich den Schieber jetzt zurückziehe?«

Hinter der Tür war gedämpftes Lachen zu hören. Roger Ling hatte denselben schweren Südstaatenakzent wie seine Schwester. »Ich glaube, für den Augenblick bist du sicher, Enrique.«

Der Wachmann schwitzte. Er zog den Schieber mit einem Ruck zurück und ging dann so schnell nach hinten, dass seine Sohlen auf dem Boden quietschten.

Will spürte Schweiß im Nacken. Roger Ling stand offensichtlich mit dem Rücken zur Tür. Will sah ein Stück seines Halses, sein Ohrläppchen, ein Stück orangefarbener Gefängniskluft auf seiner Schulter. In der Zelle brannte Licht, heller als im Gang. Will sah die Rückwand der Zelle, die Ecke einer Matratze auf dem Boden. Die Zelle war kleiner als eine normale, nicht einmal drei Meter lang und nur gut einen Meter breit. Wahrscheinlich gab es eine Toilette und sonst nichts. Kein Stuhl. Kein Tisch. Nichts, was einem das Gefühl erlaubte, ein menschliches Wesen zu sein. Der übliche Gefängnisgeruch – Schweiß, Urin, Fäkalien – war hier noch stechender. Will merkte, dass keiner schrie. Normalerweise war es in einem Gefängnis so laut wie in einer Grundschule, vor allem nachts. Die Drachen hatten ihren Zweck erfüllt. Der ganze Trakt war zum Stillstand gekommen, weil Roger Ling Besuch bekam.

Will wartete. Er hörte sein Herz hämmern, seinen Atem rasseln.

Ling fragte: »Wie geht's Arnoldo?«

Julia Lings Chihuahua. Will räusperte sich. »Dem geht's gut.«

»Lässt sie ihn fett werden? Ich habe ihr gesagt, sie darf ihn nicht fett werden lassen.«

»Er scheint …« Will suchte nach einer Antwort. »Sie lässt ihn nicht verhungern.«

»Naldo ist ein süßer kleiner Kerl«, sagte Ling. »Ich sage ja immer, ein Chihuahua ist nur so durchgeknallt wie sein Besitzer. Meinen Sie nicht auch?«

Will hatte darüber noch nicht nachgedacht, aber er sagte: »Klingt einleuchtend. Meine ist ziemlich entspannt.«

»Wie heißt sie gleich wieder?«

Dieser Wortwechsel hatte also doch ein Ziel. Ling wollte feststellen, ob er mit dem Richtigen sprach. »Betty.«

Er hatte den Test bestanden. »Schön, Sie persönlich kennenzulernen, Mr. Trent.« Ling bewegte sich, und Will sah jetzt fast seinen ganzen Nacken. Ein tätowierter Drache schlängelte sich daran hoch. Die Flügel spreizten sich über den kahlen Schädel. Die Augen waren leuchtend gelb.

Ling sagte: »Meine Schwester ist ziemlich durch den Wind.«

»Kann ich mir vorstellen.«

»Diese kleinen Arschlöcher wollten sie umbringen.« Seine Stimme klang hart, genau der Tonfall, den man von einem Mann erwarten würde, der zwei Frauen verstümmelt und getötet hatte. »Die würden sich nicht so aufführen, wenn ich nicht hier drin eingesperrt wäre. Ich würde denen schon zeigen, wo's langgeht. Sie wissen, was ich meine?«

Will schaute den Wachmann an. Der Mann war angespannt wie eine Bulldogge kurz vor dem Angriff. Oder auf dem Sprung, was vermutlich die klügere Entscheidung wäre. Will dachte an das wartende Einsatzteam und fragte sich, was Roger Ling in einundsechzig Sekunden anstellen konnte. Eine ganze Menge wahrscheinlich.

Ling sagte: »Sie wissen, warum ich gerade mit Ihnen sprechen wollte?«

Will war ehrlich. »Ich habe keine Ahnung.«

»Weil ich nichts von dem glaube, was diese Schlampe zu sagen hat.«

Offensichtlich meinte er Amanda. »Ist wahrscheinlich vernünftig.«

Ling lachte. Will hörte das Geräusch durch die Zelle hallen. Es lag kein Vergnügen darin. Es war beängstigend, fast manisch. Will fragte sich, ob

Lings Opfer dieses Lachen ebenfalls gehört hatten, als sie mit Arnoldos Leine erdrosselt wurden.

Ling sagte: »Wir müssen das beenden. Zu viel Blut auf der Straße ist schlecht fürs Geschäft.«

»Sagen Sie mir, wie ich das anstellen soll.«

»Ich habe Nachrichten von Ignatio. Soweit er weiß, steckt Gelb nicht dahinter. Er will Frieden.«

Will war nicht gerade ein Experte für Gangs, aber er bezweifelte, dass der Chef der Los Texicanos die andere Wange hinhalten würde, wenn sein Sohn gefoltert und ermordet wurde. Genau das sagte er Ling. »Ich würde vermuten, dass Mr. Ortiz Rache will.«

»Nein, Mann, keine Rache. Ricardo hat sich sein eigenes Grab geschaufelt. Ignatio weiß das. Sorgen Sie dafür, dass Faith es auch erfährt. Sie hat getan, was sie tun musste. Familie ist Familie, habe ich recht?«

Will gefiel es nicht, dass dieser Mann Faith' Namen kannte, und dessen Beteuerungen glaubte er auf keinen Fall. Dennoch sagte er: »Ich werde es ihr sagen.«

Ling wiederholte, was seine Schwester gesagt hatte. »Diese Jungs sind verrückt, Mann. Haben keine Ahnung vom Wert des Lebens. Man reißt sich den Arsch auf, um die Welt für sie besser zu machen. Man schenkt ihnen brandneue Autos und schickt sie auf Privatschulen, und kaum lässt man sie allein, drehen sie sich um und knallen dir eine.«

Für Will war das eine ziemliche Untertreibung, aber das behielt er für sich.

»Ricardo war auf der Westminster«, sagte Ling. »Haben Sie das gewusst?«

Will kannte diese Privatschule, die deutlich über fünfundzwanzigtausend Dollar pro Jahr kostete. Aus Hironobu Kwons Akte wusste er auch, dass er, mit einem Mathematik-Stipendium, ebenfalls diese Schule besucht hatte. Also noch eine Verbindung.

Ling sagte: »Ignatio glaubte, er könnte seinem Sohn ein anderes Leben erkaufen, aber diese verdorbenen reichen Bengel brachten ihn auf Oxy.«

»Machte Ricardo eine Entziehungskur?«

»Scheiße, der Kleine lebte praktisch im Entzug.« Ling bewegte sich wieder. Will hörte, wie der steife Stoff seines Hemds an Metall scheuerte. »Haben Sie Kinder?«

»Nein.«

»Nein, soweit ich weiß, oder?« Ling lachte darüber, als wäre es lustig. »Ich habe drei. Zwei Exfrauen nerven mich immer wegen Geld. Aber ich gebe es ihnen. Sie halten meine Jungs bei der Stange und sorgen dafür, dass meine Tochter sich nicht anzieht wie eine Hure. Schauen, dass sie sauber bleiben.« Er hob leicht die Schultern. »Aber was kann man schon tun? Manchmal liegt's im Blut. Egal, wie oft man ihnen den richtigen Weg zeigt, ab einem gewissen Alter kriegen sie ganz einfach diese Flausen in den Kopf. Sie denken, vielleicht müssen sie sich gar nicht hocharbeiten. Sie sehen, was andere haben, und denken, sie können da einfach hinlatschen und es sich nehmen.«

Ling schien über Ignatio Ortiz' Probleme als Vater gut Bescheid zu wissen. Was merkwürdig war, vor allem, da die beiden in zwei verschiedenen Gefängnissen saßen, die fast einen ganzen Staat voneinander entfernt lagen. Gelb wollte sich nicht mit Braun anlegen. Gelb arbeitete für Braun.

Will sagte: »Sie haben eine Geschäftsbeziehung mit Mr. Ortiz.«

»Das könnte man so sagen.«

»Ignatio hat Julia gebeten, seinem Sohn einen Job im ehrlichen Zweig des Geschäfts zu geben.«

»Für einen jungen Mann ist es gut, ein Handwerk zu lernen. Und Ricardo ließ sich darauf ein. Er hatte ein Auge für die Arbeit. Die meisten von ihnen bauen ja nur Kästen zusammen und klatschen Türen daran. Ricky war anders. Er war gescheit. Wusste, wie man sich die richtigen Leute für den Job besorgt. Hätte eines Tages seine eigene Werkstatt haben können.«

Allmählich verstand Will. »Ricardo stellte ein Team zusammen – Hironobu Kwon und die anderen arbeiteten in der Werkstatt Ihrer Schwester. Vielleicht sahen sie, wie das Geld aus dem weniger ehrlichen Zweig des Gewerbes hereinkam, und dachten, sie hätten ein größeres Stück verdient. Ortiz würde nie zulassen, dass irgendein Haufen Frischlinge sich ein Stück vom Kuchen der Los Texicanos schnappt, auch wenn sein eigener Sohn dabei wäre.«

»Ein Geschäft anzufangen ist schwieriger, als es aussieht, vor allem auf Konzessionsbasis. Man muss Gebühren bezahlen.«

»Sie haben von Ricardos Ausflug nach Schweden gehört?«

»Verdammt, davon hat jeder gehört.« Ling kicherte, als wäre es lustig. »Das Problem in diesem Alter ist, dass man nicht weiß, wann man den Mund halten muss. Jung, dumm und nur Soße im Gehirn.«

»Ihre Leute haben mit Ricardo über diese Reise gesprochen.« Will sagte nicht, dass sie den jungen Mann während dieses Gesprächs wahrscheinlich gefoltert hatten. »Ricardo meinte, er wisse vielleicht einen Weg, sich aus dem Problem herauszukaufen.« Will stellte sich vor, dass Ricardo wahrscheinlich auch seine eigene Mutter verkauft hätte, als sie mit ihm fertig waren. »Er sagte ihnen, dass er Geld beschaffen könne. Viel Geld. Fast eine Million Dollar. In bar.«

»Das klingt wie ein Angebot, das kein Geschäftsmann ausschlagen kann.«

Alles fügte sich zusammen. Ricardo hatte seine Truppe zu Evelyns Haus geführt, wo sie auf viel heftigeren Widerstand trafen, als sie erwartet hatten. Sie hatten Hector getötet. Auch wenn Amanda recht hatte und Hector nur ein Autohändler war, kam man nicht um die Tatsache herum, dass er Ignatio Ortiz' Cousin war. »Ricardo brachte sie zu Evelyns Haus, um das Geld zu beschaffen. Nur rechneten sie nicht damit, dass sie sich wehren würde. Es gab zu viele Opfer. Sie mussten sich neu gruppieren. Und dann tauchte Faith auf.«

Ling fragte: »Sie haben diese Geschichte schon einmal gehört?«

Will redete weiter. »Sie brachten Evelyn irgendwohin, um sie zu verhören.«

»Klingt wie ein Plan, Mann.«

»Nur hat sie das Geld nicht herausgerückt. Wenn sie es getan hätte, wäre ich nicht hier.«

Er lachte. »Davon weiß ich nichts, Bruder. In Ihrer Geschichte scheinen Sie irgendwas zu übersehen.«

»Was meinen Sie damit?«

»Überlegen Sie.«

Will wusste nicht, was er meinte.

»Die einzige Möglichkeit, eine Schlange zu töten, ist, ihr den Kopf abzuschneiden.«

»Okay.« Er konnte Ling noch nicht recht folgen.

»Soweit ich das sagen kann, zuckt diese Schlange noch immer irgendwo da draußen.«

»Sie meinen Evelyn?«

»Scheiße, glauben Sie, diese alte Schlampe könnte eine Horde junger Kerle dazu bringen, ihr zu folgen?« Er schnalzte mit der Zunge, wie seine Schwester es getan hatte. »Nein, das ist das Werk eines Mannes, Bruder, Schlampen haben nicht den Mumm für so eine Arbeit.«

Will hatte nicht vor, ihm zu widersprechen. Eine Gang war der ultimative Jungenclub – noch patriarchalischer als die katholische Kirche. Julia Ling war nur an der Macht, weil es ihrem Bruder so gefiel. Generäle ziehen nicht in die Schlacht. Sie schicken ihre Bauern an die Front. Hironobu Kwon wurde Minuten nach dem Eindringen in das Haus erschossen. Ricardo Ortiz war zurückgelassen worden. Benny Choo hatte ihm eine Waffe an den Kopf gehalten. Der Mann war verprügelt worden. Man ließ ihn im Stich. Er war entbehrlich.

Ein anderer hatte ihnen den Tipp in Bezug auf Evelyn gegeben. Ein anderer war der Führer der Gang.

Will sagte: »Chuck Finn.«

Ling lachte, als würde der Name ihn überraschen. »Chuckleberry Finn. Ich dachte, dieser Bruder ist inzwischen tot. Fisch, der bei den Fischen schläft.«

»Steckt er dahinter?«

Roger antwortete nicht. »Und auch der alte Sledge ist nicht mehr. Soweit ich weiß, haben sie dem Bruder einen Gefallen getan. Fiel wie ein Mann, anstatt darauf zu warten, eingeschläfert zu werden wie ein Hund. Kann nicht sagen, dass da nicht doch etwas Gutes dabei herausgekommen wäre.«

»Wer steckt hinter …«

»So, jetzt ist Schluss.« Er hämmerte an die Zellentür. »Enrique, mach zu.«

Der Wachmann fing an, den Schieber wieder zu schließen. Will streckte den Arm aus, um ihn zu stoppen. Lings Hand schnellte heraus wie eine Schlange und packte Will am Handgelenk. Er zerrte so heftig, dass Will mit der Schulter gegen die Tür knallte. Die rechte Gesichtshälfte drückte gegen das kalte Metall. Er spürte heißen Atem an seinem Ohr. »Du weißt, warum du hier bist, Bruder?«

Will stemmte sich dagegen, so fest er konnte. Er drückte mit dem Bein, versuchte, den Fuß am unteren Ende der Tür abzustützen.

Lings Griff war eisern, aber seine Stimme klang völlig unangestrengt. »Sag Mandy, dass Evelyn tot ist.« Die Stimme wurde leiser. »Peng-peng. Zwei in den Kopf. Ding-dong, Almeja ist nicht mehr.«

Ling ließ ihn los. Will taumelte nach hinten, knallte mit den Schultern gegen die Betonwand. Sein Herz pochte wie ein Metronom. Er schaute zur Zellentür. Das Kreischen von Metall auf Metall war zu hören. Der Schieber schloss sich, doch kurz davor sah Will noch Roger Lings Augen. Sie waren schwarz und stumpf und seelenlos. In ihnen mischte sich Triumph mit Blutgier.

»Wann?«, schrie Will. »Wann ist es passiert?«

Lings Stimme drang gedämpft durch die Tür. »Sag Mandy, sie soll zum Begräbnis was Hübsches tragen. In Schwarz hat sie mir immer sehr gefallen.«

Will wischte sich den Staub vom Sakko. Während er den Korridor entlangging, überlegte er sich, was schlimmer war: Roger Lings heißen Atem in seinem Nacken zu spüren oder Amanda und Faith sagen zu müssen, dass Evelyn tot war.

14. Kapitel

Faith holte sich einen Einkaufswagen vor dem Supermarkt. In ihrer Handtasche fand sie eine alte Einkaufsliste, die sie in der Hand hatte, als sie zum Laden ging und so tat, als wäre es ein ganz normaler Einkaufstag. Die Polizisten hatten ihr ihre Glock abgenommen, um sie forensisch untersuchen zu lassen, aber sie wussten nichts von Zekes Walther P99, die immer geladen im Handschuhfach lag. Das Gewicht zerrte am Riemen ihrer Tasche, als Faith sie sich über die Schulter hängte. Die deutsche Waffe passte gut zu ihrem Bruder, der noch nie im Kampf gewesen war. Sie war unhandlich und teuer, etwas, das nur zum Herzeigen taugte. Aber sie konnte auch einen Mann auf hundert Meter stoppen, und letztendlich brauchte Faith genau das.

Sie fing in der Gemüseabteilung an und nahm sich mehr Zeit als gewöhnlich, um die aufgestapelten Orangen zu prüfen. Sie steckte ein paar in eine Plastiktüte und ging dann weiter zur Bäckerei.

Eigentlich hätte sie das Haus schon vor Stunden verlassen wollen, aber sie hatte gewartet, bis Zeke anrief und ihr sagte, dass Jeremy und Emma sicher im Besucherquartier der Dobbins Air Reserve Base untergebracht waren. Sie in Jeremys Impala zu zwängen, hatte eine Ewigkeit gedauert. Zeke hatte auf dem Fahrersitz herumgebrüllt. Jeremy schmollte noch immer wegen seines konfiszierten iPhones. Emma hatte nicht geweint, weil ihr großer Bruder bei ihr war, um sie zu trösten, aber Faith hatte geheult wie ein Baby, kaum dass das Auto am Ende der Straße um die Ecke bog.

Faith hatte angenommen, dass die Männer, die ihre Mutter entführt hatten, ebenso geschickt wie unverfroren waren. Taktisch waren sie immer im Vorteil gewesen, ob es bei Evelyns Entführung oder bei dem Einbruch in Faith' Haus war. Aber jetzt, da zwei Polizisten und ihr eins neunzig großer Bruder in ihrer Küche saßen, würden sie nicht mehr ins Haus eindringen.

Sie hatten sich Jeremy zur Zielscheibe genommen, das schwächste Glied außer Emma. Sie hatte sich solche Sorgen um ihre Mutter gemacht, dass sie ihre übrige Familie vernachlässigt hatte. Das würde nicht mehr passieren. Sie würde sie alle beschützen oder bei dem Versuch sterben.

Hinter sich spürte Faith jemanden. Sie wurde beobachtet. Schon seit sie das Haus verlassen hatte, spürte sie Blicke auf sich. Beiläufig drehte Faith sich um. Sie sah einen Jungen in einer Frito-Lay-Uniform, der Tüten in Regale räumte. Er lächelte ihr zu. Faith lächelte zurück und schob dann ihren Wagen den Gang hinunter.

Als Faith noch ein kleines Mädchen war, kam jeden Montag der Charles-Chip-Man, um ihre braunen Blechdosen mit Kartoffelchips zu füllen. Dienstags und donnerstags stand der Mathis-Dairy-Laster im Leerlauf tuckernd vor ihrem Haus, während Petro, der Fahrer, frische Milch in den Metallträger im Carport neben dem Haus stellte. Eine halbe Gallone kostete zweiundneunzig Cent. Orangensaft zweiundfünfzig Cent. Buttermilch, das Lieblingsgetränk ihres Vaters, kostete siebenundvierzig Cent. Wenn Faith brav war, durfte sie das Kleingeld abzählen, um Petro zu bezahlen. Manchmal kaufte Evelyn auch Schokoladenmilch zu neunundfünfzig Cent, aber nur bei besonderen Gelegenheiten, zum Beispiel Geburtstage, gute Zeugnisse, Siege beim Sport, Ballettabende.

Kosmetika. Vitamine. Shampoo. Grußkarten. Bücher. Seife – Faith legte immer mehr Sachen in den Wagen und wartete darauf, dass derjenige, der sie beobachtete, Kontakt aufnahm. Der Wagen war fast schon voll. Sie schaute auf Jeremys iPhone. Auf Facebook gab es keine neuen Nachrichten für ihn, auch keine E-Mails von GoodKnight92. Faith machte kehrt und ging den Weg durch den Laden zurück, um Shampoo und Vitamine zurückzustellen und noch einmal in den Magazinen zu blättern. Sie schaute auf ihre Uhr. Sie war jetzt schon fast eine Stunde hier, und kein Mensch hatte sich ihr genähert. Ginger fragte sich inzwischen wahrscheinlich schon, warum sie so lange brauchte. Der junge Detective hatte sich nicht sonderlich aufgeregt, als sie ihm sagte, dass sie allein in den Supermarkt gehen wolle. Er war noch immer beleidigt, weil Faith ihm die Waffe abgenommen hatte. Sie wusste nicht so recht, wie lange sie ihn noch so herumschubsen konnte, ohne selbst einen kräftigen Schubs abzubekommen.

Sie wich mit ihrem Wagen einer alten Frau aus, die vor dem Müsli-Regal stehen geblieben war. Faith wusste, sie wollten sie auf dem Parkplatz. Sie wollten sie allein. Sie sollte einfach nachgeben und die Sache hinter sich bringen. Sie legte die Hand auf ihre Tasche, um sie aus dem Wagen zu ziehen. Dann meldete sich die Logik. Sie konnten sie nicht mitten in einem Supermarkt entführen. Sie könnten es versuchen, aber Faith würde nirgendwo hingehen. Sie müssten also entweder mit ihr verhandeln oder sie erschießen. Sie würde diesen Laden nicht ohne eine Abmachung verlassen, die ihre Mutter zurückbrachte.

Faith ging zur Toilette und stellte den Wagen neben der Tür ab. Es war ihrer dritter Gang aufs Klo, seit sie den Laden betreten hatte. Sie versuchte nicht einfach nur, sie hinzuhalten. Einer der vielen Vorteile eines aus dem Ruder laufenden Diabetes war die Tatsache, dass ihre Blase sich fast beständig voll anfühlte. Sie stieß die Tür zur Damentoilette auf und hielt wegen des Gestanks den Atem an. Dreck bedeckte die Edelstahlwände und den Fliesenboden. Die Luft fühlte sich schmierig an. Wenn Faith eine Wahl hätte, hätte sie gewartet, bis sie wieder zu Hause war, aber diesen Luxus erlaubte sie sich nicht.

Sie schaute in alle vier Kabinen und ging dann zu der für Behinderte, weil diese am wenigsten schmutzig war. Ihre Oberschenkel schmerzten, als sie sich über den Sitz kauerte. Es war ein Balanceakt. Sie musste sich ihre Handtasche vor den Bauch klemmen, weil sie sie nirgendwo aufhängen konnte und Angst hatte, das Kunstleder würde am Boden festkleben.

Die Tür ging auf. Faith schaute unter die Trennwand. Sie sah ein Paar Damenschuhe. Flache Absätze. Fette Knöchel in einer braunen Stützstrumpfhose. Der Wasserhahn wurde aufgedreht. Der Handtuchspender ächzte. Der Hahn wurde wieder zugedreht. Die Tür ging wieder auf und fiel dann langsam zu.

Faith schloss die Augen und murmelte ein Dankgebet. Sie pinkelte, drückte die Spülung und hängte sich die Handtasche wieder über die Schulter. Die Drehschraube fehlte. Sie musste den Zeigefinger in die quadratische Öffnung stecken und den Metallriegel drehen, um die Tür zu öffnen.

»*Hola.*«

In einem Augenblick registrierte Faith alles an dem Mann, der vor ihr stand. Mittlere Statur, ein paar Zentimeter größer als Faith, etwa zweiundachtzig Kilo. Braune Haut, dunkle Haare, blaue Augen. Ein Pflaster um den rechten Zeigefinger. Tattoo einer Schlange auf der rechten Halsseite. Ausgewaschene Bluejeans mit Löchern an den Knien. Schwarze Trainingsjacke mit einer Beule vorn, die nur eine Waffe sein konnte. Der Schirm seiner schwarzen Baseballkappe war tief in die Stirn gezogen. Sein Gesicht konnte sie trotzdem sehen. Die spärlichen Bartstoppeln. Der Leberfleck auf der Wange. Er war etwa in Jeremys Alter, aber so weit von ihrem zahmen, liebevollen Sohn entfernt, wie es nur ging. Hass schien förmlich von ihm abzustrahlen. Faith kannte den Typ, hatte sich schon oft genug mit solchen Jungen herumschlagen müssen. Hypernervöser Abzugsfinger, voller Groll, zu jung, um schlau zu sein, zu blöd, um alt zu werden.

Faith steckte die Hand in ihre Tasche.

Er drückte auf die Beule in seiner Jacke. »Würde das nicht tun, wenn ich du wäre.«

Faith spürte den kalten Stahl der Walther. Die Mündung zeigte auf den Mann. Ihr Finger lag am Abzug. Sie konnte durch die Tasche feuern, bevor er überhaupt Zeit hatte, seine Jacke zu heben. »Wo ist meine Mutter?«

»*Meine* Mutter«, wiederholte er. »Du sagst das, als würde sie nur dir gehören.«

»Lass meine Familie aus dem Spiel.«

»Du bist hier nicht diejenige auf dem Fahrersitz.«

»Ich muss wissen, ob sie noch am Leben ist.«

Er reckte das Kinn vor und ließ die Zunge gegen die Schneidezähne schnalzen. Die Geste war vertraut, sie hatte diese Reaktion von so gut wie jedem Gauner bekommen, den sie je verhaftet hatte. »Sie ist sicher.«

»Wie kann ich das wissen?«

Er lachte. »Kannst du nicht, du blöde Kuh. Du weißt überhaupt nichts.«

»Was willst du?«

Er rieb Zeigefinger an Daumen. »Geld.«

Faith wusste nicht, ob sie den Bluff noch einmal durchziehen konnte. »Sag mir einfach, wo sie ist, und wir bringen die ganze Sache zu Ende. Niemand muss dabei zu Schaden kommen.«

Er lachte wieder. »Yo, glaubst du wirklich, dass ich so blöd bin?«

»Wie viel wollt ihr?«

»Alles.«

Faith kamen alle möglichen Flüche in den Sinn. »Sie hatte nie Geld genommen.«

»Sie hat mir dieses Märchen auch schon erzählt, du blöde Kuh. Das ist jetzt vorbei. Gib mir das verdammte Geld, und ich gebe dir, was noch von ihr übrig ist.«

»Lebt sie noch?«

»Nicht mehr lange, wenn du nicht tust, was ich sage.«

Faith spürte Schweiß auf dem Rücken. »Ich kann das Geld bis morgen beschaffen. Bis Mittag.«

»Was, musst du warten, bis die Bank aufmacht?«

»Bankschließfach.« Sie sagte es so, wie es ihr in den Sinn kam. »Fächer. Insgesamt drei. Über die ganze Stadt verteilt. Ich brauche Zeit.«

Er grinste. Seine Zähne waren mit einem silberfarbenen Metall überkront. Platin, wahrscheinlich mehr Geld wert, als Faith auf ihrem Girokonto hatte. »Ich wusste, dass wir uns einigen werden. Ich habe Mommy gesagt, dass ihr kleines Mädchen sie nicht im Stich lassen wird.«

»Ich muss wissen, dass sie noch am Leben ist. Es passiert überhaupt nichts, bis ich nicht sicher weiß, dass sie okay ist.«

»Ich würde nicht sagen, dass sie okay ist, aber als ich das letzte Mal nachschaute, atmete die Schlampe noch.« Er zog ein iPhone aus der Tasche, ein neueres Modell, als Faith sich für Jeremy leisten konnte. Seine Zungenspitze steckte zwischen den Zähnen, als sein Daumen über den Bildschirm strich. Er fand, wonach er suchte, und zeigte Faith das Handy. Auf dem Bildschirm war ihre Mutter mit einer Zeitung in der Hand zu erkennen.

Faith starrte das Foto an. Das Gesicht ihrer Mutter war geschwollen, ihre Hand war mit einem blutigen Fetzen umwickelt. Faith presste die Lippen zusammen. Galle stieg ihr in die Kehle. Sie kämpfte gegen die Tränen an, die ihr in den Augen brannten. »Ich kann nicht erkennen, was sie in der Hand hält.«

Mit zwei Fingern vergrößerte er das Foto. »Es ist eine Zeitung.«

»Ich weiß, dass es *USA Today* ist«, blaffte sie. »Das beweist nicht, dass sie jetzt noch am Leben ist. Es beweist nur, dass ihr sie irgendwann heute Morgen, nachdem die Zeitung ausgeliefert wurde, gezwungen habt, eine in die Höhe zu halten.«

Er schaute auf den Bildschirm. Sie merkte, dass er verunsichert war. Er biss sich auf die Unterlippe, wie Jeremy es tat, wenn sie ihn bei etwas Unrechtem ertappte.

Der Mann sagte: »Das ist ein Lebensbeweis. Du musst dich mit mir einigen, damit es so bleibt.«

Faith bemerkte, dass seine Grammatik sich verbessert hatte. Auch seine Stimme war eine Oktave höher geworden. Irgendetwas daran kam ihr bekannt vor, aber sie konnte sie nicht einordnen. Sie nickte einfach, um ihn am Reden zu halten. »Glaubst du, ich bin blöd?«, fragte sie. »Das beweist rein gar nichts. Meine Mutter könnte bereits tot sein. Ich werde dir nicht einen Riesenhaufen Geld geben, nur weil du ein blödes Foto hast. Das hättest du auch mit Photoshop basteln können. Ich weiß ja nicht einmal, ob es wirklich sie ist.«

Er machte einen Schritt auf sie zu und drückte die Brust heraus. Seine Augen waren mandelförmig, dunkelblau mit grünen Einsprengseln. Wieder hatte sie das Gefühl, ihn zu kennen.

»Ich hab dich schon mal verhaftet.«

»Scheiße«, schnaubte er. »Du kennst mich nicht, du blöde Kuh. Du hast keine gottverdammte Ahnung, wer ich bin.«

»Ich brauche einen Beweis, dass meine Mutter noch am Leben ist.«

»Lange wird sie es nicht mehr sein, wenn du mit dieser Scheiße weitermachst.«

Faith spürte die vertraute Empfindung, dass etwas in ihr riss. Der ganze Zorn und die Frustration der letzten Tage brachen aus ihr heraus. »Hast du so was überhaupt schon mal gemacht? Bist du irgendein blöder Amateur? Ohne wirklichen Beweis kommst du nicht einfach so dahergelatscht. Ich bin seit sechzehn Jahren ein verdammter Bulle. Glaubst du, ich kaufe dir diesen billigen Trick ab?« Sie stieß ihn so heftig zurück, dass er merkte, sie meinte es ernst. »Ich gehe jetzt.«

Er rammte ihr das Gesicht gegen die Tür. Der Schlag hatte sie überrascht. Er riss sie herum, drückte ihr den linken Unterarm gegen die Kehle. Seine Rechte packte ihr Gesicht, die Finger drückten sich ihr in den Schädel. Speichel spritzte aus seinem Mund. »Soll ich dir noch ein Geschenk unter dein Kopfkissen legen? Ihre Augen vielleicht?« Er presste den Daumen fester in ihre Augenhöhle. »Oder ihre Titten?«

Die Tür drückte in Faith' Rücken. Jemand versuchte, in die Toilette zu kommen.

»Entschuldigung?«, sagte eine Frau. »Hallo? Ist hier geöffnet?«

Der Mann starrte Faith an, eine Hyäne, die ihre Beute musterte. Seine Hand zitterte, so fest hielt er ihr Gesicht umklammert. Ihre Zähne schnitten ins Wangenfleisch. Ihre Nase fing an zu bluten. Er könnte ihr den Schädel brechen, wenn er wollte.

»Morgen früh«, sagte er. »Ich schicke dir Anweisungen.« Er beugte sich so nahe zu Faith vor, dass seine Züge vor ihren Augen verschwammen. »Kein Sterbenswort zu irgendjemand. Nicht zu deiner Chefin. Nicht zu dem Freak, mit dem du arbeitest. Nicht zu deinem Bruder oder irgendjemandem aus deiner kostbaren *Familie.* Zu keinem Menschen. Hast du mich verstanden?«

»Ja«, flüsterte sie. »Ja.«

Es war fast unvorstellbar, aber sein Griff wurde noch fester. »Ich werde dich nicht gleich umbringen«, warnte er sie. »Ich schneide dir die Lider ab. Hast du mich verstanden?« Faith nickte. »Ich lasse dich zusehen, wie ich deinen Sohn häute. Stück für Stück schneide ich sein Fleisch weg, bis du seine Muskeln und Knochen siehst und ihn flennen hörst wie der verzogene kleine Scheißer, der er ist. Und dann nehme ich mir deine Tochter vor. Ihre Haut wird einfach abgehen wie nasses Papier, das sich aufrollt. Hast du mich verstanden? Hast du kapiert, was ich sage?« Sie nickte noch einmal. »Leg dich nicht mit mir an, du Schlampe. Du hast keine Ahnung, wie wenig ich noch zu verlieren habe.«

Er ließ sie so schnell los, wie er sie gepackt hatte. Faith fiel zu Boden. Sie hustete, schmeckt Blut in der Kehle. Er trat sie beiseite, damit er die Tür öffnen konnte. Sie griff nach ihrer Handtasche. Ihre Finger spürten den Abdruck der Waffe. Sie sollte aufstehen. Sie musste aufstehen.

»Ma'am?«, sagte eine Frau. Sie spähte um die Tür herum, schaute zu Faith hinunter. »Soll ich einen Arzt rufen?«

»Nein«, flüsterte Faith. Sie schluckte das Blut in ihrem Mund, Blut tropfte ihr auch aus der Nase.

»Sind Sie sicher? Ich könnte anrufen, um …«

»Nein«, wiederholte Faith. Es gab niemanden, den sie anrufen konnte.

15. Kapitel

Will bog in seine Einfahrt ein und wartete, bis das Garagentor aufging. Nirgendwo im Haus brannte Licht. Betty schwebte wahrscheinlich auf ihrer vollen Blase wie ein Ballon bei Macy's Thanksgiving-Parade. Wenigstens hoffte er es. Er hatte keine Lust, eine Sauerei aufzuwischen.

Er kam sich vor, als hätte er Amanda getötet. Nicht buchstäblich, nicht mit seinen bloßen Händen, wie er es sich fast den ganzen Tag lang vorgestellt hatte. Ihr zu sagen, was Roger Ling gesagt hatte, dass Evelyn Mitchell tot war, das war fast so, als hätte er ihr in die Brust geschossen. Vor seinen Augen war sie in sich zusammengesunken. Ihre gespielte Tapferkeit war verschwunden. Ihre Arroganz und Gemeinheit und Kleinlichkeit waren aus ihr herausgeströmt, und die Frau vor ihm war nur noch eine Schale gewesen.

Will war so vernünftig gewesen zu warten, bis sie außerhalb der Gefängnismauern waren, um ihr die Nachricht zu überbringen. Sie hatte nicht geweint. Stattdessen hatten zu seinem Entsetzen ihre Knie nachgegeben. In diesem Augenblick legte er seinen Arm um sie. Ihre Hüfte fühlte sich unter seiner Hand hart an. Ihre Schultern waren zart. Als er sie im Auto angeschnallt und die Tür geschlossen hatte, wirkte sie zehn, zwanzig Jahre älter.

Die Rückfahrt war eine Quälerei gewesen. Wills Schweigen auf der Hinfahrt war nichts im Vergleich dazu. Er hatte ihr angeboten anzuhalten, aber sie hatte gesagt, er solle weiterfahren. Kurz vor Atlanta hatte er gesehen, wie sie sich mit der Hand an die Tür klammerte. Will war zuvor noch nie bei ihr zu Hause gewesen. Sie lebte in einer Eigentumswohnung mitten in Buckhead. Es war eine bewachte Wohnanlage. Die Gebäude mit den Schlusssteinen an den Ecken und den ausladend mit Holz verzierten großen Fenstern wirkten alle sehr prächtig. Sie hatte ihn zu einem Haus im rückwärtigen Teil der Anlage gelotst.

Will hatte in den Leerlauf geschaltet, aber sie stieg nicht aus. Er überlegte sich, ob er ihr noch einmal helfen sollte, da sagte sie: »Sagen Sie Faith nichts.«

Er schaute zu ihrer Haustür. An einem der Verandapfosten hing eine Fahne. Frühlingsblumen, ein jahreszeitliches Motiv. Er hatte Amanda nie für einen Fahnenfreund gehalten und konnte sich nicht vorstellen, wie sie in ihren High Heels und dem Kostüm auf der Veranda stand und sich auf Zehenspitzen streckte, um die entsprechende Fahne anzubringen.

»Wir müssen es verifizieren«, sagte sie, obwohl das, was Roger Ling Will gesagt hatte, nichts als eine Bestätigung der Wahrheit war, die Will, wie er jetzt merkte, schon den ganzen Tag gespürt hatte.

Amanda musste es auch gewusst haben. Das war die einzige Erklärung für ihre Kapitulation vor ein paar Stunden im Besucher-Warteraum. Sie hatte zugegeben, dass Evelyn doch nicht so ganz sauber gewesen war, weil es keinen Grund mehr gab, sie zu schützen. Die vierundzwanzig Stunden waren längst vorüber. Die Entführer hatten keinen Kontakt aufgenommen. Überall auf Evelyns Küchenboden war Blut, viel davon – vielleicht sogar das meiste – von Evelyn. Die jungen Männer, mit denen sie es zu tun hatte, hatten sich als skrupellose Mörder erwiesen, ja, als Meuchelmörder, auch wenn es gegen Mitglieder ihrer eigenen Gruppe ging.

Die Wahrscheinlichkeit, dass Evelyn Mitchell überhaupt die Nacht überstanden hatte, lag fast bei null.

Will hatte gesagt: »Faith muss es erfahren.«

»Ich sage es ihr, wenn ich es sicher weiß.« Ihre Stimme klang flach, leblos. »Wir treffen uns morgen früh um sieben. Das ganze Team. Wenn Sie nur eine Minute zu spät dran sind, brauchen Sie gar nicht zu kommen.«

»Ich werde da sein.«

»Wir werden sie finden. Ich muss es mit meinen eigenen Augen sehen.«

»Okay.«

»Und falls das stimmt, was Roger gesagt hat, dann finden wir auch die Jungs, die es getan haben, und machen ihnen die Hölle heiß. Jedem einzeln. Wir bringen sie zur Strecke.«

»Ja, Ma'am.«

Ihre Stimme war leise und klang erschöpft, sodass er sie kaum verstand. »Ich werde nicht ruhen, bis jeder Einzelne von ihnen hingerichtet ist. Ich will zusehen, wie sie die Nadel ins Fleisch stechen und wie dann ihre Füße zucken und ihre Augen sich verdrehen und die Brust erstarrt. Und wenn der Staat sie nicht töten will, werde ich es tun.« Amanda hatte die Tür aufgedrückt und war ausgestiegen. Will sah, welche Mühe es ihr machte, sich aufrecht zu halten, als sie die Stufen hinaufging. Wenn es nur an Amanda liegen würde, wenn sie eine Möglichkeit hätte, ihre Freundin lebend zurückzuholen, dann wäre Evelyns Überleben gar keine Frage.

Aber das war nicht der Fall.

Endlich war das Garagentor ganz offen. Will fuhr hinein und drückte auf den Knopf, um das Tor wieder zu schließen. Die Garage hatte ursprünglich nicht zum Haus gehört. Er hatte sie in der Übergangszeit des Viertels angebaut, als Junkies an seine Tür klopften, weil sie dachten, es wäre noch eine Crack-Höhle. Der Durchgang zum Haus war etwas unpraktisch, weil er ins Gästezimmer führte. Betty hob den Kopf vom Kissen, als sie Will sah. In der Ecke war eine Pfütze, über die sie beide nicht reden wollten.

Will schaltete die Lampen an, während er durchs Haus ging. Die Luft war kühl. Er machte die Tür einen Spalt auf, damit Betty hinauslaufen konnte. Sie zögerte.

»Ist schon gut«, sagte er mit so viel Trost in der Stimme, wie er aufbringen konnte. Ihre Verletzungen verheilten bereits, aber die Hündin erinnerte sich noch gut an letzte Woche, als ein Habicht in den Garten herabgeschossen war und versucht hatte, sie mitzunehmen. Und Will erinnerte sich noch gut an das unkontrollierte Lachen des Tierarztes, als er dem Mann erzählte, dass ein Habicht seinen Hund für eine Ratte gehalten hatte.

Schließlich ging Betty doch nach draußen, aber nicht ohne argwöhnischen Blick über die Schulter. Will hängte seinen Autoschlüssel an den Haken und legte Brieftasche und Waffe auf den Küchentisch. Die Pizza von gestern lag noch im Kühlschrank. Will holte den Karton heraus und starrte die gallertartigen Stücke an.

Er wollte Sara anrufen, aber diesmal waren seine Motive selbstsüchtig. Er wollte ihr erzählen, was an diesem Tag passiert war. Er wollte sie fragen, ob es richtig war, noch abzuwarten, bis man Faith sagte, dass ihre Mutter tot war. Er wollte beschreiben, wie es sich anfühlte, Amanda zusammenbrechen zu sehen, und dass es ihm Angst machte, wenn sie von ihrem Podest stürzte.

Stattdessen legte er die Pizza wieder in den Kühlschrank, schaute nach, ob die Hintertür noch einen Spalt offen war, und ging duschen. Es war fast schon Mitternacht. Heute Morgen war er um fünf Uhr aufgestanden, und in der Nacht davor hatte er nur ein paar Stunden geschlafen. Will stand unter dem heißen Wasserstrahl und versuchte, den Tag abzuwaschen. Den Dreck des Valdosta State Prison. Das Lagerhaus, vor dem man sie beschossen hatte. Coastal, wo er so viel geschwitzt hatte, dass die Schweißringe unter dem Ärmel seines Hemds immer noch sichtbar waren.

Will dachte an Betty, während er sich die Haare trocknete. Sie war den ganzen Tag im Haus eingesperrt gewesen. Für die Pfütze waren sie beide verantwortlich. Und so spät es war, er konnte sich nicht vorstellen, jetzt zu schlafen. Er sollte mit ihr einen Spaziergang machen, das konnten sie beide gebrauchen.

Er zog eine Jeans und ein Hemd an, das zu alt war, um es noch zur Arbeit zu tragen. Der Kragen war ausgefranst. Einer der Knöpfe hatte sich gelöst und hing nur noch an einem Faden.

Er ging in die Küche, um Bettys Leine zu holen.

Am Küchentisch saß Angie. »Willkommen zu Hause, Baby. Wie war dein Tag?«

Will wäre lieber ins Coastal zurückgefahren und hätte sich noch einmal mir Roger Ling zusammengesetzt, als jetzt mit seiner Frau zu reden.

Sie stand auf und legte ihm die Arme um die Schultern. »Willst du mich nicht begrüßen?«

Ihre Hände, die seinen Hals streichelten, hatten mit Saras absolut nichts zu tun. »Lass das.«

Sie ließ ihn los und tat so, als würde sie schmollen. »Ist das eine Art, seine Frau zu begrüßen?«

»Wo warst du?«

»Seit wann interessiert dich das?«

Er überlegte. Ihre Frage war berechtigt. »Eigentlich interessiert es mich nicht. Ich wollte nur …« Die Worte ließen sich einfacher aussprechen, als er gedacht hatte. »Ich will dich nicht hier haben.«

»Hm.« Sie senkte den Kopf und verschränkte die Arme. »Na ja, ich schätze, das war unvermeidlich. Ich kann dich also doch nicht allein lassen.«

Sie hatte die Hintertür geschlossen. Er öffnete sie wieder. Betty lief herein. Sie sah Angie und knurrte.

Angie sagte: »Wie's aussieht, freut sich keine der Frauen in deinem Leben, mich zu sehen.«

Er spürte, wie sich ihm die Nackenhaare aufstellten. »Wovon redest du?«

»Hat Sara es dir nicht gesagt?« Angie hielt inne. »Es ist Sara, nicht? So heißt sie doch?« Sie hauchte ein kleines Lachen. »Eines muss ich sagen, Will, sie ist für dich ein bisschen farblos. Ich meine, obenrum ist sie ja ganz okay, aber sie hat so gut wie keinen Arsch und ist fast größer als du. Ich dachte, du magst deine Frauen fraulicher.«

Will konnte noch immer nichts sagen. Sein Blut war ihm in den Adern geronnen.

»Sie färbt sich die Haare. Diese Glanzlichter sind nicht natürlich.«

»Was hast du …?«

»Ich will dich nur wissen lassen, dass sie nicht der perfekte kleine Engel ist, für den du sie hältst.«

Will musste sich zum Sprechen zwingen. »Was hast du zu ihr gesagt?«

»Ich habe sie gefragt, warum sie mit meinem Ehemann fickt.«

Ihm blieb fast das Herz stehen. Das war der Grund, warum Sara gestern Nachmittag geweint hatte. Das erklärte ihre anfängliche Distanziertheit, als er abends bei ihr vorbeikam. Will fühlte sich, als klemmte sein Herz in einem Schraubstock. »Ich erlaube dir nicht, noch einmal so mit ihr zu reden.«

»Willst du sie beschützen?« Sie lachte. »Mein Gott, Will. Das ist doch einfach nur lächerlich, wenn man sich überlegt, dass ich versuche, dich zu beschützen.«

»Du wirst nicht …«

»Sie steht auf Polizisten. Das weißt du doch, oder?« Sie schüttelte den Kopf über seine Dummheit. »Ich habe mir ihren toten Mann näher angeschaut. Der war 'ne ziemliche Nummer. Fickte alles, was sich bewegte.«

»So wie du.«

»Also komm. Da musst du dir schon was Besseres einfallen lassen, Baby.«

»Das will ich gar nicht.« Jetzt endlich sprach er aus, was er das ganze letzte Jahr lang gedacht hatte. »Ich will, dass es vorbei ist. Ich will dich nicht mehr in meinem Leben haben.«

Sie lachte ihm ins Gesicht. »Ich *bin* dein Leben.«

Will starrte sie an. Sie lächelte, ihre Augen glühten fast. Warum schien sie immer nur dann glücklich zu sein, wenn sie versuchte, ihm wehzutun? »Ich kann das alles nicht mehr.«

»Sein Name war Jeffrey. Hast du das gewusst?« Will antwortete nicht. Natürlich kannte er den Namen von Saras Mann. »Er war sehr klug. Ging aufs College – auf ein echtes, nicht irgend so eine Fernschule, wo man extra bezahlen muss, damit sie einem das Zeugnis schicken. Er war der Chef einer ganzen Polizeieinheit. Sie waren so verdammt verliebt ineinander, dass sie auf den Fotos schielte.« Angie nahm ihre Handtasche vom Stuhl. »Willst du sie sehen? Sie waren jede zweite Woche im Käseblatt dieses Provinzkaffs. Nach seinem Tod brachten sie auf der Titelseite eine verdammte Collage.«

»Bitte, geh einfach.«

Angie legte ihre Tasche wieder weg. »Weiß sie, dass du blöd bist?«

Er schob seine Zungenspitze zwischen die Zähne.

»Ach, natürlich weiß sie es.« Sie klang fast erleichtert. »Das erklärt alles. Sie hat Mitleid mit dir. Der arme, kleine Willy kann nicht lesen.«

Er schüttelte den Kopf.

»Ich will dir was sagen, Wilbur. Du bist keine große Nummer. Du siehst nicht gut aus. Du bist nicht intelligent. Du bist nicht einmal Durchschnitt. Und du bist, verdammt noch mal, nicht gut im Bett.«

Sie hatte das schon so oft zu ihm gesagt, dass die Wörter keine Bedeutung mehr hatten. »Worauf willst du hinaus?«

»Ich versuche zu verhindern, dass man dir wehtut. Darauf will ich hinaus.«

Er starrte zu Boden. »Mach das nicht, Angie. Nur dieses eine Mal – mach es nicht.«

»Was denn? Dir die Wahrheit sagen? Weil du den Kopf offensichtlich so tief in den Sand gesteckt hast, dass du nicht siehst, was hier los ist?« Sie beugte sich zu ihm vor. »Weißt du denn nicht, dass sie jedes Mal, wenn sie dich küsst, jedes Mal, wenn sie dich berührt oder fickt oder dich hält, nur an ihn denkt?« Sie hielt inne, als erwartete sie eine Antwort. »Du bist doch nur ein Ersatz, Will. Dich braucht sie nur, bis ein Besserer daherkommt. Ein Arzt wie sie. Ein Anwalt. Jemand, der eine Zeitung lesen kann, ohne dass seine Lippen müde werden.«

Will spürte, wie ihm die Kehle eng wurde. »Du hast doch absolut keine Ahnung.«

»Ich kenne die Menschen. Ich kenne die Frauen. Ich kenne sie verdammt viel besser als du.«

»Da bin ich mir ziemlich sicher.«

»Und darauf kannst du Gift nehmen. Und dich kenne ich am besten von allen.« Sie hielt inne, um den Schaden zu begutachten. »Du vergisst, dass ich dabei war, Baby. Bei jedem Besuchstag, bei jeder Adoptionsrunde hast du vor dem Spiegel gestanden, dir die Haare gekämmt und deine Klamotten glatt gestrichen, hast dich herausgeputzt, damit irgendeine Mommy und irgendein Daddy dich vielleicht sehen und dich mit nach Hause nehmen.« Sie schüttelte den Kopf. »Aber das ist nie passiert, oder? Kein Mensch hat dich je mit nach Hause genommen. Kein Mensch wollte dich. Und weißt du, warum?«

Er konnte nicht einatmen. Seine Lunge fing an zu schmerzen.

»Weil du etwas an dir hast, Will – etwas Falsches, etwas Schräges. Bei dir kriegen die Leute eine Gänsehaut. Sie wollen dann nur so weit von dir weg, wie es geht.«

»Hör einfach auf. Okay? Höre auf damit.«

»Womit? Das Offensichtliche festzustellen? Was stellst du dir denn vor, was mit euch passiert? Werdet ihr heiraten und Kinder bekommen und ein normales Leben führen?« Sie lachte, als wäre es das Lächerlichste, was sie je gehört hatte. »Hast du vielleicht schon mal daran gedacht, dass dir gefällt, was wir haben?«

Er schmeckte Blut auf der Zungenspitze. Er stellte sich eine Mauer zwischen ihnen vor. Eine dicke Betonmauer.

»Es gibt einen Grund, warum du auf mich wartest. Es gibt einen Grund, warum du keine Verabredungen hast und nicht in Bars gehst oder für eine Möse bezahlst wie jeder andere Mann auf der Welt.«

Die Mauer wurde höher, dicker.

»Es gefällt dir, was wir haben. Du weißt, dass du mit keiner anderen zusammen sein kannst. Nicht wirklich mit jemandem zusammen sein. An diesen Abgrund wagst du dich nicht. Du kannst dich niemandem öffnen, weil du weißt, dass dich letztendlich jede verlassen wird. Und genau das wird deine kostbare Sara tun, Baby. Sie ist erwachsen. Sie hatte ein richtiges Leben mit jemand anderem. Jemand, der es wert war, geliebt zu werden, und der wusste, wie man diese Liebe erwidert. Und sie wird ziemlich schnell erkennen, dass du dazu nicht fähig bist. Und dann lässt sie dich sitzen und ist einfach weg.«

Der Blutgeschmack in seinem Mund wurde stärker.

»Du suchst so verdammt verzweifelt nach jemandem, der dir nur ein wenig Aufmerksamkeit schenkt. Du warst schon immer so. Klammernd. Armselig. Bedürftig.«

Er konnte es nicht mehr ertragen, dass sie ihm so nahe war. Er ging zum Spülbecken und goss sich ein Glas Wasser ein. »Du hast keine Ahnung von mir.«

»Hast du ihr erzählt, was mit dir passiert ist? Sie ist Ärztin. Sie weiß, wie Brandnarben von Zigaretten aussehen. Sie weiß, was passiert, wenn dir jemand zwei stromführende Drähte an die Haut drückt.« Will trank das Glas in einem Zug leer. »Schau mich an.« Er tat es nicht, sie redete trotzdem weiter. »Du bist für sie ein Projekt. Du tust ihr leid. Will, die kleine Waise. Du bist Helen Keller, und sie ist diese Schlampe, wie immer sie hieß, die ihr das Lesen beibrachte.« Sie packte ihn am Kinn und zwang ihn, sie anzusehen. Will schaute trotzdem weg. »Sie will dich heilen. Und wenn sie dann keine Lust mehr hat, dich zu reparieren, wenn sie merkt, dass es keine magische Pille gibt, die das Dumme einfach wegmacht, wird sie dich wieder in den Müll werfen, aus dem sie dich geklaubt hat.«

In ihm zerbrach etwas. Seine Entschlossenheit. Seine Kraft. Seine dünnen Wände. »Und dann was?«, schrie er. »Dann komme ich zu dir zurückgekrochen?«

»Das tust du immer.«

»Ich wäre lieber allein. Ich würde lieber allein in einem Loch verrecken, als von dir abhängig zu sein.«

Sie drehte ihm den Rücken zu. Will stellte das Glas ins Spülbecken, wischte sich mit dem Handrücken über den Mund. Angie weinte nicht viel, zumindest nicht ernsthaft. Jedes Kind, mit dem Will aufgewachsen war, hatte eine andere Überlebensstrategie entwickelt. Jungs benutzten ihre Fäuste. Mädchen wurden bulimisch. Einige, wie Angie, benutzten Sex, und wenn Sex nicht funktionierte, benutzten sie Tränen, und wenn die Tränen nicht funktionierten, fanden sie etwas anderes, um einem ins Herz zu stechen.

Als Angie sich umdrehte, hatte sie sich Wills Waffe in den Mund geschoben.

»Nein …«

Sie drückte ab. Er schloss die Augen, hob die Hände, um sich vor den Schädel- und Gehirnfragmenten zu schützen.

Aber nichts passierte.

Langsam ließ Will die Arme sinken und öffnete die Augen.

Die Waffe steckte noch in ihrem Mund. Leerer Schuss. Das Echo des klackenden Hahns stach wie eine Nadel in sein Trommelfell. Er sah das Magazin auf dem Tisch liegen. Die Kugel, die er immer in der Kammer hatte, lag daneben.

Wills Stimme zitterte. »Mach das nie …«

»Weiß sie über deinen Vater Bescheid, Will? Hast du ihr erzählt, was passiert ist?«

Er zitterte am ganzen Körper. »Mach das nie wieder.«

Sie legte die Waffe auf den Tisch. Dann nahm sie sein Gesicht zwischen beide Hände. »Du liebst mich, Will. Du weißt, dass du mich liebst. Du hast es gespürt, als ich abgedrückt habe. Du weißt, dass du ohne mich nicht leben kannst.«

Tränen traten ihm in die Augen.

»Wir sind keine ganzen Menschen, wenn wir nicht zusammen sind.« Sie streichelte ihm die Wangen, die Augenbrauen. »Weißt du das nicht? Hast du vergessen, was du für mich getan hast, Baby? Du warst bereit, dein Leben für mich aufzugeben. Für sie würdest du das nie tun. Du würdest dich für niemanden schneiden außer für mich.«

Er schob sie weg. Die Waffe lag noch auf dem Tisch. Das Magazin war kalt in seiner Hand. Er schob es in den Griff. Er zog den Schlitten zurück, um eine Patrone in die Kammer zu laden. Er hielt ihr die Waffe hin, die Mündung auf seine Brust gerichtet. »Los, erschieß mich.« Sie rührte sich nicht. Er versuchte, ihre Hand zu nehmen. »Erschieß mich.«

»Stopp.« Sie hob die Hände. »Hör auf.«

»Erschieß mich«, wiederholte er. »Entweder du erschießt mich, oder du lässt mich in Ruhe.«

Sie nahm die Waffe, zerlegte sie und warf die Einzelteile auf die Anrichte. Als sie die Hände wieder freihatte, schlug sie ihm kräftig ins Gesicht. Dann noch einmal. Dann kamen die Fäuste. Will packte ihre Arme. Sie drehte sich um, wandte ihm den Rücken zu. Angie hasste es, festgehalten zu werden. Er drückte seinen Körper gegen ihren, schob sie gegen das Waschbecken. Sie wehrte sich heftig, schrie, kratzte ihn mit den Fingernägeln.

»Lass mich los.« Sie trat nach hinten aus, rammte ihm den Absatz auf den Fuß. »Hör auf!«

Will packte sie noch fester. Sie drückte sich an ihn. Die Frustration und der Zorn der letzten Tage schnurrten in einem Zentrum zusammen. Er spürte, wie sein Körper auf sie reagierte, sich nach Befriedigung sehnte. Sie schaffte es, sich umzudrehen. Ihre Hand wanderte in seinen Nacken, sie zog ihn zu sich, drückte ihre Lippen auf seine. Ihr Mund öffnete sich.

Will wich zurück. Wieder wollte sie die Arme um ihn legen, aber er wich weiter zurück. Er atmete so heftig, dass er nicht sprechen konnte. Das war ihre Chance. Wut. Angst. Gewalt. Nie Mitleid. Nie Freundlichkeit.

Er nahm Bettys Leine vom Haken. Der Hund tänzelte vor seinen Füßen. Wills Hände zitterten so sehr, dass er die Leine kaum am Halsband befestigen konnte. Er nahm seine Schlüssel vom Haken und steckte sich die Brieftasche in die Gesäßtasche. »Wenn ich zurückkomme, will ich dich nicht mehr hier sehen.«

»Du kannst mich nicht verlassen.«

Er setzte die Waffe wieder zusammen und klemmte sich das Halfter an den Gürtel.

»Ich brauche dich.«

Er drehte sich zu Angie um. Ihre Haare waren zerzaust. Sie sah verzweifelt aus, bereit, alles zu tun. Er hatte genug davon. Mehr als genug.

»Verstehst du nicht? Ich will nicht gebraucht werden. Ich will gewollt werden.«

Darauf hatte sie keine Antwort, deshalb versuchte sie es mit einer Drohung. »Ich schwöre dir, ich bringe mich um, wenn du jetzt durch diese Tür gehst.«

Will verließ die Küche.

Sie folgte ihm in den Flur. »Ich nehme Tabletten. Ich schlitze mir die Handgelenke auf. Das ist doch deine Lieblingsmethode, nicht? Ich schlitze mir die Handgelenke auf, und dann kommst du heim und findest mich. Wie wirst du dich dann fühlen, Wilbur? Wie wirst du dich fühlen, wenn du nach Hause kommst, nachdem du deine kostbare kleine Ärztin gefickt hast, und ich liege tot im Bad?«

Er hob Betty vom Boden hoch. »Angie Sullivan.«

»Was?«

»Die Frau, die Helen Keller das Lesen beibrachte.«

Will ging in die Garage und schloss die Tür hinter sich. Das Letzte, was er sah, war Angie, die mit geballten Fäusten im Flur stand. Er setzte sich ins Auto und wartete, bis das Garagentor sich geöffnet hatte. Er stieß rückwärts in die Einfahrt und wartete, bis das Tor sich wieder schloss.

Als er wegfuhr, machte Betty es sich auf dem Beifahrersitz bequem. Will überlegte nicht, wohin er wollte, bis er auf den Parkplatz vor Saras Haus fuhr. Er nahm Betty und trug sie zum Haupteingang. Sara wohnte im obersten Stock. Er drückte auf die Klingel. Er musste nichts sagen. Der Summer ertönte, und die Tür ging mit einem Klicken auf.

Betty wand sich, als sie in den Aufzug stiegen. Er stellte sie auf den Boden. Als sie oben angelangt waren, lief sie in den Flur. Saras Tür war offen. Sie stand mitten im Zimmer. Sie trug Jeans und ein dünnes, weißes T-Shirt, das so gut wie nichts verbarg.

Will schloss die Tür. Es gab so vieles, was er ihr sagen wollte, aber als er endlich sprechen konnte, kam nichts davon heraus. »Warum haben Sie mir nicht gesagt, dass Sie Angie getroffen haben?«

Sie antwortete nicht. Sie stand einfach da und schaute ihn an. Will konnte nicht anders, er musste sie ebenfalls anstarren. Ihr T-Shirt war eng. Er sah die Rundung ihrer Brüste, die Warzen, die sich durch den dünnen Stoff drückten.

Er sagte: »Es tut mir leid.« Dann versagte ihm die Stimme. Er würde sich nie verzeihen, dass er Angie in Saras Leben gebracht hatte. Es war das

Furchtbarste, was er je irgendjemandem angetan hatte. »Was sie zu Ihnen gesagt hat … ich wollte nie …«

Sara kam auf ihn zu.

»Es tut mir so leid.«

Sie nahm seine Hand und drehte sie so, dass die Handfläche nach oben zeigte. Ihre Finger bewegten sich geschickt über die Knöpfe seines Hemds.

Will wollte sich von ihr lösen. Er musste sich von ihr lösen. Aber er konnte sich nicht bewegen. Er konnte ihre Hände, ihre Finger, ihre Lippen nicht aufhalten.

Sie drückte die Lippen auf sein nacktes Handgelenk. Es war der zärtlichste Kuss, den er je erlebt hatte. Ihre Zunge glitt über seine Haut, strich die Narbe an seinem Arm entlang. Will fühlte sich, als würde Strom durch seinen Körper rasen, und als sie dann seinen Mund küsste, stand er bereits in Flammen. Ihr Körper schmiegte sich an den seinen. Der Kuss wurde tiefer. Ihre Hand fasste ihn im Nacken, die Finger fuhren durch seine Haare. Will wurde es schwindelig. Er fühlte sich wie im freien Fall. Er konnte nicht aufhören, sie zu berühren – ihre schmalen Hüften, die Biegung ihres Rückens, ihre perfekten Brüste.

Ihm stockte der Atem, als sie die Hand unter sein Hemd gleiten ließ. Die Finger strichen über seine Brust, den Bauch hinunter. Sie zauderte nicht, drückte ihre Stirn an seine, schaute ihm in die Augen und sagte: »Atme.«

Will stieß den Atem aus, den er, so kam es ihm vor, sein ganzes Leben lang angehalten hatte.

MONTAG

16. Kapitel

DAS RAUSCHEN DER DUSCHE WECKTE SARA. Sie drehte sich im Bett um. Mit der Hand strich sie über die Mulde im Kissen. Ihre Haare waren zerzaust. Sie konnte Will im Zimmer riechen, ihn in ihrem Mund schmecken, sich daran erinnern, wie seine Arme sich anfühlten, als sie ihren Körper umschlangen.

Sie konnte sich nicht erinnern, wann sie das letzte Mal einen guten Grund gehabt hatte, morgens nicht aufzustehen. Natürlich war das öfter passiert, als Jeffrey noch am Leben war, aber zum ersten Mal seit viereinhalb Jahren war Jeffrey das Letzte, woran Sara dachte. Sie stellte keine Vergleiche an. Sie wägte die Unterschiede nicht gegeneinander ab. Ihre schlimmste Angst war immer gewesen, dass der Geist ihres Mannes sie ins Schlafzimmer verfolgen würde. Aber das war nicht der Fall gewesen. Da waren nur Will und das absolute Glück, das sie mit ihm empfunden hatte.

Sara erinnerte sich undeutlich daran, dass ihre Kleidung irgendwo zwischen Küche und Esszimmer verstreut lag. Sie nahm einen schwarzen Seidenmorgenmantel aus dem Schrank und ging den Flur entlang. Die Hunde schauten sie träge von der Couch her an, als sie ins Wohnzimmer kam. Betty schlief auf einem Kissen. Billy und Bob lagen im Halbkreis um sie herum. Will musste schon in einer Stunde bei der Arbeit sein, sonst wäre sie zu ihm in die Dusche gegangen. Gestern hatte sie den Leuten im Krankenhaus noch gesagt, dass sie nach ihrer Tortur keine Auszeit brauche, doch heute Morgen war sie froh, dass sie darauf bestanden hatten. Sie musste verarbeiten, was passiert war. Und sie wollte zu Hause sein, wenn Will zurückkam.

Ihre Sachen lagen ordentlich zusammengelegt auf der Anrichte. Sara lächelte, weil sie dachte, dass sie jetzt endlich eine gute Verwendung für ihren Esstisch gefunden hatte. Sie schaltete die Kaffeemaschine ein. An der Wand über den Hundenäpfen klebte ein Post-it-Zettel. Mitten darauf hatte Will ein Smiley gezeichnet. Über den Leinen entdeckte sie einen weiteren Zettel mit demselben Symbol. Ein Mann, der die Hunde fütterte und ausführte, während Sara noch schlief, hatte etwas für sich. Sie starrte die blaue Tinte an, den Halbkreis des Lächelns und die beiden Punkte für die Augen.

Sara hatte bisher noch nie einem Mann nachgestellt. Bis jetzt war sie immer das Objekt des Interesses gewesen. Aber gestern Nacht hatte sie erkannt, dass nie etwas passieren würde, wenn sie nicht den ersten Schritt machte. Und sie hatte gewollt, dass etwas passierte. Sie hatte Will mehr gewollt als alles, was sie in den letzten Jahren gewollt hatte.

Anfangs war er zögerlich gewesen. Er war offensichtlich unsicher wegen seines Körpers, was lächerlich war, wenn man sich überlegte, wie schön er war. Seine Beine waren lang und schlank. Seine Schultern waren muskulös. Seine Bauchmuskeln waren die eines Unterwäsche-Models auf einem Riesenplakat mitten am Times Square. Doch es war nicht nur das. Seine Hände wussten genau, wo sie sie berühren mussten. Seine Lippen fühlten sich wunderbar an. Seine Zunge fühlte sich wunderbar an. Alles an ihm war wunderbar. Mit ihm zusammen zu sein, das fühlte sich an, als würde ein Schlüssel in ein Schloss gleiten. Sara hätte sich nie träumen lassen, dass sie sich je wieder einem Mann so vorbehaltlos hingeben könnte.

Wenn ein Vergleich anzustellen war, dann zwischen der Sara von diesem Morgen und ihrem alten Ich. Etwas in ihr war verändert, und nicht nur ihr moralischer Kompass. Mit Will hatte sie sich anders gefühlt. Sie musste nicht sofort alles über diesen Mann wissen, mit dem sie ihr Bett geteilt hatte. Sie hatte nicht das Bedürfnis, Antworten verlangen zu müssen in Bezug auf den offensichtlichen Missbrauch, den er erlitten hatte. Zum ersten Mal in ihrem Leben war Sara geduldig. Das Mädchen, das man aus der Sonntagsschule geworfen hatte, weil es mit ihrem Lehrer gestritten hatte, und das ihre Eltern, ihre Schwester und schließlich ihren Ehemann verrückt gemacht hatte mit ihrer unstillbaren Begierde, jedes Detail über alles auf dieser Erde zu verstehen, dieses Mädchen lernte nun, sich zu entspannen.

Vielleicht hatte die Betrachtung des Polaroids von Wills genähter Lippe sie etwas über Neugierde gelehrt. Vielleicht lag es aber auch in der Natur des Lebens, dass man aus Fehlern lernte. Im Augenblick genügte es Sara, mit Will zusammen zu sein. Der Rest würde mit der Zeit schon kommen. Oder auch nicht. So oder so, sie fühlte sich erstaunlich zufrieden.

Es klopfte an der Tür, wahrscheinlich war es Abel Conford von gegenüber. Der Anwalt war der selbsternannte Herrscher des Parkplatzes. Jede Eigentümerversammlung, die Sara besucht hatte, war von Abel mit einer Beschwerde über Besucher, die auf den falschen Plätzen parkten, eröffnet worden.

Sara wickelte den Morgenmantel enger um sich, als sie die Tür öffnete. Anstatt ihres Nachbarn sah sie Faith Mitchell.

»Tut mir leid, so hereinzuplatzen.« Faith betrat uneingeladen die Wohnung. Sie trug eine unförmige, marineblaue Jacke, die Kapuze auf dem Kopf. Eine dunkle Sonnenbrille verdeckte ihr halbes Gesicht. Jeans und Chuck-Taylor-Turnschuhe vervollständigten das Ensemble. Damit sah sie so aus, wie sich ein braves Mütterchen einen Einbrecher vorstellte.

Sara konnte nur fragen: »Wie sind Sie reingekommen?«

»Ich habe Ihrem Nachbarn gesagt, dass ich Polizistin bin, und er hat mich hereingelassen.«

»Na klasse«, murmelte Sara und fragte sich, wie lange es wohl dauern würde, bis jeder im Gebäude glaubte, dass sie verhaftet worden war. »Was ist los?«

Faith nahm die Sonnenbrille ab. Fünf kleine Quetschungen sprenkelten ihr Gesicht. »Sie müssen Will für mich anrufen.« Sie ging zum Fenster und schaute auf den Parkplatz hinunter. »Ich habe die ganze Nacht darüber nachgedacht. Ich kann es nicht allein tun. Ich glaube, ich bin dazu nicht fähig.« Sie beschirmte die Augen mit der Hand, obwohl die Sonne noch gar nicht aufgegangen war. »Sie wissen nicht, dass ich hier bin. Ginger ist eingeschlafen. Taylor ist gestern Abend gefahren. Ich habe mich hinausgeschlichen. Durch den Hinterhof. Ich habe Roz Levys Auto genommen. Ich weiß, dass sie meine Telefone angezapft haben. Sie überwachen mich und dürfen nicht wissen, dass ich das tue. Sie dürfen nicht wissen, dass ich mit irgendjemandem gesprochen habe.«

Sie sah aus wie ein Paradebeispiel für Unterzucker. »Warum setzen Sie sich nicht?«

Faith schaute weiter auf den Parkplatz hinunter. »Ich habe meine Kinder weggeschickt. Sie sind bei meinem Bruder. Der hat noch nie eine Windel gewechselt. Das ist zu viel Verantwortung für Jeremy.«

»Okay. Reden wir darüber. Kommen Sie und setzen Sie sich zu mir.«

»Ich muss sie zurückholen, Sara. Mir egal, was es kostet. Was ich tun muss.«

Ihre Mutter. Will hatte Sara von seiner Fahrt zum Coastal State Prison und von seinem Gespräch mit Roger Ling erzählt. »Faith, setzen Sie sich.«

»Ich kann mich nicht hinsetzen, sonst komme ich nicht mehr hoch. Ich brauche Will. Können Sie ihn bitte einfach anrufen?«

»Ich hole ihn für Sie. Ich verspreche es, aber Sie müssen sich setzen.« Sara führte sie zu dem Hocker vor der Küchentheke. »Haben Sie gefrühstückt?«

Sie schüttelte den Kopf. »Ich bringe nichts runter vor Aufregung.«

»Wie sieht Ihr Blutzuckerspiegel aus?«

Sie hörte auf, den Kopf zu schütteln. Ihre schuldbewusste Miene war Antwort genug.

Mit fester Stimme sagte Sara: »Faith, ich werde rein gar nichts tun, bevor wir Ihre Werte in Ordnung gebracht haben. Haben Sie mich verstanden.«

Faith widersprach nicht, vielleicht, weil ein Teil von ihr wusste, dass sie Hilfe brauchte. Sie tastete ihre Jackentaschen ab und zog eine Handvoll Bonbons heraus, die sie auf die Theke warf. Dann kamen eine große Waffe, ihre Brieftasche, ein Schlüsselbund mit einem goldenen, kursiven L am Ring und schließlich ihr Messgerät zutage.

Sara klickte den Speicher des Geräts an und kontrollierte die Daten. Offensichtlich hatte Faith in den letzten beiden Tagen Bonbon-Roulette gespielt. Es war ein unter Diabetikern verbreiteter Trick: Man bekämpfte Unterzucker-Zustände mit Bonbons und verdrängte die Ausreißer nach oben einfach. Es war eine gute Möglichkeit, um schwierige Zeiten durchzustehen, aber ein noch besserer Weg ins Koma. »Eigentlich sollte ich Sie sofort ins Krankenhaus bringen.« Sara umfasste das Messgerät fester. »Haben Sie Ihr Insulin dabei?«

Faith steckte die Hände noch einmal in die Taschen und legte vier Wegwerf-Insulin-Pens auf die Theke. Sie fing an zu plappern. »Ich habe sie mir heute Morgen in der Apotheke besorgt. Ich weiß nicht, wie viel ich nehmen soll. Sie haben es mir gezeigt, aber ich habe solche noch nie benutzt, und sie sind so teuer, dass ich keine Fehler machen wollte. Mein Keton ist okay. Ich habe gestern Abend und heute Morgen einen Teststreifen benutzt. Wahrscheinlich sollte ich mir eine Pumpe besorgen.«

»Eine Insulinpumpe wäre keine schlechte Idee.« Sara steckte einen Teststreifen in das Messgerät. »Haben Sie gestern Abend etwas gegessen?«

»In gewisser Weise.«

»Ich nehme das als Nein«, murmelte Sara, »was ist mit Snacks? Irgendwas?«

Faith stützte den Kopf in die Hände. »Jetzt, da Jeremy und Emma nicht mehr da sind, kann ich nicht mehr klar denken. Er sagt, sie sind gut untergekommen, aber ich merke, dass es ihn nervt. Er konnte noch nie gut mit Kindern umgehen.«

Sara nahm Faith' Finger und brachte die Lanzette in Stellung. »Wenn das alles vorüber ist, werden wir uns mal ausführlich über Ihre Nichtbefolgung der medizinischen Vorschriften unterhalten müssen. Ich weiß, dass es eine unglaubliche Untertreibung ist, wenn ich sage, dass Sie im Augenblick unter großem Stress stehen, aber Ihr Diabetes ist nicht etwas, bei dem Sie einfach auf den Pausenknopf drücken können. Ihr Sehvermögen, Ihr Kreislauf, Ihre Motorik …« Sara beendete den Satz nicht. Sie hatte die ganze Problematik schon so vielen Diabetikern eingeschärft, dass sie sich vorkam, als würde sie aus einem Manuskript vorlesen. »Sie müssen mehr auf sich achten, sonst werden Sie irgendwann blind oder landen im Rollstuhl oder noch Schlimmeres.«

Faith sagte: »Sie sehen verändert aus.«

Sara strich sich die Haare glatt, die am Hinterkopf in die Höhe standen.

»Sie glühen ja fast. Sind Sie schwanger?«

Sara lachte, weil die Frage sie überraschte. Eine Bauchhöhlenschwangerschaft mit Mitte zwanzig hatte zu einer partiellen Entfernung ihrer Gebärmutter geführt. Ein solches Wunder konnte auch Will nicht vollbringen. »Sie wiegen neunundfünfzig Kilo?«

»Einundsechzig.«

Sara stellte an dem Pen die entsprechende Dosis ein. »Sie werden sich das jetzt spritzen, während ich ein Frühstück für Sie mache, und Sie tun rein gar nichts, bevor Sie nicht auch den letzten Krümel aufgegessen haben.«

»Der Herd da kostet mehr als mein Haus.« Faith beugte sich über die Theke, um ihn sich anzuschauen. Sara drückte sie wieder auf den Hocker. »Wie viel verdienen Sie?«

Sie nahm Faith' Hand und legte ihr die Finger um den Insulin-Pen. »Sie tun das, und ich hole Will.«

»Sie können hier anrufen. Ich weiß, was Sie sagen werden.«

Sara machte sich nicht die Mühe einer Erklärung, vor allem, da Faith offensichtlich Schwierigkeiten hatte, Informationen zu verarbeiten. Sie schnappte sich ihre Sachen von der Anrichte und ging ins Schlafzimmer. Will stand vor der Spiegelkommode und zog sein Hemd an. Sie sah seine breite Brust im Spiegel, die dunklen Flecken der Brandnarben, die über seinen flachen Bauch wanderten und in seiner Jeans verschwanden. Letzte Nacht hatte Sara ihren Mund auf jeden Quadratzentimeter seiner Haut gedrückt, jetzt aber, da sie im hellen Tageslicht beieinanderstanden, fühlte sie sich verlegen.

Er schaute ihr Spiegelbild an. Sara zog sich den Morgenmantel enger um die Taille. Er hatte das Bett gemacht. Die Kissen lehnten sauber aufgeschüttelt am Kopfbrett. So hatte sie sich ihren Morgen nicht vorgestellt.

Er fragte: »Was ist los?«

Sie legte den Stapel mit ihren Sachen aufs Bett. »Faith ist hier.«

»Hier?« Er drehte sich um. Er klang fast panisch. »Warum? Woher weiß sie es?«

»Sie weiß es nicht. Sie hat mich gebeten, dich anzurufen. Sie befürchtet, dass ihr Telefon abgehört wird.«

»Weiß sie über ihre Mutter Bescheid?«

»Ich glaube nicht.« Sara raffte den Mantel über der Brust zusammen, spürte überdeutlich, dass sie darunter nackt war. »Sie sagte, dass man sie überwacht. Sie verhält sich paranoid. Ihr Blutzucker ist völlig aus dem Ruder. Sie nimmt jetzt ihr Insulin. Wenn sie erst mal was gegessen hat, sollte sie wieder normal werden.«

»Soll ich Frühstück besorgen?«

»Ich kann ihr was machen.«

»Ich kann …« Er verstummte und machte ein deutlich unbehagliches Gesicht. »Vielleicht sollte ich das tun. Für Faith, meine ich. Du kannst mir ja nachher was machen.«

So viel zum Morgen danach. Wenigstens wusste sie jetzt, warum Bob gestern Abend nach Rühreiern gerochen hatte. »Ich bleibe hier, damit ihr beiden ungestört seid.«

»Könntest du …« Er zögerte. »Vielleicht wäre es besser, wenn du dabei bist. Ich muss ihr das mit ihrer Mutter sagen.«

»Ich dachte, Amanda hätte gesagt, du solltest noch warten.«

»Amanda sagt vieles, mit dem ich nicht einverstanden bin.« Er bedeutete ihr, dass sie vor ihm aus dem Zimmer gehen sollte. Sara ging den Gang entlang. Sie spürte Will dicht hinter sich. Trotz dem, was sich in der letzten Nacht ereignet hatte – ein Teil davon sogar hier im Flur –, fühlte er sich für sie wie ein Fremder an. Sara wünschte sich, sie hätte sich die Zeit genommen, sich etwas Vernünftiges anzuziehen.

Faith saß noch immer an der Anrichte. Ein bisschen was von ihrer nervösen Energie war verschwunden. Sie sah Will und sagte: »Oh.«

Er machte ein verlegenes Gesicht. Sara ging es genauso. Vielleicht erklärte das seine Distanziertheit. Angesichts dessen, was mit Evelyn Mitchell passiert war, schien es falsch, dass sie beide zusammen waren.

Dennoch sagte Faith. »Schon okay. Ich freue mich für euch.«

Will ging nicht darauf ein. »Dr. Linton sagt, Sie brauchen dringend was zu essen.«

»Zuerst muss ich mit Ihnen reden.«

Will schaute Sara an. Sie schüttelte den Kopf.

»Zuerst brauchen Sie ein Frühstück.« Will öffnete die Spülmaschine und holte die Bratpfanne heraus. Eier und Brot fand er dort, wo sie hingehörten. Faith schaute ihm schweigend bei den Frühstücksvorbereitungen zu. Sara wusste nicht, ob sie gleich kollabierte oder einfach nicht wusste, was sie sagen sollte. Vielleicht ein bisschen von beidem. Was Sara selbst anging, so hatte sie sich in ihren eigenen vier Wänden noch nie so unbehaglich gefühlt. Sie sah zu, wie Will die Eier in eine Schüssel gab und den Toast butterte. Er schaute sie nicht an. Sie hätte ebenso gut im Schlafzimmer bleiben können.

Will holte drei Teller aus dem Schrank und schaufelte die Eier darauf. Sara und Faith saßen an der Küchentheke. Obwohl es einen dritten Hocker gab, blieb Will, an die Anrichte gelehnt, stehen. Sara stocherte in ihrem Essen herum. Faith aß die Hälfte ihrer Eier und eine Scheibe Toast. Will räumte seinen Teller leer und aß dann noch Saras und Faith' übrig gelassene Toastscheiben, bevor er die Reste in den Müll kratzte und die Teller im Spülbecken stapelte. Er spülte die Schüssel für die Eier aus, ließ Wasser in die Pfanne laufen und wusch sich dann die Hände.

Schließlich sagte er: »Faith, ich muss Ihnen etwas sagen.«

Sie schüttelte den Kopf. Anscheinend spürte sie, was jetzt kam.

Er stand mit dem Rücken zur Anrichte da. Er beugte sich nicht zu ihr, um ihre Hände zu nehmen. Er kam nicht um die Theke herum, um sich neben sie zu setzen. Er sagte ihr einfach auf den Kopf zu, was er zu sagen hatte. »Gestern Abend war ich im Coastal State Prison. Ich habe mit einem Mann gesprochen, der im Drogenhandel ziemlich weit oben steht. Roger Ling.« Er wandte den Blick nicht von Faith ab. »Ich kann das jetzt nicht anders sagen. Er sagte, dass Ihre Mutter umgebracht wurde. Mit einem Kopfschuss.«

Zuerst reagierte Faith überhaupt nicht. Die Ellbogen auf die Theke gestützt, saß sie da, die Hände hängend, der Mund offen. Schließlich sagte sie: »Nein, sie ist nicht tot.«

»Faith ...«

»Haben Sie die Leiche gefunden?«

»Nein, aber ...«

»Wann war das? Wann hat er Ihnen das gesagt?«

»Spät, so gegen neun.«

»Es stimmt nicht.«

»Faith, es stimmt. Der Typ weiß, was er sagt. Amanda sagt …«

»Ist mir egal, was Amanda sagt.« Sie suchte wieder in ihren Taschen. »Mandy weiß nicht, wovon sie spricht. Wer dieser Kerl auch ist, mit dem Sie gesprochen haben, er lügt.«

Will schaute Sara an.

»Schauen Sie«, sagte Faith. Sie hatte ein iPhone in der Hand. »Sehen Sie das? Das ist Jeremys Facebook-Seite. Sie haben Botschaften geschickt.«

Will stieß sich von der Anrichte ab. »Was?«

»Einen von denen habe ich gestern Abend getroffen. Im Lebensmittelladen. Er ist dafür verantwortlich.« Sie deutete auf die blauen Flecken in ihrem Gesicht. »Ich sagte ihm, ich bräuchte einen Lebensbeweis. Über Jeremys Facebook-Account hat er mir heute Morgen eine E-Mail geschickt.«

»Was?«, wiederholte Will. Die Farbe war ihm aus dem Gesicht gewichen. »Sie haben sich allein mit ihm getroffen? Warum haben Sie mich nicht angerufen? Er hätte Sie …«

»Schauen Sie sich das an.« Sie zeigte ihm das Handy. Sara konnte das Bild nicht sehen, aber sie hörte, was gesagt wurde.

Eine Frauenstimme sagte: »Es ist Montagmorgen, fünf Uhr achtunddreißig.« Die Stimme hielt inne. Es waren Hintergrundgeräusche zu hören. »Faith, hör mir zu. Mach nichts von dem, was sie dir sagen. Trau ihnen nicht. Lass die ganze Sache einfach auf sich beruhen. Du und dein Bruder und die Kinder, ihr seid meine Familie. Alles, was ich an Familie habe …« Plötzlich wurde die Stimme kräftiger. »Faith, das ist wichtig. Ich will, dass du dich an unsere gemeinsame Zeit erinnerst, bevor Jeremy …«

Faith sagte: »Hier bricht es ab.«

Will fragte: »Was meint sie damit? Die Zeit vor Jeremy?«

»Als ich schwanger war.« Ihre Wangen röteten sich, obwohl schon fast zwanzig Jahre vergangen waren. »Mom hielt zu mir. Sie war …« Faith schüttelte den Kopf. »Ohne sie hätte ich das nicht durchgestanden. Sie sagte mir immer wieder, dass ich stark sein müsse, dass es irgendwann vorbei wäre und alles wieder in Ordnung kommen würde.«

Sara legte Faith die Hand auf die Schulter. Sie konnte sich den Schmerz kaum vorstellen, den diese Frau durchlitt.

Will starrte das iPhone an. »Was läuft da auf dem Fernseher hinter ihr?«

»*Good Day, Atlanta.* Ich habe es beim Sender überprüft. Über dem Senderlogo ist die Zeitangabe zu erkennen. Ich habe die Datei zwei Minuten später bekommen.«

Er gab Sara das Handy, schaute ihr aber noch immer nicht in die Augen.

Neugier war schon immer ihre Schwäche gewesen. Saras Lesebrille lag auf der Anrichte. Sie setzte sie auf, damit sie die kleinen Details erkennen konnte. Das Display zeigte Evelyn Mitchell vor einem großen Plasma-Bildschirm. Der Ton war abgestellt, aber Sara sah die Ansagerin des Wetterberichts auf die Fünf-Tage-Vorhersage deuten. Evelyn blickte an der Kamera vorbei, wahrscheinlich zu dem Mann, der sie filmte. Ihr Gesicht war eine blutige Masse. Sie bewegte sich steif, als hätte sie große Schmerzen. Ihre Worte klangen verwaschen, als sie zum Sprechen ansetzte. »Es ist Montagmorgen.«

Sara sah sich das Video zu Ende an, legte das Handy dann auf die Theke.

Faith schaute Sara eindringlich an. »Wie sieht sie aus?«

Sara nahm die Brille ab. Nur anhand eines grobkörnigen Videos konnte sie kaum eine medizinische Einschätzung abgeben, aber es war für jeden offensichtlich, dass Evelyn Mitchell heftig verprügelt worden war. Dennoch sagte sie: »Sie sieht aus, als würde sie durchhalten.«

»Das habe ich mir auch gedacht.« Faith wandte sich an Will. »Ich habe ihnen gesagt, ich würde mich um zwölf Uhr mittags mit ihnen treffen, aber in der E-Mail heißt es, zwölf-dreißig. In Moms Haus.«

»Im Haus Ihrer Mutter?«, wiederholte Will. »Das ist noch immer ein abgesperrter Tatort.«

»Vielleicht ist es ja inzwischen freigegeben. Das APD sagt mir rein gar nichts.« Faith bewegte wieder die Daumen über das Display und gab Will das Handy. »Oh«, sagte sie und griff erneut nach dem Gerät. »Hab ganz vergessen …«

»Geht schon.« Will nahm sich Saras Brille von der Theke und setzte sie auf. Einige Sekunden lang starrte er das Handy an. Sara wusste nicht, ob er die Mail wirklich gelesen hatte oder einfach nur riet, als er sagte: »Sie wollen das Geld.«

Faith nahm ihm das Gerät aus der Hand. »Es gibt kein Geld.«

Will starrte sie einfach nur an.

»Das mit dem Geld stimmt nicht«, sagte sie. »Es stimmte noch nie. Sie konnten ihr nichts nachweisen. Sie hatte keinen Dreck am Stecken. Boyd und der Rest der Truppe sahnten ab, aber Mom hat nie was genommen.«

»Faith«, sagte Will, »Ihre Mutter hatte ein Bankkonto.«

»Na und? Jeder hat ein Bankkonto.«

»Ein Bankkonto außerhalb dieses Staates. Auf den Namen Ihres Vaters. Sie hat es noch immer. Der Kontostand liegt bei sechzigtausend, soweit ich das sagen kann. Vielleicht gibt es andere Konten in anderen Staaten, auf andere Namen. Ich weiß es nicht.«

Faith schüttelte den Kopf. »Nein. Sie lügen.«

»Warum sollte ich deswegen lügen?«

»Weil Sie nicht zugeben können, dass Sie sich bei ihr geirrt haben. Sie hatte keinen Dreck am Stecken.« Tränen traten Faith in die Augen. Sie sah aus wie jemand, der die Wahrheit kannte, sie aber nicht akzeptieren konnte. »Nein, hatte sie nicht.«

Wieder klopfte es an der Tür. Sara vermutete, dass Abel Conford die fremden Autos auf dem Parkplatz endlich bemerkt hatte. Wieder hatte sie sich geirrt.

»Guten Morgen, Dr. Linton.« Amanda Wagner stand vor der Tür und sah alles andere als erfreut aus. Ihre Augen waren gerötet. Das Make-up auf ihrer Nase war verwischt. Wo Grundierung und Rouge ihre Wangen bedeckten, war die Haut dunkler.

Sara öffnete die Tür weiter, zog den Morgenmantel wieder fester um sich und fragte sich, woher dieser nervöse Tick plötzlich kam. Vielleicht tat sie es, weil sie darunter völlig nackt war und die schwarze Seide dünn war wie Krepppapier. Sie hatte nicht vorgehabt, an diesem Morgen eine Party zu geben.

Faith schien sichtlich verärgert, Amanda hier zu sehen. »Was machen Sie denn hier?«

»Roz Levy hat angerufen. Sie sagt, Sie hätten ihr Auto gestohlen.«

»Ich habe ihr eine Nachricht dagelassen.«

»Was sie komischerweise nicht als die angemessene Art betrachtete, um Erlaubnis zu fragen. Zum Glück konnte ich ihr ausreden, die Polizei zu rufen.« Sie lächelte Will an. »Guten Morgen, Dr. Trent.«

Will tat so, als würden ihn die Fliesen auf Saras Küchenboden ungemein interessieren.

»Moment mal«, sagte Faith. »Woher wussten Sie, wo ich bin?«

»Roz hat ein LoJack-Lokalisierungssystem in ihrem Auto. Ich habe in der ADP-Zentrale ein paar Gefallen eingefordert.«

»LoJack. Das Auto ist ein neunhundert Jahre alter Corvair. Ist noch fünf Dollar wert.«

Amanda zog ihren Mantel aus und gab ihn Sara. »Tut mir leid, dass ich so in Ihr Frühstück hineinplatze, Dr. Linton. Gefällt mir sehr gut, was Sie mit Ihren Haaren gemacht haben.«

Sara zwang sich zu einem Lächeln, als sie den Mantel in den Schrank hängte. »Möchten Sie vielleicht Kaffee?«

»Ja, vielen Dank.« Dann wandte sie sich an Will und Faith. »Sollte ich beleidigt sein, weil ich zu dieser Party nicht eingeladen wurde?«

Keiner schien ihr antworten zu wollen. Sara holte drei Becher aus dem Geschirrschrank und goss Kaffee hinein. Sie hörte Evelyn Mitchells Stimme aus dem iPhone, als Faith das Video für den neuen Gast abspielte.

Amanda bat sie, es noch einmal abzuspielen und dann ein drittes Mal, bevor sie fragte: »Wann kam das an?«

»Vor gut einer halben Stunde.«

»Lies mir die E-Mail vor, die dazugehörte.«

Faith las: »Zwölf-dreißig in 339 Little John. Bring das Geld in einer schwarzen Reisetasche. Kein Wort zu irgendjemandem. Wir beobachten dich. Wenn du von diesen Anweisungen abweichst, ist sie tot und du und deine Familie ebenfalls. Vergiss nicht, was ich gesagt habe.«

»Roger Ling.« Mühsam beherrschter Zorn schwang in Amandas Stimme mit. »Ich wusste, dass der Mistkerl gelogen hat. Man kann kein Wort von dem glauben, was diese Typen sagen.« Erst jetzt schien sie die Bedeutung ihrer Worte zu begreifen und öffnete überrascht den Mund. »Sie *lebt.*« Sie lachte. »O Gott, ich wusste, das alte Mädchen würde nie kampflos aufgeben.« Sie legte sich die Hand auf die Brust. »Wie konnte ich auch nur für eine Sekunde glauben, dass …« Sie schüttelte den Kopf. Das Grinsen auf ihrem Gesicht war so breit, dass sie es schließlich mit der Hand bedeckte.

Will stellte die wichtigere Frage: »Warum sollten Sie sich im Haus Ihrer Mutter mit den Männern treffen? Es ist nicht sicher. Sie haben da keinen Vorteil. Das ergibt keinen Sinn.«

Faith antwortete: »Es ist ihnen vertraut. Es ist leicht zu beobachten.«

Will sagte: »Aber der Tatort kann doch unmöglich schon freigegeben sein. Es dauert Tage, um alles abzuarbeiten.«

Amanda warf ein: »Die Entführer müssen etwas wissen, das wir nicht wissen.«

»Es könnte ein Test sein«, erwiderte Will. »Wenn wir die Spurensicherung abziehen, ist es offensichtlich, dass Faith die Polizei gerufen hat. Oder uns.« Zu Faith sagte er: »Wenn Sie vor dem Haus vorfahren, sind Sie völlig ungeschützt. Wenn Sie reingehen, laufen Sie ihnen direkt in die Arme. Was hält die Kerle davon ab, Sie zu erschießen und das Geld zu nehmen? Vor allem, wenn wir kein SEK einsetzen können, um die Umgebung zu sichern.«

»Wir können schon etwas tun«, beharrte Amanda. »Es gibt nur drei Routen, auf denen man in das Viertel hinein- und wieder herauskommt. Sie bewegen sich in eine dieser Richtungen und laufen uns direkt vor die Flinte.«

Will ignorierte den tollkühnen Vorschlag. Er zog eine Schublade neben dem Kühlschrank auf und holte Stift und Notizblock heraus. Er hielt den Stift ungeschickt in der linken Hand, konnte sich nicht so recht zwischen Mittel- und Ringfinger entscheiden. Sara sah zu, wie er das oberste Blatt mit einem großen T bedeckte und dann zwei Rechtecke zeichnete – eines am Querbalken des T, eines am Fuß des Längsbalkens. Seine räumliche Erinnerung war besser, als Sara vermutet hatte, aber wahrscheinlich war er schon oft bei Faith' Haus gewesen.

Er erklärte: »Faith' Haus ist hier an der Ecke. Evelyns ist hier an der Little John.« Er zeichnete ein L zwischen die beiden Häuser. »Da ist viel offene Fläche. Sie könnten die Kreuzung hier blockieren und sie sich schnappen. Sie könnten einen Transporter an derselben Stelle parken und sie aus der Distanz erschießen. Sie könnte hier in die Einfahrt fahren, und sofort kommt ihr schwarzer Van. Zwei in den Kopf, wie bei Castillo vor dem Lagerhaus, oder sie könnten sie in den Van zerren und wären in fünf Minuten auf der Interstate oder der Peachtree Road. Oder sie könnten es sich einfach machen und hier in Stellung gehen …« Er zeichnete ein längliches Rechteck neben Evelyns Haus. »Roz Levys Carport. Sie hat dort eine niedrige Mauer, hinter der sie sich mit einem Gewehr auf die Lauer legen könnten. Von Evelyns Badefenster aus sieht man direkt zu Mrs. Levys Haus. Einen kleinen Hang hoch. Von Mrs. Levy aus kann man direkt bis zur Küche durchsehen, ohne dass irgendjemand etwas bemerkt. Faith kommt zur Tür herein, und sie knallen sie ab.«

Amanda nahm den Stift und machte aus dem Fußende des T einen Kreis. »Little John ist eine Schleife. Das ganze Viertel führt auf sich selbst zurück.« Sie zeichnete weitere Bögen. »Das ist die Nottingham. Friar Truck. Robin Hood. Beverly. Lionel.« An den Endpunkten zeichnete sie große X. »Die Beverly stößt schließlich auf die Peachtree, da muss jedes Auto irgendwann durch, das andere Ende führt einen nur in die unendlichen Schleifen von Ansley Park. Bei der Lionel ist es dasselbe. Das sind Flaschenhälse. Die meisten Häuser an diesen Routen haben Bordstein-Parkplätze. Wir könnten an jedem Punkt zehn Autos stehen haben, und kein Mensch würde es bemerken.«

Will sagte: »Ich mache mir weniger Gedanken wegen der Fluchtrouten. Ich mache mir Gedanken, was passiert, wenn Faith allein in das Haus geht. Wenn sie die Gegend wirklich überwachen, merken sie sofort, wenn jemand kommt, der nicht hierhergehört. Sie hatten fast drei ganze Tage Zeit, um das Viertel auszuspionieren, wahrscheinlich mehr. Auch wenn die Jungs von der Spurensicherung kommen und gehen, zählen sie, wie viele reingehen und wie viele rauskommen.«

Amanda drehte das Blatt um. Sie zeichnete einen ungefähren Grundriss des Hauses und benannte dann die Räumlichkeiten. »Faith kommt durch die Küche herein. Hier ist die Diele, von der man ins Wohnzimmer geht. Hier auf der linken Seite ist das Bücherregal – meiner linken. Nimmt die ganze Wand ein. Das Sofa steht hier an der Wand. Der Ohrensessel ist hier rechts. Ein paar andere Sessel sind hier und hier. Hier die Stereoanlage. Glasschiebetür gegenüber der Diele.« Sie tippte mit dem Stift auf das Schlafzimmer. »Bestimmt halten sie Ev hier fest, bis Faith mit dem Geld kommt, dann bringen sie sie ins Wohnzimmer. Es ist der für den Austausch offensichtliche Bereich.«

»Hier ist nichts offensichtlich.« Will schnappte sich den Stift. »Wir können die vorderen Fenster nicht abdecken, weil wir nicht wissen, wer das Haus beobachtet. Wir können auch die Rückseite nicht abdecken, weil der Hinterhof für alle Nachbarn gut einsehbar ist und man jede Bewegung durch jedes Fenster sehen kann. Wir wissen noch immer nicht, wie viele von den Jungs noch übrig sind. Es könnte nur einer sein, es könnten hundert sein.« Er warf den Stift auf die Theke. Dann sagte er mit fester Stimme: »Das gefällt mir nicht, Faith. Sie können da nicht reingehen. Nicht zu deren Bedingungen. Wir müssen einen anderen Weg finden. Wir schlagen einen anderen Treffpunkt vor, den wir vorab sichern, damit wir für Ihre Sicherheit garantieren können.«

Amanda klang verärgert. »Seien Sie doch nicht so fatalistisch, Will. Wir haben noch sechs Stunden. Wir kennen alle den Grundriss des Hauses, das ist sowohl deren wie unser Vorteil. Ich kenne jeden Anwohner in diesem Viertel. Es ist eine Wohnstraße. Wir haben Jogger, Lieferanten, Transporter vom Kabelfernsehen, Postboten und nachmittägliche Spaziergänger. All diese Personengruppen können wir als Tarnung benutzen. In den nächsten paar Stunden kann ich tröpfchenweise vier Teams reinbringen, und niemand wird etwas merken. Wir sind doch keine Hinterwäldler-Truppe. Wir wissen, wie man so was anstellt.«

»Ich mache es«, bot Will an, und Sara spürte plötzlich ihr Herz in der Kehle.

»Sie dürften kaum für Faith durchgehen.«

»Wir schicken ihnen eine E-Mail, um sie wissen zu lassen, dass ich zum Austausch kommen werde. Roger Ling weiß, wie ich aussehe. Auch wenn er mit dieser Sache nichts zu tun hat, genießt er offensichtlich die Show. Er weiß, wer diese Jungs sind, und kann ihnen sagen, dass sie mir trauen sollen.«

Mit großer Erleichterung sah Sara, dass Amanda den Kopf schüttelte.

Er blieb beharrlich. »So ist es sicherer. Sicherer für Faith.«

Wie üblich nahm Amanda kein Blatt vor den Mund. »Das ist so ziemlich das Dümmste, was ich je von Ihnen gehört habe. Überlegen Sie mal, was wir in den letzten Tagen gesehen haben. Das ist eine Amateur-Nummer. Julia Ling hat es uns doch fast auf dem Silbertablett serviert. Wir haben es hier mit ein paar dummen, grünen Jungs zu tun, die zu wissen glauben, wie man Räuber und Gendarm spielt. Wir haben sie flach auf der Erde oder bereits darunter, bevor sie überhaupt merken, was mit ihnen geschieht.«

Will ließ sich nicht beirren. »Sie mögen jung sein, aber sie haben keine Angst. Sie haben eine Menge Leute getötet und sind eine Menge dummer Risiken eingegangen.«

»Kein dümmeres Risiko, als Sie anstelle von Faith zu schicken. Auf *diese* Art riskiert man Menschenleben.« Amanda traf eine Entscheidung. »Wir machen es auf meine Art. Wir überlegen uns, wie wir unsere Leute strategisch positionieren können. Wir haben Faith die ganze Zeit im Blick. Wir warten, bis die Entführer mit Evelyn auftauchen. Faith wird den Austausch vornehmen, und dann schnappen wir sie, wenn sie zu flüchten versuchen.«

Will gab nicht nach. »Sie darf das nicht tun. Sie darf da nicht allein reingehen. Entweder Sie lassen es mich tun, oder wir finden einen anderen Weg.«

Faith sagte: »Wenn ich nicht allein bin, ist meine Mutter tot.«

Will starrte zu Boden. Offensichtlich glaubte er noch immer an die Möglichkeit, dass Evelyn Mitchell bereits tot war. Sara merkte, dass sie ihm insgeheim beipflichtete. Das alles klang nicht nach einem Plan, um Evelyn zurückzuholen. Es klang nach einem Plan, der Faith' Tod bedeutete. Amanda war so darauf versessen, ihre Freundin zu retten, dass sie die möglichen Kollateralschäden einfach ausblendete.

Sara hatte den Kaffee ganz vergessen. Einen Becher behielt sie selbst, die anderen gab sie Amanda und Will.

»Danke.« Will nahm seinen Becher linkisch entgegen, so als wollte er unbedingt vermeiden, dass ihre Hände sich berührten.

Faith sagte: »Er trinkt keinen Kaffee. Ich nehme seinen.«

Sara spürte ihre Wangen heiß werden. »Im Augenblick sollten Sie besser kein Koffein zu sich nehmen.«

Will räusperte sich. »Ist okay. Manchmal mag ich ihn ganz gern.« Er nippte an seinem Kaffee, und als er schluckte, musste er sich offensichtlich beherrschen, um nicht das Gesicht zu verziehen.

Sara hielt das alles nicht mehr aus. Sie fühlte sich fehl am Platz. »Ich sollte Sie jetzt wohl besser allein lassen.«

Amanda hielt sie zurück. »Wenn Sie nichts dagegen haben, Dr. Linton. Ich würde gern auch Ihre Meinung hören.«

Sie schauten sie alle an. Auch wenn das kaum möglich war, fühlte Sara sich jetzt noch nackter als zuvor. Sie blickte hilfesuchend zu Will, aber er sah sie ausdruckslos an.

Sie konnte nichts dagegen tun. Also setzte sie sich neben Faith.

Amanda nahm auf dem anderen Hocker Platz. »Okay, gehen wir durch, was wir wissen, damit wir alle auf demselben Stand sind. Will, berichten Sie.«

Will stellte die Tasse ab und fing an zu reden. Er erzählte Faith alles, was seit Evelyns Entführung passiert war, beschrieb detailliert den Tatort, ihren Besuch bei Boyd Spivey im D&C und seinen schweigenden Exkollegen im Valdosta State Prison. Faith öffnete überrascht den Mund, als sie von Roz Levys Foto von Evelyns Herrenbekanntschaft hörte. Dennoch schwieg sie auch, als er detailliert Saras Martyrium im Krankenhaus und die Schießerei vor Julia Lings Lagerhaus beschrieb. Sara spürte die vertraute Enge in der Brust, als er zu diesem letzten Punkt kam. Der Schnitt an seinem Ohr. Eine Kugel war vorbeigesaust, nur gut zwei Zentimeter von seinem Kopf entfernt.

Will sagte: »Ricardo Ortiz und Hironobu Kwon kannten sich aus der Schule. Sie gingen auf die Westminster. Wahrscheinlich arbeiteten sie gemeinsam in Ling-Lings Möbelfabrik. Dann kamen sie auf die Idee, Geschäfte auf eigene Faust zu machen. Ricardo flog nach Schweden und holte Heroin, das sie hier verkaufen wollten. Laut Roger Ling prahlten die Jungs ziemlich damit herum. Benny Choo, der Schläger der Yellow Rebels, nahm sich Ricardo vor und prügelte ihm die Seele aus dem Leib. Er wollte ihn umbringen, aber Ricardo, oder vielleicht Hironobu, sagten ihm, wo richtiges Geld zu holen wäre.«

Faith hatte das alles schweigend aufgenommen, aber jetzt flüsterte sie: »Bei Mom.«

»Genau«, bestätigte Will. »Chuck Finn und Hironobu Kwon waren mindestens einen Monat lang in derselben Entzugsklinik. Anscheinend hatte Chuck Hironobu von dem Geld erzählt. Ricardo stand kurz vor dem Tod, also sagt Hironobu: ›Ich weiß, wo wir fast eine Million in bar bekommen.‹ Choo nimmt das Angebot an.«

Amanda führte die Geschichte weiter. »Genau das haben sie bei Evelyn gesucht. Sie dachten, sie hätte das Geld im Haus. Als sie es nicht herausrückte, verschleppten sie sie.«

Sara fand es passend, dass Amanda die Tatsache ausgelassen hatte, dass Hector Ortiz, der Cousin von einem der mächtigsten Drogenbosse in Atlanta, tot in Evelyns Kofferraum gelegen hatte. Eigentlich hätte sie den Mund halten sollen, aber sie waren in ihrer Wohnung, waren ohne Vorwarnung hereingeplatzt, und sie hatte es satt, immerzu höflich zu sein. »Das erklärt aber nicht, warum Hector Ortiz dort war.«

Amanda hob eine Augenbraue. »Nein, das tut es nicht, oder?«

Sara arbeitete nicht für diese Frau. Sie hatte keine Lust mehr, wie auf rohen Eiern zu gehen. »Sie werden diese Frage nicht beantworten?«

Auf Amandas Lippen zeigte sich ein Krokodilsgrinsen. »Das Wichtige bei dieser Sache ist doch, dass die Kerle das alles getan haben, weil sie Geld wollen. Mit Leuten, die Geld wollen, können wir verhandeln.«

Will sagte: »Es geht nicht um Geld.«

»Wir haben keine Zeit für weibliche Intuition«, blaffte Amanda.

Seine Stimme klang müde, aber er ließ nicht locker. »Sie versuchen aus einem bestimmten Grund, Faith in dieses Haus zu locken. Wenn wir reingehen, ohne diesen Grund zu kennen, nimmt das kein gutes Ende. Für keinen von uns.« Was er sagte, klang vollkommen vernünftig. Sara merkte, warum Amanda sich nicht darauf einlassen wollte. Will fuhr fort: »Schauen Sie, wenn es nur um Geld gehen würde, hätten sie bereits am ersten Tag eine Lösegeldforderung gestellt und nicht dieses Hin und Her über Facebook veranstaltet. Sie hätten nie dieses persönliche Treffen mit Faith im Lebensmittelladen riskiert. Dann wäre es eine einfache Transaktion geworden. Ein Anruf. Das Geld abholen. Die Geisel irgendwo absetzen, und dann nichts wie weg.«

Wieder eine vernünftige Hypothese. Wieder ignorierte Amanda sie und sagte: »Es gibt hier kein geheimes Endspiel. Sie wollen Geld. Wir geben ihnen Geld. Wir schieben es ihnen so tief in den Rachen, dass sie auf dem Weg ins Gefängnis Papier scheißen.«

»Er hat recht.« Faith hatte während dieses Wortwechsels ausdruckslos ins Leere gestarrt, aber da ihr Zuckerspiegel sich nun normalisiert hatte, konnte sie auch wieder denken wie ein Detective. »Was ist mit diesem Bankkonto?«

Amanda stand auf, um sich neuen Kaffee zu holen. »Das Konto ist unwichtig.«

Will schien kurz davor zu sein, ihr zu widersprechen, aber aus Gründen, die nur er kannte, hielt er den Mund.

Amanda sagte zu Faith: »Dein Vater war ein Spieler.«

Faith schüttelte den Kopf. »Das stimmt nicht.«

»Er spielte jedes Wochenende Poker.«

»Um Vierteldollars.« Sie schüttelte weiter den Kopf. »Dad war Versicherungsvertreter. Er hasste das Risiko.«

»Er riskierte ja nichts. Er war sehr vorsichtig.« Amanda kam um die Theke herum und setzte sich neben Faith. »Als du noch ein kleines Mädchen warst, wie oft waren Kenny und er in Las Vegas?«

Faith war noch immer nicht überzeugt. »Wegen beruflicher Kongresse.«

»Bill ging die Sache sehr methodisch an. Er ging alles methodisch an. Das weißt du. Er wusste, wie man blufft, und er wusste, wann man aussteigt. Kenny war nicht so schlau, aber das ist eine Geschichte für eine andere Gelegenheit.« Sie schaute Will an. »Bill zahlte auf die Gewinne keine Steuern. Deshalb war dieses Bankkonto ein Geheimnis.«

Sara sah die Verwirrung, die sie selbst spürte, in Wills Gesicht. Ab einem bestimmten Betrag konnte man kein Casino in Las Vegas oder auch kein anderes legales Casino in Amerika verlassen, ohne Steuern zu zahlen.

Faith ging darauf nicht ein. »Ich kann mir nicht vorstellen, dass Dad so ein Risiko einging. Er hasste das Glücksspiel. Er kritisierte Kenny immer deswegen.«

»Weil Kenny sich mit seinem Geld wie ein Idiot verhielt«, entgegnete

Amanda. Ihr verbitterter Unterton erinnerte Sara daran, dass die beiden viele Jahre miteinander gegangen waren. »Für Bill war es einfach nur Spaß, ein bisschen Dampf ablassen, und manchmal gewann er viel Geld, und manchmal verlor er ein bisschen, aber er wusste immer, wann er aufhören musste. Für ihn war das keine Sucht. Es war ein Sport.«

Schließlich meldete Will sich wieder. »Warum sagte mir Evelyn das nicht, als ich gegen sie ermittelte?«

Amanda lächelte. »Sie sagte Ihnen nicht viel über irgendwas, als Sie gegen sie ermittelten.«

»Nein«, pflichtete er ihr bei. »Aber sie hätte sich sehr leicht von dem Verdacht befreien können, wenn …«

»Es gab keinen Verdacht«, warf Amanda dazwischen. Sie richtete ihre Worte an Faith. »Deine Mutter war diejenige, die das Team auffliegen ließ. Darum nannten sie sie Almeja. Sie war eine Verräterin.«

»Was?« Faith' Verwirrung war beinahe mit Händen zu greifen. Sie schaute Will an, als hätte er alle Antworten. »Warum hat sie mir das nicht gesagt?«

Amanda erwiderte: »Weil sie dich schützen wollte. Je weniger du wusstest, desto sicherer warst du.«

Will fragte: »Und warum sagen Sie es ihr dann jetzt?«

Amanda war offensichtlich verärgert. »Weil Sie keine Ruhe geben wegen diesem blöden Konto, obwohl ich Ihnen immer wieder gesagt hatte, dass es ohne Bedeutung ist.«

Will hatte seine Kaffeetasse auf die Theke gestellt. Jetzt drehte er sie langsam, bis der Henkel parallel zur Thekenkante ausgerichtet war.

Faith fragte, was Sara dachte: »Wie fand sie heraus, dass die Männer Geld annahmen?«

Amanda zuckte die Achseln. »Ist das wichtig?«

»Ja«, erwiderte Will. Offensichtlich wollte er die ganze Geschichte hören, damit er die Löcher finden konnte.

Amanda atmete einmal tief durch, bevor sie anfing. »In der Southside fand eine Razzia statt, in einer der Siedlungen in East Point. Evelyn führte das Einsatzteam in die Wohnung. Ganz früh am Morgen. Die bösen Jungs schliefen noch ihren Rausch vom Abend zuvor aus, und auf dem Tisch waren ein Haufen Geldscheine und genug Koks, um einen Elefanten flachzulegen.« Amanda grinste, offensichtlich gefiel ihr die Geschichte. »Sie nahmen die Jungs fest und führten sie auf die Straße. Die Hände auf dem Rücken gefesselt, mussten sie sich vor die Streifenwagen knien, damit sie auch merkten, wer hier das Sagen hatte. Und schon sind die Medien da, weil Boyd dem nie widerstehen konnte. Er stellt das Team für Fotos auf, mit den bösen Jungs im Hintergrund. Wie man das aus *Drei Engel für Charlie* kennt. Deine Mutter hasste diesen Teil. Normalerweise ging sie – zurück ins Büro, um Papierkram zu erledigen –, wenn die Medien kamen. Dieses Mal war allerdings die Straße blockiert, sie ging also in die Wohnung zurück und sah sich allein noch einmal um.« Amanda spitzte die Lippen. »Gleich als Allererstes fällt ihr auf, dass der Geldhaufen nicht mehr so aussieht wie zuvor. Sie sagte, die Bündel Scheine wären zur einer Pyramide aufgestapelt gewesen, als sie die Tür aufbrachen. Du weißt doch, dass deine Mom immer als Erste reinging.« Faith nickte. »Sie sagte, die Pyramide wäre ihr gleich aufgefallen, weil Zeke immer …«

»Alles zu Pyramiden stapelte«, erklärte Faith. Als er zehn oder elf war, baute er aus allem – Bücher, Lego-Steine, Matchbox-Autos – Pyramiden.«

»Deine Mutter hielt ihn für autistisch. Vielleicht hatte sie ja recht«, fuhr Amanda fort. »Wie auch immer, wichtig ist hier, dass ihr die Pyramide auffiel. Und diese Pyramide war ein Würfel, als sie ins Apartment zurückkam. Danach fing sie an, das Team ein bisschen genauer zu beobachten und Augen und Ohren offen zu halten und zu überprüfen, welche Fälle erfolgreich abgeschlossen wurden und welche zerbröselten, weil Beweismittel verloren gingen oder Zeugen verschwanden. Und als sie sich schließlich sicher war, kam sie zu mir.«

Will sagte: »Mir haben Sie gesagt, der Tipp sei anonym eingegangen.«

»Gegen Evelyn musste so wie gegen alle anderen ermittelt werden. Wir hatten es ja nicht mit irgendwelchen Ministranten zu tun. Boyd und das Team rafften Tonnen von Bargeld zusammen. Außerdem wurden sie dafür bezahlt, dass sie hier und dort ein Auge zudrückten. In diese Art von Geschäften mischt man sich nicht ein, ohne das eigene Leben zu riskieren. Ev musste beschützt werden. Deshalb beschlossen wir, es als anonymen Tipp zu bezeichnen und sie wie alle anderen in die Mangel zu nehmen.«

Faith sagte: »Aber das Team hatte doch sicher den Verdacht, dass der Tipp von Mom gekommen war. Sie war die Einzige, die nicht mitmachte.«

»Zwischen einem Verdacht und gesichertem Wissen ist ein Riesenunterschied.« Nun klang ihre Stimme etwas angespannter. »Außerdem beschützte Boyd Spivey sie. Er ließ verlauten, dass sie unantastbar war. Außerdem stellte er sich bei jeder Gelegenheit vor sie. Ich schätze, das ist der Grund, warum er umgebracht wurde. Mit dem GBI und dem APD im Nacken konnten sie umgehen, aber jemand mit Boyds Beziehungen konnte ihnen so zusetzen, wie wir es nicht können.«

Faith sagte nichts, dachte wahrscheinlich an den toten Mann, der ihre Mutter beschützt hatte. Sara dagegen dachte daran, wie viel Aufwand und Geld nötig war, um einen Mann umzubringen, der im Todestrakt saß. Das Ganze war sorgfältigst geplant und ausgeführt worden von Leuten, die Evelyn Mitchells Schwachpunkte kannten: Boyd Spivey, ihr Beschützer; Faith, ihre Tochter; Amanda, ihre beste Freundin. Das Ganze sah mehr und mehr aus wie ein Racheakt und weniger wie ein schneller Griff nach Geld. Sara merkte, dass Will dieselben Schlüsse gezogen hatte. Doch als er schließlich etwas sagte, erwähnte er, wie immer, das Offensichtliche mit keinem Ton.

Stattdessen fragte er Amanda: »Haben Sie das Bankkonto aus meinem Bericht herausgestrichen?«

»Wir sind nicht das Finanzamt.« Sie zuckte die Achseln. »Kein Grund, jemanden dafür zu bestrafen, dass er das Richtige getan hat.«

Sara merkte, dass Will verärgert war, aber er sagte noch immer nichts. Er steckte einfach die Hände in die Hosentaschen und lehnte sich an die Anrichte. Sie hatte sich noch nie mit ihm gestritten. Und jetzt war sie sich nicht einmal sicher, ob sie es je tun würde, aber sie konnte sich gut vorstellen, dass es eine große Übung in Vergeblichkeit sein würde.

Faith dagegen schien die Löcher in Amandas Geschichte überhaupt nicht zu bemerken. Doch wenn man sich überlegte, dass ihr Blutzuckerspiegel in den letzten Tagen auf und ab gehüpft war wie ein Tischtennisball, war es verwunderlich, dass sie überhaupt aufrecht sitzen konnte. Darum glaubte Sara auch, sich verhört zu haben, als Faith schließlich sagte:

»Sie haben mir ihren Finger unters Kopfkissen gelegt.«

Amanda zuckte mit keiner Wimper. »Wo ist der Finger?«

»In meinem Medizinschränkchen.« Faith hielt sich die Hand vor den Mund. Sie sah aus, als würde sie sich gleich übergeben. Sara sprang auf und schnappte sich den Mülleimer, aber Faith winkte ab. »Ich bin okay.« Sie atmete ein paar Mal tief durch. Sara holte ein Glas aus dem Geschirrschrank und füllte es mit Wasser.

Faith trank gierig, Sara goss das Glas noch einmal voll und stellte es vor sie hin. Dann lehnte sie sich an die Anrichte und beobachtete Faith genau. Will stand etwa einen knappen Meter von ihr entfernt. Er hatte die Hände noch immer in den Taschen. Sie spürte den Abstand zwischen ihnen wie einen kalten Luftzug.

Faith trank noch einen Schluck Wasser, bevor sie ihnen berichtete: »Sie haben versucht, sich Jeremy zu schnappen. Ich habe ihn mit meinem Bruder weggeschickt. Auch Emma. Und dann ging ich in den Supermarkt, und der Kerl passte mich in der Toilette ab.«

Amanda fragte: »Wie sah er aus?«

Faith gab ihnen eine sehr detaillierte Beschreibung seiner Größe, seines Gewichts, seiner Kleidung und seiner Redeweise. »Ich glaube, er war Hispano. Er hatte blaue Augen.« Sie schaute Sara an. »Ist das normal?«

»Es kommt nicht häufig vor, aber auch nicht sehr selten«, erklärte Sara. »Mexiko wurde von den Spaniern besiedelt. Einige heirateten indigene Amerikaner. Nicht alle Mexikaner haben braune Haut und dunkle Haare. Einige haben blonde Haare und hellere Haut. Einige haben blaue oder grüne Augen. Es ist ein rezessives Gen, aber ab und zu setzt es sich durch.«

Amanda fragte: »Aber dieser Kerl hatte blaue Augen?«

Faith nickte.

»Keine Tattoos?«

»Eine Schlange am Hals.«

Jetzt war es Amanda, die nickte. »Das können wir durchgeben. So kriegen wir mindestens eine Liste mit Hispanos zwischen achtzehn und zwanzig Jahren und mit blauen Augen.« Dann schien ihr etwas einzufallen. »Bei den Tätowierern hatten wir kein Glück. Wer Marcellus Estevez' Tattoo des Erzengels Gabriel gemacht hat, lebt entweder nicht in diesem Staat oder ist nicht registriert oder redet nicht.«

»Irgendwas an ihm kam mir bekannt vor«, sagte Faith. »Ich dachte, ich hätte ihn mal verhaftet, aber er sagte nein.«

»Ich bin mir sicher, dass er da die Wahrheit gesagt hat.« Amanda holte ihr BlackBerry heraus und fing an zu tippen. »Ich lasse jemanden im Archiv deine Berichte durchsehen. Ich kenne jemanden im APD, der durchs Hintertürchen an die Fälle kommt, die du noch für sie bearbeitet hast.«

»Ich bezweifle, dass sich da irgendwas findet.« Faith massierte sich die Schläfen. »Er ist in Jeremys Alter. Vielleicht kennt er ihn. Vielleicht waren sie miteinander in der Schule. Ich weiß es nicht.«

Amanda schickte die E-Mail ab. »Hast du Jeremy gefragt?«

Faith nickte. »Ich habe ihm gestern Abend diesen Jungen beschrieben. Er kennt niemanden, auf den diese Beschreibung passt. Zumindest niemanden, an den er sich erinnern kann.«

Will fragte: »Können Sie sich an sonst noch was erinnern?«

Offensichtlich war da wirklich noch etwas. Faith wirkte etwas zögerlich. »Es ist was wirklich Blödes. Vielleicht …« Sie schaute zu Sara. »Mein Blutzucker war völlig durcheinander. Vielleicht habe ich halluziniert.«

Sara fragte: »Inwiefern?«

»Es ist nur …« Faith schüttelte den Kopf. »Es ist blöd. Die Besteckschublade war nicht so, wie sie sein sollte.« Sie lachte über sich selbst. »Es ist wirklich blöd. Vergesst es.«

»Reden Sie weiter«, sagte Sara. »Inwiefern nicht so, wie sie sein sollte?«

»Die Gabeln lagen verkehrt herum darin. Die Löffel ebenfalls. Und meine Stifte waren in der falschen Schublade. Ich habe einen festen Platz für sie, und … und dann ging ich ins Wohnzimmer, und die Schneekugeln waren alle zur Wand gedreht. Normalerweise stehen sie mit der Ansichtsseite nach vorn. Sie stammen noch von meinem Vater. Ich staube sie jede Woche ab. Jeremy darf sie nicht anfassen. Zeke macht einen Bogen um sie. Ich dachte nur …« Sie schüttelte den Kopf. »Ich weiß auch nicht. Vielleicht dachte ich einfach nur, sie wären umgedreht worden. Aber ich weiß noch, dass ich sie wieder nach vorn gedreht habe, und deshalb …« Sie stützte den Kopf in die Hände. »Seit das alles passiert ist, kann ich nicht mehr klar denken. Ich weiß nicht mehr, was real ist und was nicht. Vielleicht drehe ich einfach durch. Könnte es sein, dass ich halluziniere?«

Sara erwiderte: »Ihre Werte sind unregelmäßig, aber sie deuten nicht auf eine massive Stoffwechselstörung hin. Sie sind nicht dehydriert, aber Sie stehen mit Sicherheit unter starkem Stress. Haben Sie das Gefühl, eine Erkältung oder Infektion im Körper zu haben?« Faith schüttelte den Kopf. »Ich würde Verwirrung erwarten, die Sie gezeigt haben, und Paranoia, was verständlich ist, aber keine voll ausgeprägten Halluzinationen.« Sie meinte hinzufügen zu müssen: »Die Schneekugeln umzudrehen klingt nach etwas, das ein Kind tun würde, um Aufmerksamkeit zu bekommen. Sind Sie sicher, dass es nicht Ihr Sohn war?«

»Ich habe ihn nicht gefragt. Es ist peinlich, überhaupt darüber zu reden. Ich bin mir sicher, es ist nichts.«

Amanda schüttelte den Kopf. »Jeremy würde so etwas nicht tun, vor allem bei dem, was gerade los ist. Er würde dir nicht noch mehr Stress machen wollen. Er ist fast zwanzig Jahre alt und zu reif für solche Späße.«

»Vielleicht habe ich es mir nur eingebildet«, sagte Faith. »Warum sollten diese Kerle die Schneekugeln umdrehen?« Dann schien ihr noch etwas einzufallen. »Und die Glühbirnen rausschrauben.«

Amanda seufzte. »Das ist nicht so wichtig. Wichtig ist, dass wir uns jetzt einen Plan überlegen müssen.« Sie schaute auf die Uhr. »Es ist schon fast sieben. Wir müssen unsere Gehirne einschalten.«

Faith sagte: »Will hat recht. Sie beobachten Moms Haus, und ich weiß, dass sie meines auch beobachten. Wenn wir das APD holen …«

»Ich habe nicht die Absicht, etwas so Blödes zu tun«, unterbrach Amanda sie. »Wir wissen noch immer nicht, ob Chuck Finn in die Sache verwickelt ist oder nicht.« Faith öffnete den Mund, um zu protestieren, doch Amanda hob nur die Hand. »Ich weiß, du glaubst, dass Chuck ins Verbrecherleben gedrängt wurde, während die anderen bereitwillig mitmachten, aber bei schuldig gibt's keine Schattierungen. Er hat das Geld genommen. Er hat es ausgegeben. Er hat seine Taten gestanden, und er läuft frei herum, hochgradig süchtig, was sehr viel Geld kostet. Außerdem darfst du nicht vergessen, dass Chuck noch immer Freunde im APD hat, und wenn er keine Freunde hat, hat er vielleicht das Geld, sich welche zu kaufen. Ich weiß, du willst das nicht hören, aber es lässt sich nicht leugnen, dass er entweder Hironobu Kwon den Tipp gegeben hat oder vielleicht sogar der Strippenzieher hinter dieser neuen Gruppe junger Revolverhelden ist.«

Faith entgegnete: »Das klingt nicht nach Chuck.«

»Bei Razzien Geld abzugreifen klang auch nicht nach Chuck, aber so war's.« Zu Will sagte sie: »Sie haben vorher diesen Aussichtspunkt bei Roz Levys Haus erwähnt. Dort können sie sich unmöglich auf die Lauer legen. Roz würde sie erschießen, kaum dass sie einen Fuß in die Einfahrt setzen.«

»Das stimmt«, pflichtete Faith ihr bei. »Mrs. Levy beobachtet die Straße wie ein Falke.«

Will entgegnete: »Außer wenn jemand nebenan erschossen oder entführt wird.«

Amanda ignorierte die Bemerkung. »Das Wesentliche ist doch, Will, dass wir diese Position ebenso einfach ausnutzen können wie die Entführer. Da wir Sie kaum in der weltgrößten Kiste an Roz' Adresse liefern lassen können, müssen wir uns überlegen, wie wir Sie und Ihr Gewehr in Roz' Carport schaffen können, ohne gesehen zu werden.« Sie schaute Faith an. »Bist du sicher, dass man dich nicht hierher verfolgt hat?«

Faith schüttelte den Kopf. »Ich war vorsichtig. Mir ist niemand gefolgt.«

»Braves Mädchen«, sagte Amanda. Jetzt war sie in ihrem Element, die zu lösende Aufgabe beflügelte sie. »Ich muss ein bisschen herumtelefonieren, um herauszufinden, was in Evelyns Haus los ist. Unsere bösen Jungs hätten kaum ein Treffen dort vorgeschlagen, wenn sie geglaubt hätten, dass die Spurensicherung noch immer eifrig am Werk ist. Mal sehen, ob auch Charlie was herausfinden kann. Wenn das nicht funktioniert, dann habe ich, glaube ich, noch immer ein paar Gefallen gut bei einigen alten Mädchen in der Zone sechs, die nichts lieber täten, als den Jungs zu zeigen, wie es gemacht wird. Dr. Linton?«

Sara war überrascht, ihren Namen zu hören. »Ja?«

»Vielen Dank für Ihre Zeit. Kann ich mich darauf verlassen, dass Sie diese kleine Party für sich behalten?«

»Natürlich.«

Faith stand hinter Amanda. »Vielen Dank«, sagte sie. »Noch einmal.«

Sara nahm sie in den Arm. »Passen Sie auf sich auf.«

Nun kam Will. Er streckte die Hand aus. »Dr. Linton.«

Sara schaute zu Boden und fragte sich, ob sie eine von Faith' Halluzinationen hatte. Er gab ihr zum Abschied tatsächlich die Hand.

Er sagte: »Vielen Dank für Ihre Hilfe. Tut mir leid, dass wir Sie heute Morgen belästigt haben.«

Faith murmelte etwas, das Sara nicht verstand.

Amanda öffnete den Schrank. Sara nahm an, dass sie nicht lächelte. »Ich kenne viele von Evelyns Nachbarn. Die meisten sind schon in Rente, und ich glaube, mit Ausnahme des alten Schlachtrosses von gegenüber werden sie alle damit einverstanden sein, dass wir ihre Häuser benutzen. Ich muss mich jetzt um Bargeld kümmern. Ich glaube, ich schaffe das, nur zeitlich wird es ein bisschen knapp werden.« Sie zog ihren Mantel an. »Faith, du gehst jetzt nach Hause und wartest, bis du von uns hörst. Ich kann mir vorstellen, es wird nötig sein, dass du demnächst ein oder zwei Banken ansteuerst. Will, Sie fahren nach Hause und wechseln dieses Hemd. Der Kragen ist durchgescheuert, und ein Knopf fehlt. Und wenn Sie grade dabei sind, sollten Sie besser anfangen, für sich ein trojanisches Pferd zu bauen oder sich zu überlegen, wie Sie sich bei Roz Levy einschmeicheln können. Noch vor einer Stunde wollte sie Faith verhaften lassen. Wer weiß, welche Wespe sie heute Vormittag in ihren runzligen, alten Hintern sticht.«

»Jawohl, Ma'am.«

Sara öffnete ihnen die Wohnungstür. Amanda ging auf den Aufzug zu. Gentleman wie immer, ließ Will Faith den Vortritt.

Hinter Faith schloss Sara die Tür.

»Was …«, setzte Will an, doch sie legte ihm den Finger auf die Lippen.

»Liebling, ich weiß, du hast viel Arbeit vor dir, und ich weiß, es wird gefährlich werden, aber keine Situation, in die du heute gerätst, kann auch nur annähernd so lebensbedrohlich sein wie das, was dir passiert, wenn du das mit mir machst, was du heute Nacht mit mir gemacht hast, und dann glaubst, du kommst am nächsten Morgen mit einem Handschlag davon. Kapiert?«

Er schluckte.

»Ruf mich später an.« Sie küsste ihn zum Abschied und öffnete dann die Tür, damit er gehen konnte.

17. Kapitel

Will hatte eine ganze Reihe von Automagazinen abonniert, die meisten zwar nur wegen der Fotos, doch manchmal fühlte er sich auch verpflichtet, die Artikel zu lesen. Deshalb wusste er, dass Roz' Levys avocadogrüner 1960er Chevrolet Corvair 700 Sedan beträchtlich mehr wert war als die fünf Euro, die Faith geschätzt hatte.

Das Auto war eine Schönheit, die Art Klassiker, für die amerikanische Autohersteller berühmt waren. Mit seinem Heckmotor, einem luftgekühlten Sechszylinder-Boxer aus Aluminium, war das Fahrzeug entwickelt worden als direkte Konkurrenz zu den immer beliebter werdenden kompakten, europäischen Modellen, die zu der Zeit auf den Markt kamen. Berüchtigt war es für seine Pendelachse im Heck, die in Ralph Naders *Unsafe at Any Speed* ein eigenes Kapitel erhalten hatte. Der Ersatzreifen war vorn im Kofferraum befestigt, direkt neben der benzinbetriebenen Innenraumheizung. Auch wenn der Winter vorbei war, wurde deren Tank befüllt, was Will jetzt wusste, weil er mit dem Gesicht neben diesem Tank lag, als Faith ihn zu Mrs. Levys Haus fuhr. Das Schwappen des Benzins war wie Meereswellen gewesen, die an eine Küste krachten. Oder ein sehr flüchtiger Brandbeschleuniger, der weniger als einen rostigen Millimeter von seinem Gesicht entfernt brodelte.

Das Fahrzeug war deutlich vor der 2001 erlassenen Richtlinie der National Highway Traffic Safety Administration gebaut worden, die eine fluoreszierende Notöffnungsleine für jedes Fahrzeug zwingend vorschrieb, für den Fall, dass jemand im Kofferraum gefangen war. Will war sich nicht einmal sicher, ob er sie hätte erreichen können, auch wenn eine vorhanden gewesen wäre. Der Kofferraum war tief, aber nicht breit, eher wie ein Pelikanschnabel. Er lag eingezwängt in einem Hohlraum, der eigentlich nur für den Reservereifen und ein paar Koffer gedacht war – Modelle der Sechziger und nicht die modernen Dinger auf Rädern, in die die Leute für ein Wochenende in den Bergen ihren gesamtem Hausrat stopften.

Kurz gesagt, es bestand die sehr reale Möglichkeit, dass er hier drinnen starb, bevor Roz Levy sich daran erinnerte, dass sie ihn herauslassen sollte.

Ein dünner Lichtstrahl fiel durch die rissige Gummidichtung am Scharnier. Will nahm sein Handy zur Hand und schaute auf die Zeitangabe. Er lag schon seit fast zwei Stunden im Kofferraum und hatte noch mindestens eineinhalb vor sich. Sein Gewehr klemmte auf eine Art zwischen seinen Beinen, die nicht mehr angenehm war. Sein Pistolenhalfter war so verdreht, dass seine Glock in seine Seite drückte wie ein hartnäckiger Finger. Das Wasser in der Flasche, die Faith ihm gegeben hatte, war schon längst in das Plastik zurückrecycelt worden. In seinem metallenen Grab war es ungefähr tausend Grad heiß. Hände und Füße waren taub. Allmählich drängte sich ihm der Gedanke auf, dass dies keine gute Idee gewesen war.

Der Begriff »Trojanisches Pferd« hatte ihn auf den Gedanken gebracht. Der Anruf bei Roz Levy zeigte, dass sie es ihnen nicht einfach machen würde. Sie war noch immer sauer, weil Faith ihr Auto genommen hatte, und hatte sich geweigert, einen von ihnen ins Haus zu lassen. Normalerweise war es Will, der idiotische Aktionen vorschlug, die er dann auch selbst übernahm. Faith würde die Corvair in den Carport zurückbringen. Er würde sich bis wenige Minuten vor der vereinbarten Zeit im Kofferraum verstecken. Mrs. Levy würde den Abfall herausbringen und unterwegs den Kofferraumdeckel öffnen. Will würde dann herauskriechen und Faith Deckung geben.

Die Tatsache, dass Roz Levy diesem Alternativplan so schnell zugestimmt hatte, ließ bei ihm den Verdacht aufkommen, dass sie nicht wirklich mitspielen würde, aber inzwischen war schon eine Stunde vergangen, und sie hatten eigentlich keine andere Wahl.

Es gab auch andere trojanische Pferde – die meisten waren allerdings intelligenter als Wills. Das Gute an Amandas alten Mädchen war, dass sie alt und dass sie Frauen waren, was für diese spezielle Situation eher untypisch war. Wer das Viertel überwachte, würde vor Testosteron strotzende junge Männer mit nervösem Finger am Abzug und Bürstenhaarschnitt erwarten. Amanda hatte sechs ihrer Freundinnen zu verschiedenen Häusern im Block geschickt. Sie trugen Backutensilien und Kuchenständer bei sich, ihre Handtaschen baumelten ihnen an den Armen. Einige trugen Bibeln. Für jeden, der sie beachtete, sahen sie aus wie Besucherinnen.

Die Umgebung wurde von einem Transporter des Kabelfernsehens, dem Van einer mobilen Tierpflegefirma und einem leuchtend gelben Prius gesichert, den kein Polizist, der noch einen Funken Selbstachtung im Leib hatte, je fahren würde. Diese drei Fahrzeuge konnten den gesamten Verkehr auf den beiden Straßen überwachen, die zu Mitchells Teil des Viertels führten.

Trotz alldem war Will nicht glücklich mit dem Plan. Es war das kleinere von zwei Übeln, wobei das größere Übel eine fehlende Polizei wäre. Es gefiel ihm nicht, dass Faith so verletzlich war, obwohl sie bewaffnet war und bereits bewiesen hatte, dass sie nicht zögern würde, jemanden zu erschießen. Sein Instinkt sagte ihm, dass Amanda sich irrte. Hier ging es nicht um Geld. Vielleicht an der Oberfläche. Vielleicht dachten sogar die Kidnapper, dass es hier nur um harte Kohle ging. Letztendlich aber widersprach ihr Verhalten diesem Motiv. Hier ging es um etwas Persönliches. Jemand ließ da seinem Groll freien Lauf. Chuck Finn schien der wahrscheinlichste Täter zu sein. Seine Helfershelfer wollten das Geld. Chuck wollte Rache. Es war eine Win-win-Situation für alle – außer für Faith.

Und für den Idioten, der in einem 1960er Corvair eingesperrt war.

Will stöhnte auf, als er versuchte, seine Position zu verändern. Sein Rücken schmerzte. Sein Arsch fühlte sich an, als hätte er sein ganzes Gewicht zwei Stunden lang auf gehärteten Stahl gedrückt. Rückblickend betrachtet klang der Vorschlag, Will in einen Kofferraum zu stecken, eher wie eine Idee von Amanda. Schmerzhaft. Erniedrigend. Und zwangsweise mit einem schlechten Ausgang für Will. Anscheinend hatte er so etwas wie Todessehnsucht. Oder vielleicht wollte er einfach nur ein paar Stunden lang in der Hitze schmoren, weil er nur so die Zeit fand, sich zu überlegen, in was er da hineingeraten war. Und er meinte nicht das Auto.

Will hatte noch nie eine Zigarette geraucht. Er hatte noch nie irgendeine Droge genommen. Er hasste den Geschmack von Alkohol. Als Kind hatte er gesehen, wie Sucht Leben ruinieren konnte, und als Polizist hatte er gesehen, wie die Sucht Leben beenden konnte. Er war noch nie in Versuchung gewesen, sich zu betrinken. Er hatte noch nie verstanden, wie Leute so versessen auf den nächsten Rausch sein konnten, dass sie bereit waren, dafür ihr Leben und alles, was ihnen wichtig war, aufs Spiel zu setzen. Sie stahlen. Sie prostituierten sich. Sie vernachlässigten ihre Kinder oder verließen sie. Sie mordeten. Sie würden alles tun, nur um nicht auf Entzug zu kommen, der Zustand, in dem der Körper die Droge so dringend brauchte, dass er sich gegen sich selbst wandte: Muskelkrämpfe, stechende Bauchschmerzen, extreme Kopfschmerzen, trockener Mund, Herzrasen, schweißfeuchte Handflächen.

Wills körperliches Unbehagen war nicht allein verursacht durch den beengten Raum in Mrs. Levys Corvair.

Er war auf Entzug nach Sara.

Eines musste man ihm zugutehalten: Er begriff natürlich, dass seine Reaktion auf sie völlig übertrieben war und in keinem Verhältnis dazu stand, was ein normaler Mensch in einer solchen Situation empfinden würde. Er machte sich zum Narren, noch mehr, als er es bereits getan hatte. Er wusste nicht, wie er sich in ihrer Gegenwart verhalten sollte. Zumindest nicht, wenn sie keinen Sex hatten. Und sie hatten viel Sex gehabt, Sara hatte also einige Zeit gebraucht, bis sie das ganze Ausmaß von Wills erstaunlicher Dummheit sah. Und was für eine Schau er für sie abgezogen hatte. Ihr die Hand zu schütteln wie ein Immobilienmakler bei einer Hausbesichtigung. Es überraschte ihn, dass sie ihn nicht geschlagen hatte. Sogar Amanda und Faith hatten nicht gewusst, was sie sagen sollten, als sie im Flur auf den Aufzug gewartet hatten. Seine Idiotie hatte sie tatsächlich sprachlos gemacht.

Will fragte sich allmählich, ob mit ihm körperlich irgendwas nicht stimmte. Vielleicht hatte er Diabetes wie Faith. Sie schrie ihn immer an wegen seines süßen Brötchens am Nachmittag, seines zweiten Frühstücks, seiner Vorliebe für Käse-Nachos aus dem Automaten im Erdgeschoss. Er ging seine Symptome durch. Er schwitzte heftig. Seine Gedanken rasten. Er war verwirrt. Er hatte Durst und musste wirklich ganz dringend zum Pinkeln.

Sara schien nicht wütend gewesen zu sein, als sie sich von ihm verabschiedete. Sie hatte ihn Liebling genannt, was er zuvor nur ein einziges Mal genannt worden war, und zwar auch von ihr. Sie hatte ihn geküsst. Es war kein leidenschaftlicher Kuss – eher ein flüchtiger. Einer, wie man ihn in Filmen aus den Fünfzigern sah, kurz bevor der Ehemann den Hut aufsetzte und zur Arbeit ging. Sie hatte ihm gesagt, er solle sie später anrufen. Wollte sie wirklich, dass er sie anrief, oder wollte sie ihm nur zeigen, was Sache war? Will war es gewöhnt, dass die Frauen in seinem Leben ihm auf seine Kosten zeigten, was Sache war. Und was hieß später: Später an diesem Abend oder später am nächsten Tag? Oder im Lauf der Woche?

Will stöhnte. Er war ein vierunddreißigjähriger Mann mit einem Job und einem Hund, um den er sich kümmern musste. Er musste sich selbst wieder unter Kontrolle bringen. Sara würde er auf keinen Fall anrufen. Nicht später an diesem Abend, nicht einmal irgendwann im Verlauf der Woche. Er war zu unkultiviert für sie. Will hatte es auf die harte Tour gelernt, dass man, wenn man etwas wirklich wollte, es sich am besten aus dem Kopf schlug, weil man es sowieso nie bekommen würde. Genau das musste er jetzt mit Sara machen. Er musste das jetzt tun, bevor er erschossen wurde oder Faith ums Leben kam, weil er sich aufführte wie ein liebeskrankes Schulmädchen.

Das Schlimmste war, dass Angie in allem recht behalten hatte.

Na ja, vielleicht nicht in allem.

Sara färbte sich die Haare nicht.

Sein Handy vibrierte. Will versuchte, sich nicht mit dem Gewehr zu kastrieren, während er sich das Bluetooth ans Ohr drückte. Der Kofferraum war gut isoliert, trotzdem flüsterte er nur. »Ja?«

»Will?« Genau das brauchte er jetzt noch – Amandas Stimme in seinem Kopf. »Was tun Sie?«

»Schwitzen«, flüsterte er zurück und fragte sich, ob sie ihm eine noch sinnlosere Frage hätte stellen können. Er hatte sich vorgestellt, dass er aus dem Kofferraum springen würde wie ein Superheld. Nach der ganzen Zeit begriff er, dass er gut daran tun würde, nicht auf den Boden zu quellen wie eine Zunge.

»Wir haben bei Ida Johnson Stellung bezogen.« Evelyns Nachbarin auf der Rückseite des Hauses. Will wusste nicht so recht, wie Amanda es geschafft hatte, sich bei der Frau so einzuschmeicheln, dass sie eine Horde Polizisten in ihr Haus ließ. Vielleicht hatte sie ihr versprochen, dass Faith keine Drogendealer mehr in ihrem Hinterhof erschießen würde. »Habe eben einen Anruf im Polizeifunk mitbekommen. In East Atlanta gab es eine Schießerei aus einem fahrenden Auto heraus. Zwei Tote. Ahbidi Mittal und sein Team haben Evelyns Haus eben verlassen, sodass sie sich jetzt das Auto vornehmen können. Dürfte für großes öffentliches Interesse sorgen. Eine Frau und ihr Kind. Weiß, blond, Mittelklasse, hübsch.«

Jetzt wussten sie also, wie die Entführer es angestellt hatten, Evelyns Haus leer zu bekommen. Amanda hatte zuvor diskret ein wenig herumtelefoniert und herausgefunden, dass das Spurensicherungsteam in dem Haus noch mindestens drei Tage zu tun hatte. Sie wussten, dass Evelyns Entführer Erfahrung mit Schüssen aus fahrenden Autos hatten. Offensichtlich hatten diese besonders bösen Jungs keine Skrupel, unschuldige Passanten zu töten, und sie wussten genau, wie die Opfer aussehen mussten, damit auch wirklich jeder Nachrichtensender in Atlanta sein Programm unterbrach, um live vom Tatort zu berichten.

Das Beunruhigendste für Will war, dass sie kein Problem damit hatten, eine Mutter und ihr Kind zu ermorden.

Amanda sagte: »Evelyns Hinterhof ist aufgegraben.«

Vielleicht war es die Hitze. Will hatte das Bild eines Hundes vor sich, der nach einem Knochen buddelte.

»Anscheinend hat sie ihnen gesagt, dass das Geld im Hinterhof versteckt ist. Da sind überall Löcher.«

Will hatte so etwas schon sehr früh vermutet. Jetzt begriff er, wie dumm das war. Die Leute versteckten ihr Geld nicht mehr. Sogar Evelyn hatte ein Bankkonto. Heutzutage war alles in einer Datei in einem Computer.

Er sprach leise weiter: »Hat Mrs. Levy sie graben sehen?«

Amanda sagte nichts, was so gar nicht zu ihr passte.

»Amanda?«

»Sie geht im Augenblick nicht ans Telefon, aber ich bin mir sicher, sie macht nur ein Nickerchen.«

Er konnte nicht schlucken. Jetzt war es ganz und gar nicht mehr lustig.

»Sie hat sich bestimmt den Wecker gestellt.«

Will fragte sich, wie die alte Frau den Wecker hören sollte, wenn sie nicht einmal das Telefon hörte. Und dann nahm er sich vor, sich keine Sorgen zu machen, weil er lange, bevor das passierte, vor Hitze ohnmächtig würde.

Amanda sagte: »Ich habe zwei Freundinnen bei mir und noch ein altes Mädchen auf der Straße. Sie wird Faith im Auge behalten, wenn sie zum Haus geht. Bev gehört zum Secret Service. Sie hat ein Postauto angefordert.«

Will wäre gern überraschter gewesen über diese Information. Wenn Amanda ihm sagte, sie habe ein altes Mädchen im Weißen Haus angerufen und die Nuklear-Codes verlangt, würde er nur nicken.

»Alles fügt sich zusammen.« Amanda wurde immer gesprächig, wenn eine große Aktion bevorstand, und das war auch jetzt so. »Faith wartet in ihrem Haus. Heute Morgen ging sie zu drei verschiedenen Banken, um ihre Geschichte mit den Schließfächern zu stützen. Wir ließen einen der Manager ihr das Geld erst im letzten Augenblick auszahlen. Alle Scheine sind registriert. Im Futter der Reisetasche ist ein Peilsender versteckt.« Sie schwieg einen Augenblick. »Ich glaube, sie wird das gut überstehen. Für den Augenblick hat Sara sie stabilisiert. Ich mache mir Sorgen, dass sie nicht gut genug auf sich achtet.«

Darüber machte Will sich ebenfalls Sorgen. Er hatte immer geglaubt, Faith sei unzerstörbar. Sie schien in der Lage zu sein, mit jeder Krise umzugehen. Vielleicht kam es daher, dass sie Mutter geworden war, bevor sie bereit dazu war. Mrs. Levys Worte über den Schwangerschaftsskandal, der das Viertel erschütterte, gingen ihm immer wieder durch den Kopf. Faith hatte offensichtlich einiges an Schande zu ertragen gehabt. Sie war errötet, als sie Sara erzählte, was ihre Mutter gesagt hatte, um ihr ein wenig von dem schlechten Gewissen zu nehmen. Faith' ganzes Leben war durch die Schwangerschaft zerstört worden. Irgendwie hatte sie es geschafft, die Stücke zusammenzuklauben. Evelyn war für sie da gewesen und hatte ihre Unterstützung angeboten, aber Faith hatte die schweren Lasten allein gestemmt. Sie hatte ihren Schulabschluss gemacht. War auf die Polizeiakademie gegangen. Und dann noch einmal zurück aufs College. Sie hatte ihren Jungen großgezogen. Sie war eine der stärksten Frauen, die Will kannte. In mancherlei Hinsicht war sie sogar noch stärker als Amanda.

Und sie hatte ein Recht auf die Wahrheit.

Will flüsterte: »Warum haben Sie Faith vorgelogen, ihr Vater wäre ein Spieler gewesen?«

Amanda antwortete nicht.

Er wollte eben die Frage wiederholen. »Warum haben Sie …«

»Weil er einer war«, sagte Amanda. »Ich denke, nach heute Morgen sollten Sie wissen, dass ein Mann auch mit anderen Dingen spielen kann als mit Geld.«

Will schluckte den letzten Rest Speichel in seinem Mund. Im Augenblick hatte er keine Lust auf Amandas Rätsel. »Evelyn hat sich schmieren lassen.«

»Vor langer Zeit machte sie einen großen Fehler, und seitdem bezahlt sie dafür.«

Er musste sich jetzt anstrengen, um leise zu sprechen. »Sie hat Geld genommen …«

»Ich nehme Ihnen jetzt ein Versprechen ab, Will. Wenn wir Evelyn aus diesem Schlamassel herausbekommen, dann wird sie Ihnen die ganze Wahrheit über alles sagen. Sie kriegen eine ganze Stunde mit ihr. Sie wird jede Frage beantworten, die Sie haben.«

Er schaute im Kofferraum zu dem Lichtstrahl, der durch die rissige Gummidichtung fiel. »Und wenn nicht?«

»Dann ist es nicht mehr wichtig, oder?« Im Hintergrund hörte er Stimmen. »Ich muss jetzt Schluss machen. Ich rufe Sie an, wenn ich Neuigkeiten habe.«

Will verschob das Gewehr, damit er den Anruf beenden konnte. Er schloss die Augen und versuchte, wieder einen klaren Kopf zu bekommen. Schweiß lief ihm den Rücken hinab. Er brannte an der Stelle unten am Kreuz, wo Sara ihn gekratzt hatte.

Er schüttelte den Kopf, um das Bild aus seinem Kopf zu bekommen, damit das Gewehr nicht Klage wegen sexueller Belästigung gegen ihn erheben konnte. Er stellte sich vor, wie das Gewehr im Zeugenstand saß und sich mit dem Abzug eine Träne vom Visier wischte.

Er schüttelte wieder den Kopf. Die Hitze machte ihm wirklich zu schaffen. Um sich zu konzentrieren, ging er den Fall noch einmal durch. Amanda wollte immer, dass er ihr alles von Anfang an erzählte. So konnten sie am besten erkennen, was sie übersehen hatten. In der Hitze des Augenblicks war es schwierig, die einzelnen Puzzleteile zusammenzufügen. Jetzt rekapitulierte er Schritt für Schritt die letzten Tage, betrachtete die Fakten aus allen Blickwinkeln und dachte noch einmal an die Lügen und Halbwahrheiten, die die bösen Jungs ihnen erzählt hatten, wie auch an die Lügen und Halbwahrheiten, die Amanda ihnen aufgetischt hatte.

Wie schon zuvor kehrten Wills Gedanken immer wieder zu Chuck Finn zurück. Es war ein Eliminierungsprozess. Chuck war der einzige Mann aus Evelyns früherem Team, der übrig blieb. Er war zusammen mit Hironobu Kwon in Healing Winds gewesen. Und offensichtlich kannte er Roger Ling, der ihn Chuckleberry Finn nannte.

Roger hatte auch davon gesprochen, dass man den Kopf der Schlange abschlagen müsse. Es musste eine Person geben, die das Sagen hatte. Und das konnte sehr gut Chuck Finn sein. Motive hatte er genug. Er hegte einen persönlichen Groll gegen Evelyn Mitchell, weil sie ihn verraten hatte. Sein Leben im Gefängnis war nicht gerade ein Honigschlecken gewesen. Aus dem ehemals hoch angesehenen Polizeibeamten war ein Mann geworden, der unter der Dusche hinter sich schauen musste.

Wahrscheinlich hatte der Mann seine Sucht im Knast entwickelt. Heroin und Crack waren teuer. Auch wenn Chuck jetzt wieder clean war, sein Geld dürfte längst aufgebraucht sein. Von all den Detectives, gegen die Will ermittelt hatte, war Chuck derjenige, der für seine Verbrechen am wenigsten aufzuweisen hatte. Er hatte seine Beute für Luxusreisen verschleudert, hatte jeden Winkel dieser Erde im Stil eines Multimillionärs gesehen. Allein der Ausflug nach Afrika hatte um die hunderttausend Dollar gekostet. Der einzige Mensch, der wegen der Vorwürfe gegen Chuck Finn wirklich aufgebracht war, war sein Reiseveranstalter.

Will nahm an, dass er ziemlich bald herausfinden würde, ob Chuck wirklich hinter dem Ganzen steckte. Er hörte die Tür zum Carport aufgehen, das Schlurfen von Pantoffeln auf dem Betonboden. Der Kofferraum öffnete sich einen Spalt, Sonnenlicht flutete herein wie Wasser. Er sah Mrs. Levy mit einer weißen Mülltüte in der Hand vorbeistapfen. Die Plastiktonne schepperte, als sie die Tüte hineinwarf.

Will umfasste das Gewehr mit einer Hand und hielt mit der anderen den Kofferraumdeckel unten. Seine Bewegung war, wie vermutet, eher eine träge Zunge, die auf den Boden quoll, als ein Superman-Sprung in den Angriff. Roz Levy ging direkt an ihm vorbei. Völlig ungerührt schaute sie stur geradeaus. Sie streckte kurz die Hand aus und schloss den Kofferraumdeckel mit einer mühelosen, kleinen Bewegung. Ohne auch nur einen Blick hinunter zu Will zu werfen, kehrte sie ins Haus zurück, schloss die Tür, und Will drängte sich der Gedanke auf, dass es durchaus möglich war, dass die alte Frau so cool gewesen war, nicht nur ihren Mann umzubringen, sondern deswegen auch Amanda ein ganzes Jahrzehnt lang ins Gesicht zu lügen.

Einige Sekunden lag Will auf dem Beton, genoss die Kühle auf seiner Haut und sog tief die reine, frische Luft ein, in die sich ein Hauch von Motorenöl aus dem leckenden Heck der Corvair mischte. Dann stützte er sich auf die Ellbogen. Seine Erinnerung an den Carport war zwar präzise, aber so gut wie nutzlos. Er war von einem Ende zum anderen eine weit offene Fläche, wie die Unterführung einer Brücke, nur gefährlicher. Roz Levys Haus erhob sich an der hinteren Breitseite des Carports, auf der anderen Seite befand sich die etwa einen Meter zwanzig hohe Begrenzungsmauer mit verzierten Metallpfosten an beiden Enden als Stützen des Dachs. Unter dem Auto hindurch konnte Will auf die Straße sehen, aber es gab keine Stelle, von der aus er erkennen konnte, ob er beobachtet wurde oder nicht.

Er schaute zur Seite. Die Mülltonne stand genau in der Mitte zwischen Wand und Auto. Will vermutete, dass ein etwaiger Beobachter seine Bewegungen sofort bemerken werde, aber er hatte so gut wie keine andere Wahl. Er kauerte sich hin. Da er annahm, dass er keine Zeit zu vergeuden hatte, hielt er die Luft an und sprang hinter die Mülltonne.

Keine Kugeln. Keine Schreie. Nichts als das Hämmern des Herzens in seiner Brust. Bis zur Begrenzungsmauer war es noch mindestens ein Meter.

Will wollte sich schon in Bewegung setzen, hielt dann aber inne, weil es wahrscheinlich eine bessere Möglichkeit gab, als mit einem Neonschild, das auf seinen Kopf deutete, hinter der Wand zu sitzen. Er stemmte sich gegen den Mülleimer und schob ihn geduckt weiter nach vorn, um die Lücke zwischen Auto und Mauer zu schließen. So hatte er wenigstens einen gewissen Sichtschutz, wenn auch keine Deckung vor einem etwaigen Beobachter auf der Straße. Die Ziegelwand schützte ihn zwar vor Schüssen aus Evelyns Haus, doch für jeden, der sich ihm vom Hinterhof her näherte, war er ein leichtes Ziel.

Will konnte nicht ewig so kauern. Er stützte sich auf ein Knie und riskierte einen Blick über die Mauer. Zwischen den Häusern war alles frei. Evelyns Haus stand tiefer auf einer leichten Erhebung. Das Badezimmerfenster hätte er nicht besser platzieren können, auch wenn er der Architekt gewesen wäre. Es befand sich hoch in der Wand, wahrscheinlich in der Dusche. Die Öffnung war schmal, ein kleines Kind passte vielleicht hindurch, aber leider kein erwachsener Mann. Vor allem ein zu groß gewachsener Mann nicht. Die Jalousie war geöffnet. Will konnte den ganzen Flur entlangsehen. Mit dem Zielfernrohr des Gewehrs am Auge erkannte er sogar die Holzmaserung der Tür, die zu Evelyns Carport führte. Sie war geschlossen. Das Weiß zeigte schwarze Pulverflecken, wo die Spurensicherung nach Fingerabdrücken gesucht hatte.

Sie hatten das bereits durchgesprochen. Wenn Faith das Haus betrat, sollte sie es durch diese Tür tun.

Wills Handy vibrierte. Er schaltete es ein. »Ich bin in Position.«

»Der schwarze Van wurde auf der Beverly entdeckt. Er kam von der Peachtree-Seite.«

Will umklammerte den Gewehrschaft fester. »Wo ist Faith?«

»Sie hat eben ihr Haus verlassen. Zu Fuß.«

Er musste nichts sagen. Sie wussten beide, dass das nicht zu ihrem Plan gehörte. Faith sollte fahren, nicht spazieren gehen.

Auf der Straße hörte er ein Motorengeräusch. Der schwarze Van parkte nahe am Bordstein. Sie waren nicht gerade inkognito. Die Flanke des Fahrzeugs war mit Einschusslöchern übersät. Will löste den Sicherungshebel seitlich an der Waffe, um schussbereit zu sein. Er zielte auf den Mittelteil des Fahrzeugs, als die Seitentür aufging. Als er hineinschaute, war er überrascht, was er sah.

Will flüsterte Amanda zu. »Sie sind nur zu zweit und haben Evelyn.«

»Sie haben die Erlaubnis zu schießen.«

Er sah nicht, wie das funktionieren sollte. Die zwei jungen Männer links und rechts von Evelyn Mitchell hatten beide ihre Waffen auf Evelyns Kopf gerichtet. Es sah beeindruckend aus, aber wenn einer von beiden den Abzug betätigte, würde die Kugel nicht nur Evelyn töten, sondern durch ihren Schädel hindurch in den Kopf seines Kumpels eindringen. Amanda hätte so etwas »Gott die Arbeit abnehmen« genannt, wenn nicht ihre beste Freundin in der Mitte zwischen diesen zwei Einsteins wäre.

Sie zerrten Evelyn aus dem Van und achteten dabei darauf, dass ihr Körper ihnen Deckung gab. Sie schrie vor Schmerz auf, das Geräusch zerriss den stillen Nachmittag. Sie war nicht gefesselt, aber Evelyn Mitchell konnte kaum davonlaufen. Ein Bein war behelfsmäßig mit zwei abgebrochenen und mit Isolierband fixierten Besenstielen geschient. Offensichtlich war sie schwer verletzt. Und ihren Entführern war das offensichtlich egal.

Beide Jungs trugen schwarze Jacken und schwarze Baseballkappen und suchten die Umgebung nach möglichen Bedrohungen ab. Sie gingen hintereinander, Evelyn zwischen ihnen. Der hinter ihr drückte ihr eine Glock in die Rippen und trieb sie vorwärts, wie man es mit einem Pferd tun würde. Allem Anschein nach konnte sie nicht allein gehen. Der Hintermann hatte ihr den freien Arm um die Taille gelegt. Bei jedem Schritt lehnte sie sich mit schmerzverzerrtem Gesicht an ihn. Der Vordermann ging leicht geduckt. Evelyns Hand krallte sich Halt suchend in seine Schulter. Der Mann zeigte keine Reaktion. Er schwang eine Tec-9 hin und her, um die Hausfront abzudecken. Sein Finger lag am notorisch empfindlichen Abzug. Seit dem inzwischen aufgehobenen landesweiten Kriegswaffenverbot hatte Will keine Tec-9 mehr gesehen. So eine Waffe war beim Columbine-Massaker verwendet worden. Es war eine Halbautomatik, doch das fiel kaum ins Gewicht, wenn man fünfzig Schuss im Magazin hatte.

Nur eine Sekunde lang löste sich Will vom Visier und suchte die Straße ab. Sie war leer. Kein Chuck Finn. Keine weiteren schießwütigen Jugendlichen in schwarzen Jacken und schwarzen Baseballkappen. Er schaute wieder durchs Visier und bekam ein mulmiges Gefühl. Es konnten unmöglich nur die zwei sein.

Amandas Stimme klang angespannt. »Haben Sie freie Schussbahn?«

Will zielte auf die Brust des Tec-9. Vielleicht waren die beiden Jungs doch keine völligen Amateure. Tec-9 ging direkt vor Evelyn, womit er sicherstellte, dass jede Kugel, die ihn durchdrang, auch in Evelyn eindrang.

Dasselbe traf auf Glock zu, der sich hinter sie drückte. Ein Kopfschuss kam nicht infrage. Auch wenn es ihm möglich sein sollte, Tec-9 zu erledigen, würde Glock eine Kugel in Evelyn jagen, bevor Will neu zielen konnte. Will konnte genauso gut die Gefangene wie einen ihrer Bewacher erschießen. »Kein Schuss«, flüsterte er Amanda zu. »Es ist zu riskant.«

Sie diskutierte nicht mit ihm. »Bleiben Sie dran. Ich sage Ihnen Bescheid, wenn Faith zum Haus kommt.«

Will verfolgte die drei Gestalten, bis sie im Carport verschwanden. Er drehte sich ein wenig, zielte jetzt auf die Küchentür und wartete mit angehaltenem Atem. Die Tür wurde aufgetreten. Will hielt den Finger am Abzug, als Evelyn Mitchell in die Küche stolperte. Glock war noch immer hinter ihr. Er hob sie hoch und trug sie. An seinem Gesicht sah man, dass ihm das schwerfiel. Tec-9 ging noch immer sehr langsam voraus.

Das obere Ende seiner Kappe reichte Evelyn bis zur Brust. Will musterte ihr Gesicht. Ein Auge war zugeschwollen. Die Haut an der Wange war aufgerissen.

Sie waren in der Diele. Evelyn verzog das Gesicht, als Glock den Griff um ihre Taille lockerte, um sie abzusetzen. Sie war eine schlanke Frau, aber sie war praktisch totes Gewicht. Der Junge hinter ihr atmete schwer. Er stützte seinen Kopf an ihren Rücken. Wie Tec-9 war auch er eher ein Teenager als ein Mann.

Das Licht in der Diele veränderte sich. Es wurde dunkler. Anscheinend hatten sie die Jalousien an den vorderen Fenstern heruntergelassen. Sie waren aus Vinyl, was das Licht filterte, aber nicht völlig blockierte. Will konnte alle drei Gestalten noch deutlich erkennen. Evelyn wurde wieder halb getragen, halb gestoßen, diesmal ins Wohnzimmer. Er sah die schwarze Kappe, die Tec-9 schwenkte durch die Luft. Dann waren sie verschwunden, und Will konnte wieder bis in die Küche sehen.

»Sie sind im Wohnzimmer«, sagte er zu Amanda. »Alle.« Dass ihr eigentlicher Plan nun nicht mehr aufging, musste er nicht erst betonen. Evelyn wurde nicht im hinteren Schlafzimmer festgehalten. Sie wollten sie vorn und in der Mitte, wenn Faith das Haus betrat.

Amanda sagte: »Sie benutzen sie als Schutzschild, während sie die hinteren Vorhänge zuziehen. Ich habe keine freie Schussbahn.« Sie fluchte leise. »Ich sehe rein gar nichts.«

»Wo ist Faith?«

»Sie sollte bald hier sein.«

Will versuchte, sich zu entspannen, damit seine Schultern nicht zu schmerzen anfingen. Kein Chuck Finn. Evelyn wurde nicht versteckt. Die beiden Jungs hatten das Haus nicht nach Polizisten abgesucht. Sie hatten weder die Vordertür verbarrikadiert noch irgendetwas getan, um dafür zu sorgen, dass ihr Abgang ebenso einfach war wie ihre Ankunft.

Jede Vorsichtmaßnahme, die sie nicht getroffen hatten, war wie eine immer enger werdende Schlinge um Faith' Hals.

Und Will konnte nichts anderes tun, als warten.

18. Kapitel

Bevor Faith das Haus verliess, nahm sie Jeremys iPhone, um für ihre Kinder ein Video zu machen. Sie sagte ihnen, dass sie sie liebe, dass sie alles für sie seien und dass sie, egal, was heute passierte, immer wissen sollten, dass sie sich nach jedem Haar auf ihren kostbaren Köpfen verzehre. Jeremy sagte sie, dass die Entscheidung, ihn zu behalten, die beste gewesen sei, die sie in ihrem Leben je getroffen habe. Dass er ihr Leben sei. Emma sagte sie dasselbe und fügte hinzu, dass Victor Martinez ein guter Mann sei und es sie sehr freue, dass ihre Tochter ihren Vater kennenlernen würde.

Melodramatisch hätte Zeke es genannt. Auch für ihn hatte sie ein Video gemacht. Was sie ihrem Bruder gesagt hatte, hatte sie selbst überrascht, vor allem, weil »du Arschloch« kein einziges Mal vorgekommen war. Sie sagte ihm, dass sie ihn liebe. Sie sagte ihm, dass es ihr leidtue, was sie ihm aufgebürdet habe.

Und dann hatte sie versucht, auch ihrer Mutter ein Video zu hinterlassen. Mindestens ein Dutzend Mal hatte Faith die Aufnahme unterbrochen und neu angefangen. Es gab so vieles zu sagen. Dass es ihr leidtue; dass sie hoffe, Evelyn sei nicht enttäuscht von den Entscheidungen, die sie getroffen hatte; dass alles Gute, das in Faith steckte, von ihren Eltern gekommen sei; dass es ihr einziges Lebensziel gewesen sei, eine so gute Polizistin, eine so gute Mutter, eine so gute Frau zu sein wie ihre eigene Mutter.

Schließlich hatte sie aufgegeben, weil die Wahrscheinlichkeit, dass Evelyn Mitchell es je sehen würde, sehr gering war.

Faith sah die ganze Sache durchaus realistisch. Sie wusste, dass sie in eine Falle lief. Zuvor in Saras Küche hatte zwar Amanda Will nicht zugehört, Faith aber schon. Sie erkannte die Logik hinter dem, was er sagte, nämlich dass es hier um mehr ging als nur um schnelles Geld. Amanda war so durchdrungen vom Jagdfieber und von der Vorstellung, diesen Mistkerlen, die die Unverfrorenheit hatten, ihre beste Freundin zu entführen, zu zeigen, dass sie damit nicht durchkommen würden. Will sah die Situation wie immer mit klarerem Kopf. Er kannte die richtigen Fragen, aber, und das war noch wichtiger, er wusste auch, dass man den Antworten aufmerksam zuhören musste.

Will war ein logisch denkender Mann, nicht von seinen Gefühlen gesteuert – wenigstens glaubte Faith das. Man konnte nicht sagen, was in seinem Kopf vorging. Gott helfe Sara Linton bei der Herkulesarbeit, die ihr bevorstand. Der Handschlag heute Morgen würde nicht das Schlimmste sein. Auch wenn Sara es schaffte, Angie Trent außen vor zu halten, was Faith bezweifelte, war da immer noch Wills unveränderliche Sturheit. Der letzte Mann, bei dem Faith erlebt hatte, wie er sich distanzierte, war Jeremys Vater gewesen, als sie ihm sagte, dass sie schwanger sei.

Vielleicht täuschte sich Faith aber auch in Will. Vielleicht konnte sie in ihrem Partner nicht besser lesen, als er in einem Buch lesen konnte. Das Einzige, was Faith beschwören konnte, war Wills unheimliche Fähigkeit, emotionales Verhalten bei anderen zu verstehen. Faith vermutete, das kam daher, weil er in einem Waisenhaus aufgewachsen war und sehr schnell hatte entscheiden müssen, ob sein Gegenüber ein Freund oder ein Feind war. Er war ein Meister darin, Fakten noch aus den subtilsten Hinweisen, die normale Menschen eher ignorierten, zu destillieren. Sie wusste, es war nur eine Frage der Zeit, bis Will herausfand, was mit Evelyn vor all diesen Jahren passiert war. Faith selbst hatte es erst heute Morgen herausgefunden, als sie, vielleicht zum letzten Mal, Jeremys Sachen durchging.

Natürlich konnte sie es nicht völlig Wills investigativer Telepathie überlassen. Faith hatte, wie immer ein Kontrollfreak, einen Brief geschrieben, in dem sie skizzierte, was passiert war und warum. Von der letzten Bank aus, die sie besucht hatte, hatte sie ihn an Wills Adresse geschickt. Die Polizei von Atlanta würde sich die Videos auf Jeremys iPhone ansehen, aber Will würde ihnen nie sagen, was Faith in dem Brief geschrieben hatte.

Denn auf eines vertraute sie hundertprozentig: Will konnte ein Geheimnis bewahren.

Faith verbannte den Brief aus ihren Gedanken, als sie durch die Haustür ging. Sie hörte auch auf, an ihre Mutter, Jeremy, Emma und Zeke zu denken – sie verdrängte alles, was ihren Verstand trüben könnte. Sie war bis an die Zähne bewaffnet. In der Reisetasche lag, versteckt unter dem Geld, ein Küchenmesser. Zekes Walther steckte vorn in ihrem Hosenbund. Sie trug ein Knöchelhalfter mit einer von Amandas Reserve-Smith&Wesson an ihrer Haut. Das Metall scheuerte. Die Waffe fühlte sich auf eine Art klobig an, dass sie sich konzentrieren musste, um nicht zu humpeln.

Faith ging am Mini vorbei. Sie weigerte sich, mit ihrem Auto zum Haus ihrer Mutter zu fahren. Das wäre zu sehr wie all die anderen, normalen

Tage, an denen sie Emma und ihre Sachen ins Auto gepackt hatte und die eineinhalb Blocks zum Haus ihrer Mutter gefahren war. Wenigstens eine Sache wollte sie heute selbst entscheiden.

Am Ende der Einfahrt ging sie nach links und dann nach rechts zum Haus ihrer Mutter. Sie musterte das lange Straßenstück. Autos standen in Carports oder Garagen. Auf den vorderen Veranden war kein Mensch zu sehen, aber das war kaum ungewöhnlich. In diesem Viertel hielt man sich eher auf den hinteren Veranden auf. Die Leute kümmerten sich größtenteils nur um ihre eigenen Angelegenheiten.

Zumindest taten sie das jetzt.

Rechts von ihr stand ein Posttransporter. Die Botin stieg aus, als Faith vorüberging. Faith erkannte die Frau nicht – ein in die Jahre gekommenes Hippie-Mädchen mit grau meliertem Pferdeschwanz, der ihr über den Rücken hing. Die Haare schwangen hin und her, als sie zu Mr. Cables Briefkasten ging und einen Packen Dessous-Werbung hineinsteckte.

Faith nahm die Tasche in die andere Hand, als sie nach links in die Straße ihrer Mutter einbog. Die Leinentasche mit dem Geld darin war schwer, insgesamt deutlich über sechs Kilo. Das Geld war in sechs Bündel unterteilt, alles Hundertdollarscheine. Sie hatten sich für 580 000 Dollar entschieden, weil das der Betrag war, den Amanda aus der Asservatenkammer beschaffen konnte. Es schien aber auch ein glaubwürdiger Betrag zu sein, wenn Evelyn in die Korruption verwickelt gewesen war, die ihrer Truppe den Garaus gemacht hatte.

Aber sie war nicht in die Korruption verwickelt gewesen. Faith hatte nie an der Unschuld ihrer Mutter gezweifelt, deshalb hatte Amandas Bestätigung ihr nicht viel gebracht. Sie hatte gespürt, dass hinter der Geschichte mehr steckte. Es hatte andere Dinge gegeben, in die ihre Mutter verwickelt war, die ebenso zu verurteilen waren, aber Faith, immer das verwöhnte Kind, hatte so lange die Augen geschlossen, dass ein Teil von ihr die Wahrheit gar nicht mehr glauben konnte.

Evelyn hatte diese Art von Verdrängung »freiwillige Blindheit« genannt. Normalerweise beschrieb sie damit eine spezielle Art der Idiotie – eine Mutter, die darauf bestand, dass ihr Sohn eine zweite Chance verdient habe, obwohl er schon zweimal wegen Vergewaltigung verurteilt worden war. Ein Mann, der beharrlich behauptete, Prostitution sei ein Verbrechen ohne Opfer. Polizisten, die es richtig fanden, schmutziges Geld anzunehmen. Töchter, die so sehr mit ihren eigenen Problemen beschäftigt waren, dass sie sich gar nicht die Mühe machten, sich umzusehen und zu erkennen, dass auch andere Menschen litten.

Faith spürte einen Windstoß in den Haaren, als sie die Einfahrt ihrer Mutter erreichte. Auf der Straße stand, direkt vor dem Briefkasten, ein schwarzer Van. Die Fahrerkabine war leer, zumindest soweit Faith das sehen konnte. Hinten gab es keine Fenster. Die eine Seite war von Kugeln durchlöchert. Das Nummernschild war unauffällig. Auf der Chromstoßstange klebte ein ausgebleichter Obama/Biden-Sticker.

Sie hob das gelbe Polizeiband an, das die Einfahrt absperrte. Evelyns Impala stand noch im Carport. Auf dieser Einfahrt hatte Faith Himmel und Hölle gespielt. Sie hatte Jeremy beigebracht, wie man einen Basketball in den verrosteten, alten Ring warf, den Bill Mitchell an die Dachtraufe geschraubt hatte. In den letzten Monaten hatte sie Emma fast täglich hier abgeliefert und ihrer Tochter und ihrer Mutter einen Kuss auf die Wange gedrückt, bevor sie zur Arbeit fuhr.

Faith packte die Griffe der Tasche fester, als sie den Carport betrat. Sie schwitzte, und der kühle Luftzug im überdachten Bereich ließ sie frösteln. Sie schaute sich um. Die Schuppentür stand noch immer offen. Es war kaum zu glauben, dass Faith erst vor zwei Tagen Emma in diesem kleinen Gebäude gefunden hatte.

Sie drehte sich dem Haus zu. Die Küchentür war eingetreten worden und hing schief in den Angeln. Sie sah den blutigen Handabdruck, den ihre Mutter hinterlassen hatte, die freie Stelle, wo eigentlich ihr Ringfinger gegen das Holz hätte drücken müssen. Mit angehaltenem Atem schob Faith die Tür auf und erwartete, gleich ins Gesicht geschossen zu werden. Sie schloss sogar die Augen. Nichts passierte. Vor ihr lag die leere Küche, und überall war Blut.

Als Faith vor zwei Tagen das Haus betreten hatte, war sie so darauf fixiert gewesen, ihre Mutter zu finden, dass sie gar nicht wirklich registriert hatte, was sie sah. Jetzt begriff sie, was für ein heftiger Kampf hier stattgefunden haben musste. Sie hatte bereits einige Tatorte bearbeitet und wusste, wie Kampfspuren aussahen. Auch wenn die Leiche schon längst aus der Wäschekammer entfernt war, konnte sie sich noch an die Lage des Mannes erinnern, was er getragen hatte, und auch, wie seine Hand ausgebreitet auf dem Boden gelegen hatte.

Will hatte ihr den Namen des Jungen gesagt, aber daran konnte sie sich nicht erinnern. Sie konnte sich an keinen von ihnen erinnern – weder an den Mann, den sie im Schlafzimmer erschossen hatte, noch an den Mann, den sie in Mrs. Johnsons Hinterhof erschossen hatte.

Faith wandte ihre Aufmerksamkeit wieder der Küche zu. Die Durchreiche war leer. Sie konnte direkt in den Flur sehen. Es war mitten am Nachmittag, aber im Haus schien Dämmerung zu herrschen. Die Türen zu den Schlafzimmern waren geschlossen. Die Jalousien an den großen Fenstern links und rechts der Haustür waren heruntergelassen. Das einzige ungefilterte Licht kam vom Badefenster. Die Jalousie war offen. Faith ging am Esszimmer vorbei in die vordere Diele. Sie stand zwischen der Küche links von ihr und dem Flur rechts. Das Wohnzimmer lag direkt vor ihr. Sie sollte die Waffe ziehen, aber sie glaubte nicht, dass sie sie erschießen würden. Zumindest jetzt noch nicht.

Im Zimmer war es dämmerig. Die Vorhänge waren zugezogen worden, aber sie waren ein wenig lichtdurchlässig. Eine sanfte Brise bewegte den Stoff vor dem Loch in der Glastür. Im Zimmer war noch immer alles durcheinandergeworfen. Faith konnte sich nicht erinnern, wie es zuvor ausgesehen hatte, obwohl sie achtzehn Jahre ihres Lebens hier verbracht hatte. Die überquellenden Bücherregale an der linken Wand, die gerahmten Familienfotos, die Stereoanlage mit den knisternden Lautsprechern, der Ohrensessel, in dem ihr Vater zum Lesen gesessen hatte. Jetzt saß Evelyn darin. Die linke Hand war in ein blutdurchtränktes Handtuch gewickelt. Ihre rechte Hand war so geschwollen, dass sie auch einer Marionette gehören könnte. Zwei Besenstiele waren mit Isolierband an ihrem Bein befestigt, sodass sie es von sich wegstrecken musste. Ihre weiße Bluse war voller Blutflecken. Ihre Haare klebten seitlich an ihrem Kopf. Ein Stück Isolierband bedeckte ihren Mund. Sie riss die Augen auf, als sie Faith sah.

»Mama«, flüsterte Faith. Das Wort hallte ihr durchs Gehirn und beschwor all ihre Erinnerungen der letzten vierunddreißig Jahre herauf. Sie hatte ihre Mutter geliebt. Sie hatte mit ihr gestritten, sie angeschrien, sie belogen, in ihren Armen geweint. Sie war vor ihr davongelaufen und zu ihr zurückgekehrt. Und jetzt das hier.

Der junge Mann aus dem Lebensmittelladen lehnte an den Bücherregalen auf der anderen Seite des Zimmers. Sein Sichtfeld war ideal, er stand an der Spitze eines Dreiecks. Evelyn saß links vor ihm. Faith war fünf Meter von ihrer Mutter entfernt und bildete den zweiten Basiswinkel. Er stand im Schatten, aber die Waffe in seiner Hand war deutlich zu sehen. Der Lauf der Tec-9 war auf Evelyn gerichtet. Das Fünfzig-Schuss-Magazin ragte unten heraus. In seiner Jackentasche hatte er noch mehr Magazine.

Faith ließ die Tasche auf den Boden fallen. Ihre Hand wollte zur Walther schnellen. Am liebsten hätte sie ihm das ganze Magazin in die Brust gejagt. Sie würde nicht auf den Kopf zielen. Sie wollte seine Augen sehen, seine Schreie hören, während die Kugeln ihn zerfetzten.

»Ich weiß, was du denkst.« Er grinste, und sein Platinzahn reflektierte das wenige Licht im Zimmer. »›Kann ich meine Waffe ziehen, bevor er abdrückt?‹«

Sie antwortete: »Nein.« Faith konnte schnell ziehen, aber die Tec-9 zielte bereits auf den Kopf ihrer Mutter. Keine Chance.

»Schnapp dir ihre Waffe.«

Sie spürte das kalte Metall einer Mündung an ihrem Kopf. Jemand war hinter ihr. Ein anderer Mann. Er riss ihr die Walther aus dem Bund ihrer Jeans und griff dann nach der Tasche. Der Reißverschluss platzte auf. Sein Lachen war wie das eines Kinds an Weihnachten. »Scheiße, Mann, schau dir das ganze Grün an.« Auf den Fußballen wippend, ging er zu seinem Freund. »Verdammt, Bruder! Wir sind reich.« Er warf die Walther in die Tasche. Seine Glock steckte hinten in seiner Hose. »Verdammt!«, wiederholte er und warf Evelyn die Tasche zu. »Siehst du das, du blöde Kuh? Wie gefällt dir das? Jetzt haben wir es trotzdem gekriegt.«

Faith ließ den Jungen aus dem Lebensmittelladen nicht aus den Augen. Er schien nicht so glücklich zu sein wie sein Partner, aber das war zu erwarten. Hier war es nie um Geld gegangen. Will hatte es schon vor Stunden gesagt.

Der Mann fragte Faith: »Wie viel ist da drin?«

»Über eine halbe Million«, erwiderte sie.

Er pfiff leise. »Hast du das gehört, Ev? Da hast du aber eine ganze Menge Kohle gestohlen.«

»Genau.« Sein Partner blätterte ein Bündel auf. »Du hättest die Sache schon vor zwei Tagen beenden können, du blöde Kuh. Ich schätze, man nennt dich aus einem ganz bestimmten Grund *Almeja*.«

Faith konnte ihre Mutter nicht anschauen. »Nehmt es«, sagte sie zu dem Mann. »Das war die Abmachung. Nehmt das Geld und verschwindet.«

Sein Freund hätte das am liebsten sofort getan. Er warf die Tasche neben Evelyns Sessel und hob eine Rolle Isolierband vom Boden auf. »Ja, Mann, lass uns direkt nach Buckhead fahren. Ich besorg mir einen Jaguar und …«

In schneller Folge knallten zwei Schüsse. Das Isolierband fiel zu Boden und rollte unter Evelyns Sessel, dann brach der Junge neben ihr zusammen. Sein Hinterkopf sah aus, als hätte jemand mit einem Hammer draufgeschlagen. Blut quoll auf den Boden und breitete sich um die Sesselbeine und die Füße von Evelyn aus.

Der junge Mann sagte: »Er hat zu viel gequasselt. Findest du nicht auch?«

Faith' Herz pochte so laut, dass sie ihre eigene Stimme kaum hören konnte. Der versteckte Revolver in ihrem Knöchelhalfter fühlte sich heiß an, als würde er ihre Haut verbrennen. »Glaubst du wirklich, dass du lebend hier herauskommst?«

Er hielt die Tec-9 weiter auf den Kopf ihrer Mutter gerichtet. »Wie kommst du darauf, dass ich hier raus will?«

Jetzt gestattete sich Faith einen Blick auf ihre Mutter. Schweiß tropfte von Evelyns Gesicht. Der Rand des Isolierbands löste sich von ihrer Wange. Sie hatten sie nicht gefesselt. Ihr gebrochenes Bein war die Garantie dafür, dass sie nicht fliehen konnte. Dennoch saß sie aufrecht im Sessel. Die Schultern straff, die Hände im Schoß gefaltet. Ihre Mutter ließ sich nie gehen. Sie gab nie irgendetwas preis – außer jetzt. Sie hatte den Ausdruck von Angst in den Augen. Keine Angst vor dem Mann mit der Waffe, sondern Angst davor, was ihre Tochter gleich erfahren würde.

»Ich weiß Bescheid«, sagte Faith zu ihrer Mutter. »Es ist okay. Ich weiß es bereits.«

Der Mann drehte die Waffe in die Horizontale und zielte mit zusammengekniffenem Auge an ihrer Mutter entlang. »Was weißt du, du Schlampe?«

»Ich weiß, wer du bist«, antwortete Faith. »Ich kenne dich.«

19. Kapitel

WILL HATTE DAS AUGE AM VISIER, als die Tec-9 losging. Zuerst sah er die Blitze, ein zweimaliges grelles Zucken. Eine Millisekunde später hörte er die Schüsse. Er fuhr zusammen, konnte es nicht verhindern. Als er wieder durchs Visier schaute, sah er Faith. Sie stand noch in der Tür zum Wohnzimmer. Ihr Körper schwankte. Er wartete, ob sie umfiel, zählte die Sekunden.

Sie tat es nicht.

»Was, zum Teufel, ist passiert?«

Roz Levy stand auf der anderen Seite der Corvair. Als er unter das Auto sah, schaute er in die Mündung eines glänzend vernickelten Colt Python. Will wusste nicht, wie sie es schaffte, das Ding ruhig zu halten. Der Lauf des Revolvers war mindestens fünfzehn Zentimeter lang. Die Ladung der .375er Magnum konnte einen hydrostatischen Schock erzeugen, was bedeutete, dass die Druckwelle eines Brustschusses stark genug war, um eine Gehirnblutung hervorzurufen.

Er versuchte, ruhig zu bleiben. »Könnten Sie damit bitte irgendwo anders hinzielen?«

Sie ließ die Waffe sinken und entspannte den Hahn. »Scheiße«, murmelte sie und stemmte sich in die Höhe. »Da kommt Mandy.«

Will sah Amanda über den Hinterhof laufen. Sie hatte die Schuhe ausgezogen. In einer Hand hatte sie ihr Funkgerät, in der anderen ihre Glock.

»Faith ist okay«, sagte er zu ihr. »Sie ist noch im Haus. Ich weiß nicht, wer …«

»Bewegung«, befahl Amanda und rannte in Roz Levys Haus.

Will befolgte den Befehl nicht. Stattdessen schaute er durch sein Zielfernrohr noch einmal in Evelyns Haus. Faith stand noch immer in der Tür zum Wohnzimmer. Sie hatte die Hände mit den Innenflächen nach unten vor sich ausgestreckt, als versuchte sie, mit jemandem vernünftig zu reden. Waren es nur Warnschüsse gewesen, oder war jemand getötet worden? Der Schütze, der aus fahrenden Autos agierte, bevorzugte zwei Schüsse, einer direkt nach dem anderen. Wenn sie Evelyn getötet hätte, würde Faith nicht einfach so mit ausgestreckten Händen dastehen. Will wusste instinktiv, dass sie dann entweder auf dem Boden läge oder schießen würde, wenn ihrer Mutter irgendetwas passiert wäre.

»Will!«, fauchte Amanda.

Er hielt das Gewehr dicht am Körper, als er am Auto vorbei ins Haus lief. Die Frauen standen in einem Raum, der früher wohl ein Wintergarten gewesen war, jetzt aber als Wäschekammer diente. Bevor er die Tür schließen konnte, fing Roz Levy an, Amanda anzuschreien.

»Gib mir den zurück.«

Amanda hatte den Python. »Du hättest uns alle umbringen können.« Sie klappte die Trommel heraus und leerte die .38er Special-Patronen auf den Trockner. »Ich sollte dich auf der Stelle verhaften.«

»Versuchs doch.«

Roz Levy war nicht die Einzige, die sauer war. Will spürte, wie ihm die Kehle eng wurde, so sehr musste er sich anstrengen, um nicht zu schreien. »Sie sagten, es würde ein einfacher Austausch werden. Sie sagten, sie würden das Geld nehmen und Evelyn frei…«

»Halten Sie den Mund, Will.« Amanda drückte die leere Trommel wieder in den Revolver zurück und warf ihn auf die Waschmaschine.

Offensichtlich verstand sie Wills Schweigen als Befehlsbefolgung, aber er war so wütend, dass er sich nicht zu sprechen traute. Ein Streit würde nichts daran ändern, dass Faith ohne klaren Fluchtplan in diesem Haus feststeckte. Jetzt konnten sie nichts mehr tun, als auf das SWAT-Sonderkommando zu warten und so zu tun, als wäre das eine normale Geiselnahme und kein Selbstmordkommando.

Außer, Will ging selbst hinein. Er griff nach seinem Gewehr. Er sollte dort rein. Er sollte genau das tun, was Faith vor zwei Tagen getan hatte, sollte durch die Tür stürmen und zu schießen anfangen.

Amanda packte sein Handgelenk. »Wagen Sie es nicht, diesen Raum zu verlassen«, warnte sie. »Wenn's sein muss, erschieße ich sie höchstpersönlich.«

Will taten allmählich die Zähne weh, so fest biss er sie zusammen. Er riss sich von ihr los und knallte gegen einen Metallstuhl, der mitten im Raum stand. Von hier aus fiel ihm eine Hochgeschwindigkeitskamera auf einem Stativ auf, deren Objektiv auf das Fenster in der Tür gerichtet war. Roz Levy hatte das Glas mit schwarzem Bastelpapier abgedeckt und nur ein kleines Loch gelassen, durch das die Kamera auf Evelyns Haus schaute.

Neben der Tür stand eine Schrotflinte. Kein Wunder, dass sie Will nicht ins Haus gelassen hatte. Sie wollte nicht, dass er ihr die Sicht versperrte.

Will schaute durch den Sucher der Kamera. Das Objektiv war stärker als sein Visier. Er sah den Schweiß, der Faith über die Wange lief. Sie redete noch immer. Sie argumentierte mit dem Schützen.

Ein Schütze. Ein Mann, der noch stand.

Zwei böse Jungs waren ins Haus gegangen. Beide hatten schwarze Jacken und Kappen getragen. Einer war erschossen worden. Wenigstens in diesem Punkt war Will ganz sicher. Er hatte zugesehen, wie die beiden Jungs Evelyn durch den Vorgarten und ins Haus gezwungen hatten. Der hinter ihr war entbehrlich wie Ricardo, wie Hironobu Kwon, wie jeder andere Mann, der versucht hatte, an Evelyn Mitchells Geld heranzukommen.

Aber es war nie um das Geld gegangen. Chuck Finn war nicht der Strippenzieher. Es gab keinen Zauberer hinter dem Vorhang. Hier vor sich hatten sie den Kopf von Roger Lings Schlange: ein zorniger junger Mann mit blauen Augen und einer Tec-9 und irgendeinem Groll, den er unbedingt ausleben wollte.

Durch zusammengebissene Zähne sagte Will: »Jetzt ist nur noch er übrig. Genau das wollte er die ganze Zeit.«

»Er wird nie einen Cent von diesem Geld ausgeben.«

Will bemühte sich um einen sachlichen Tonfall. »Es geht ihm überhaupt nicht ums Geld.«

»Worum geht es ihm dann?« Amanda packte ihn an der Schulter und riss ihn von der Kamera weg. »Na los, Sie Genie. Sagen Sie mir, was er will!«

Mrs. Levy murmelte: »Du weißt doch, was er will.« Sie steckte die Patronen wieder in die Revolvertrommel.

»Halt den Mund, Roz. Ich habe langsam die Nase voll von dir.« Amanda starrte Will böse an. »Klären Sie mich auf, Dr. Trent. Ich bin ganz Ohr.«

»Er will sie umbringen. Er will beide umbringen.« Nun konnte Will endlich das größte *Ich hab's Ihnen doch gesagt* seines Lebens herausbringen. »Und wenn Sie sich dazu herabgelassen hätten, mir zuzuhören, würde das alles hier jetzt nicht passieren.«

Wut blitzte in Amandas Augen auf, aber sie sagte: »Reden Sie weiter. Lassen Sie alles heraus.« Letztendlich war es ihre Art, die bei ihm das Fass zum Überlaufen brachte. »Ich habe Ihnen gesagt, wir sollten diese Sache langsam angehen. Ich habe Ihnen gesagt, zuerst sollten wir herausfinden, was die Kerle wirklich wollen, bevor wir Faith mit einer Zielscheibe auf dem Rücken da reinschicken.« Er ging auf sie zu, sodass sie zur Waschmaschine zurückweichen musste. »Sie waren ja so versessen darauf zu beweisen, dass Ihr Schwanz größer ist als meiner, da kam es Ihnen gar nicht in den Sinn, dass ich vielleicht recht haben könnte.« Will beugte sich so nahe zu ihr vor, dass er ihren Atem auf seiner Haut spürte. »Alles Blut, das jetzt vergossen wird, klebt an Ihren Händen, Amanda. *Sie* haben Faith das angetan. Sie haben es uns allen angetan.«

Amanda wandte den Kopf ab. Sie antwortete Will nicht, aber er konnte die Wahrheit in ihren Augen erkennen. Sie wusste, dass er recht hatte.

Ihre stumme Akzeptanz war kein Trost, aber Will wich dennoch einen Schritt zurück. Er hatte sich drohend vor ihr aufgebaut wie ein Schläger, hatte sein Gewehr so fest umklammert, dass seine Hände zitterten. Jetzt verdrängte Scham seinen Zorn. Er zwang sich, den Griff zu lockern, seine Kiefermuskeln zu entspannen.

»Ha.« Mrs. Levy lachte. »Du lässt dir von ihm diesen Ton gefallen, Wack?« Sie hatte die Python neu geladen. Während sie die Trommel wieder ins Gehäuse drückte, sagte sie zu Will: »So haben wir sie früher genannt – Wack, weil sie die Schnauze hielt und mit dem Schwanz wackelte, sobald ein Mann in der Nähe war.«

Will war schockiert von dem, was sie sagte, weil er sich nichts vorstellen konnte, das weiter von der Wahrheit entfernt war.

Mrs. Levy wog die Python in ihren Händen. Zu Amanda sagte sie: »Von wegen Schwanzgrößen. Du hättest das alles schon vor zwanzig Jahren stoppen können, wenn du Ev gezwungen hättest …«

Amanda zischte: »Erspare mir deinen scheinheiligen Blödsinn, Roz. Wenn ich nicht zwischen dir und deinem Kochrezept gestanden hätte, würdest du jetzt im Todestrakt sitzen.«

»Ich habe dich gewarnt, als es passierte. Man kreuzt nicht Tauben mit Drosseln.«

»Du hast doch keine Ahnung, wovon du redest. Hattest du nie.« Amanda bellte Befehle in ihr Funkgerät. Ihre Stimme zitterte, was Will mehr Sorgen bereitete als alles, was in den letzten zehn Minuten passiert war. »Legen Sie diesen schwarzen Van still. Ich will alle vier Reifen platt sehen. Räumen Sie diesen Block so schnell, wie's geht. Das APD soll unauffällig die Umgebung sichern, und ich will innerhalb von fünf Minuten wissen, wann das SWAT-Kommando eintrifft, sonst brauchen Sie morgen gar nicht zur Arbeit erscheinen.«

Will drückte sein Auge wieder an den Kamerasucher. Faith redete noch immer. Zumindest bewegte sich ihr Mund. Sie hatte die Arme vor der Brust verschränkt. Will ging Roz Levys Wortwahl nicht mehr aus dem Kopf: Tauben und Drosseln. Mrs. Levy war ein Füllhorn alter Sprichwörter wie das, was sie vor zwei Tagen benutzt hatte: Ein Frau kann, den Rock oben, schneller laufen als ein Mann mit der Hose unten. Es war eine merkwürdige Aussage gewesen über ein vierzehnjähriges Mädchen, das mit fünfzehn Jahren bereits ein Baby geboren hatte.

Will fragte die alte Frau: »Warum sind Sie nicht mit diesem Python zu Evelyn gelaufen, als Sie vor zwei Tagen die Schüsse hörten?«

Sie schaute auf die Waffe hinunter. Ihr Tonfall klang ein wenig bockig. »Ev hat mir gesagt, ich darf nicht rüberkommen, egal, was los ist.«

Will hätte sie nie als Befehlsempfängerin eingeschätzt, aber vielleicht war ihr Bellen schlimmer als ihr Beißen. Vergiften war die Tötungsart eines Feiglings, ein kaltblütiger Mord, bei dem man sich nicht einmal die Hände schmutzig machen musste. Er versuchte, sie zur Wahrheit zu drängen. »Aber die Schüsse haben Sie gehört.«

»Ich nahm an, Evelyn kümmerte sich um irgendeine alte Geschichte.« Sie deutete mit dem Daumen auf Amanda. »Vielleicht fällt Ihnen auf, dass Ev *sie nicht* zu Hilfe rief.«

Amanda hatte das Kinn auf das Funkgerät gestützt. Sie schaute Will an, als würde sie bei einem Topf darauf warten, dass das Wasser zu kochen anfing. Sie war ihm immer zehn Schritte voraus. Wohin seine Gedanken gingen, wusste sie bereits, bevor *er* es wusste.

Zu Mrs. Levy sagte sie: »Ich wusste, dass Evelyn sich wieder mit Hector traf. Sie hatte es mir schon vor Monaten gesagt.«

»Auf gar keinen Fall. Du warst so schockiert, als du das Foto sahst, wie ich, als ich es aufgenommen hatte.«

»Ist das wichtig, Roz? Nach der ganzen Zeit, ist das wirklich wichtig?«

Die alte Frau schien zu denken, dass es wichtig war. »Es ist doch nicht meine Schuld, wenn sie für zehn Sekunden Lust ihr ganzes Leben aufs Spiel setzt.«

Amanda lachte ungläubig auf. »Zehn Sekunden? Kein Wunder, dass du deinen Mann umgebracht hast. War das alles, was dir der alte Mistkerl geben konnte – zehn Sekunden?« Ihre Stimme klang schneidend, wehmütig, wie vor einer halben Stunde am Telefon.

Ein Mann kann auch mit anderen Dingen spielen als mit Geld.

Sie redete von Will und Sara. Sie redete über die inhärenten Risiken der Liebe.

Will wandte sich wieder der Kamera zu. Faith sprach noch immer. Hatte Roz Levy die Kamera erst heute aufgestellt, oder stand sie schon die ganze Zeit da? Die Sicht ins Haus war gut. Was hatte sie wohl vor zwei Tagen gesehen? Evelyn, die Sandwiches machte. Hector Ortiz, der die Einkäufe ins Haus brachte. Sie gingen ungezwungen miteinander um. Sie hatten eine gemeinsame Vorgeschichte. Eine Vorgeschichte, die Evelyn vor ihrer Familie zu verbergen suchte.

Tauben und Drosseln.

Will schaute von der Kamera hoch. »Er ist Evelyns Sohn.«

Beide Frauen verstummten.

Will sagte: »Hector ist der Vater, richtig? Das ist der Fehler, den Evelyn vor zwanzig Jahren gemacht hatte. Wurde das Bankkonto benutzt, um ihn zu unterstützen?«

Amanda seufzte. »Ich hab's Ihnen doch gesagt, das Konto ist unwichtig.«

Roz stieß ein angewidertes Schnauben aus. »Also, ich werde es jetzt nicht mehr als Geheimnis behandeln.« Beinahe fröhlich sagte sie zu Will: »Sie konnte ja wohl kaum ein braunes Baby aufziehen, oder? Ich sagte ihr immer, vertausche es mit Faith' Baby. Die war als Mädchen ziemlich wild. Es hätte keinen gewundert, wenn sie sich mit einem Latin Lover eingelassen hätte.« Sie kicherte über Wills verblüfftes Gesicht. »Vierundzwanzig Jahre später hat sie es sowieso getan.«

»Neunzehn Jahre«, korrigierte Amanda. »Jeremy ist neunzehn.« Sie schaute sich in der Kammer um und schien erst jetzt zu erkennen, was Roz Levy getan hatte. »O Gott«, murmelte sie, »wir hätten dir Kohle für die erste Reihe abknöpfen sollen.«

Will fragte: »Was passierte?«

Amanda drückte das Auge an den Sucher. »Evelyn gab das Baby einer Kollegin. Sandra Esposito. Ihr Ehemann war ebenfalls Polizist. Sie konnten keine eigenen Kinder bekommen.«

»Können wir sie nicht herholen? Vielleicht könnten die beiden mit ihm reden.«

Sie schüttelte den Kopf. »Paul wurde vor zehn Jahren im Dienst erschossen. Sandra starb letztes Jahr. Leukämie. Sie brauchte eine Knochenmarktransplantation und musste ihrem Sohn erklären, warum er kein Spender sein konnte.« Sie wandte sich wieder Will zu. »Er schaute sich zuerst die Familie seines Vaters an. Schätze, Sandra dachte, dass es so einfacher ist. Hector lud ihn zu sich ein. So traf er Ricardo, und so kam er zu den Los Texicanos. Er fing an, Drogen zu nehmen. Zuerst Gras, dann Heroin, und dann gab's kein Zurück mehr. Evelyn und Hector schickten ihn immer wieder in die Klinik, ohne dass es viel brachte.«

Will spürte ein Brennen in den Eingeweiden. »Healing Winds?«

Sie nickte. »Zumindest beim letzten Mal.«

»Dort lernte er Chuck Finn kennen.«

»Ich kenne die Details nicht, aber ich kann es mir vorstellen.«

Wenn Will dies zuvor gewusst hätte, hätte er Faith auf keinen Fall allein in dieses Haus gehen lassen. Er hätte sie gefesselt und Amanda in Mrs. Levys Kofferraum gesteckt. Er hätte SWAT-Teams von jeder Polizeieinheit des Landes angefordert.

Amanda sagte: »Na los, machen Sie schon, lassen Sie alles raus.«

Will hatte bereits genug Zeit damit verschwendet, sie anzuschreien. »Wie sieht die Rückseite des Hauses aus?«

Sie verstand die Frage nicht. »Was?«

»Die Rückseite des Hauses. Faith steht in der Tür zum Wohnzimmer. Sie schaut in das Zimmer. Die ganze Rückwand besteht aus Fenstern und einer Glas-Schiebetür. Sie sagten, die Vorhänge seien zugezogen. Sie sind aus dünner Baumwolle. Kann man irgendwas wie Schatten oder Bewegungen erkennen?«

»Nein. Draußen ist es zu hell, und drinnen brennt kein Licht.«

»Wann soll das SWAT-Team hier sein?«

»Woran denken Sie?«

»Wir brauchen den Hubschrauber.«

Dieses eine Mal stellte sie keine Fragen, griff zum Funkgerät und ließ sich direkt mit dem SWAT-Kommandanten verbinden.

Will drückte das Auge an den Sucher, während Amanda die Anforderung besprach. Faith stand noch immer in der Tür. Sie redete nicht mehr. »Gibt es einen besonderen Grund, warum Sie mir nicht sagten, dass Evelyn ein Kind mit Hector Ortiz hatte?«

»Weil es Faith umgebracht hätte«, erwiderte Amanda, anscheinend ohne die Ironie zu erkennen. Ihre nächsten Worte waren eher an Roz gerichtet. »Und Evelyn wollte nicht, dass irgendjemand es wusste, weil es niemanden etwas anging.«

Will zog sein Handy heraus.

»Was tun Sie?«

»Ich rufe Faith an.«

20. Kapitel

FAITH' HANDY VIBRIERTE IN IHRER TASCHE. Sie rührte sich nicht. Sie starrte einfach nur ihre Mutter an. Tränen liefen Evelyn übers Gesicht.

»Ist okay«, sagte Faith zu ihr. »Ist unwichtig.«

»Ist unwichtig?«, wiederholte der Mann. »Vielen Dank, Schwesterherz.«

Bei dem Wort zuckte Faith zusammen. Wie blind sie doch gewesen war. Wie selbstsüchtig. Jetzt ergab alles einen Sinn. Der lange Urlaub, den ihre Mutter sich genommen hatte. Die ausgedehnten Geschäftsreisen und das mürrische Schweigen ihres Vaters. Evelyns zunehmender Bauchumfang, obwohl sie zuvor noch nie übergewichtig gewesen war. Der Urlaub, in den sie zusammen mit Amanda im Monat vor Jeremys Geburt gefahren war. Faith war stinksauer gewesen, als Evelyn nach fast acht Monaten gemeinsamer Isolation verkündet hatte, sie werde mit Tante Mandy für eine Woche an den Strand fahren. Faith hatte sich verraten gefühlt. Sie hatte sich im Stich gelassen gefühlt. Und jetzt kam sie sich so dumm vor.

Erinnere dich an unsere gemeinsame Zeit, bevor Jeremy …

Das hatte Evelyn in dem Video gesagt. Sie wollte damit Faith einen Hinweis geben, nicht einfach nur in Erinnerungen schwelgen. *Erinnere dich an diese Zeit. Versuche, dir wieder ins Bewusstsein zu rufen, was damals wirklich vor sich ging – nicht nur mit dir, sondern auch mit mir.*

Damals war Faith so sehr mit sich selbst beschäftigt gewesen, dass sie sich nur für ihr eigenes Leben, ihr eigenes zerstörtes Leben, ihre eigenen verlorenen Chancen interessierte. Wenn sie jetzt zurückblickte, sah sie die offensichtlichen Zeichen. Evelyn ging tagsüber nicht mehr aus dem Haus. Sie ging nicht an die Tür. Sie stand bei Tagesanbruch auf, um in einem Laden am anderen Ende der Stadt einkaufen zu gehen. Das Telefon klingelte sehr oft, aber Evelyn ging nie dran. Sie isolierte sich. Sie kapselte sich von der Welt ab. Sie schlief auf der Couch, nicht im Ehebett. Außer mit Amanda redete sie mit niemandem, traf sich mit niemandem, suchte zu niemandem Kontakt. Und währenddessen gab sie Faith das, wonach jedes Kind sich insgeheim sehnt: jede Sekunde ihrer Aufmerksamkeit.

Doch als sie aus ihrem Urlaub mit Amanda zurückkehrte, war alles anders. Sie nannte es »meine Auszeit«, als wäre sie zur Kur in einem Heilbad gewesen. Sie war verändert, glücklicher, als wäre ihr eine schwere Last von den Schultern genommen. Faith hatte gekocht vor Neid, als sie ihre Mutter so verändert sah, anscheinend so sorglos. Vor der Reise hatten sie sich im gemeinsamen Elend gesuhlt, und Faith konnte nicht verstehen, wie ihre Mutter das so leicht hatte überwinden können.

Bis zu Jeremys Geburt waren es noch Wochen, aber Evelyns Leben wurde wieder völlig normal – oder so normal, wie es ging, mit einem schmollenden, verwöhnten, hochschwangeren Teenager-Mädchen zu Hause. Plötzlich ging sie wieder in ihren gewohnten Lebensmittelladen. In ihrer Auszeit hatte sie ein paar Pfund verloren, und sie machte sich daran, den Rest mit einer strikten Diät und Sport auch noch abzunehmen. Sie zwang Faith zu langen Spaziergängen nach dem Mittagessen, und nach einer Weile fing sie auch wieder an, alte Freunde anzurufen, wobei ihr Tonfall andeutete, dass sie das Schlimmste überstanden hatte und sie jetzt, da das Ende abzusehen war, wieder bereit war, sich ins Getümmel zu stürzen. Sie informierte die Stadt, dass sie nach Jeremys Geburt zum Dienst zurückkehren werde. Ganz allgemein fing sie an, sich wieder zu verhalten wie ihr altes Ich. Oder zumindest wie eine neue Version ihres alten Ichs.

Es hatte Risse in dieser glücklichen Fassade gegeben, doch das erkannte Faith erst jetzt.

In den ersten Wochen von Jeremys Leben hatte Evelyn jedes Mal geweint, wenn sie ihn in den Armen hielt. Faith konnte sich noch gut daran erinnern, wie ihre Mutter schluchzend im Schaukelstuhl saß und Jeremy so fest an sich drückte, dass Faith Angst hatte, er würde ersticken. Wie bei allem war Faith eifersüchtig auf die Nähe zwischen ihnen. Sie suchte immer Mittel und Wege, ihre Mutter zu bestrafen, indem sie Jeremy von ihr fernhielt, indem sie bis spät am Abend mit ihm wegblieb, ihn mitnahm ins Einkaufszentrum oder ins Kino oder wohin auch sonst ein Baby nicht gehörte – nur um gehässig zu sein. Nur um gemein zu sein.

Und in der ganzen Zeit hatte Evelyn sich nicht nur nach einem Kind, sondern nach *ihrem* Kind gesehnt. Nach diesem wütenden, seelenlosen jungen Mann, der ihr jetzt eine Waffe an den Kopf hielt.

Faith spürte, dass das Handy aufhörte zu vibrieren. Und fast sofort wieder anfing. Zu ihrer Mutter sagte sie: »Es tut mir so leid, dass ich nicht für dich da war.«

Evelyn schüttelte den Kopf. Unwichtig. Aber es *war* wichtig.

»Es tut mir so leid, Mama.«

Evelyn schaute zu Boden und dann wieder zu Faith. Sie saß auf der Stuhlkante, das gebrochene Bein ausgestreckt vor sich. Der Tote lag einen knappen halben Meter entfernt auf dem Boden. Die Glock steckte noch hinten in seinem Hosenbund. Ebenso gut könnte sie meilenweit entfernt sein. Evelyn konnte kaum aufspringen und sich die Waffe schnappen. Aber sie hätte sich an den Mund greifen und das Klebeband abreißen können, die Enden lösten sich bereits ab. Warum tat sie so, als wäre sie noch immer zum Schweigen verdammt? Warum verhielt sie sich so passiv?

Faith starrte ihre Mutter an. Was erwartete sie von ihr? Was konnte sie überhaupt tun?

Ein schweres Poltern schreckte sie beide auf. Sie schauten den Mann an.

Eines nach dem anderen stieß er die Bücher aus den Regalen. »Wie war's denn so, hier groß zu werden?«

Faith schwieg. Sie hatte nicht vor, dieses Gespräch zu führen.

»Mommy und Daddy sitzen vor dem Kamin.« Er warf die Bibel auf den Boden. Seiten flatterten, als sie durchs Zimmer segelte. »Muss echt klasse gewesen sein, jeden Abend heimkommen zu Milch und Plätzchen.« Die Waffe an der Seite, ging er auf Evelyn zu. Auf halbem Weg machte er kehrt und lief mit schnellen, kurzen Schritten auf und ab. Wieder vergaß er seinen Slang. »Sandra musste jeden Tag arbeiten. Sie hatte nicht die Zeit, heimzukommen und zu kontrollieren, ob ich auch meine Hausaufgaben mache.«

Die hatte auch Evelyn nicht gehabt. Bill arbeitete von zu Hause aus, also war es ihr Vater gewesen, der fürs Essen sorgte und ihre schulischen Leistungen überwachte.

»Du hast seine ganze Scheiße in deinem Schrank liegen. Was willste damit?«

Er meinte Jeremys Sachen. Faith antwortete noch immer nicht. Evelyn hatte sie dazu gebracht, alles aufzuheben, weil sie wusste, dass Faith sie eines Tages mehr als alles andere, von Emmas Sachen einmal abgesehen, schätzen würde.

Sie schaute ihre Mutter an. »Es tut mir so leid.«

Evelyn schaute wieder zu dem Toten hinunter, zur Glock. Faith wusste nicht, was ihre Mutter von ihr wollte. Er war mindestens fünf Meter von ihr entfernt.

»Ich habe dich was gefragt.« Er blieb stehen. Jetzt stand er in der Mitte des Zimmers, Evelyn gegenüber. Die Tec-9 war direkt auf Evelyns Kopf gerichtet. »Gib mir eine Antwort.«

Die Wahrheit wollte Faith ihm nicht sagen, deshalb nannte sie ihm den letzten Hinweis, der für sie das Bild vervollständigt hatte. »Du hast die Locken vertauscht.«

Sein Grinsen ließ ihr Blut erstarren. Erst an diesem Morgen war es Faith klar geworden, dass Jeremys Haarlocke nicht mit der Zeit nachgedunkelt war. Die babyblaue Schleife, die die Locke zusammenhielt, war anders als die, die Jeremys Locke zusammenhielt. Die Ränder waren noch scharfkantig, nicht ausgefranst wie die bei Jeremys Schleife, die Faith in den letzten Monaten ihrer Schwangerschaft gerieben hatte wie einen Talisman.

Das Besteck. Die Stifte. Die Schneekugeln. Sara hatte recht. So etwas tat ein Kind, um Aufmerksamkeit zu erregen. Als Faith den Mann in der Toilette zum ersten Mal gesehen hatte, war sie so darauf fixiert gewesen, sich an seine Beschreibung zu erinnern, dass sie überhaupt nicht verarbeitete, was sie sah. Er war in Jeremys Alter. Er war ungefähr so groß wie Faith. Er kaute auf der Unterlippe, wie Jeremy es tat. Er hatte Zekes herrisches Auftreten. Und er hatte Evelyns blaue Augen.

Die gleiche Mandelform. Das gleiche dunkle Blau mit grünen Einsprengseln.

Faith sagte: »Deine Mutter hat dich offensichtlich geliebt. Sie hat eine Haarlocke von dir aufbewahrt.«

»Welche Mutter?«, fragte er, und diese Frage überrumpelte Faith.

Hatte Evelyn all diese Jahre eine Locke von ihm aufbewahrt? Faith stellte sich ihre Mutter im Krankenhaus vor, wie sie ihr Baby in den Armen hielt und wusste, dass es das letzte Mal war. Hatte Amanda daran gedacht, eine Schere zu besorgen? Hatte sie Evelyn geholfen, eine Strähne abzuschneiden und sie in eine blaue Schleife zu binden? Hatte Evelyn sie die letzten zwanzig Jahre aufgehoben und sie immer mal wieder hervorgeholt, um die weichen, feinen Haare zwischen ihren Fingern zu spüren?

Natürlich hatte sie das getan.

Man gab ein Kind nicht auf, ohne für den Rest des Lebens jeden Tag, jeden Augenblick daran zu denken.

Er fragte: »Willst du nicht mal meinen Namen wissen?«

Faith zitterten die Knie. Sie wollte sich hinsetzen, aber sie wusste, sie konnte sich nicht bewegen. Sie stand in der Wohnzimmertür. Die Küchentür war links von ihr. Die Haustür war hinter ihr. Der Flur war rechts. Und an dessen Ende lag das Bad. Hinter diesem Bad waren Will und sein Colt AR-15A2 und seine Schießkünste, wenn sie diesen Mistkerl nur dazu bringen könnte, zu ihr zu kommen.

Er hielt die Waffe, ganz der Gangster, wieder horizontal, als er sie auf sie richtete. »Frag mich nach meinem Namen.«

»Wie heißt du?«

»Wie heißt du, *kleiner Bruder.*«

Sie schmeckte Galle auf der Zunge. »Wie heißt du, kleiner Bruder?«

»Caleb«, sagte er. »Caleb. Ezekiel. Faith. Schätze, Mommy steht auf Bibelnamen.«

Das tat sie wirklich, und darum war Jeremys zweiter Vorname Abraham und Faith' Taufname war Hannah. Warum hatte Faith ihre Tochter Emma genannt, anstatt die Tradition ihrer Mutter zu wahren? Evelyn hatte Elizabeth oder Esther oder Abigail vorgeschlagen, aber Faith war stur geblieben, weil sie es nicht anders kannte.

»Hier ist auch er aufgewachsen, nicht?« Caleb schwenkte die Waffe, um auf das Haus zu deuten. »Dein teurer Jeremy?«

Faith hasste den Klang des Namens ihres Sohns aus seinem Mund. Am liebsten hätte sie ihn mit der Faust zurück in seine Kehle gestopft.

»Hat ferngesehen. Bücher gelesen. Spiele gespielt.« Die Türen des Regalunterschranks standen offen. Ohne Faith aus den Augen zu lassen, riss er die Brettspiele heraus und warf sie auf den Boden. »Monopoly. Mensch ärgere dich nicht. Mühle.« Er lachte. »Tut mir ja so leid.«

»Was willst du von uns?«

»Mann, du klingst wie sie.« Er drehte sich wieder Evelyn zu. »Hast du nicht genau das zu mir gesagt, Mommy? ›Was willst du von mir, Caleb?‹ Als könntest du mich auszahlen.« Er starrte Faith wieder an. »Sie hat mir Geld angeboten. Wie findest du das? Zehntausend Dollar, damit ich verschwinde.«

Faith glaubte ihm nicht.

»Ihr war nur wichtig, dich und dein verdammtes, verzogenes Baby zu beschützen.« Der Platinzahn schimmerte im Dämmerlicht. »Du hast jetzt zwei Kinder, nicht? Mommy kann ihr kleines, braunes Baby nicht behalten, aber du hast kein Problem, deines zu behalten.«

»Es ist jetzt anders«, sagte Faith. Evelyns Zustand mochte ein Geheimnis gewesen sein, aber Faith hatte genug Schande für ein ganzes Leben über die Familie gebracht. Ihr Vater hatte alte Kunden verloren. Ihr Bruder war ins Exil getrieben worden. Was hätte man mit Evelyn gemacht, wenn sie ein Kind aufgezogen hätte, das offensichtlich nicht von ihrem Ehemann stammte? Damals hatte es keine richtige Entscheidung gegeben. Faith konnte sich überhaupt nicht vorstellen, wie ihre Mutter gelitten hatte. »Du hast keine Ahnung, wie es damals war.«

»Zwei für zwei. Mom hat das Gleiche gesagt.« Er deutete auf ihre Jeanstasche. »Gehst du nicht dran?«

Ihr Handy hatte wieder zu vibrieren angefangen. »Was soll ich tun?«

»Was man in einer solchen Situation eben tut«, sagte er. »Sie wollen meine Forderungen hören.«

»Was sind deine Forderungen?«

»Geh dran, und du findest es heraus.«

Sie rieb sich am Hosenbein den Schweiß von der Hand ab und zog dann das Handy heraus. »Hallo?«

Will sagte: »Faith, dieser Kerl ist …«

»Ich weiß, wer er ist.« Sie starrte Caleb an und hoffte, dass er in ihren Augen sehen konnte, wie abgrundtief sie ihn hasste. »Er hat Forderungen.« Sie streckte Caleb das Handy hin und hoffte, er würde zu ihr kommen, um es zu nehmen.

Doch er blieb stehen, wo er war. »Ich will Milch und Plätzchen.« Er hielt inne, als würde er überlegen. »Ich will, dass meine Mom jeden Tag für mich da ist, wenn ich von der Schule nach Hause komme. Ich will, dass ich nicht jeden Tag im Morgengrauen in die Kirche geschleppt werde und meine Knie nicht wund sind vom Beten am Abend.« Seine Hand beschrieb einen Bogen zum Bücherregal. »Ich will, dass meine Mom mir Bücher über glückliche Ziegen und den Mond vorliest. Das hast du doch mit dem kleinen Jaybird gemacht, nicht?«

Er kannte sogar den Kosenamen, den sie ihrem Sohn gegeben hatte. »Nenn ihn nicht so.« Sie konnte kaum sprechen.

»Du bist mit dem kleinen Jay in den Park gegangen und nach Six Flags und Disney World und an den Strand gefahren.«

Anscheinend hatte er sich jedes Foto aus Jeremys Souvenirkiste eingeprägt. Wie lange war er in ihrem Haus gewesen? Wie viele Stunden hatte er Jeremys Sachen durchwühlt? »Hör auf, ihn so zu nennen.«

»Sonst?« Er lachte. »Sag ihnen, dass ich das alles will. Ich will, dass ihr alle mit mir nach Disney World fahrt.«

Faith' Arm zitterte. »Was soll ich ihm sagen?«

Er schnaubte verächtlich. »Mann, im Augenblick brauche ich gar nichts.

Ich habe meine Familie um mich. Meine Mom und meine große Schwester. Was soll ich denn sonst noch brauchen?« Er ging zum Bücherregal und lehnte sich dagegen. »Das Leben ist gut.«

Faith räusperte sich. Sie hielt sich das Handy wieder ans Ohr. »Er hat keine Forderungen.«

Will fragte: »Sind Sie okay?«

»Ich …«

»Lautsprecher«, sagte Caleb.

Faith schaute auf das Handy, damit sie den richtigen Knopf fand. Zu Will sagte sie: »Er kann Sie hören.«

Will zögerte. »Wie geht es Ihrer Mom. Kann sie sitzen?«

Er fragte nach Hinweisen. »Sie sitzt in Dads Sessel, aber ich mache mir Sorgen um sie.« Faith atmete tief durch. »Wenn das noch länger dauert, brauche ich vielleicht Insulin.« Caleb hatte in Faith' Kühlschrank geschaut. Er dürfte also wissen, dass sie Diabetikerin war. »Mein Blutzucker war heute Morgen auf achtzehnhundert. Mom hat nur genug für fünfzehnhundert. Meine letzte Dosis hatte ich mittags. Ich werde die nächste spätestens um zehn Uhr brauchen.«

»Okay«, sagte er, und sie hoffte, dass er die Botschaft wirklich verstanden hatte und ihr nicht nur eine schnelle Antwort gab.

Sie sagte: »Ihr Telefon …« Ihr Gehirn arbeitete nicht schnell genug. »Rufen wir Sie auf Ihrem Telefon an, wenn wir etwas brauchen? Ihrem Handy?«

»Ja«, sagte er und hielt dann kurz inne. »Wir können das Insulin in fünf Minuten hier haben. Sagen Sie uns einfach Bescheid. Sagen Sie mir Bescheid.«

Caleb kniff die Augen zusammen. Sie redete zu viel, und weder Will noch Faith beherrschten diese codierte Unterhaltung sehr gut.

»Seien Sie vorsichtig.« Faith musste gar nicht so tun, als hätte sie Angst. Ihre Stimme zitterte, ohne dass sie sich anstrengen musste. »Er hat schon seinen Partner umgebracht. Er hat …«

»Auflegen«, sagte Caleb.

Faith suchte nach der Taste.

»Auflegen!«, schrie er.

Das Handy glitt ihr aus der Hand. Faith bückte sich, um es aufzuheben. Dabei dachte sie an den Revolver an ihrem Knöchel. Der S&W fühlte sich an ihren Fingern kalt an.

»Nein!«, schrie Evelyn. Ihr Mund hatte sich so weit geöffnet, dass das

Klebeband abgegangen war. Caleb rammte ihr die Waffe in die Rippen. Mit der freien Hand drückte er gegen ihr gebrochenes Bein.

»Nein!« Evelyn kreischte. Faith hatte noch nie ein menschliches Wesen ein solches Geräusch machen hören. Dass es von ihrer Mutter kam, war, als würde eine Hand direkt in ihre Brust greifen und ihr Herz herausreißen.

»Aufhören!«, flehte Faith, stand auf und streckte die Hände aus. »Bitte, aufhören! Bitte, einfach nur – aufhören!«

Caleb lockerte den Griff, behielt aber die Hand dicht über dem Bein. »Schieb die Waffe rüber. Langsam, sonst ist die Schlampe tot.«

»Okay.« Sie kniete sich hin. Ein Zittern durchlief ihren Körper. »Ich tu, was du sagst. Ich tu genau, was du sagst.« Sie zog das Hosenbein hoch, nahm dann die Waffe mit Daumen und Zeigefinger aus dem Holster. »Tu ihr nicht mehr weh. Schau.«

»Locker«, warnte er. Sie schob die Waffe schräg über den Boden und hoffte, dass Caleb dorthin zurückgehen würde, wo er gestanden hatte. Er ließ die Waffe an sich vorbeischlittern, blieb neben Evelyn stehen.

Er sagte: »Versuch so was nicht noch mal, du blöde Kuh.«

»Mach ich nicht«, sagte Faith. »Versprochen.«

Er stützte die Tec-9 auf die Sessellehne, doch so, dass die Mündung auf Evelyns Kopf zeigte. Das Klebeband baumelte an ihrem Mund. Er riss es weg.

Sie sog tief die Luft ein. Der Atem rasselte in ihrer gebrochenen Nase.

Er warnte sie: »Gewöhne dich nicht zu sehr daran, saubere Luft einzuatmen.«

»Lass sie gehen.« Evelyns Stimme war heiser. »Du willst nicht sie. Sie hatte keine Ahnung. Sie war doch noch ein Kind.«

»Ich war auch mal Kind.«

Evelyn hustete Blutspritzer. »Lass sie einfach gehen, Caleb. Bestrafen willst du doch mich.«

»Hast du je an mich gedacht?« Er hielt ihr die Waffe an den Kopf, während er sich neben sie kniete. »Die ganze Zeit mit ihrem blöden, kleinen Baby, hast du da je an mich gedacht?«

»Ich habe nie aufgehört, an dich zu denken. Kein Tag verging, ohne …«

»Blödsinn.« Er stand wieder auf.

»Sandra und Paul haben dich geliebt wie ihr eigen Fleisch und Blut. Sie haben dich angebetet.«

Er wandte den Blick ab. »Sie haben mich angelogen.«

»Sie wollten doch immer nur, dass du glücklich bist.«

»Sehe ich jetzt glücklich aus?« Er deutete zu dem Toten auf dem Boden. »Alle meine Freunde sind nicht mehr da. Ricky, Hiro, Dave – alle. Ich bin der Letzte, der noch steht.« Jetzt schien er aus der Rolle zu fallen. »Mein falscher Vater ist tot. Meine falsche Mutter ist tot.«

Evelyn sagte: »Ich weiß, dass du bei ihrer Beerdigung geweint hast. Ich weiß, dass du Paul geliebt hast und …«

Er schlug ihr mit der offenen Hand auf den Hinterkopf. Faith bewegte sich, ohne nachzudenken. Er drehte die Waffe in ihre Richtung, und sie erstarrte.

Sie schaute wieder zu ihrer Mutter. Evelyns Kopf war auf ihre Brust gesunken. Blut tropfte ihr aus dem Mund. »Ich habe dich nie vergessen, Caleb. Irgendwo in deinem Herzen weißt du das.«

Er schlug sie noch ein wenig fester.

»Aufhören«, flehte Faith. Sie wusste nicht, ob sie es zu ihrer Mutter oder zu Caleb sagte. »Bitte hör einfach auf.«

Evelyn flüsterte: »Ich habe dich immer geliebt, Caleb.«

Er hob seine Waffe und schlug ihr mit dem Griff gegen die Schläfe. Die Wucht des Schlags warf den Stuhl um. Evelyn krachte hart auf den Boden. Sie schrie vor Schmerz auf, als sich ihr Bein verdrehte. Die Schiene aus Besenstielen zerbrach. Ein Knochen ragte aus ihrem Oberschenkel.

»Mama!« Faith stürzte auf sie zu.

Ein Zischen war zu hören. Holz spritzte vom Boden hoch.

Faith erstarrte. Sie wusste nicht, ob sie getroffen worden war. Sie sah nur ihre Mutter am Boden und Caleb, der mit geballter Faust über ihr stand. Er trat nach Evelyn. Heftig.

»Bitte aufhören«, flehte Faith. »Ich verspreche …«

»Schnauze.« Er schaute zur Decke hoch. Zuerst erkannte Faith das Geräusch nicht. Es war ein Hubschrauber. Die Rotorblätter schnitten durch die Luft und vibrierten in ihren Trommelfellen.

Caleb hatte die Tec-9 jetzt wieder auf Faith gerichtet. Er musste schreien, um verstanden zu werden. »Das war ein Warnschuss«, sagte er. »Der nächste geht dir direkt zwischen die Augen.«

Sie schaute zu Boden. Im Holz war ein Loch. Sie trat einen Schritt zurück und schluckte den Schrei, der in ihrer Kehle aufstieg. Das Knattern wurde leiser, der Hubschrauber flog weg. Faith konnte kaum sprechen. »Bitte tu ihr nicht weh. Mit mir kannst du alles machen, aber bitte …«

»Oh, ich werde dir noch früh genug wehtun, Schwesterchen. Ich werde dir richtig wehtun.« Er streckte die Arme in die Höhe, als wäre er auf einer Bühne. »Genau um das geht's, yo. Ich werde deinem teuren Jungen zeigen, wie es ist, ohne Mama aufzuwachsen.« Er hielt die Waffe auf Faith gerichtet. »Du warst gut, als du gestern hinter ihm her auf die Straße gerannt bist. Ein wenig näher, und ich hätte ihn tot auf dem Boden gehabt.«

Faith musste sich übergeben.

Er stieß Evelyn mit seinem Turnschuh an. »Frag sie, warum sie mich aufgegeben hat.«

Faith brachte keinen Ton heraus.

»Frag sie, warum sie mich aufgegeben hat«, wiederholte Caleb. Er hob den Fuß, als wollte er ihrer Mutter auf das gebrochene Bein treten.

»Okay!«, schrie Faith. »Warum hast du ihn aufgegeben?«

Caleb sagte: »Warum hast du ihn aufgegeben, *Mom*?«

»Warum hast du ihn aufgegeben, Mom?«

Evelyn rührte sich nicht. Ihre Augen waren geschlossen. Als schon Panik in Faith hochstieg, öffnete Evelyn ihren Mund. »Ich hatte keine andere Wahl.«

»Yo, hast du mir das denn nicht das ganze letzte Jahr gesagt, Mom? Dass jeder eine Wahl hat?«

»Es waren andere Zeiten.« Ihr unverletztes Auge öffnete sich. Die Wimpern waren verklebt. Sie starrte Faith an. »Es tut mir so leid, Baby.«

Faith schüttelte den Kopf. »Du musst dich für nichts entschuldigen.«

»Ist das nicht nett? Die Wiedervereinigung von Mutter und Tochter.« Er stieß den Sessel so fest gegen die Wand, dass eines der hinteren Beine abbrach. »Sie hat sich wegen mir geschämt, das ist der Grund.« Er ging zum Bücherregal und wieder zurück. »Sie konnte ein kleines, braunes Baby nicht erklären, das aus ihr rausgespritzt war. Nicht wie du, was? Andere Zeiten.« Wieder ging er auf und ab. »Und du glaubst, dein Daddy war so gut, als du aufgewachsen bist. Sag ihr, was er gesagt hat, Mom. Sag ihr, wozu er dich zwang.«

Evelyn lag auf der Seite, die Augen geschlossen, die Arme vor sich ausgestreckt. Das schwache Auf und Ab ihres Brustkorbs war der einzige Hinweis, dass sie noch lebte.

»Dein guter alter Daddy meinte, entweder ich oder er. Was hältst du davon? Mr. Galveston, Versicherungsmakler des Jahres, sechs Jahre hintereinander, sagte deiner Mama, sie darf ihren kleinen Jungen nicht behalten, weil wenn sie es tut, sieht sie ihre anderen Kinder nie wieder.«

Faith strengte sich an, um ihm nicht zu zeigen, dass er ins Schwarze getroffen hatte. Sie hatte ihren Vater verehrt, angebetet, wie nur ein verzogenes Papatöchterchen es kann, aber als Erwachsene konnte sie sich gut vorstellen, dass Bill Mitchell ihre Mutter vor dieses Ultimatum gestellt hatte.

Caleb kehrte zu seinem Ausgangspunkt vor dem Bücherregal zurück. Die Waffe hatte er gesenkt, aber sie wusste, er konnte sie jeden Augenblick wieder hochreißen. Er stand mit dem Rücken zur Glastür. Evelyn war links von ihm. Faith stand ihm diagonal gegenüber, ungefähr vier Meter entfernt, und sie wartete darauf, dass die Hölle losbrach.

Faith hoffte, dass Will die Botschaft verstanden hatte. Das Zimmer war eine Uhr. Faith stand bei achtzehnhundert, also sechs Uhr. Evelyn lag bei fünfzehnhundert, drei Uhr. Caleb pendelte zwischen zehn und zwölf hin und her.

Im letzten Monat hatte Faith Will mindestens zwanzig Mal angeboten, sein Handy auf zivile Zeit umzustellen. Er weigerte sich, weil er stur war und bei allem, was seine Behinderung betraf, mit einer komischen Mischung aus Scham und Stolz reagierte. Jetzt im Augenblick beobachtete er sie durchs Badfenster. Er hatte ihr außerdem zu verstehen gegeben, dass sie ihm ein Zeichen geben solle. Sie strich sich mit den Fingern durch die Haare und fügte dabei Daumen und Zeigefinger zum Okay-Zeichen zusammen.

Faith schaute zu ihrer auf dem Boden liegenden Mutter hinunter. Evelyn starrte sie mit dem einen Auge an. Hatte sie gesehen, dass Faith Will das Zeichen gab? War sie noch in der Lage zu verstehen, was passierte? Ihr Atem ging schwer. Man hatte sie offensichtlich gewürgt. Am Hals hatte sie dunkle Flecken. Seitlich am Kopf hatte sie einen Schnitt. Blut sickerte aus einem üblen Riss an der Wange. Faith spürte, wie Liebe in ihr aufstieg und direkt zu ihrer Mutter floss. Es war, als würde Licht aus ihrem Körper strömen. Wie oft hatte Faith sich hilfesuchend an diese Frau gewandt? Wie oft hatte sie an ihrer Schulter geweint?

So oft, dass Faith den Überblick verloren hatte.

Evelyn hob die Hand. Ihre Finger zitterten. Sie bedeckte ihr Gesicht. Faith drehte sich um. Ein blendend helles Licht kam durch die vorderen Fenster, durchdrang die dünnen Jalousien, schickte einen Strahl direkt ins Haus.

Faith duckte sich. Vielleicht erinnerten sich ihre Muskeln an die Trainingseinheiten der letzten Jahre. Vielleicht lag es im Wesen des Menschen, sich so klein wie möglich zu machen, wenn man spürte, dass etwas Schlimmes drohte.

Im ersten Augenblick passierte rein gar nichts. Sekunden verstrichen. Faith merkte, dass sie zählte:

»… zwei … drei … vier …«

Sie schaute zu Caleb hoch.

Glas zerbarst. Er zuckte, als hätte ihm jemand gegen die Schulter geschlagen. Sein Ausdruck war eine Mischung aus Schock und Schmerz. Faith stieß sich vom Boden ab und sprang auf Caleb zu. Er richtete die Waffe auf ihr Gesicht. Sie schaute direkt in die Mündung, das dunkle Auge des gezogenen Laufs starrte zurück. Die Wut übernahm, sie brannte in ihr und trieb sie an. Sie wollte diesen Mann töten. Sie wollte seine Kehle mit ihren Zähnen aufreißen. Sie wollte ihm das Herz aus der Brust reißen. Sie wollte den Schmerz in seinen Augen sehen, während sie ihm das alles antat, was er ihrer Mutter, ihrer Familie, ihrer aller Leben angetan hatte.

Aber sie sollte nie die Gelegenheit dazu bekommen.

Eine Seite von Calebs Kopf explodierte. Kugeln aus der Tec-9 ließen weißen Kalk von der Decke rieseln. Muskelgedächtnis. Zwei Schüsse, kurz hintereinander.

Langsam sank er zu Boden. Faith hörte nur, wie sein Körper auf den Boden krachte. Zuerst die Hüfte, dann die Schulter, dann der Kopf, der auf das Hartholz schlug. Seine Augen blieben offen. Dunkelblau. So vertraut. So leblos.

So lange.

Faith schaute zu ihrer Mutter. Evelyn hatte es geschafft, sich an die Wand zu lehnen. Noch immer hielt sie die Glock in ihrer Hand. Die Mündung senkte sich allmählich. Das Gewicht der Waffe war zu viel für sie. Sie ließ den Arm sinken. Die Waffe fiel scheppernd zu Boden.

»Mama …« Faith konnte kaum noch stehen. Halb ging, halb kroch sie zu ihrer Mutter. Sie wusste nicht, wo sie sie berühren durfte, welcher Teil ihres Körpers nicht gequetscht oder gebrochen war.

»Komm zu mir«, flüsterte Evelyn. Sie zog Faith in ihre Arme, strich ihr über den Rücken. Faith konnte nicht anders, sie fing an zu weinen wie ein Kind. »Alles okay, Baby.« Evelyn drückte ihre Lippen aufs Faith' Kopf. »Es wird alles wieder gut.«

DONNERSTAG

21. Kapitel

Will steckte die Hände in die Hosentaschen, als er den Gang entlang zu Evelyn Mitchells Krankenzimmer ging. Ihm war fast schwindelig vor Erschöpfung. Seine Sicht war so scharf, dass es ihm vorkam, als würde er die Welt auf einem Blu-ray-Monitor betrachten. Er spürte jede Pore seiner Haut. Das war der Grund, warum er nie Kaffee trank. Will stand so unter Strom, dass er das Gefühl hatte, eine Kleinstadt mit Energie versorgen zu können. Die letzten drei Nächte hatte er mit Sara verbracht. Seine Füße berührten kaum den Boden.

Vor Evelyns Zimmer blieb er kurz stehen und überlegte sich, ob er Blumen hätte mitbringen sollen. Will hatte Bargeld in seiner Brieftasche. Er drehte sich um und kehrte zu den Aufzügen zurück. Er konnte ihr wenigstens einen Ballon im Geschenke-Shop kaufen. Jeder mochte Ballons.

»Hey.« Faith kam aus dem Zimmer ihrer Mutter. »Wo wollen Sie hin?«

»Mag Ihre Mom Ballons?«

»Ich bin mir sicher, sie hat sie gemocht, als sie sieben Jahre alt war.«

Will lächelte. Als er Faith das letzte Mal gesehen hatte, hatte sie in den Armen ihrer Mutter geweint. Jetzt sah sie ein bisschen besser aus, aber nicht sehr viel. »Wie geht's ihr?«

»Okay. Die letzte Nacht war etwas besser als die davor, aber sie hat immer noch ziemlich heftige Schmerzen.«

Will konnte es sich nur vorstellen. Man hatte sie mit voller Polizeieskorte im Eiltempo ins Grady gebracht. Über sechzehn Stunden lang hatte man sie operiert und ihr so viel Metall eingesetzt, dass sie durch keinen Detektor mehr kam.

Er fragte: »Wie geht's Ihnen?«

»Ist 'ne ganze Menge zu verdauen.« Faith schüttelte den Kopf, als könnte sie es noch immer nicht begreifen. »Ich wollte immer noch einen zweiten Bruder, aber nur, weil ich mir dachte, dass er Zeke vielleicht verprügelt.«

»Wie's aussieht, können Sie ganz gut auf sich selbst aufpassen.«

»Es ist viel mehr Arbeit, als Sie glauben.« Sie lehnte sich mit der Schulter an die Wand. »Für sie muss es sehr schwer gewesen sein. Was sie durchgemacht hat. Ich kann mir nicht vorstellen, eines meiner Kinder aufzugeben. Da würde ich mir lieber das Herz herausreißen.«

Will schaute über ihre Schulter hinweg in den leeren Korridor.

»Tut mir leid. Ich habe nicht daran gedacht, dass …«

»Schon okay«, sagte er. »Wissen Sie, eine überraschende Anzahl von Waisen landen im Strafvollzug.« Er nannte ihr einige prominente Beispiele. »Albert DeSalvo. Ted Bundy. Joel Rifkin. Son of Sam.«

»Ich glaube, auch Aileen Wuornos wurde von ihren Eltern aufgegeben.«

»Ich sag den anderen Bescheid. Es ist gut, eine Frau auf der Liste zu haben.«

Sie lachte, doch offensichtlich war sie mit dem Herzen nicht so recht dabei. Will schaute wieder über ihre Schulter. Eine kräftige Krankenschwester kam mit einem großen Blumenstrauß den Gang entlang.

Faith sagte: »Ich war mir sicher, dass wir es nie schaffen würden, lebend aus dem Haus herauszukommen.«

Etwas in ihrer Stimme sagte ihm, dass sie immer noch nicht ganz verarbeitet hatte, was mit ihrer Familie passiert war. Vielleicht würde sie nie ganz darüber hinwegkommen. Einige Dinge verließen einen nie, egal, wie sehr man sich bemühte.

Will sagte: »Wir sollten uns bessere Codes ausdenken, für den Fall, dass so etwas noch einmal passiert.«

»Ich hatte wirklich Angst, dass Sie es nicht verstehen würden. Gott sei Dank führten wir diese Diskussionen darüber, ob wir Ihr Handy auf Normalzeit umstellen sollen.«

»Um ehrlich zu sein, ich habe es nicht verstanden.« Er grinste, als er ihren schockierten Ausdruck sah. Will hatte sein Handy auf Lautsprecher gestellt, als er mit Faith redete. Roz Levy hatte gleich nach dem Ende des Gesprächs gesagt, was sie dachte, nämlich dass er das Zimmer als Uhr sehen müsse und dass es sie in den Fingern juckte, mit ihrem Python da rüberzugehen und das Arschloch, das auf Mittag stand, abzuknallen.

Will sagte zu Faith: »Ich denke gern, dass ich es irgendwann selbst herausgefunden hätte.«

»Sie wissen schon, dass ein Blutzucker von achtzehnhundert wahrscheinlich bedeutet hätte, dass ich entweder tot oder in einem irreversiblen Koma bin?«

»Natürlich wusste ich das.«

»O Mann«, flüsterte sie. »So viel zu unserer gut geölten Maschine.«

Es drängte ihn, ihr zu sagen: »Der Hubschrauber ging auf meine Kappe. Die Infrarotkameras sagten uns, wo Sie waren, und bestätigten uns, dass sein Partner tot war.« Sie schien nicht sehr beeindruckt, deshalb fügte Will hinzu: »Und die Scheinwerfer waren auch meine Idee.« Sie hatten zwei Einsatzwagen nebeneinandergestellt und den Strahl ihrer Xenon-Scheinwerfer durch die vorderen Fenster gejagt. Calebs Schatten auf dem Vorhang hatte ihnen ein Ziel gegeben.

»Na ja, vielen Dank, dass Sie ihn erschossen haben.« Offensichtlich interpretierte sie seinen Gesichtsausdruck richtig. »Ach, Will, das waren gar nicht Sie?«

Er stieß lange den Atem aus. »Amanda versprach mir, sie gibt mir eines meiner Eier zurück, wenn ich sie schießen lasse.«

»Ich hoffe, Sie haben das schriftlich. Sie hat ja nicht gerade ins Schwarze getroffen.«

»Sie schiebt es auf mein Gewehr. Dass ich Linkshänder bin und so.«

Der Schaft des Gewehrs war für beide Seiten geeignet, aber Faith sagte nichts. »Wie auch immer, ich bin froh, dass Sie da waren. So habe ich mich sicherer gefühlt.«

Er lächelte, obwohl er sicher war, dass das alles auch ohne seine Anwesenheit hätte passieren können. Amanda wusste sich immer gut zu helfen, und Will hatte sich im Wesentlichen ja nur hinter einer Wand versteckt, während Faith ihr Leben riskierte.

Sie sagte: »Es freut mich sehr, dass Sie mit Sara zusammen sind.«

Er kämpfte gegen das dümmliche Grinsen an. »Ich helfe nur aus, bis sie sich für was Besseres entschieden hat.«

»Es wäre mir lieber, wenn ich wüsste, dass Sie nur einen Witz gemacht haben.«

Will ebenfalls. Er verstand Sara nicht. Er wusste nicht, was sie antrieb oder warum sie mit ihm zusammen war. Und doch war sie es. Und nicht nur das – sie schien dabei glücklich zu sein. An diesem Morgen hatte Sara so viel gelächelt, dass sie kaum die Lippen spitzen konnte, um ihn zum Abschied zu küssen. Will hatte gedacht, vielleicht klebte noch ein Fetzchen Klopapier auf seiner Wange, wo er sich beim Rasieren geschnitten hatte, aber sie hatte ihm gesagt, sie lächle, weil er sie glücklich machte.

Er wusste nicht, wie er damit umgehen sollte. Es ergab keinen Sinn.

Faith wusste, wie sie ihm das Grinsen vom Gesicht wischen konnte. »Was ist mit Angie?«

Er zuckte die Achseln, als hätte Angie nicht unzählige Nachrichten sowohl auf seinem Festnetzanschluss wie auf seinem Handy hinterlassen. Jede Nachricht noch ein wenig fieser. Jede Drohung ernsthafter. Will hatte sich jede einzelne Nachricht angehört. Er konnte nicht anders. Er sah Angie noch immer mit dieser Waffe in ihrem Mund. Er spürte noch immer das Herz in seiner Brust rasen bei dem Gedanken, die Badtür zu öffnen und sie in der Wanne ausbluten zu sehen.

Zum Glück hielt Faith sich nicht lange mit dem Negativen auf. »Haben Sie Sara erzählt, dass Sie eine Heidenangst vor Schimpansen haben?«

»Das ist noch nicht wirklich zur Sprache gekommen.«

»Irgendwann wird es das. Genau so was passiert in Beziehungen. Alles kommt zur Sprache, ob man es will oder nicht.«

Will nickte, weil er hoffte, dass sein schnelles Eingeständnis ihr den Wind aus den Segeln nehmen würde. Doch dieses Glück hatte er nicht.

»Hören Sie.« Sie redete wie eine Mutter. »Vermasseln werden Sie diese Sache nur, wenn Sie sich weiter den Kopf darüber zerbrechen, dass Sie sie vermasseln könnten.«

Will würde lieber wieder in Mrs. Levys Kofferraum stecken, als dieses Gespräch führen zu müssen. »Es ist Betty, über die ich mir den Kopf zerbreche.«

»Wirklich?«

»Sie ist ziemlich anhänglich geworden.« Wenigstens das stimmte. Die Hündin hatte sich heute Morgen geweigert, die Wohnung zu verlassen.

»Versprechen Sie mir nur, dass Sie mindestens einen Monat warten, bis Sie ihr sagen, dass Sie sie lieben.«

Er atmete wieder lange aus und sehnte sich nach der Isolation im Corvair. »Haben Sie gewusst, dass Bayer früher das Patent für Heroin besaß?«

Sie schüttelte den Kopf über den Themawechsel. »Die Aspirin-Firma?«

»Sie haben das Patent nach dem Ersten Weltkrieg verloren. Das steht in den Versailler Verträgen.«

»So lernt man jeden Tag was Neues.«

»Sears verkaufte früher fertig aufgezogene Spritzen mit Heroin per Katalog. Zwei für einen Dollar fünfzig.«

Sie legte ihm die Hand auf den Arm. »Vielen Dank, Will.«

Er klopfte ihr kurz auf den Handrücken, dann noch ein zweites Mal, weil nur ein Mal wahrscheinlich nicht genug war. »Roz Levy ist es, der Sie danken sollten. Sie ist diejenige, die alles herausgefunden hatte.«

»Sie ist nicht so ganz die süße, alte Dame, oder?«

Das war ein ziemliches Understatement. Das alte Mädchen hatte sich einen Spaß daraus gemacht zuzusehen, wie Evelyns schlimmster Albtraum sich entwickelte. »Sie ist eine kleine Teufelin.«

»Hat sie Ihnen auch die Geschichte mit den Tauben und den Drosseln erzählt?« Faith drehte sich um, als sie Stimmen hörte. Die Tür zum Zimmer ihrer Mutter ging auf. Jeremy kam heraus, gefolgt von einem großen Mann mit militärischem Haarschnitt und kantigem Kinn, bei dem man sofort an den altmodischen Begriff »Ledernacken« denken musste. Emma saß auf einer seiner breiten Schultern. Das Baby sah aus wie ein Beutel gefrorener Erbsen, der an einem Wolkenkratzer hing. Ihr Körper zuckte leicht, als sie aufstieß.

»Das wird jetzt lustig.« Faith stieß sich seufzend von der Wand ab. »Will, das ist mein Bruder Zeke. Zeke, das ist …«

»Ich weiß, wer dieser Wichser ist.«

Will streckte die Hand aus. »Ich habe schon viel von Ihnen gehört.«

Emma stieß auf. Zeke starrte ihn finster an. Er ignorierte Wills Hand.

Will versuchte es mit leichter Konversation. »Ich bin sehr froh, dass Ihre Mutter okay ist.«

Zeke starrte Will weiterhin finster an, und Emma stieß erneut auf. Will hatte beinahe Mitleid mit dem Mann. Als Besitzer eines Chihuahuas wusste er, wie schwierig es war, mit etwas so unglaublich Winzigem im Arm den starken Mann zu markieren.

Jeremy rettete sie. »Hey, Will. Danke, dass Sie gekommen sind.«

Will nahm seine Hand. Er war ein ziemlich schmächtiger Junge, aber er hatte einen festen Griff. »Ich habe gehört, Ihrer Großmutter geht's wieder besser.«

»Sie ist zäh.« Er legte den Arm um Faith' Schultern. »Wie Mom.«

Emma stieß auf.

»Gehen wir, Onkel Zeke.« Jeremy fasste ihn am Ellbogen. »Ich habe Grandma gesagt, wir bringen mein Bett nach unten, damit Mom sich um sie kümmern kann, wenn sie aus dem Krankenhaus kommt.«

Zeke starrte Will noch ein paar Sekunden lang an. Emmas Schluckauf hatte wahrscheinlich etwas mit seiner Entscheidung zu tun, seinem Neffen zu folgen.

»Tut mir leid«, sagte Faith. »Er kann ein ziemliches Arschloch sein. Ich weiß nicht, was passiert ist, aber Emma liebt ihn.«

Wahrscheinlich, weil sie kein Wort verstand, das er sagte.

Faith: »Wollen Sie jetzt mit Mom reden?«

»Eigentlich bin ich nur hier, um nach Ihnen zu schauen.«

»Sie hat schon ein paar Mal nach Ihnen gefragt. Ich glaube, sie will darüber reden.«

»Kann sie nicht mit Ihnen darüber reden?«

»Ich weiß das Wichtigste. Es gibt keinen Grund, warum ich die ganzen schmuddeligen Details kennen sollte.« Sie zwang sich zu einem Lächeln. »Amanda hat ihr gesagt, dass sie Ihnen eine Stunde versprochen hat.«

»Ich glaube nicht, dass das wirklich so abgelaufen ist.«

»Sie sind seit vierzig Jahren beste Freundinnen und halten, was sie einander versprechen.« Sie klopfte ihm auf den Arm und wandte sich zum Gehen. »Danke fürs Kommen.«

»Einen Augenblick noch.« Will griff in seine Sakkotasche und zog den Brief heraus, den er heute Morgen in der Post gehabt hatte. »Ich habe noch nie einen Brief bekommen. Ich meine, außer Rechnungen.«

Sie betrachtete den zugeklebten Umschlag. »Sie haben ihn nicht geöffnet.«

Faith würde nie wissen, wie viel es Will bedeutete, dass sie darauf vertraut hatte, dass er den Brief lesen konnte. »Wollen Sie, dass ich ihn aufmache?«

»Verdammt, nein.« Sie riss ihn ihm aus der Hand. »Es ist schlimm genug, dass Zeke und Jeremy die Videos gesehen haben, die ich gemacht habe. Ich hatte ja keine Ahnung, wie hässlich ich beim Weinen bin.«

Will konnte ihr nicht widersprechen.

»Wie auch immer.« Sie schaute auf ihre Uhr. »Ich muss mein Insulin nehmen und etwas essen. Ich bin in der Cafeteria, wenn Sie mich brauchen.«

Will sah Faith nach. Vor dem Aufzug blieb sie stehen und schaute noch einmal zu ihm zurück. Unter seinen Blicken zerriss sie den Brief in zwei Hälften und dann noch einmal. Will grüßte sie militärisch und öffnete dann Evelyns Tür. Fast jede Oberfläche war mit Blumen aller Art bedeckt. Will spürte, dass seine Nase von den schweren Düften zu jucken anfing.

Evelyn Mitchell drehte ihm den Kopf zu. Sie lag im Bett. Ihr gebrochenes Bein war erhöht gelagert, aus ihrem Gips ragten Metallbolzen wie bei

Frankensteins Monster. Ihre Hand ruhte auf einem Schaumstoffkeil. Wo ihr Ringfinger hätte sein sollen, war ein Gazeverband. Diverse Schläuche steckten in ihrem Körper. Der Riss auf ihrer Wange wurde von weißen Butterfly-Pflastern zusammengehalten. Sie wirkte kleiner, als er sie in Erinnerung hatte, doch was sie durchgemacht hatte, konnte einen Menschen schon schrumpfen lassen.

Ihre Lippen waren aufgesprungen und wund. Beim Reden versuchte sie, ihren Unterkiefer so wenig wie möglich zu bewegen. Ihre Stimme war kräftiger, als er erwartet hätte. »Agent Trent.«

»Captain Mitchell.«

Sie zeigte ihm den Auslöser für die Morphiumpumpe. »Ich habe extra damit gewartet, weil ich mit Ihnen reden wollte.«

»Das müssen Sie nicht. Ich will nicht, dass Sie wegen mir noch mehr Schmerzen haben.«

»Dann setzen Sie sich bitte. Zu Ihnen hochzuschauen tut mir im Nacken weh.«

Es stand bereits ein Stuhl neben ihrem Bett. Will setzte sich. »Ich bin froh, dass es Ihnen gut geht.«

Ihre Lippen bewegten sich kaum. »Von gut bin ich noch ein Stück entfernt. Sagen wir einfach, ich bin noch am Leben.«

»Ist auf jeden Fall besser als die Alternative.«

Sie sagte: »Mandy hat mir von Ihrem Anteil an dieser ganzen Geschichte erzählt.« Will nahm an, dass das ein sehr kurzes Gespräch gewesen war. »Danke, dass Sie auf meine Tochter aufgepasst haben.«

»Ich glaube, dieses Lob steht eher Ihnen zu als mir.«

Ihr wurden die Augen feucht. Er wusste nicht so recht, ob es von den Schmerzen kam oder von dem Gedanken, Faith zu verlieren.

Und dann fiel ihm ein, dass sie ein anderes Kind wirklich verloren hatte. »Ihr Verlust tut mir sehr leid.«

Sie schluckte unter offensichtlichen Schwierigkeiten. Die Haut an ihrem Hals war fast schwarz von den Quetschungen. Zwei Mal war Evelyn Mitchell gezwungen worden, sich zwischen ihrer Familie mit Bill Mitchell und dem Sohn, den sie mit Hector Ortiz hatte, zu entscheiden. Beide Male hatte sie dieselbe Entscheidung getroffen. Wobei Caleb es ihr beim letzten Mal ziemlich einfach gemacht hatte.

Sie sagte: »Er war ein junger Mann mit sehr großen Problemen. Ich wusste nicht, wie ich daran etwas hätte ändern können. Er war so wütend.«

»Sie müssen nicht darüber reden.«

Ein raues Kichern kam aus ihrer Kehle. »Kein Mensch will, dass ich über ihn rede. Ich glaube, es wäre ihnen lieber, wenn er einfach verschwinden würde.« Sie deutete auf den Becher mit Wasser auf dem Nachtkästchen. »Könnten Sie …«

Will nahm den Becher und drehte den Strohhalm so, dass sie trinken konnte. Sie konnte den Kopf nicht heben. Behutsam schob Will ihr die Hand unter den Hinterkopf und stützte sie.

Sie trank fast eine ganze Minute, bevor sie den Strohhalm losließ. »Danke.«

Will setzte sich wieder. Er starrte den Blumenstrauß auf dem Tisch ihm gegenüber an. An der weißen Schleife hing eine Visitenkarte. Er erkannte das Logo des Atlanta Police Department.

Evelyn sagte: »Hector war ein GI.« Geheimer Informant. »Er bespitzelte seinen Cousin. Sie waren in dieser Gang, und es hatte als etwas Kleines angefangen, als Vorwand, um Autos aufzubrechen und Brieftaschen zu klauen, damit sie Videospiele spielen konnten, doch dann wurde es ziemlich schnell ziemlich gemein.«

»Los Texicanos.«

Sie nickte langsam. »Hector wollte raus. Er redete und redete, und ich hörte ihm zu, weil es gut für meine Karriere war.« Sie bewegte die gesunde Hand durch die Luft. »Und eines führte zum anderen.« Sie schloss die Augen. »Ich war mit einem Versicherungsvertreter verheiratet. Er war ein netter Mann und ein sehr guter Vater, aber …« Ihr Atem ging stoßweise. Sie seufzte. »Sie wissen, wie es ist, wenn man draußen auf der Straße böse Jungs jagt und einem das Herz hämmert und man sich fühlt, als hätte man die ganze bockende Welt zwischen den Beinen, und dann kommt man nach Hause und – was – kocht das Abendessen, bügelt die Hemden und badet die Kinder?«

»Waren Sie in Hector verliebt?«

»Nein.« Ihre Antwort klang sehr bestimmt. »Nie. Und das Komische ist, wie sehr ich Bill liebte, merkte ich erst, als ich ihn so verletzt hatte, dass ich kurz davor war, ihn zu verlieren.«

»Aber er blieb bei Ihnen.«

»Zu seinen Bedingungen«, sagte sie. »Ich wurde an den Verhandlungen nicht mehr beteiligt. Er traf sich mit Hector, und sie kamen zu einem Gentleman's Agreement.«

»Das Bankkonto.«

Sie hob den Blick zur Decke. Langsam schlossen sich ihre Augen. Er dachte schon, sie wäre eingeschlafen, doch dann sprach sie wieder. »Sandra und Paul hatten Schulden, weil sie ihre Familie zu Hause unterstützten. Sie hätten sich kein Kind leisten können, auch wenn sie eines hätten kriegen können. Ein Teil des Gelds auf dem Konto stammte von Hector. Ein anderer Teil von mir. Zehn Prozent meines monatlichen Gehaltsschecks gingen an Caleb. Es war wie den Zehnten bezahlen, zwar nicht für die Kirche – aber dennoch als Buße.« Ihr Mundwinkel hob sich leicht, die Andeutung eines Lächelns. »Ich nehme allerdings an, dass Sandra jede Woche eine Menge von diesem Geld der Kirche gab. Sie waren sehr religiös. Katholisch, aber das störte mich nicht so sehr wie Bill. Ich dachte eher, sie würden Caleb eine solide moralische Grundlage vermitteln.« Ein Geräusch wie Lachen kam aus ihrem Mund. »So viel dazu.«

»Caleb fand heraus, dass Sie seine leibliche Mutter waren, als Sandra krank wurde?«

Sie schaute Will an. »Ich bekam einen Anruf von ihr. Sie klang, als wollte sie mich warnen, doch zu der Zeit ergab das absolut keinen Sinn, deshalb ignorierte ich es. Als erwachsenen Mann sah ich ihn das erste Mal bei ihrer Beerdigung.« Bei der Erinnerung schüttelte sie den Kopf. »O Gott, er sah aus wie Zeke in diesem Alter. Hübscher, wenn Sie die Wahrheit wissen wollen, und zorniger. Und das war das Problem.« Ihr Kopf bewegte sich hin und her. »Ich erkannte einfach nicht, wie zornig er war, bis es zu spät war. Ich hatte keine Ahnung.«

»Haben Sie bei der Beerdigung mit Caleb gesprochen?«

»Ich versuchte, ein Gespräch anzufangen, aber er ließ mich einfach stehen. Ein paar Wochen später putzte ich das Haus und stellte fest, dass ein paar Sachen nicht an ihrem Platz standen. Mein Büro war durchsucht worden. Er stellte sich dabei sehr geschickt an. Ich hätte es gar nicht bemerkt, wenn ich nicht nach etwas ganz Speziellem gesucht hätte.« Sie erläuterte: »Ich hatte eine Locke seiner Babyhaare an einer Stelle versteckt, von der die Kinder nichts wussten. Ich suchte sie, und sie war verschwunden. Damals hätte es mir klar werden müssen. Ich hätte erkennen müssen, wie sehr er von mir besessen war. Wie sehr er mich hasste.«

Evelyn hielt inne, um wieder zu Atem zu kommen. Will sah deutlich, dass sie erschöpft war, doch sie fuhr fort: »Ich rief Hector an, weil ich mich mit ihm treffen wollte. Wir waren in Kontakt, seit Sandra krank wurde. Viel nachzuholen hatten wir also nicht. Wir gingen in ein Starbucks am Flughafen, damit niemand uns sah. Es war dasselbe wie früher – diese Versteckspielerei, diese Heimlichtuerei, damit meine Familie es nicht herausfand.« Sie schloss die Augen. »Caleb steckte permanent in Schwierigkeiten. Ich versuchte alles mit ihm – bot ihm sogar Geld an, damit er aufs College gehen konnte. Faith mühte sich ab, um Jeremy bei seinen Studiengebühren zu helfen, und ich bot diesem Jungen quasi einen Freifahrtschein an. Er lachte mir einfach ins Gesicht.« Ihr Tonfall wurde scharf, wütend. »Am nächsten Tag bekam ich einen Anruf von einem alten Freund bei der Drogenfahndung. Sie hatten Caleb mit einer beträchtlichen Menge Stoff aufgegriffen. Ich musste Mandy dazu bringen, ein paar Strippen zu ziehen. Sie wollte nicht. Sie meinte, man hätte ihm schon zu viele Chancen gegeben. Aber ich flehte sie an.«

»Heroin?«

»Koks«, korrigierte sie. »Heroin wäre außerhalb meiner Reichweite gewesen, aber mit Koks konnten wir arbeiten. Das Verfahren wurde niedergeschlagen, weil wir versprachen, ihn zur Therapie zu schicken.«

»Sie schickten ihn nach Healing Winds.«

»Hector wohnt nur ein paar Meilen von dort entfernt. Der Junge seines Cousins war ebenfalls in dieser Einrichtung gewesen, Ricardo. Und Chuck war dort. Der arme Chuck.« Sie hielt inne und schluckte, um weitersprechen zu können. »Er rief mich am Anfang dieses Jahres an, um Abbitte zu leisten. Er war damals seit acht Monaten trocken. Ich wusste, dass er in Healing Winds in Psychotherapie war, und ich dachte, dass Caleb dort sicher sein würde.«

»Chuck erzählte den Jungs seine Geschichte.«

»Anscheinend war das einer der Schritte. Er erzählte ihnen von dem Geld. Und obwohl Chuck beteuerte, dass ich nichts damit zu tun hätte, glaubten sie ihm natürlich nicht.«

»Das war also Chuck gewesen im Krankenhaus an diesem Tag. Er war der Polizist, der Sara fragte, ob der Junge es schaffen würde.«

Sie nickte. »Er sah in den Nachrichten, was mit mir passiert war, und kam her, um sich zu erkundigen, ob er helfen konnte. Er schien nicht zu begreifen, dass bei seiner Vorgeschichte niemand seine Hilfe haben wollte. Ich bat Mandy, die Sache mit seinem Bewährungshelfer gütlich zu regeln. Eigentlich war ich es, die ihn in Schwierigkeiten gebracht hatte. Meine Jungs sind immer für mich eingetreten, auch wenn es nicht in ihrem Interesse war.«

»Glauben Sie, dass Caleb dachte, Sie hätten die Hand aufgehalten wie die anderen?«

Diese Frage überraschte sie offensichtlich. »Nein, Agent Trent, ich glaube wirklich nicht, dass er das dachte. Er hatte in Bezug auf mich dieses Vorurteil, dass ich kalt und herzlos wäre, die Mutter, die ihn nie geliebt hatte. Er sagte, das Einzige, was er von mir geerbt habe, sei mein schwarzes Herz.«

Will dachte an den Song, der gelaufen war, als Faith vor dem Haus ihrer Mutter hielt. »… Black in Black.‹«

»Das war sein Motto. Er bestand darauf, dass ich mir den Text anhöre, doch wer, zum Teufel, versteht schon diese Schreierei.«

»Es geht darum, Rache zu nehmen an Menschen, die einen im Stich gelassen haben.«

»Aha.« Sie schien erleichtert, dass sie es endlich verstand. »Er spielte es immer und immer wieder auf meinem Küchenradio. Und dann kam Faith, und die Musik brach ab. Ich hatte Angst. Ich glaube, ich habe noch nie zuvor so lange den Atem angehalten. Aber sie wollten nicht Faith. Zumindest nicht Calebs Truppe. Benny Choo sagte ihnen, er würde sich um alles kümmern. Er behielt Ricardo bei sich. Das H in seinem Bauch war viel zu wertvoll, aber er sagte den anderen Jungs, sie sollten verschwinden und mich mitnehmen, und das taten sie auch.«

Will wollte, was den zeitlichen Ablauf betraf, ganz sichergehen. »Caleb war gleichzeitig mit Faith da?«

»Er beobachtete sie durchs Fenster.« Evelyns Stimme zitterte. »In meinem ganzen Leben hatte ich noch nie solche Angst.«

Will kannte diese Art von Angst ziemlich gut. »Was passierte, bevor Faith kam? Sie machten gerade Sandwiches, nicht?«

»Ich wusste, dass Faith sich verspäten würde. Es gibt ja immer einen Idioten in der ersten Reihe, der sich produzieren will.« Sie schwieg einen Augenblick, schien sich zu sammeln. »Hector hatte mich am Lebensmittelladen abgeholt. Er kannte meine Gewohnheiten. Er war so ein Mann. Er hörte zu, wenn man ihm etwas sagte.« Sie schwieg einen Augenblick, vielleicht ihrem früheren Liebhaber zu Ehren. »Er wollte Caleb in der Klinik besuchen und musste erfahren, dass er sich selbst entlassen hatte. Man sperrt die Jungs dort nicht ein. Caleb spazierte einfach zur Tür hinaus. Das hätte uns nicht überraschen sollen. Ich hatte bereits einige Leute angerufen und erfahren, dass Ricardo sich auf Sachen eingelassen hatte, die für sie alle nicht gut waren.«

»Heroin.«

Sie atmete langsam aus. »Hector und ich reimten uns die ganze Geschichte zusammen, während ich ihn zum Haus zurückfuhr. Wir wussten, dass Ricardo in Julias Werkstatt arbeitete, so wie wir wussten, dass nichts Gutes dabei herauskommen würde, wenn diese Jungs sich zusammentaten. *Folie à plusieurs.*«

Will kannte diesen Begriff. Er bedeutete einen psychischen Zustand, in dem eine Gruppe scheinbar normaler Personen eine gemeinsame Psychose entwickelte, wenn sie zusammen waren. Die Manson-Familie. Die Branch Davidians. Im Zentrum eines solchen Gruppenwahns steht immer ein labiler Anführer. Roger Ling hatte ihn den Kopf der Schlange genannt. Und ein Mann wie Roger Ling sollte das wissen.

Evelyn fuhr fort: »Ich wollte, dass Faith früh nach Hause kam, damit sie Hector kennenlernte und ich zu einer Erklärung gezwungen wäre.«

»Brachte Caleb Hector um?«

»Ich denke, er muss es gewesen sein. Es war hinterlistig und feige. Ich hörte das Geräusch – man vergisst das Geräusch, das ein Schalldämpfer macht, nicht, wenn man es ein Mal gehört hat – und schaute in den Carport hinaus. Der Kofferraum war geschlossen, und es war niemand zu sehen. Ich überlegte nicht lange. Vielleicht hatte ich schon die ganze Zeit gedacht, dass so etwas passieren würde. Ich nahm Emma in den Arm und brachte sie in den Schuppen. Dann kam ich mit meiner Waffe zurück, und da war ein Mann in meiner Wäschekammer. Ich erschoss ihn, bevor er den Mund aufmachen konnte. Und dann drehte ich mich um, und da stand Caleb.«

»Sie haben mit ihm gekämpft?«

»Ich konnte ihn nicht erschießen. Er war unbewaffnet, und er war mein Sohn. Aber ich ergab mich nicht.« Sie schaute auf ihre verletzte Hand hinunter. »Ich glaube, er hatte nicht erwartet, dass ich mich so heftig dagegen wehren würde, dass er mir den Finger abschnitt.«

»Er schnitt ihn bereits zu diesem Zeitpunkt ab?« Will hatte angenommen, das hätte zu den späteren Verhandlungen gehört.

»Einer der Jungs saß auf meinem Rücken, während Caleb ihn abschnitt. Er benutzte das Brotmesser. Er sägte, wie man es bei einem Baum macht. Ich glaube, er genoss meine Schreie.«

»Wie konnten Sie ihm das Messer abnehmen?«

»Das weiß ich nicht mehr so genau. Solche Sachen passieren einfach, ohne dass man darüber nachdenkt. Genau genommen erinnere ich mich kaum noch an etwas, das danach passierte, aber ich weiß noch, wie dieser andere Junge auf mich fiel, und ich spürte, wie das Messer in seinen Bauch eindrang.« Sie atmete scharf aus. »Ich lief in den Carport, um Emma zu holen und dann zu verschwinden. Und dann hörte ich Caleb ›Mama, Mama‹ schreien.« Wieder hielt sie kurz inne. »Es klang, als wäre er verletzt. Ich weiß, dass mich das dazu brachte, wieder hineinzugehen. Es war reiner Instinkt, wie das mit dem Messer, aber Letzteres war Selbstschutz, und Ersteres war Selbstzerstörung.« Offensichtlich hatte sie noch immer mit der Erinnerung zu kämpfen. »Es war mir bewusst – wie falsch es war. Ich weiß noch sehr gut, als ich an meinem Auto vorbei und wieder ins Haus rannte, dachte ich, das ist so ziemlich das Dümmste, was ich je in meinem Leben tun werde. Und ich hatte recht. Aber ich konnte nicht anders. Ich hörte ihn nach mir rufen und rannte wieder hinein.«

Erneut machte sie eine Atempause. Die Sonne stand inzwischen so tief, dass sie ihr in die Augen schien. Will erhob sich und stellte die Jalousien schräger.

Sie hauchte erschöpft: »Danke.«

»Wollen Sie sich ausruhen?«

»Ich will das abschließen, und dann will ich nie wieder darüber sprechen.«

Das klang genau wie etwas, das auch Faith sagen würde. Will widersprach ihr lieber nicht. Er setzte sich auf den Stuhl und wartete, bis sie fortfuhr.

Eine ganze Minute lag Evelyn einfach nur da, und ihre Brust hob und senkte sich beim Atmen.

Schließlich sagte sie: »In den ersten drei Jahren nach seiner Geburt sagte ich Bill und den Kindern ungefähr einmal im Monat, ich hätte im Büro Papierkram zu erledigen. Normalerweise an einem Sonntag, wenn sie in der Kirche waren, weil es dann einfacher war.« Sie hustete. Ihre Stimme wurde heiser. »Aber eigentlich ging ich nur die Straße hoch bis zum Park, oder wenn es regnete, setzte ich mich ins Auto und weinte und weinte einfach. Nicht einmal Mandy wusste etwas davon. Normalerweise erzähle ich ihr alles, aber das nicht.« Sie schaute Will an. »Sie wissen ja nicht, wie schwer sie es mit Kenny hatte. Sie konnte ihm keine Kinder schenken, und er wollte eine Familie. Sein eigen Fleisch und Blut. Er ließ nicht locker. Ihr zu sagen, wie sehr ich mich nach Caleb sehnte, wäre grausam gewesen.«

Will fühlte sich unwohl, so etwas Persönliches über seine Chefin zu hören. Er versuchte, Evelyn zum Tag ihrer Entführung zurückzubringen. »Caleb lockte Sie mit einem Trick ins Haus zurück. War das der Grund, warum Sie Emma nicht holten und flohen?«

Sie schwieg lange genug, um ihm zu verstehen zu geben, dass sie durchaus merkte, wie dringend er das Thema wechseln wollte. »Jemanden, der sich nicht täuschen lassen will, kann man nicht täuschen.«

Will war sich da nicht so sicher, aber er nickte trotzdem.

»Ich lief in die Küche. Da war Benny Choo. Natürlich war es Benny Choo. Das reinste Gemetzel. Er war in seinem Element. Wir kämpften miteinander, und er gewann, weil er Hilfe hatte. Er wollte das Geld. Jeder wollte das Geld. Überall standen zornige junge Männer, die Geld verlangten.«

»Bis auf Caleb«, vermutete Will.

»Bis auf Caleb«, bestätigte sie. »Er saß einfach auf der Couch, aß Sandwich-Fleisch direkt aus der Verpackung und sah ihnen zu, wie sie herumrannten und das Haus verwüsteten. Ich glaube, er genoss es. Ich glaube, das war der größte Spaß, den er je in seinem Leben hatte – mich so dasitzen zu sehen, voller Todesangst, während seine Freunde herumrannten wie kopflose Hühner und nach etwas suchten, das gar nicht da war.«

»Was ist mit dem A auf der Unterseite des Stuhls?«

Sie lachte etwas stockend. »Das war ein Pfeil. Ich nahm an, dass die Jungs von der Spurensuche ihn finden würden. Ich wollte sie wissen lassen, dass der Hauptschuldige auf der Couch gesessen hatte. Caleb musste dort Haare, Fasern, Fingerabdrücke hinterlassen haben.«

Will fragte sich, ob Ahbidi Mittals Team diese Botschaft verstanden hätte. Will hatte es auf jeden Fall nicht kapiert.

Sie fragte: »Sagen Sie mal, haben die wirklich meinen Hinterhof aufgebuddelt?«

Will begriff, dass sie Calebs Jungs meinte, nicht Mittals Team. »Haben Sie ihnen gesagt, das Geld ist dort versteckt?«

Sie kicherte, wahrscheinlich stellte sie sich vor, wie die Jungs mit Schaufeln durch die Dunkelheit liefen. »Ich dachte mir, es klingt plausibel, weil es ja so oft in Filmen vorkommt.«

Will gestand ihr nicht, dass er auch zu viele von diesen Filmen gesehen hatte.

Abrupt änderte sich Evelyns Verhalten. Sie starrte wieder zur Decke. Die Fliesen waren braunfleckig. Nicht gerade ein schöner Anblick. Will kannte sich mit Verdrängungstechniken gut aus.

Sie flüsterte: »Ich komme einfach nicht darüber hinweg, dass ich meinen Sohn getötet habe.«

»Er wollte Sie umbringen. Und Faith. Er hat unzählige andere umgebracht.«

Will wusste, dass Caleb Espositos Tod von der Polizei untersucht wurde, nahm aber an, dass man die Ermittlung gegen Evelyn in wenigen Tagen einstellen würde, so wie es bei Faith gewesen war. »Es war Notwehr.«

Sie atmete langsam aus. »Ich glaube, er wollte, dass ich mich zwischen den beiden entscheide. Zwischen ihm und Faith.«

Will sagte nicht, dass er diese Überzeugung teilte.

»Er konnte seinem Vater verzeihen. Hector hatte ein gutes Leben, aber er heiratete nie und bekam nie ein anderes Kind. Aber als Caleb sah, was ich hatte – wie ich mich angestrengt hatte, um mit Bill und den Kinder weiterleben zu können –, da ärgerte ihn das. Er hasste mich so sehr.« In ihren Augen glitzerten Tränen. »Ich weiß noch, eines der letzten Dinge, die ich ihm sagte, bevor das alles passierte, war, dass dieses Festhalten an seiner Wut so war, als würde er Gift trinken und darauf warten, dass der andere stirbt.«

Will nahm an, das war ein Rat, wie Mütter sie ihren Söhnen gaben. Leider hatte er diese Lektion auf die harte Art lernen müssen. »Haben Sie irgendeine Ahnung, wohin Sie verschleppt wurden?«

»Es war ein Lagerhaus. Verlassen, da bin ich mir sicher. Ich habe laut genug geschrien, um die Toten aufzuwecken.«

»Wie viele Männer waren es?«

»Im Haus? Ich glaube acht. Im Lagerhaus waren es nur noch drei, Caleb eingeschlossen. Sie hießen Juan und David. Sie versuchten, ihre Namen nicht zu nennen, aber sie waren nicht sehr raffiniert, wenn Sie wissen, was ich meine.«

Juan Castillo war vor Julia Lings Lagerhaus erschossen wurden. David Herrera war kaltblütig direkt vor Evelyn und Faith' Augen erschossen worden. Benny Choo, Hironobu Kwon, Hector Ortiz, Ricardo Ortiz. Insgesamt waren acht Menschen tot, nur weil ein Mann seit zwanzig Jahren einen Groll hegte.

Offensichtlich hatte Evelyn dasselbe gedacht. In ihrer Stimme schwang Verzweiflung mit. »Glauben Sie, ich hätte ihn aufhalten können?«

Ohne ihn zu töten, bevor das alles passieren konnte, sah Will nicht, wie sie das hätte tun können. »Ein solcher Hass brennt nie aus.«

Das schien sie nicht zu trösten. »Bill war der Ansicht, dass das, was mit Faith passierte, meine Schuld war. Er sagte, weil ich mit Hector zusammen war, achtete ich nicht genug auf meine Kinder. Vielleicht hatte er recht.«

»Faith ist ziemlich stur, wenn's darum geht, ihren Kopf durchzusetzen.«

»Sie denken, sie kommt nach mir.« Sie wischte Wills Protest mit einer Handbewegung weg. »Nein, sie ist *genau* wie ich. Gott stehe ihr bei.«

»Es gibt Schlimmeres.«

»Hm.« Evelyn schloss wieder die Augen. Will schaute in ihr Gesicht. Es war unter den Schwellungen fast nicht mehr zu erkennen. Sie war etwa so alt wie Amanda, dieselbe Art Polizistin, aber nicht die gleiche Frau. Will hatte in seinem Leben nicht viel Zeit damit zugebracht, neidisch auf die Eltern anderer Leute zu sein. Sich zu überlegen, was hätte sein können, war Zeitverschwendung. Aber jetzt, da er mit Evelyn Mitchell sprach und wusste, welche Opfer sie für alle ihre Kinder auf sich genommen hatte, da konnte Will nicht anders, als ein wenig neidisch zu sein.

Er stand auf, weil er glaubte, er sollte sie jetzt schlafen lassen, aber Evelyn öffnete noch einmal die Augen. Sie deutete zu dem Krug mit Wasser. Will half ihr, durch den Strohhalm zu trinken. Diesmal war sie nicht mehr so durstig, aber Will sah, dass ihre Hand den Morphium-Auslöser umklammerte.

»Danke.« Sie ließ den Kopf wieder aufs Kissen zurücksinken und drückte auf den Auslöser.

Will setzte sich nicht mehr. »Kann ich Ihnen noch irgendetwas holen, bevor ich gehe?«

Entweder hatte sie die Frage nicht gehört, oder sie zog es vor, sie zu ignorieren. »Ich weiß, dass Mandy ziemlich hart mit Ihnen umspringt, aber nur, weil sie Sie liebt.«

Will riss die Augenbrauen in die Höhe. Das Morphium wirkte sehr schnell.

»Sie ist stolz auf Sie, Will. Sie gibt die ganze Zeit mit Ihnen an. Wie schlau Sie sind. Wie stark. Sie sind wie ein Sohn für sie. Auf mehr Arten, als Sie ahnen.«

Er schaute sich um, für den Fall, dass Amanda lachend in der Tür stand.

Evelyn sagte: »Sie *sollte* auch stolz auf Sie sein. Sie sind ein guter Mann. Und ich will nicht, dass meine Tochter irgendeinen anderen zum Partner hat. Ich war so glücklich, als Sie beide zusammenkamen. Es wäre mir nur lieber gewesen, es wäre mehr daraus geworden.«

Er schaute noch einmal zur Tür. Keine Amanda. Als er sich wieder umdrehte, starrte Evelyn ihn an.

Sie fragte: »Darf ich ehrlich zu Ihnen sein?«

Er nickte, auch wenn er sich fragte, ob das bedeutete, dass sie bis jetzt nicht ehrlich zu ihm gewesen war.

»Ich weiß, Sie hatten ein schwieriges Leben. Ich weiß, wie hart Sie daran gearbeitet haben, aus sich einen guten Menschen zu machen. Und ich weiß, Sie haben es verdient, glücklich zu sein. Aber von Ihrer Frau wird dieses Glück nicht kommen.«

Wie gewöhnlich war es Wills erster Impuls, Angie zu verteidigen. »Sie hat viel durchgemacht.«

»Sie haben etwas sehr viel Besseres verdient.«

Darauf musste er antworten: »Ich habe meine eigenen Dämonen.«

»Aber die Ihren sind gute Dämonen, und dass Sie sie haben, macht Sie stärker.« Sie versuchte zu lächeln. »Wenn ich meine Dämonen abschüttle, verliere ich auch meine Engel.«

Er riet aufs Geratewohl. »Hemingway?«

»Tennessee Williams.«

Die Tür ging auf. Amanda klopfte auf ihre Uhr. »Die Zeit ist vorbei.« Sie winkte ihn aus dem Zimmer. Sie hatte ihm präzise eine Stunde gegeben. »Woher wissen Sie überhaupt, dass ich hier bin?«

»Gehen und dann reden.« Sie klatschte in die Hände. »Unser Mädchen hier braucht Ruhe.«

Will berührte Evelyn am Ellbogen, weil das die einzige Stelle war, die nicht bandagiert oder mit irgendeinem Schlauch verbunden war. »Vielen Dank, Captain Mitchell.«

»Passen Sie auf sich auf, Agent Trent.«

Amanda gab Will einen Schubs, als er das Zimmer verließ. Im Gang wäre er fast mit einer Krankenschwester zusammengestoßen.

Amanda sagte: »Sie haben sie ermüdet.«

»Sie wollte reden.«

»Sie hat viel durchgemacht.«

»Wird es irgendwelche Probleme geben, weil sie Caleb Esposito erschossen hat?«

Amanda schüttelte den Kopf. »Die Einzige, die sich Sorgen machen sollte, ist Roz Levy. Wenn es an mir wäre, würde ich wegen Behinderung einer Ermittlung gegen sie ermitteln.«

Will war durchaus derselben Meinung, aber Mrs. Levy hatte ihre Rolle der alten Dame perfektioniert. Keine Jury der Welt würde sie verurteilen.

»Irgendwann kriege ich die alte Schachtel«, versprach Amanda. »Sie ist wie ein Stecken – rührt immer alte Scheiße auf.«

»Okay.« Will versuchte, zu einem Abschluss zu kommen. Sara hatte seit fünf Minuten Feierabend. An diesem Morgen hatte er ein gemeinsames Mittagessen vorgeschlagen, aber er wusste nicht, ob sie sich daran erinnerte. Zu Amanda sagte er: »Bis morgen.« Und damit ging er auf den Aufzug zu. Zu seinem Entsetzen folgte Amanda ihm.

Sie fragte: »Was hat Evelyn Ihnen erzählt?«

Er lief schneller, versuchte, sie hinter sich zu lassen oder es ihr zumindest möglichst schwer zu machen, Schritt zu halten. »Die Wahrheit, hoffe ich.«

»Ich bin mir sicher, sie ist irgendwo in ihrer Geschichte vergraben.«

Will hasste es, dass sie bei ihm so leicht Zweifel säen konnte. Evelyn Mitchell war Amandas beste Freundin, aber die beiden Frauen waren sehr verschieden. Evelyn spielte keine Spielchen. Es machte ihr kein Vergnügen, andere zu demütigen. »Ich glaube, sie hat mir gesagt, was ich wissen muss.« Er drückt auf den Abwärts-Knopf des Aufzugs. Er konnte es sich nicht verkneifen. »Sie sagte, dass Sie stolz auf mich sind.«

Amanda lachte. »Na, das klingt aber überhaupt nicht nach mir.«

»Nein.« Will kam ein Gedanke. Vielleicht hatte sie die Wahrheit doch ein bisschen geschönt. Hatte sie ihm einen versteckten Hinweis gegeben? Will merkte, dass ihm plötzlich übel wurde.

Sie sind wie ein Sohn für sie. Auf mehr Arten, als Sie ahnen.

Sich auf den schlimmsten Tag in seinem Leben vorbereitend, drehte er sich zu Amanda um: »Werden Sie mir jetzt gleich sagen, dass Sie meine leibliche Mutter sind?«

Ihr Lachen hallte durch den Korridor. Sie musste sich an der Wand abstützen, damit sie nicht umkippte.

»Okay.« Er drückte noch einmal auf den Abwärts-Knopf. Und noch einmal. Und noch ein drittes Mal. »Schon verstanden. Sehr lustig.«

Sie wischte sich die Tränen aus den Augen. »Ach, Will, glauben Sie wirklich, aus einem Sohn von mir könnte ein Mann wie Sie werden?«

»Wissen Sie, was?« Er beugte sich vor, damit er ihr in die Augen sehen konnte. »Ich nehme das als Kompliment, und Sie können mich nicht davon abhalten.«

»Machen Sie sich nicht lächerlich.«

Er ging auf die Feuertreppe zu. »Vielen Dank, Amanda, dass Sie so etwas Nettes zu mir gesagt haben.«

»Kommen Sie wieder her.«

Er stieß die Tür auf. »Ich werde es für immer im Herzen bewahren.«

»Wagen Sie es nicht, einfach so von mir wegzumarschieren.«

Doch genau das tat Will, er nahm immer zwei Treppen auf einmal und wusste ganz sicher, dass sie ihm mit ihren kurzen Beinen nicht folgen konnte.

22. Kapitel

SARA NAHM IHRE LESEBRILLE AB und rieb sich über das Gesicht. Seit mindestens zwei Stunden saß sie im Ärztezimmer am Tisch. Die Patientenakte auf dem Klemmbrett vor ihr verschwamm vor ihren Augen. In den letzten vier Tagen hatte sie insgesamt sechs Stunden geschlafen. Der Grad der Erschöpfung erinnerte sie an ihre Assistenzzeit, als sie auf einer Pritsche im Besenschrank hinter dem Schwesternzimmer übernachtet hatte. Grady hatte milliardenschwere Renovierungen hinter sich, seit sie das letzte Mal in der Notaufnahme gearbeitet hatte, aber kein Krankenhaus hatte je Geld dafür ausgegeben, seinen Assistenzärzten das Leben einfacher zu machen.

Nan, die Schwesternschülerin, lag wieder auf der Couch. Sie hatte eine halb leere Schachtel mit Plätzchen auf der einen Seite und eine Tüte Kartoffelchips auf der anderen. Ihre Daumen waren kaum zu erkennen, so schnell tippte sie auf ihrem iPhone. Alle paar Minuten kicherte sie, wenn, wie es aussah, eine neue E-Mail hereinkam. Sara fragte sich, ob es möglich war, dass ein Mädchen vor ihren Augen jünger wurde. Ihr einziger Trost war, dass in ein paar Jahren das Junk Food, das sie so sehr liebte, ein Problem werden würde.

»Was ist los?«, fragte Nan und ließ das Handy sinken. »Alles klar?«

»Alles klar.« Sara war merkwürdigerweise erleichtert, dass das Mädchen wieder mit ihr sprach. Nan hatte geschmollt, seit sie gemerkt hatte, dass Sara nicht über die drastischen Details ihrer Verwicklung in die Krankenhausschießerei reden wollte.

Das Mädchen stand auf und wischte sich die Krümel von der Uniform. »Wollen Sie was zu Mittag? Ich glaube, Krakauer wollte was bei Pizza Hut bestellen.«

»Danke, dass du fragst, aber ich habe schon was vor.« Sara schaute auf die Uhr. Will wollte sie eigentlich zum Essen ausführen. Es wäre ihr erstes Rendezvous, was viel über die Richtung aussagte, die ihr Leben in letzter Zeit genommen hatte, wenn man sich überlegte, dass Will der Grund war, warum sie kaum noch zum Schlafen kam.

»Später.« Man konnte nicht sagen, dass Nan die Tür aufstieß – sie warf ihren Körper dagegen.

Sara gönnte sich diesen Augenblick des Friedens und der Ruhe im Ärztezimmer. Sie griff in die Tasche und zog ein zusammengefaltetes Blatt Papier heraus. Heute Morgen hatte sie aus Versehen ihre Brille im Auto liegen lassen und musste noch einmal die Treppe zum Parkdeck hochgehen, um sie zu holen. Dabei hatte sie die Nachricht entdeckt, die unter dem Scheibenwischer klemmte. Komischerweise war es nicht das erste Mal, dass jemand das Wort *Fotze* auf Saras Auto hinterlassen hatte. Sie vermutete, dass sie dankbar sein musste, dass es diesmal nicht mit einem Schlüssel in den Lack gekratzt worden war.

Sara musste keine Handschriftexperten fragen, um zu wissen, dass die Nachricht von Angie Trent stammte. Gestern Morgen hatte sie bereits einen Zettel auf ihrem Auto gefunden, allerdings beim Verlassen ihrer Wohnung. Angie wurde besser. Die zweite Nachricht hatte mehr Schlagkraft als das eher harmlose »Hure« vom Tag zuvor.

Sara knüllte den Zettel zusammen und warf ihn in die Richtung des Papierkorbs. Natürlich verfehlte sie ihn. Sie stand auf, um ihn wieder aufzuheben. Anstatt ihn in den Papierkorb zu werfen, wo er hingehörte, strich sie ihn glatt und starrte das Wort noch einmal an. In der Hitze des Augenblicks hatte sie es unterlassen, über den Ehering an Wills Finger nachzudenken. Jetzt, im kalten Licht des Tages, sah die Sache etwas anders aus. Er war verheiratet. Auch ohne diese gesetzliche Kennzeichnung bestand noch immer ein Band zwischen ihm und Angie. Sie gehörten auf eine Weise zusammen, die Sara nie verstehen würde.

Und es war klar, dass Angie sich nicht kampflos geschlagen geben würde. Die einzige Frage war, wie lange es dauern würde, bis diese Frau es schaffte, Sara zu sich in die Gosse zu zerren.

Es klopfte an der Tür.

Sara warf den Zettel in den Müll, bevor sie die Tür öffnete. Will stand da. Er hatte die Hände in den Taschen. Obwohl sie in jeder möglichen Hinsicht zusammen gewesen waren, waren die ersten zehn Minuten zwischen ihnen immer angespannt. Es war, als würde er dauernd darauf warten, dass Sara den ersten Schritt machte, ihm ein Zeichen gab, dass sie noch nicht genug von ihm hatte.

Er fragte: »Komme ich ungelegen?«

Sie machte die Tür weit auf. »Überhaupt nicht.«

Er schaute sich im Zimmer um. »Darf ich überhaupt hier rein?«

»Ich glaube, wir können eine Ausnahme machen.«

Er stand mitten im Zimmer, die Hände in den Taschen.

Sara fragte: »Wie geht es Evelyn?«

»Okay. Glaube ich zumindest.« Er nahm die Hände aus den Taschen, aber nur, um den Ehering an seinem Finger zu drehen. »Faith wird eine Weile Urlaub nehmen, um sich um sie zu kümmern. Ich glaube, es ist gut für sie beide, wenn sie ein bisschen Zeit miteinander verbringen. Oder wirklich schlimm. Das weiß man nie.«

Sara konnte nicht anders. Sie schaute zu dem zusammengeknüllten Zettel im Abfallkorb. Warum trug er noch immer seinen Ehering? Wahrscheinlich aus demselben Grund, warum Angie immer wieder Nachrichten an Saras Auto hinterließ.

Will fragte: »Was ist los?«

Sie deutete zum Tisch. »Können wir uns setzen?«

Er wartete, bis sie saß, und setzte sich dann auf den Stuhl ihr gegenüber. »Das klingt nicht gut«, sagte er.

»Nein«, entgegnete sie.

Er klopfte mit den Fingern auf den Tisch. »Ich glaube, ich weiß, was du sagen willst.«

Sie sagte es trotzdem. »Ich mag dich, Will. Ich mag dich wirklich.«

»Aber?«

Sie berührte seine Hand und ließ einen Finger auf seinem Ehering liegen.

»Ja«, sagte er. Keine Erklärung. Keine Entschuldigung. Kein Angebot, den Ring abzunehmen und wegzuwerfen. Oder ihn wenigstens in seine gottverdammte Tasche zu stecken.

Sara zwang sich zum Weiterreden. »Ich weiß, dass Angie ein großer Teil deines Lebens ist. Ich respektiere das. Ich respektiere, was sie dir bedeutet.«

Sie wartete auf eine Antwort, aber es schien keine zu kommen. Stattdessen nahm Will ihre Hand. Mit dem Daumen strich er über die Linien in ihrer Handfläche. Sara konnte nicht verhindern, dass ihr Körper auf diese Berührung reagierte. Sie schauten beide auf ihre Hände. Sie schob ihre Finger unter die Manschette seines Hemds. Die Narbe fühlte sich an ihrer Haut rau an. Sie dachte an all die Dinge, die sie nicht über ihn wusste – die Qualen, die er erlitten hatte, den Schmerz, den er sich selbst zugefügt hatte. Und das alles hatte er mit Angie an seiner Seite erlebt.

»Ich komme gegen sie nicht an«, gab Sara zu. »Ich kann nicht mit dir zusammen sein, wenn ich das Gefühl habe, dass du lieber mit ihr zusammen wärst.«

Er räusperte sich. »Ich will nicht mit ihr zusammen sein.« Sara wartete, dass er sagte, er wolle mit ihr zusammen sein. Aber er tat es nicht.

Sie versuchte es noch einmal. »Ich kann nicht die zweite Geige spielen. Das Gefühl, dass du, egal, wie sehr ich dich brauche, immer zuerst zu Angie rennen wirst, halte ich nicht aus.«

Wieder wartete sie darauf, dass er etwas sagte – irgendwas –, das sie überzeugte, dass sie sich täuschte. Sekunden verstrichen. Sie fühlten sich an wie eine Ewigkeit.

Als er endlich den Mund öffnete, war seine Stimme so leise, dass sie ihn kaum verstehen konnte. »Sie schlug sehr oft blinden Alarm.« Er leckte sich über die Lippen. »Als wir klein waren, meine ich.« Er schaute hoch, um sich zu versichern, dass Sara auch zuhörte. »Da war dieses eine Mal, als wir zusammen weggegeben wurden. In eine Pflegefamilie, meine ich. Es war eher wie eine Pflegefabrik. Sie taten es nur wegen des Geldes. Zumindest die Frau. Der Mann tat es wegen der jungen Mädchen.«

Sara wurde die Kehle eng. Wieder musste sie gegen den Impuls ankämpfen, Mitleid für Angie zu empfinden.

»Wie gesagt, sie schlug oft blinden Alarm. Als sie den Kerl beschuldigte, sie sexuell zu belästigen, glaubte der Sachbearbeiter ihr nicht. Legte nicht mal eine Akte an. Hörte nicht auf mich, als ich sagte, dass sie diesmal nicht log.« Er zuckte die Achseln. »Manchmal hörte ich sie nachts. Sie schrie, weil er ihr wehtat. Er tat ihr oft weh. Den anderen Kindern war es völlig egal. Schätze, die waren einfach froh, dass es nicht ihnen passierte …« Seine Stimme verklang. Er starrte seinen Daumen an, der über ihre Fingerrücken wanderte. »Ich wusste, dass Ermittlungen eingeleitet werden mussten, wenn einem von uns etwas angetan wurde. Oder wir uns selbst etwas antaten.« Er verstärkte den Griff um ihre Hand. »Also habe ich Angie gesagt, ich werde das und das tun. Und ich habe es auch getan. Ich holte eine Rasierklinge aus dem Medizinschränkchen und schnitt mir den Unterarm auf. Ich wusste, es durfte keine halbe Sache sein. Du hast die Narbe gesehen.« Er lachte gequält auf. »Es war keine halbe Sache.«

»Nein«, pflichtete sie ihm bei. Es war kaum zu verstehen, wie er es geschafft hatte, nicht vor Schmerz ohnmächtig zu werden.

»Na ja«, sagte Will. »So kamen wir also aus diesem Heim heraus, und es wurde geschlossen, und die Familie, die es betrieben hatte, durfte keine Kinder mehr in Pflege nehmen.« Er schaute hoch und blinzelte ein paar Mal, um wieder klar sehen zu können. »Weißt du, eines der Dinge, die Angie vorgestern Abend zu mir gesagt hat, war, dass ich das für dich nie tun würde – mich selbst so schneiden –, und ich glaube, sie hat recht.« Sein Lächeln wirkte traurig. »Nicht, weil ich dich nicht mag, sondern weil du mich nie in eine solche Situation bringen würdest. Du würdest mich nie vor diese Wahl stellen.«

Sara schaute ihm in die Augen. Im Sonnenlicht, das durch die Fenster strömte, wirkten seine Wimpern weiß. Sie konnte sich nicht vorstellen, was er durchgemacht hatte, den Grad der Verzweiflung, der ihn dazu getrieben hatte, die Klinge in die Hand zu nehmen.

»Ich sollte dich jetzt weiterarbeiten lassen.« Er beugte sich über den Tisch, küsste ihre Hand und ließ seine Lippen einen Augenblick dort verweilen. Als er sich aufrichtete, hatte sich etwas an ihm verändert. Seine Stimme war fester, entschiedener. »Du musst wissen, wenn du mich je brauchst, bin ich da. Egal, was sonst noch passiert. Ich werde da sein.«

In seinen Worten lag etwas Endgültiges, als wäre jetzt alles geklärt. Er wirkte beinahe erleichtert.

»Will …«

»Schon gut.« Er lachte verlegen auf. »Schätze, du bist immun gegen meinen erstaunlichen Charme.«

Sara hatte einen Kloß im Hals. Sie konnte nicht glauben, dass er so schnell aufgab. Sie wollte, dass er kämpfte. Sie wollte, dass er mit der Faust auf den Tisch schlug und ihr sagte, dass es ganz und gar nicht vorbei sei, dass er sie nicht so einfach aufgeben werde.

Aber er tat es nicht. Er zog einfach seine Hand aus der ihren zurück und stand auf. »Danke. Ich weiß, das klingt blöd.« Er schaute sie an, sah dann zur Tür. »Einfach nur – danke.«

Sie hörte seine Schritte, dann die Geräusche vom Korridor, als er die Tür öffnete. Sara drückte sich die Finger an die Augen, versuchte, die Tränen aufzuhalten. Sie verstand seinen resignierten Ton nicht, seine schnelle Unterwerfung unter etwas, das ihm unvermeidbar erschien. Sie hatte keine Ahnung, was er mit dieser Geschichte über Angie erreichen wollte. Sollte Sara Mitleid mit dieser Frau haben? Sollte sie es romantisch finden, dass Will bereit war, sich selbst zu töten, um sie zu retten?

Sie begriff plötzlich, dass Will ähnlich war wie Jeffrey, ähnlicher, als sie sich eingestehen wollte. Vielleicht stand Sara auf Feuerwehrmänner, nicht auf Polizisten. Beide Männer hatten die Bereitschaft gezeigt, direkt in brennende Häuser zu rennen. Allein in der letzten Woche war Will von Gangstern beschossen, von einem Psychopathen bedroht, von mindestens drei Frauen tyrannisiert, vor Fremden gedemütigt und stundenlang in einen engen Kofferraum gesteckt worden, und dann hatte er sich freiwillig in eine Situation gestürzt, von der er wusste, dass sie ihn mit hoher Wahrscheinlichkeit das Leben kosten würde. Will war so verdammt erpicht darauf, alle und jeden zu retten, dass er gar nicht merkte, wie nötig er es hatte, vor sich selbst gerettet zu werden. Jeder nutzte ihn aus. Jeder beutete seine Gutmütigkeit, seine Freundlichkeit aus. Kein Mensch dachte auch nur daran, Will zu fragen, was *er* brauchte.

Sein ganzes Leben hatte er im Schatten verbracht, das stoische Kind, das ganz hinten im Klassenzimmer saß und Angst hatte, etwas zu sagen, weil man ihn dann durchschauen könnte. Angie hatte ihn im Dunkeln gehalten, weil es ihren selbstsüchtigen Bedürfnissen diente. Sara hatte bei ihrem ersten Mal mit Will sehr schnell erkannt, dass er noch nie mit einer Frau zusammen gewesen war, die ihn wirklich lieben konnte. Kein Wunder, dass er so schnell kapituliert hatte, als sie ihm sagte, es sei vorbei. Will hatte es als gegeben hingenommen, dass das Gute im Leben nie ewig währte. Das war der Grund, warum er so erleichtert geklungen hatte. Er hatte die Zehen über den Abgrund gestreckt, hatte aber zu viel Angst, den Sprung zu wagen.

Sara merkte, wie ihr vor Überraschung der Mund aufklappte. Sie war genauso schuldig wie alle anderen. Sie hatte verzweifelt darauf gewartet, dass Will um sie kämpfte, und ihr war nie in den Sinn gekommen, dass Will vielleicht darauf wartete, dass sie um ihn kämpfte.

Sie stürzte durch die Tür und rannte den Korridor entlang, bevor die Logik Einspruch erheben konnte. Wie üblich war die Notaufnahme voller Menschen. Schwestern liefen mit Infusionsbeuteln hin und her, Bahren wurden vorbeigeschoben. Sara lief zum Aufzug. Ein Dutzend Mal drückte sie auf den Abwärts-Knopf und flehte inständig, dass die Tür sich öffnen möge. Die Treppen führten zur Rückseite des Krankenhauses. Das Parkhaus befand sich an der Vorderseite. Will würde schon zu Hause sein, bis sie um das Gebäude herumgelaufen war. Sara schaute auf die Uhr und fragte sich, wie viel Zeit sie mit Selbstmitleid verschwendet hatte. Will war inzwischen vermutlich bereits auf halbem Weg zu den Parkdecks. Drei Gebäude. Sechs Etagen mit Autos. Noch mehr, wenn er das Parkhaus der Universität benutzt hatte. Sie sollte auf der Straße warten. Sara stellte sich die Anordnung der Straßen vor. Vielleicht hatte er vor dem Grady Detention Center geparkt.

Endlich ging die Tür auf. George, der Wachmann, stand mit dem Unterarm auf der Waffe da. Will stand neben ihm.

George fragte: »Alles okay, Doc?«

Sara konnte nur nicken.

Will trat, einen dümmlichen Ausdruck auf dem Gesicht, aus dem Lift. »Ich habe vergessen, dass Betty noch bei dir ist.« Wieder zeigte er dieses vertraute verlegene Grinsen. »Auf die Gefahr hin, dass ich klinge wie ein Country-Sänger – du kannst mir mein Herz stehlen, aber nicht meinen Hund.«

Sara wurde von einem vorbeieilenden Sanitäter angerempelt. Sie stützte sich an Wills Brust ab, um nicht zu fallen. Er stand einfach nur da, die Hände in den Taschen und lächelte sie mit einem neugierigen Blick an. Wer war je für diesen Mann eingetreten? Nicht seine Familie, die ihn der staatlichen Fürsorge überlassen hatte, nicht die Pflegeeltern, die ihn für entbehrlich gehalten hatten, nicht die Lehrer und Sozialarbeiter, die seine Legasthenie als Dummheit interpretiert hatten, und vor allem nicht Angie, die so bedenkenlos mit seinem Leben gespielt hatte. Mit seinem kostbaren Leben.

»Sara?« Will machte ein besorgtes Gesicht. »Alles in Ordnung mit dir?«

Sara ließ ihre Hände zu seinen Schultern hochwandern. Sie spürte die vertrauten, harten Muskeln unter seinem Hemd, die Hitze seiner Haut. Heute Morgen hatte sie seine Lider geküsst. Er hatte zarte feine Wimpern, blond und weich. Sie hatte ihn geneckt, seine Brauen, seine Nase, sein Kinn geküsst, hatte ihre Haare über sein Gesicht und seine Brust gleiten lassen. Wie viele Stunden hatte Sara im letzten Jahr damit verbracht, sich vorzustellen, wie sich die Narbe über seinem Mund an ihren Lippen anfühlen würde? Wie viele Nächte hatte sie davon geträumt, in seinen Armen aufzuwachen?

So viele Stunden. So viele Nächte.

Sara stellte sich auf die Zehenspitzen, um ihm in die Augen zu schauen: »Willst du bei mir sein?«

»Ja.«

Sie freute sich sehr über seine Gewissheit. »Und ich will bei *dir* sein.«

Will schüttelte den Kopf. Er sah aus, als würde er auf die Pointe eines sehr schlechten Witzes warten. »Ich verstehe nicht.«

»Er hat funktioniert.«

»Was hat funktioniert?«

»Dein erstaunlicher Charme.«

Er kniff die Augen zusammen. »Was für ein Charme?«

»Ich habe meine Meinung geändert.«

Er schien sie noch immer nicht zu verstehen.

»Küss mich«, sagte sie zu ihm, »ich habe meine Meinung geändert.«

Danksagungen

WIE IMMER ein riesiges Dankeschön an meine Agentin Victoria Sanders und meine Lektorinnen Kate Miciak und Kate Elton. Angela Cheng Kaplan gehört ebenso zu diesem Kreis. Außerdem möchte ich allen in meinem Verlag für ihre fortdauernde Unterstützung danken. Gina Centrello und Libby McGuire, es ist ein Vergnügen, euch zu kennen. Adam Humphrey, ich weiß es sehr zu schätzen, dass du mich dich hast töten lassen. Und schlagen. Und erniedrigen. Und alle anderen Sachen, die Claire für selbstverständlich hält.

Dank an den unvergleichlichen Vernon Jordan, weil er mich mit Geschichten aus dem Atlanta der Siebzigerjahre erfreute. Sie, mein Herr, sind eine Legende. David Harper, das ist mindestens das zehnte Jahr, dass Sie mir helfen, Sara wie eine Ärztin aussehen zu lassen. Wie immer bin ich sehr dankbar für Ihre Hilfe und entschuldige mich für alle meine Fehler, die ich im Dienst der Geschichte gemacht habe. Special Agent John Heinen, auf Sie trifft dasselbe zu. Alle Fehler bei den Waffen sind meine eigenen. Vom Georgia Bureau of Investigation habe ich vielen Menschen zu danken, darunter Pete Stuart, Wayne Smith, John Bankhead und Director Vernon Keenan. Sie sind so großzügig mit Ihrer Zeit und so leidenschaftlich in dem, was Sie tun, dass es ein Vergnügen ist, in Ihrer Nähe zu sein. Pressesprecher David Ralston, auch Ihre Unterstützung weiß ich sehr zu schätzen.

Daddys bekommen in diesem Buch nicht viele Seiten, aber ich danke meinem dafür, dass er so ein wundervoller Vater ist. Ich würde ja eine Geschichte über dich schreiben, aber kein Mensch würde glauben, wie gut du bist. Und weil wir von Güte sprechen, DA – wie immer, du bist mein Herz.

Meine Leser möchte ich bitten, nicht zu vergessen, dass dies ein fiktiver Text ist. Obwohl ich mehr als mein halbes Leben in Atlanta verbracht habe, bin ich auch eine Schriftstellerin, und ich habe Straßen, Gebäude und Viertel so verändert, dass sie meinen heimtückischen Bedürfnissen entsprechen. (Also komm, Sherwood Forest, du weißt, dass du es verdient hast.)